KB082789

현대 러시아문학과 포스트모더니즘

Постмодернизм в контексте современной русской литературы:
60~90-е годы XX века - начало XXI века
(Russian Modern Literature and Postmodernism : from 1960s to early 2000s)
by Olga Bogdanova

학술명저번역 564

현대 러시아문학과 포스트모더니즘 2 시 · 희곡

1960년대부터 2000년대 초기까지

Постмодернизм в контексте современной русской литературы
60~90-е годы XX века - начало XXI века

O. V. 보그다노바 지음 | 김은희 옮김

2권 차례

1권 차례

제2장

러시아 시의 포스트모던(1960~2000년대)

D. 프리고프, L. 루빈슈테인, T. 키비로프, S. 간들렙스키, Vs. 네크라소프, M. 아이젠베르크, D. 노비코프, V. 코발[1] 등의 개념주의자들과, I. 주다노프, A. 예레멘코, A. 파르시코프, V. 칼피디,[2] O. 세다코바 등의 메타리얼리스트들의 작품에서 가장 분명하게 대표되는 시적 경향은 러시아 포스트모던 문학에서 특별한 위치를 차지하고 있다.

현대시의 분석에 들어가면서, 현대 포스트모던 시학의 가장 위대하고 진지한 이론가 미하일 엡슈테인의 노작에 주의를 기울여 그의 『새로운 시

1) 〔역주〕 Виктор Станиславович Коваль, 1947~. 러시아의 시인, 소설가, 화가이다. 모스크바 인쇄대학 예술그래픽학부를 졸업(1971)했다. 6세에서 15세까지 영화배우로 활동했다. 책, 잡지, 신문용 삽화를 그린다. 비공식 문학 단체 '알마나흐(Альманах)'의 참가자이다. 그의 시에 곡을 붙여 안드레이 립스키가 부른 노래들도 유명하다. 시집으로는 『폴리펨이 있는 구역(*Участок с Полифемом*)』(2000), 『리치 옆(*Мимо Риччи*)』(2001) 등이 있다. 그의 시는 영어로 번역되었다. 국제 그래픽 아티스트 동맹의 회원이다.

2) 〔역주〕 Виталий Олегович Кальпиди, 1957~. 러시아의 시인이다. 대학 1학년이던 17세 때 '이데올로기적으로 비성숙'하다는 이유로 제적당하였고 짐꾼, 화부로 일했다. 고향인 첼랴빈스크에 거주하며 활동하고 있다. 잡지들에 시를 게재하고 있으며, 『현대 우랄의 시(1978~1996)〔*Современная уральская поэзия*(1978~1996)〕』, 『현대 우랄 시 선집(1997~2003)〔*Антология современной уральской поэзии*(1997~2003)〕』, 『현대 우랄 시 선집(2003~2011)〔*Антология современной уральской поэзии*(2003~2011)〕』의 편찬자이다. 파스테르나크상(2003), '모스크바-트랜지트'상(2004), 'Slovoэ'상(2010)을 수상했다.

의 카탈로그』를 인용하자. 이 저작은 '최신 단계'의 기본적 특징, 즉 '현대시의 여러 양식들'을 보여주며, 변화되는 것 또는 그 형식, 여러 시적 경향들에 이런저런 시인들을 포함하는 것 등을 드러내주기 때문이다.

엡슈테인의 생각에 따르면, '현대시의 목록'은 오늘날 다음과 같다.

1. 개념주의는 소비에트 이데올로기, 사회주의 사회의 대중 의식의 질료에 의존하는 언어적 제스처 체계다. 공식적 슬로건, 진부한 문구는 노골적인 개념이나 당적 핵심만 남은, 기호와 그 기호를 채우는 현실적 충전물인 기의 간의 괴리를 드러내면서 부조리에까지 이르게 된다. 공허한 사상들의 시는 회화에서 '소츠아트'라고 명명된 것과 유사하다. 드미트리 프리고프, 레프 루빈슈테인, 빌렌 바르스키.[3)]

2. 포스트개념주의 또는 '새로운 진실성'은 '영락한' 죽은 언어들에 대해 마치 고립의 운명을 극복할 수 있을 것 같은 사랑, 감상성, 순수한 열정을 가지고서 그 죽어버린 언어를 소생시키려는 시도이다. 개념주의에서는 부조리함이 지배적이라면, 포스트개념주의에서는 향수가 지배적이다. 서정적 과제는 반(反)서정적 질료에서, 즉 이데올로기적 음식 쓰레기들, 떠도는 진부한 문구들, 차용된 외래어 요소들 위에서 재생된다. 티무르 키비로프, 미하일 수호틴.[4)]

3. 영도의 스타일, 또는 '위대한 패배'는 마치 작가 개인의 특징들을 제거해버린 듯한 매우 혼탁해진 문맥 속에서, 즉 타인의 작품들을 괄호 없이 인용하는 텍스트적 양태 속에서 기존의 언어 모델들, 예를 들어 19세기 러

3) 〔역주〕 Вилен Исаакович Барский, 1930~. 러시아의 화가, 시인이다. 1967년부터 소련 화가 동맹 회원이고 자유시와 비주얼 시 분야에서 활동하고 있다.

4) 〔역주〕 Михаил Сухотин, 1957~. 레닌그라드 출신의 시인으로 작품으로는 『거인들』 등이 있으며 2000년에 안드레이 벨리상 쇼트 리스트에 올랐다. 모스크바에 거주하고 있다.

시아 고전 등을 재현하는 것이다. 안드레이 모나스티르스키, 파벨 펩페로슈테인.[5)]

4. 신원시주의. 다른 모든 요소들은 형이상학적 측면에서 미지의 것이며 이데올로기적 곡해를 유발하는 경향을 지니고 있기 때문에, 가장 안정적이고, 친근하고, 표면적이고, 생리학적으로 신빙성 있는 현실 층들과의 유희를 위해 유치하고 순진하거나 또는 공격적이고 범속한 의식 유형을 사용한다. '나이프', '식탁', '사탕'은 가장 치환하기 어려운 단어들이기에 거짓되지 않은 기호들이다. 이리나 피보바로바,[6)] 안드레이 투르킨(Андрей Туркин), 율리 구골레프.[7)]

5. 아이러니하고 과장되고 그로테스크한 시. 삶의 일상적 이미지의 정형

---

5) 〔역주〕 Павел Викторович Пепперштейн, 1966~. 러시아의 시인, 화가, 문학 연구가, 비평가, 예술 이론가이다. 아트 그룹 "의학적 해석학' 검열(Инспекция "Медицинская герменевтика")'의 창립자이다. 시집으로는 『대패배와 위대한 휴식(*Великое поражение и Великий отдых*)』(1993)이 있고, 작품으로는 『노인의 다이어트(1982~1997년의 텍스트들)〔*Диета Старика(тексты 1982~1997 годов)*〕』(1998) 등이 있다.

6) 〔역주〕 Ирина Михайловна Пивоварова, 1939~1986. 러시아의 아동문학 작가, 삽화가이다. 모스크바직물대학 실용예술학부를 졸업했다. 대학 졸업 후 화가로서의 명성을 얻으며 몇 년을 장식가로 일했다. 거기서 비공식 예술의 대표자이던 남편 빅토르 피보바로프를 만났다. 이리나는 어린이를 위한 시와 동화를 쓰고 남편은 그녀의 작품에 삽화를 그려주었으며 둘은 아동문학에 커다란 기여를 했다. 대표 작품은 『내 머리는 무슨 생각을 할까(*О чём думает моя голова*)』, 『카탸와 마네츠카의 어느 날(*Однажды Катя с Манечкой*)』, 『숲의 대화(*Лесные разговоры*)』, 『날고 싶어요(Хочу летать)』 등이다. 그녀의 시는 만화영화 〈암기린과 안경(Жирафа и очки)〉, 〈하얀 말 한 마리(Одна лошадка белая)〉 등으로 제작되었다.

7) 〔역주〕 Юлий Феликсович Гуголев, 1964~. 러시아의 시인, 텔레비전 프로그램 진행자이다. 의과대학과 문학대학을 졸업했다. '구급차' 의료원으로 일했고 그 후 러시아의 적십자 국제 위원회 지역 대표부에서 일하면서 방송사 NTV의 편집자와 시나리오작가로도 활동했다. 방송 채널 '모스크바 24'의 〈당신의 접시 위의 모스크바〉라는 요리 프로그램 진행자이다. 시 「제3의 현대화(Третья модернизация)」, 「미탸의 저널(Митин журнал)」, 「엡실론 살롱(Эпсилон-салон)」 등이 사미즈다트에 출판되기 시작하면서 알려졌다. 1990년대 초부터 시가 문학잡지들에 게재되기 시작했다.

들, '모범적' 사회 속 '전형적' 인간 존재의 부조리성을 끌어들여 사용한다. 언어 모델들을 질료로 삼아 작업하는 개념주의와 달리 아이러니 시는, 관념어의 문법적 기술의 추상적 수준이 아니라, 그런 관념어로 생산되는 구체적 발언의 수준에서 작업한다. 그래서 이런 시에서는 개념주의에는 존재하지 않는 웃음, 아이러니, 신랄한 풍자, 유머 등과 같은 작가의 분명한 입장이 유지된다. 빅토르 코르키야,[8] 이고리 이르테니예프.

조건적으로 말해서, 반(反)예술, 즉 언어의 전복에 쏠리고 있는 현대시 스펙트럼의 왼쪽 부분은 이렇다. 그럼 초(超)예술, 언어의 유토피아에 쏠리고 있는 오른쪽 부분으로 옮겨가보자.

6. 메타리얼리즘. 유럽의 고전 문화 유산 전체를 관통하는 보편적 이미지와 실재의 상층부를 다루는 시. 메타리얼리즘은 고대부터 바로크까지, 성서부터 상징주의까지, 현대부터 지나간 시대의 고급문화와 제의적인 시에까지 작동하고 있는 수용과 인정의 제스처들의 체계를 강조한다. '바람', '물', '거울', '책'의 원형은 신화소의 절대성과 초시간성에 끌리는 이미지들이다. 영원한 테마들에 대한 변이들, 고전 시인들과의 상호 교호가 풍부

8) 〔역주〕 Виктор Платонович Коркия, 1948~. 러시아의 시인, 희곡작가이다. 1973년 모스크바항공대학을 졸업했고, 1976~1990년 잡지 《청년 시절》의 시 분과에서 일했다. 1973년부터 시가 발표되기 시작했고, 클럽 '시'(1989)의 참가자이다. 1990년대 초부터 희곡 장르에 관심을 기울이기 시작했고 문학잡지들에 작품을 발표하기 시작했다. 작가 동맹 회원이다. 작품으로는 『머리 검은 사람, 또는 나는 불쌍한 소소 주가슈빌리(*Черный человек, или Я бедный Сосо Джугашвили*)』(1989), 희비극 『불패의 아르마다(*Непобедимая Армада*)』(1995), 희곡 『사랑 수업(*Уроки любви*)』(1996), 서사시 『여가 시간(*Свободное время*)』, 『40의 40(*Сорок сороков*)』 등이 있다.

하다. 올가 세다코바, 빅토르 크리불린,[9] 이반 주다노프, 엘레나 슈바르츠.[10]

7. 컨티뉴얼리즘. 의미가 녹아 사라지도록 고안된 시로서, 각 개별 낱말의 의미를 해체하는 씻기어 무너진 의미장의 시이다. 현대 문학비평 연구들(후기구조주의)에서 사용되는 텍스트의 해체와 탈의미화가 여기서는 창작의 방법론이 된다. 하나의 낱말은 그 의미가 최대한 모호하고, '요동하며', 불연속성을 상실한 채, 다른 모든 낱말들의 의미와 단일 연속체를 이루는 대열로 뻗어나갈 수 있도록 하는 문맥 속에 자리하게 된다. 의미의 멍에에서 벗어나 총체적이고 분할되지 않는 의미 작용의 축제가 도래한다. 아르카디 드라고모셴코,[11] 블라디미르 아리스토프.[12]

8. 프레젠털리즘. 미래주의와 상관되지만 미래가 아닌 현재에 관심을 가지는 사물들의 기술적 미학이며, 사물들의 무게 있고 가시적인 현존의 마

9) 〔역주〕 Виктор Борисович Кривулин, 1944~2001. 러시아의 시인, 소설가, 에세이스트이다. 아버지는 장교였고 어머니는 간호사였다. 1960년 안나 아흐마토바와 알게 되면서 1962년부터 글렙 세묘노프(Глеб Семёнов)가 이끌던 문학 단체에 드나들었다. 1967년 레닌그라드국립대학 인문학부를 졸업했고 인노켄티 안넨스키의 창작에 관한 졸업논문을 썼다. 레닌그라드 비공식 문화의 유명한 활동가였다. 1978년 안드레이 벨리상의 첫 번째 수상자였다. 1970년대 레닌그라드 문학과 문화학 사미즈다트〔잡지 《37》, 《북쪽의 우체국(*Северная почта*)》 등〕의 활동가였고, 1990년대 초에는 잡지 《신문학의 통보자(*Вестник новой литературы*)》의 편집진이었다. 첫 번째 시집이 『시(*Стихи*)』(1981년과 1988년)라는 같은 제목으로 파리에서 출판되었다. 시집으로는 『신청에 따른 콘서트(*Концерт по заявкам*)』(1993), 『마지막 책(*Последняя книга*)』(1993), 『시 이후의 시(*Стихи после стихов*)』(2001) 등이 있으며, 사후에 1970년대 시들을 모은 『구성(*Композиции*)』(2010)이 출간되었다.

10) 〔역주〕 Елена Андреевна Шварц, 1948~2010. 러시아의 여류 시인이며 1970~1980년대 레닌그라드의 비공식 문화의 대표적 인물들 중 한 명이다. 시집으로는 『춤추는 다윗(*Танцующий Давид*)』(New York : Russica Publishers, 1985), 『세상의 여러 측면들(*Стороны света*)』(1989), 『바다 밑바닥 새의 노래(*Песня птицы на дне морском*)』(1995), 『철새(마지막 시들)〔*Перелетная птица*(*последние стихи*)〕』(2011) 등이 있다.

술이다. 현상학적 접근 방법으로, 현상의 세계는 '다른' 선험적 본질에 대한 지시 밖에서, 그 소여 속에서, 그 현시된 모습 자체로서 포착된다. 온갖 심리적 굴절에 이르기까지 눈의 망막으로부터 발산되고 고의로 비인간화된 시선이다. 현대 과학과 기술 생산 문명 속에서 통용되는 기호 체계를 지향하여 전문용어들과 직업적 은어를 은유적으로 사용한다. 심지어 자연까지도 현대 문명의 용어들 속에서 재해석된다. 알렉세이 파르시코프, 일리야 쿠티크.[13)]

∴

11) 〔역주〕 Аркадий Трофимович Драгомощенко, 1946~2012. 러시아의 시인, 소설가, 번역가이다. 1976년부터 사미즈다트에서 출판되기 시작했다. 1990~2000년까지 잡지 《해설(*Комментарии*)》의 상트페테르부르크 지사 편집장이었다. 1974~1983년 사미즈다트 잡지 《시계》의 편집위원이었다. 안드레이 벨리상 심사 위원을 지냈다. 작품으로는 『일치의 하늘(*Небо соответствий*)』(1990), 『의심하에(*Под подозрением*)』(1994), 영어로 미국에서 출판된 *Description*(1990)과 *Xenia*(1993), 장편 『중국의 태양(*Китайское солнце: Роман*)』(1997) 등이 있다.

12) 〔역주〕 Владимир Владимирович Аристов, 1950~. 러시아의 시인, 소설가, 에세이스트, 수학자이다. 1974년 모스크바물리기술대학 응용수학부를 졸업했다. 첫 번째 발표작은 1987년 4월 잡지 《청년 시절》에 실린 시 「회상(Воспоминание)」이었다. 다섯 권의 시집과 장편소설, 시 철학에 대한 에세이를 집필했다. 작품으로는 『이 겨울에서 멀어지면서(*Отдаляясь от этой зимы*)』(1992), 『현실화. 시집(*Реализации: Книга стихов*)』(1998), 『다른 강(*Иная река*)』(2002), 『식탁보의 복원(*Реставрация скатерти*)』(2004), 『시와 서사시(*Избранные стихи и поэмы*)』(2008), 장편소설 『증인의 예언(*Предсказания очевидца*)』(2004) 등이 있다.

13) 〔역주〕 Илья Витальевич Кутик, 1961~. 러시아의 시인, 에세이스트, 스웨덴, 영국, 폴란드 시의 번역가이다. 1982년 고리키문학대학을 졸업했다. 다비도프(А. Давыдов), 예프레모프(Г. Ефремов)와 함께 첫 번째 소비에트 비검열 무크지 《소식(*Весть*)》 발행에 참여했다. 1990년대 초에 수많은 시 페스티벌에 참여하기 위해 출국하였고 모스크바에서 스웨덴으로 이주한 후 미국에 정착했다. 시카고에 거주하고 있으며, 스웨덴 펜클럽과 스웨덴 작가 동맹 회원이다. 시카고 노스웨스턴대학 교수이다. 메타리얼리즘의 창시자들 중 한 명이다. 첫 번째 시집이 1988년에 덴마크어로 출간되었고, 현재 그의 시는 19개 언어로 번역되었다. 작품으로는 『감정의 5종 경기(*Пятиборье чувств*)』(1990), 『오디세이의 활(*Лук Одиссея*)』(1993), 2권짜리 『비극의 죽음(*Смерть трагедии. В 2-х тт.*)』(2003), 『서사시(*Эпос*)』(2010)

9. 폴리스틸리스티카. 콜라주 원칙에 따라 이질적인 언어들을 결합하는 멀티코드적 시. 세속적인 하층 언어와 영웅적이고 장중한 언어, 전통적인 풍경과 기술적 지침서의 어휘들 같은 이러한 콜라주는 무수히 뒤섞인 담론들을 유희한다. 지금 그 안에서 엽록소가 무르익어가고 있는 야금술의 숲들이다. 사물들을 전체적으로, '백과사전식'으로 기술함으로써 다양한 코드들의 유기적 상호 유착을 달성하는 프레젠털리즘과는 다르게, 콜라주 시는 그 사물들의 양립 불가능성과 현실의 파국적 붕괴를 유희한다. 알렉산드르 예레멘코, 니나 이스크렌코.[14)]

10. 서정적 아카이브, 또는 사라지는 '나'의 시. 새로운 시들 중에서 가장 전통적이다. 그 중심으로서 어떤 서정적 '나'를 보전하고는 있지만, 이 서정적 자아는 불안정하며, 붙잡을 수 없도록 미끄러져 내리고, 그것은 딱딱하고 비정한 구조들의 세계 속에서 개성에 대한 서글픈 애수와 불가능성의 양태를 띠며 출현한다. 현대의 환경에 대해 묘사한다는 점에서 리얼리즘이라고 할 수 있지만, 그 환경은 능동적이고 살아 있는 현전이 아니고, 그 대신 이 환경은 고고학적 발굴 지대에서 드러날 하나의 지층('1980년대 모스크바 문화')과 같은 것이다. 정서적 측면에서 향수적이고, 주제의 측면에서는 고고학적 리얼리즘이다. 세르게이 간들렙스키, 바히트 켄제예프,[15)]

∴

등이 있다.

14) 〔역주〕 Нина Юрьевна Искренко, 1951~1995. 러시아의 여류 시인이다. 모스크바국립대학교 물리학부를 졸업했고, 과학기술 책의 번역가로 일했다. 1987년 4월 잡지 《청년 시절》에 처음으로 시를 발표했다. 1980년대 말 드미트리 프리고프, 알렉세이 파르시코프, 빅토르 코르키야 등과 함께 클럽 '시'의 회원이 되었다. 암으로 사망했다. 시집으로는 『선집(*Избранное*)』(2001) 등이 있다.

15) 〔역주〕 Бахыт Шукуруллаевич Кенжеев, 1950~. 러시아어로 시를 쓰는 카자흐스탄 시인이다. 선집 『레닌 언덕: 모스크바국립대학교 시인들의 시(*Ленинские горы: Стихи поэтов МГУ*)』(1977)에 포함되어 시인으로 등단하였다. 청년 시절부터 문학잡지들에 시가 게재되

알렉산드르 소프롭스키.[16)]

이 목록은 수십 개 또는 수백 개의 시들로 계속 열거할 수 있다.[17)]

었지만, 첫 번째 시집은 카자흐스탄 작가 동맹 고문서 기록국에 20년간 보관되었다가 1996년에야 알마티에서 출간되었다. 1982년 캐나다로 이주해서 거주하고 있다. 러시아 펜클럽 회원이고 '등단'상 심사위원(2000)이었다. 그의 시는 카자흐스탄어, 영어, 독일어, 스웨덴어로 번역되어 출간되었다. 작품으로는 『1970~1981년 서정시 선집(*Избранная лирика 1970~1981*)』(1984), 『미국의 가을(*Осень в Америке*)』(1988), 『시(*Стихотворения*)』(1995), 『보이지 않는 것들(*Невидимые : Стихи*)』(2004), 『서한(*Послания*)』(2011) 등이 있다.

16) 〔역주〕 Александр Александрович Сопровский, 1953~1990. 러시아의 시인, 에세이스트이다. 부모는 체스 선수였다. 자서전에서는 아주 어린 시절부터 책 읽기를 광적으로 좋아했다고 말하고 있다. 1969년 8월에 시를 쓰기 시작했고, 1970~1980년대에 모스크바국립대학교 인문학부와 역사학부를 휴학해가면서 다녔다. 그때 보일러공, 경비원, 탐험대 노동자로 일하면서 시 번역 일, 러시아어와 러시아문학 과외도 했다. 1974년과 1975년에 세르게이 간들렙스키, 바히트 켄제예프, 타티야나 폴레타예바, 알렉세이 츠베트코프와 함께 그룹 '모스크바 시간(Московское время)'을 창설했는데 그룹 이름은 소프롭스키가 고안한 것이다. 사미즈다트 선집 발행에 참여했다. 1977년 모스크바국립대학교 시인들의 선집 『레닌 언덕(*Ленинские горы*)』에 처음으로 게재되었고, 잡지 《대륙》과 다른 서구 출판물들에 시와 논문들이 발표되어 1982년 모스크바국립대학교 5학년에서 제적되었다. 1980년대 후반기부터 소련에서 시와 논문들이 발표되기 시작했다. 1983년 반소비에트 선동과 기식 행위에 대한 죄목으로 탄압을 받았다. 1990년 12월 23일 자동차 사고로 죽었다. 1991년 첫 번째 시집 『이별의 시작(*Начало прощания*)』이 '도서관 오고뇨크(Библиотека Огонёк)' 시리즈로 출간되었다.

17) Эпштейн М. *Постмордерн в России: Литература и теория*. М.: Изд-во Р. Элинина. 2000. С. 138~141.

1. 개념주의 시

M. 엡슈테인은 현대 개념주의 시를 "포스트모더니즘의 가장 급진적인 러시아적 이설"이라고 일컬었다.[1)]

주지하다시피, 개념주의 예술은 1960년대 서구 언더그라운드의 품에서 태동하였고, 회화에서 가장 먼저 나타났으며 그 후 시에서 등장하였다(화가이자 시인이며, 현대 개념주의자들의 리더인 D. 프리고프는 이런 의미에서 '전형적'이다). 개념주의 소설가 V. 소로킨의 창작과 관련해서 이미 언급되었듯이, 개념주의는 예술의 전통적 형식에 대한 대체물로 등장하였고 다양한 문화와 과학 유형들의 원칙들을 종합하는 문화 현상이다.[2)]

개념주의의 사전적 정의는 다음과 같다. "개념주의에서는 개념, 즉 사물, 현상, 예술 작품의 형식적·논리적 이상, 그것의 언어화된 개념, 문서적으로 서술된 구상 등이 전면에 제기된다.

이때 개념주의자들은 일상적 콘텍스트에서 극도로 진부하고, 평범하고, 익히 알려진 '개념'과 '이상'을 상당히 규칙적으로 유희하는데, 그것들을 일

1) Эпшейн М. *Постмодерн в России: Литература и теория*. М.: Изд-во Р. Элинина. 2000. С. 275.

2) aptechka.agava.ru/statyi/teoriya/manifest/conceptualizm 1.html에서 발생의 역사와 개념주의자들의 선언을 참조할 것.

상적 문맥에서 끄집어내서 새롭게 창조된 기능 공간으로 옮겨놓는다.

개념주의자들은 아트팩트보다는 그것의 이상의 형성 과정, 개념주의적 공간 안에서 작품의 형성 과정 자체와, 아트팩트의 연상적 · 지적 인식에 주의를 집중한다. (…) 어쩌면 콘텍스트는 개념주의에서 아트팩트 자체보다 더 큰 역할을 한다.

개념주의는 '유희의 법칙'에 정통하지 않은 예술의 주민 또는 애호가들로부터 꽉 막힌 벽에 의해 분리된다."[3]

V. 루드네프의 정의를 추가해보면 다음과 같다. "개념주의는 소비에트 체계 마지막 20년 동안 전개된 예술, 소설, 시의 한 경향인데, '성숙한' 사회주의리얼리즘, 침체기의 예술과 그 현실에 대한 미학적 반작용으로서 발생하였다.

개념은 구멍이 날 정도로 다 닳아빠진 소비에트 텍스트 또는 슬로건, 언어 또는 구두의 진부한 문구이다. 이런 재료를 가지고 러시아 개념주의 대표자들은 창작을 했으며, 그들은 동시에 아방가르드 예술의 대표자였고 자신들의 '잡식성' 시학과 분명한 인용구들이나 표면에 등장한 상호 텍스트의 유희를 통해서 유럽 포스트모더니즘과 잇닿아 있었다."[4]

3) *Культурология: XX век: Словарь*. СПб.: 1997. С. 196~198.
4) Руднев В. *Словарь культуры XX века: Ключевые понятия и тексты*. М.: 1999. С. 137.

2. 드미트리 프리고프 시의 '양적' 질

회화 분야에서뿐만 아니라 시 분야에서도 현대 러시아 개념주의 예술의 지도적인 대표자이자 창시자로 인정받는 인물은 드미트리 프리고프이다. 그는 수많은 특징들로 볼 때 직접적인 의미에서 "개념주의를 자신이 직접 체현하였고"[1] 자기 이름을 개념주의적 구상의 일부로서 텍스트들에 도입하였다. "문단에서 드미트리 알렉산드로비치 프리고프는 개념주의의 가장 최초 멘토로 간주되고 있으며 그의 시는 이 경향의 독창적 얼굴이다."[2]

프리고프의 창작력은 놀랍다(V. 쿠리친의 말에 따르면 "비정상적이지만", "계획적이다"). 프리고프가 하루에 3~4편의 시를 창작하고 있으며, 2000년까지 2만 편의 시를 쓰기로 결의했지만 2000과 20만이라는 의도적인 외적 유사성에 난처해진 시인은 2만 4000편까지로 숫자를 '수정했다'는 사실은 익히 알려져 있다. 프리고프는 이렇게 말한다. "이런 생각이 훨씬 더 아름답지 않은가. 지난 2000년의 매월을 시로서, 그리고 내 인생의 매일을 시로서."[3] V. 슈미트의 말에 따르면, "그런 다작"은 프리고프를 "시 공장의

1) Касьянов С. Размышления об одиноком прохожем // *Юность*. 1994. No. 3. С. 82.
2) Жуков И. О творчестве Винни-Пуха и концептуализме // *Вопросы литературы*. 1994. No. 1. С. 330.
3) Пригов как Пушкин / С Д. А. Приговым беседует А. Зорин // *Театр*. 1993. No. 1. С. 123.

스타하노프운동가"[4]로 만들고 있다. V. 쿠리친은 "여기서는 순수한 양이 미학적 사건이 된다"[5]라고 말한다.

'그런 생산성의 의미'에 대한 질문에 프리고프는 이렇게 답한다. "내 자신에게 다작이란, 물론 러시아 의식의 어떤 원형의 현실화이기도 하며, 빨리 무엇을 던져 메워야만 하는 심연 앞에 서 있는 느낌이다. 이것은 총 생산이다. 그런 파국적 의식이다. 던져 메우면 반대 작용이 발생한다. 던지는 동안은 돌아오는 반작용의 힘으로 심연 위에서 버틸 수가 있다. 그러나 던지는 것을 멈추기만 하면 스스로가 거기로 떨어져버릴 것이다."[6]

프리고프 시적 대상은 가장 넓은 의미에서는 멀지 않은 과거 사회주의적 현실과 그에 의해 탄생한 예술이다. 러시아 현대 포스트모더니즘 이론가 빅토르 예로페예프는 다음과 같이 말한다. "러시아 개념주의의 성공은 미학적 긴장보다는 사회적 긴장에 훨씬 더 많이 내재한다."[7] 그리고 "프리고프에게는 낡아버린 문화 형식들 속에 기생하는 것이 더 큰 의미를 가진다."[8]

L. 루빈슈테인도 빅토르 예로페예프의 말을 되풀이한다. "프리고프의 전략을 결정하는 핵심적 단어들 중 하나는 '이후의(после)'이다. '예술 이후의 예술', '문학 이후의 문학', '시 이후의 시', '저자 이후의 저자' 등의 조건적 상황은, 드미트리 알렉산드로비치 프리고프 자신도 속한 포스트아방가르드적 경향의 작가(예술가와 문학가) 그룹에 의해 다양한 형식들 속에서 경

4) Щмид В. Слово о Дмитрии Александровиче Пригове // *Знамя*. 1994. No. 8. С. 78.
5) Курицын В. *Русский литературный постмодернизм*. М.: ОГИ. 2001. С. 105.
6) Пригов как Пушкин. С. 123.
7) Ерофеев В. Памятник для хрестоматии // *Театр*. 1993. No. 1. С. 136.
8) Там же. С. 137.

험되고 유희된다."[9]

실제로 프리고프는 머리말들 중 하나에서 자신을 "소비에트연방식 시인(эсэсэсэровский поэт)"으로, 자신의 스타일을 "소비에트바이탈리즘(соввитализм)"으로 칭하였다. "이 두 구성 요소만으로도 그가 삶에, 바로 소비에트적 삶에 (…) 관계를 가진다는 사실을 알 수 있다."[10]

프리고프의 시에서 모델화되는 사회적 공간은 이미 알려져 있는 곳이면서도 무한하다. 시인 프리고프는 '공산주의적 기숙사'의 이미지가 아닌, 드러나는 본질뿐만 아니라 보이지 않는 본질을 설명해주는 '소비에트 세계관' 자체를 복구한다.

A. 조린의 의견에 따르면 프리고프의 텍스트들은 '세련된 사회적 기쁨'(줄 서기, 부족한 상품 구하기, 공공의 일상적 어려움 견디기)을 맛보는 사람의 재능을 정당화해준다. 이때 "텔레비전 프로그램 〈브레먀(Время)〉를 시청하고, 《프라브다(*Правда*)》지를 통해서 정치국의 자리 이동을 주시하고, 보드카와 소시지를 사려고 줄을 서고, 축구팀 '스파르타크'를 응원하는 자유주의적 인텔리는, 자신의 존재 방식의 시적 합법성을 갑자기 인정받고 매개 시스템을 획득하게 되는데, 그 시스템을 통해서 그의 삶의 이런 기본적인 측면들은 예술에 참여하게 된다."[11] 이때 V. 쿠리친의 말에 따르면 "프리고프는 텍스트를 창작한다기보다는 그런 정보의 제스처에 대한 자신의 권리에 대해 주위 사람들에게 통보하고 있다."[12]

9) Рубинштейн Л.(О Д. А. Пригове)//Пригов Д. *Советские тексты*. СПб.: Изд-во Ивана Лимбаха. 1997. С. 6.

10) Пригов Д. *Советские тексты. 1979~1984*. СПб.: Изд-во Ивана Лимбаха. 1997. С. 24.

11) Зорин А. Чтобы жизнь внизу текла: (Дмитрий Александрович Пригов и советская действительность)//Пригов Д. *Советские тексты*. С. 16.

12) Курицын В. *Русский литературный постмодернизм*. С. 108.

저자는 널리 통용되는 이데올로기소의 범위 내에서 창작한다. "소비에트의 삶은 천국의 삶과 동일시되고", 외적 차원에서 프리고프는 "사회주의 리얼리즘 미학의 요구들을 현실화하기 위해 노력하는 것"처럼 보인다.[13] 이런 노력의 바탕에 신화적 · 이데올로기적 단위에 대한 지지가 아니라, 그런 이데올로기의 비속화와 비하, 탈신화화와 탈이데올로기화, "우리의 신뢰에 대한 권리를 상실한 본질들의 신용 상실, 그 표준성을 확신하기 위해서는 전문가의 감정이 요구되며 의심을 받고 있는 가치들의 위신 하락 등이 자리한다는 사실은 별개의 문제다."[14] 장르적 관계에서 프리고프의 시를 정의하기란 매우 어렵다(이 경향의 다른 대표자들도 마찬가지다). 개념주의 시는 장르적 순수성을 허용하지 않으며 시의 규범적 · 전통적 경계들은 "협소하다." 개념주의 시는 혁신과 알아보기 어려운 것을, 독창성과 비반복성을 유희한다. 비평가들과 프리고프 자신이 장르적으로 프리고프 시를 정의한 것들 중에서는 다음과 같이 매우 다양한 정의들을 발견할 수 있다. "텍스트(текст)", "작품(опус)", "사물(вещь)", "필로소페마(философема)", "미니어처(миниатюра)", "시(стих)", "사이비 시(псевдостих)" 또는 "시의 이미테이션"(프리고프), 일반적인 장르적 정의와는 거리가 먼, "이상하지만 성공적인 단어들의 조합."(프리고프)

B. 보루호프의 관찰에 따르면, "프리고프가 창작하는 텍스트들은 실제로는 그 장르가 아니면서 마치 무슨 장르인 척하는 것 같고", "그 텍스트들 모두는 사실 가짜 장르들이다."[15]

13) Добренко Е. Преодоление идеологии: Заметки о соц-арте//*Волга*. 1990. No. 11. С. 176.

14) Борухов Б. Категория "как б" в поэзии Д. А. Пригова//*АРТ: Альманах исследований по искусству*. Саратов.: 1993. Вып. 1. С. 102.

15) Там же. С. 94.

"소비에트연방 공산당 중앙위원회, 소련의 최고 소비에트 상임위원회와 소비에트 정부는, 1837년 2월 10일(1월 29일) 비극적 결투의 결과로 인해 위대한 러시아 시인 알렉산드르 세르게예비치 푸슈킨이 38세의 나이로 생을 마감했다는 사실을 깊은 애도로 통보한다.

A. S. 푸슈킨 동무는 원칙성, 조국애, 자신과 주위 사람들에 대한 엄격한 태도가 항상 돋보였다."[16]

인용된 텍스트는 부고로 인정할 수도 있는데, 왜냐하면 그 텍스트는 부고의 '장르적' 형식과 내용을 재현하고 있기 때문이다. 그러나 '엄격한 정부' 시스템의 규정들로 탄생한 공식적 당 · 정부의 애도 통보라는 무인칭의 틀에 박힌 진부한 문구는, 형식뿐만 아니라 내용의 관점에서도 '장르'의 파괴를 불러오면서 러시아문학의 '황금 세기'로 갑자기 이동된다.

프리고프 시의 장르적 이동성을 지적하기 위해서는 '머리말'들 중 하나에, 예를 들어 『흡수기 속 50개의 핏방울(*Пятьдесят капелек крови в абсорбирующей среде*)』에 첨부된 '머리말'에 주의를 기울이는 것으로도 충분하다. 프리고프는 다음과 같이 말한다. "이 작품은 일본 하이쿠 스타일, 연상 시, 경구와 팝아트와 개념주의 텍스트들의 교차점에 위치한다. 사실, 하이쿠와는 다르게, 구체적 대상이나 경험에 대한 모든 지적이 곧바로 단순한 발언, 단순히 언어적 행동이 되려고 지향하는 것이다. 경구의 전통과는 달리, 저자는 절약과 교훈적 사고의 원칙을 따르지 않는다. (…) 너무나도 엄격한 고안성은 연상 시에 부합하지 않는다. (…) 팝아트나 소츠아트, 다른 개념주의적 텍스트들과 다른 점은 이런 시들이 아무리 하찮은 것이라도 가시적이고 감정적인 현실적 경험에 의존하려고 한다는 것이다. (…)

16) Пригов Д. *Советские тексты*. С. 12.

대체로 모든 것이 조금씩이다."[17]

프리고프의 텍스트들이 대체로 구두점이 없으며, 단일한 연속 텍스트로 합쳐지듯이 문장부호가 없다는 사실에 주의를 기울여야 한다. 만약 고전적 장르 체계에서는 모든 것이, 즉, 행의 크기, 행 구조의 내적 법칙, 행 결합의 성격, 시절(詩節)의 크기와 대칭 등이 모두 의미를 가진다면, 프리고프의 시에서는 이 모든 것이 그 의미와 필요성을 상실한다. 즉 프리고프의 시에서 익숙한(전통적인) 장르적 정의를 찾는 것은 효과적이지 않다. 만약 이런 차원에서 시가 생명력이 있다면 비평가들은 그 시의 새로운 장르적 경계들을 둘러치고 그에 상응하는 용어들을 찾았을 것이다. 이 단계에서는 프리고프 시의 장르적 불안정성과 모순성, 비독창성과 혼합성을 확인하는 것으로 충분할지도 모른다.

프리고프 시에서 본질적인 것은 시학적 텍스트에서 저자와 주체 형상의 존재에 대한 문제, 그들의 상호 관계에 대한 문제, 또는 다른 말로는 '개념적' 인물의 형성에 관한 문제이다.

저자의 형상과 서정적 주인공 형상을 최대한 접근 · 결합하는 것이 개념주의자들의 공통된 지향성이라면(만약 이 점을 개념주의 시에 적용해서 말하는 것이 적절하다면), 비평가들은 저자 · 인물의 동일한 마스크 · 형상을 프리고프 시의 특징으로 꼽고 있다.

한편으로는 프리고프 자신도 이런 사실을 확인하듯이 다음과 같이 말한다. "나는 고백적 시도, 개인적 차원의 시도 쓰지 않는다. 나에게는 개인적 언어가 없다."[18] "나는 물론 주로 러시아 문화와 작업을 한다. 그 안에

17) Пригов Д. *Пятьдесят капелек крови*. М.: Текст. 1993. С. 7.

18) Гандлевский С. Пригов Д. Между именем и имиджем // *Литературная газета*. 1993. 12 мая. С. 5.

는 고정된 이미지와 역할, 행동 모델들이 있다."[19] "표식화된 예술의 영역에서의 이미지, 행동, 제스처는 기껏해야 예술 대상 (…) 또는 텍스트를 의미하거나 적어도 그 이상을 의미한다."[20]

그러나 다른 한편으로는 프리고프 자신이 직접 예술 텍스트에서 자신과 주인공을 다음과 같이 구별한다.

> 내가 내 시구에 나오는 단순한
> 주인공들로 살 수 있다면
> 아, 그러나 이렇듯, 나는 그들보다 교활하다
> 그러나 나는 다르게는 할 수가 없다
> 왜냐하면 이렇듯 그들은 주인공이기 때문이다
> 그들을 위해서는 본성 자체가 교활하다
> 그러나 나를 위해서는, 나 외에
> 누가 교활할 것인가?(제1권, 112)[21]

또는 그가 "다양한 주인공들을 무대로 등장시키는 감독처럼" 일하고 있다고 말하기도 한다. 그러나 그가 주인공들을 어떻게 등장시키고, 이들이 어떤 주인공들이고, 연극적 충돌이 어떻게 해결되느냐에 따라서, 감독인

19) *Пригов как Пушкин*. С. 117.

20) Там же. С. 117.

21) 여기와 이후에서 (특별히 부언한 경우를 제외하고) 프리고프의 작품들은 다음의 인용을 따른다. Пригов Д. 1) 1975년부터 1989년까지 집필한 작품. *Написанное с 1975 по1989*. М.: Новое литературное обозрение. 1997("제1권"); 2) 1990년부터 1994년까지 집필한 작품. *Написанное с 1999 по 1994*. М.: Новое обозрение, 1998("제2권"). 본문에는 책과 쪽수만 표기한다.

그는 이 연극 연출의 수준에서 이해된다."[22]

자신을 감독 또는 지휘자와 비교하면서, 프리고프는 주인공 · 인물과 작가 · 창조자 간의 상관관계의 전통적 모델에 대하여 생각해보도록 강요한다. 그 결과 V. 슈미트의 다음과 같은 의심은 어쩌면 당연하다. "'역할', '마스크', '이미지', '연기' 등 이런 모든 개념은 얼마만큼 인정되는가. 그런 기호는 주체의 어떤 이중성을 염두에 둔 것이 아닌가. 그 주체는 두 개의 모습으로, 진지한 인간과 얼굴을 찡그리는 등장인물로, 진짜와 가짜 주체로 분리된다. 프리고프의 의미론적 제스처와 그 뒤에 드러나는 포스트모더니즘적 신앙을 올바로 이해한다면 그런 주체의 분열은 인정되지 않는다. 왜냐하면 포스트모더니스트들은 마스크나 연기나 역할에 관계없이 존재하는 어떤 진정한 본래의 주체라는 존재를 더 이상 믿지 않기 때문이다. 즉 드미트리 알렉산드로비치 프리고프라는 등장인물 뒤에는 진짜의 드미트리 프리고프가 숨어 있는 것이 아니다. 그런 진짜 프리고프는 아주 없는 것이다. 포스트모더니즘의 언어로 말한다면 단지 이미지나 시뮬라크르만이 있을 뿐이다. 그래서 '감독'이나 '지휘자'라는 메타포가 얼마나 인정되는 것인가 하는 질문을 던지게 된다. 그 용어들에서는 마치 어떤 프리고프가 알렉산드리치(Александрыч)라는 인물을 묘사하는 것 같고, 엄격한 감독처럼 그 인물을 다루고 절제하여 침착하게 대하는 것 같은 허구적 가정이 느껴진다."[23]

이런 식으로, 다음과 같이 어떤 조건성을 받아들일 수밖에 없다. 프리고프와 등장인물과 작가, 그리고 등장인물이 아니고 작가도 아닌 완전한 프

22) Гандлевский С. Пригов Д. Указ. соч. С. 5.
23) Шмид В. Указ. соч. С. 78.

리고프. 시인 프리고프와의 인터뷰에서 S. 간들렙스키는 다음과 같이 지적한다. "당신은 어디나 있고 어디에도 없습니다."[24] L. 루빈슈테인도 프리고프에 대해서 이와 유사한 말을 하는데, "텍스트에서의 작가의 존재 또는 부재가 (…) 아른거리는 느낌"[25]이라고 말한다. 프리고프 자신은 이렇게 언급한다. "나는 예술에서 완전성으로 존재하지 않고, 나는 삶에서 가치로 존재하지 않는다. 나는 이런 경계 자체이며, 이 현실에서 다른 현실로 이동하는 양자이다."[26] 다른 말로 하면, 프리고프의 시에서 작가와 등장인물 간의 실제 거리는 의식적으로 최소화된다. 저자는 "작가와 등장인물의 가치 평가 외적인 결합 방식"[27]을 보여주면서 자신을 등장인물처럼 구성한다.

프리고프 시에서 저자는 자신의 위치를 드러내지는 않지만 가장 다양한 등장인물들을 구현한다. 드미트리 알렉산드로비치 프리고프, "소비에트의 공식적 · 민속적 의식의 구현자",[28] 그리고 극히 잘 알려진 '밀리차네르(милицанер)'[29]부터 체루비나 드 가브리아크(Черубина де Габриак)[30]까지 (V. 쿠리친은 "프리고프는 많다……"[31]고 했다). 빅토르 예로페예프의 말에 따르면, 작가는 "변복(變服)을 좋아하기 때문에 변복을 할 뿐만 아니라, 변복

24) Гандлевский С., Пригов Д. Указ. соч. С. 5.
25) Рубинштейн Л. Когда же придет настоящий "П"?//*Итоги*. 1999. No. 17. апр. С. 233.
26) Пригов как Пушкин. С. 130.
27) Шмид В. Указ. соч. С. 78~79.
28) Пригов как Пушкин. С. 130.
29) 〔역주〕 '경찰(милиционер)'을 소리 나는 대로 적은 것으로, 프리고프 시의 한 주인공이다.
30) 〔역주〕 Черубина де Габриак, 1887~1928. 본명은 엘리자베타 이바노브나 드미트리예바(Елизавета Ивановна Дмитриева)로, 결혼 후의 성은 바실리예바(Васильева)이다. 러시아의 여류 시인이다. 유형에 처해져서 타슈켄트의 병원에서 간암으로 세상을 떠났다.
31) Курицын В. Пригова много//*Театр*. 1993. No. 1. С. 142.

을 함으로써 두 문화, 즉 민중 문화와 인텔리 문화의 긴장, 국가와 시인의 긴장, 시인과 군중의 긴장 차원에서 다양한 양상의 갈등이 발생하기 때문에 변복을 한다."[32]

저자는 '이미지들의 혼합'을 자주 이용하며, 이런 의미에서 그의 텍스트는 "반항하는 이상, 언어, 스타일들의 주거지"[33]로 변한다. 가장 간단한 예는 다음과 같다.

나는 작은 발레리나
거기엔 항상 무엇이 있고
거기엔 아무것도 다른 것이 없기도 하다
나의 망토는 투명하다
오, 나는 오만한 사람, 나는 도망자
어디에서 나와서 어디론가로 도망치고
내게 귀환이란 없다
—오 신이여, 내 들판은 어디인가요?—
볼쇼이 극장이다, 내 자녀야.(제1권, 101)

이 시에서는 Sh. 페로(Ш. Перро)의 『빨간 모자(*Красная Шапочка*)』에 나오는 회색 늑대의 어조를 표현한 신의 목소리와 발레리나의 목소리가 섞여 있다.

또는 다른 예도 있다.

32) Ерофеев В. Русские цветы зла// *Русские цветы зла*: СПб./Сост. В. Ерофеев. М.: Зебра Е: Эксмо-Пресс. 2001. С. 27.
33) Шмид В. Указ. соч. С. 78에서 인용함.

일상에서 마치 천상의 일을 함으로써

내 삶은 환해지고

때로는 내 발 아래서 발굽 소리를 듣고

때로는 마당의 우물 밑바닥으로부터

날갯짓 소리가 내게 들려온다

나는 **온통** 전율하며 **잊어버린다**

내가 무엇을 **원했고, 했었고, 해야 하는지**

무슨 말을 **했었는지**.(강조는 저자)(제2권, 99)

이 시에서는 때로는 여성이고 때로는 남성인 하나의 주체가 분명하게 감지된다.[34)]

프로고프의 텍스트를 관찰하면 '마치(как бы)'라는 단어에 주의를 기울이게 되는데, B. 보루호프는 이를 "프리고프 스타일을 수직적으로 구분하는, 이 시인의 예술 세계의 가장 중요한 카테고리들 중 하나"[35)]라고 정의했다. 여기에 '~와 비슷한, 유사한'이라는 카테고리도 첨가할 수 있는데, 이 카테고리는 '마치(как бы)'와 함께 프리고프의 전체 시학 체계의 한 요소가 되며, 고유한 마스크 없이도 비교 방식을 통해서 텍스트에 마스크적 특징을 부여한다.

나는 어째서인지 갑자기

게 비슷한 것이 죽었다고 상상했다

34) 〔역주〕 한 시에서 여성형 동사와 남성형 동사가 같이 쓰이고 있기 때문에 이렇게 언급하고 있다.

35) Борухов Б. Указ. соч. С. 94.

무엇인가가 어디론가로 기어갔고

파고들었다

그 다음에 모든 생각을 그만두었고

한 점을 응시하고 앉았다

이렇게 다음 날 밤에

죽었다.(제2권, 29)

비교의 원칙은 프리고프의 시에서 '의미상의' 차원에서도 다음과 같이 작동한다.

수소가 수소를 멋지게 넘어뜨렸다

신(新)문화적 힘의 야만성이란 의미다

코끼리가 말 속에서 코끼리를 잡아챘다

물리적 크기가

점 모양으로 불타는 정신적 에너지로

변했다는 의미다.[36)]

프리고프 텍스트는 수많은 이미지 · 마스크들과 이에 상응하는 수많은 언어와 스타일들을 열어놓는다. L. 루빈슈테인은 타당성 있게 프리고프 텍스트에 존재하는 "다양한 언어적 공간과 다양한 언어 장르들"[37)]의 상호작용에 대해 언급하고 있다. 프리고프 시의 '스타일 · 언어'의 영역은 폭넓

36) Пригов Д. *Пятьдесят капелек крови*. С. 89.

37) Рубинштейн Л. Что тут можно сказать….//*Личное дело No. Литературно-художественный альманах*/Сост. Л. Рубинштейн. М.: В/О "Союзтеатр". 1994. С. 234.

으며, 고양된 감동적 스타일부터 거친 욕설과 상스러운 표현까지 모든 것을 포함한다. A. 푸슈킨과 F. 튜체프를 연상시키는 표현들과 일상 언어의 습관적인 표현들도 있고, A. 아흐마토바와 O. 만델슈탐 시의 어조와 거리의 언어, 광고와 선전 플래카드 언어도 있고, 러시아와 세계 고전 문학에서 인용한 표현들과 틀에 박힌 잡지 · 신문 문구들과 공식적 사무 용어들도 있고, 학술 언어와 전문용어와 다양한 사회적 어휘, 은어와 욕설도 있고 프리고프 자신이 창작한 단어도 있다.

우리가 조국을 사랑하면 할수록
조국은 우리를 덜 사랑하게 된다
나는 어느 날 이렇게 말했고
지금까지도 생각이 바뀌지 않았다.(제1권, 202)

비평가들은 "다양한 스타일"에 대한 프리고프의 "지극히 냉담한 태도"(S. 간들렙스키)를 여러 번 지적하였다. V. 쿠리친도 이렇게 언급한다. "여러 이미지들의 영향하에 창작된 프리고프의 시는 어조상 그렇게 큰 차이를 보여주는 경우는 아주 드물며, 오히려 서로 비슷하다. 개성이 표현되었다면 그것은 주제상이지 스타일상으로는 전혀 표현되지 않았다. 프리고프가 자신의 마스크들에 '완전히 몰입하기'에는 접근하지 않는 것 같고, 그는 다만 그런 마스크들을 생산하는 것으로 충분한 것 같다."[38] 즉 프리고프 시에서의 가장성은 가상적 성격을 띤다. 마스크들의 다양한 이름과 명명들에도 불구하고 프리고프는 텍스트를 사용하기보다는 "드리트리 알렉산드

38) Курицын В. *Русский литературный постмодернизм*. С. 106.

로비치의 이미지"[39]를 이용한다. 그리고 이것은 아마도 "자기중심적" 프리고프 시의 진정으로 유일한 마스크이자 유일한 스타일이다. J. 프롭슈테인은 이렇게 언급한다. "프리고프 자신의 이미지는 이미 오래전에 (…) '밀리차네르(Милицанер)'의 이미지 자체와 결합했고, 그 이미지는 자신의 창조자를 완전히 몰아내고는 그를 대신했다."[40]

밀리차네르는 공원을 산책한다
가을날 늦은 시간
입구로 들어가는 머리 위
하늘은 아치 모양으로 창백해진다

미래도 그렇게 거짓 없이
가로수 사이로 나타난다
사려 깊은 사람들 사이에서
그의 직위가 사라질 때
제복이 필요 없어질 때
권총집도, 권총도 필요 없을 때
모든 사람들이 형제가 될 때
모두가 경찰이다.(제1권, 194)

39) Рубинштейн Л.(О Пригове)//*Личное дело No. Литературно-художественный альманах*. С. 207.
40) Пробштйн Я. Неслыханная простота//*Литературная газета*. 1993. 28 июля. С. 4.

이 연작시들에서 V. 마야콥스키부터 S. 미할코프[41]에 이르는 사회주의 리얼리즘 텍스트들에 대한 프리고프의 호소는 분명하며 의도적이다. A. 조린은 프리고프의 경찰 뒤에서 "심리적으로 뚜렷한 전망이 없을 때 매 순간 수용소에 처해질 수 있는" '솔제니친과 샬라모프식[42] 비밀경찰'의 계승자를 본다.[43]

프리고프의 말에 따르면, 최근 그는 "무인칭적" 시와 함께 "가장 개인적인 시를 쓰려는 시도"를 하고 있다. 그 시는 "매우 유사한 시"가 되어야만 한다. "왜냐하면 모든 시는 스타일적 · 역사적 흔적을 가지기 때문이다. 그래서 어떤 시를 쓰더라도 이것은 가장 개인적인 시이기도 하다."[44] 이런 확신은 어느 정도 괴변적이기도 하지만, 포스트모더니즘 시의 러시아적 이설에서 개인적(고백적) 특징을 보여주려는 프리고프의 의도는 흥미롭다(중요하다)고 할 수 있다.

'팝-모델들', '팝-이미지', '문화에 대한 팝-관념' 등 대중문화에 의해 탄생하고, 개인적 특성의 표현이 상실된 다양한 마스크와 이미지들의 수용은 프리고프의 시에서 패러디적 특징이 발전할 수 있게끔 자극한다. 의미의 '수직선'과 형식적 표현의 '수평선'이 패러디화된다. 이와 관련해서 프리고프의 시에서 엄청난 양의 인용 텍스트들이 존재한다는 것이 쉽게 설명된

41) 〔역주〕 Сергей Владимирович Михалков, 1913~2009. 모스크바 출생. 러시아의 작가, 시인, 작사가, 희곡작가이다. 대조국 전쟁(독소전쟁) 당시에 종군기자로 활동하였으며, 소련과 러시아연방 국가(國歌)의 작사가이기도 하다. 사회주의 노동 영웅, 레닌 훈장 수상자(1970), 세 차례의 스탈린 훈장 수상자(1941, 1942, 1950)이자 소연방의 국가상 수상자(1978)이다.

42) 〔역주〕 알렉산드르 솔제니친과 바를람 티호노비치 샬라모프가 소련의 특별 수용소에 대한 작품들을 창작한 것을 두고 하는 말이다.

43) Зорин А. Указ. соч. С. 14.

44) Пригов как Пушкин. С. 122.

다. 마스크도, 패러디도 본질상은 '인용구들'이다. 왜냐하면 '근거 자료'가 반드시 존재하기 때문이다.

프리고프 시에서 인용은 패러디적이지만, 패러디적 본성이 갖는 폭로적 역할은 어느 정도 씻겨나간다.[45] "어디나 존재하고 전체를 포괄하는 아이러니"(V. 슈미트)와 유희적 특징이 효력을 발휘한다.

학들이 선홍빛 띠로 날아간다
어딘가 저기서 불안하게 손짓하며
그들의 대열에 작은 간격이 있다
어쩌면 이 자리가 나를 위한 것인지도

날기 위해서 최후 목적지로 날기 위해서
저기 저 멀리에서야 제정신으로 돌아오기 위해서
우리는 도대체 어디까지 날아온 것인가?
도대체 이 학들은 어떤 새들이란 말인가?!(제1권, 62)

또는 다음과 같은 시다.

어린 풋내기가
아버지한테 달려갔다
아버지, 침대에서 일어나요

45) 참조할 것. Седакова О. Музыка глухого времени // *Вестник новой литературы*. 1990. No. 2.

그물을 끌어당겨요!—

뭐하러 그물 끝을 당긴단 말이냐?—

뻔한 일인데—죽은 것들만

온통 걸릴 뿐인데—

사실이잖아.(제1권, 100)

프리고프의 아이러니는 진지함에 대립하지도 않고 진지함을 제외하지도 않는다. 비평가들의 관찰에 따르면, 프리고프에게서는 "전통적인 대립이 '농담으로' '진지하게' 제거된다." 그래서 "프리고프와 개념주의의 아이러니는 위선의 성격을 띠지 않고," "가치론적 비결정성과 무관심성의 양태"는 저자의 위치를 진정으로 구현하는 것이 아니라 "모든 가치들의 비(非)확정성"에 대한 관념을 표현한다.[46]

만약 상품이 있다면,

무엇인가 다른 것이 없다네

만약 다른 것이 있다면

상품이 없다네

만약 아무것도 없다면

상품도, 다른 것도 없다면

어쨌든 그 무엇이라도 있게 마련이네—

살아가고 사고하고 있지 않은가.

「사람은 빵만으로 살 수 없다라는 테마에 대한 시시한 생각」(제1권, 5)

46) Шмид В. Указ. соч. С. 79.

프리고프의 시를 포함해서 개념주의 시의 일관된 구성 원칙들 중 하나는 부조리의 원칙이다. 완전히 분명한 사실은 "프리고프에게서 부조리성은 주제적 차원과 형식적 차원에서 나타난다는 것이다. 전통적 형식의 궤도에서 움직이는 그의 시가 갑자기 부조리한 전개를 하는 것이 한둘이 아니다. 부조리한 특성은 운율, 운, 스타일 체계에서 갑자기 탈락할 수도 있다."[47)]

프리고프의 "내용적" 부조리의 근간에는 비논리성이 자리하는데 그런 비논리성은 거의 모든 텍스트들을 꿰뚫고 있다. 그의 '테제'는 항상 '안티테제'로 전환한다.

> 나는 브라질 커피를 마시고
> 네덜란드 닭고기를 먹고
> 폴란드 샴푸로 머리 감고
> 인터내셔널이 될 것이다.(제1권, 9)

또는

> 고양이가 달려가면서 눈을 번뜩인다
> 발톱으로 마룻바닥을 저도 모르게 스르륵거린다
> 신은 깃털 주머니를 고양이에게 멋지게 지어줄 것이다
> 신은 고양이를 바라보며 눈길로 쓰다듬고
> 생쥐를 기꺼이 고양이에게 보내준다

47) Шмид В. Указ. соч. С. 79.

벌써 생쥐는 온통 벌벌 떨면서 말한다

제가 뭐가 못한가요?—힘없이 호소한다

너는 못하지 않아—신은 생쥐에게 말한다

심지어 더 훌륭하지.(제1권, 64)

'주제적'이면서도 '형식적인' 부조리의 예로 인용할 수 있는 것은, 완전히 우연적인 유사성에 따라서 비동기화된 동일시의 결과로 프리고프 세계의 객체(또는 주체)가 전혀 다른 본성을 획득하는 경우들이다. '블로크(Блок)'[48]와 '블록(блок)'[49]이란 단어들의 음성과 표기가 일치하는 것은 다음과 같이 말하기에 충분하다.

이렇게 알렉산드르 블로크는

아무리 개념이 다르다 할지라도

....공산주의자들과

48) 〔역주〕 Александр Александрович Блок, 1880~1921. 러시아의 시인. 상트페테르부르크 출생. 1906년 상트페테르부르크대학 문학과를 졸업하고, 후기 러시아 상징주의의 대표자의 한 사람으로 활약하였다. 솔로비요프의 신학 사상의 영향을 받아 종교적 정감과 '영원의 여성'의 이상상(理想像)에 대한 로맨틱한 희구(希求)를 노래한 첫 번째 시집 『아름다운 부인에 관한 시』(1904)로부터 출발하였다. 제1차 러시아혁명(1905) 때부터 자본주의 도시에서의 인간의 비극을 보고, 데카당 유미주의(唯美主義)를 극복하고 '새로운 사실주의'를 탐구하였으며, 조국의 운명과 문화에 대해 깊이 사색한 끝에 귀족·부르주아 사회에 대한 비판과 부정을 하기에 이르렀다. 이 과정은 시집 『뜻밖의 환희』(1907), 『눈(雪)의 가면』(1907), 『눈 속의 대지(大地)』(1908), 『서정시극(抒情詩劇)』(1908), 『조국』(1907), 『러시아』(1908), 『보복』(1910~1921) 등에 반영되어 있다. 11월 혁명(구력 10월) 직후에 구세계의 파멸과 신세계의 탄생을 노래한 장시 『열둘』(1918)을 발표함으로써 소비에트 시문학의 첫 페이지를 열었다.

49) 〔역주〕 'блок'은 블록, 연합, 동맹, 한 조 등의 뜻이다.

비당원들의 블록연합이다.(제2권, 79)

과거, 현재, 미래 간 경계의 씻김, 즉 "초시간성"(E. 도브렌코)은, 시간과 공간 간의 경계 씻김과 마찬가지로 프리고프 텍스트의 부조리성의 표현자이다.

수리공이 겨울 뜰로 나온다
바라보니 뜰은 이미 봄이다
이렇듯 그가 이제는—
고등학생이던 그가 이제는 수리공이다.(제1권, 22)

다음의 시에서처럼 산개되고 "전위된"(V. 쿠리친) 은유도 부조리에 해당한다.

바람이 울부짖는다—(윙윙거린다)
뼈를 에는 듯하다
이렇게 한 뼈를 에어낼 것이고
어딘지 모르는 곳으로 가져갈 것이다
어딘지—모르는 곳으로 가져갈 것이다
—누가 문을 두드려요, 엄마!—
보세요—저기 뼈 하나가
혼자서
뼈 하나가 서 있어요.(제1권, 78)

형식적인 특징들의 층위에서 부조리는, 시행, 운율, 리듬, 운 등과 같은 예술 텍스트 현상들이 작용하는 과정에서 전형적으로 관찰할 수 있다.

> 프리고프 텍스트의 운율에 대한 대화에 덧붙여
> 칼루가의 오를로프와 내가 부각을 빚을 때,
> 거기서 우리의 군인들은 떠나갔고
> 작은 어린애들은 그들의 뒷모습을 바라보았네
> 그런 작은 것들을
> 오를로프와 나는 사랑했고 우리가 빚었네
> 그리고 서로서로 정답게 농담했네
> 이게 바로 이데올로기적 대상이야
> 작품이 완성되기 바로 전에
> 내 기억으로 이런 일이 있었지
> 거기에 있던 살아 있는 여인들 중 한 명이
> 빚어놓은 어린애를 보고는 얼굴이 굳더니
> 조용히 기도했어: 내게도 그런 아이를 주시길!(제1권, 103)

단장단격(амфибрахий)으로 시작된("Когда мы с Орловым в Калуге лепили…"), 시는 이후에 정의할 수 없는 운율로 가득 차거나("и был словно из-под земли этот глас", "И члены все одеревенели у нас") 운율이 전혀 없기도 하다("маленькие такие", "Дело было, помню", 마지막 시구는 "а народ, Орлов"). 마지막은 유명한 "프리고프식 시구"(A. 조린)이다. 의미적 · 문장론적 고갈 후에 등장하는 시의 마지막 시구는 독특한 '레주메(resume)'의 형식이다.

수도꼭지에서 물이 흘러나온다
깨끗하고 투명하고 조밀하네
다른 특징들도 100가지가 넘지만
이것으로부터는 무엇이 도출되나?—
다음이 도출되네: 살아야 하고
천으로 사라판을 지어야 하고
아무리 원치 않더라도, 확신해야만
한다고 말해라.(제1권, 17)

동시에 프리고프 시에서 자주 이용되는 또 하나의 기법, 즉 다의성과의 유희에 주의를 기울일 수 있다. "흐르다(течь)"로서의 "흘러나오다(вытекать)"와, "도출되다/나오다(следовать)"로서의 "나오다(вытекать)"이다. 또는 다른 시에서는 다음과 같다.

오, 나의 조국이여
너는 이 밤에
아들도 딸도 아닌
힘겨운 상실을 가져갔구나
너는 그것을 어디로 가져갔느냐?(제1권, 126)

이 시에서는 '가져왔다(понесла)'라는 단어의 다의미성을 근거로 하고 있다. 한 의미는 '임신했다(забеременела)'이고 다른 경우는 '상실했다(потеряла)'이고, 직의는 '가져가다(нести)'(예를 들어 무엇을 손에 들고 가다)이다.

프리고프 시에 나타나는 운의 완전한 제거도 부조리의 형식적 특징으로 간주할 수 있는데, 프리고프는 운이 맞는 단어들을 완전히 동일하게까지 만든다.

훌륭한 **주인공**은
그는 **두려움 없이** 앞으로 나간다
평범한 우리의 **주인공**도
거의 **두려움이 없다.**[50)]

똑같은 단어들의 운 맞추기에서 E. 도브렌코는 "의미의 공백"[51)]을 드러내는 논리적 결말까지 이끌어지는 가짜 수사학, 즉 수사학의 요소를 본다.

인민을 그는 비(非)인민과
글자 그대로의 **의미상** 인민으로 나눈다
비인민은 불구자가 아닌 것이다
그러나 그는 고상한 **의미**로 잡종이다

인민은 **인민**이 아닌 것이다
그러나 그것은 이것이 **인민**이라고 정확히 지시하지 않는
인민의 표현이다
그러나 정확히 말해라 인민이라고! 그리고 마침표.(제1권, 156)

50) ЁПС:*Сб. рассказов и стихов* / *В. Ерофеев. Д. Пригов В. Сорокин*. М.: Зебра Е. 2002. С. 212.

51) Добренко Е. Указ. соч. С. 176.

인용된 예에서 텍스트의 근간에는 인민성에 대한 이데올로기소가 있다('인민의 현명함에 호소하다', '인민의 이름으로 말하다', '인민의 눈으로 보다', '무엇보다 인민이다', '인민은 항상 옳다' 등). 이러한 이데올로기소는 운이 맞는 단어들의 동일시를 위해 '평평해지고' 비속화될 뿐만 아니라, 텍스트 자체에서 반복되어 지나치게 증가한다(제8행에서는 '인민'과 '비인민'이란 단어가 아홉 번이나 존재한다).

프리고프의 운은 원칙적으로 부정확하거나 완전히 부재한다. 이런 면을 비평가들은 "시적 텍스트의 산문화"(V. 쿠리친)라고 언급한다.

집에 쥐가 생겨났다
나는 쥐에게 다가가서 아벨라시
약간 모습을 바꿔서
조용하고 커다란 고양이처럼
쥐에게 말한다: 자, 나는 고양이다!
쥐는 조금 냄새를 맡고는
    말한다: 너는 고양이가 아니야!
    그럼 도대체 나는 누구야?—
    누군지는 모르겠지만 고양이는 아니야!—
    좋아, —내가 이렇게 말한다 —내가
고양이가 아니라고 치자! 하지만 내가,
고양이라고 말하잖아!
    그래, 좋아, 네가 고양이라고 말한다면,
그러면 너는—
고양이야! 하지만 너는 절대

고양이가 아니야!—

그래, 나는 절대—고양이가 아니야!

내가 그렇게 말하잖아!—

여기서 말이 무슨 소용이야! 너무나

분명한데!—

그래, 분명하지!—

그래 좋아!—

그래 좋아!—(56)

텍스트는 '시적으로' 시작된다. 첫 번째 사행시는 운율에 맞게 구성되었고 운(aabb)과 운율(약강격 얌프[52])로 한정된다. 그러나 두 번째 사행시에서는 박자가 뒤엉키고 운율이 파괴되며 이후 텍스트는 시행처럼 서체적으로 표현되었지만 산문처럼 전환된다.

프리고프는 실제로 시뿐만 아니라 「슈제트」, 「대상의 묘사」, 「운도 안 맞고 산문도 아닌」 등의 산문도 창작한다. 시와 산문에서 그의 창작 기법의 유사성을 드러내기 위해서 「러시아 시의 매혹적인 별(Звезда пленительная русской поэзии)」이란 작품을 다음과 같이 이용할 수도 있다.

"민중 없이는 시인도 없다. 시인의 민중적 뿌리는 민중 속에 있고, 민중의 시적 뿌리 역시 민중 속에 있다. 이 모든 것을 위대한 시인 알렉산드르 세르게예비치 푸슈킨은 잘 알고 있었다.

그 시대에는 국내외 상황이 복잡했다. 당시 나폴레옹이 러시아를 포위했고,

52) 〔역주〕 ямб. 단장, 저고, 약강운강을 말한다.

모든 항구와 도로는 봉쇄되었고, 우리 조국 러시아를 공격할 준비를 했다. 러시아 내부, 그 심장, 수도, 고대 페테르부르크에서는 황제의 궁정과 국가 관리들의 방조나 직접적인 협조 아래 프랑스 대사 헤케렌과 그의 조카가 프랑스의 영향력이 커지도록 러시아 사회를 분열시켰다. 상류사회 전체는 이미 프랑스인 귀에도 훌륭하게 들리는 발음으로 프랑스어로만 대화를 했고 여제[53] 자신도 나중에 나폴레옹 독재 정권으로 전환된 프랑스혁명의 고무자들 중 한 명이던 볼테르와 프랑스어로 서신 교환을 했다. 분별없는 소수의 젊은이들은 권력의 묵고 하에 선전에 꺾여서, 이런 복잡하고 위험한 순간에 침략자의 면전에서 러시아 사회의 붕괴를 노린, 친프랑스적이고 반민중적인 슬로건을 들고 원로원 광장에 나섰다.[54]"(제1권, 239~244)

내용 차원에서도 형식 차원에서도, 시적 텍스트에서 그런 것처럼, 의미적·문체적 부조리, 패러디성과 아이러니성, 가장성과 유희, 비논리성과 인과관계와 역사적 관계의 파괴 등을 언급할 수 있다.

프리고프의 시적·산문적 창작의 가장 주요한 구성 요소가 언어 영역에서의 실험이라는 사실은 분명하다. 그 실험은 그 자체로도 흥미롭고, 현대 사회의 불안정성과 무질서, 그리고 그것을 인식하는 의식의 역설성을 반영하는 수준에서도 흥미롭다. 프리고프 작품에서 관찰되는 활발한 언어적 변형(스타일적, 언술적, 문법적, 형태론적, 형태소적, 어음론적)은 '내용적 형식'의 매개를 통해 실현되는 개념주의 시의 잠재력이 도출되는 과정이다.

이런 현상의 가장 흥미로운 측면들 중 하나는 학교 정서법과의 '교훈적'

53) 〔역주〕 예카테리나 2세(Екатерина II Великая, 1729~1796, 재위 1762~1796).

54) 〔역주〕 1825년 12월 14일 니콜라이 1세의 즉위식 때 원로원 광장에서 봉기한 귀족들의 12월당 반란을 일컫는 것이다.

유희이며, 그 유희의 아이러니하고 희극적인 효과는 『러시아 맞춤법과 문장부호법』과 『1~11학년 일반교육 학교용 러시아어 교재』에서 강조된 기본적인 지식의 토대와 시인의 예민한 인문학적 직감의 충돌로부터 발생한다. 작가가 고안한 언어적 유희는 또 하나의 마스크, 즉 학생의 마스크, 제자의 마스크(연령적 우위를 파괴하는 것에 따른 비논리적이며 희극적인)를 착용하는 것을 기반으로 하며, 잘 알려진 법칙과 그 예외들의 위치를 바꾸어서, 문법의 엄격한 규범들을 무질서하게 만든다.

이렇듯, 모든(과거와 현재의) 학생들에게 격변화 중에서 'мя'로 끝나는 10개의 불규칙 명사들의 예외는 잘 알려져 있다. 예를 들어 '시간(время)', '부담, 무게(бремя)', '종족(племя)', '등자(стремя)' 등. 보통 이런 '이탈'의 발생은 언어의 역사적 과정에 원인이 있는데, 그런 역사적 과정들 중에는 9세기에서 10세기 경계선까지 존재했으며 'a'/'ен'(время / времени)의 어음교체를 발생시킨 비음 모음들인 '대(大)유스'[55]와 '소(小)유스'의 존재도 포함된다. 더 잘 기억하기 위해서 이런 예외들의 운을 맞추는 학교 전통으로부터 이탈해서, 프리고프는 스타일이나 사용 분야에서 결합되지 않는 예외 단어들을 결합하는 것을 꺼리지 않으면서 슈제트적(통일되고 전일적인) 시구를 창작한다.

하늘에는 앞선 **시대**(время)의
먼지 낀 기호가 타오르고
찢긴 **깃발**(знамя) 속
천상의 코사크가 울부짖고

55) 〔역주〕 대유스는 비음 'o', 소유스는 비음 'e'의 고대슬라브어 명칭이다.

활활 타는 **불길**(пламя) 속

시퍼런 칼은 번뜩이고

조국 어머니의

찔린 **젖가슴**(вымя)으로부터

고름이 그의 눈으로 흘러드네.(제2권, 146)

학교 시절부터 의식 속에 각인된 운이 맞는 예외 단어들은, 관용구나 숙어와 비견될 수 있으며, 어떤 독립적인 단위로서 문화적 콘텍스트에 포함될 수 있는 어떤 견고한 통일체를 (무의식적으로) 형성한다. 조건적 관용구의 '간격 두기'는 서정시의 슈제트에 예외 단어들을 포함함으로써 내용적 차원의 부조리함으로 인해 강조된 희극적 효과를 낳는다.

일련의 예외들로부터 보존된 전통적 시적 표현인 '불길(пламень)'은 프리고프에게는 다음과 같이 다른 유형의 실험적 유희를 위한 출발점이 된다. 똑같은 언어적 모델에 따른 새로운 형식들을(또는 '마치(как бы)' 오래된 형식들을) 창조하는 모델이 되고 방향지시기가 된다.

루포치카는 바라보네 불 속의 호수를

테오프라스트의 손안의 검은 책을

남색가 호랑이의 **시간과 젖가슴**(время вымя)을—

나는 무섭다!—루포치카가 속삭인다,—나도

무섭다!(제2권, 62)

언어 법칙을 감각하고 러시아어 문법을 인식함으로써 프리고프는 명사들의(따라서 그들이 의미하는 주체 · 객체들의) 남성과 여성 특징들을 민감하게 사용한다. 이렇듯, '학생 시인'은 표기법을 잘 알고 있으며 그 표기법에 따르면 연자음으로 끝나는 2식 변화의 남성명사들은 연음부호 없이 표기하며('грач', 'плащ'), 연자음으로 끝나는 3식 변화의 여성명사들은 연음부호와 함께 표기하게 되어 있다('ночь', 'дочь'). 그러나 러시아어의 여성·남성 변화에서는 직업을 의미하는 명사들이 존재하며〔'건축가(скульптор)', '의사(врач)'는 모두 남성이고, 여성형인 '여의사(врачиха)'는 표준어가 아니다〕, 문법적 일치 없이 남성형이나 여성형의 주체에 모두 적용되어 사용될 수 있다〔'의사 이바노프(врач Иванов)', '의사 이바노바(врач Иванова)'〕. 프리고프는 인용된 법칙을 '명확하게 하고', 연음부호 'ь'가 존재하느냐 부재하느냐에 따라서 남성과 여성으로 임시적으로 표시하면서, 연자음으로 끝나는 명사들의 성 차이를 맞춤법으로 다음과 같이 명민하게 구별한다.

닭고기 수프를 끓일 때면
수프에 닭고기가 담겨 있고
너의 가슴은 떨린다
너는 닭고기에게 말한다: **동지여!**(товарищь!)
탐보프의 늑대가 네 **동지**(товарищ!)로소이다!(제1권, 60)

닭고기(курица, 여성형)에 적용된 호칭 '동지(товарищь)'는 연음부호(ь)로 표시되었고, 서정적 주인공(남성)에게 향한 똑같은 명사에 상응하는 호칭은 연음부호 없이 '남성적으로(товарищ)' 표시되었다. 그렇게 함으로써 프리고프는 '여성/남성'의 대립을 강조하였고, 그 대립 속에서 닭고기에는 부조리하고 아이러니한 개성의 의미성이 부여되는데, 호칭 'товарищь(동지)'를 통해서는 감동적인 연민과 상냥함이 나타나고, 호칭 'товарищ-Ø'를 통해서는 거침과 투박성(거부된 연민)이 뚜렷이 드러난다.

조건적으로 채택된 성 범주의 경계를 탈피하고자 하는 노력은 프리고프의 다른 시들에서도 발견된다. 이런 식으로, 활동체 명사들 '어린이(дитя)'(중성), '아이(ребенок)'(남성) 또는 '사람(человек)'(남성)은, 성에 대해서 중성, 남성 등의 안정적이고 고정된 형태론적 특징을 가지지만, 의미상으로는 표시되지 않고 문맥상으로 작용한다. 왜냐하면 여성과 남성 주체들[어린이(дитя)는 소녀(девочка) / 소년(мальчик), 젊은이(ребенок)는 아가씨(девушка) / 청년(юноша), 사람(человек)은 여자(женщина) / 남자(мужчина)]을 의미할 수 있기 때문인데, 프리고프의 시에서는 다음과 같이 명확해지고 어형변화 표에 따라서 정리가 된다.

> 멀리서 **당신 딸에게**(дите твоей)
> 피로 물든 짐승의 일이 진행됨에 따라서
> 마르크스주의자와 유대인의
> 손이 뻗쳐올 것이다.(제1권, 124)

명사 '아이(дитя)'는 이 경우에 '여자아이(ребенок–девочка)'라는 의미에 적용되어 여성형 형용사에 일치된다.

또는

> 커다란 **여성**(женский человек)이
> 젊은 청년을 사랑했네.(제2권, 66)

교체된 단어 '아가씨(девушка)'는 문법적 차원에서 '여성인 사람(женский

человек)'이라는 단어결합으로 전달되는데, 이 말은 '커다란(огромный)' 이라는 한정어와 결합하여 인용된 교체의 논리에 대해 판단해볼 수 있도록 해준다. 즉 위에 구별된 단어결합은, 내포된 색채를 띤 단어 '아가씨(девушка)'(연약함, 젊음, 우아함 등)를 사용할 수 없음을 설명해주는 심리학적 · 초상화적 · 특징적인 것이다. 관계형용사로 '사람(человек)'이란 명사를 확대한 것은 똑같은 모델에 따라 만들어진 '눈사람(снежный человек)'과 같은 다른 단어결합과의 연상 작용을 불러일으키며 그것은 여자 주인공의 특징들을 더 높은 수준에서 강화한다.

프리고프 시에서 명사의 문법적 성과 그 명사가 의미하는 주체의 성 사이의 불일치는 주인공들과 상황을 질적으로 특징화하는 수단이다. 다음 시에서는 이렇다.

생선 샐러드 1킬로그램을
식료품점에서 샀네
이것은 아무 기분 나쁠 것이 없네—
샀으면 산 거지
내가 조금 먹고
의붓아들에게
먹였네
그리고 마치 두 마리 수컷 고양이들처럼
창가에
투명한 유리 옆에 앉았네
창문 아래서 삶이 흘러가도록 내버려둔 채.(제1권, 7)

위에서 사용된 단어결합 '수컷 고양이들(мужские кошки)'은 작가가 '마치 두 마리 수컷 고양이들처럼(словно два кота)'이란 표현을 사용했을 때보다 상황을 더 정확히 그려내고 있다.[56] 마지막 경우에 수컷 고양이들(два кота)을 사용했다면 먼저 이런 상황에는 적합하지 않은 방탕이라는 내포적 의미가 첨가되었을 테지만, 작가는 조정자, 안정성, 배부름, 주인공들(아버지와 아들)의 만족 등을 강조할 의도였기 때문에 두 마리의 암고양이(две кошки)를 쓴 것이다. 바로 관조적 선량함의 특징들을 설명하기 위해서 하나의 명사〔'수컷 고양이(кот)'〕는 다른 명사〔'암고양이(кошка)'〕에 의해 치환되지만, 제거된 성 표시(남성명사)는 아이러니하게 다른 형용사, 그러나 더 강한〔남성형 형용사 '수컷의(мужские)'〕 형용사로 보충된다. 가능한 한 중립적인 단어결합인 '마치 두 마리 암고양이처럼(словно две кошки)'과 비교해서 '수컷 고양이들(мужские кошки)'은 더 극적이고, 긴장되고, '개성적이고', '상황적 의미로' 읽힌다.

인문학적 감수성에 토대를 둔 작가적 청각에 대한 프리고프의 언어적 실험들은 모방적 성격도 띤다. 이렇듯, 체코에 관련된 시들에서 작가는 음절을 이루는 유음들인 'р', 'л', 'м', 'н'를 매개로 해서 형성되는 체코 언어의 특성들을 의성어를 사용하여 전달한다. 현대 러시아어에서 그런 특징은 자음들의 '비규범적' 탈락으로 인식되지만 현대 체코어에서는 살아 있는 언어의 어음적 특징으로 간주된다.

56) 〔역주〕 '고양이(кошка)'는 여성형이어서 '암고양이'라는 뜻도 있지만 보통 애칭으로 많이 쓰여 암수에 관계없이 고양이를 나타내는 경우가 많다.

Лёт *мртвого* птаха

Над *чрною* житью

Он *мртвел* летаха

Над Влтавой жидкой.[57)]

검은 삶 위

죽은 새의 비상

새는 유연한 몰다우 강 위의

비상을 **마비시켰네.**

만약 단어 '죽은(мртвый)'과 '검은(чрный)'의 표기가 현대 체코어 발음 규칙과 일치한다면, 다음의 시행들은 슬라브어의 언어학적 현실을 반영하지는 않지만 소나타를 통한 음절 표기 원칙 자체의 논리적 발전을 보여주는, 작가의 '끝없는' 언어유희를 드러낸다.

Вот *я птцу ли глькy ли льтящу*

Иль про *чрвя* размышляю *плзуща*

Или *зврял* ли *бгуща* в чаще

Я змечаю ли дльны уши

Странно, но на все есть слово

Здесь ли в *Прге*, иль в *Мскве* ил *рдимой*

Даже в *Лндоне*—тоже слово

57) Пригов Д. *Собр. стихов*. Вена. 1997. Т. 2: 1975~1977. С. 214.

На *естство оно первдимо*.[58)]

나는 **날아다니는 새**인가 **비둘기**인가

기어 다니는 벌레에 대해

또는 숲에서 **배회하는 짐승**에 대해 생각하네

긴 귀를 **알아차리네**

이상하지만 모든 것에 단어가 있네

여기가 **프라하**인지 **고향 모스크바**인지

런던에서조차 **자연**에는

그것이 **번역되는** 단어가 있네

현대 러시아어에서 모음 탈락은 방언이나 회화체, 사회적 어휘 등에서 관찰된다. 프리고프는 등장인물의 개인적 성격묘사와 속어의 모방을 위해 모음 탈락 모델들을 재현한다.

Эта ласковость в природе

Словно предопределенье

Но зато *замест* в народе

Эка сила разделенья

Страшная.[59)]

58) Пригов Д. *Собр. стихов*. С. 214.
59) Пригов Д. *Подобранный Пригов*. М.: РГГУ. 1997. С. 8.

자연의 이런 상냥함은

마치 숙명 같다

그러나 그 **대신에** 민중 속에서

이런 분리의 힘은

끔찍하다.

발성되지 않은 접두사들〔"재통일되다(воссъединятся)", "미국의 대통령(Президент Съединенных Штатов)", "사방에서(отвсюду)"〕, 어미 뒤에서의 모음 약화〔"사람으로 바뀌다(вочеловечься)", "헌법(Конституцья)", "주홍색의(рыжья)", "충직한(праведн)", "불굴의(непреклонн)"〕, 어근의 묵음화〔"судрога(전율)", "соцьялизм(사회주의)", "йдет(간다)"〕, 차용어의 적용〔"йероглиф(상형문자)"〕 등은 주인공을 개성화하기 위한 수단이고 그런 개성화는 그를 대중과 연결하고 언술의 (잘못된) 특징을 매개로 유형화된다. 다양한 성격묘사는 현대의 '평균적'('모든 이들과 같은') 주인공의 형상을 낳는다.

Когда мадонна из *Японьи*

Однажды ехала на пони. (…)(кн. 2, с. 66)

마돈나가 **일본에서** 왔을 때

한 번은 포니를 타고 갔다. (…)(제1권, 66)

또는

Советскья власть–та метит точно

А Бог—так и того точней. (…)(кн. 1, с. 210)

소비에트 권력은 정확히 노리는데
신은 더 정확하다. (…)(제1권, 210)

또는

Пусти, пусти! Я здесь *нечайно*. (…)[60]

내버려둬라, 내버려둬! 나는 여기 **우연히 온 것이다.** (…)

또는

Можт, пиджак перекосился. (…)(кн. 1, с. 48)

어쩌면 재킷이 우그러졌을지도 모른다. (…)(제1권, 48)

위에서 인용된 음 표기 예들은 인물을 사회적으로 차별화하고 그의 지적 한정성을 표현해준다.

프리고프의 시에서는 모음탈락의 과정과 함께 과도한 유성화 현상도 드러난다("ночею", "грудею", "Петор Первый", "внучеки", "вражая").

60) Там же. С. 67.

Церквушка брякает вдали

Своим полуостывшим колоколом

И жизнь неясным мне *осколоком*

Вонзается на пять минут

В мою истерзанную грудь.(кн. 1, с. 205)

작은 교회가 멀리서 쟁그랑거린다

반쯤 식은 종이다

인생도 불분명한 **파편으로**

내 갈기갈기 찢긴 가슴에

5분 동안 박힌다.(제1권, 205)

또는

Вот детка *человечая*

Насекомая над вид

Головкою *овечею*

Над сладостью дрожит.(кн. 1, с. 21)

여기 **사람의** 아이가

겉보기에는 곤충같이

양 머리 위에

약함 위에서 떨고 있다.(제1권, 21)

또는

Я больше *мышею* не назовусь. (…)(кн. 2, с. 75)

내 이름은 더 이상 **쥐**가 아니다. (…)(제2권, 75)

몇몇 연구자는 프리고프(와 다른 현대 시인들)가 취한 언어적 실험이 "직관적 · 역사적"('고문서적') 언어 사고의 반영이라고 간주한다.[61] 이런 확신에 동의할 수도 있지만, 러시아의 중간에 위치한 평균적 시민의 마스크 · 역할(과거의 불성실한 학생이나 공부를 잘 못하는 학생의)이, 자신의 "무의식적" 의식의 뇌수로부터 고문서적 사유 유형이나 그것의 언어적 등가물들을 끄집어내는 시인 · 예언자의 역할보다는 프리고프에 더 가깝다고 볼 수도 있다. 미리 의도한 유희가 무의식적 고대보다는 더 타당한 것 같다.

마지막으로, 개념주의의 러시아적 이설에서는 프리고프 시의 '목적과 과제', '시인과 시의 사명'에 대한 문제가 관심을 끈다. 포스트모던에서 '창작의 비복무성'에 대한 이상을 선언하고 있을 때, 그런 문제의 제기가 아무리 역설적이라고 할지라도, 프리고프는 시 창작에서도 이론적 고안의 차원에서도 이 문제에 관심을 가졌다. 그런 시각은 '내적으로' 대략 다음과 같이 보인다.

내가 평범한 시인이라고 가정해보자
러시아 운명의 변덕 때문에

61) 참고할 것. Зубова Л. *Современная русская поэзия в контексте истории языка*. М. 2000.

민족의 양심이 되어야만 하네
어떻게 하나, 양심이 없다면
시는 있는데, 양심은 없다면
어떻게 해야 하나.(제1권, 108)

또는

시가 이후에 어떻게 될까에 대해 생각하면
내 동시대인들은 푸슈킨보다 나를 더 사랑해야만 한다는 것을 알게 된다

나는 그들에게 무슨 일이 일어나고 있으며,
무슨 일이 있었고, 무슨 일이 일어날 것인지에 대해 쓴다—
그들에게 모든 사실은 기호다
그리고 그들에게 이것은 우리가 아는 공통의 언어라고 말한다
그런데도 그들이 나보다 푸슈킨을 더 좋아한다면
이것은 내가 선하고
정직하기 때문이다: 나는 그를 비방하지 않고,
그의 시를, 그의 명예를, 그의 품위를
훼손하지 않는다
내가 어떻게 이 모든 것을 비방할 수 있겠는가
내가 푸슈킨 자신인데.(제1권, 96)

'외부로부터'의 의견은 선행하는 경우에서와 마찬가지로, 일률적 평가를 찾을 수가 없다. 한편으로 비평가들은 프리고프의 시를 포함한 개념주의

시 전체의 비복무적 역할에 대해 말하고 있다. V. 슈미트의 생각에 따르면, 프리고프가 쓴 시의 양 자체가 "시인 · 예언가, 고양되고 아름다운 것에 대한 창조자, 인민의 스승에 대한 모든 개념을 제외한다."[62] 다른 한편으로 예를 들어, V. 쿠리친은 이렇게 언급한다. "프리고프는 훈계자고, 그는 쓰는 것이 아니라 주장한다. 프리고프는 훈계하고, 설명해서 납득시키고, 주입하고, 전파한다. (…) 그의 창작은 아폴론에 대한 숭배이고, 명성을 가진 시인의 성례적 기능의 표시이다."[63] 프리고프 자신은 "인류에게 무엇인가를 가르치고 싶은가"(A. 조린)라는 질문에 이렇게 답한다. "예술 속의 삶이란 수단으로 나는 가르치고 있는 것 같기도 하다. (…) 나는 예술이 자유를 표현해야만 한다는 것을 표현한다."[64] 시인과 시의 사명에 대한 전통적인 문제는 프리고프의 창작에 적용되었을 때 '교훈성'과 '설교성'의 존재를 제외하지 않지만, '도덕의 도출' 기법들과 '설교'의 성격이 러시아문학의 고전주의 시대와 비교해서 심각하게 변화했다는 것은 별개의 문제다.

프리고프 시에 적용해서 주의를 기울여야만 하는 마지막 요소는 개념주의 시 전체를 분류해서 결정적인 (기본적인) 세 그룹으로 나눈 레트체프(Летцев)의 시도이다.[65] 예시적 자료로 레트체프는 프리고프의 텍스트들을 인용했다. 이런 분류가 프리고프의 시 전체를 어느 정도나 아우르는가 하는 문제는 열린 채로 남아 있지만, 그에 의해 제안된 체계를 살펴보는 것은 흥미롭다.

62) Шмид В. Указ. соч. С. 77.

63) Курицын В. *Пригов много*. С. 142.

64) Пригов как Пушкин. С. 128.

65) 참고할 것. Летцев В. Концептуализм: чтение и понимание//*Даугава*. 1989. No. 8. С. 107~113.

레트체프의 의견에 따르면, 첫 번째 시 그룹은 보통 초기 창작 시기와 관계된다. 기호들 간의 형식적 관계들만이 그 안에서 반사된다. 이런 텍스트들에서는 언어의 형식적 가능성들이 다양하게 해명되며 여러 언어적 도식들, 견고한 공식들, '흔한' 표현들, 동음이의어 등이 사용된다. 예를 들어,

이 쏙독새도,
아침 여명에 암컷 염소젖 짜는 것을,
왜 여명에 그렇게도
목서초 향이 지독하게 나는지를 알지 못하네.
이 참새도,
아침 여명에 도둑들을 때려잡고,
왜 여명에 그렇게도
위험이 더 약하게 느껴지는지를 알지 못하네.[66]

이런 그룹에는 다음과 같은 프리고프의 '실험적' 시도 관계될 수 있음이 분명하다.

생각에 잠긴 들판 사이로
소박한 짐을 진 군인이 가네
먼지가 일고, 휴전답(休田畓)이 열을 내네
생각에 잠긴 말이 서 있네
대지로부터 정신이 멍해지는 기운이 뻗치네

66) Пригов Д. *Написанное с 1990 по 1994*. С. 21.

게다가 어제도 뻗쳤네

어디선가 저 멀리서 떠올랐네

또다시 떠올랐네, 또다시

떠올랐네! 또다시 떠올랐네!

그리고 또다시 떠올랐네, 또다시! 그리고

또다시! 또다시!

그리고 또다시 떠올랐네.(제1권, 209)

이런 시들에서 작가는 언어와 형식적인 실험을 진행하고, 오래된 가능성들의 새로운 조합을 사용한다. 프리고프는 단어들과 기호들의 재배열로부터 단순한 효과들을 도출하고, 단어나 언어 조합의, 잃어버렸거나 사라진 최초 의미를 충만하게 복구하고, 텍스트들의 패러디성과 아이러니성을 발생시키는 동음이의어 놀이나 어음적 · 언어적 유희 효과 등을 사용한다.

레트체프는 이런 시 그룹을 '언어적 유희' 시로 명명하였는데, 이 용어를 기본으로 삼을 수 있다.

레트체프는 프리고프의 두 번째 시 그룹에 상당히 방대한 양의 시를 포함시키는데 거기에는 기호로부터의 '낯설게 하기', '소외' 원칙, 또는 프리고프의 표현을 사용하자면, '언어에 말려들지 않기' 원칙이 실행된다. 이런 시들에서는 마치 현실로부터 기호가 한 꺼풀 한 꺼풀 벗겨지는 것 같다. 조건적으로 말해서 "현실로부터 복제품 제거하기"와 그에 대한 연구가 이루어진다.

제복 모자를 쓰고

거울을 오랫동안 쳐다본다

그는 자신의 모습을 빨아들이고

거울은 먼지로 허물어지고

그는 투명한 다리로

쌍두 코끼리처럼 지나간다

말하자면 스베르들로프 광장에서

어두운 지하 강까지.(제1권, 195)

이런 시는 분명한 비하와 제시된 것이 와해되는 것을 감추고, 형식적인 비평가성과 강조된 객관성을 가지고, 작가에 의해 제공된 기계적 행동, 개성 없는 기계적 힘 등의 단순함과 무의미성을 드러내주고 폭로한다.

프리고프의 시들 중에서 다음의 시들을 이 그룹에 포함시킬 수 있다.

투명하게 비치는 소나무들이 서 있네

그 사이에 아름다운 전나무들이 서 있네

그러나 이 모든 것은 언젠가 처음에

우리가 소리도 지르지 못했을 때

이 모든 것은 예전처럼 어딘가에 서 있네

그러나 우리는 이미 이 모든 것 옆으로 지나갔네

투명하게 비치는 소나무 옆으로

아름답고 위풍당당한 전나무 옆으로

언제 우리는 지나갔나?

어디서 순간적인 꿈으로부터 떠나갔나?—

소나무는 이미 투명하지 않고

전나무들이 아름답지도 위풍당당하지도 않은 바로 그곳이었네.(제1권, 229)

이 그룹의 시들에서 프리고프는 최고 수준까지 '낯설게 하기' 기법을 끌어올리며, 그것이 달성될 때 묘사된 것의 본질과 의미는 상실되고, 와해되고, 추상적 도식주의와 '영도의 내용'에까지 이른다.

V. 레트체프는 이 그룹의 시들을 "도식주의" 또는 "기계적 세계"라고 불렀다.[67]

이런 시들에 대한 분석을 기반으로 해서 레트체프는 "이와 같은 분석적 '개념들'의 목적이 주체가 없고 내용이 없는 세계에 대한 비판"이고, "의미와 관념의 혐오스러운 체계를 가진 '커뮤니케이션 봉쇄'가 (…) 그 결과가 되었다"고 말한다.[68]

마지막으로 세 번째 그룹에는 프리고프의 최근 시들이 포함되는데, 그 시들의 특징은 "거짓 · 의견들"의 비하뿐만 아니라 "다양한 의견들이 세계로 불분명하게 유입된다는 것"이다.[69]

무엇인가가 미사일 핵전쟁에

환멸을 느꼈다—

어쩐지 무정하다, 내 식이 아니다,

대신에 매혹될 수 있었다면

편리하고 점잖은 무엇인가에

말하자면 어느 캄보디아에서—

할 수 없네

그럴 수 없네

67) Летцев В. Указ. соч. С. 110.

68) Летцев В. Указ. соч. С. 110.

69) Там же. С. 111.

지구적 차원에서는 이미
생각하고 느끼는 것뿐이네.(제1권, 190)

이런 그룹은 새로운 의미 공간들의 형성, 새로운 시적 현실의 산물, 고유한 '주관적 세계'의 창조 등에 관해 진지하게 말하고 있음이 분명하다. 처음 두 그룹들이 주로 '니힐리즘적' 부정과 연관되었다면, 이 마지막 그룹은 긍정적 · 건설적 특징을 함유하고 있으며, 의미, 목적, 사상의 달성에 끌리기 시작한다. 예를 들어

짐승이 앉아서 쓰라리게 울부짖는다
혼란을 이기는 업—
다음 생에서는, 다시 말해서
그는 반나체의 사람으로 태어날 것이고
찢긴 마음을 가지고
말로 불타버린
상상할 수 없는 양심으로—
끔찍하다!(제1권, 65)

또는

나이 든 농민이 나온다
암소가 그에게 말한다
여보게, 여기에 우리는 유골이 되어 누울 것이오
그러나 하느님이 명하신 대로 살아봅시다

그 하느님이 뭐라고 명했는데?—
암소에게 현명한 농민이 말한다
하느님은 유골이 되어 누우라고
젖어미인 네게는 명했을 수도 있지
하지만 나에게는 아니야.(제1권, 61)

V. 레트체프는 이 그룹을 "제안" 또는 "의견의 세계"라고 불렀다.

V. 레트체프는 개념주의 시를 세 그룹으로 분류한 것과 유사하게 시를 이해할 수 있는 세 가지 수준들에 대해서도 언급하고 있다. 첫 번째 수준은 "직접적" 또는 "순수한" 이해('문외한'들의 경우)이고, 두 번째는 "분석적" 이해('똑똑한 사람들'의 경우)이고, 세 번째는 '똑똑하지 않은 사람들'을 위한 또는 '똑똑한 사람들을 위한 것이 아닌' 이해 수준이다. 주지하듯이, 이런 위계성에서는 엄격하게 철저한 면모가 드러나지는 않지만, 시의 이해와 지각의 다양한 수준들을 구별하려는 시도는 환영받아야만 한다.

약전

프리고프, 드미트리 알렉산드로비치〔1940. 11. 5(모스크바)~〕. 시인, 희곡작가, 소설가, 건축가, 예술가, 인스톨러. 러시아 개념주의 시학의 리더이자 이론가이며 창시자이다.

아버지는 엔지니어였고 어머니는 피아니스트였다. 고등학교를 졸업하고 2년 동안 공장에서 철공으로 일했다. 1959년부터 1966년까지 예술산업대학(과거 스트로가노프기술학교) 건축과에서 공부했다. 1966년부터 1974년까지 모스크바의 건축총국에서 일했다. 10년 동안 모스크바대학교 학생 극장을 이끌었다.

1956년 시를 쓰기 시작했고 그 시들은 '사미즈다트'를 통해 보급되었다. 1979년 '타미즈다트'에서 출간되기 시작하여 명성을 얻었다. 1986년 강제로 정신병원에 보내졌지만, 국내(B. 아흐마둘리나)와 해외의 반대로 곧 풀려났다. 1986년 유명 클럽 '시'를 조직하였고, 그 클럽은 N. 이스크렌코, I. 이르테니예바, L. 루빈슈테인, E. 부디모비치(Будимович), V. 드루카(Друка) 등 모스크바 언더그라운드 대표자들을 결집시켰다. 곧 '클럽' 내부에서는 세 단체, '제3의 연합(Третье объединение)', '엡실론–살롱(Эпсилон–салон)', '다정한 대화(Задушевная бесседа)'(이 단계가 마지막으로 나타났다)가 등장하였다. M. 아이젠베르크, S. 간들렙스키, T. 키비로프 , V. 코발, D. 노비코프, L. 루빈슈테인 등의 시인들과 송시 시인 A. 립스키와 함께 그룹 '알마나흐(Альманах)'[70]를 설립하였고, '알마나흐'는 러시아와 해외에서 독특한 시 연극을 공연하였다〔1991년에 선집 『개인적 사건 No.(*Личное дело No.*)』가 출간되었는데, 거기엔 '알마나흐' 동인들의 시와 이론적 논문들이 포함되었다〕.

1988년까지 러시아에서는 작품이 출판되지 않았다. 프리고프는 수많은 시 선집들 외에 방송극 『혁명(*Революция*)』(1990)과, 희곡 『검은 수캐(*Черный пес*)』(1990)를 창작했다.

1991년부터 러시아 작가 동맹과 러시아 펜클럽 회원이다.

국제 A. S. 푸슈킨상(1992, 함부르크)을 수상했다.

1975년부터 소연방 예술가 동맹 회원이다. 러시아와 해외의 수많은 예술 전시회에 참가했다. 그래픽 연작화 「베스티아리야(Бестиарий)」(동물과 싸우는 투우사)를 창작했다. 화가 프리고프의 작품들은 베른 박물관, 류드비그 박물관 등에 전시되어 있다.

텍스트

ЁПС: Сб. *рассказов и стихов* / В. Ерофеев, Д. Пригов, В. Сорокин. М.: Зебра Е. 2002.
Поэты–концептуалисты: *Избранное* / Дмитрий Александрович Пригов. Лев Рубинштейн, Тимур Кибиров. М.: ЗАО МК–Периодика. 2002.

70) 〔역주〕 비정기간행물, 무크지라는 뜻이다.

Пригов Д. *Стихограммы: Графические стихи*. Париж.: 1980.
Пригов Д. *Слезы геральдической души*. М.: 1990.
Пригов Д. *Пятьдесят капелек крови*. М.: 1993.
Пригов Д. *Запредельные любовники*. М.: 1995.
Пригов Д. *Явление стиха после его смерти*. М.: 1995.
Пригов Д. *Сборник преуведомлений к разным вещам*. М.: 1996.
Пригов Д. *Собр. стихов*. Т. 1: 1963~1974. Вена.: 1996; Т. 2: 1975~1977. Вена.: 1997.
Пригов Д. *Собственные переправы на чужие рифмы*. М.: Московский гос. музей В. Сидура. 1996.
Пригов Д. *Написанное с 1975 по 1989*. М.: Новое литературное обозрение. 1997.
Пригов Д. *Подобраный Пригов*. М.: РГГУ. 1997.
Пригов Д. *Советские тексты. 1979~1984*. СПб.: Изд-во Ивана Лимбаха. 1997.
Пригов Д. *"Евгений Онегин" Пушкина*. СПб.: 1998.
Пригов Д. *Написанное с 1990 по 1994*. М.: Новое литературное обозрение. 1998.

사회 평론

Пригов Д. Что надо знать//*Молодая поэзия-89: Стихи. Статьи. Тексты*. М.: 1989.
Пригов Д. Где наши руки, в корорых находится будущее?//*Вестник новой литературы*. 1990. No. 2.
Пригов Д. Нельзя не впасть в ересь//*Континент*. 1991. No. 69.
Пригов Д. Вторая сакро-куляризация//*Новое литературное обозрение*. 1995. No. 11.
Пригов Д. Где начало того конца, которым оканчивается начало. или Преодоление преодолевающего//*Звезда*. 2002. No. 4.

인터뷰

Основатели постмодернизма: Д. А. Пригов и Л. С. Рубинштейн//*Столица*. 1992. No. 4.
Пригов Д. Анкета "ИК" : "Я" и массовая культура//*Искусство кино*. 1990. No. 6.
Пригов Д. "Судьба поместила меня в удачное время…": Интервью/*Московский комсомолец*. 1995. 8 окт.
Пригов как Пушкин/С Д. А. Приговым беседует А. Зорин//*Театр*. 1993. No. 1.

학술 비평

Айхенберг М. Некоторые другие//*Театр*. 1991. No. 4.

Борухов Б. Вертикальные нормы стиля : На материале поэзии Д. Пригова//*Актуальные проблемы лексикологии и стилистики*. Саратов.: 1993.

Борухов Б. Категория "как бы" в поэзии Д. А. Пригова//*АРТ: Альманах исследований по искусству*. Саратов. 1993. Вып. 1.

Васильев И. Русский литературный концептуализм//*Русская литература XX века: направления и течения. Екатеринбург*: 1996. Вып. 3.

Васльев И. Русский поэтический авангард XX века: Автореф. докт. дис. Екатеринбург: 1999.

Гандлевский С. Пригов Д. Между именем и имиджем//*Литературная газета*. 1993. No. 19. 12 мая.

Добренко Е. Преодоление идеологии : Заметки о соц-арте//*Волга*. 1990. No. 11.

Добренко Е. Нашествие слов: Пригов и конец советской литературы//*Вопросы литературы*. 1997. Вып. 6.

Ерофеев Вик. Памятник для хрестоматии//*Театр*. 1993. No. 1.

Жуков И. О творчестве Вини-Пуха и концептуализме//*Вопросы литературы*. 1994. Вып. 1.(или: Творчество писателя и литературный процесс: Сб. научных трудов. Иваново. 1993)

Зорин А. "Альманах"-взгляд из зала.//*Личное дело No.: Литературно-художественный альманах*. М.: В/О "Союзтеатр". 1991.

Зорин А. Чтобы жизнь внизу текла(Дмитрий Александрович Пригов и советская действительность)//*Пригов Д. Советские тексты*. СПб.: издательство Ивана Лимбаха. 1997.

Касьянов С. Размышления об одиноком прохожем//*Юность*. 1994. No. 2.

Колымагин Б. Это вам пригушки: Концептуальный Милицианер в хороводе постмодернизма//*Литературная газета*. 1998. 4 нояб.

Кривонос В. Новое о Дмитрии Александровиче Пригове: Из архивных разысканий//*Новое литературное обозрение*. 1997. No. 24.

Курицын В. Постмодернизм : новая первобытная культура//*Новый мир*. 1992. No. 2.

Курицын В. Пригова много//*Театр*. 1993. No. 1.

Курицын В. Поэт-Милицанер//*Октябрь*. 1996. No. 6.

Курицын В. Соц-арт играет в бисер//Курицын В. *Русский литературный постмодернизм*. М.: ОГИ. 2001.

Летцев В. Концептуализм : чтение в понимание//*Даугава*. 1989. No. 8.

Машевский А. В ситуации сороконожки//*Новый мир*. 1992. No. 7.

Медведев А. Как правильно рубить сук, на котором сидишь//*Театр*. 1993. No. 1.

Носов С. Вселенная безыдейности//*Новый мир*. 1992. No. 7.

Силард Л. Блок, Ахматова и Пригов//Силард Л. *Герметизм и герменевтика*. СПб.: Изд-во Ивана Лимбаха. 2002.

Скоропанова И. *Русская постмодернистская литература*: Учебное пособие. 2-е изд., испр. М. Флинга: Наука. 2000(главы "Социалистический реализм в зеркале постмодернизма: Феномен Дмитрия Александровича Пригова." "Гибридно-цитатные персонажи Дмитрия Пригова": Пьеса "Черный пес").

Титова Е. Концептуальная поэзия: истоки. особенности и последствия//*Современная литература*: Сб. Вологда, Вологодский ин-т развития образования. 2002. Вып. 1.

Трофимова Е. Московские реминисценции в русском постмодернизме 90-х годов//*Общественные науки и современность*. М.: 1999. No. 4.

Чижов Е. Репрезентация современной картины мира в концептуалистской литературе: (На материале вербальных и визуальных текстов Д. А. Пригова)//*Текст: структура и фунционирование*. Барнаул: 1994.

Шмид В. Слово о Дмитрии Александровиче Пригове//*Знамя*. 1994. No. 8.

Эпшейн М. *Постмодерн в России: Литература и теория*. М.: Изд-во Р. Элинина. 2000. (главы "Тезисы о метареализме и концептуализме". "Зеркало-щит: О концептуальной поэзии". "Каталог новых поэзий" и др.)

3. 레프 루빈슈테인의 '소설 · 희곡적' 시

개념주의 시를 개관할 때는 프리고프의 이름 뒤에 레프 루빈슈테인의 이름을 거론하는 것이 당연하다. 왜냐하면 루빈슈테인은 현대 개념주의 시를 가장 분명하고 흥미롭게 대표하는 인물 가운데 한 사람이기 때문이다.

M. 엡슈테인은 루빈슈테인의 개념주의 체계를 (프리고프와 비교해서) "개념주의의 더 엄혹한 이설"[1]로 칭했다. V. 레트체프는 개념주의 경향에서의 두 시인들 간의 차이를 다음과 같이 보았다. 프리고프는 개념주의의 '미학적' 변형인 반면, 루빈슈테인은 '그노시스론[2]적' 변형이다.[3] 프리고프 자신은 루빈슈테인과 자신의 차이를, 루빈슈테인은 "천신(天神)을 지향하는 것"이고 자신은 "천신들이 세상에 내려오는 것"이라고 정의했다. 보다시피, 이런 '차이들'을 학문적으로 명확히 보증하기는 어렵다. 하지만 서로 다른 시학 체계가 존재한다는 점, 그리고 두 개념주의 시인이 다양한 인생의 영

---

1) 참조할 것. Эпштейн М. *Постмодерн в России: Литература и теория*. М.: Изд-во Р. Элинина. 2000.

2) 〔역주〕 헬레니즘 시대에 유행한 종파의 하나로 기독교와 다양한 지역(그리스, 이집트 등)의 이교 교리가 혼합된 모습을 보였다. 이원론, 구원 등의 문제에서 정통 기독교와 극복할 수 없는 차이를 보이며 이단이라 비난받아 3세기경 쇠퇴했으나 그 후에도 다양한 종파의 교리와 사상에 영향을 미쳤다.

3) Летцев В. Концептуализм: чтение и понимание//*Даугава*. 1989. No. 8.

역과 예술적 영역을 개척하였다는 사실 자체가 중요하다.

루빈슈테인의 시가 '카탈로그' 시의 전형이라는 사실은 잘 알려져 있다. 그의 시에서 원본의 각 텍스트나 텍스트의 단편(斷片)은 개별적 카드로 배열된다. V. 쿠리친은 이렇게 말한다. 루빈슈테인이 카드 위에 시를 쓰는 것은 "자신만의 고유한 상표를 붙이는 행위"이다.[4)]

루빈슈테인이 그런 유형의 시를 인쇄할 때 가장 선호하는 방법들은 다음과 같다.

1) 카드 묶음이 담긴 케이스 형태의 책. 독자는 그 카드들을 하나하나 골라서 본다.
2) 각각의 편린이 아무리 짧아도 새로운 페이지로 인쇄하는 보통의 책
3) 한 페이지에 연결된 편린들은 서로 개별적이라는 것을 증명해주는 특별한 테두리로 인쇄하기[5)]

루빈슈테인의 말에 따르면, '용량이 큰' 카드 형식의 시는 "한두 개 악기용으로 편곡된 오케스트라 총악보"로서 페이지에 "밋밋하게" 전개된 형식과 비교된다. 선집 『정기적 편지(*Регулярное письмо*)』의 서문에서 루빈슈테인은 자기 시의 형식적·구성적 특징들을 다음과 같이 좀 더 자세히 해설하고 있다.

> "1970년대 중반에 나는 카드 장르라는 독특한 장르를 창조했는데, 그것은 밋밋한 종이의 관성과 인력을 극복하려는 당시의 나의 목적에 부합하는 것이었

4) Курицын В. *Русский литератруный постмодернизм*. М.: ОГИ. 2001. С. 119.
5) 마지막 유형의 예로는 다음의 시집을 꼽을 수 있다. Рубинштейн Л. *Регулярное письмо*. СПб.: Изд-во Ивана Лимбаха. 1996. 이후(특별히 부언한 경우들을 제외하고) 루빈슈테인의 작품들은 이 시집에서 인용하며 본문에는 쪽수만 표기한다.

다. 또한 더 넓은 의미에서, 비제한적 장르에 대한 관심은 당시 영원한 것으로 여겨지고 굳어져버린 사미즈다트라는 상황을 사회적 · 문화적 차원에서 미학적 차원으로 옮기려는 분명한 의도로서 제기되었다. 내 경험 차원에서 이 장르의 생명력은 내 자신도 놀랄 정도다. 이 장르는 자기 내부에서 자기 발전과 변형을 할 수 있었다.

'텍스트'로서 정의되는 내 모든 작품은 동시에 장르적 얽매임을 "파괴하고" 새로운 매임을 창조한다. '장르의 기억'에 종속되면서 텍스트의 모든 편린들이나 텍스트 전체는 독자의 지각 속에서 전통적 장르를 연상시킨다. 이런 식으로 텍스트는 때로는 일상적 소설로, 때로는 드라마 희곡으로, 때로는 서정적 시 등으로 읽히게 된다. 즉 장르의 경계를 따라 미끄러지며, 짧은 순간에 그런 장르들 중 하나를 거울처럼 반영하면서도 그 어느 하나와도 동일시되지 않는다. 본질상 이 장르는 시, 소설, 드라마, 비주얼 예술과 퍼포먼스의 특징들을 결합하는 상호 장르(интержанр)이다. 각각의 카드는 모든 언술 제스처를 고르게 만드는 운율의 종합 단위로서, 또는 시의 행, 거리 대화의 편린, 사이비 과학적인 아포리즘, 무대 지문, 감탄사 또는 침묵, 즉 아무것도 없는 깨끗한 카드로서 내게 이해된다. 카드 묶음은 비주얼한 대상 또는 손놀림 대상으로서도 검토될 수 있다. 율동적으로 카드를 넘기면서 훑거나, 여러 층을 차례로 제거(고고학적 발굴들과 비슷하게)하거나, 텍스트의 깊이 속으로, 문자 그대로 전진하는 것 등 이 대상[6]을 다루는 것은 유희, 볼거리, 노동으로서의 독서 과정에 대한 대상적 메타포이다.

이 경우 창작 수법의 원칙적 사이비 인용성은 내 모든 텍스트의 주인공들이 일종의 다른 텍스트들이라는 사실에서 비롯한다. 그것들을 '원초 텍스트'라고

6) 〔역주〕 카드 묶음을 말한다.

부를 수 있다. 이런 준텍스트들(주인공들과 마찬가지로)은 태어나서 살아가고 서로 간에 복잡한 유희를 하고 연극적 간계를 꾸며내고 죽어가고 또다시 태어난다.

또 중요한 것은 내가 창조한 모든 텍스트는, 본질상 고유한 맥락에 다소라도 적응된 서술이라는 사실이다. 내 생각에 이런 텍스트–맥락적 유희를 이해하는 길은 모든 예술 체계와 그 체계가 낳은 행위들을 이해하고 지각하는 것과 잇닿아 있다. 잡지나 책에 텍스트를 발표하는 것(즉 텍스트의 '밋밋한' 재생)은 작가에게는 매번 심각한 문제이다. 텍스트–카드가 내게 원본으로 생각된다면, 그것의 '밋밋한' 변형은 복사이고 재생이라는 사실이 문제인 것이다. 또는 더 정확히는 건축물의 사진이라는 것이다. 책을 읽을 때 이런 생각이 고려되었으면 하는 바람이었다. 그렇지만 필수적인 것도 아니다. 저자의 이설은 수많은 이설들 중 하나일 뿐이기 때문이다."(6~7)

'카드' 제작자[7]의 의견에 기대지만, 그것에 국한되지는 않으면서 비평가들은 루빈슈테인의 장르적 특징과 '카탈로그' 기능의 특성에 대한 좀 더 상세한 해설을 제공하려고 노력한다.

분석 대상을 설명하기 위해서 루빈슈테인의 텍스트들 중에서 예를 인용해보자. 다음은 『점점 더 멀리(*Все дальше и дальше*)』(1984)의 한 단편(斷片)이다.

여기서 모든 것은 시작되었다. 모든 것의 시작은 여기서다. 그러나 더 멀리 가보자.

7) 〔역주〕 루빈슈테인을 일컫는 것이다.

여기서는 당신이 누구인지 어디서 왔는지 묻지 않는다. 그저 모든 것이 명백하기 때문이다. 당신이 지긋지긋한 캐물음으로부터 벗어나는 곳은 바로 여기다. 그러나 더 멀리 가보자.

여기서는 가볍고 자유로이 호흡한다. 가장 좋은 휴식은 바로 여기서다. 그러나 더 멀리 가야만 한다.(20)

인용된 예에서 보듯이, 개별 카드로 된 텍스트는 산문적 단편이다. 비평가 A. 조린은 왜 루빈슈테인의 '카드'가 시적으로 조직된 텍스트로 인식되는가에 대한 질문을 던지고 다음과 같이 해답을 제시한다.

M. 가스파로프의 정의에 따르면 (…) "시행(стих)은, 그 안에서 평범한 문장론적 성분 분석 외에도 서로 비교할 수 있고 대비할 수 있는 비교적 짧은 부분들에 대한 성분 분석 또한 존재하는 언술(речь)이다." 이런 관점에 따라 언술의 형식적 구성의 수준에서 산문과 시의 차이는 다음과 같다. "산문 텍스트는 독자의 의식에 연속된 흐름으로 인식되는 반면, 시 텍스트는 양자처럼 산개된 정량으로 인식된다는 것이다. 이것은 들어오는 정보의 양('어떤 정보에 이전보다 두 배 더 많은 시행들이 소비되었다')과 가치('이전 시행에서는 열 단어였고, 이 시행에서는 두 단어이다. 아마도 이 두 단어는 이전에 함께 취해진 열 단어만큼 중요한 것 같다')를 추적하기가 더 수월하다." L. 루빈슈테인의 시에서는 이렇게 비교적 짧은 부분들의 비교와 균등화의 단위, 즉 언술적 '양자'가 시행이 아니라 카드가 된다. 가스파로프의 정의에 따른다면 바로 카드에 대한 성분 분석이, 순수하게 산문적인 단편들을 적지 않게 포함하고 있는 L. 루빈슈테인의 텍스트들을 시로 변화시킨다. 이때 단편들이 배치되어 있는 양적 범위는 매우 넓다. 8~9개 줄에서부터

> (…) 두 음절, (…) 여러 점들, 또는 개별 카드에 쓰인 단어 '휴지부'까지. (…) 따라서 '산개성'의 정도, 즉 이 텍스트 부분들이 서로에게서 분리되는 정도는 증가한다. 카드들을 뒤적이는 손은 마치 소리 없는 북을 쳐서 박자를 맞추는 것같이 운율(ритм)을 의미하게 된다. (…) 게다가 매번 새롭게 뒤적이는 경우마다 우리 앞에는 원칙적으로 다른 운율 구조가 나타나는 것이다.[8]

루빈슈테인 텍스트의 시적 특징을 설명하면서 A. 조린은 '카탈로그'에 대한 개념적-내용적 설명을 찾으려고 시도한다. 조린에 따르면, 루빈슈테인의 개념주의 시에서 본보기가 되는 도서관 카탈로그는 "매우 흥미롭고 특별한 형식으로 형성된 문화 현상"이다. "카탈로그에 있는 각각의 개별 기록은 본질적으로 매우 형식적이다. 하지만 엄격한 알파벳 논리로 이전 것과 이후 것을 결합한, 단편적이며 폐쇄된 정보들의 모음이다. 그러나 카탈로그 전체는 (…) 당시의 세계를 언급한 전집(물론, 이상 속에서……)이다. 도서관 기록이 책에 대해 알려주는 그 정도로, 책이 그 안에 기록한 대로, 카탈로그는 세계관의 모델이 되는데, 실상은, 세계에 존재하는 인과관계는 도외시하지만 고갈되어가는 세계의 비품 목록을 제공하는 독특한 종류의 모델이다."[9] 조린의 의견에 따르면 바로 이런 구성 원칙을 루빈슈테인의 카드들도 따르고 있다.

"수학적 엄격성과 구성의 순수성", "이미 제2의 천성, 즉 본질이 되어버린 꼼꼼한 검열"[10]이 돋보이는 루빈슈테인의 가장 아름답고 세련된 텍스

---

8) Зорин А. Каталог // *Литературное обозрение*. 1989б. No. 10. С. 90.

9) Там же. С. 91.

10) Айзенберг М. Всесто предисловия // *Личное дело No.: Литературно-художественный альманах* / Сост. Л. Рубинштейн. М.: 1991. С. 14.

트들 중 하나는 서사시 『주인공의 출현(*Появление героя*)』(1986)이다.

> 도대체 내가 당신에게 무엇을 말할 수 있겠어요?
> 그는 무엇인가 알고 있는데 말을 안 해요.
> 어쩌면 네가 옳은지도 모르지.
> 그것은 몸에도 좋고 맛도 있어요.
> 첫 차량 옆에서 7시에.
> 거기서 학생에 대해 계속해서.
> 갑시다. 나도 마침 거기로 가니까요.
> 자, 뭐 좀 결정했습니까?
> 앉았는데, 그렇게 끝까지.
> 자 봐봐, 내가 무엇을 썼는지.
> 곧장 뜰을 지나갈 수 있어.
> 당신은 그가 그렇게 싫증 나지는 않은가 보죠?
> 내일은 화끈거리지 않을 수도 있어요.
> 하루에 세 번 식전에.
> 바보짓은 그만 좀 해요!
> 잡화점 구석에서.(47~48)

보다시피, 서사시 전체가 평범한 생활에서 자주 사용되는 익숙한 관용구들이나 일반적으로 사용되는 문구로 쓰였으며 다음과 같은 내용을 포함한다. "모든 것이다. 현실적 또는 가상적 인용문부터 우연한 대화의 일부들까지", "'현명한' 아포리즘들은 가장 현대적인 허튼소리들로 교체된다."[11] 여기에 M. 베즈로드니의 관찰도 덧붙일 수 있다. "만약에 체호프의 희곡에서 '치치카르. 여기는 천연두가 창궐하고 있다'와 같은 부절적한 일부 대사들만을 남긴다면, 루빈슈테인의 트럼프 패와 비슷한 무엇이 될 것이다."[12]

실제로, 외적 형식에 따라 루빈슈테인의 '카탈로그' 서사시는 판에 박힌 문구들의 두서없는 일종의 모음으로 인식될 수도 있다. 첫눈에는 서사시 속 '카드들'이 무질서하게 결합되고 배치되어 있는 것 같다. M. 엡슈테인의 생각에 따르면, 이와 같은 유형의 틀에 박힌 일상적 문구들을 엮어 반복하는 것과 '진부한 표현'의 사용은 "도식주의를 비판"하고, "판에 박힌 언어 표현들을 노출"하고, "저속한 언어 조합의 비속함을 끄집어 내놓기" 위한 목적을 가진다.[13] 그러나 V. 레트체프가 더 설득력 있게 들리는데, 그는 "'언어 조합'을 사용하는 데서 (…) 이와 같은 반복의 의미는 (…) 구두의, 이성적, 분석적 사고의 영역에서 소위 연속적 사고, 또는 '비이중적인' 의식의 영역으로 '점프'하기 위한 일종의 도약대이다"[14]라고 말한다. 루빈슈테인은 이렇게 명확하게 말한다. "모스크바의 개념주의는 언어보다는 의식을 다룬다."[15]

루빈슈테인이 사용하는 불변의 언어 공식들이 눈에 띄게 단순하고 진부하며 평범하고 쉽게 알아볼 수 있음에도 불구하고, 모든 어구-텍스트들이 운율로 연결되어 있으며 시처럼 들린다는 사실을 인정해야 한다. 서사시 『주인공의 출현』(94행)의 상당 부분은 남성 어미, 즉 그 유명한 '오네긴 행'

11) Айзенбург М. Указ. соч. С. 14~15.

12) Рубинштейн Л. *Регулярное письмо*. С. 2에서 인용함.

13) Эпштейн М. Указ. соч. С. 132~133.

14) Летцев В. Указ. соч. С. 112.

15) Рубинштейн Л. Что тут можно сказать….//*Личное дело No*. С. 232.

으로 된 4운각 약강격으로 쓰였다는 것을 지적할 수 있다. 이런 의미에서 M. 아이젠베르크의 말에 동의할 수 있는데, 그는 "시스템이 포함하는 것은 (…) 일정한 운율 조직을 촉진한다는 사실이다. 운율의 변동은 내적 멜로디와 유사한 무엇을 형성한다"[16]고 간주한다.

이런 식으로 우리 앞에는 대화나 여러 사람들의 논쟁이 나타난다. 그런 언쟁이 품고 있는 수많은 목소리들 너머에는 매번 그 무엇으로도 다른 목소리들과 구별되지 않고 그래서 다음성적으로 들리는 어떤 개별적 목소리가 울려 퍼진다. 자신의 이름과 다른 모든 목소리들의 이름으로 동시에 말하는 목소리다. 따라서 이런 목소리들의 상호 위치와 상호 울림은 언어유희나 언술적 '유희'로만 국한할 수는 없을 것 같다. "루빈슈테인의 텍스트들은 대체로 희곡적이지만 여기서 희곡적 효과는 독특한 색깔을 띤다. 등장인물들이 배후에 있고 그들의 목소리들만 행동하는 것이다. (…) 저자는 순전히 부차적 의사소통 재료, 즉 가장 순간적이고, 우연하고, 쓸모없는 특징의 언술만을 사용한다. 참새의 말[17]만 하는 것이다. 날아가거나 날아들거나 바로 사라져버리기 위해 존재하는 이런 말에서 두 관계가 상처를 입는다. 다시 말해서 말하는 사람도 듣는 사람도 떠나가버리고 말은 공중에 떠 있게 된다. (…) 날아가는 중에 멈춘, 지나가던 부차적 말은 자기 자신에게 본성적이지 않은 완전히 다른 상태로 이행한다. 이 말은 언술에서 (…) 문학어로 이행한다. 새로운 의미들로 가득 차고 미지의 관계들로 확장되기 시작한다. 예술 텍스트가 되는 것이다."[18] 이렇듯 루빈슈테인이 선별한 진부한 언술 공식들의 상호 순차성은 분명히 우연이 아니며, 그 공식들

16) Айзенберг М. Указ. соч. С. 14.
17) 〔역주〕 баробьевве слова. 쉽게 날아가버리는 말을 뜻한다.
18) Там же. С. 14.

의 예기치 못한 상호-배치는 새로운 의미를 탄생시키고 세계의 고유한 시적-철학적 모델을 설계한다. 그래서 A. 조린의 생각에 의하면, 루빈슈테인은 실제로 널리 통용되는 일상적 언술 행위의 '공식들' 중에서 순차적 슈제트를 구성하지 않고, 그 반대로 외적으로는 무질서하지만, "총체적으로는 현대 인텔리 시민의 일상적 삶의 양식에 대한 완전한 관념을, 즉 텍스트의 운율 구조 덕분에 매일의 무의미함 속에서도 일종의 고전적 울림을 획득하는 일상적 삶의 양식에 대한 관념을 창조할 수 있도록 약강격 시들을 몽타주한다."[19]

서사시 『주인공의 출현』의 다음성적 다성법에서는 점차 '제자의 테마'가 명백해진다. "거기서 학생에 대해 계속해서"(47), "거기서 학생에 대해 뭐요?"(49), "도대체 어디서 학생에 대해?"(53) 등이 그러하다. 그러고는 마침내 주인공이 나타난다. 그는 학생인데 그의 의식 속에서 인생의 단순한 사건들이 "어떤 때는 수학 문제집 형식이 되고 어떤 때는 가장 단순한 받아쓰기 형식이 된다."[20] "생일에 학생들이, 그의 동급생들인 두 명의 여학생과 세 명의 남학생이 찾아왔다. 음식 대접은 일곱 조각의 비스킷 케이크와 다섯 병의 알코올음료 '바이칼'[21]이었다. 한 여학생이 두 조각의 케이크를 먹었고, '바이칼' 한 병 반을 마셨다. 남학생 셋 중 한 명은 내기를 하며 나머지 음료를 다 마셨고 더 마실 수도 있다고 말했다. 학생들은 케이크를 다 먹지 못했다. 한 조각 전체와 이빨 자국이 난 먹다 만 조각이 남았

19) А. Зорни А. Указ. соч. С. 91.

20) Там же. С. 91.

21) 〔역주〕'바이칼'은 러시아 맥주 상표인데, No.로 알코올 도수를 표시한다.

다. 음식 대접 후에 학생들은 '므네니야(мнения)'[22]와 '발다(балда)'[23] 놀이를 했다. 생일은 즐겁고 유쾌하게 흘러갔다. 손님들이 각자 돌아갔을 때 학생은혼자 남아서 생각하기 시작했다."(54) 이후 "어머니는 학생에게 1루블을 주었고 그에게 상점에 가서 16코페이카짜리 우유 두 팩을 사오라고 시켰다. 리가 빵도 사 오라고 했다(만약 그 빵이 있으면. 없으면 아무 흑빵이나 부한카[24] 반 덩어리를 갓 구운 것으로 사 오라고 했다). 학생은 어머니가 시킨 대로 모든 것을 했다. 그는 우유 두 팩과 보로딘 빵 반 덩어리를 샀다(리가 빵은 없었다). 집으로 돌아와서 학생은 어머니에게 시장 본 것과 1루블에서 남은 잔돈을 드렸는데 전부는 아니었다. 어머니가 그에게 동전은 가져도 된다고 허락했기 때문이다. 그런 다음에 그는 창가에 앉아서 생각하기 시작했다."(54)

처음에 학생은 친구들, 학생들, 어머니에게 둘러싸여 있지만 점차 범위가 줄어든다. 그는 선생님과 일대일로 남는다. 많은 사람들 간의 대화는 두 사람의 대화로 변한다. 그러나 학생과 선생님의 대화는 서로를 이해해 가는 일상적 대화의 모습은 아니다. 주인공들의 말은 직접적인 의미적 교차점으로 진입하지 못하며, 단조롭고, 서로 간에 고립된다. 각각의 대화 상대는 선행하는 94개의 카드들에서와 마찬가지로, 대화의 틀 안에 있는 것 같지만, 본질상 "자기를 대변"하거나 "자기 이야기"를 할 뿐이다. 그리고 이전처럼 모든 단편(斷片)-카드는 "학생은 (나가서, 창문가에 앉아서, 자기 길을 가면서 등) 생각하기 시작했다"로 끝이 난다.

22) 〔역주〕 мнениг. 하나의 주제에 대해 한 사람씩 다양한 말을 하면서 이어가는 놀이이다.

23) 〔역주〕 балда. 크로스워드처럼 단어를 맞추는 놀이로, 한 음절씩 추가해서 가로 세로 모두 단어를 이루도록 해가는 놀이이다.

24) 〔역주〕 буханка. 베개 모양으로 또는 둥글게 구워낸 빵을 말한다.

학생의 테마는 그 자체로는 서사시에 어떤 사상적–철학적 관점을 부가할 수 없다. 하지만 조린이 정확히 지적했듯이, 학생에 대한 모든 단편을 종결하는 무의미한 어구 "학생은 (…) 생각하기 시작했다"는 "저학년 학생이라는 등장인물을 선생님과의 대화에서 현명함을 드러내는 동양적 우화의 주인공으로 점차 변화시킨다."[25] 연상은 저자 자신에 의해 암시된다. 〈선생님은 물었다. "학생은 '조 왕국[26]의 시가(詩歌)'와 '사 왕국의 시가(詩歌)'를 읽었나요?" 학생은 대답했다. "아니오." 선생님은 이렇게 말했다. "그런 시가를 읽지 않은 사람은 얼굴을 벽 쪽에 대고 조용히 서 있는 사람과 마찬가지예요." 학생은 아무 대답도 하지 않았다. 그는 자기 길을 가면서 생각하기 시작했다.〉(55) 선생님의 훈계를 듣고 "학생은 (…) 생각하기 시작했다"라는 말은 일종의 철학적 맥락을 담고 있다. 단순한 것을 넘어선 단순함을 이끌어내는 신호가 된다. 〈선생님이 말했다. "나는 더 이상 말하고 싶지 않아요." 학생이 이렇게 말했다. "선생님이 더 이상 말을 하지 않는다면, 우리는 무엇을 이야기할 수 있을까요?" 선생님이 말했다. "하늘이 이야기하나요? 계절이 지나가고 사물은 태어난답니다. 하늘이 말하나요?" 학생은 나가면서 생각하기 시작했다.〉(55)

'슈제트' 전개가 일정한 단계에 이르면 저자는 '주인공'에 주의를 집중하려고 한다. 두 목소리에서 학생의 목소리만 남고 대화는 독백으로 변화하며 "학생은 (…) 생각하기 시작했다"의 공식으로부터 저자는 "학생은 생각했다"라는 문장으로 옮겨간다. 〈처음에 그는 생각했다. "어디를 봐야 하나? 전후, 좌우, 넓게나 깊게나 사방 전체에 서투른 노력과 야망의 어리석

25) Зорин А. Указ. соч. С. 92.
26) 〔역주〕 주(周)나라(기원전 1027~기원전 256)를 칭한다.

은 공간이 펼쳐져 있다. 도대체 어디를 봐야 하나?"〉(55)

학생이 "생각"하던 것에 귀를 기울이면, 독백은 다의미적이고 복합 논리적이라는 사실이 곧 분명해진다. 그 안에는 대상의 통일성이 없고, 통일된 논증이 없으며, 주제와 서술 간에 관련이 없다. 〈그 다음에 그는 생각했다. "가만! 바람이 나무 꼭대기에서 장난을 치려나 보군. 장난이 끝나면 나무들은 원래 상태로 돌아갈 수 없을 거야. 왜냐하면 모든 것을 알게 될 테니까: 멈춘다는 것은 곧 죽음이라는 것을……."(이 작품에서 모든 문장부호는 바로 이렇게 사용된다—저자)〉(55) 어떤 수준에서 학생의 '독백'은 오늘날 폭넓게 인기를 끌고 있는 아이러니한 '리믹스'의 유형에 따라 만들어진다. "우물에 침 뱉지 마라: 날아가버리면 잡을 수 없다" 등이 대표적인 경우이다. 근거가 되는 두 격언의 의미와 내용이 '부재'와 '현존'을 거침으로써, 즉 그 의미와 내용이 교차하거나 '약화'됨으로써 새로운 의미를 가진 세 번째 격언이 탄생한다.

이런 식으로, 여러 사람들 간의 대화든, 또는 두 사람 간의 대화든, 독백이든, 어떤 식으로든 목소리들이 혼합되더라도 루빈슈테인은 다음성적 특징을 유지한다. 이것은 무의식적으로 카오스를 떠올리게 하거나, 그 기반에 언어뿐만 아니라 의미 · 스타일 · 관점 등을 혼합하는 "바빌론적 무질서"를 떠올리게 한다. 그것은 한편으로는 언어적 유희로서, 다른 한편으로는 현대 세계에 대한 저자의 관념들 중 하나로서 평가될 수 있다.

루빈슈테인의 모든 텍스트들(카드들)이 카탈로그라는 단일한 원칙에 따라 구성되었기 때문에 텍스트의 성격이 많은 부분에서 유사하다는 사실은 당연하다. 이러한 관점에서 서사시 『어디나 삶(*Всюду жизнь*)』(1986)에 관심을 기울이면 그 안에서는 비개성화된 주인공들의 다음성적 세계가 드러난다. 하지만 이는 이미 우연한 행인들의 목소리가 아니라, 작가가 연출한

"연극적 행동"에 참가하는 목소리들이다.

개념주의 시인들은 개념주의 시의 특징들을 인용성, 다른 작가의 차용, 반복이라고 규정한다. 서사시 『어디나 삶』의 출발(근거) 텍스트로는 소츠리얼리즘 문학의 가장 유명한 경향적 인용문들 중 하나를 선택할 수 있다. "인생은 사람에게 한 번 주어지므로, 목적 없이 보낸 세월 때문에 쓰라리게 고통스럽지 않도록, 너절하고 비열한 과거 때문에 수치스러움에 화끈거리지 않도록, 죽어가면서 '전 생애와 모든 힘을 세상에서 가장 아름다운 인류의 자유를 위한 투쟁에 바쳤노라'고 말할 수 있도록 살아야만 한다."[27] 이 인용문의 출처인, 1930년대에 창작된 N. 오스트롭스키의 장편 『강철은 어떻게 단련되었는가』는 반세기 동안 소비에트 문학의 가장 모범적 장편들 중 하나로 간주되었다. 그래서 모든 학생들에게 익숙한 인용구, "인생은 사람에게 단 한 번 주어진다"라는 문장 주위에 루빈슈테인의 '유희'가 만들어진다.

두 목소리가 서사시를 연다. 목소리들은 '배우'와 '감독'으로 표시될 수 있다. 이런 연상은 개연성이 있다. 왜냐하면 '시연'(어쩌면 '시험')의 형식을 빌려 대부분의 루빈슈테인 서사시가 구성되기 때문이다(누구의 목소리인지는 서체로 강조된다).

이렇게. 시작했다……

인생은 사람에게 단 한 번 주어진다.

인생을 보라, 내 친구여, 놓치지 마라……

이렇게. 계속해서……

27) Островский Н. *Соч*. М.: Молодая гвардия. 1953. Т. 1. С. 198.

인생은 사람에게 그냥 주어지는 것이 아니다.

인생을 훌륭하게 보내야만 한다. 내 사랑하는 사람아……

좋아. 계속해서.

인생은 그냥 주어지는 것이 아니다.

인생에 멋지게 임해야 한다.(c. 58)

서사시의 엄격하고 명확한 구조에 갑자기 끼어드는 말이 나타난다. '감독'과 '배우'의 듀엣에 전화 통화의 일부가, 즉 어떤 세 번째 목소리가 다음과 같이 쐐기처럼 박혀 있다(파헤치고 들어간다). "안 들려! 계속 뚝뚝거려. 이제는 네가 전화해봐. 어쩌면 될지도 모르잖아……."(58) 그리고 점차 불분명한 운율 속에서 '연극 행위'에 네 번째, 다섯 번째, 여섯 번째, 일곱 번째 목소리가 끼어 들어간다. 보이지 않는 상대방을 '너'나 '당신'으로 부르는, '일상'과 '존재'에 대해 이야기하는 여성과 남성의 목소리들이다. 결국 서로에게 독립적인 두 개의 영역, 두 개의 서사시 공간, 즉 '연극'과 '일상'적 공간이 형성되고 각 공간에서는 각각의 주인공들이 행동한다. 그러나 독립적으로 존재하는 이런 공간들은 서로 겹치며 교차한다. 이런 교차의 가능성은 한편으로는 고전문학적 메타포를 제공한다. 즉 셰익스피어("인생은 연극이다……")와 푸슈킨("우리의 삶은 무엇인가? 유희다……")인데, 루빈슈테인의 서사시에서 '해체된' 형태("'모든 것은 유희다'라고 누가 말했지?")로 존재하며 논의된다. 다른 한편으로는 사고 대상 자체(첫 번째 공간에서와 마찬가지로 두 번째 조건적 공간에서도)이며 바로 삶과 죽음의 카테고리이다. 근거가 되는 N. 오스트롭스키의 인용문에서와 마찬가지로, 삶의 의미에 대한 생각은 죽음에 대한 언급으로 끝나는데 루빈슈테인에게서는 이렇다. '연극' 공간에서는 '배우'가 "인생은 사람에게 주어진다. 그 다음에/다시 되돌려주게 된다. 이렇게 한 번……"(60)이라는 문장에 이르게 되고, 서사시의 '삶의' 공간에서는 누군가의 죽음이 언급된다("너무 끔찍해요! 당신은 그냥 저를 죽인 거나 다름없어요…… 나는 바로 그와 두 주일 전에도 함께 있었는데… 그렇게도 쾌활한 사람이었는데…… 얼마나 우스갯소리를 잘했는지……."(63) 또는 "아직도 기억해요. 여름에 거기로 가자고 의논했죠…… 그래요…… 이렇게, 저렇게 말을 했죠. 추측해보고 계획을 세우고"(64)].

그러나 개념주의자들의 것이라고 그토록 자주 언급되는, '삶-죽음'이라는 문제 인식 속에 드리워진 비극적 장막은 루빈슈테인의 서사시에는 존재하지 않는다. 죽음과의 타협은 서사시의 구성 체계에서 발생한다. 첫째, 삶은 누구에게나 주어진다. 즉 "사람에게, 개미에게, 밀 이삭에게, 새에게, 장미에게, 수캐에게……."(60) 둘째, 반복구로 울리는 '감독'의 문장("계속(ДАЛЬШЕ)", "그만! 다시 한 번……(СТОП! ЕЩЕ РАЗ…)" 또는 "그만! 처음에는……(СТОП! СНАЧАЛА…)"(58~66)]은 삶의 순환, 반복, 부활에 대한 생각을 불러일으킨다. 이를 "어디나 삶"이라는 서사시의 제목 자체가 뒷받침하기도 한다.

루빈슈테인은 이렇게 말한다. "해체를 공부하고 있다. 이 단어는 러시아어로 번역하기가 어렵다. 파괴와 건설을 동시에 한다는 말이다. 내 텍스트들에서 언어의 재설계는 그 긍정적 코드들을 분배하는 것이다. 많은 사람들이 그렇게 생각하지 않는다 하더라도, 나는 내 작품의 주연배우가 긍정적이라고 아주 진지하게 생각하고 있다."[28)]

루빈슈테인의 '카탈로그' 텍스트들은 자체 발전의 고유한 내적 논리, 의

28) Вопросы литературы / Беседа З. Абдуллаевой с Львом Рубинштейном // *Дружба народов*. 1997. No. 6. С. 211.

미적 공간의 모델화 법칙, 주관적 세계의 결과물이다. 그것들을 구성하는 '카드' 원칙은 사전에 프로그래밍된다. 그리고 연속적으로 배치된 카드들에는 어떤 형식적 요소들(반복되는 단어, 반복되는 어조, 반복되는 생각, 반복되는 구조 등)에 따라 서로에게 가까운 텍스트들뿐만 아니라, 선행하는 서사시들의 예에서 드러났듯이, 의미상 가까운, 더 정확히는 의미의 수준에서 상호 의존적인 텍스트들이 놓이게 된다는 사실이 미리 결정된다. 이 의미는 바로 파악되지도 않고 식별되지도 않지만, 첫 번째 텍스트-시행에서부터 모습을 보이다가 점차 확고해진다. 따라서 루빈슈테인이 추구하고자 하는 의미들은 해체적이라기보다는 건설적이다. 이렇듯, 예를 들어 연작『이것은 흥미롭다. 또는 추려낼 것이 있다(*Это интересно, или Есть из чего выбирать*)』에서 루빈슈테인의 시적 모순은 다음과 같이 부정이 아니라 확신을 분명하게 지향한다.

> 악순환—또는—도와주었어야만 했다.
>
> 인내와 인내뿐—또는—이제야 무엇인가를 이해하기 시작한다. (…)(119)

V. 레트체프의 의견에 따르면 "이런 '대안들'이 갖는 의미는 (…) 상호 배제 속에 있는 것이 아니라 (…) 두 공간, 두 세계가 충돌하고 상호 침투하는 과정 속에, 즉 어떤 '세 번째 접점'에, 경계선에 또는 그것의 경계 너머에서 교차될 수 있는 지식과 의견이 충돌하고 상호 침투하는 과정 속에 있다."[29]

29) Летцев В. Указ. соч. С. 112.

약전

루빈슈테인, 레프 세묘노비치(1947. 2. 19(모스크바)~). 시인, 에세이스트.

모스크바 개념주의 시의 대표자이자 '창시자–아버지들' 중의 한 명이다(D. 프리고프, T. 키비로프, M. 아이젠베르크, S. 간들렙스키 등과 함께 '알마나흐' 그룹을 이룬다).

1971년에 레닌모스크바사범대학 인문학부를 졸업했다. 직업은 사서이다. 1974년부터 아방가르드 작곡가 존 케이지의 문학에서 영향을 받아 작품 활동을 시작했다.

1980년대 중반 이후 아방가르드적 시 경향을 표방했다.

1970~1980년대에, '비공식적' 문학가이자 전문 사서로서 긴 시간을 도서관에서 일하며, 도서관 카드에 텍스트를 적었다. 그 후에 "카드 시", "카드 장르" 또는 "시, 소설, 드라마, 비주얼 예술과 퍼포먼스의 특징을 결합하는" "카탈로그"('대(大)카탈로그')(이 책에서 인용된 루빈슈테인의 시집 7쪽) 시 체계의 창조자가 되었다.[30)]

루빈슈테인은 자신을 '대표하는' 장르가 어떻게 만들어졌는가에 대해서 다음과 같이 말한다. "이것은 일시적이며 우연한 계기로 탄생했다. 나는 1972년부터 1973년까지 책으로부터의 탈출을 목표로 삼아 다양한 양식을 실험했는데, 당시 나는 책을 억압적인 어떤 것, 전체주의적이고 보수적인 어떤 것으로 인식했다. 내게 책은 소비에트 책, 다시 말해 읽기 위한 책이 아니라, 머리를 때리는 용도로 사용되는 것이었다. 그래서 책으로부터의 탈출은 나에게 매우 중요했다. 나는 혼자서 그런 반(反)구텐베르크적 반혁명을 궁리해냈는데, 거기엔 다양한 체계들이 많이 있었다. 즉 봉투 속의 텍스트, 성냥갑 같은 어떤 갑 위에 쓴 텍스트 등. 내게는 그런 시기가 있었다. 당시에는 '퍼포먼스'라는 단어를 아직 몰랐지만, 벽에다 어떤 문장을 쓰고는 그 다음에 그것을 사진에 담았다. 기타 등등……. 내게는 책 외의 텍스트가 갖는 삶이 중요했고 책 속에 담긴 표현이 중요했다. 이런 실험적 시기의 표현들 중 하나로, 바로 카드 위에 쓴 텍스트가 어느 날 등장했다. 여러 개들 중 하나로서…… 그런 다음 두 번째, 세 번째가 등장했다. 그리고 어떤 순간에 나는 이것이 내 장르이자 취미라고 결정했다. 이것이 내게 편하고, 나는 그렇게 생각하고 그렇게 쓸 것이라고. 이것에 대해 무슨 발명이라도 한 것처럼 말하는 것은 상당히 어리석은 일이다. 내가 20년을 이 형식을, 이 장르를 이용한다는 사실은 어떤 발명도 아니다. 그리고 나는 모든 사람에게 구조상의 발명에 대해 소유권을 주장하지 않으며, 이것은 단지 나의, 개인적으로 내게 고유한 장르일 뿐이라고 말한다. 그래서 사람들이 이런 발명이 이미 있었다고 말하곤 할 때 나는 책도 있었고, 모든 것이 있었다고 대답할 수 있다. (…) 나는 젊었을 때 도서관에서, 그것도

30) 루빈슈테인의 텍스트가 단일한 원칙에 의해 구성되며 따라서 각각의 텍스트들이 많은 부분에서 유사하다는 사실은 소로킨으로 하여금 패러디 양식화에 몰두하게 만든 동기가 되었다.(V. 소로킨의 장편 『향연(Пир)』(2000) 중에서 "레프 루빈슈테인에게" 헌사 된 "먹어라!(Жрать!)" 장을 참조할 것..)

상당히 오래 일했다. 이런 전기적 사실도 카드라는 구상에 영향을 끼쳤을 것이라고 생각한다. 그러나 많은 사람들은 도서관만이 이런 구상을 내게 제공했다고 생각들 하는데 꼭 그렇지만은 않다. 여러 동인들 중 하나였을 뿐이다."[31]

1991년 9월부터 러시아 작가 동맹 회원, 러시아 펜클럽 회원이다.

안드레이 벨리상(1999. 에세이집 『언어로부터의 경우들(*Случаи из языка*)』(1998)로 '비평가' 상 노미네이트)을 수상했다.

《코메르산트-데일리》(1995), 《결론(*Итоги*)》(1996~2001)의 옵서버. 문화에 대한 "임의적" 관찰들의 표제를 집필했다. 대체로 이런 스타일을 표방하는 '레프 루빈슈테인의 저자란'을 인터넷에 올리고 있다.

모스크바에 살고 있다.

텍스트

Пэты-концептуалисты: Избранное / Дмитрий Александрович Пригов. Лев Рубинштейн. Тимур Кибиров. М.: ЗАО МК-Периодика. 2002.

Рубинштейн Л. *Маленькая ночная серенада. Мама мыла раму. Появление героя*. М.: Renaissance. 1992.

Рубинштейн Л. *Все дальше и дальше: Из большой картотеки*. М.: Obscuri viri. 1995.

Рубинштейн Л. *Вопросы Литературы*. М.: Арго-Риск. 1996.

Рубинштейн Л. *Регулярное письмо*. СПб.: Изд-во Ивана Лимбаха. 1996.

Рубинштейн Л. *Домашнее музицирование*. М.: Новое литературное обозрение. 2000.

에세이

Рубинштейн Л. *Случаи из языка* / Илл. О. Флоренской. СПб.: Изд-во Ивана Лимбаха. 1998.

인터뷰

31) "내게는 모든 텍스트가 어떤 순간에는 시가 될 수 있다." Т. 보스코보이니코바(Воско-бойникова)의 레프 루빈슈테인과의 인터뷰 // (Русский журнал) www.russ.ru.

Вопросы литературы / Беседа З. Абдуллаеваой с Львом Рубинштейном // *Дружба народов*. 1997. No. 6.
"Для меня любой текст способен в какой-то момент стать поэзией" // Интеревью Т. Воскобойниковой с Львом Рубинштейном // (*Русский журнал*) www.russ.ru.
Основатели постмодернизма: Д. А. Пригов и Л. С. Рубинштейн // *Столица*. 1992. No. 4.
Рубинштейн Л. "Мне (не) нужны новые хорошие стихи": Интервью // *Матадор*. 1995. No. 2.
Рубинштейн Л. It is the time and it is the record of the time: Беседы // *Художественный журнал*. 1995. No. 7.
Рубинштейн Л. Критика критики критики // *Итоги*. 1996. No. 14.
Рубинштейн Л. Open или не Open // *Итоги*. 1996. No. 14.
Рубинштейн Л. Интервью для ж-ла "Уральская новь" // *Уральская новь*. 1998. No. 2.
Рубинштейн Л. "Больше литературы я люблю дружесткое застолье…" / Интервью Т. Матеевой // *Яблоко России*. 2000. No. 18. 6 мая.
Рубинштейн Л. "Моя книжка нравится мне как книжка…" // www.bookman.spb.ru/02/leo/loe/htm.
Рубинштейн Л. *Овреде литературы* // www.Litera.ru/old/avtor/rubotv.htm.
Язык-поле борьбы и свободы / Лев Рубинштейн беседует с Хольтом Майером // *Новое литературное обозрение*. 1993. No. 2.

학술 비평

Абдуллаева З. Титры: Заметки о творчестве. Л. Рубиншетйна // *Искусство кино*. 1993. No. 3.
Александров В. Лев Рубинштейн-это Ницше из обычной коммунальной квартиры // *Независимая газета*. 2000. 25 мая.
Аронсон О. *Слова и репродукции*: (Комментарии к поэзии Льва Рубинштейна) // www.ruthenia.ru/logos/number/1999_06_/1996_6_14.htm.
Берг М. Последние цветы Льва Рубинштейна // *Новое литературное обозрение*. 1998. No. 30.
Васильев И. *Русский литературный концептуализм* // *Русская литература XX века: направления и течения*. Екатеринбург.:1996. Вып. 3.
Гаспаров М. Русский стих как зеркало постсоветской культуры // *Новое литературное обозрение*. 1998. No. 32.
Евангели А. Лев Рубинштейн "Случаи из языка" // www.russ.Ru/journal/kniga/99_01_18

/evan.htm.

Зорин А. Каталог//*Литературное обозрение*. 1989. No. 10.

Зорин А. "Альманах"–взгляд из зала//*Личное дело No.: Литературно–хужественный альманах*/Сост. Л. Рубинштейн. М.: В/О."Союзтеатр". 1991.

Курицын В. Данный момент. О сочинении Л. Рубинштейна "Программа совместных переживаний"//*Новое литературное обозрение*. 1996. No. 16.

Курицын В. Пустой Рубинштейн приглашает Вас внутрь Вашего тела//Курицын В. *Русский литературный постмодернизм*. М.: ОГИ. 2001.

Летцев В. Концептуализм: чтение и понимание//*Даугава*. 1989. No. 8.

Пригов Д. Как вернуться в литературу, оставаясь в ней, но выйдя из нее сухим!: (Что–то о Рубинштейне Льве Семеновиче и чрез то кое–что о себе)//*Эпсилон–салон*. 1988. No. 15.

Скоропанова И. *Русская постмодернистская литература: Учебное пособие*. 2–е изд. испр. М.: Флинта: Наука 2000(глава "Языковые матрицы феномена массового сознания: Лев Рубинштейн").

Тимова Е. Концептуальная поэзия: истоки. сообенности и последствия//*Современная литература*: Сб. Вологда: Вологодский ин–т развития образования. 2002. Вып. 1.

Цурканов А. Авангард есть авангард//*Новое литературное обозрение*. 1999. No. 39.

Эпшейн М. *Постмодерн в России: Литература и теория*. М.: Изд–во Р. Элинина, 2000. (главы "Зеркало–щит: О концептуальной поэзии". "Каталог новых поэзий" и др.)

4. 티무르 키비로프의 '러시아 시인'의 전통성

마지막으로 언급할 현대 러시아 개념주의 시를 대표하는 시인은 티무르 키비로프이다.

현대시에서 키비로프의 작품이 어떤 부류에 속하는지를 두고 연구자들마다 논의가 분분하다. 가장 넓은 의미에서 키비로프는 포스트모더니즘적 시적 경향을 표방하는 '모스크바 개념주의자들'의 그룹 '알마나흐'(D. 프리고프, L. 루빈슈테인, S. 간들렙스키, M. 아이젠베르크, D. 노비코프 등)에 속한다. 그것은 "러시아 아방가르드 전통의 논리적 연속이자 역설적인 계승"[1] 이다.

실제로 개념주의 시학의 특징들은 키비로프에게 매우 익숙하다. 무엇보다도 이것은 '개념' 자체, 즉 "이상(理想)인데, 그 이상은 상응할 수 없는 현실에 뿌리박고 있는 이상이자 이런 비상응성으로 인해 소외되고 아이러니하고 그로테스크한 효과를 불러일으키는 이상"이며, "벌거벗은 개념들의 시학이자, 의미할 임무를 가진 현실과는 고의적으로 동떨어진 독자적 의의를 가지는 기호들의 시학이며, 본질로부터의 형식의 이탈이나 물질로부터

1) Васильев И. Русский литературный концептуализм // *Русская литература XX века: направлиения и течения*. Екатеринбург: 1996. Вып. 3. С. 142.

의 의미들의 이탈을 보여주는 도식과 스테레오타입들의 시학이다."[2] "개념주의의 언어적 직물은 성기고, 예술적으로 불완전하고 조각조각 뜯겨 있다. 왜냐하면 개념주의는 우리가 세계를 이해하는 도구인 사전이 케케묵었다는 것과 낡아빠져 도움이 안 된다는 사실을 보여준다는 과제를 표방했기 때문이다. (…) 개념주의는 (…) 모든 가치 판단적 기호들의 허상성을 보여준다. 그래서 개념주의는 현재적인 것이나 임시적인 것, 일상이나 문화의 낮은 형식들, 대중적 의식에 인입하는 것에 주제 의식을 맞춘다."[3] 키비로프의 작품 세계는 가장 보편화된(추상적-비서정적, 불명료한) 형식을 통해 이런 모든 특징을 담아내고 있다.

외견상 키비로프는 개념주의 예술의 기법으로 인정할 수 있는 모든 특징적 기법들을 폭넓게 사용한다. 인용(언어적, 의미적, 문장론적, 운율적 의미부터 가장 넓은 의미에서 센톤까지), 인유, 상호 텍스트성, 메타텍스트성, 패러디, 기법의 '기계성', 저자와 주인공 위치의 경계 씻기, 과거를 인식하는 냉소적 시각, 소츠아트와의 형식적 · 스타일적 근접성, 운과 운율에 대한 무관심, 언어의 난폭함, 욕설 등이 그것이다. 그러나 키비로프에게서 그런 특징들을 내적으로 충만하게 하는 방식은 다른 식으로 이루어진다. 개념주의 시인들과는 다르게 키비로프는 기법의 형식적 측면이 아닌 의미적 측면을 강조한다.

이렇듯, 예를 들어 개념주의 예술의 전통에 근거해서 개인적이고 '모노글로시아(單語)적' 시 언어가 아니라 '폴리글로시아(多語)적' 언어로, '국지적

2) Эпштейн М. *Постмодерн в России: Литература и теория*. М.: Изд-во Р. Элинина. 2000. С. 114.

3) Там же. С. 115.

바빌론식 혼란'[4]의 언어로 말하는 것이다.

인용성은 그의 시학의 특징을 결정하는 기법 중 하나이다. 그러한 인용성은 전체를 포괄하고 모든 것에 침투한다. "때때로 키비로프 작품들에 나타나는 인용의 밀도는 센톤의 수준에 도달한다."[5] 그의 시는 자신의 언어가 아니라 타자의 언어들로 몽타주된 것 같고 타자의 목소리로 쓰인 것 같다. 그의 시 세계는 다른 시인들의 목소리들로 충만하며, 그의 노래는 다른 예술가들의 시행과 이미지들로 구성되고 얽힌다.

> 골목의 구두 굽들은 낯익은 소리로
> 모두가 고요 속에서 아스팔트를 두드리네.
> 주 위원회의 파견장을 가진 강인한 사람들은
> 타이가의 벽지에서 무엇인가를 건설하고 있네.
>
> 여명을 맞으며
> 머나먼 안가라 강을 따라 헤엄쳐가며,
> 이 끝에서 저 끝까지 노랫소리 울려 퍼지네!
> 레코드판도 마당에서 노래하고 있네
>
> 그리고 내가 걸을 수 있는 한,
> 그리고 내가 숨 쉴 수 있는 한,

4) Айзенберг М. Вместо предисловия // *Личное дело No. Литературно-художественный альманах* / Сост. Л. Рубинштейн. М.: В/О "Союзтеатр". 1991. С. 6.

5) Агеносов В. Анкудинов К. *Современные русские поэты: Справочник.* М.: 1997. С. 47~48.

구두 굽들이 아스팔트를 두드리는 소리에

조금만 귀 기울여도 바로 굳어버리네!

〔「작별의 눈물 속에서(Сквозь прощальные слезы)」, 제3권, 49~50〕[6)]

그러나 키비로프의 시는 불협화음으로 울리지 않고 짜깁기한 것 같은 인상을 남기지 않는다. 오히려 선행자들의 목소리가 키비로프의 목소리와 화음을 이루고, 그 목소리들은 키비로프의 시의 직물 속에서 유기적으로 조화롭게 엮인다. 이런 자연스러운 결합은 타자를 차용하고 있음을 증명하는 것이 아니라, 타자에 대해 민감하게 반응하면서 계승하고 발전시키는 능력을 보여주는 것이다.

개념주의자들과는 다르게 키비로프의 인용성은 이중적이지 않고 직접적이며, 주관적 회상과 서정적 의식으로 채색되어 있다. "다양한 의미적 단어들의 인용과 기호들, 인유적 참조 체계, 짓밟힌 언술의 쓰레기 등은 목이 메여 부르는 축축하고 시리며, 일관된 서정적 멜로디로 합쳐진다. 순환적 결합, 반복과 변이들의 어떤 유희의 장은 그의 폭넓은 호흡이 퍼져나갈 수 있는 공간이다."[7)]

인기를 끌던 소비에트 시대의 노래-시의 상연 목록을 키비로프가 "다시 노래한다"는 사실은 분명하다.[8)] 그러나 개념주의가 소츠리얼리즘 예술

6) 여기와 이후에서 키비로프의 작품들은 다음의 책을 인용한다. Кибиров Т. 1) *Избр. послания*. СПб.: Изд-во Ивана Лимбаха. 1998("кн. 1"); 2) *Юлилей лирического героя*. М.: Клуб "Проект ОГИ". 2000("кн. 2"); 3) "*Кто куда-а я в Россию*…". М.: Время. 2001("кн. 3"). 책과 쪽수는 텍스트에 표기한다.

7) Айзенберг М. Указ. соч. С. 12.

8) 소비에트 시대의 노래 상연 목록은 "키비로프에게 인용과 인유들의 거의 주요한 저장기"이다.(Чередниченко Т. Песни Тимура Кибирова//*Арион*. 1995. No. 1. С. 19)

의 유치함과 판에 박힌 정형성을 부정하는 수단으로 사회 형태 구조의 허위성을 주장하듯이, 키비로프는 '소비에트성' 현상을 더 깊게 파고들어가 호모 소비에트쿠스(homo soveticus)가 아닌 호모 사피엔스(homo sapiens)로서의 영혼을 들여다본다. 1960~1970년대 언어와 마찬가지로, 인유나 인용은 그의 시에서 전의(조롱, 부정, 패러디성이나 비하)가 아니라, 직의로, 다시 말해 그의 시대의 직접적인 기호-대표자들로서 이용된다. "바로 그래서 우리는 운율 속 분노에 찬 외침이 아니라 시와 관계를 맺고 있는 것이다."[9)]

1980~1990년대 출판물은 최근 수십 년 문학에 첨가된 통용어, "살짝 간을 하고 약간 구운"[10)] 어휘, 욕설과 상스러운 말과 표현들, 은어들로 인해 발생한 스타일, 양식, 서술 언어의 냉혹성과 저속화 속에서 개념주의 예술과의 인접성을 검토한다. 그러나 여기서도 "직접적인 언어 밑에는 전혀 다르며, 간접적인 무엇이 어른거리는데, 드러나지 않으면서도 자신에 대해 알 수 있게 하면서 키비로프의 모든 문체를 일종의 메타포로 만든다. (…) 이것은 거꾸로 어떤 우화적 언어다. 물론, 키비로프가 염두에 둔 것은 '여우에게는 어딘가에 있는 하느님'이 아니라 '드넓게 나뭇잎들을 흔들어대는 참나무 숲……'과 비슷한 무엇이겠지만, 이렇게 쓰고 있다. '우-우, 암캐들, 네 어미를, 지금 모두를 죽여버리겠다.'"[11)]

이런 식으로 비록 "아, 안타깝게도 푸슈킨이 아닌 키비로프"[12)]는 현대시

9) Гандлевский С. *Сочинения Тимура Кибирова* //Кибиров Т. *Сантименты: Восемь книг*. Белгород. 1994. С. 9.

10) Кулакова М. "И замысел мой дик - Играть ноктюрн на пионерском горне!" //*Новый мир*. 1994. No. 9. С. 236.

11) Айзенберг М. Указ. соч. С. 12.

12) Левин А. О влиянии солнечной активности на современную русскую поэзию //*Знамя*.

에서 지나치게 조건적, 의도적으로 탈개성화된 층위에 속함에도 불구하고, 시인 키비로프는 독특한 예술 세계를 창조하고 있으며 자신만의 현대적 현실 이미지를 모델화한다. 주위 세계에 대한 그의 관념들은 독특한 자신만의 주관성으로 채색되어 있다. 그의 시학은 독창적이고 그의 양식과 스타일은 널리 알려져 있으며, 그의 어조는 '소리만 듣고'도 알 수 있다.

바로 이 때문에 키비로프는 '완전히' 개념주의자는 아니다.

러시아 개념주의 문학의 미학적 기본 원칙들을 연구하는 I. 바실리예프는 키비로프를 개념주의로부터 분리해 '개념주의에 가까운' 시인으로 부른다.[13]

M. 아이젠베르크는 개념주의의 방법을 키비로프에게 '간접적' '부차적으로'만 적용한다.[14]

시인이자 '동지'인 S. 간들렙스키에 따르면, 키비로프는 '비판적 감상주의' 경향에 포함되는데, 그렇게 함으로써 키비로프는 메타리얼리즘(지나치게 '고양된')과 개념주의(의도적으로 '하강된') 사이에 놓인다.[15]

나는 시를 쉬쉬거리는 소리에 바쳤다. 그 소리는
내게 유일하게 가능하고 적합한(비록 너무 어렵다고는 하지만)
창작 방법이다. 하이얌[16]은 포도주를,

1995. No. 10. C. 219.

13) Васильев И. *Русский поэтический авангард XX века*: Автореф. докт. дис. Екатеринбург.: 1999. C. 39.

14) Айзенберг М. Указ. соч. C. 7.

15) Гандлевский С. Разрешение от скорби//*Личное дело No*… C. 229.

16) 〔역주〕 Omar Khayyám, 1040~1123. 페르시아의 시인, 천문학자, 수학자이다. 16세기에 나온 그레고리 달력보다 더 정확한 달력을 만들어냈고, 3차방정식의 기하학적 해결을 연구하

소로킨은 정자와 똥을

열정으로 미친 듯이 노래하게 하라,

나는 암담한 오만 속에서

어쨌든 감동의 눈물만을 노래할 것이다.

〔「사샤 자포예바를 위한 20개의 소네트(Двадцать сонетов к Саше Запоевой)」, 제3권, 295〕

S. 간들렙스키는 이렇게 말한다. "양극적 스타일 사이에 자리한 그것(비판적 감상주의—저자)은 자신의 방식으로 극단성을 개조하면서 필요에 따라 이웃들을 차용한다. 계율만을 지키는 시의 오만을 꺾고 아이러니 시의 안식일을 짧게 한다. 시학적 세계관의 이러한 방법은 두 개의 다른 스타일보다 더 극적이다. 왜냐하면 그 미학은 규정 준수에 둔감하며 감정 · 지식 · 취향 등과 같은 것에만 뿌리를 두기 때문이다."[17] "현재 널리 통용되는 포스트모더니즘 미학을 참고하면서도 키비로프는 스타일의 유희나 인용성 등 포스트모더니즘 미학의 외적 발현에만 초점을 맞춘다. 포스트모더니즘은 (…) 시인 키비로프의 시학적 열정과는 직접적으로 대립한다."[18]

1980년대 초 · 중반 저작들[19]에서 키비로프를 개념주의 시인에 포함한 M. 엡슈테인은 이후에는 그를 "개념주의에 특징적인 소외성의 강조, 무개성성, 인용성을 극복한 '포스트개념주의' 시인으로 분류한다."[20] "개념주

었으며, 그의 4행 시집인 『르바이야트』는 피츠제럴드가 영어로 번역한 후로 세계적으로 유명해졌다.

17) Там же. С. 231.

18) Гандлевский С. *Сочинение Тимура Кибирова*. С. 5.

19) 예를 들어, M. 엡슈테인의 논문 「광야의 송장(Труп в пустыне)」(1987)을 참고할 것.

20) Эпштейн М. Указ. соч. С. 275.

의에서 진부성, 인용성이 증명을 요구하는 것이었다면, 포스트개념주의에서는 이후 모든 서정적 가설들이 세워지는 최초의 진리가 증명을 요구하는 것이다. 개념주의가 가장 중요하고 널리 통용되는 고양된 말들의 공식화를 보여주었다면, 포스트개념주의의 용감성은, 직접적이지만 이미 이분된 의미에서 가장 공식화된 말들을, 시대에 뒤떨어진 말이지만 **되살아나는**(강조는 저자) 말로서 사용하는 데 있다."[21] "개념주의에서는 부조리한 설정이 지배적이라면, 포스트개념주의에서는 노스탤지어적 설정이 지배적이다. 서정적 과제가 반서정적 소재, 즉 이데올로기적 부엌의 쓰레기들, 배회하는 일상용어적 상투어(cliché), 외국 어휘의 성분 등에서 재생된다."[22]

마지막 명칭 '비판적 감상주의자'와 '포스트개념주의자'는 1980~1990년대 포스트모더니즘 시의 영역 내에서의 키비로프의 위치를 명확하게 해준다. '서정적 노스탤지어' 또는 '노스탤지어 서정주의'는 키비로프 시학의 사상을 형성하고 형식을 이루는 구성 요소가 되며, 키비로프를 개념주의 시의 제한적 경계 너머로 이끈다.

모든 현대 포스트모더니스트 시인들의 창작에서와 마찬가지로 키비로프의 창작에서 예술적 질료를 **내용적으로** 형성하는 것은 러시아가 걸어온 소비에트적 과거에 대한 이해이고, **형식적** 기반으로 작동하는 것은 사회주의 생활양식과 실재의 확고한 공식들에 대한 호소, 소비에트 슬로건이나 인기 가요, 인민 영화, 소츠리얼리즘 문학의 모범적 작품들에 나타나는 이데올로기적 상투어에 대한 호소이다. 결과적으로 "모자이크처럼 정확하게 세부들을 열거하면서 소비에트 세계를 폭넓게, 전 방위적으로 묘사"[23]

21) Там же. С. 277.
22) Там же. С. 138.
23) Агеносов В., Анкудинов К. Указ. соч. С. 47.

한다.

발전되고, 현실적이며, 성숙한 낭만주의가 지배하는 여기서는,
프레스공, 기술학교 학생, 조립공, 석유 노동자,
기사, 인민교육 국가 관리국 교원, 학술 연구자가 있는 여기서는,
—모두가 글자 그대로 브루벨에게 포즈를 취할 수 있는데, 각자가
여기서는 비방으로 **신의**(神意, Провиденье)를 유혹하였고, 모두가 미를
꿈이라고, 헛된 것이라고 칭했고, **영감**(Вдохновенье)을 무시했고, 여기서는
그 누구도 사랑도, 자유도 믿지 않았고, 모두가 어리석은 비웃음으로
쳐다봤고, 당신이 아무리 그들을 설득해도 여기서는 그 누구도
가난한 자연 속에서 아무것도 축복하길 원치 않았다.

에휴, 그렇게 오만하고 몽상적이고, 그렇게 속물들을 멸시하던,
반항적인 독일 대학생들은 카를 무어[24]와 같은 사회민주주의자들을
문틈에서 바라봤을 테고, 넋을 잃고 구경했을 텐데!
여기에 당신에게 무릎 꿇은 총사가 있고, 여기 당신에게 집요한 카인과 만프
레드가 있으니, 실컷 감상하시오, 멜모트[25]는 판매대에 뻔뻔스럽게 접근하여,
여기에 당신에게 자신의 부인을 욕해대는 만취한 알레코[26]가 있다!

24) 〔역주〕 1853~1932. 스위스 사회민주주의자.
25) 〔역주〕 트롤럽(Anthony Trollope, 1815~1882)의 소설 『우리 생활 방식(*The Way We Live Now*)』(1874~75년 연재, 1875년 출판)에 나오는 악역 주인공인 돈 많은 자본가 멜모트를 말한다.
26) 〔역주〕 알렉산드르 푸슈킨의 『집시』에 나오는 주인공이다.

당신의 렘노스[27] 신은 식자하는 손을 가진 이 핀란드 여자를 결박하였다![28]

알렉산드르 알렉사니치(Алесаныч)는 거짓말을 하는 것이다. 신성한 악은 있을 수 없다!…….

〔「렌카에게 보내는 서한(Послание Ленке)」, 제3권, 154〕

또는

모든 것은 얼마나 우습고 사진 찍기 좋은지—
추위 잘 타는 우즈베크 사람, 여드름 난 학생,
충분히 호감 가는, 짧은 털외투를 입은 경찰—
줄무늬 지휘봉, 딸기 빛의 홍조,
하얀 장갑, 정열적인 호각.
매서운 추위, 중사 동무!

모든 것은 얼마나 우습고 얼마나 전형적인지!
너무나 전형적이다. 거의 상징적이다.
기념 판 위의 옆모습은
당당하다. 그와 유사한 옆모습을 가지고
옆에서 노파가 줄에 맨 살진 개를 데리고

27) 〔역주〕 에게해에 있는 그리스의 섬으로, 그리스 본토 북동쪽의 아토스 산과 터키 해안 사이의 중간 지점에 위치하며 레스보스 주에 속한다.

28) 〔역주〕 원래는 알렉산드르 푸슈킨의 시 「단검(Кинжал)」에 나오는 구절로 "렘노스의 신은 당신을 결박하였다……(Лемносский бог тебя сковал…)"이다. 렘노스의 신은 불의 신이자 신들의 대장장이인 헤파이스토스를 뜻한다.

천식 환자처럼 기침을 하며 겨우겨우 걷고 있다. (…)

아마도, 우리는 조국을 지식으로 이해할 수 없는 것 같다.
믿을 수는 더더구나 없다.[29]
말할 수 없이 끔찍한 인생들이
사람들의 눈에 들려고 애쓰며, 눈을 뜨게 한다!……

〔「화가 세묜 파이비소비치에게(Художнику Семену Фай бисовичу)」, 제1권, 42〕

M. 아이젠베르크는 이렇게 말한다. "드러나는 모든 특징들로 볼 때 이것은 사회적 서정시이다."[30]

S. 간들렙스키는 다음과 같이 언급한다. "전일적이고 엄혹하고 빈곤한 소비에트 세계가 키비로프의 작품 곳곳에 (…) 반영되어 있다."[31]

그러나 작품 하나하나가 아니라 키비로프의 전체 작품을 읽다 보면 과거에 대한 태도에서 개념주의 시인들과는 다른 양식을 발견할 수 있고, 과거를 인식하는 다른 음조를 확인할 수 있다. 현대 아방가르드를 대표하는 대부분의 작가들의 시에서 주된 파토스가 얼마 전 과거에 대한 부정 · 비판 · 비난 · 분노에 있었다면, 부정적 본질에 대한 확인에도 불구하고 키비로프의 과거에 대한 회상들의 기저에는 행복한 어린 시절, 진실한 친구들과 유년 시절의 모험들에 대한 회상들이 자리한다. 과거를 모두 수용하는 것

29) 〔역주〕 이 시는 러시아의 철학자이자 시인인 표도르 튜체프(Федор Иванович Тютчев, 1803~1873)의 시 "러시아는 지식으로 이해할 수 없다/일반적인 잣대로 잴 수 없다/러시아는 특별한 형상이 있다/러시아는 믿을 수 있을 뿐이다"라는 시를 패러디한 것이다.
30) Айзенберг М. Указ. соч. С. 12.
31) Гандлевский С. *Сочинения Тимура Кибирова*. С. 9.

이다.

A. 조린은 다음과 같이 말한다. "시인은 그가 살게 된 공간과 시간에 대해 애정을 담아 쓰고 있다."[32)]

M. 쿨라코바는 이렇게 언급한다. "키비로프의 목소리에 나타나는 고갈되지 않는 원천은 불가피하게 사라져가는 것을 보호하려는 사랑과 기억의 힘으로서의 희망이다."[33)]

S. 간들렙스키는 이렇게 말한다. "죄 많은 우리 모두처럼 그는 자신의 삶을 세상에서 가장 사랑하며, 우리 모두의 인생을 점유하던 단일성을 표방한 소비에트 생활양식은 혐오스럽기도 하다. 하지만 혐오스럽다는 한마디로 끝내기에는 각자의 심장에 너무나 많은 것을 말해주고 있다."[34)]

> 하늘과 고통이 마당으로,
> 햇볕 비치는 작은 소비에트 사회주의 자치공화국으로,
> 기와지붕으로, 울타리 널빤지로,
> 이제는 맛없는, 무성한 뽕나무 밭으로,
> 검은 뽕나무 밭으로,
> 초록의 까치밥나무로,
> 거즈 붕대 같은 파리가 달라붙은 열린 문으로 향했다.
> 이것은 던져진 공이고,
> 옆집 화단으로 곧장 떨어지던 파랗고 붉은 공이었고,
> 이것은 아름다운 중국 파자마를 입은

32) Зорин А. Тимур Кибиров: Сортиры // *Литературное обозрение*. 1991. No. 11. С. 107.
33) Кулакова М. Указ. соч. С. 236.
34) Гандлевский С. *Сочинения Тимура Кибирова*. С. 9.

타시 아주머니의 남편이 우리에게 소리소리 질러대는 것이었다!
이것은 목재 변소에
7월 햇볕이 비치는 것이고, 파리들도 윙윙거린다.
이것은 저녁 무렵 합판으로 만든 정자에서
이야기들이 소란스럽게 속삭거리는 소리이다.
이것은 아빠를 위한 봉투에 그려진 그림이고,
이웃집 세료자 아저씨이며,
죽을 때까지, 죽을 때까지 가질 수 없는,
죽을 때까지 가질 수 없는, 고대하던
사시카 흐발콥스키의 자전거다!…….
(「화가 세묜 파이비소비치에게」, 제1권, 48~49)

어린 시절을 다룬 키비로프의 시에서는 미와 고결성, 서정성과 노스탤지어적 애수, 잃어버린 것에 대한 아쉬움, 비록 상상으로나마 과거로 돌아가려는 시도 등이 엿보인다. "내부에서 증가하는 개인적 어조는 모든 것을 다른 차원으로 옮겨놓는다."[35] "여기서는 특히 소비에트적인 것이 특별히 소비에트적이게 되는 것을 그만두고 주로 어린이같이 (…) 천진하게 (…) 된다. 키비로프의 고결한 파토스는 소비에트적 '대(大)문제'를 다루고 있으나 여기에 빠져들기보다는 소비에트적 삶의 하찮은 부분들, 세부들, 일상적 현실들, 심지어 그 삶의 빈궁과 무질서의 기호들을 건드리고 있다."[36]

35) Айзенберг М. Указ. соч. С. 12.
36) Курицын В. *Русский литературный постмодернизм*. М.: ОГИ. 2001. С. 102.

A. 세르게예프[37]의 『우표 수집 앨범(*Альбом для марок*)』, V. 메샤츠[38]의 『사탕 공장에서 불어온 바람(*Ветер с конфетной фабрики*)』, M. 수호틴의 연작 『거인들(*Великаны*)』 등의 작품들에서 나타난 이와 같은 시적 경향이 비평에서는 '감탄의 노스탤지어적 담론', '행복한 어린 시절의 신화소'라는 정의를 획득하였다.[39] 키비로프의 시에서와 마찬가지로 열거된 작가들의 작품들에서 소비에트 시기의 삶의 특징들은 "어린 시절의 기호들이거나, 영원히 서정적으로 사라져버린 무사태평과 빛의 세계를 표상하는 기호들로서 해석되는데 그곳에서는 이데올로기적 현실들이 (…) 완전히 가정적이고 자연스러운 것이 된다."[40]

키비로프의 '도취'는 소비에트적 과거나 사라진 체제나 근절된 이데올로기가 아니라, 무사태평한 어린 시절과 행복한 유년 시절에 대한 기억이 집중된 개별적인 대상적 실재들과 연관되어 있음이 분명하다. 딸에게 쓴 시에서 작가 · 주인공이 다음과 같이 예고하는 것은 우연이 아니다.

37) 〔역주〕 Андрей Яковлевич Сергеев, 1933~1998. 러시아의 시인, 소설가, 번역가이다. 1958년 모스크바외국어사범대학을 졸업하였고 1959년부터 영-노 번역가로서 제임스 조이스, 윌리엄 버틀러 예이츠, 토머스 엘리엇 등의 작품을 번역하여 출간하였다. 시인으로서는 1950년대의 '체르트코프 그룹(группа Черткова)'에 속해서 활동하였다. 1990년에 처음 출간된 세르게예프의 소설은 유머러스한 단편들이나 유명한 문학가들(안나 아흐마토바, 이오시프 브롯스키 등)을 소재로 한 회상록적 소설이 주를 이루었다. 대표작은 『우표 수집 앨범(*Альбом для марок*)』(1995)이다. 문학의 밤 행사에서 돌아오다가 지프차에 치여 숨졌다.

38) 〔역주〕 Вадим Геннадиевич Месяц, 1964~. 톰스크 출신의 소설가, 시인, 번역가, '러시아의 걸리버' 출판 기획의 대표이다. 작품으로는 『사탕 공장에서 부는 바람(*Ветер с конфетной фабрики*)』(1993), 『마르코 폴로의 법칙(*Правила Марко Поло*)』(2006), 『바다로의 출구(*Выход к морю*)』(1996), 『미친 어부(*Безумный рыбак*)』(2008) 등이 있다.

39) Там же. С. 100~101.

40) Там же. С. 100.

세월이 간다. 너는 기억하게 될 것이다.
너에게 이런 주택, 합판 가구, 플라스틱
말, 내 공책이 있었다는 것을,

그 공책에 나는 이 모든 것을 그려내려고 한다.
증기난방 열기 위에 놓인 젖은 고무 덧신도
옆집 고샤도, 막 세탁한 홑이불 위에서
잠잘 틈을 노리던 토믹도
천국으로 기억될 것이다.
(「사샤 자포예바를 위한 20개의 소네트」, 제3권, 290)

서정적-노스탤지어적 분위기와 모티프들은 과거의 표면적-소비에트적 특징들에 대한 단순한 부정을 넘어 어린 시절의 회상들을 '본질에까지 닿게' 해준다(그 어린 시절은 '지명학'과는 상관없이 객관적으로 행복하다. 또한 아파트 놀이터, 단독주택 또는 공공주택, 물질적 풍요 또는 부족, 중심부나 변두리, 도시나 시골에 위치한 뒷마당이나 마당, '설비 수준'이나, 어린이는 이해할 수 없는 사회적·이데올로기적 사회질서, '사회·경제 구성 수준'에 상관없는 어린이 놀이터 등이 있는 어린 시절이다[41]). 전횡적이고 변덕스러운 기억의 논리 때문에 키비로프는 소련을 부정적으로 부인(전통적으로 포스트모더니즘적 차원)하는 것이 아니라, 자신의 조국 러시아의 과거에 대한 사랑(고전적 러시아문학의 전통적 차원)이라는 관점에서 과거를 말할 수 있게 된다. 이런 식으로, 러시

41) 그 무엇과도 상관없는 행복한 어린 시절과 유사한 모티프는 V. 펠레빈의 창작에서도 나온다(예를 들어 단편「어린 시절의 존재론」도 참조할 것).

아 역사의 소비에트 시기에 우연히 맞춰지던 어린 시절의 테마와, 우연하지 않은 조국 러시아의 그리운 과거라는 테마가 결합하는데, 그 과거는 키비로프에게서는 우선적으로 러시아 문화와 러시아문학의 진정한 대표작들에 반영되고 집중되어 있으며, 여러 사회 · 정치체제의 이데올로기적 검열을 초월한다. 현대 개념주의 시에서는 특징적이지 않은, 핵심적이고 유일한 '친족적인 것'들을 뽑아내어 일시적인 것과 영원한 것을 결합한다. 어린 시절의 테마는, 키비로프가 개념주의 예술의 현대적 전통보다는 고전적 러시아문학 전통에 잇닿아 있음을 보여주면서, 조국 · 조국의 운명 · 조국의 역사 · 조국의 현재와 과거라는 테마와 공고히 결합한다.

M. 쿨라코프는 이렇게 말한다. "일관된 테마(키비로프의—저자)를 어렵지 않게 발견할 수 있다. (…) 1970~1980년대 조국 러시아라는 배경하의 자화상이 그것이다."[42] 과거와 자신을 구분하는 것이 아니라, '나'와 '우리', '나의 것'과 '우리의 것'의 결합이다.

A. 레빈의 말에 따르면, "첫 번째로(그리고 유일하게?) 키비로프에게서는 아마도, 우리가(또는 독자 여러분이) 젊었을 때인 다소 끔찍한 그 시대나, 영원히 사라져버렸기 때문에 갑자기 끔찍하지 않게 된 그 시대에 대한 강하고 순수하고 전염성 있게 표현된, 고통스러우면서 쓰리고 달콤한 노스탤지어를 발견하게 될 것이다."[43]

내 기억에 이 조국을,
이 모든 짝사랑을 탁 하고 퉁겨봐라.

42) Кулакова М. Указ. соч. С. 237.
43) Левин А. Указ. соч. С. 219.

음악을, 음악을, 이 음악을,

모든 창문에 이 음악을 핑 하고 지나가게 해라!

무질서, 무뢰한, 이 위대함:

라즐리프[44]의 레닌,

로켓 속의 가가린,

포도주를 사려고 줄을 선 아이젠베르크![45]

연민을, 시시함을, 이 증오를:

지나가는 마당에 있는 크리스마스트리 뼈대를,

국제 인민의 날에 맞춘 벽보를,

손을 쳐든 채 쓰러진 동상을,

구정물 통 위에 비치는 아침 햇살을!

아버지 파파하[46]의 회색빛 카라쿨 양모피[47]를,

대담한 해병 모자를 쓴 아저씨의 초상화를,

오래된 상자 속 국가보험 용지들과

휴지 조각이 되어버린 채권들을,

여자 경비원의 찻주전자를, 강 위의 안개를…….

(「화가 세묜 파이비소비치에게」, 제1권, 49)

44) 〔역주〕 Разлив. 상트페테르부르크로부터 북서쪽으로 32킬로미터 떨어진 곳에 위치한 마을이며 철도역이 있는 곳이다. 세스트리 강변에 있다. 1917년 7월 레닌이 부르주아 임시 정부의 추적을 피해 라즐리프에서 숨어 있었고, 그가 몸을 숨긴 볼셰비키 노동자의 창고와 임시 막사는 1925년에 박물관으로 지정되었다.

45) 〔역주〕 Михаил Натанович Айзенберг, 1948~. 러시아의 시인, 에세이스트, 문학비평가이다.

46) 〔역주〕 캅카스의 체르케스 사람들이 쓰는 높은 털모자이다.

47) 〔역주〕 중앙아시아 특종의 새끼 양에게서 얻는 고급 모피의 일종이다.

"'무례할 만큼' 열정적으로",[48] 어린 시절을 회상하는 것은 조국에 대해 서정적으로 대화를 시작하도록 자극한다. 조국의 이미지는 레르몬토프식 '조국'[49]의 "이상한" 사랑에서부터, N. 네크라소프의 "빈궁하고" "전능한" 어머니–루시(матушка–Русь)[50]를 거치고, F. 튜체프의 "지식으로 러시아를 이해할 수 없다"[51]를 거쳐서, A. 블로크의 "비틀거리는 무릎"[52]에 이르기까지 전(全) 러시아문학의 맥락을 고려하여 키비로프의 작품들에서 검토된다.

> 시들어가는 잎사귀와 줄기를 가진 이랑들.
>
> 바얀[53]의 목쉰 소리들.
>
> 욕지거리와 양의 울음소리.
>
> 보드카 냄새.
>
> 이것이 조국이다. 조국은
>
> 꾀죄죄하고 구질구질하며
>
> 아르바트에서 멀리 떨어져
>
> 발전되어왔으며 이렇게 놓여 있고
>
> 허튼소리와 이단을 지껄인다……
>
> 〔「실코프에서 콘코보로의 귀환(Возвращение из Шилькова в Коньково)」, 제3권, 324〕

48) 참조할 것. Гандлевский С. *Сочинения Тимура Кибирова*. С. 5. 그러나 "바로 '무례한' 열정이 키비로프를 키비로프답게 만든다."(Там же. С. 5)

49) 〔역주〕 미하일 레르몬토프의 시 「조국(Родина)」을 말한다.

50) 〔역주〕 니콜라이 네크라소프의 시 「누구에게 러시아는 살기 좋은가(Кому на Руси жить хорошо)」에 나오는 구절이다.

51) 〔역주〕 표도르 튜체프의 「지식으로 러시아를 이해할 수 없다(Умом Россию не понять)」라는 시에 나오는 구절이다.

52) 〔역주〕 알렉산드르 블로크의 시 「러시아(Россия)」에 나오는 대목이다.

53) 〔역주〕 고대 러시아의 음영시인, 민간 시인을 일컫는다.

키비로프가 그려낸 조국의 이미지는 높은 것과 낮은 것, 기쁜 것과 혐오스러운 것, 자연적인 것과 대도시적인 것, 마음을 끄는 것과 놀라게 하는 것 등을 포함하고 있다. 러시아의 이미지는 국외자의 (무관심하고 애정 없는) 시각으로 "그저 그런 나라"의 이미지로 창조된다. 그러나 바로 그런 이미지가 "죽음을 이기고자 하는" 희망을 가진 시인 키비로프의 지지대가 된다.

> 대체로 우리에겐 그 무엇도 필요 없다—
> 다만 주여, 고속도로 위 이런 죽은 불빛을,
> 유치원 담장 너머 딱총나무 관목을,
> 강의 서늘한 기운을 맞고 있는 세 명의 술꾼을,
> 하얀 브래지어를, 립스틱을 묘사하고
> 이런 식으로 **죽음**을 이길 수 있다면!
> (「화가 세묜 파이비소비치에게」, 제1권, 50)

키비로프에 따르면, 죽음을 극복하는 수단은 단순히 "이상하거나", 조국에 대한 "지식으로부터의" 사랑이 아니라 조국의 윤리 · 미학적 잠재력이며, 조국의 문화와 문학이다.[54]

---

54) 키비로프의 시에서 조국에 대한 사랑의 테마는 뚜렷하게 감지된다. 키비로프가 "러시아에 대한 '믿음'과 '사랑' 밖에 위치하면서 러시아를 '지식'으로 이해하려는 시도"(Золотоносов М. Логомахия: Знакомство с Тимуром Кибировым: маленькая дессертация//*Юность*. 1991. No. 5. C. 80)를 한다고 말하는 비평가는 옳지 않다. 아마도, 1980년대 말~1990년대 초의 '거짓 수치심(ложный стыд)'과 부정확하게 해석된 '훌륭한 어조'가 그 예가 될 수 있을 것이다. 그런 설명들은 키비로프가 조국을 사랑하지 않는다는 생각 자체와, 그것의 표현 형식을 비평가들에게 근거로서 제공했다. '믿음'과 '사랑'이란 단어들은 괄호 안에 넣어졌

여기서는 자유롭게 노래하고 울고,

시를 짓고 껄껄거리며 웃고,

슬픈 뮤즈들은 관심을 가지고

기다리고 믿는다. 왜냐하면

여기에는 삼각모와

파르니[55]의 어떤 시집이 놓여 있었고,

아무리 해도,

여기에는 인유들, 인용들,

상징주의의 황혼들,

아크메이즘[56]의 꽃들,

바라틴스키의 관목들,

도스토옙스키의 노파들,

그리고 간들렙스키의 비밀경찰들,

죽음과 시대들이 있다!

이것이 **조국**이다. 그것이

다. 조국이란 명칭을 괄호 안에 넣지 않은 것이 이상할 따름이다.

55) 〔역주〕 Evariste de Forge de Parny, 1753~1814. 프랑스의 시인, 프랑스 아카데미 회원으로 18세기의 대표적 서정 시인이다. 시집으로는 『마다가스카르의 노래』가 있다. 혼혈 시인 파르니는 마다가스카르섬 동쪽의 프랑스령 작은 섬 부르봉(오늘날의 레위니옹 섬)의 귀족 가문에서 태어났다. 그는 파리에서 대학을 마치고 돌아와 원주민인 에스더 렐리브르와 사랑에 빠졌고 부친의 반대를 무릅쓰고 결혼한 내력이 있는, 교양이 있고 개방적 성향의 인물이었다. 『마다가스카르의 노래』에는 노예제 반대에 대한 시인 파르니의 강한 의지가 들어 있다.

56) 〔역주〕 1910년대에 러시아 시단에서 일어난 시문학 사조이다. 반상징파의 시 운동으로, 신비성, 초현실성을 부정하고 현실성과 객관적 사실주의를 지향한다. 선명한 색채, 웅장하고 막힘없는 시구, 소상성(塑像性)을 특징으로 한다.

실제로 우리의 조국이다…….

(「실코프에서 콘코보로의 귀환」, 제3권, 324)

마지막 시행에서 우리의 "실재"와 "비실재"에 대한 감춰진 논쟁이 나타난다. 사실 키비로프에 따르면, 조국-문학은 우리의 것이지만, 그런데도 "피로 산 영예", "승리의 우레", "방수와 크롬 처리한 신발", "도끼와 낫과 망치"를 사랑하는 것은 거부한다.

키비로프의 최근 시 선집 중『서정적 주인공의 기념일(*Юбилей лирического героя*)』(2000)은, 기념적 성격만으로도 '삶과 창작'에 대한 중요한 결론을 제시한다. 그뿐 아니라 전체가 러시아에 대한 시들로 구성된 연작『무크지《러시아-Russia》의 낭독에 부쳐(*По прочтении альманаха "Россия-Russia"*)』의 시작점이 된다.

'러시아'라는 말을 애원하기만 하면,

'루시'라는 말은 더구나 — 대가리에

거짓말, 어리석음, 그렇게도 케케묵은,

바로 이런 속물들이 기어들고,

그런 애수를 일으킨다

눌린 백작[57]의 부질없는 행세,

57) 〔역주〕 알렉산드르 푸슈킨의 유머러스한 짧은 서사시『눌린 백작(*Граф Нулин*)』(1825년 창작, 1827~1828년 발표)의 주인공이다. 푸슈킨이 미하일롭스코예 유형 중 1825년 12월 13일과 14일 사이에 이 작품을 썼다.

호먀코프[58]의 면도하지 않은 교만,

야만적 귀족과 구세주 신앙이

때마침 나타났다. 항상 그것들이 여기에 있다.

유대인의 질문도, 아니면

흔히 유대인의 대답도,

어리석음과 우둔도 비방을 만들고,

뻔뻔스러움과 거짓을 반박한다!

벨린스키[59]는 포이어바흐라고 자극하기도 하고

오피스킨[60]은 그리스도라고 욕하기도 한다!

소리 지르며 달려들고, 함부로 거짓말하고,

천천히 수치심을 잃는다.

루시-러시아! 그 내포적 의미로부터

나와 너는 이미 도망할 수 없다.

러시아연방이라고 너를 부를 수 없다!

58) 〔역주〕 Алексе́й Степа́нович Хомяко́в, 1804~1860. 러시아의 시인, 예술가, 사회 평론가, 신학자, 철학자이며 슬라브주의의 창시자들 중 한 명이고, 페테르부르크 과학 아카데미의 객원 회원이었다.

59) 〔역주〕 Висарион Григорьевич Белинский, 1811~1848. 러시아의 작가, 사상가, 철학자, 문학평론가이며 대표적 서구주의자였다. 러시아문학과 유럽 문학의 조화에 노력하였다. 딱딱하고 이론에만 치우쳤던 당시의 러시아문학이 현실에 바탕을 두고 출발하여야 한다고 주장하였다. 러시아문학의 기초를 닦는 데 이바지하였고, 푸슈킨 · 도스토옙스키 등 많은 문학가를 육성하여 그들의 문학적 위치를 굳혀주었다. 저서에 『페테르부르크 문집』, 『러시아 문학관』, 『푸슈킨론』 등이 있다.

60) 〔역주〕 포마 오피스킨은 표도르 도스토옙스키의 소설 『스테판치코보 마을과 그 주민(*Село Степанчиково и его обитатели. Из записок неизвестного*)』(1859)의 주인공이다.

어떻게 부르면 될까? 도대체 어디로 너를 부를까?

〔「'러시아'란 말을 애원하기만 하면……(Только вымолвишь слово "Россия"…)」, 제2권, 7〕

그리고 이런 시들에서 키비로프는 러시아의 형상을 항상 매혹적이거나 매력적인 것으로 그리지는 않는다. 러시아는 "블로크에게 아내가 아니며", "이사콥스키에게 어머니가 아니며", 키비로프에게 러시아는 "장모", "숙모", "아낙네", "우주적 반죽 그릇", "광막한 함지"이다. 이것은

이렇게 세 대양 사이에서 마음대로
어머니 술꾼 당신은 무너져버렸고,
당신을 불쌍히 여기는 것은 어리석고도 이상한데,
사랑한다는 것은…….

〔「네가 조금만 더 작았다면……(Ну, была бы ты что ли поменьше…)」, 제2권, 11〕

그러나 이 시들에서도, 외적인 무례함과 투박함, 의도적인 간소화와 단순한 운 너머에, 공동 운명의 분배("**우리 함께**(нам с тобою)")가 또다시 구별되고, "**부모의 수치**(родительский срам)"를 함께 체험하려는 아들의 감정이 느껴지고, 조국에 대한 사랑이란 단어가 나타난다.〔「나는 사랑한다(люблю я)」, 제2권, 11〕

그래서 A. 아르한겔스키의 다음과 같은 지적은 옳다. "끊어진 전통의 열매들을 **자유로이**(강조는 저자) 이용할 수는 없지만, 자기 자신에게 있어서 최종적 파멸 없이 그 열매들과의 단절도 상상하지 못하는, 현대 문화의 비극을 자신의 심장을 통해 통과시킬 줄 알던 젊은 세대의 유일한 시인이 키

비로프이다."[61]

이런 식으로, 어린 시절-문학-조국은 키비로프 시의 '최고 본질'로서 삼위일체를 형성한다. 그리고 이 세 개념은 동의어로서 느슨한 환유적 관계 속에서 서로 넘나든다.

따라서 '교육적인 서사시'에서 딸 사샤에게 하는 교훈-당부는 한편으로는 민중 · 민속적 익살담〔"근심 걱정 없이 살다(жить не тужить)"〕이나 성스러운 유훈〔"노여워 마라(не обижать)", "성내지 마라(не обижаться)"〕 형식으로 나타나고, 다른 한편으로는 푸슈킨의 창작 · 차다예프[62]의 교훈 · 마카렌코[63]의

61) Архангельский А. В тоске по контексту: (От Гаврилы Державина до Тимура Кибирова) // Архангельский А. *У парадного подъезда : Литературные и культурные ситуации периода гласности(1987-1990)*. М.: 1991. С. 328.

62) 〔역주〕 Пётр Яковлевич Чаадаев, 1794~1856. 러시아의 지식인, 저술가, 사상가이다. 러시아 역사에 관한 그의 사상은 슬라브주의자와 서구주의자라는 적대적인 양대 지식인 진영 간의 논쟁을 촉진했다. 젊은 시절에 장교로 복무했고 자유주의적 견해를 지니고 있었으며 1820년대에 로마에 대한 강렬한 동경을 지니고 신비주의적 그리스도교로 전향했다. 1823~1826년에 유럽을 여행한 뒤 프랑스어로 『철학 서한』(1827~1831)을 집필해 러시아와 서유럽의 관계에 대한 문제를 제기하면서 러시아 역사와 문화, 정교회 신앙을 무자비하게 비판하고 로마 가톨릭교와 서구 문화의 수용을 주창했다. 이 책의 첫 번째 서한은 러시아어로 번역되어 1836년 평론지 《망원경(*Телескоп*)》에 실렸다. 이 잡지는 출판이 금지되었고 차다예프는 정신이상이라는 선고를 받아 의사의 지시를 받게 되었다. 그러나 그는 계속해서 모스크바에 살면서 젊은 서구주의자 지식인들의 존경을 받았다. 그는 슬라브주의자들과 서구주의자의 두 그룹 모두와 유대를 맺었으나, 러시아가 서구의 발전 과정을 따라야 한다고 주장해 슬라브주의자들과 멀어졌으며 또한 종교 및 역사에 대한 그의 생각 때문에 서구주의자들과도 갈라서게 되었다.

63) 〔역주〕 Антон Семенович Макаренко, 1888~1939. 우크라이나와 러시아의 교육자이자 작가이다. 그의 저작으로는 교육 실천을 기록한 『교육시(Педагогическая поэма)』(1937)와 제르진스키 콤뮤나에서의 생활과 실천을 기록한 『1930년 행진곡(*Марш 30 года*)』(1932)과 『탑 위의 깃발(Флаги на башнях)』(1938)을 비롯하여 『부모를 위한 책(*Книга для родителей*)』(1937), 『아동교육 강연(*Лекции о воспитании детей*)』(1940) 등이 있다. 이 외에도 그는 희곡 『장조(*Мажор*)』(1933), 장편소설 『세대의 길(*Пути поколения*)』(1936), 중편소설 『긍지(*Честь*)』(1937) 등의 문학작품도 남겼다.

장르에 대한 호소를 매개로 나타난다. 이런 식으로 어린 시절(딸)－조국(민중, 종교)－문학(푸슈킨, 차다예프, 마카렌코)이라는 세 요소는 결합한다.

> 우리는 이렇게 살 것이다—
> 슬퍼하지 않고, 성내지 않고,
> 노여워하지 않으면서,
> 모든 것에 감사하고,
> 복종하고 슬퍼하지 않을 것이다.
> 바로 그렇게 사랑하라,
> 친구여, 그런 것은 피해라,
> 페테르부르크의 한 소시민[64]이
> 충고한 대로,
> 학자 고양이도,
> 계몽주의 체다예프[65]도,
> 팔킨 니콜라이[66]까지도 그 사람과 떠들었고,
> 너 역시 그 사람과 떠들어라.
> (「실코프에서 콘코보로의 귀환」, 제3권, 330)

높고 낮고, 멀고 가깝고, 소비에트적이고 러시아적이고, 현실적이고 문학적–동화적인("학자 고양이") 것이 이런 시행들에서 결합하면서 서로 '평등

64) 〔역주〕 알렉산드르 푸슈킨을 말한다.
65) 〔역주〕 차다예프를 말한다.
66) 〔역주〕 태형으로 체벌을 많이 한 니콜라이 파블로비치 1세(Николай I Павлович, 1796~1855)의 별명이다. 팔킨은 막대기, 몽둥이를 뜻하는 '팔카(палка)'에서 나온 말이다.

해진다.' '개인적 중요성'과 무관하게 단일한 민족적 역사의 사건들로서 그들 각각은 평등하게 러시아의 역사적 사건들(사건적 역사)의 사슬을 '구성하고' 형성한다. 푸슈킨에게는 '위대한' 또는 '가장 위대한'이라는 열정적으로 고양된 관습적 형용사를 대신하여 문학적 공적으로부터 유리되어 낮아진, "페테르부르크의 소시민"이라는 '작가의' 명칭이 부여된다. 저명한 계몽가 차다예프라는 성은 "운에 맞게" 왜곡되어 러시아 일상어 발음 규칙에 따라 표기된다. 니콜라이 1세는, 비록 강조 조사 '심지어, ~도'의 도움으로 아이러니하게 '지지되고'는 있지만, 실제 존재하던 민중적 별명 "팔킨"을 매개로 해 '개인화된다.' 이런 형상들은 '균등화된다.' 푸슈킨과 "떠들던 사람들" 중에서 "학자 고양이"도, 철학자 차다예프도, 니콜라이 1세도, 시 서한의 수신인 사센카도 같은 대열에 놓이게 된다. 이와 같은 문맥에서 딸에게 주는 훈시들은 구체화를 요구하지 않는다. '그렇게' 해라, '그것은' 하지 마라 등의 '교육적 시'의 교훈들은 전 러시아 역사와 문학, 더 간단하게는 인생으로 구성되며 그 결과 평범한 반복은 필요치 않다.[67]

러시아의 역사적 과거의 광범한 파노라마 위에 놓인(투영된) 소비에트 생활양식은 어린 시절의 회상을 매개로 하여 그리 위험해 보이지 않게 된다. '순수한 형태의' 소비에트 현실이 키비로프와 그의 주인공들에게는 위협적이지만, 그런 특징들마저도 이데올로기적인 장막을 상실하게 된다. 키비로프가 또 하나의 테마, 즉 이미 지적된 삼위일체와 어느 정도 관련이

67) 강조하자면 키비로프는 원칙적으로 "교수법을 두려워하지 않고, 반대로, 온갖 방법으로 그것을 이용한다."(Кулаков В. По образу и подобие языка: Поэзия 80-х годов // *Новое литературное обозрение*. 1998. No. 32. C. 211) 그리고 그렇게 함으로써 '비평가적인' 개념주의 작가들과 '비슷하지 않다.' 이와 관련해서 V. 쿨라코프는 이렇게 결론을 내린다. "키비로프는 러시아(더 정확히 하자면 '현대' 러시아—저자) 시의 진정 '열렬한 반혁명주의자'이다."(Там же. C. 211)

있는 소시민층의 테마에 주목하는 것은 이 때문이다.

서사시 『렌카에게 보내는 서한(*Послание Ленке*)』(1990)은 '소시민층에 대한 호소'라는 고전적 형상들 중 하나이다.

레노츠카,[68] 소시민이 되자! 나는 이것이 어렵다는 것을,
이것이 실제로 불가능하다는 것을 알고 있다. 그러나 노력해야 한다.
항복하게 하지 말자…… 목을 비틀린 카나리아들이,
여기는 성숙된 낭만주의가 지배하였고, 어쩌면 영원히 그럴 것이다.
여기는 매들이 있고, 모두가 바다제비들이며, 가장 좋은 경우에는 갈매기들이다.
너와 나는 첫 장부터 비둘기가 될 것이다. 사나운 독수리 울음소리 사이에서
너와 나는 구구구거릴 것이고, 굶주린 늑대 울음소리 사이에서
따뜻한 바구니 속에서 새끼 고양이들처럼 가르릉거릴 것이다.
이것은 파렴치한 행동이 아니고 그냥 살아남고자 하는 바람일 뿐이다.

보존하고, 구원하고…… 여기서는, 모든 이투성이 발바리가 목쉰 소리로
비소츠키[69]의 음악에 맞춰 노래 부른다. "재빠른 다리와 털들이여,
사정거리로 달려가자!" 그리고 세상에, 이미 사정거리로 달려가서,
직접 총을 쏘고 칼로 찌른다…… 그러나 우리는 양배추를 절이고,
구리 통에 구스베리로 잼을 끓일 것이며,
맛있는 거품을 걷어내면서, 귀찮게 달라붙는 벌들을 쫓아내고,

68) 〔역주〕 레나의 애칭이다.

69) 〔역주〕 Владимир Семёнович Высоцкий, 1938~1980. 소련 시절의 시인이자 작곡가이며 가수이다. 1987년 사후 소련 국가상을 수상하였다.

젖은 땀을 닦아낼 것이고, 저장용 병들을 꽉 틀어막을 것이며,

다락방을 채울 것이다. 혹독한 겨울 저녁에,

벽시계의 편안한 노래와, 창문 너머 블로크의 눈보라 소리를 들으며

오랫동안 차를 마시기 위해서.

다만 우리는 이 교두보에서, 바보 같은 심연 가운데서, 광란하는 자연 속에서,

가장 사나운 파도 가운데서, 이 작은 공간에서 힘을 유지할 수 있기만 하면 되는데,

그 파도란 장애물을 무너뜨려버렸고, 70년 동안 위대한 공간에서 배회하면서,

악취 나는 물방울을 혐오스러운 하늘에 건방지게 튀기면서

심술궂게 빙빙 도는 오만하고 반항적인 배수 체계이다…… 오, 그건 다만,

구원받기 위해서다. 비록 거울을 들여다보며,

우리가 두려워하지 않고 공포를 느끼지 않게 하기 위해서다. 레눌랴[70]야.

(…)

살아갈 것이다, 칭찬할 것도 있을 것이다,

잠도 잘 것이다,

제라늄과 베고니아도 키울 것이고, 커틀릿도

먹을 것이고, 명절에는 거위 고기도 먹을 것이고, 만약 식료품이 없으면

흑빵을 오물거리며 설탕물이라도 마시면 된다 (…)

그러나 신은 주실 것이고 모든 것을 이루실 것이다. 바라볼 줄 알고, 깨어나서,

70) 〔역주〕 레나의 애칭이다.

모든 것이 귀중하고, 모든 것이 보잘것없고, 깨지기 쉽고, 약하다는 것을

영원히 이해할 줄 아는 사람,

이 모든 무의미한 세계를 장난감처럼, 크리스마스트리 장식 볼처럼,

조심스럽게 보존해야만 하는 것을 눈물 속에서 알고 있는 사람,

축축한 가을걷이의 형이상학을 인식할 수 있는 사람은 적지 않은가.(제3권, 153~156)

M. 엡슈테인의 말에 따르면, "영웅성의 스테레오타입"은 다음과 같이 도식화된다. 소비에트적 영웅성("인생에는 (…) 언제나 공적을 행할 자리가 있다"는 불변하는 이데올로기소에 따르면)의 스테레오타입은, "소시민성의 스테레오타입"으로, 그리고 서정적 주인공을 "미학적으로 매료하는 것"과 "흥분시키는 것"으로 대체된다.[71]

키비로프의 시에서 "소시민성의 스테레오타입"은 익숙한, "소설의" 구성요소들(지적하자면, '소비에트적인 것'과 '고전적인 것'으로 구분되지 않은 구성 요소들이다), 즉 V. 마야콥스키의 "카나리아"(「쓰레기에 대해서」[72]), A. 체호프의 "구스베리"(「구스베리」[73]), N. 고골의 "잼이 담긴 구리 통"(「구식 지주들」[74])으로 구성된다. 소시민적 삶의 이미지는 우둔하고 유치하고 이지러져 보일

71) Эпштейн М. Указ. соч. С. 279.

72) 〔역주〕「쓰레기에 대해서(О дряни)」는 블라디미르 마야콥스키(1893~1930)의 시로 1920~1921년에 창작되었다.

73) 〔역주〕「구스베리(Крыжовник)」는 안톤 체호프의 단편이다. 이 단편은 잡지 《러시아 사상(*Русская мысль*)》에 1898년 발표되었고, 「상자 속의 사람(Человек в футляре)」, 「사랑에 대하여(О любви)」와 함께 '작은 3부작'을 구성한다. 이 단편에서는 구스베리 과수원이 딸린 저택을 가지고자 하는 물질적 욕망에 사로잡혀 평생을 보내는 사람을 묘사하고 있다.

74) 〔역주〕「구식 지주들(Старосветские помещики)」은 니콜라이 고골의 연작 『미르고로드(*Миргород*)』(1835) 중 첫 번째 중편소설이다. 이 소설은 영화화되었다.

수도 있다. 그러나 소시민적 삶의 특징들은 다음과 같이 '축적'된다. 첫째, 시간적 후퇴, 다시 말해서 1930년대로부터 19세기 1/3분기로, '가까운' 마야콥스키로부터 '시간상으로 멀리 떨어진' 고골에게로 이동하면서 '소비에트성'의 특징들을 자체로 밀어내고 주인공들을 '황금 세기'의 이상적 몽상들의 세계로 데리고 간다. 둘째, '소시민성'의 실재들은 일상 세태의 세부 사항들에서 벗어나 본성상 '초일상적', '초소시민적'[75] 문학의 형상들과 그것들을 창조한 작가들의 감정들을 통해 위로받은 이미지들이 된다(예를 들어, N. 고골은 이렇게 말했다. "소러시아에서 보통 구식이라고 불리는 벽촌의 외딴 지주들의 검소한 삶을 나는 매우 사랑한다……"[76]). M. 엡슈테인에 따르면, "'정상적인 것(이 경우에는 '소시민적인 것'이란 말과 동의어—저자)은' (…) 더 넓은 차원이며, 감정적 유의미성 속에서 성장하며, 더 격동시키고 더 마음에 들며, 더 영감을 불러일으키고 더 끌어당긴다."[77]

고전과 소비에트 러시아문학의 형상들에 '인입된' 키비로프의 서정적 주인공이 갈망하는 '소시민성'은 이후에는 충분한 실현 가능성을 보장한다.

> 디킨스를 소리 내어 다시 읽고, 체스터턴도, 겸사겸사,
> '창백한 불꽃'도, '프닌'도, '롤리타'[78]도. 레프도,

75) 서사시 「실코프에서 콘코보로의 귀환」에서 이미 언급된 "페테르부르크의 소시민" 푸슈킨을 상기하자.

76) Гоголь Н. *Собр. соч.: В 8 т.* М. 1984. Т. 2. С. 5.

77) Эпштейн М. Указ. соч. С. 278.

78) 〔역주〕 '창백한 불꽃', '프닌', '롤리타'는 모두 블라디미르 나보코프의 작품을 말한다. 『창백한 불꽃(*Бледный огонь*)』(1962)은 긴 시 한 편과 시에 대한 어느 광적인 현학적 문학가의 주석으로 구성된 소설로 독창적인 구성 기법이 완벽하게 나타나 있다. 『프닌(*Pnin*)』(1953~1955년 창작, 1957년 발표)은 미국에 망명한 곤충학 교수를 묘사한 에피소드식 소설이다. 이 작품은 1948~1958년 뉴욕 주 이타카의 코넬대학교에서 러시아어와 유럽 문학

읽고 낭독하자. 드 사드는 맘대로 하게 두자…….(제3권, 155)

키비로프에게 러시아 고전, 해외 문학, 소비에트문학과 현대문학(레프란 물론 레프 루빈슈테인을 말하는 것이다)은 "도덕보다 우위에 있는 예술"이나 "미학/날개 없는, 소시민적인 도덕보다 우월"(제1권, 155)하다는, 소위 "오만한" 문학대학의 성명서들로부터의 방어이자 '해독제'로 작용한다. 고전의 윤리적 잠재력과 현대시의 '친밀성-온정'은 주인공들을 "구원하고" "보호하며", "살아남을" 가능성을 제공한다.[79] 즉 작가는 "반동분자"[80]로서 "영원한" 이상들(이데올로기가 아니라)에 대한 비-개념적 충성심에 따라 낙천적 철학을 확고하게 신뢰하면서 변화된 생명력 강한 현실의 이미지를 모델화한다.

S. 간들렙스키: "키비로프는 위법자-시인의 자세가 얼마나 우습게 지나가버렸는지를 감지한 최초의 시인이자 지금 (…) 질서와 품행 단정의 수호자가 될 수밖에 없다는 것을 감지한 최초의 인물 중 하나였다."[81]

이제 키비로프가 보여준 공고한 '삼위일체'를 '복합적으로' 드러내고, 이를 토대로 키비로프 작품 세계에 나타나는 비전통적-개념주의적 특성을 검토하기 위해서 그의 가장 유명한 서사시들 중 하나이자 서한인 「L. S. 루

을 가르친 경험을 어느 정도 바탕으로 한 작품이다. 『롤리타(*Lolita*)』(1955)는 아주 어린 여자에게 강렬한 욕망을 느끼는 반영웅적 인물 험버트가 주인공이며, 나보코프 문학의 날카로운 알레고리의 새로운 예를 제시했다는 평을 받는다.

79) 이때 "그(키비로프 — 저자)에게 시의 과거와 현재는 단일한 흐름이며, 고전과 모더니즘 또는 전통과 현대성으로 결코 이분되지 않는다. 선행하는 모든 러시아 시의 코스모스와 다양한 수준에서의 오늘날의 언술의 카오스는 그에게 소중하고 필요하다."(Тоддес Е. "Энтропии вопреки": Вокруг стихов Тимура Кибирова // *Родник*. 1990. No. 4. С. 67)

80) Гандлевский С. *Сочинения Тимура Кибирова*. С. 5.

81) Там же. С. 6.

빈슈테인에게」(1987)를 살펴보자.

키비로프의 초기 시는 이미 그의 작품 세계를 가장 확실하게 보여주는 중요한 테마들인 창작의 테마, 시인과 시의 사명에 대한 테마를 담고 있으며, 이후 그의 작품에서 모습을 보이는 여러 문제들을 선보이고 있다. 이런 이유로 「L. S. 루빈슈테인에게」(1987), 「사랑, 콤소몰, 봄. D. A. 프리고프에게」(1987), 「미샤 아이젠베르크에게. 시 창작에 대한 서한」(1989), 「세료자 간들렙스키에게. 현 사회 문화 상황의 몇몇 양상들에 대해서」(1990), 「데니스 노비코프에게. 음모」(1990), 「이고리 포메란체프에게. 세련된 문학의 운명에 대한 여름의 사색」(1992) 등과 같은 서사시-서한들이 등장한다. 이 작품들은 키비로프의 시 세계에서 특별한 위치를 차지했다.[82]

우여곡절 끝에 출간된 서사시-서한 「L. S. 루빈슈테인에게」는 키비로프의 가장 인기 있는("세상을 떠들썩하게 한") 서사시들 중 하나로서 폭넓은 비판의 대상이 되었다.

이 서사시는 사미즈다트 잡지인 《제3의 현대화(*Третья модернизация*)》에 1988년(No. 7)에 처음 발표되었다. 1989년에는 잡지 《신탁시스(*Синтаксис*)》(파리, 1989, No. 26)에 게재되었다. 이와 거의 동시에 이 서사시 중 일부가 신문 《아트모다(*Атмода*)》(리가, 1989년 8월 21일)에 실렸다. 1990년 1월에는 키비로프의 서사시 중 몇몇 구절이 M. 추다코바에 의해 인용되어 《문학비평》에 발표되었다.[83] 1990년 9월에는 이 서사시가 기자 연맹 신문 《러시아워(Час пик)》(레닌그라드)에 게재되었다. 단행본은 1998년에 발간되었다.[84]

82) 참조할 것. Кибиров Т. *Избр. послания*.

83) Чудакова М. Путь к себе: (Беседа с корреспондентом)//*Литературное обозрение*. 1990. No. 1. С. 35~36.

84) Кибиров Т. *Избр. послания*.

모든 경우들에서 서한「L. S. 루빈슈테인에게」는 많은 논의를 거치게 된다. 이때 중요하고도 거의 유일한 문제는 바로 어느 정도로 키비로프가 "현실 묘사의 규칙을 **위반하고 있는가**(강조는 저자)"와, 어떻게 그는 "규칙의 **위반**(강조는 저자)을 가장하였는가"[85]였다. '위반'이란 말은 우선적으로 이 서사시에서 욕설과, 검열을 통과할 수 없는 단어들을 사용하고 있기 때문이었다.

이렇듯, 서사시가 《아트모다》에 발표됨으로써 그 잡지의 편집장 A. 그리고리예프는 "훌리건 불법행위"로 유죄 선고의 위협을 받았고, 키비로프에게는 벌금형이 내려졌는데, 예술에서 무가치한 단어의 사용을 규제하는 E. 토데스의 "문학 심사"가 논란을 종식시켰다.[86] 《러시아워》의 편집장 N. 차플리나(Чаплина)는 이 문제에 관해 격분한 독자들이 보낸 폭풍같이 수많은 우편물들을 받았다(그리고 그 후 선별적으로 게재되었다).

비평가들과 독자들의 관심을 가장 많이 끈 부분은 창작 형식이다. 시대적 분위기('고르바초프의 페레스트로이카' 초기)에 편승하여, 비평은 서사시를 조밀하게 분석하기보다는 이런 글쓰기 형식이 합법적 권리를 가진다는 사실을 독자들에게 설득하면서 이런저런 '익숙지 않은' 비유법을 사용하는 작가를 정당화했다. 졸로토노소프는 이렇게 언급한다. "이전 시대의 위계는 **허물어졌고**(강조는 저자), 모든 것이 이전의 위계적 둥지들로부터 풀려났으며, 모든 것은 '말의' 권리 측면에서 평등해졌고 (…) '상징의 밀림'의 그냥 **단어들**(강조는 저자)이 되었다. 세계 속 '사물들'의 비속화는 단어들의 기호적 특성을 부활시켰다. 이런 점은 부적절한 어휘의 사용으로 강화된다. 이

85) Золотоносов М. Указ. соч. С. 78.
86) Тоддес Е. Указ. соч.

것은 성물 모독이 아니라 **세계**에서 가장 중요한 변화의 반영이다."[87)]

"대다수는 접근조차 할 수 없는 복잡한 구성"[88)]이라는 시의 형식적 측면에 대한 논의를 분석하는 것이 무엇보다 '핵심'이다(인용, 혹은 졸로토노소프에 따르면 '인용 놀이'를 염두에 둔 것이다). 이미 여러 번 강조되었듯이, '파괴'가 서사의 기본적 파토스로 인정되었다. "낙천적이고, 활기차고 르네상스적인 토대는 이미 부재하며 말라버렸다. 서사시에서는 성례적인 것이 비속하고, 음울하고 무의미한 '나의 것'이 되어 되돌릴 수 없이 낮아지며 이것은 또한 문화의 **파괴**(강조는 저자)와 엔트로피의 공격 징후들 중 하나이다."[89)] 졸로토노소프의 의견에 따르면, 서사시의 스타일과 음절은 "무엇으로도 만회할 수 없는 상실의 기호이다."[90)]

서사시가 등장하게 된 배경을 "문학을 둘러싼 주변적 상황"에서 찾을 일은 아니다. 그리고 「L. S. 루빈슈테인에게」에 대한 전문적 분석이나 아마추어적 언급들이 쏟아지고 있지만 사상적 내용이나 서한이라는 예술적 독창성의 분석은 여전히 비평적 연구의 범위 너머에 남아 있다.

텍스트에서 분명하게 언급하고 있듯이, 작품의 집필 동기는 저자와 서한의 수신인 간의 친밀한 '향연' 시간에 발생한 논쟁이다. 텍스트의 대상은 가장 폭넓은 의미에서 세계의 현대 상태이다. "향연은 끝났다." 그러나 논쟁은 끝나지 않았다. 그래서 서사시의 슈제트 전개는 이미 류베르치[91)]로 떠나버린 대화 상대자와의 계속되는 논쟁처럼 구성된다.

87) Золотоносов М. Указ. соч. С. 79.

88) Там же. С. 79.

89) Там же. С. 79.

90) Архангельский А. Указ. соч. С. 210.

91) 〔역주〕 Люберцы. 1925년부터 러시아에 편입된 도시이자 모스크바 주 류베레츠 지역의 행정 중심지이다. 카잔 역으로부터 남동쪽으로 19킬로미터 떨어진 곳에 철도 간이역이 있다.

서사시는 4운각 강약격으로 쓰였고, 어조는 민속과 데르자빈과 푸슈킨부터 만델슈탐과 트바르돕스키까지 러시아 시의 두터운 층을 분명히 지향하였다[예를 들어, '트바르돕스키'로부터: "아, 우리 젊은이들 모두는 어떤가, / 본질상 선한 민중이다!"(제1권, 14) 이것은 "민중의 어조의 따뜻함"(뱌체슬라프 네크라소프)을 보유하고 있을 뿐만 아니라, '매우 유쾌한 대화'나 '친밀한 대화'의 형식을 취하고 있다].

서사시의 기본 테마는 현대 세계의 엔트로피, 문화의 엔트로피, 윤리-미학적 가치의 엔트로피이다.

서사시의 '핵심어'는 분명 서정적 주인공의 반대자가 제공하며(즉 대화의 관계를 고려할 때 '루빈슈테인의 말'이다), 그것은 서한의 첫 번째 시행들의 '표현되지 않은 대화성'을 설명해준다. 다시 말해 이런 '감춰진 인용의 말'로 서사시가 시작된다.

나의 료바, 엔트로피!
엔트로피, 너는 내 친구…….(제1권, 8)

대위법은 단번에 충분히 포착될 수는 없지만, 이미 첫 시행에서 분명히 드러난다. 거기서는 서사시의 주인공(중요한 수준에서 작가적 주인공[92])이 다음에 나오는 서사시의 24개 모든 장들에서 또다시 언급되는 중요한 단어-개념에 관심을 기울이면서 여기에 동조한다. 심지어는 이를 뒷받침하는 증

92) 작가 형상과 서사적 주인공 형상의 유착은 서사시 「체르넨코의 죽음」에서 드러난다. "서정적 주인공은, 더 정확히 하면, 나 자신이다."(*Личное дело No*. C. 188) 또한 선집 『서정적 주인공의 기념일』을 참조할 것. 그 안에서는 작가의 기념일이 서정적 주인공에게 "재전송된다."

거와 논거들을 인용, 제시한다.

> 모든 것은 지나간다. 모든 것은 영원하지 않다.
> 엔트로피. 너는 내 친구!
> 폐결핵처럼, 급성이고
> 치질처럼 우습고,
> 에이즈처럼……
>
> 더 조용히, 더 조용히, 사랑하는 료바!
> 레프 세묘니치, 망나니를!
> 엔트로피의 역겨운 불빛이
> 저녁들을 휩싸고 있다……(제1권, 8)

'대화'의 슈제트가 전개됨에 따라서 현대 생활의 엔트로피적 특징이라는 감정이 일어나며 강화된다. 장에서 장으로 넘어갈수록 주인공들을 둘러싼 삶의 음울한 풍경들이 짙어지며(「파리한 아가씨들」, 제1권, 11 등), "검은 면직 옷을 입은"(제1권, 10) 악마의 형상이 등장하고, 임박한 세상의 종말에 대해 상기시키는 "성서의 예언이 실현되고 있다……"라는 참조 표시가 공공연히 나타난다. 그리고 현대 문화, 특히 현대문학의 타락에 따른 우울한 인상이 증가한다("오, 이미 내게 문학은……"(제1권, 14)과 "모든 것은 (…) 이런 술 천지에서 엔트로피에 흠뻑 젖어 있다"(제1권, 15)). 이에 상응해서 스타일적으로 중립적인 단어 '엔트로피'는 점차 보충되고, 전통과는 거리가 먼 현대성을 지향하는 감정적이고 스타일적인 동의어-대체어들("나쁘다(фигово)", "헛소리(фигня)", "п…ц"(대문자나 소문자로), "공허(пустота)", "부패(гниение)", "똥

(дерьмо)", "똥의(дерьмовый)", 또는 이들에 가까운 작가의 신조어들인 "개의 이(сучья вошь)", "늑대 젖통(волчье вымя)", "생선 가죽(рыбья шкура)"]이 나타나며, 심지어 감정적-언술적 차원에서 '엔트로피'의 아이러니한 등가물인 "목재 매킨토시(деревянный макинтош)" 등이 자리를 차지한다. 낙엽들, 비, 관통하는 바람, "잠에 취한 어스름(сумрак сонный)"이 있는 가을 풍경과 그것에 유사한 형상들인 녹과 노쇠함 등, 자연적-심리적 평행은 가까워진 세상의 종말이라는 인상을 강화한다.

> 묘지 위에 바람이 휙휙 불어댄다.
> 무섭다. 무섭다! 우-우-우!
> 여기에 주거에 관한 권리가 있고,
> 열렬한 지식에는 식량이 있다!
>
> 서 있더라도, 넘어지더라도, 료바!
> 당신이 제아무리 노력해도—전혀 무관심하다!
> 모든 것이 실제로 나쁘다.
> 모든 것은 지나간다. 모든 것은 보잘것없다…….(제1권, 11)

이런 식으로 시적 명제의 수준에서 서정적 주인공은 완전히 루빈슈테인과 일치한다(참조할 것. 대위법적 일치 단어 "실제로"). 엔트로피가 '어디서나' '도처에' 있음이 인정된다.

그러나 시행들 사이에서 매우 신속하게, 처음에는 감지할 수 없던 안티테제, 즉 서한 수신자와의 불일치의 테마가 소리를 내기 시작한다. 그 테마는 처음에는 세계의 엔트로피성에 대한 형식적-표현적 관계에서만 드러난다.

> 료바, 분노는 고결하다.
> 그러나 무의미하다. 맛본다는 것은…….(제1권, 10)

그리고 파멸이 아니라 극복에 대한 전통적-존재적, 문화학적인(상당한 수준에서는 문학적인) 질문이 제기된다.

> 우리는 무엇을 할 것인가? 어떻게 구원받을 것인가?…….(제1권, 9)

민족문화와 민족 문학의 전통에서는 이와 유사한 문제들이 '러시아적 질문'이라고 정의되어왔다. 주지하다시피, 러시아 고전들에 이 질문은 여러 번 등장했다. 『무엇을 할 것인가?』,[93] 『누구의 죄인가?』,[94] 『쿠오바디

93) 〔역주〕『무엇을 할 것인가?』(1863)는 니콜라이 체르니셉스키(1828~1889)의 소설이다. 체르니셉스키는 러시아의 급진적 저널리스트, 정치가였다. 고전적 작품 『무엇을 할 것인가?』를 통해 러시아의 젊은 지식층에게 커다란 영향을 끼쳤다. 가난한 성직자의 아들로 태어난 체르니셉스키는 1854년 평론지 《현대인(*Современник*)》의 편집인으로 일했다. 그는 비록 사회·경제의 악에 초점을 맞추고 경제 변화를 예측할 수 있는 법칙들을 자세히 설명하려 했지만, 정화된 이기주의를 가장 본질적이면서도 바람직한 인간 행동의 원동력이라고 역설하는 동료 저널리스트인 비사리온 벨린스키와 영국의 공리주의자들의 견해를 따랐다. 지주들은 그가 계급 간의 적대감을 조장한다고 고소했고, 체제 전복에 대한 그의 적극성의 정도가 상당한 논란을 불러일으키기도 했다. 결국 1862년에 체포되어 2년 동안 수감된 뒤 시베리아로 추방되어 그곳에서 1883년까지 머물렀다. 감옥에 있는 동안 그는 계몽적인 소설 『무엇을 할 것인가?』를 썼다. 이 소설은 당대의 젊은 혁명적 지식인들에게 커다란 영향을 끼쳤는데 레닌의 동명 저서 『무엇을 할 것인가?』는 바로 이 소설에서 제목을 따온 것이다. 슬라브 민족주의에 반대했으며, 상당히 서구화된 그는 나로드니키와 레닌으로 대표되는 혁명적 사회주의자들을 이어주는 가교 역할을 한 인물로 여겨진다.

94) 〔역주〕『누구의 죄인가?』(1846)는 알렉산드르 게르첸(Александр Иванович Герцен,

스』[95] 등이 바로 그것이다. 그러나 일정한 경향성을 가진 민주주의 작가들과는 달리, 키비로프의 언술은 "강령적이지 않고 합리주의적이지 않다. 대신 유기적이며, 그것의 근원은 전적으로 서정적이다."[96]

러시아적 삶과 러시아 고전의 전통에 의거해서(이것은 민족의식에서 많은 부분 동일한 의미를 지니며 비교된다. 왜냐하면 잘 알려져 있다시피 러시아는 문학 중심적 나라이기 때문이다), 서사시의 주인공은 '영원한' 문제에 대한 대답을 발견한다. 그것은 '언어(Слово)'이다.[97]

이 부분에서 시선을 돌려 다시 한 번 상기해야만 하는 것은 키비로프가 현대 포스트모더니즘 시에 속해 있으며 개념주의 시에 가까워서 시종일관 '인용문으로 되어 있고' '상호 텍스트적'이라는 사실이다. 바로 이것이 예술 텍스트로서 서사시의 전개 논리가 아니라, 시인이 특정한 문학 경향에 '소

1812~1870)의 2부로 된 소설이다. 러시아 최초의 '사회 심리소설들 중 하나'로 평가받는다. 게르첸은 처음에 서구 문화를 도입하여, 러시아의 개혁을 꾀하는 서구주의자로 활약하고 사회주의 이론의 발달에도 공헌하였다. 그 후 서구주의를 버리고, 러시아의 농촌 공동체를 기초로 하여 자본주의를 거치지 않고 사회주의에 도달할 수 있다고 주장하며, 사회주의적 색채를 띠게 되었다. 주저로는 『과거와 사색』이 있다.

95) 〔역주〕 폴란드 소설가 헨리크 시엔키에비치(Henryk Sienkiewicz, 1846~1916)의 작품이다. 헨리크 시엔키에비치는 러시아령에 속한 볼라오크제이스카의 소귀족 집안에 태어나, 바르샤바대학에서 인문학을 공부하였다. 학생 시절부터 창작에 뜻을 두어 몇 개의 습작을 발표했다. 1876년부터 3년간 미국에 유학해, 창작의 시야를 넓힌 후 「등대지기」(1882), 「용사 바르테크」(1882) 등의 단편을 썼다. 1880년경부터 역사소설을 써서 발표하였는데, 17세기 폴란드의 이국민(異國民)과의 영웅적인 격전에서 취재한 역사 3부작인 『불과 검(劍)』(1884), 『대홍수』(1886), 『판 보워디요프스키』(1888)로 국민적 인기를 얻었다. 이것은 빼앗긴 조국을 사랑하고 민족을 사랑하는 마음이 잘 나타나 있어 폴란드인에게 큰 힘이 되었다. 『쿠오바디스』로 세계적인 명성을 얻었다. 1905년 노벨문학상을 수상하였고 제1차 세계대전 중 폴란드 독립운동과 국제 적십자사의 구호 활동에 종사하다가 스위스에서 객사하였다.

96) Тоддес Е. Указ. соч. С. 67.

97) 비교할 것. 간들렙스키는 키비로프의 모든 시에 적용해서 "언어에 대한 시인의 순박한 믿음"을 지적하고 있다(참조할 것. Гандлевский С. *Сочинения Тимура Кибирова*. С. 5).

속되었다는 것', 이미 위에서 언급되었듯이, 비평가들이 문학적 놀이나 문학적 기법으로서 서한의 인용성에 대해 언급할 수 있는 장을 만든다. "작가의 뛰어난 인용 기법은 견고성, 유희적 풍부성, 시 조직의 치밀성을 보장해준다"[98]라는 E. 토데스의 언급을 상기하자.

가장 표면적인 수준에서도 이를 지적할 수 있다. 인용은 키비로프가 구사하는 시적 기법의 특징이다. 그러나 이 서한에서 문학과 문학 전통에 대한 호소는, 우리 시각으로는, 형식의 특징들이 아닌, 내용의 본질로 규정된다. 러시아문학의 문제는 러시아 존재의 문제가 되고,[99] 여기서 러시아문학의 문제에서 러시아 삶의 문제로 논리적이고 자연스럽게 옮겨간다. 거기서 인용은 러시아문학과 러시아의 운명의 융합 기호이며, 문학적 존재와 일상적 세태 풍속의 기호이다.

왜 우리는 점잖지 못하게
조국 러시아에 대해 눈물을 흘리는가?
조국 러시아에 대해,
자신의 길에 대해,
레타에 대해, 로렐라이에 대해,
오네긴 시행[100]에 대해,
딸기 빛 자두에 대해,

98) Тоддес Е. Указ. соч. С. 69.
99) E. Тоддес의 다음 말과 비교할 것. "서사시의 구상에서 제1차적 의미는 하나의 '커다란' 평행이며, 그 다음에는 동일시이다. 러시아는 푸슈킨부터 얼마 전 과거의 소비에트 공식 노래까지 러시아문학이기도 하다."(Там же. С. 69)
100) 〔역주〕 알렉산드르 푸슈킨의 작품『예브게니 오네긴』에 쓰인 시절 형식을 말하는 것으로 14연이 약강격 4운각으로 이루어져 있다.

아이(Аи) 샴페인[101] 속의 흑장미[102]에 대해,
거만한 펠리차(Фелица)[103]에 대해,
피가 온통 묻은 뚱뚱한 카티카(Катька)에 대해,

우스운 카슈탄카[104]에 대해,
프로타자노프의 과부[105]에 대해,
숙명적인 검은 숄에 대해,
백발의 고리대금업자 할머니에 대해,
나보코프의 나비에 대해,
만델슈탐의 당나귀에 대해,
술 취한 옐라부가 위에
목매단 여류시인[106]에 대해!

101) 〔역주〕 샴페인의 한 종류이다.
102) 〔역주〕 블로크의 시 「레스토랑에서」에 나오는 구절이다. "나는 네게 검은 장미를 보냈다/하늘처럼 황금빛 샴페인 아이 잔 속에 담긴(Я послал тебе черную розу в бокале/Золотого, как небо, аи)"이다.
103) 〔역주〕 가브릴 로마노비치 데르자빈(Гавриил Романович Державин, 1743~1816)의 시 「펠리차(Фелица)」(1782)의 여자 주인공을 말한다. 키르기즈카이사츠크의 현명한 공주 펠리차를 노래한 송시이다.
104) 〔역주〕 안톤 체호프의 단편 「카슈탄카(Каштанка)」(1887)의 주인공 개 이름이다.
105) 〔역주〕 소련 시절의 영화감독 야코프 프로타자노프(Яков Протазанов)의 영화 〈토르조크의 재단사(Закройщик из Торжка)〉(1925)에 나오는 여자 주인공 과부를 말한다. 소련 네프 시기에 작은 군에서 벌어지는 사건을 다룬 희극영화로, 양장점을 운영하는 과부가 직원 재단사와 결혼하려고 하는 내용을 풍자적으로 다루고 있다.
106) 〔역주〕 비운의 여류 시인 마리나 츠베타예바를 말하는 것이다. 마리나 이바노브나 츠베타예바(Марина Ивановна Цветаева, 1892~1941)는 소련 시대를 풍미한 여류 시인이자 소설가, 번역가였으나 당국의 압력으로 옐라부가에서 어렵게 생활하다 스스로 목을 매 생을 마감했다. 이 책의 제1장 547쪽, 주 2) 참고할 것.

우리는 러시아 전통 춤을 추지 않을 것이고

아를 오로 발음하는 사투리도 전혀 쓰지 않을 것이며,[107)]

수하레프 탑[108)]으로의

너와 나의 행로가 주문되었고,

료바, 너와 나는 러시아식으로,

가슴에 단 십자가는 잡아 뜯어버리자!

태초에 말씀이 있었고,

다섯 번째 항목은 이미 그 다음이 아닌가!

태초에 말씀이 있었다.

그리스인도, 그 어떤 유대인도

이미 없지 않은가,

다만 마음속에 말씀만 있다!

~에도 불구하고라는 엔트로피의

마음 너머에 말씀만이

조국 러시아 위에,

강가 대저택 위에 있다.(제1권, 19~20)

107) 〔역주〕 역점 없는 'o'는 'a'로 발음해야 하는데 그대로 'o'로 발음하는 것이다(러시아 북부 지역 사투리에서 그렇게 발음한다).

108) 〔역주〕 수하레프 탑은 표트르 대제의 명령으로 건축가 M. I. 초글로코프(Чоглоков)가 설계해 건축되었으며, 1695년부터 1934년까지 모스크바에 있던 건축물이다.

제기된 문제에 대한 대답을 찾으면서 작가-주인공은 러시아문학의 '구상에 대해', 로모노소프, 푸슈킨, 도스토옙스키, 체호프, 나보코프, 블로크, 흘레브니코프, 만델슈탐, 츠베타예바의 '말에 기대어' "하염없이 눈물을 흘린다."(「왜 우리는 눈물을 흘리는가……」)

그러나 이 서사시에서는 작가의 이름에 뒤이어 문학적이지 않고, '생생하며', 특별하고 개인적이며 직접적인 인상들로 덮인 작가-주인공의 삶의 형상이 발생한다. 이 단계에서 아직은 '적절한' 낙천주의("~에도 불구하고라는 엔트로피")의 근간이 되는 것은 키비로프에게는 매우 특징적이며, 본질상 일상적이지만 순수함과 빛이 가득한, 어린 시절의 노스탤지어적 회상들이다.

기억하니, 융으로 된 파자마를 입은,
새끼 돼지, 백일해, 지점토,
아그니야 바르토[109]의 시를 들고 누웠고
기침약을 삼켰잖니?

어떻게 엄마가 료샤에게
—중계방송이 노래하고—

109) 〔역주〕 Барто Агния Львовна, 1906~1981. 본래의 성은 볼로바(Волова)이다. 러시아의 여류 시인이다. 부친은 수의사였고 부친의 지도하에 훌륭한 가정교육을 받았다. 1925년부터 시를 발표하기 시작했다. 어린이용 시를 주로 썼으며 소비에트 학교생활, 가정생활, 소년단 생활 등을 주로 다루었다. 시집으로는 『형제들(*Братишки*)』(1928), 『거꾸로 소년(*Мальчик наоборот*)』(1934), 『장난감(*Игрушки*)』(1936), 『어린이를 위한 시(*Стихи детям*)』(1949), 『나는 자란다(*Я расту*)』(1968) 등이 있으며 1950년 『어린이를 위한 시』로 소련 국가상을 수상하였다.

진짜 덧신을 사주었는지,

덧신을 신고 어떻게 고양이가 다녔는지!

왜 우리는 10월단원[110]이었지?

왜긴 왜겠어!

상고머리로 깎은 단장.

크림반도의 푸른 아르테크.[111]

그리고 깡충깡충 뛰면서 학교로 달려갔지.

칠판에 있는 분필을 잘게 부서뜨렸지.

그리고 커다란 집단농장 들판에서

이삭을 주웠지.

부드러운 거품이 인

맛난 따뜻한 우유를 마셨지.

기억하니? 이 모든 것이 고향의 것이지.

너무나 멀리 있어 슬프구나…….(제1권, 22~23)

여기서 우리가 주의를 기울여야 할 것은 서정적 주인공의 이름으로 서술되고 개인적 회상이라는 주관주의로 충만하다는 것, 그리고 그것이 단순히 개별적 개인 기억의 되돌릴 수 없는 구체적인 '통찰력'이라는 인상뿐

110) 〔역주〕 소년단 입단 준비 시기의 7~11세 어린이들이 참여하는 소년단으로 주로 초등학교 1~3학년 학생으로 구성된다.

111) 〔역주〕 우크라이나 크림반도에 위치한 곳으로 세계적인 어린이 휴양지가 있다.

만 아니라, 어쩌면 전체 세대의 공통된 회상들이라는 느낌을 남기고 있다는 것이다.

"기억하니"라는 단어로 회상을 시작한 후, 이후 질문의 형식 속에서 다시 한 번 반복한, 작가-주인공은 자신의 대화 상대자를 이런 회상들에 참가시키며 과거의 인상들을 되살려서 그것에 합류하게 만든다. 복수형("누웠지(лежали)", "달려갔지(мчались)", "잘게 부서뜨렸지(крошили)", "마셨지(пили)" 등)은 일반화를 강화하기 위해 사용되었다. 그 결과, 개인적 '주관성'은 극복되고, 전체 세대가 갖고 있는 기억의 유사성, 전형성, 보편성을 위한 설정이 제공된다.

기억이 보존하고 있는 거의 잊어진 노래들, 순진한 시구들, 일상의 우스갯소리들과 어구들에서 인용되어 첨부된 어린 시절('나의'와 '너의')의 따뜻한 회상들('나의'와 '너의')은 이 서사시에서 거칠고 엄혹한 '엔트로피적' 현대성에 대한 '어른의' 관념들을 완화하는 정다움과 감화의 아우라를 탄생시킨다. 대화 상대자의 회상에 의해 고무된, 서정적 주인공의 개인적 추억들('회상들')은 '붕괴'와 '공허'를 극복할 수 있다는 믿음의 기반에 놓이게 된다. 그래서 인용되는 시행들이 일종의 "흘러간 시대 현실의 (…) 매우 짧은 노선"이며 "1950~1980년대 '기본적 어휘'의 기호들"[112]이라고 상정하는 졸로토노소프의 의견에 동의하기 어렵다. 졸로토노소프가 단언하듯이, 이러한 회상들은 "무기력해지거나" "무형화하지" 않을 뿐만 아니라, 서정적 주인공의 마음속에 살아 있으며 그의 반대자의 마음을 설레게 한다(「알겠지요(пойми)!」).

112) Золотоносов М. Указ. соч. С. 79.

왜요, 세묘니치? 아니면 싫은 건가요?
좋잖아요, 알겠지요!
공포에 입술이 떨리게 내버려두세요—
사람들과 대화를 나누세요!

자연에서는 아무 일도 아니잖아요,
레프 세묘니치, 거짓말하지 마세요,
민중 속에서 아무도
저주하지 말고 탓하지 마세요!…….(제1권, 25)

마지막 시행들에는 '총체적인 엔트로피'와 '무의미한 분노', 거기에 '저주'와 '비난'을 선언한, '서사시적' 루빈슈테인의 이미 잘 알려진 '격분한' 형상이 첨부된다. 그렇기 때문에 이후에 다음과 같은 호소가 뒤따른다.

당신은 고아가 된, 어린 그들을 건드리지 마라,
그들을 쏘지 마라, 용서해라!
당신은 때늦은 사랑으로
그들을 가슴으로 위로해라!…….(제1권, 25)

"더 선해지고, 불쌍히 여기고 용서해라"(E. 토데스에 의하면, "시적 윤리 노선"[113])라고 동료에게 호소하는 것은 조금은 교훈적이고 오만하게 들린다. 하지만 본질적으로는 너무 진지해서 "시종일관 아이러니한" 포스트모더니

113) Тоддес Е. Указ. соч.

스트 시인들은 "이 정의에 따르면"을 허용할 수 없는 것이다. 그래서 이 서사시의 다음 시행들은 차스투슈카[114]적 뉘앙스를 획득하며 이미 '농담'의 외형 속에서 '진리의 부분'이 나타난다.

> 다리에 차가 서 있네,
> 차는 바퀴가 없네.
> 레프 세묘니치! 남자가 되시오—
> 눈물을 피하지 마시오!
>
> 다리에 기관총 운반차가 서 있네,
> 네 바퀴가 다 있네.
> 우리를 구한 것은 단코[115]의 심장이 아니라,
> 맑디맑은 눈물이라네!…….(제1권, 26쪽)

바로 이런 속요적, 민속적이고 조잡하고 "비신앙적인" 형식을 빌려서, **말씀**(Слово)을 주제로 해 이미 시작된 대화로 되돌아간다. 처음의 경우가

114) 〔역주〕 Частушка. 구전 장르로 짧은 러시아 민요이다. 19세기 제3/4분기에 시골의 민속문학으로 발생했으나 소련 정권 수립 후에 활발히 발전하였다. 주로 4행으로 되어 있으며, 아코디언이나 발랄라이카에 맞추어 노래했다. 유머를 담고 있는 내용이 많고 주로 구전으로 전해진다. 소련 시대에는 대부분의 차스투슈카가 신랄한 정치적 풍자나 성적인 내용을 담고 있었고 비규범적인 어휘를 사용한 것이 많았다. 어른과 어린이 모두 창작하였다. 페레스트로이카 이후에는 외국어를 사용한 차스투슈카도 등장하였다. 내용은 주로 사회-정치적인 것과 남녀 간의 관계에 관한 것이 주를 이룬다.

115) 〔역주〕 막심 고리키(1868~1936)의 단편 「이제르길 노파」의 제3부의 주인공으로 자신의 심장을 꺼내서 민중을 구한 인물이다.

러시아 문화의 문맥 속에서 문학성의 범위들을 넘어서는 문학어에 대한 언급이었다면, 이 경우에는 신적인 언어, 성경적-종교적 언어에 대한 언급이다. "태초에 말씀이 있었다……."(제1권, 20)

평범하고 속어적이며 민속적인 형상들과 표현들의 영역에 "조용한 천사", "맑디맑은 눈물", "칸스크[116]의 적자색 수분", "고결한 새끼 양" 등의 형상들이 포함되며, 무신론적 기억의 어둠으로부터는 유다, 도마, 겟세마네, 성스러운 부활제 등의 이름들이 떠오른다.

개념주의 수법의 범위에서는 너무나도 고양되고 예기치 못하게 감동적인 말과 형상들은 "자신의 저속함, 진부함을 이미 알고 있으며, 동시에 무엇으로도 교체할 수 없는 **첫 번째로 등장하여 마지막까지 남게 된**(강조는 저자) 말(слова)로 제안된다." "그런 말들에 대한 대체어를 찾으려 하고, 좀 더 독창적이고 세련되고 비유적인 방법으로 똑같은 것을 표현하려는 모든 노력들은 더욱더 용인할 수 없는 저속함과 허식으로 인식될 것이다. 이런 말들의 가치는 너무나도 명백해서 그 말들은 이미 **아이러니로 환원될 수 없지만**(강조는 저자), 향후 말들이 서정적으로 토착화할 수 있음을 뜻한다."[117] 바로 이 때문에 시인의(그리고 사람의) 유순하며, 동정심 많고, 인내심 강한 마음은 미래의 (농담이 아닌) **부활**(Воскрешение)의 담보가 된다.

> 우리는 악한 먼지 덩이들이지만,
> 영혼은 따뜻하고 따뜻하다!
> 부활절, 레프 세묘니치, 부활절이다!

116) 〔역주〕 칸스크는 러시아의 도시명이다(1782년부터). 크라스노야르스크 지역의 행정 중심지이다.

117) Эпштейн М. Указ. соч. С. 276~277.

료바, 날개를 펴라!(제1권, 29)

키비로프의 시에서는 매우 비규범적인 형식으로 "**문학어**(Слово литературное)"〔"**러시아어**(Слово русское)"와 동일한 층위에서〕와 "**신의 말씀**(Слово божье)"〔"우주의 언어(Слово вселенское)"〕의 결합이 발생한다. 러시아적 세계관의 전통에서 키비로프로 하여금 세계 구원에 복무토록 하는 것은 윤리-영혼(영혼은 따뜻하고 따뜻하다)일 뿐만 아니라 미학(문화, 문학), 즉 "도스토옙스키식" 미(美)이다.[118]

나뭇잎으로 뒤덮인,
크지 않은 당신과 나.
그러나 당신과 나는
미(美), 미로 구원받는다네…….(제1권, 28)

엔트로피 극복과 우주 구원은 이런 결합의 산물이다. 그리고 가을 풍경화의 색채가 초봄 녹색의 광경들로 교체되면서 이런 결합의 표식이 드러난다.

부활절, 부활절이다, 레프 세묘니치!

118) 예술가이자 창조자인 라파엘의 이름도 "말들의" 결합의 상징이 된다.

분노에 찬 새끼 양이 바라보네
라파엘의 화폭에서,
우주의 흑점들 사이로
우리에게 미가 빛나네!(제1권, 28)

신성한 소식이 들렸네!

레부슈카, 대지의 끈끈한 초록의

법칙을 되뇌어라!(제1권, 29쪽)

루빈슈테인이 주장한 엔트로피는 키비로프에 의하면, "죽음-탄생"이라는 삶의 순환 중 하나일 뿐이다. 러시아 고전문학 전통에 완전히 상응해서 현대 포스트모더니스트 시인 키비로프는 미래의 종말이 아닌, 필연적인 부활을 단언하고 있으며 그것으로 현대시에서는 흔히 볼 수 없는 **분명한 작가적 위치**를 드러낸다. "키비로프 덕분에 문화적 본능이 삶의 본능만큼이나 근절될 수 없으며 활동 능력이 있음을 떠올리기 시작한다."[119)]

이 서사시에 첨부된, A. 체호프의 단편 「대학생(Студент)」에서 추려낸 에피그라프[120)]는 이야기된 것이 "현재에", "그 자신에게", "모든 사람들에게" 관계되어 있음을 고민하게 만들며, 그리하여 서한에 어떤 보편성(진정성과 진실성)을 제공한다. 이 서사시의 형식이 아무리 표면적으로 익살맞다 하더라도 의미의 진지함을 강화해주는 것이다.[121)]

119) Тоддес Е. Указ. соч. С. 70.

120) "그는 뒤돌아봤다. 외로운 불빛이 어둠 속에서 조용히 깜빡이고 있었고, 주위에는 이미 사람들이 보이지 않았다. 대학생은 다음과 같이 생각했다. 만약 바실리사가 울음을 터뜨렸고, 그녀의 딸이 어찌할 바를 모른다면, 그가 방금 전에 19세기 전에 벌어진 일을 이야기하던 것이 현재에, 즉 두 여인들에게, 필시 이런 텅 빈 시골에, 그 자신에게, 모든 사람들에게 관계를 가진다는 것이 분명하다고."(제1권, 7)

121) E. 토데스는 이 에피그라프의 예술적 기능에 대해 다른 해설을 찾고 있다. "체호프의 「대학생」에서 인용한 에피그라프는 전체 텍스트에 첨부된 것이며, 그것은 키비로프의 모든 욕설이 극히 문화적이어서 시인이 아무리 욕설을 해도 그의 난폭함이 러시아 시의 **내부에서** 발생하는 것이며 러시아 시에 의해 승인되었다는 것을 우리에게 단번에 확인해준다." (Тоддес Е. Указ. соч. С. 70) 그러나 그의 해설은 체호프의 시행들의 의미와 상관된 것이 아니라 그것의 문학적 감정이라는 과제와 연관된 것이다.

이와 관련해서 졸로토노소프의 관찰은 흥미롭다. 그의 계산에 따르면, "이 서사시에는 666+1=667 시행: 이 숫자는 상징적 단위 1이 있는 만큼 묵시론적 '짐승의 숫자'보다, (…) 엔트로피가 포함된 '카오스의 숫자'보다 더 크다."[122] 이 서사시에서 시행이 667행인 것이 우연히 그리된 것인지 의식적인 노력의 결과인지 확실하게 이야기할 수는 없지만(왜냐하면 우리는 이 문제에 대한 작가 자신의 언급을 알 수 없기 때문이다), 어쨌든 그 수는 중요하다. 왜냐하면 단위 1이 첨가된 것은 "짐승의 극복", "공허"와 "분해"의 극복, 즉 현대 시적 세계관과 세계 이해에서는 너무나도 특징적이지 않게 여겨지는 믿음과 소망의 확인을 의미하기 때문이다. 바로 이것에서 티무르 키비로프와 러시아문학의 고전적 전통과의 연관성을 발견할 수 있다.

비평과 독자들의 우편에서는 러시아의 운명에 대한 대화에 관해, 국적이 러시아인이 아닌 상대자, 다시 말해서 러시아인이 아닌 사람이 대화를 이끈다는 것에 관해 여러 번 다루었다(키비로프 자신이 이 테마를 제기하였다는 것 자체가 이 문제를 다루어야 하는 타당한 근거가 된다).

길 위에 할미새가 있네.

숲에는 쿠르스크의 꾀꼬리가 있네.

레프 세묘니치! 당신은 러시아인이 아니다!

료바, 료바, 당신은 유대인이다!

내가 비록 평범한 중앙아시아 사람이라지만,

122) Золотоносов М. Указ. соч. С. 80. 이때 흥미로운 사실은, 바로 이 비평가가 몇 페이지 앞에서는 이미 인용된 것을 언급하고 있다는 것이다. "키비로프에게서는 낙천적이고, 기쁘고 르네상스적인 특징이 (…) 부재하며, 그것이 고갈되었다."

미안하지만, 당신도 유대인이 아닌가!…….(제1권, 9)

어떤 사람들은 이런 사실을 모욕으로 받아들였고,[123] 어떤 사람들은 "의도적 불손함"으로 정의했다. "고의성 너머에는 '능숙하게 조직된 선동'과, 러시아에 대한 '믿음'과 '사랑'이 없이 러시아를 '지식으로' 이해하려는 시도가 있다."[124]

그러나 우리가 생각하기에 존재할 권리를 가지는 두 주장 모두(원칙적으로 모든 의견이 존재할 권리를 가지지만 그 의견을 어떻게 생각할 것인가는 다른 문제다) 키비로프의 서사시와는 아무런 관계를 가지지 않는다. 작가는 이 경우에도 러시아성과 비러시아성, 러시아의 운명에의 참여 가능성이나 비참여성 등에 대한 사변적인 결론에 근거하는 것이 아니라, 시대 속에서 확인된 러시아 문화의 오래된 전통을 계승한다. 즉 자신의 조국인 러시아의 운명을 진심으로 이해하며, 러시아의 미래를 걱정하는, "피(혈통)"에 따르면 "타자(чужой)"인 예술가를 동참시키는 것이다. "고대 러시아의" 그리스인들로부터 칸테미르[125]와 주콥스키[126]까지, 푸슈킨과 고골부터 파스테르

123) "러시아인으로서 나는 이런 혐오스러운 창조물, 즉 러시아인들에 대해 비러시아인에게 보내는(시인에게 보내는 것인가?) 비러시아인 시인의 서한 때문에 마음 깊숙이까지 모욕받았다."(Афонина Н. 〔Отзыв о поэме Т. Кибирова "Л. С. Рубинштейну"〕// *Час пик*. 1990. 23 сент.)

124) Золотоносов М. Указ. соч. С. 80~81.

125) 〔역주〕 Князь Антиох Дмитриевич Кантемир, 1708~1744. 러시아의 시인, 풍자가, 외교관, 러시아 계몽주의 시대의 정치가이다. 러시아 최초의 세속 시인이며 고전파의 주요 작가 가운데 한 사람이기도 하다. 몰다비아 군주의 아들로 태어난 그는 가정교사에게 교육을 받은 뒤, 1724~1725년 러시아의 상트페테르부르크·아카데미에 다녔다. 1729~1731년 여러 편의 시를 썼는데, 가장 중요한 작품은 「그 자신의 생각으로는」, 「음흉한 궁정 신하들의 시샘과 자존심에 대하여」라는 두 편의 풍자시일 것이다. 러시아 표트르 대제의 개혁에 반대하는 사람들을 비난한 이 풍자시들은 필사본(이 시들은 1762년에야 출판되었음)으

나크와 브롯스키까지 민족적 뿌리로 볼 때 진정으로 러시아적인 '비러시아인들'은 너무나 익숙하다.

키비로프의 경우에 그의 서정적 주인공의 목소리는 깊숙이 러시아적으로 울려 퍼지며(즉 러시아문학의 전통들을 계승하며), 아이러니하고 우스운 톤에도 불구하고(형식적 차원), 충분히 진지하고 깊이 고려된 것이다(내용의 차원). 냉소적으로 이상에 대한 신념을 잃어버렸고, 진지한 것에 대해 심각하게 말하는 것을 "나쁜 톤으로" 간주하게 된 현대적 현실성의 조건에서, 키비로프는 얼마 전에(당시) 번영하던 이데올로기적으로 진지한 소츠리얼리즘적(또는 단순히 전통적으로 리얼리즘적인) 문학의 규범들에 대해서 비평가들이나 친구 시인들과 불협화음을 만들지 않기 위해서, 유치한 순박함과 단순화된 조잡함이라는 가장 적합한 형식을 선택했다. 서사시는 "기지 있는 표현들, 인용, 욕설과 센티멘털한 표현 등으로 이루어진 포괄적인 테

로 나돌면서 대성공을 거두었다. 영국 주재 대사(1732~1736)로 임명된 그는 아버지가 쓴 오스만 제국의 역사 원고를 런던으로 가져가서 영어로 번역한 뒤, 아버지의 전기를 곁들여 출판했다. 1736년부터 죽을 때까지 칸테미르는 프랑스 파리에서 전권공사로 일하면서, 볼테르, 몽테스키외와 친분을 맺었고 풍자시와 우화를 계속 썼다. 또한 고전 작가와 당시 작가들의 작품을 러시아어로 번역했는데, 1740년에는 이단이라는 이유로 판금된 프랑스의 문필가 베르나르 르 보비에 드 퐁트넬의 *Entretiens sur la pluralité des mondes*(1686)를 번역하기도 했다. 그는 철학 저서인『자연과 인간에 관하여(*О природе и человеке*)』(1742)와 러시아 운문의 옛 음절 체계에 대한 논문(1744)도 썼다.

126) 〔역주〕 Василий Андреевич Жуковский, 1783~1852. 러시아의 시인이다. 지주였던 아파나시 이바노비치 부닌(1716~1791)이 1770년 러시아-터키 전쟁에 참여했을 당시 부닌의 농노로 끌려온 터키 여자 살히(세례명 엘리자베타 데멘티예브나 투르차노바. 1811년 사망)와 부닌 사이에서 태어난 사생아이다. 주콥스키라는 성은 부닌의 부탁으로 그의 대부가 되었던 백러시아 귀족 안드레이 그리고리예비치 주콥스키(1817년 사망)의 성을 따른 것이다. 시로는 「슬라브 여인(Славянка)」(1816), 「저녁(Вечер)」(1806), 「바다(Море)」(1822), 「그녀에게(К ней)」(1811년 창작, 1827년 발표)가 있으며, 서사시와 운문소설, 중편소설 등을 창작하였다.

마와 고전적 운율의 토대 위에 구성되었다."[127] 이때 "이상하게도, 비속한 표현과 욕설은 매우 문화적이게 되며, 문화와 전통은 여기서 안전하게 남아 있을 뿐만 아니라 하층 언어와의 충돌에서 새로운 에너지와 뉘앙스를 획득하고", 키비로프는 "언어적(더 정확히 표현하자면 이 경우에는 거리 언어적, 은어적, 욕설 언어적—저자), 문화적 질료로부터 예술의 통합을 (…) 달성해낼 수 있었다."[128] 주지하다시피, "노래에서 가사를 제외할 수는 없다."

A. 아르한겔스키의 말로 하자면, 언어의 "끔찍함"에도 불구하고, 시인 키비로프는 "어쨌든 가장 신성한 것을 (…) **목메여 흐느낄 수 있었다.**"[129](강조는 저자) 즉 조국에 대한 사랑이라는 '영원한' 테마를 노래할 수 있었다.

이 경우에 형식의 '파괴'(포스트모더니즘식으로의 갱생)는 내용을 손상하지 않는다. 사상적-미학적 차원에서 키비로프의 서사시에서 '새로운 것'이 된 것은 '깡그리 잊힌 옛것'이었다. 서사시의 의미와 기본 사상은 대화 상대자에 의해 제기된 현대성 발전의 엔트로피적 성격을 서사시의 서정적 주인공이 인정하는 것으로 귀결하지는 않지만, 그에 의해 과거를 수용하고, 인간, 문화, 우주의 부활에 대한 희망과 '굳은 기대'라는 낙천적 확신으로 종결된다.

E. 토데스는 이렇게 말한다. "서사시 「L. S. 루빈슈테인에게」는 최근 사건들에 대한 가장 선명한 서사시적 반향들 중 하나이며, 콤플렉스 때문에 깊은 트라우마를 입고 괴로워하는 우리 사회 자의식에 상응하는 강한 표현이라고 확신하게 된다. (…) 바로 이 때문에 그에 의해 창작된 것은, 가장 정확하고 고양된 의미에서, 그리고 지금 새로이 발견된 의미에서 진정한

127) Тоддес Е. Указ. соч. С. 70.

128) Там же. С. 67.

129) Архангельский А. Указ. соч. С. 330.

시민적 울림을 가질 것이다."[130]

키비로프는 현실성(높고 낮은)을 수용하고, 과거(자신과 나라의)를 수용하고, 조국의 미래에 대한 생각을 믿는다. 바로 이 때문에 일리야 팔리코프의 아이러니한 제안("시작해라, 1960년대의 키비로프, 잘 알려진 잡지 《오고뇨크(*Огонёк*)》[131]의 표지 사진 위에서 친구들과 함께 커다랗고 호화로운 모피 모자를 쓰고 서 있을법한 사람은 바로 그이기 때문이다"[132])은 어쩌면 의미가 있을 것이다.

비속한 어조들로 채색되고 욕설과 상스러운 표현들을 포함하고 있는 키비로프의 서사시는, 결국 포스트사회주의 시대의 "가장 재능 있는 시인"의 "서정적 고백"이다.[133]

E. 토데스는 이렇게 언급한다. "가장 인상적인 예술적 결과(…)이며, 문학에서와 독자들의 인식 속에 이중적인, 즉 문화적이고 야만적인 러시아의 형상이 남을 것이라고 생각할 수 있다."[134] 그 러시아에 대해서는 자신의 시인-우상[135]의 뒤를 이어 키비로프는 다음과 같이 반복해서 말할 수 있었을 것이다. "그렇다. 내 러시아는 그렇다, / 너는 그 어떤 곳보다 내게 소중하다."[136]

130) Тоддес Е. Указ. соч. С. 67.
131) 〔역주〕 '불꽃'이란 뜻으로, 러시아와 소련의 사회 정치, 문화 예술 월간 삽화 잡지이다. 1923년부터 모스크바에서 출간되고 있다. 1974년에는 200만 부가 발행되었다. 1973년 레닌상을 수상하였다.
132) Фаликов И. Глагол времен // *Литературная газета*. 1995. No. 42. 18 окт. 이 경우에 E. 옙투셴코, 더 넓은 의미에서는 1960~1970년대 '공식적 시인'의 형상과 함께 찍은 사진을 염두에 둔 것이다.
133) Некрасов Вс. Как это было(и есть) с концептуализмом // *Литературная газета*. 1990. 1 авг.
134) Тоддес Е. Указ. соч. С. 67.
135) 〔역주〕 알렉산드르 블로크를 일컫는다.
136) Блок А. Стихотворения. Поэмы. Воспоминания современников. М.: 1989. С. 297. 이

S. 간들렙스키는 다음과 같이 말한다. "키비로프의 사랑도, 증오도 똑같은 대상을 향한 것이다."[137] 즉 욕을 먹고 사랑받는 러시아-조국을 향한 것이다.

> 태생이 오세티야인,[138] 그에게
>
> (…) 제5항은 아들이라 부르는 것을
>
> 허용하지 않을 것이다, (…)
>
> 키비로프는 자신에게 말한다:
>
> 러시아인지, 비러시아인인지 모르지만,
>
> 나는 여기서 죽을 것이다.
>
> 〔「러시아 노래(Русская песня)」, 제1권, 117〕

바로 이 때문에 포스트모더니즘적 단어 사용이라는 예기치 못한 역설적 형식들에 호소하는 키비로프 현상은 현대시에서 '러시아 시인 티무르 키비로프'로서 표기할 수 있다.[139]

∴

시행은 키비로프가 제3부 「크리스마스 알레고리(Рождественские аллегории)」의 에피그라프로 사용하였다.

137) Гандлевский С. *Сочинения Тимура Кибирова*. С. 9.

138) 〔역주〕 오세티야(Ossetia)는 오세트인이 거주하는 남오세티야와 세베로오세티야 공화국을 일컫는 지명이다. 1774년에 북부가 러시아제국의 영토가 되었고, 1801년에는 남쪽도 조지아와 함께 러시아의 영토가 되었다. 1922년에는 소련의 공화국으로서 북부는 러시아 소비에트연방 사회주의 공화국, 남부는 자캅카스 소비에트연방 사회주의 공화국을 이루어 분리되었다가, 1936년에 남부가 그루지야 소비에트 사회주의 공화국에 속하게 되었다.

139) 보충적 정보로서 T. 키비로프의 창작적 진화에서 시기를 몇 개로 나누려는 시도를 지적할 수 있다(참조할 것. Немзер А. Тимур из Пушкинской команды // Кибиров Т. *Кто куда -а я в Россию*. С. 5~28).

약전

키비로프〔본래의 성은 자포예프(Запоев)〕, 티무르 유리예비치〔1955. 2. 15(우크라이나 흐멜리니츠카야 주(州) 세페톱카 마을)~〕. 시인.

"대(大)시인", "열정적 활동의 시인",[140] "포스트사회주의 시대의 가장 재능 있는 시인",[141] "1990년대 가장 인기 있는 시인".[142]

국적은 오세티야이고 모국어는 러시아어이다. 가족은 북캅카스의 이국적 소수민족 중 하나이며, 오세티야의 두 역(디고리야 산악 지역), 즉 체르노야르스카야와 노보오세틴스타야 역에 정착했으며 1825년에 러시아에 대한 충성의 대가로 카자크 칭호를 획득한 테르 카자크-오세티야족에 속한다. 친조부 자포예프 키릴 이바노비치(Запоев Кирилл Иванович)는 황실 군대의 카자크 군대 하사였고, 두 개의 게오르기 십자 훈장 수훈자(제4급과 3급)였으며, "천성이 지혜로웠다."[143] 1929년에 체포되어 시베리아로 유형 갔다가 1938년 총살되었고, 1956년 복권되었다. 아버지 유리 자포예프(Юрий Запоев)는 장교이자 연대장이었다. 1990년대(테르 카자크 계층의 부활 초기)에 아타만[144]의 부관, 위원회 회원, 신문 《테르 카자크》 부편집장이었다. 체르노야르카야의 역사를 집필했다. 어머니는 젬마 잘레예바(Джемма Залеева)이다. 키비로프는 "카자크들로부터 믿기지 않을 정도로 인정을 받았고 그들을 달까지라도 데리고 갈 수 있었던"(자포예프), 외가 쪽으로 가장 유명한 조상인 황실 군대 연대장 게오르기 키비로프의 성을 자신의 필명으로 사용했다. 집안에서는 둘째였다(누나는 알렉산드라, 여동생은 베로니카).

아버지의 말에 따르면, "티무르는 어린 시절에 수줍은 소년이었고", "학교에서는 누나나 여동생처럼 만점만 맞는 우등생이 아니라 4점을 맞는 우량생이었다."(자포예프)

전공은 인문학이다. 크룹스카야모스크바주립사범대학을 졸업하였고 전공은 러시아어와 러시아문학 교육이었다. 소련 문화성 예술학 연구소 하급 연구원으로 일하였다.

12~13세에 시를 쓰기 시작하였으며, 우상으로 삼은 시인은 블로크이고, 20세에 브롯스키에 주목하였다. 그의 고백에 따르면, 소련 군(대공방어 부대)에 복무하는 동안 시 쓰기에 특히 "열중하였다."

점심식사 후에 훈련장에서 떠돌면서

---

140) Гандлевский С. *Сочинения Тимура Кибирова*. С. 5.

141) Золотоносов М. Указ. соч. С. 78.

142) Эпштейн м. Указ. соч. С. 275.

143) Запоев Ю. "Не я-отец Тимура Кибирова, а наоборот: Тимур Кибиров-мой сын…" // www. liter.net/=/kibirov/zapoev.htm. 이후 Ju. 자포예프의 논문은 이 출처에 따라 인용한다.

144) 〔역주〕 Атаман. 카자크 부대의 대장을 말한다.

젖은 방독면을 쓰고, 나는 소네트를
짓기 시작했고, 서늘한 레다(Леда)와
로렐라이(Лорелляя)를 악용하려고
힘껏 뛰었다…….〔「엘레오노라(Элеонора)」, 제1권, 83〕

이에 대해서는 아버지도 다음과 같이 언급한다. "군대에서 그는 매일 시 한 편씩 썼다."(자포예프)

《청년 시절》, 1988년, No. 9(발췌본 '서문')로 등단하였고, 그 부분은 이후에 명시되었다. 작품집 『개인적 사건 No.(*Личное дело No.*)』(1991)에서 같은 텍스트가 '책 『작별의 눈물 사이로』의 서문(*Вступление в книгу Сквозь прощальные слезы*)'이란 명칭으로 최소한의 수정을 거쳐 발표되었다.

1997년 문학 평론가로 등단했다.[145)]

비평가 키비로프의 중요한 특색은 "독자의 순박함"이 가득한 "중간의", "정상적인" 사람의 입장(또는 마스크)이다. 쿠리친의 말에 따르면 "그 결과 우리는 뜨거운 감정을 가진 흥미 있고 열정적인 텍스트를 가지게 된다."[146)]

러시아 펜클럽 회원이다.

국제 푸슈킨상(1992, 함부르크), '안티 부커'상〔1997, 모스크바, 선집 『패러프래지스(*Парафразис*)』 중에서 시 「미지의 여인(Незнакомка)」으로 수상〕을 수상했다.

텍스트

Кибиров Т. Предисловие(о себе)//Кибиров Т. *Общие места*. М.: 1988.

Кибиров Т. Общие места/Послесл. Т. Чередниченко. М.: *Молодая гвардия*. 1990.

Кибиров Т. *Календарь*. Владикавказ. 1991.

Кибиров Т. *Стихи о любви: Альбом-портрет*. М.: Цикады. 1993.

Кибиров Т. *Сантименты: Восемь книг*/Предисл. С. Гандлевского. Белгород: Риск. 1994.

Кибиров Т. *Когда был Ленин маленьким: Стихи 1984~1985*/Илл. А. Флоренского. СПб.: Изд-во Ивана Лимбаха: Mitkilibris. 1995.

Кибиров Т. *Парафразис: Книга стихов*. СПб.: Пушкинский фонд. 1997.

145) 참조할 것. Кибиров Т. Вальтер Беньямин. "Московский двевник"//*Итоги*. 1997. No. 45; Кибиров Т. Горичева Т. Христианство и современный мир//*Итоги*. 1997. No. 24.

146) Курицын В. Указ. соч. С. 264~265.

Кибиров Т. *Избр. послания*. СПб.: Изд-во Ивана Лимбаха. 1998.
Кибиров Т. *Интимная лирика: Новые стихотворения*. СПб.: Пушкинский фонд. 1998.
Кибиров Т. *Нотации*. СПб.: 1999.
Кибиров Т. *Улица Островитянова*. М.: 1999.
Кибиров Т. *Юбилей лирического героя*. М.: Клуб "Проект ОГИ". 2000.
Кибиров Т. *"Кто куда-а я в Россию…"*. М.: Время. 2001.
Поэты-концептуалисты: Избранное / Дмитрий Александрович Пригов, Лев Рубинштейн. Тимур Кибиров. М.: ЗАО МК-Периодика. 2002.

인터뷰

Кибиров Т. Интервью с О. Натолокой // *Литературная газета*. 1996. 27 ноября.

학술 비평

Архангельский А. В тоске по контексту: (От Гаврилы Державина до Тимура Кибирова) // Архангельский А. У парадного подъезда: *Литературные и культурные ситуации периода гласности(1987~1990)*. М.: 1991.
Архангельский А. "Был вселилен вот этот язык!": Почти все Тимура Кибирова // *Литератуная газета*. 1993. 7 июня.
Берг М. Деконструированный постмодернизм и поле массовой культуры: (Виктор Пелевин и Тимур Кибиров) // Берг М. Литературократия: Проблема присвоения и перераспределения власти в литературе. М.: *Новое литературное обозрение*. 2000.
Богомолов Н. "Пласт Галича" в поэзии Тимура Кибирова // *Новое литературное обозрение*. 1998. No. 32.
Вайль П. В сторону "Арзамаса": Сергей Гандлевский и Тимур Кибиров в Америке // *Литературная газета*. 1995. 24 мая.
Васильев И. *Русский литературный концептуализм* // *Русская литература XX века: Направления и течения. Екатеринбург*, 1996. Вып. 3.
Васильев И. *Русский поэтический авангард XX века*: Автореф. докт. дис. Екатеринбург. 1999.
Гандлевский С. Сочинения Тимура Кибирова // Кибиров Т. *Сантименты: Восемь книг*. Белгород. 1994.
Гаспаров М. Русский стих как зеркало постсоветской культуры // *Новое литературное*

обозрение. 1998. No. 32.

Гуртуева Т. Тимур Кибиров: образ мира в контексте постмодернистской эстетики// *Филология = Philologica*(Краснодар). 1997. No. 12.

Запоев Ю. "Не я-отец Тимура Кибирова, а наоборот: Тимур Кибиров-мой сын…" // ЛИТЕР. НЕТ. Геопоэтический сервер Крымского клуба: http://www.liter.net/=/kibirov/zapoev.htm.

Золотоносов М. Логомахия: Знакомство с Тимуром Кибировым: Маленькая диссертация //*Юность*. 1991. No. 5.

Зорин А. "Альманах"-взгляд из зала//*Личное дело No.: Литературно-художественный альманах*/Сост. Л. Рубинштейн. М.: В/О"Союзтеатр". 1991.

Зорин А. Тимур Кибиров. Сортиры//*Литературное обозрение*. 1991. No. 11.

Зорин А. Ворованный воздух//*Московские новости*. 1992. No. 3.

Кулаков В. По образу и подобию языка: Поэзия 80-х гг.//*Новое литературное обозрение*. 1998. No. 32.

Куланова М. "И замысел мой дик-Играть ноктюрн на пионерском горне!"//*Новый мир*. 1994. No. 9.

Курицын В. Соц-арт любуется-2//Курицын В. *Русский литературный постмодернизм*. М.: ОГИ. 2001.

Лекманов О. Послание Тимуру Кибирову из Опалихи в Шильково через Париж// *Русская мысль* = La pensee russe.(Париж) 1993. No. 4004. 11~17 нояб.

Левин А. О влиянии солнечной активности на современную русскую поэзию//*Знамя*. 1995. No. 10.

Немзер А. Двойной портрет на фоне заката: Заметки о поэзии. Т. Кибирова и прозе А. Слаповского//*Знамя*. 1993. No. 12.

Немзер А. Тимур из Пушкинской команды//Кибиров Т. "*Кто куда-а я в Россию…*". М.: Время. 2001.

Скоропанова И. *Русская постмодернистская литература: Учебное пособие*. 2-е изд. испр. М.: Флинта: Наука. 2000.(глава "Каталогизирующая деконструкция. Поэма Тимура Кибирова "Сквозь прощальные слезы")

Титова Е. Концептуальная поэзияЕ истоки, особенности и последствия// *Современная литература*: Сб. Вологда: Вологодский ин-т развития образования. 2002. Вып. 1.

Тоддес Е. "Энтропии вопреки": Вокруг стихов Тимура Кибирова//*Родник*. 1990. No. 4.

Фаликов И. Глагол времен//*Литературная газета*. 1995. 18 окт.

Чередниченко Т. Песни Тимура Кибирова//*Арион*. 1995. No. 1.

Чудакова М. Путь к себе: (Беседа с корр.)//*Литературное обозрение*. 1990. No. 1.

Шохина В. Символистские закаты и блатные песни//*Независимая газета*. 1998. 15 янв.
Эпштейн М. *Постмодерн в России: Литература и теория*. М.: Изд-во Р. Элинина. 2000. (главы "Зеркало-щит: О концептуальной поэзии". "Каталог новых поэзии" и др.)

5. 세르게이 간들렙스키의 '비판적 감상주의'

시인의 내적 삶은 종종 자기 자신과, 사람들과, 사회와, 자연과, 신과 벌이는 별로 즐겁지 않은 기나긴 전쟁의 연속이다. 어쩌면 창작은 시인에게 허용된, 세계와 화해하는 유일한 수단이다. 이것은 글 쓰는 삶을 완화해줄 뿐만 아니라 진리에 가깝게 해주는 짧은 휴전이다. 나는 그렇게 생각한다. —S. 간들렙스키

세르게이 간들렙스키는 시인 그룹 '모스크바의 시간(Московское время)'(A. 소프롭스키, B. 켄제예프, E. 부니모비치 등)과 그룹 '다정한 대화(Задушевная беседа)'〔이후에는 '알마나흐(Альманах)'〕(D. 프리고프, L. 루빈슈테인, T. 키비로프 등)의 설립자이자 참여자들 중 한 사람이다. 다시 말해서 러시아 포스트모던의 '극단적 분파'인 '모스크바 개념주의'의 대표자이다.

간들렙스키는 다음과 같이 말한다. "내게 포스트모더니즘은 학파도 방법도 아니다. 그것은 **현대의 지적 경향이자 세계관**(강조는 저자), 즉 작가의 개성 표현이나 또 다른 어떤 개성 표현 수단보다 좀 더 폭넓은 소여(所與)이다. 바다, 기후 등에 찬성하거나 찬성하지 않거나 할 수 없다. 이런 실재들의 나열은 그냥 알아야 하는 것이다."[1] "선을 사랑하고 도덕적 유익함을

1) Гандлевский С. Выбранные места из переписки с П. Вайлем // Гандлевский С.

보여주기 때문에 훌륭한 시인이 아니다(어떻게 우리가 알겠는가?). 재능 있기 때문에 훌륭한 시인이다. 악을 사랑하거나 해를 가져오는 비도덕적 작품들을 쓰기 때문에 훈련을 받았다 하더라도 그저 그런 시인이 되는 것은 아니다(어떻게 우리가 알겠는가?). 재능이 없기 때문에 그저 그런 시인으로 남는다. (…) 이렇듯 지금 문제가 되는 것은 포스트모더니즘의 본성에 대한 것이 아니라 백치(白痴)성의 본성에 대한 것이다."[2)]

간들렙스키는 자신의 시학의 정초를 다음과 같이 선언한다. "충분히 가치 있는 상호 교감으로 이끌어가는 어조의 완전한 자연성, 그리고 내가 그 존재를 믿고 있는 조화로운 법칙들에 대한 감수성, 바로 이것이 내가 지향하는 시학이다."[3)] 작가의 기본 신념은 "시, 소설, 문학 에세이 또는 편집자의 요청으로 다른 어떤 글을 쓰더라도 사물에 대한 자신의 시각을 정확히 전달하는 것이다."[4)] 그리고 간들렙스키가 그렇다.

바로 이 때문에 G. 크루슈코프는 간들렙스키가 '특별하게' 존재한다고 생각한다. "체제 내부에서 소굴을 찾던 '집토끼'들"과는 다르게, 간들렙스키는 창작하고 대부분 스스로 존재하는 "야생 토끼들" 무리에 속한다.[5)] "S. 간들렙스키는 순수한 의미에서의 진정한 후위대이다. 그는 온통 거기에, 즉 집합적 속성, 언어, 시 가락으로 읊어대는 암호와 비평 등을 가진

Поэтическая кухня: Сб. эссе. СПб.: Пушкинский фонд. 1998. С. 48.

2) Там же. С. 50.

3) 이 테마와 관련해서는 다음을 참조할 것. 라디오 '자유(Свобода)'의 방송 시리즈 〈결론을 내리며(Подводя итоги)〉를 위한 알렉산드르 게니스의 질문들에 대한 간들렙스키의 답변들// *Гандлевский С. Поэтическая кухня*. С. 53.

4) Гандлевский С. От автора//Там же. С. 4.

5) Куржков Г. Коротка о книгах: (О стихах С. Гандлевского)//*Новый мир*. 1992. No. 5. С. 251.

1970년대에 있었다. 그리고 그의 주인공은 자발적인 아웃사이더, 우울증 환자, 세상의 모든 것이 그곳으로부터 왔다는 것을 알고 있는 안절부절못하는 영리한 사람이다."[6] 다른 말로 표현하자면 반향적인 주인공이며, 중요한 것은 향수를 느끼는 주인공이라는 사실이다.

자신의 시를 간들렙스키는 '비판적 감상주의'로 정의한다.

> 비밀은 서정시의 근본 원인이다.
>
> 시인의 문제는 비밀의 폭로가 아니다. 그 비밀에 참여한 사람이 신의 이야기를, 당신의 꿈 이야기를 중도에 끊고서, 대화 상대자가 갑자기 다 말하는 것처럼, 공포와 황홀감을 가지고 당신의 언어로 그 비밀을 알아낼 수 있도록 건드리지 않고 그것을 재현하는 것이다.
>
> 각각의 작가들에게는 각각의 비밀들이 있다. (…)
>
> 그런 비밀도 있다. 봄, 닦인 창문들, 마당에는 참새들이 짹짹거린다. "칼이나 가위 갈아요"라고 어쩌면 마지막일지도 모르는 칼 가는 사람이 소리친다. 축제라 식탁에는 치즈와 청어 통조림이 있고 앞으로 온전한 하루가 남아 있다. 외출용으로 베레모, 짧은 바지, 술이 달린 무릎까지 오는 양말이 준비되었다. 공공주택의 말다툼은 뒤로 하고 이웃들은 서로를 축하한다. 5월 1일, 행운이다.
>
> 시간이 지나면 우리도, 우리의 가장 좋은 시기, 오감의 개화기, 이유 없는 환희가,—뭐라고 말했으면 좋을지—전적으로 온당한 것이 아니고 소아적 지각의 기만일 뿐이라는 것을 알게 된다. 우리가 길을 잃은 것이었고, 축제는 없었고, 피, 거짓, 동물적 속성만이 있었을 뿐이다. (…) 고아의 5월 1일 축제, 그것 역시 기만이었다.

6) Там же.

지식으로 지식을, 그리고 악으로 악을, 그러나 우리는 사랑으로 무엇을 할 것인가, 만약 사랑이 있다면? 서정시인은 자신의 중요한 재산인 비밀로 무엇을 할 것인가, 만약 비밀이 비방을 받았다면 어떻게 할 것인가?

비방을 받은 비밀은 서정적 창작의 원천이 될 수 있다. 다양한 시인들은 자기 세대의 그런 비밀에 다양하게 반응한다.

반응은 의지적일 수 있다. (…) 심판하는 멸시적 어조는 음절의 송시적 유연함과 함께 이런 유형의 시학에서 자연스러우며 (…) 자존심이다. (…)

비방을 받은 비밀 이해의 두 번째 방법. 조롱. 이 사조의 시인들은 (…) 쓰디쓴 웃음에 몸서리친다. (…)

일반적 비밀 경험의 마지막 세 번째 방법. 그것을 비판적 감상주의로 부르자. 그것의 윤곽은 씻겼고, 그것은 위에 언급된 두 경향들 사이에서 중간적 위치를 차지한다. 그러나 송시 음절에 대한 끌림, 잃어버린 고귀한 혈통에 대한 향수 등은 여기서 완전한 정당성의 인식을 가지고 현실화될 수 없다. 과거는 이런 경향에 속한 시인들의 영혼에 대해 너무 커다란 권력을 가지기 때문이다. 과거와의 관련성은 그 시인들이 수치스러운 무엇으로 인식한다 하더라도 어쨌든 존재한다. 그런 연관성은 불가능하게 만든다. 왜냐하면 거짓이기 때문이며 자기 시대와의 대화는 거만한 것이다. 아름답다고 할지라도 타자들의 이 거만한 대화는 비판적 감상주의에서는 적합지 않은 것이다. (…)

자신의 감정에서 우리는 자유롭지 않으며, 비판적 감상주의 시인들은 어디로도 도망할 수 없는 이런 불행한 비밀에 너무 마음을 쏟았고 이런 이지러진 사랑과의 투쟁은 자체 붕괴의 조짐까지 보일 수 있다.

나비들은 아름답고, 네바 강의 3월 얼음의 바스락거림도 아름답다! 그럼에도 불구하고 쉬쉬 하며 소음을 내는 부엌의 비뚤어진 수도꼭지 물에서 나는 수리한 후의 냄새, 탄화칼슘이나 철의 뒷맛 때문에 내 마음은 가라앉는다. 그리고

생의 말년이나 말세에는 세상 소리들의 북새통 속에서 똑똑한 사람들에게는 마치 암호나 작별처럼 "칼이나 가위 갈아요!"가 울려 퍼질 것이다.

불안정하고 이중적인 입장. 그런 입장에는 위로부터의 고상한 비평도 있고 조롱도 있는데, 중요한 것은 부끄러움을 통한 사랑이고 사랑을 통한 부끄러움이다. 그리고 사물들을 자기 이름들로 불러야 할 때다. 이 시인들은 단지 인간적으로 약할 뿐이다. 이것이 좋은가 아니면 나쁜가? (…) 시인에게 명령은 인간의 법전이 아니고, 의지라는 악명 높은 강요도 아니고 (…) 예술의 법이다.

이렇듯, 하나의 비밀과 그것을 표현하는 세 가지 방법, 그 비밀과 살아가는 세 가지 방법은 세 가지 스타일이다. (…) 현 세계의 '위', '아래', '중간'은 가장 기이한 형식으로 뒤섞여 있다. (…)

과연 비판적 감상주의만이 선택에 관한 자신의 권리를 현실화하는가. 우스우면 웃고, 괴로우면 울거나 격분한다. 두 개의 극단적 스타일 사이에서 살면서, 비판적 감상주의는 필요에 따라서 자신의 결정적 이웃들에게서 자기 식에 맞게 극단성을 변경하면서 차용한다. 정통한 시의 거만함을 꺾어놓거나 아이러니한 시의 방탕함을 억제한다. 이런 시적 세계 인식 방법은 두 방법보다 더 희곡적이다. 왜냐하면 그것의 미학은 덜 규범적이며 감정, 이성, 미각 등을 제외하고는 그 무엇에도 의지하지 않기 때문이다. 그 대신에 선택, 그 대신에 자유이고 성공할 경우에는 시적 발화의 자연성이다.[7]

간들렙스키는 '비판적 리얼리즘' 경향에 T. 키비로프도 포함한다.[8]

7) T. 키비로프의 선집 『감상: 여덟 권의 책(*Сантименты: Восемь книг*)』(Белгород, 1994)의 서문. 참조할 것. Гандлевский С. Критический сентиментализм // Гандлевский С. *Поэтическая кухня*. С. 13~17.

8) Гандлевский С. *Сочинения Тимура Кибирова* // Там же. С. 18~22.

실제로 키비로프의 노스탤지어적 서정시와 유사하게, 간들렙스키의 시에서는 그의 '수치스러운' 과거의 매력, 경쾌함, 빛, 기쁨 등의 모티프가 울려 퍼진다.

여기 내 어린 시절이
음악 악보 서류철을 흔들고,
소년 시절이 탁구를 하고, 청년기가
웅변을 토하고, 어린 시절처럼
사랑하는 내 젊은 시절이, 멋진 방랑의
경쾌한 거리들에 대한 계산을 잃어버렸다…….
〔「총주교까지는 아직 멀었다……(Еще далеко мне до патриарха…)」, 224〕[9)]

또는

정원에서는 이름도 모르는
아름다운 별이 타오르는 때,
개 짖는 소리에, 지저귀는 소리와 개굴거리는 소리에,
감격해서 귀 기울이네.
작업복을 빨면서, 물이 어떻게
치어들의 말뚝에 수초를 돌려 감는지,
그물을 불룩하게 하는지 봐라.

9) 여기와 이후에서 간들렙스키 시는 (특별히 부언한 경우를 제외하고) 다음의 인용을 따르며, 쪽수는 텍스트에 표기한다. *Личное дело No.: Литературно-художественный альманах* / Сост. Л. Рубинштейн. М.: В/О "Союзтеатр". 1991.

미래의, 과거의, 현재의 삶으로,

날아가며, 노랗게 되고, 졸졸 흐르는,

모든 사소한 일이 희미하게 빛나게 되고,

모든 무의미한 것을 믿게 되네.

내 심장을 찢지 마라, 그렇지 않아도 나는

세월이 흘러감에 따라 너무 민감해졌다.

〔「개 짖는 소리에 감격해서 귀 기울이네……(Растроганно прислушиваться к лаю…)」, 221〕

T. 키비로프처럼 간들렙스키도 "레코드판을 바꾸지 않겠어요?"라는 질문을 제기하고 "그러나 조국이 다시 꿈에 보인다"로 대답한다.〔「레코드판을 바꾸지 않겠어요?(Не сменить ли пластинку…)」, 25〕

그러나 간들렙스키와 T. 키비로프와의 유사성은 과거의 '수용', '인정', '집착'의 수준에서만 감지되며, 간들렙스키의 이설(異說)이 좀 더 희곡적이고, 긴장되며, '고통스럽다.' T. 키비로프의 시에는 서정적 멜로디, 진정한 감상성이 느껴진다면, 간들렙스키의 감상은 '비판적'이며, 더 엄혹하고, 격렬하고, 잔혹하다.

여기에 우리의 거리가 있다.

오르조니키제르진스키 거리라고 치자,

소비에트 벽촌들과는 친척이지만,

역시나 모스크바이다.

멀리에 꼴사나운 공장들이

솟구쳐 있다—

철골들, 굴뚝들, 건물들이
완고하게 하늘을 찌르고 있다.
보다시피 특별한 징조들은 없다.
약국, 줄 서기, 등불,
아낙네의 눈에는. 어디나 석탄재.
진홍색 작업복을 입은 노동자들이
수 년을 계속해서 길을
포장하고, 부수고, 욕을 해대고 (…)

우리는 여기서 자랐고
우울한 아저씨, 어리석은 아줌마로 변했다.
권태를 느꼈고, 조금 방탕해졌다—
여기에 우리의 거리가 있어요, 신이여.
여기서 오쿠자바의 레코드와 함께,
구(舊)아르바트 거리의 애수와 함께,
세월이 가면서 뒤에서 큰소리치며,
드레블랴네족[10]처럼 바보 같은 희망을
태워버린다. (…)

생이 끝나간다—그리고 영원히
오래된 마당의 하늘 아래서
거짓과 중상도 잠잠해질 것이다.

10) 〔역주〕 고대 슬라브족들 중 하나이다.

그러나 망할 놈의 벽촌은

고아의 혈육을 알고 있었다—우리가 어디서 왔는지를.

날 때부터 있는 반점을 보고 이렇게

아이들을 옛날에 찾았다.

〔「여기에 우리의 거리가 있어요……(Вот наша улица, допустим…)」, 217~218〕

또는

처음에 어머니, 그 다음엔 아버지가

59년에 돌아왔고

또다시 집에 살게 되었다.

우리가 언젠가 살던 집이었다.

모든 것이 자기 자리에서 궐기했다.

화장대의 담배 연기처럼,

오류, 불화, 정당성도,

심지어 내 젊음도 사라져버렸고—

우리는 미래를 또다시 알지 못한다.

지금부터는, 죽은 가족,

당신의 생활양식은 정말로 접촉 금지다.

〔「처음에 어머니, 아버지는 그 다음에……(Вначала мать, отец потом…)」, 26〕

그러나 격렬함과 고통(「뜻하지 않은 성년의 사형에」[11])에도 불구하고 간

11) 「뜻하지 않은 성년의 사형에(Самосуд неожиданной зрелости…)」(21~22)는 S. 간들렙스

들렙스키의 시는 조화를 추구한다. “아무리 우습더라도, 조화는 그의 목적, 더 정확히는 이상이다.”〔『이성에 아름다운 평화의 광경(Картина мира, милая уму…)』(226)〕 여기서부터 “스탄스(Стансы)”[12]를 완성하는 조화의 광경은 위대하고 장엄하다.

> 죽음 이후에 나는 좋아하는 도시 너머로 나가서,
> 낮바닥을 하늘로 쳐들고, 뿔을 어깨 너머로 젖힌 후,
> 슬픔에 사로잡혀, 가을 광야에 대고
> 인간의 말로는 부족했던 것을 소리소리친다(28).

S. 간들렙스키의 시 창작의 전통에 대한 O. 쿠즈네초바의 의견은 타당하다. 그녀는 간들렙스키의 초기 시집 『축제(*Празник*)』를 분석하면서 ‘은세기’ 전통을 실현하고 블로크, 만델슈탐, 호다세비치,[13] 예세닌 등의 시와 간들렙스키 시 사이의 ‘유사성’을 지적한다.[14] 그리고 P. 바일의 의견 역시 고려 대상이다. 그는 “세르게이 간들렙스키는 타고난 순수 서정시인이다. 비록 첫눈에 서정시로 비치지 않는 시에서조차도 서정성이 드러난다. 이런 면에서 그의 시는 (…) 푸슈킨의 전통에 (…) 뿌리를 두고 있다. 게다가

키의 가장 강력하고 중요한 시들 중 하나이다.

12) 〔역주〕 완결된 사상을 담은 4행시연 또는 이런 4행시연으로 이루어진 시를 말한다.

13) 〔역주〕 Владислав Фелицианович Ходасевич, 1886~1939. 러시아의 시인, 비평가, 회상록 작가, 문학가이다. 시집으로는 『젊음(*Молодость*)』(1908), 『행복한 작은 집(*Счастливый домик*)』(1914), 『유럽 시인들 중에서(*Из еврейских поэтов*)』(1922) 등이 있고, 연작으로는 『유럽의 밤(*Европейская ночь*)』(1927)이 있으며, 전기 『데르자빈(*Державин*)』(1931)과 논문 모음집 『푸슈킨에 대하여(*О Пушкине*)』(1937) 등이 있다.

14) Кузнецова О. Представление продолжается: (О книге стихов Сергей Гандлевского “Праздни”//*Новый мир*. 1996. No. 8. С. 217.

간들렙스키는 변화무쌍하다.유사성의 방법에 의거하면서, (…) 젊은 시절에는 그의 시가 더 남성적이고 엄혹했다면, 지금은 더 유연하고 철학적이라고 말할 수 있다. 어떤 이행, 더 정확히는, 가정적으로 말하자면 구밀료프[15]에서 바라틴스키[16]에게로 점진적으로 이행한다."[17]

우리는 아무것도 모르며,

15) 〔역주〕 Николай Степанович Гумилёв, 1886~1921. 러시아의 시인, 문학 이론가이다. 제1차 세계대전 전후에 러시아 시문학 운동인 아크메이스트 운동을 창시하고 이끌었다. 해군 군의관의 아들로 태어나 차르스코예셀로의 귀족학교에서 교육을 받았는데, 여기서 시인이자 교사인 인노켄티 안넨스키의 영향을 받았다. 초기에 출판한 시집 『정복자들의 길(*Путь конквистадоров*)』(1905), 『낭만적인 꽃들(*Романтические цветы*)』(1908), 『진주(*Жечуга*)』(1910) 등으로, 당시 러시아 시문학을 지배하던 상징주의 운동의 영향을 받은 젊고 유능한 시인이라는 평을 받았다. 1909년에 시 전문지 《아폴론》 창간에 참여했다. 이 잡지는 제1차 세계대전 이전의 러시아 시문학에서 중요한 역할을 했다. 1910년에 시인인 안나 아흐마토바와 결혼했지만 1년도 못 가서 별거에 들어갔고, 1918년 이혼했다. 1911년 그는 세르게이 고로데츠키와 함께 '시인 조합'이라는 단체를 조직했으며 같은 회원이던 아흐마토바, 오시프 만델슈탐과 함께 러시아 시단에 등장하기 시작한 아크메이스트 운동의 핵심을 이루었다. 그는 시집 『이국의 하늘(*Чежое небо*)』(1912)을 발표함으로써 러시아의 주요 시인이라는 명성을 확립했다. 제1차 세계대전 때 구밀료프는 지원병으로 참전했고, 1917년 러시아혁명이 일어난 뒤에는 파리에서 러시아 임시정부의 특명 대표로 일했다. 1918년 러시아로 돌아와 페트로그라드에서 창작 교사로 일하면서, '시인 조합'을 볼셰비키당과 무관한 독자적인 작가 단체로 되살리려고 애썼지만 성공하지 못했다. 그러나 『장작더미(*Костёр*)』(1918), 『불기둥(*Огненный столп*)』(1921) 등에 실린 시에서 그의 예술의 최고 경지를 실현했다. 볼셰비키 정부에 대한 반감을 결코 숨기지 않았고, 그 결과 반혁명 활동을 했다는 이유로 1921년 8월에 체포되어 총살당했다. 1986년 소련 정부에 의해 사후 복권되었다. 구밀료프는 또한 운문 희곡과 일련의 중요한 문학론도 썼는데, 이 평론들에서 그는 아크메이스트 운동의 미학적 규범을 전개했다.

16) 〔역주〕 앞의 역주를 참고할 것.

17) Вайль П. В сторону "Арзамаса": Сергей Гандлевский и Тимур Кибиров в Америке // *Литературная газета*. 1995. 24 мая. С. 11. 푸슈킨의 전통으로 되돌아와서, 간들렙스키에게는 A. 푸슈킨에게 헌정된 훌륭한 에세이 「행운의 대학」이 있다는 것을 말할 수 있다.(Гандлевский С. *Поэтическая кухня*. С. 84~87)

두려워하면서 몹시 술을 마셔대며,

불안해서 성냥을 부서뜨리며

나약함 때문에 그릇을 깨뜨린다.

아첨하지 않고 진리를

솔직히 말해야만 한다.

온순한 코는 복수의 수단이 아니라,

은빛 명예의 원천이다.

(「스탄스」, 29)

생의 극단적 상황들(뇌종양, 치명적 죽음의 위험성, 수술)은 간들렙스키로 하여금 주위 현실을 날카롭게 인식하도록 종용했고, '자전적' 중편소설인 『두개골 절개(*Трепанация черепа*)』(1995)를 집필하도록 "자극했다."[18]

그러나 포스트모더니스트 간들렙스키는 예기치 못한 형식으로 카오스의 시에서 조화를 지향하듯이, 중편소설에서 작가적 인물은 "시뮬라크르가 되기를 원치 않는다. 그는 계속해서 진정성을 주장하거나 자신의 진정성을 찾는다."[19]

A. 게니스는 이렇게 말한다. "『두개골 절개』는 장황한 정의를 요구하는 반(半)다큐멘터리 장르에 속한다. 모든 이름들이 진짜이지만 사건은 진짜

18) 첫 출판은 *Знамя*. 1995. No. 1. 단행본은 Гандлевский С. *Трепанация черепа: История болезни*. СПб. : Пушкинский фонд. 1996.

19) Курицын В. С. Гандлевский: Пахло русской историей // Курицын В. *Русский литературный постмодернизм*. М.: ОГИ. 2001. С. 249. 비교할 것. 시에 대한 О. 쿠즈네초바의, "주인공은 (…) 작가의 복사본이다."(Кузнецова О. Указ. соч. С. 216)

일 리 없는 확실하지 못한 회상록이다. 과거로부터 반쯤 취한 보도 기사이다. 놓쳐버린 세월 전체에 대해 지나간 날짜로 쓰인 솔직하지만 정확하지는 않은 일기이다. 다른 식으로도 말할 수 있다. 본질상 이것은 성공하지 못한 '이반 일리치의 죽음'이다. 즉 주인공이 어떻게 죽지 않았고 그래서 무슨 일이 일어났는지에 대한 책이다."[20]

간들렙스키는 다음과 같이 언급한다. "1940년대 과거의 실타래는 초급 낚시꾼의 미끼낚시에 쓰는 '털'처럼 마구 얽혀 있어서, 이렇게 무의미하게 얽힌 것의 무슨 매듭이든 잡아당길 수 있었다. 아마추어의 일이다. 나는 1913년 1월에 두개골 절개 수술을 했고 양성 뇌종양을 제거했다. 중요한 도스토옙스키적 사상은 찾지 못했지만 12시간이 지나서 마취가 완전히 사라지자, 나는 갑작스레 폭발하는 것 같았다. 1942년에 나는 처음으로, 죽음이 실제로 도래할 것이라는 것과 '진정한' 나를 완전히 실감했다. 극히 평범한 내 삶의 모든 세부들과 사소한 일들이 통곡할 정도로 내게 소중하게 다가왔다. 내게 기억과 언술의 재능이 되돌아왔고, 나는 그런 분수를 결코 틀어막을 수가 없었다. 포크너식 벤지[21]의 앞뒤 없는 두서없음이 나

20) Генис А. Лестница. приставленная не к той стене: Богема у Гандлевского // Генис А. *Иван Петрович умер: Статьи и расследования*. М.: Новое литературное обозрение. 1999. С. 199.

21) 〔역주〕 미국의 작가 윌리엄 포크너(1897~1962. 1949년 노벨 문학상 수상)의 장편소설 『음향과 분노(*The Sound and the Fury*)』(1929)에 나오는 인물들 중 하나이다. 가공의 소도시 제퍼슨 농원의 콤프슨 가문 3형제의 독백 형식으로 된 제1~3장과, 객관적인 제4장으로 구성되어 있다. 처녀성을 잃고 집안의 체면을 위해 다른 남자와 결혼했으나 이혼당한 끝에 아이까지 빼앗기고 친정에서도 받아주지 않는 외동딸 캐디의 생활 방식을 축으로, 남부 명가의 붕괴가 선명하게 그려진다. 이 작품에 사용된 기발한 구성과 방식은 사회에서 받아들여지지 않는 여성, 즉 현실 속에서 외톨이가 된 인간 존재 그 자체를 부각하고 있다. 제1장에서 독백하는 벤지는 백치인데, 그의 혼란해진 의식의 흐름을 더듬어감으로써 누나 캐디의 이미지와 그 죽음의 의미가 뚜렷이 부각된다. 제2장 자살하는 맏형 쿠엔틴의 독백은 지성의

를 사로잡았다. 왜냐하면 나는 동시에 모든 것에 대해 생각하고 있었고 내 생각은 깨진 온도계에서 나온 수은처럼 흩어졌다."[22)]

A. 게니스는 이렇게 말한다. "간들렙스키는 변명의 책을 썼다. 죽음에 접근하여 보상받은 실존주의적 정점으로 그는 자신의 삶을 조명한다. 삶에 평가를 내리기 위해서라기보다는 삶이 존재했다는 사실 자체를 확신하기 위해서다. 무엇을 기억하든 그에게는 상관이 없다. 왜냐하면 그는 스스로에게 판관이 아니기 때문이다. 단지 위험한 수술이, 하나의 팽팽한 영화 필름으로 압축될 기회만 노리고 있던, 자연스러운 삶의 흐름을 중지시켰다. 비판적 순간에 그렇듯이, 간들렙스키는 이 '영화'를 염두에 두고 우리를 관람실로 초청한다."[23)]

중편소설은 작가적 인물 회상들을 고리로 삼아 구성된다. 그 고리는 '접하는 부분'에 따라서 러시아의 정치 생활의 사건들을 아우르며, 그 사건들을 배경으로 주인공, 주인공의 친구들이나 술친구들 · 동료 작가들의 인생 · 가족과 친척들의 인생 · 러시아 국가의 삶이 전개된다. 개인적인 것은 집단적인 것으로 변하고, 서정적인 것은 사회 평론적인 것으로 변하며, 구체적인 것은 보편성의 특징들을 획득한다. 이제 "간들렙스키의 주인공은 역사의 진실성에 대해, 수술의 성공적 결말로 인해 그에게 선사된 자신의 운명에 대해 책임지기를 원하며(그런 면은 포스트모더니즘적 맥락에서는 거의

붕괴를, 제3장 현실적인 둘째 형 제이슨의 독백은 현실 사회와의 대조를, 마지막 장에 등장하는 흑인 노파 딜시는 사랑과 신앙으로 살아가는 이 집안의 오직 한 사람의 정상인으로서, 그녀의 인간상은 그 뒤에도 지속되어야 한다는 것을 강하게 암시한다. 또한 이 작품의 표현 기법상의 실험성, 즉 의식의 흐름, 시간적으로 전도된 4개 장(章), 객관적인 다원묘사, 문자 표현의 연구 등은 구조주의 이후 비평가들 사이에서 새롭게 재평가되고 있다.

22) Гандлевский С. *Трепанация черепа*. С. 11.

23) Генис А. Указ. соч. С. 20.

강조되지 않는 부분이다) (…) 심지어 작가의 이름과 일치하는 등장인물에 대해서도 책임을 지려 한다."[24]

그러나 『두개골 절개』의 시끌벅적한 성공, "비평가들과 심사 위원들의 가슴에서 우러난 인정", "문학계로부터 그(간들렙스키 — 저자)에게 쏟아진 모든 애정"[25] 등은 간들렙스키를 반복이라는 '죄'에 빠지게 했다. 그는 이에 대해 이렇게 말한다. "나는 『두개골 절개』의 장르로는 확실히 쓰지 않을 것이다. 이 작품은 톨스토이의 작품처럼 (…) '늑대다, 늑대다'라는 외침으로 쓰였다. 두 번째에는 농부들이 달려오지 않을 것이다."[26]

실제로 간들렙스키의 새로운 작품 『〈NRZB〉: 장편소설(〈*НРЗБ*〉: *роман*)』(2002)은 다른 스타일로 쓰였으며 다른 방식으로 공급되었다.

주 제목인지 부제인지 구분이 안 간 채로 주어진 '장편소설'이라는 서사의 '장르적' 정의가 이미 실제로는 창작 수법의 형식이 아니라 내용을 결정한다. 왜냐하면 분량이 많지 않은 작품(중편소설) 속에서 창작 스토리나 삶의 스토리가 아닌 주인공의 러브 스토리가 주로 전개되고 있기 때문이다. 그렇게 아름답지도 않고 그렇게 재능이 있지도 않고 그렇게 순결하지도 않은 아내를 향한 실현되지 못한 사랑의 감정이 평생 동안 거쳐간다.

중편소설 4장의 길이 동안 주인공(화자이기도 하다)은 변하지 않는다. 주인공 레프 바실리예비치 크리보로토프(Лев Васильевич Криворотов)는 나이만 변한다. 1장과 3장에서 그는 젊었고, "스무 살이 되지 않았다."(6) 그는 신인이지만 희망을 주는 시인이며, 더 정확히 말하면 "천재"(8)이며, "일주

24) Курицын В. С. Указ. соч. С. 249.

25) Там же. С. 249.

26) Гандлевский С. Человек с этикетики: Интервью, данное Д. Новикову для журнала "Стас". май1997 г.//Гандлевский С. *Поэтическая кухня*. С. 69.

일에 한 편씩 (…) 매번 새로운 시"(6)를 쓰는, "난쟁이 오토 오토비치 아담손(Отто Оттович Адамсон)"(8)이 이끄는 "자모스크보레치에(Замоскворечье)의 지하실"에 위치한 "스튜디오"[27](「문학 애호가 모임」, 14)의 회원이다. 2장과 4장에서는 바로 그 주인공이 "부드럽게 말해 젊지 않고"(22), "거의 쉰이 되어가는 마흔아홉이며, 이미 3년을 단호하게 술을 마시지 않고 있고, 하루에 담배 다섯 개비를 피우며, 신발을 신으면서 배를 저주하고, 최근의 중풍은 그의 성을 시사적으로 만들었다. (…) 성이 크리-보-로-토프(Криворотов)[28]이기 때문이다."(22) 자신에 대해 그는 이렇게 말한다. "내게 재능은 없다. 어떤 능력이 있었는데, 다 빠져나가버렸다. (…) 보시다시피, 참사가 일어난 것은 아니었다. (…) 이런 변신 때문에 경련하는 것에는 이미 오래전부터 떨지 않고 있으며, 매우 불행한 사람들 축에 자신을 포함시키지도 않는다. 내가 원하는 대로 되지 않았을 뿐인데, 이제 와서 화라도 내란 말인가? (…) 비록 문학사에서는 내 자리가 보장되었다고 하지만, 사실, 개별 시의 업적 때문이 아니라, 부차적 업적 때문이다. '물론, 크리보로토프 L. V., 알고말고, 익히 들었어요. 러시아 치그라쇼프 학문의 기둥'이라고"(22~23) 말하는 정도다. 그는 '1970년대 사미즈다트' 출신의 죽은 시인 빅토

27) '스튜디오' 참가자들 중 한 사람의 시는 형식상 중요하다. "삼행시가 적힌 각각의 종이로 샤피로(Шапиро)는 앉은자리에서 종이접기를 능숙하게 접어서, 앞으로 '새들의 둥지' 또는 '새장'으로 불리게 되는 신발 상자에 종이학을 날린다. 상자에 88마리의 '새들'이 모이면, 도디크(Додик)는 매우 드물게 쓰지만, '새들의 둥지'를 읽어보도록 내놓을 수 있다. 상자 속에서 '새들'을 꺼내는 순서는 작가가 부언하지 않으며, 따라서 도디크의 계획에 따르면 하나의 '새장'에 '떼'라는 의미의 천문학적 숫자가 살고 있다. 이렇듯, 샤피로의 확신에 따르면, 다비드가 평생 쓰려고 계획하는, 사실상 끝없는 '새의 책'을 만드는 일에서 시인과의 협력의 길이 우연히 또는 섭리에 의해 열린다. 물론 신의 예지와의 공저로 말이다."(4)

28) 〔역주〕 'криворотый'는 '입이 비뚤어진'이란 뜻이므로, 그의 성 'Криворотов(입이 돌아간 사람)'은 중풍으로 입이 돌아간 상황을 의미한다.

르 치그라쇼프(Виктор Чиграшов)[29](「카타콤의 서정시인」, 21)의 선집들에 대한 해설 덕분에 "겨우 체제에 들어갔으며", "혼인 잔치 초대용 장군[30]에 걸맞았다."(23)

'장편소설'의 작품 구조는 '과거'(제1장)–'현재'(제2장)–'과거'(제3장)–'현재'(제4장)라는 시간적 교체를 바탕으로 한다. 서사의 주관적 층위가 의도적으로 강화된다는 점(1인칭의 '매우 감정적인' 인물), '노스탤지어적 애수'에 따라 '서정적' 기법으로 쓰였다는 점, 그리고 작품의 길지 않은 분량도 소설적 서사 '〈NRZB〉'를 간들렙스키의 시 창작과 유사하게 만드는 요인이다.[31] 그래서 소설보다는 시적 잠재력이 더 강하고 더 독창적으로 보인다. 왜냐하면 그의 최근의 소설적 '실험'은 ~로부터 유래한 것이다. 즉 그는 문학평론가이며 해설가이자 출판업자인 비토프의 료바(똑같은 료바이다) 오도옙체프(『푸슈킨의 집』)로부터 시작해서 마카닌의 『언더그라운드, 또는 우리 시대의 영웅』에 이르는, 시인이 되지 못한 작가들(주로 언더그라운드의)이 쓴 일련의 수많은 현대 소설들의 연속선 상에 위치해 있는 것이다.

29) 〔역주〕 간들렙스키가 창조해낸 가공의 인물이다.

30) 〔역주〕 옛날 러시아에서 상인들이 자기들의 혼인 잔치를 빛내기 위해 돈을 주고 초청한 퇴역장군을 일컫는다.

31) 비교할 것. 간들렙스키는 첫 번째 시집 『단편(*Рассказ*)』을 '직선적 운문소설(прямолинейная проза в стихах)'이라고 일컬었다.(Гандлевский С. *Рассказ*: *Книга стихотворений*. М.: Московский рабочий. 1989)

간들렙스키, 세르게이 마르코비치〔1952. 12(모스크바)~〕. 시인, 소설가, 에세이스트, 번역가.

공무원 집안에서 태어났다. "지금 생각해보니, 훌륭한 소비에트 인텔리 집안이었다. 예를 들어 나쁜 스탈린이나 훌륭한 레닌에 대해서는 언급이 있을 수 없었다."(65)[32] "우리는 학교 교과서에 거짓 내용이 있다고 우리 부모님을 비난할 권리가 없었다. 우리 부모님은 무엇인가를 바꿀 수가 없었다. 그러기 위해서는 영웅주의가 요구되었고, 사람들은 영웅이 될 의무는 없었다."(70) "회초리를 맞으며 여덟, 아홉 살 사이에 독서를 시작했다. 일정한 시기까지 나는 문학작품 줄거리들을 아버지가 다시 얘기해주는 것을 좋아했다. 『로빈슨 크루소』를 처음에는 들어서 알게 되었고 그 다음에 읽게 되었다. 내가 처음 좋아한 책은 J. 로니(시니어)[33]의 『불을 위한 투쟁(*Борьба за огонь*)』이었다. 나는 청소년용 소설류로 인식되던 쿠퍼(James Fenimore Cooper), 마인 리드,[34] 뒤마, 스티븐슨을 점차 속도를 붙여가며 연속해서 읽기 시작했다."(100)

"나는 제3세대 모스크바 시민이고, 어린 시절과 유년 시절을 모자이카(Можайка) 지역의 공동주택에서 보냈다. 내 시대에 '브레즈네프식' 아파트들이 모스크바 강변을 둘러쳤다. 강이 아직 정돈되지 않았을 때, 나는 아버지의 감독하에 여울에서 올챙이들을 여러 번 잡았다. 열한 살 때 집 근처 음악학교 악보 읽기 시험에서 낙제 점수를 받은 후에는 바로 그 여울 물에 빠져 죽으려고 허둥지둥 걸어 들어갔다. 지나는 행인의 위협적인 외침이 나를 삶으로 되돌려놓았지만, 그러지 않았더라도 내 스스로 돌아왔을 것이다.

그 후 10년을 소콜리니키에서 살았다. 그곳 또한 모스크바의 남서쪽 변두리 지역처럼 매력적인 곳이었다. 최근 10년은 중심지인 자모스크보레치에에서 살고 있다. 여름 한밤중에 창문을 열고 있으면 크렘린의 첨탑 시계 소리를 들을 수 있다.

젊었을 때부터 소프롭스키와 나는 (…) 하짓날 밤에 모스크바를 끝에서 끝까지 즉 소콜리니키에서 참새 언덕[35](젊은 자유사상가이던 우리는 그때도 그 언덕을 '레닌 언덕'이라고 부르지 않

32) *Гандлевский С. Поэтическая кухня*. 여기와 이후에서 이 단행본의 쪽수가 텍스트에 표기된다.

33) 〔역주〕 J.-H. Rosny aîné. 본명은 Joseph Henri Honoré Boex. 1856~1940. 벨기에 출신의 프랑스 작가이다. 1909년까지는 후에 로니 주니어(J.-H. Rosny jeune)라는 별명을 얻은 동생 프랑수아와 함께 집필하였다.

34) 〔역주〕 토마스 마인 리드(Thomas Mayne Reid, 1818~1883). 영국의 작가이다. 주로 어린이와 청소년을 위한 모험 소설을 집필하였다. 필명은 '캡틴 마인 리드'이다. 작품으로는 *The White Chief: A Legend of North Mexico*(1855), *The Bush Boys*(1856), *The War Trail*(1857), *The Boy Slaves*(1865), *The Vee-Boers*(1870), *The Man-Eaters*(1878) 등이 있다.

35) 〔역주〕 모스크바국립대학교가 있는 모스크바 강 기슭의 언덕으로 소련 시대에 '레닌 언덕'으

았다)까지 걸어가고, 강에서 수영하고, 첫 전철을 타고 집으로 흩어지곤 했다. 이런 한밤중의 연중행사는 우리와 비슷한 사람들, 다시 말해서 글 쓰는 술고래들, 어리석은 철학자들, 정의를 지향하는 '괴이한' 사람들과의 우연한 만남들로 특징지어졌다."(11)

모스크바국립대학교 인문학부 러시아어과를 졸업(1977)한 후 학교에서 문학 선생, 박물관 가이드, 그 다음엔 '원칙적 판단'에 따라서 건설 관리소 경비, 자동차 수리기지의 수위로 일했으며 그것에 대해서 다음과 같이 썼다.

> 어떻게든 농담으로 얼버무리고, 신의 도움으로 어리숙한 조수 일을
> 어떻게든 앉아서 버티고 (…)
> 내 일들을 추억할 기억을 주시길……[36]

자서전에는 다음과 같은 말이 나온다. "18세부터 시를 쓰고 있는데,[37] 그 시들은 1980년대 말까지 가끔 해외의 망명 출판물들인 《대륙》, 《러시아 사상》, 《사수》, 《22》, 《메아리》, 《청동의 세기》 등에 발표되었다. 1980년대 말부터 내 시들은 러시아의 출판물들인 무크지나 종합 문예지에 수 차례 발표되었다."[38]

시집 『단편(*Рассказ*)』(1989), 『축제(*Праздник*)』(1995), 『개요(*Конспект*)』(1999) 등과, 중편소설 『두개골 절개(*Трепанация черепа*)』(1995), 에세이집 『시의 부엌(*Поэтическая кухня*)』(1998), 장편소설 『〈NRZB〉(*НРЗБ*)』의 작가이다.

러시아 작가 동맹 회원이다.

오스트리아, 영국, 미국, 스웨덴에서 열린 시 페스티벌과 시 축제에 참가했다.

잡지 《외국 문학(*Иностранная литература*)》의 비평과 사회 평론 분과 편집장이다.

'안티 부커'상 가장 훌륭한 시집 부문(1996, 시집 『축제』),[39] '말라야 부커'상(1996, 중편소설 『두개골 절개』), '세베르나야 팔미라'상[40](2000, 시집 『개요』), Ap. 그리고리예프상(2002, 장편

로 개명되었다가 다시 '참새 언덕'으로 불리고 있다.

36) Гандлевский С. *Конспект: Стихотворения*. СПб.: Пушкниский фонд. 1999. С. 11~12.

37) 다른 이설은 이렇다. "나는 시를 어렸을 때부터 쓰기 시작했다. 18세에 쓴 시는 매력적이며 지금까지도 내 마음에 든다. '그와 나는 이미 스무 번이나 싸웠다 / 우리에게 소비에트식 장난질은 없었다'. 그런 다음 나는 틴에이저가 되었고 낡은 풍습을 쓰기 시작했다."(65)

38) Гандлевский С. *Праздник: Книга стихов*. СПб.: Пушкинский фонд. 1995. С. 8.

39) 심사 위원의 '무례한' 행동 때문에 상금 1만 2501달러를 거부하였고 언론 성명서에서 "시인을 모욕해서는 안 된다"(64)고 환기했다.

40) 〔역주〕 세베르나야 팔미라('북쪽의 팔미라'라는 뜻으로 상트페테르부르크를 일컫는 말이다) 상은 1994년에 제정되었다. 상트페테르부르크에서 러시아어로 출판된 문학작품에 수여된다. 수상 분야는 시, 소설, 사회 평론, 비평, 영화 출판물이다. 심사 위원회가 각 분야에서 7

소설 『〈NRZB〉』)을 수상했다.

왜 해외로 떠나지 않았냐는 질문에, '변절의 논리'를 통해서 이렇게 대답했다. "내 변절은 망명의 형식을 취한 것이 아니라 이곳에서 체현되었다. 즉 탐험 여행, 수위 일, 보헤미안적 생활양식이다. 이것은 순전한 우연일 뿐이다. 나는 감옥에 앉아서도 똑같은 성공을 이루었을 수도 있고 (…) 뉴욕에서 《새로운 러시아어(*Новое русское слово*)》지의 기자 앞에 앉아서 당신은 왜 조국에 남지 않았습니까 하는 질문에 답했을 수도 있었을 것이다."(67)

텍스트

Гандлевский С. *Рассказ: Книга стихотворений*. М.: Московский рабочий. 1989.

Гандлевский С. *Праздник: Книга стихов*. СПб.: Пушкинский фонд. 1995.

Гандлевский С. Трепанация черепа//*Знамя*. 1995. No. 1(или: СПб.: Пушкинский фонд. 1996).

Гандлевский С. *Конспект: Стихотворения*. СПб.: Пушкинский фонд. 1999.

Гандлевский С. *Порядок слов: Стихи, повесть, пьеса, эссе*. Екатеринбург: У-Фактория. 2000.

Гандлевский С. 〈НРЗБ〉: Роман//*Знамя*. 2002. No. 1.

에세이

Гандлевский С. *Поэтическая кухня*: СПб.: Пушкинский фонд. 1998.

인터뷰

Гандлевский С. На заданную тему: (라디오 '자유'의 라디오 방송 시리즈 〈결론을 내리면서〉

개의 후보를 선정하고 먼저 익명의 투표를 거쳐서 3개를 선출하고 마지막 투표로 최후 수상자가 선정된다. 심사 위원은 O. 바실라슈빌리(Басилашвили), A. 게르만(Герман), J. 고르딘(Гордин), A. 도딘(Додин), A. 판첸코(Панченко), A. 페트로프(Петров), B. 스트루가츠키(Стругаций) 등이다. 상의 후원자는 '크레디트-페테르부르크' 은행(1995), '상트페테르부르크 재건과 발전 은행'(1996)이다. 수상자에게는 A. S. 푸슈킨의 탄생일인 6월 6일에 상패와 상금이 수여된다.

를 위한 알렉산드르 게니스의 질문에 대한 대답, 1997년 4월)//Гандлевский С. *Поэтическая кухня*: Сб. эссе. СПб.: Пушкинский фонд. 1998.

Гандлевский С. Человек с этикетки: Интервью, данное Д. Новикову для журнала "Стас". май 1997г//Гандлевский С. *Поэтическая кухня*: Сб. эссе. СПб.: Пушкинский фонд. 1998.

Сергей Гандлевский–Дмитрий Александрович Пригов: Между именем и имиджем// *Литературная газета*. 1993. 12 мая.

학술 비평

Вайль П. В сторону "Арзамаса": Сергей Гандлевский и Тимур Кибиров в Америке// *Литературная газета*. 1995. 24 мая.

Вишневецкий И. 〈Рецензия на "Праздник"〉//*Зеркало*. 1999. No. 9~10.

Генис А. Лестница, приставленная не к той стене//Генис А. *Иван Петрович умер*. М.: 1999.

Зорин А. "Альманах"–взгляд из зала//*Личное дело No.: Литературно–художественный альманах*/Сост. Л. Рубинштейн. М.: В/О "Союзтеатр". М.: 1991.

Изварина Е. [Рец. на "Порядок слов"]//*Урал*. 2001. No. 1.

Костырко С. От первого лица//*Новый мир*. 1995. No. 6.

Кружков Г. Коротко о книгах: (О стихах С. Гандлевского)//*Новый мир*. 1992. No. 5.

Кузнецова О. Представление продолжается: (О книге стихов Сергей Гандлевского "Праздник")//*Новый мир*. 1996. No. 8.

Куллэ В. Сергей Гандлевский: "Поэзия… бежит ухищрений и лукавства"//*Знамя*. 1997. No. 6.

Курганов Е. *Анекдот. Символ. Миф*. СПб. 2002.

Курицын В. С. Гандлевский: Пахло русской историей//Курицын В. *Русский литературный постмодернизм*. М.: ОГИ. 2001.

Эпштейн М. *Постмодерн в России: Литература и теория*. М.: Изд–во Р. Элинина. 2000. (глава "Каталог новых поэзий" и др.)

6. 메타리얼리즘 시

메타리얼리스트의 경향(다른 명칭은 메타포리스트, 메타메타포리스트이다)[1]은 1960~1970년대 언더그라운드에 뿌리를 두고 있으며 포스트소츠리얼리즘적 시 경향들 중 하나가 되었다.[2] 이 경향의 리더로는 A. 예레멘코, I. 주다노프, A. 파르시코프(M. 쿠디모바의 정의에 따르면 "머리가 셋인 히드라"[3])와, O. 세다코바, V. 아리스토프, I. 쿠티크, I. 비노프, A. 체르노프,[4]

1) '메타메타포'라는 용어는 처음에 K. 케드로프(K. Кедров)가 도입하였고〔A. 파르시코프의 '신년 장난감'이란 서사시에 대해 논하면서 도입하였다. 다음의 논문을 참조할 것. 〔Арабов Ю.〕 *Метареализм: Краткий курс*//www. port.forum.ru/arbstt.htm. '메타리얼리즘'과 '메타볼'은 M. 엡슈테인이 도입하였다.

2) 메타리얼리스트들의 발생의 역사와 선언에 대해서는 다음을 참조할 것. artechka/agava.ru/ststyi/theoriya/manifest/metametaforizm1.html.

3) 그렇지만 전혀 반대편의 의견도 존재한다. "예레멘코, 파르시코프, 주다노프는 매우 다른 시인들이다. 어용문학에 반대한다는 희망 외에 그들을 연합시킬 만한 것은 전혀 없다. 어떤 시기에 바로 그들이 함께 소비에트문학에 대한 언론의 관심의 중심에 놓였다는 것은 우연이고 외적 상황의 문제이다."(Кулаков В. По образу и подобию языка: Поэзия 80-х годов// *Новое литературное обозрение*. 1998. No. 32. C. 205)

4) 〔역주〕 Александр Владимирович Чернов, 1951~. 러시아의 시인, 소설가, 저널리스트이다. 1974년부터 작품들이 발표되기 시작했고, '개념주의' 시인들에 포함된다. 우크라이나 민족작가 동맹, 소련 작가 동맹, 러시아 펜클럽 회원이다. 시집에는 『눈짐작(*Глазомер*)』(1988), 『디테일(*Подробности*)』(1989) 등과 라파엘 렙친과 공저로 환상소설 『최종 텍스트와 기타 전원시들(*Окончательный текст и другие идиллии*)』(2006)이 있다. 그의 시들은 독일어, 영어, 프랑스어로 번역되었다.

R. 렙친,[5] M. 샤투놉스키[6] 등이 있다. 그들 중 많은 이들이 처음에는 잡지 《청년 시절》 산하 시 연구소 '초록 램프'에 모였다가, 1986년부터는 모스크바 클럽 '시(Поэзия)'로 집결하였다.[7]

처음 단계에는 '혼란한 강령과 불명확한 조음을 가진 선언문도 없는 학파'였지만, 그럼에도 불구하고 메타리얼리스트들은, '성문화되지 않은' 강령에서 '신이 없는 포스트모더니즘 세계에서 신의 탐구', '선호 체계', '가치의 눈금자', '수평 대신 수직'을 제안한, 다시 말해서, '어떻게 말할 것인가가 아니라 무엇을 말할 것인가'에 대해 고민한, 그 시대의 가장 '이상주의적'인 학파가 되었다.[8]

1983년 6월 8일 모스크바 중앙 예술가 협회에서 열린 '메타리얼리즘과

---

5) 〔역주〕 Рафаэль Залманович Левчин, 1946~. 러시아의 시인, 희곡작가, 소설가, 번역가, 에세이스트, 화가, 배우이다. 고리키문학대학을 졸업했고 1991년 시카고로 이주했다. '개념주의', '첸주(Чен-Дзю)', '39.2℃' 등의 많은 비공식 창작 그룹에 참여했다. 여러 잡지들에 작품들을 발표했고 여러 전시회들에 참여했다. 시집으로는 『물불(*ВОДАогонь*)』(1996), *LUDUS DANIELIS*(2003), 환상소설집 『최종 텍스트와 기타 전원시들(*Окончательный текст и другие идиллии*)』(2006), 시선집 『선집(*ИЗБРАННОЕ*)』(2006) 등이 있다. 2000년부터는 인터넷에 게재하고 있다.

6) 〔역주〕 Марк Шатуновский, 1954~. 러시아의 시인, 작가, 비평가이다. 모스크바국립대학교 인문학부를 졸업했다. 학창 시절에 시인으로서 인정받았다. 1978~1980년에 모스크바대학교 산하 시스튜디오 '빛(Луч)'에 참여하였다. 키릴 코발지 시 세미나에 참여하였다. 메타리얼리즘 경향에 속한다. 1992년부터 작가 동맹 회원에 비출석으로 영입되었다. 시와 소설, 에세이 등이 영어와 프랑스어로 번역되어 잡지 *Five fingers*(미국), *6ix*(미국), *100 words*(미국), *Lettres russes*(프랑스) 등에 실렸다. 시집으로는 『풀의 사상(*Мысли травы*)』(1992), 『초동기화(*Сверхмотивация*)』(2009), 『이후와 이후(*После и после*)』(2008) 등이 있다.

7) 이 클럽이 가장 시끌벅적한 평판을 얻은 것은 '구술 장르'에서는 담배 공장 '두카트(Дукат)' 문화회관에서의 연설(1986년 가을)이고, '인쇄 장르'에서는, "1987년에 코발지(Ковальджи)가 쉽게 '메타리얼리스트'와 '아이러니스트'들을 게재한 잡지 《청년 시절》의 특별 시 분과, '시험대'이다."(이에 대해서는 다음을 참조할 것. [Арабов Ю.] Указ. соч)

8) [Арабов Ю.] Указ. соч.

개념주의에 대한 논쟁에 부쳐'라는 토론의 밤에서 낭독된, M. 엡슈테인의 유명한 '메타리얼리즘과 개념주의에 대한 테제들'에서 '메타리얼리즘'의 이론적 문제들이 처음으로 정식화되었다. 기본적 개념의 명확화를 위해서 '테제들'로부터 몇 부분을 인용해보자.

"1. 메타리얼리즘과 개념주의 사이에는 동시대인들 사이에만 있곤 하는 완전한 대립이 존재한다.

2. 모든 시대의 시에서는 조건성과 무조건성, 유희와 진지함, 반영과 전일성이 투쟁한다. 1960년대에서 1970년대 초반까지 이 투쟁은 실생활의 정점을 구현하던 리얼리즘과, 조건성과 유희의 편에 서던 메타포리즘 간에 전개되었다(예를 들어 트바르돕스키[9])와 보즈네센스키[10])의 대립이다). 1970년대 중반부터 시에 역

9) 〔역주〕 Александр Трифонович Твардовский, 1910~1971. 러시아의 작가이자 시인이다. 잡지 《신세계》의 편집장이었다(1950~1954; 1958~1970). 스탈린상, 레닌상, 소련 국가상 등 다양한 수상 경력을 가진 작가이다. 1960년대에 트바르돕스키는 서사시 『기억의 권리에 따라(*По праву памяти*)』(1987년 출판)과 『저세상의 툐르킨(*Тёркин на том свете*)』에서 스탈린과 스탈리니즘에 대한 자신의 태도를 재검토하였다. 이때(1960년대 초)에 트바르돕스키는 흐루쇼프로부터 솔제니친의 『이반 데니소비치의 하루』의 출판에 대한 허락을 받아냈다. 잡지 《신세계》에서는 이데올로기적인 자유주의가 미학적 전통주의와 결합하였다. 트바르돕스키는 모더니즘 경향의 시와 소설에 대해 냉정한 태도를 취했으며, 리얼리즘의 고전적 형식 속에서 전개되는 문학을 선호하였다. 1960년대 수많은 대작가들이 이 잡지에 작품을 게재하였으며 독자들에게 많은 것을 제공하였고, 소비에트 시대의 문학 발전에 지대한 영향을 미쳤다.

10) 〔역주〕 Андрей Андреевич Вознесенский, 1933~. 러시아의 시인이다. 스탈린 시대 이후 세대에서 가장 걸출한 작가로 손꼽힌다. 블라디미르 시에서 어린 시절을 보내다가, 1941년 포위된 레닌그라드에서 공장들을 소개시키는 아버지를 남겨두고 어머니, 누이와 함께 우랄 산맥 기슭의 쿠르간으로 이사했다. 성장기에 있는 그의 영혼에 전쟁이 끼친 심대한 영향은 나중에 쓴 시에 생생하게 표현되어 있다. 아직 학생이었을 때 자기가 지은 시 몇 편을 유명한 소련 작가 보리스 파스테르나크에게 보냈다. 그로부터 격려의 답장을 받은 다음부터 글 쓰는 일에 전적으로 매달리기 시작했다. 중요한 초기 시와 시집으로는 『거장들(*Мастера*)』

동성과 긴장감을 부여하던 이런 대립은 메타리얼리즘과 개념주의의 대립이라는 새로운 형식에서 수행되었다.

3. 메타리얼리즘은 메타포의 저편에 열리는 새로운 시의 형식이다. 메타리얼리즘은 문자적이고 삶적인 이미지로서 메타포에 선행하는 것이 아니라 메타포의 전의(轉意)를 흡수하는 새로운 무조건성의 형식이다. '메타'란 '메타포', '메타모르포시스', '메타피지카' 등과 같은 단어들에 공통되는 부분이다. '메타현실'은 메타포가 그 의미를 이끌어내가는 경험적인 평면에서가 아니라 자신의 의미를 전이하는 목표점인 배경 위에서 메타포 너머로 열리는 하나의 현실이다.

메타포리즘은 현세의 현실성과 유희하고, 메타리얼리즘은 다른 현실성을 달성하려고 진지하게 노력한다. 메타리얼리즘은 메타모르포시스로서 메타포의 리얼리즘이며, 그 광범한 실제적, 기능적 변형 전체를 통해 현실성을 포착하는 것이다.

메타포는 세계의 파편이며, 메타실재(메타리얼리즘적 이미지, 메타현실적 시의 단

(1959), 『모자이크(*Мозаика*)』(1960), 『포물선(*Парабола*)』(1960)이 있다. 소련에서 1950년대 말과 1960년대 초는 또 한 번의 문학적 실험의 시기였다. 시 낭송은 큰 인기를 얻어, 수천 명의 청중을 수용할 수 있는 체육 경기장에서 시 낭송회가 열리는 일도 있었다. 당대에 활동하던 예브게니 옙투센코와 나란히 카리스마적인 보즈네센스키는 이런 행사에서 많은 청중을 모으는 유명 인사가 되었다. 그러나 시 낭송회는 1963년에 갑자기 중단되었고 '극히 실험적인' 양식으로 작품 활동을 하던 소련 예술가와 작가들은 당국의 비판 운동의 표적이 되었다. 공인된 사회주의리얼리즘을 따르지 않았던 동료 시인들과 마찬가지로 그는 7개월 동안 당국의 비판으로 시달렸고 정부 기관지인 《프라브다》에 자신의 입장을 거두어들이는 반어적인 글을 싣고서야 부분적으로 당국의 호의를 다시 얻을 수 있었다. 모호하고 실험적이며 '이념적으로 미숙'하다는 비난이 1960~1970년대에 걸쳐 주기적으로 계속해서 그와 동료들에게 가해졌다. 때때로 공공연히 소련 정부를 비판하기도 했지만 그 특유의 시들은 예술, 자유, 구속받지 않는 인간 정신을 찬양하는 비정치적인 내용이다. 가장 유명한 시로는 전쟁의 공포를 표현하기 위해 강력한 은유법을 사용한 『고야(*Гоя*)』(1960)를 꼽을 수 있을 것이다.

위)는 통일성을 복원하려는 시도이며, 세계와의 접근을 꾀하는 개별적인 이미지는 어느 정도는 현대시의 경계 내에서 가능하다.

5. 동일한 문화적 상황에서 메타리얼리즘과 개념주의는 두 개의 필수적이고 상호 보완적인 과제를 수행한다. 즉 의미가 고정화된 관습적이고 거짓된 부분들을 단어들로부터 떼어내고 단어에 새로운 다의미성과 완전한 의미를 부여한다. (…) 메타리얼리즘은 사물에 대한 완벽한 정신적 변형과 보편적 의미 및 사물의 재결합을 통해서 의미의 완전성을 추구하면서 고양되고 밀도 높은 어휘층을 창조한다. 메타리얼리즘은 진정한 가치를 찾는다. 그래서 메타리얼리즘은 영원한 테마 또는 현대 테마들의 영원한 원형들인 사랑, 죽음, 언어, 빛, 세계, 바람, 밤 등의 원형들에 관심을 돌린다. 그 소재는 역사, 자연, 고급문화 등이다.

6. 통일성을 향한 의지는 메타리얼리즘에서 끝까지 추구되며 (…) 이상과 결합될 수 있는 현실성의 창조적 잠재력이 드러난다.

7. 메타리얼리즘과 개념주의는 폐쇄된 그룹이라기보다는 현대시가 움직이는 양극이며 경계들인데, 그 사이에는 새로운 시적 개성이 존재하는 만큼 과도기적 단계들이 존재한다(리얼리즘과 메타리얼리즘 간의 이전 대립의 경계를 벗어나는). 새로운 시인들 간의 차이는 그들의 창작에서 이상과 현실이 얼마나 (진지하게, 무조건적으로, 신화적으로) 융합되어 있느냐 또는 (아이러니하게, 그로테스크하게, 반영적으로) 대립하느냐에 의해서 결정된다. 메타실재는 융합의 경계이고 개념은 대립의 경계이다."[11]

11) Эпштейн М. *Постмодерн в России: Литература и теория*. М.: Изд-во Р. Элинина. 2000. С. 113~117.

그 후 메타리얼리즘의 개념은, 야회 '시와 회화에서의 메타리얼리즘'의 시작을 알린 강령, 즉 1986년 12월 7일 중앙 전시관(쿠즈네츠키 모스트)에서 제시되고 낭독된, '메타리얼리즘은 무엇인가? 사실과 제안'이라는 강령에서 엡슈테인에 의해 확실시되었다.

3. '메타리얼리즘'의 개념은 두 가지로 이해할 수 있다.

철학적 차원에서 이것은 **형이상학적** 리얼리즘(мета-физически й реализм), 즉 물리적 실재의 리얼리즘이 아닌 사물의 초물리적 본성의 리얼리즘이다.

양식적 차원에서 이것은 사물의 조건적 유사로부터 사물의 현실적 상호 참여로 이행하는, 즉 메타포에서 메타볼로 이동하는 **메타포적** 리얼리즘(мета-форический реализм)이다. 고대 신화 예술에서 메타볼의 원형은 메타모르포시스이다.

4. 예술의 혼합 단계에서 현상들이 서로 변화하고(**메타모르포시스**), 차별화의 단계에서는 순전히 조건적으로 서로 **유사하게 된다면**(**메타포**), 통합의 단계에서는 서로에 대한 **참여성**, 즉 독자성을 유지한 변형성과, 차별화를 토대로 한 통합을 드러낸다(**메타볼**).

5. 메타포의 뒤를 쫓아 예술은 그 경계까지 도달하며 그 너머에서 현대적 메타볼의 영역이 시작된다.

메타리얼리스트와 1960년대 시 세대 메타포리스트〔A. 보즈네센스키, B. 아흐마둘리나,[12] N. 마트베예바,[13] R. 로제스트벤스키[14] 등〕의 차이는, 유사성과 동질성의 탐구가 사물의 진정한 상호 참여에 침투하는 것에, 즉 조건적으로만 메타포로 표지될 뿐 조형적 측면에서는 메타볼로 드러나는 실재에 침투하는 것에 자리를 양보한다는 사실에 있다.

메타포의 예는 다음과 같다.

건설 현장의 경쾌한 숲의

황금빛 둥근 지붕처럼—

오렌지 빛 산은

황량한 숲에 서 있네.

—A. 보즈네센스키「딜리잔의 가을(Осень в Дилижане)」

⁚

12) 〔역주〕 Белла (Изабелла) Ахатовна Ахмадулина, 1937~2010. 소비에트와 러시아의 여류시인, 작가, 번역가이며 20세기 후반기 탁월한 러시아 서정 시인들 중 하나이다. 아버지는 타타르인이었는데 차관까지 지냈고, 어머니는 이탈리아 출신의 러시아인이었고 KGB에서 번역가로 일했다. 아흐마둘리나는 학창 시절부터 시를 쓰기 시작했다. 첫 번째 시집 『현(*Струна*)』이 1962년에 출판되었다. 이후 시집 『음악 수업(*Уроки музыки*)』(1970), 『시(*Стихи*)』(1975), 『눈보라(*Метель*)』(1977), 『촛불(*Свеча*)』(1977), 『비밀(*Тайна*)』(1983), 『정원(*Сад*)』(1989년 소련 국가상 수상) 등이 출간되었다. 시인 옙투센코의 첫 번째 아내였고, 작가 유리 나기빈의 아내이기도 했으며 이후 극장 예술가 보리스 메세레르(Бориса Мессерер)와 결혼해서 작가 마을 페레델키노에서 죽기 전까지 살았다. 아흐마둘리나의 시는 긴장된 서정성, 형식의 세련미, 지난 세기 시 전통과의 연관성 등이 특징적이다. 그녀의 시에 곡을 붙인 로망스는 영화 '잔인한 로맨스'와 '운명의 아이러니, 혹은 즐거운 목욕 되세요'에 삽입되었다. 1979년 무크지 《메트로폴》 창간에 참여하였고 소련의 탄압을 받던 안드레이 사하로프, 레프 코펠레프, 게오르기 블라디모프, 블라디미르 보이노비치 등을 옹호하는 발언을 여러 번 하였다. 러시아 작가 동맹 회원이자 러시아 펜클럽 집행위원이었다. 푸슈킨 조형예술 박물관 우호 협회 집행위원이었고, 미국 예술문학 아카데미 명예 회원이었다. 소련 국가상과 러시아연방 국가상 수상자이다.

13) 〔역주〕 Новелла Николаевна Матвеева, 1934~. 러시아의 시인, 소설가, 음유시인, 희곡작가, 문학 연구가이다. 어린 시절부터 시를 쓰기 시작했고 1958년부터 발표하였다. 첫 번째 시집 『서정시(*Лирика*)』가 1961년에 출간되었다. 두 번째 시집 『배(*Кораблик*)』(1963) 출간 이후 소련 작가 동맹에 가입되었다. 시집으로는 『강(*Река*)』(1978), 『노래의 법칙(*Закон песен*)』(1983), 『파도의 나라(*Страна прибоя*)』(1983) 등이 있다. 시 외에도 수많은 노래를 작곡해서 직접 불렀다. 1998년 시 분야에서 푸슈킨상을 수상하였고, 2002년에는 문학과 예술 분야에서 러시아연방 국가상을 수상하였다. 현재는 모스크바에서 거주하면서 셰익스피어를 번역하고 있다.

메타볼의 예는 다음과 같다.

> 엽록소의 창조 과정이 일어난,
> 울창한 제련소 숲에서,
> 잎이 떨어졌네. 이미 가을이
> 울창한 제련소 숲에 왔네.
> —A. 예레멘코

메타포는 비교되는 것과 비교하는 것으로, 반영되는 현실과 반영 수단으로, 세계를 명확하게 나눈다. 딜리잔의 가을 숲은 교회 주위의 건설 현장의 숲과 **유사하다.**

메타볼은 두 개로 나뉘지 않지만 수많은 차원을 열어주는 완전한 세계이다. 자연과 공장은, 고유하고 이해할 수 없는 법칙들에 따라 확대되는 숲 모양을 한 건설 현장을 통해 서로를 변형한다. 즉 테크놀러지의 유기학을 가지는 것이다. 그들은 함께 하나의 현실을 구성하며, 그 안에서는 확연히 알아볼 수 있게 제련

14) 〔역주〕 Роберт Иванович Рождественский, 1932~1994. 원래 이름은 로베르트 스타니슬라보비치 페트케비치였고 로제스트벤스키라는 성은 계부의 성을 따른 것이다. 유명한 소비에트 시인, 번역가이다. 소련 국가상과 레닌상 수상자이다. '로베르트'라는 이름은 혁명가 로베르트 에이헤의 이름을 딴 것이다. 재능 있는 동갑내기 시인들인 예브게니 옙투센코, 벨라 아흐마둘리나, 안드레이 보즈네센스키, 블라디미르 치빈(Владимир Цыбин) 등과 함께 문단에 입문했다. 주로 사랑을 노래한 그의 수많은 서정시들에 곡이 붙어 애창되었다. 1950년대부터 시가 발표되기 시작하였고, 1950~1960년대 '젊은 시(молодой поэзии)'의 흐름을 주도했다. 서사시로는 『210보(*Двести десять шагов*)』(1975~1978), 『진혼곡(Реквием)』, 『기다림(여인의 독백)〔*Ожидание (монолог женщины)*〕』, 『네가 올 때까지(*До твоего прихода*)』, 『다양한 시각에 대한 서사시(*Поэма о разных точках зрения*)』 등이 있다.

소와 나무의 특징들이 지독하게 얽혀 있다.

메타볼은 메타포가 조건적 암시로만 보내주는 다른 것의 실재처럼 메타포의 다른 측면을 드러내준다. 진실성에서 동등한 권리를 가진 다양한 세계들의 관여성이 유사성의 자리에 놓인다. 직접적 의미의 영역이 확대되는데 그것으로 인해 '전의적', '피상적'인 것들이 직접적인 것들이 된다.

> 새의 부리들에 물린 바다는 비다.
> 별에 자리한 하늘은 밤이다.
> 나무의 미완성 제스처는 회오리바람이다.
> —I. 주다노프

바다는 비와 비슷하지 않지만, 하늘은 밤과 유사하며, 여기서는 하나가 다른 것에 대한 평가의 기준점으로 쓰이지 않고, 하나가 확대되는 어떤 실재의 일부를 구성하면서 다른 것이 **된다**.

메타포는 기적을 믿을 준비가 된 것이고 메타볼은 기적을 느낄 수 있는 능력이다.

6. '리얼리즘'이라고 일컫는 것은 여러 현실들 중 한 현실의 리얼리즘일 뿐이다. 메타리얼리즘은 메타볼적 환치의 본능으로 연관된 **복수 현실들의 리얼리즘**이다. 개미의 시선에 열리는 현실이 있고, 전자의 동태를 관찰할 수 있는 현실이 있으며, 수학 공식으로 축소된 현실이 있고, '천사들의 고상한 비상'이라고 언급되는 현실도 있다. 메타볼-이미지는 이 모든 현실들의 상호 연관 방법과 점점 확장되는 그것들의 통일성에 대한 확증의 방법을 제시한다.

7. 메타리얼리즘은, 현실을 '낮은 현실'과 '높은 현실', '가상적 현실'과 '진정한 현실'로 구분했고, 그럼으로써 이런 '낮은' 현실의 봉기와 이후 평범한 리얼리즘

의 승리를 준비하던 **상징주의**로 귀결되지 않는다. **메타볼**은 하나의 보조적이고 표층적인 현실을 기준점으로 삼아 진정하고 본질적인 다른 현실을 지시하기보다는 현실들의 상호 침투를 상정한다는 점에서 상징과는 구별된다. (…) 메타리얼리즘 예술에서는 각각의 현상이 다른 무엇을 달성하거나 반영하기 위한 수단이 아니라 그 자체가 목적으로서 지각된다.

8. 메타리얼리즘은 **쉬르레알리슴**과 공통점이 적다. 왜냐하면 메타리얼리즘은 무의식이 아니라 초의식에 관심을 가지며 창작 이성을 취하게 하는 것이 아니라 깨어나게 하기 때문이다.

9. 메타리얼리즘의 시원은 어떤 구체적인 시적 현상이 아니라, 백과사전식 요약과 발췌로 압축된 세계 예술의 역사 전체이다. 메타볼은 본질상 사전의 항목이며, 모든 장르와 수준을 압축한 문화의 소(小)**백과사전**이다. 여기서부터 좋든 나쁘든 '나'로부터 등거리에 있는 관점들 또는 똑같이 '나'를 '초자아'로까지 확장하는 관점들의 기하학적 공간으로서의 **비전들의 총합**으로 대체되는 분명하게 표현된 서정적 주인공의 부재가 기인한다. 폴리스틸리스티카, 스테레오카피, 메탈리즘.

(…)

12. 메타리얼리즘은 창작일 뿐만 아니라 세계관이며, 세계관일 뿐만 아니라, 삶의 이미지이기도 하다. 메타리얼리스트가 된다는 것은 수많은 현실의 연결 고리로서 자신을 느낀다는 것을 의미한다.[15]

메타리얼리즘 예술의 계보 또는 전통은, 포스트모더니스트들 전체가 그

15) Эпштейн М. Указ. соч. С. 121~125. 메타볼의 개념을 명확히 하기 위해서는 M. 엡슈테인의 논문 「메타볼은 무엇인가?: 제3의 비유에 대해서」를 참고할 수 있다.(Там же. С. 125~130)

렇듯이, 무엇보다도 먼저 오베리우(ОБЭРИУ)의 철학, 시학, 스타일에 연원을 둔다. 현대 메타리얼리스트들의 더 가까운 뿌리를 찾자면, L. 안닌스키의 말에 따르면, '이오시프 브롯스키'를 지적할 수 있겠다.[16)]

소츠아트와는 다르게 메타리얼리스트들은 처음부터 "급진적 부정주의자들"은 아니었다. 그들은 "열정, 시민성, 향수, 고백성, 작은 조국에 대한 사랑, 심각성 등 어떤 양태성을 포함한 공식적으로 승인된 시적 담론을 거부하였지만", "유희는 새로운 예술적 현실을 창조하고 확대된 대표성을 가지고 실재를 구성하면서 그들의 회의적 의식을 사로잡는다."[17)] 메타리얼리스트 시인들을 묶어주는 공통의 기법은 이종(異種)의 불협화음적 요소들로 구성된 통일된 전일적 세계관(현대적 메타포-메타볼)의 수립이다. 즉 현실과 환상, 자연적인 것과 기계적인 것, 이성적인 것과 비이성적인 것, 살아 있는 것과 죽은 것, 차가운 것과 뜨거운 것, 어두운 것과 밝은 것, 고정된 것과 유동적인 것, 가능한 것과 있음직하지 않은 것 등의 '유기체적' 결합에까지 이르는 것이다. "'메타리얼리스트들'의 시에는 실제로는 불가능한 세계가 나타나지만", "그 세계의 창조자들은 실제 세계를 검증하기 위해서 이런 잠재적인 세계 내부 관계에 관심을 가진다."[18)]

16) [Арабов Ю.] Указ. соч에서 인용. Ju. 아라보프의 또 다른 관점은 이렇다. "순전히 외적 특징들, 예를 들어 시행의 운율과 길이 등에 근거해서 종종 메타리얼리스트들은 브롯스키와 비교된다. 그러나 이런 비교는 너무 지나치게 절뚝이는 것처럼 불완전하며 거의 불구라고 볼 수 있다."(Там же)

17) Васильев И. *Русский поэтический авангард XX века*: Автореф. докт. дис. Екатеринбург.: 1999. С. 33.

18) Там же. С. 33.

7. 알렉산드르 예레멘코 시에 나타난 카오스의 '인문학적' 철학

V. 쿠리친의 정의에 따르면, 메타리얼리스트들(더 넓게는 최근의 '새로운 시')[1] 가운데 '중심'은 알렉산드르 예레멘코이다. 왜냐하면 "우리가 오늘날의 모던을 어떤 유파들로 나누고 어떤 경향들로 분배한다 할지라도, 예레멘코에게서 우리는 모든 경향과 유파의 기본적 특징들을 반영하는 텍스트들을 항상 발견할 수 있기 때문이다."[2]

V. 쿠리친이 분류한 포스트모던 시 유파들 중, 예레멘코의 시 세계가 포함될 수 있는 경우는 다음과 같다.

첫 번째로, '아이러니스트', '아이러니 시'이다.

아이러니는 실제로 예레멘코 시 스타일의 지배소적 특징이며 그의 시에서 폭넓게 제시된다.

차르는 부주의하고 잔인했다.

1) M. 엡슈테인의 다음과 같은 언급과 비교할 것. "비록 형식적으로는 메타리얼리스트의 그룹에 포함된다고 할지라도, 알렉산드르 예레멘코는 중간적 위치를 차지한다. 한마디로 그는 특별한 물질적 현실을 창조하는 동시에 아이러니하게 그 현실을 파괴한다."(Эпштейн М. *Постмодерн в России: Литература и теория*. М.: Изд-во Р. Элинина. 2000. С. 116)

2) Курицын В. "Центровой" Еременко//*Дружба народов*. 1991. No. 9. С. 264.

부주의한 차르는 손에
장갑 대신에 양말을 단단히 잡아당긴다.
인상을 찌푸리면서 러시아로
동방을 단단히 끌어당긴다.

어쩌면 그는 지도 위 점들에 흥분했거나
데르벤트[3]가 마음에 들었을 것이다.
물론, 믿기 어려운 것이지만
인간적으로는 이해가 된다.
어쨌든 데르벤트가 아닌가!
—파리에서는 지루하군요, 데르벤트로 갑시다…….
〔「구니프로부터의 보도(Репортаж из Гуниба)」, 59〕[4]

또는

얼마나 터무니없고 이해가 되지 않는 일인지,
데르벤트의 주지사로
임명되다니!
(「구니프로부터의 보도」, 59)

예레멘코는 서정적 풍경도 '아이러니하게', 고전적 전통과는 반대로 '대

3) 〔역주〕 Дербент. 러시아의 카스피해 서해안의 항구도시이다.
4) 여기와 이후에서 예레멘코의 시는 다음의 인용을 따르며 텍스트에는 쪽수만 표기한다. *Поэты-метареалисты*. М.: МК-Периодика. 2002.

립적인 것으로' 표현한다고 V. 세묘노프는 말한다. 문명의 특징들을 묘사하는 비유 사전이 있고, 이 사전에 고전적 시인이 '자연의', '자연스러운' 인간을 그린다고 정의되어 있다면, 예레멘코의 서정적 주인공은 과학기술 지상주의적 우주의 대표자라고 규정될 것이다.[5]

> 가을 숲에는 겨울 숲이 푹 빠져 있네.
> 마치 자리를 뒤바꾼 듯했네.
> 모든 나무들에 돈을 바꾸어주었네.
> 자연은 방독면을 쓰고 잠들어 있네.
>
> 탄산가스가 흔들거리지도 않네.
> 모두가 물 위에서 숨도 쉬지 못하네. 이불 속에서 숲이
> 자신의 구체적 세부로, 즉 기둥들로, 나무들로, 틈새로, 구멍으로, 나무 틈으로
> 사라지면서 선 채로 자고 있네.
>
> 〔「가을 숲에는……(В лесу осеннем…)」, 31〕

또는

> 불변식의 계속되는 이음줄을 따라
> 꿀벌이 우레가 으르렁거리는 성층권에서 겨우 날아다니네…….
>
> 〔「두마(Дума)」, 49〕

5) Семенов В. Еременко А. В.//*Русские писатели XX века: Биографический словарь*/Гл. ред. и сост. П. Николаев. М. 2000. С. 259.

또는

엽록소 창조 과정이 일어난
울창한 제철소 숲에서,
잎이 떨어졌네. 이미 가을이
울창한 제철소 숲에 도래했네.

거기서 봄까지 하늘에서
유조차도, 초파리도 머물러 있었네.
힘이 합성력 때문에 그들을 몰아댔고,
그들은 납작해진 시계에 끼어버렸네.

마지막 수리부엉이는 망가져서 쪼개져버렸네.
그리고, 가을 나뭇가지에 사무용 압정으로
머리를 아래로 꽂아서,

매달려서는 머리로 궁리하네.
어째서 그런 끔찍한 힘을 가진 수리부엉이에
야전 쌍안경을 설치했는지!
(「울창한 제철소 숲에서……」, 29)

인용된 시에서 알 수 있듯이, 예레멘코 시의 모든 주제적 영역을 관통하는, '산업의'·'과학의'·'사이비 과학적인'·'기술적인'·'기술공학적인'·'과학기술 인텔리적인'·'수학적인'·'가짜 수학적인' 광범위한 어휘층도 아이러니한 유희로 간주할 수 있다.

이와 같은 반영/반사는 다음과 같은 여러 시의 제목에서 더욱 뚜렷하게 나타난다. “꽃은 향기가 나지 않는다. 덤프카가 향기가 난다……(Цветы не пахнут. Пахнет самосвал)”, “자연이 스스로 걸려 있네……(Сама в себе развешана природа)”, “관목 숲에는 꾀꼬리가 퍼져 있네……(В кустах раздвинут соловей)”, “나는 산이 그려진 산에 앉았네……(Я сидел на горе, нарисованной там, где гора…)” 등이 그것이다. 이렇듯 사이에는 또 하나의 중요한 예레민코적 개성이 엿보이는데, 그의 아이러니는 경박스럽지 않고 반사적이며, 가볍지 않고 비극적이며, 역설적이고 연상적-희곡적 내용들로 가득하다. M. 엡슈테인은 다음과 같이 말한다. “예레멘코는 매우 아이러니하지만 절대로 공개적인 비웃음까지는 다다르지 않으며 진지함의 경계에 굳건히 서 있는 시인이다. 어느 정도 회의적인 형식으로 아이러니를 제기한다는 것 자체가 이미 이전에는 시에서는 찾아볼 수 없던 문화 반영의 단계를 거치기 시작한다는 의미이다.”[6]

V. 쿠리친이 분류한 포스트모던 시 경향 중, 예레멘코가 포함될 수 있는 두 번째 경향은 개념주의이다. 예레멘코는 자신의 시 창작 과정에서 얼마간 개념주의에 머물렀다. 그 예로는「겨울 궁전의 점령(Штурм Зимнего)」(프리고프의 어조와 유사하다)을 들 수 있다.

새로운 여명으로 동방이 불타고 있네.
알렉산드리아 탑 주위에
대중이 서 있네.

6) Эпштейн М. Указ. соч. С. 110.

나는 일어나서 새 담배에 불을 붙였네.

사관생도 대표는
그들을 죽이지 말라고 명령했네.
그들은 소총들을 내던지고
모닥불 옆에서 손을 쬐었네.

우리는 다시 앞으로 돌진했네.
일부러 '만세'를 불렀네.
그리고, 군중 전체가 나오면서,
뒤에서는 권총집이 흔들거렸네!

이렇게 우리는 겨울 궁전을 장악했네.
그리고 궁전도 점령되기 시작했네.
레이흐스타크[7] 위에 우리 깃발이
우리 심장의 피처럼 타고 있네!
(「겨울 궁전의 점령」, 13)

또는

물질에 침하된 신에,
도살당한 어린애들의 외침 소리와 같은

7) 〔역주〕 1945년까지의 독일 국회 의사당을 말하는데 여기서는 겨울 궁전을 칭한다.

밀어내는 힘이 작동한다.

〔「물질에 침하된 신에……(На Бога, погруженного в матрию…)」, 53〕

또는

눈은 눈물을 흘리고 손은 일을 한다.

〔「스나이퍼(Снайпер)」, 60〕

세 번째로, 예레멘코는 '센톤 시'(V. 노비코프가 예레멘코의 처음 '센톤'들을 '평가하였다')에 포함될 수도 있다. 센톤 시는 실재적 현실을 텍스트로 치환하며, 삶이 아니라 문화에 호소하며, 수많은 회상, 직접적인 인용, 유명한(또는 잘 알려지지 않은) 문화적 계열에 대한 참조 표시 체제들을 끌어들인다. 그리고 '새로운' 문학적 소재로서 인용과 패러프레이즈를 사용한다. "뭐에 대해 떠드는 겁니까, 시어빠진 애국자들이여……(О чем базарите, квасные патриоты?)", "사람은 꿈속에서 일한다……(Человек работает во сне…)", "노처녀 만세……(Да здравствует старая дева…)", "자동화에까지 이른 백치……(Идиотизм, доведенный до автоматизма…)", "불면증. 호메로스는 후면으로 물러갔다……(Бессонница. Гомер ушел на задний план…)", "조선용 목재가 있는 저기로……(Туда, где роща корабельная…)", "나는 알게 되었다. 아무리 마신다 해도……(Я заметил, что сколько ни пью…)" 등이 대표적 사례이다.

그루지야의 언덕에는 내가 두려워하고, 내가 바게비[8]에서 죽게 될,
그런 어둠이 깔려 있었다…….

〔「그루지야의 언덕에는 어둠이 깔려 있었다……(На холмах Грузии лежит такая тьма)」, 24〕

또는

신을 믿는 사람은 행복하다. 그러나 어느 날 선택된 행성에서,
자연의 외형을 무시한 채,
금속 그물들을 설치해놓은 사람은
세 배로 바보이다.
〔「신을 믿는 사람은 행복하다. 그러나 …… 한 사람은 세 배로 바보이다…….(Блажен, кто верует. Но трижды идиот)」, 32〕

또는

아-니-에요, 내가 다 죽는 게 아니에요. 그 8월의 밤에
죽을 수도 있겠죠. 그러나 이렇게 공격하기만 하면!
조각조각 찢어진 나의 3/4은,
나머지 부분이 죽었다고 할지라도 살아 있어요.
〔「송시 'e RI-72'(Ода 'эРИ-72')」, 63〕

게다가 '인용'은 종종 시행뿐만 아니라 잘 알려진 텍스트의 시절 전체가 되기도 한다.

8) 〔역주〕 그루지야의 지명이다.

어부 소냐는 5월에 한번은,
배를 강변에 대고는,
코스탸에게 이렇게 말했다. 모두가 당신을 알지만,
나는 이렇게 처음으로 봅니다…….
〔「페레델키노(Переделкино)」, 26〕

또는

여기에 내 나무가 있고,
여기에 내 고향 집이 있네.
이렇게 나는 가파른 언덕을
썰매를 타고 내려오네.

길은 먼지도 나지 않네.
관목 숲은 떨지도 않네.
조금만 기다려봐,
너도 쉬게 될 거야.
〔「여기에 내 나무가 있네……(Вот моя деревня)」, 58〕

예레멘코가 직접적인 관계를 가지는 현대시의 또 하나의 경향은 '사회적 시', 이전 용어로는 '진지한 아이러니 시'이다. 그 예는 「구니프로부터의 보고(Репортаж из Гуниба)」, 「스베르들롭스크 록 클럽에 대한 냉정한 법률에 대한 시(Стихи о сухом законе, посвященные Свердловскому рок-клубу)」, 「재료역학에 대한 부언(Добавление к сопромату)」, 「포크리슈킨

(Покрышкин)」 등이다.

예를 들어,

아프가니스탄에서의 전쟁 9년째……

그리고 나는 이렇게 생각했다. '침묵은 이제 충분하다!'

내가 이것에 대해 쓰기로 했다는 것에 대해

이제 누구도 나를 비난하지는 않을 것이다.

아마도, 단번에 여기서도 저기서도 출판하기 위해

이제 나를 칭찬할 것이다.

산림 채벌장에 있는 사람들 외에,

모두가 아프간을 찬성하지만 다른 조항에 따라서다.

〔「아프가니스탄 군대 철수에 대해(На вывод войск из Афганистана)」, 12〕

또는

사랑하는 지도자의 100주년을

당신은 시인의 호사스러움으로 기념했고,

아크로스티흐[9]로 결론을 내리면서

산사람의 사랑하는 부츠들에 키스를!

이제 당신은 자신의 시시한 사랑을

9) 〔역주〕 매 시행의 첫 문자를 합하면 단어나 구절이 되는 시나 이름을 말한다.

감추지 않아도 되고, 암호로 쓰지 않아도 된다.

패들을 다 보이는 카드놀이, 당신들도 많다.

신이 용서한다면 더 하시오.

그러나 모든 것은 상호적이어야만 한다.

읽어보시고 만약 어렵지 않으면, 내 소박한 아크로스티흐에

키스하시오. 내 생각에는 어렵지 않을 것이오.

〔「사랑하는 지도자의 100주년을……(Столетие любимого вождя…)」, 15〕

마지막으로, 예레멘코를 메타리얼리스트로 정의할 수 있는 또 하나의 근거는 그에게 선천적으로 중요한 아방가르드 경향이다. 이들 텍스트들은 세계의 풍경을 묘사하면서 세계 질서의 보편적이고 추상적인 원칙들에 대한 예레멘코의 현대적 관념들, 그리고 '철학적' 또는 '시적'(V. 쿠리친) 철학과 동일선 상에 놓일 수 있는 '언어학적' 문제들을 다양하게 드러낸다. 그들 중에는「오, 신이여, 나를 영화관으로 데려가 주시오……(О, Господи, води меня в кино)」,「가을 숲에서……(В лесу осеннем)」,「영혼의 운율은 침착하다……(Невозмутимы размеры души)」,「수평의 나라(Горизонтальная страна)」,「나는 당신을 바라보고 있네……(Я смотрю на тебя)」등이 있다.

시든 꽃들, 나는 왼쪽에 국화꽃으로 가로막힌

공간을 바라보기를 너무 좋아한다.

국화꽃들은 왼쪽에서 시들었고,

오른쪽에는 쑥부쟁이의 잠에 취한 듯한 구릿빛 잎이 있다.

저녁때마다 나는 말라버린 인두의 교차점에서

후렴구의 실에

햇빛 비치는 곳간처럼 꽃 속 꽃이
내려오는 것을 보는 것을 좋아했다.

〔「시든 꽃들을, 나는 바라보기를 너무 좋아한다……(Цветы увядшие, я так люблю смотреть)」, 34〕

또는

크랭크축의 숲에,
굽이굽이 구부러진 울창한 숲에
교란을 선동하는 곡선으로
짙은 색 제비가 날아갔다.

제비가 원하던 그 자리지만,
날아간 거기서는
아무것도 끄집어낼 수 없었던
모형 자로부터 날아올랐다.

〔「크랭크축의 숲에서……(В глуши коленчатого вала…)」, 38〕

이러한 논의를 종합할 때, 예레멘코의 예술 기법은 현대시의 포스트모더니즘(아이러니즘, 개념주의, 소츠아트, 메타리얼리즘 등)이 표방한 다양한 창작 방법들의 교차점에 위치한다. 그러나 다방면의 재능에도 불구하고 예레멘코의 서정시는 "복잡하고 전일적일 뿐만 아니라 개인적이고 문학적인 사실"로서 인식된다. "예레멘코의 시에서는 무엇보다도 세계관의 전일성이 파괴되는데, 그것은 역설적이다. 왜냐하면 여기서 중심적인 세계 형상은 카오스이기 때문이다."[10]

종이의 평면을 변형하고
우리를 불이나 물속에 빠뜨려라.—
우리는 그런 입의 구조와
자신의 본성을 변화시키지 않는다.

부속품에서 부속품을 꺼내고,
되는 대로 해체하고 나사를 돌려라.
우리는 약간 뒤로 물러선 채
서 있던 대로 그대로 있을 것이다.

신의 모든 변수가
아직 밝혀지지 않을 때까지는,
길이의 구체적 부분들로
우리의 길은 구성되지 않는다.
만약 이 몸을 열 조각으로
자를 수 있다 해도,
나는 검은 피를 퉷 하고
길게 뱉어버릴 수 있고
동그랗게 구부려서
뱀들이 자라 연결되듯이 연결될 수 있을 것이라고 확신한다.

10) Липовецкий М. Ересь Еременко // *Октябрь*. 1991. No. 3. С. 204.

그때는

또다시 차가운 몸을 구부릴 수 있을 것이다.

우리는 자유롭고,

자유롭고,

자유롭다.

그리고 항상 자유로울 것이다.

〔「우리를 불이나 물속에 빠뜨려라……(Погружай нас в огонь или воду…)」, 57〕

실제로 예레멘코의 시에서 카오스는 다양한 표현, 굴절, 관점으로 나타나며, 예레멘코의 시 세계에서의 카오스의 현존은 확정적이고 시종일관된다. 그러나 예레멘코의 시에서는 종종 '폭력' 또는 '원시성'(M. 리포베츠키)의 외형을 띠는 카오스의 내부, 그 깊은 곳에서도 조화를 탐색하려는 시도가 모습을 보인다(자유, 시, 하늘, 꽃, 제비 등의 이미지들).

약전

예레멘코, 알렉산드르 빅토로비치〔1950. 10. 25(알타이 지방 고노시하 마을)~〕. 시인. A. 파르시코프, I. 주다노프, O. 세타코바 등과 함께 메타리얼리스트 시인들에 포함된다.

농민 가정에서 태어났다. 고등학교를 졸업(자린스크 시)한 후 알타이 지방의 소로킨스크 지역 신문 《농촌의 처녀지(*Сельская новь*)》의 문예부 직원으로 일했다. 해군 함대에서 복무하였고 극동 건설 현장에서 일했다. 1974년부터 모스크바에서 살고 있으며, 이때 문학대학 비출석 과정(A. 미하일로프의 세미나 과정)에 입학했지만, 졸업하지는 못했다. 학업을 하는 동안과 그 후에도 화부로 일했다.

1960년대 말과 1970년대 초(18세)에 시를 쓰기 시작하였고, 1975년은 학창 시절과 진지한 집필 시기를 구분하는, 그의 창작에서 경계선이 된 해로 추정된다. 시는 오랜 시간 동안 '사미즈다트' 정기간행물로 보급되었고, 시인들의 대중 공연들에서 낭독되었다. 1980년대 중반에 '모스크바 클럽 '시'(Московский клуб "Поэзия")'라는 명칭으로 유명세를 탄 문학가 그룹에 참여했다. 1983년 7월 8일 중앙 예술인 회관(ЦДРИ)의 야회에서 "현대시의 스타일 탐구: 메타리얼리즘과 개념주의에 대한 문제에 대해"라는 테마로 열린, '새로운 물결'의 모스크바 시인들의 초기 주제 연설들 중 한 공연에 참여했다.

텍스트

Еременко А. *Добавление к сопромату*. М.: Правда, 1990.(Б-ка журнала "Огонек")

Еременко А. *Стихи*. М.: 1991.

Еременко А. *Горизонтальная страна*. М.: Изд-во С. А. Ниточина, 1994.

Еременко А. *Инварианты. Екатеринбург*: Изд-во УрГУ. 1994.

Поэты-метареалисты/Александр Еременко, Иван Жданов. Алексей Парщиков. М.: ЗАО МК-Периодика. 2002.

학술 비평 서적

Кулаков В. По образу и подобию языка: Поэзия 80-х годов//*Новое литературное обозрение*. 1998. No. 32.

Курицын В. "Центровой" Еременко//*Дружба народов*. 1991. No. 9.

Курицын В. Треугольник А. Еременко прилипает к своей теореме//Курицын В. *Русский литературный простмодернизм*. М.: ОГИ. 2001.

Липовецкий М. [Рец. на кн. Еременко "Добавление к сопромату": Стихи]//*Молодая поэзия–89: Стихи. Статьи. Тексты*. М.: Советский писатель. 1989.

Новиков В. “Однажды в студеную зимнюю пору…”: (О творчестве поэта А. Еременко) //*Литературная газета*. 1990. 30 мая.

Эпштейн М. Метаморфоза: О новых течениях в поэзии 80–х гг. //Эпштейн М. *Парадоксы новизны*. М.: 1988.

Эпштейн М. *Постмодерн в России: Литература и теория*. М.: Изд–во Р. Элинина. 2000.(главы “Самосознание культуры: Тезисы о метареализме и концептуализме”. “Что такое метареализм?…”. “Что такое метабола?: О третьем тропе” и др.)

8. 이반 주다노프 시 세계의 '모노메타포성'

비평계는 "1980년대 초에 나타난 혁신가들 중에서 가장 재능 있고 깊이 있는"[1] 이반 주다노프를 메타리얼리스트 운동의 '기호적 인물'로 일컫는다.

주다노프의 첫 번째 시집 『초상(*Портрет*)』(1982)은 다양하고 격렬한 논쟁을 불러일으켰다. 시적 언술이 '수수께끼' 같고, '암호' 같으며, '복잡하다'는 이유로, 그리고 시적 기법이 '기이한 메타포로 포화되어 있다'는 이유로 주다노프는 비난을 받았다. 이와 관련해서 M. 엡슈테인은 다음의 인용을 통해 주다노프 시의 '자체 특징'을 정확하게 지적했다.

> 글자들이 이해가 안 되는 것인지,
> 그 글자들의 전개가 내 눈에 참을 수 없는 것인지—
> 들판에는 붉은 바람만 남아 있고,
> 장미의 이름은 그의 입술에,

1) Васильев И. *Русский поэтический авангард XX века*: Автореф. докт. дис. Екатеринбург. 1999. С. 33.

이 시에서 발생하는 이미지－상징 '장미의 이름'은 '수수께끼성'의 원천이 무엇인지 잘 보여준다. 움베르토 에코의 『장미의 이름』으로부터 양분을 취한 포스모더니즘의 기원을 가리키고 있다는 말이다.

주다노프의 다음 작품집인 『잴 수 없는 하늘(*Неразмеренное небо*)』(1990), 『대지의 자리(*Место земли*)』(1991), 『금지된 세계의 포토로봇(*Фоторобот запретного мира*)』(1997)은 다시금 주다노프의 세계관과 이를 구현하는 방식으로서 메타포리카(메타볼) 스타일에 대한 그의 애착을 보여준다.

> 눈송이는 침묵의 하얀 열매,
> 독수리가 우연한 날갯짓으로 빈 대지에 그림자를 던지는 때와 비슷한 그 순간에,
> 발톱과 부리의 아른거림에 얽혀버린 그림자도
> 높이와 넓이가 뒤섞여버리는 것을 초조히 기다리다가 갑자기 사라져버릴 것이고
> 한 번의 불안한 약동으로 가장 중심부에서, 휘저음을 갈라놓으며,
> 귀에 맹렬함을 끼워놓고
> 뒤통수 쪽에 공포를 기울이며 너무나도 하얗게
> 토끼는 미칠 듯이 자기의 색채와 움직임에 빠져 있다.
> 〔「눈송이는 침묵의 하얀 열매(Снежинка−белый плод молчанья…)」, 74〕[2)]

2) 여기와 이후에서 주다노프의 시는 다음의 인용을 따르며 텍스트에는 쪽수만 표기한다. *Поэты-метареалисты.* М.: МК-Периодика. 2002.

새로운 메타리얼리즘적 비유–'메타볼'의 의미를 설명하는 과정에서 M. 엡슈테인은 주다노프의 작품에 가장 많은 주의를 기울인다.

"시학적 · 미학적 관점에서, 의미의 이동 과정 자체, 그것의 중간 고리들, 대상들의 접근과 비유가 발생하는 은폐된 기반을 밝혀낼 수 있었을 유형의 비유를 메타볼이라고 부르는 것이 합당하다. '일반 수사학' 말하는 메타포와의 차이가 여기에 있다.

'우리는 다음과 같은 형식으로 메타포 과정을 기술할 수 있다.

И – (П) – Р,

И 는 출발 단어이고, Р는 최종 단어이며, 첫 번째에서 두 번째로의 이동은 중간 개념인 П를 통해서 실행되는데, 그 개념은 **담론에서는 결코 존재하지 않는다.**'(강조는 엡슈테인)

메타볼은, 멀리 떨어진 사물 영역을 통합하고 그들 사이에 부단한 이동을 창조하는 중심이자 중간 개념 П를 담론으로 이끌어가는 것이다. '별에 자리한 하늘은 밤이다'(이반 주다노프)에서 하늘과 밤은, 가까운 두 영역, 즉 하늘과 밤에 동등하게 속하는 현상 '별'을 통해서 П의 담론에서 서로가 메타포적 관계가 아닌 메타볼적 관계로 인입된다. (…) 메타포적 '유사함'으로도, 환유적 '인접성'으로도 연관되지 않은 밤과 하늘은, 두 현실의 연결 고리인 '별' 속에서 서로를 알아보게 되며 그 고리를 통해서 그들은 변화될 수 있으며 심지어 동일시될 수도 있다."[3)]

계속해서 이렇게 말하고 있다.

"2항으로 구성된 메타포에서 (…) 두 항은 보통 각각의 기능에 따라서

3) Эпштейн М. Что такое метабола?: О "третьем" тропе // Эпштейн М. *Постмодерн в России: Литература и теория*. М.: Изд-во Р. Элинина. 2000. С. 126.

명확하게 나누어진다. 출발 단어와 최종 단어, 또는 직접적 단어와 전의의 단어, 현실적 단어와 환상적 단어 등이 그것이다. 예를 들어 메타포 '심장이 탄다'는 직접적 의미에서 사용된 И 출발 단어('심장')와, 전의적 의미에서 사용된 P 최종 단어('탄다')를 포함하고 있다. 단어 '탄다'의 직접적 의미와 단어 '심장'의 전의적 의미는 여기서 의미장으로부터 제외된다. 세 번째의 중간 항이 도입된다면 맨 끝 두 항은 '출발성-최종성'에서 상호 가역적이 되며, 이미지는 이반 주다노프의 시 「가을처럼 심장은 조용히 타고 있다……」에서처럼 그들 사이에서 균형을 맞춘다. 여기서 탄다는 것은 그들 사이에 메타볼-이미지의 현실을 감추고 있는 공통의 것을 드러내주는 심장과 가을 사이의 П이다. 그리고 이후 이미지가 발전하면서 하나의 위상인 И나 다른 위상인 P에 고정될 수 없다. 왜냐하면 '타는 것'은 동등하게 두 세계, 즉 가을 숲과 황홀해진 가슴에서 발생하기 때문이다. 이들 각각은 일차적 현실도 되고 다른 현실의 반영도 된다. 직의와 전의는 자리를 바꿀 수 있다. 왜냐하면 처음 두 항이 동일하게 조우하는 세 번째 현실인 '타는 것'이 발견되었고 구두로 표현되었기 때문이다. 이미지는 가역적이게 된다."[4]

메타리얼리즘 시의 '가상의 형상'을 규정하면서, V. 쿠리친은 주다노프의 사례를 들어 그 형상들을 설명한다.

• "비동등함의 모티프": "개성과 본질은 자체로 동등할 수가 없으며 자신에 대해서나 자신과 관계해서, 즉 자신과 독립적으로 어떤 행동을 취할 능력을 드러낸다. "너는 무대이고 배우는 빈 극장에". "물이 가득 찬 물웅덩이들, / 위로 뻗었고 / 자신 때문에 울면서 수그리는 것을 / 아무도 성공하

4) Эпштейн М. Указ. соч. С. 128.

지 못했던 것 같다." "꿀벌이 자신 내부에서 날아다녔다 / 꽃을 지나서, 넘어지는데, / 갑자기 다리 밑에서 돌이 바작거렸고 잠잠해졌다." "우리는 자신을 통해서 바라본다."

• "추상의 물질화와 다른 본질들의 특징들로 본질의 분배": "새도, 비상도 그 안에서 하나로 합쳐진다." 비상은 주체로부터 추상화되고, 새와 문법적으로 동종이 될 수 있는 독립적 본질로서 나타난다. 다른 곳에서는 "새가 없이 비상이 난다"이다. 또한 다른 곳에서는 두 개의 추상들이 물리적 몸을 가지는 크기들로서 행동할 능력을 소유하고 있다. "깊이는 가을 물가에 떠가고 무게는 대상들을 씻어 감돌며 흐른다." 다른 추상은 관습적으로 외형을 갖추지 못하고 카테고리는 물질적으로 그림자를 던진다. "대상들이 아니라 빛으로 추출된 생각이 그림자를 던진다."

• "소리는 외관을 획득한다." "시계 종소리는 그림자를 주조한다." "먼지 속에 울음소리를 굴리면서 고양이가 갑자기 부풀어 오른다." 손의 움직임은 손이 존재하듯이 존재한다. "제스처의 붉은 신기루도 너의 손을 휩싼다." 그리고 해설도 없이 "고통이 동굴같이 안개 속에서 파헤쳐진다." "깊이가 그를 능가했고, 그는 그 내부에, 껍데기 속에서처럼 있었다." "너는 달리기에서 빠진다……."

• "감정은 사람의 물리적 존재와는 독립된 자신의 물리성을 획득하고 독립적 행동 능력을 획득한다." "내 청각은 소리 뒤로 떠났다." "청각은 그(낙엽—쿠리친)를 불살라버린다." "시선이 보내졌고 나무는 굳어졌다."

• "사물로서, 밀도로서의 공간, 공허의 충만감": "집에 대한 주다노프의 언급은 다음과 같다.

어떻게 눈이 내려 집을 보호하는지,

이미 오래전에 없는

지붕 위에 예전처럼 굽어지고,

벽이 있던

그 자리에 펼쳐지면서,

네 벽이 보호하던

용적을 수호하면서…….[5)]

이런 식으로 "메타볼" 또는 "메타메타포성"(M. 엡슈테인), "좁은 의미를 가진 메타포로부터 멀어지기, 시행에서 서로에게 낯선 단어들의 충돌을 통해서 최대한으로 시의 의미장을 확장하려는 지향" 등은 주다노프 시의 핵심적 특징을 명확하게 드러낸다."[6)]

거기, 창문 너머, 좁은 방,

왕좌의 마룻바닥 위에서 양귀비꽃의 벼락 소리로

갓난애가 놀고 있으며, 회색의 심연이

시든 관목들처럼 구석에서 괴로워하고 있네.

〔「아버지의 초상(Портрет отца)」, 71〕

이런 평범한 시행들에서 이미, 이런 '눈에 익은' 일상적 현실 너머에서 ("좁은 방"), M. 엡슈테인의 말에 따르면, "갑자기 다른 위력과 의미의 현실이 솟아 나온다. 우레의 신으로서 어린아이는 '왕좌의 마룻바닥'에 위엄 있

5) Курицын В. *Русский литературный постмодернизм*. М.: ОГИ. 2001. С. 133~134.

6) Орлицкий Ю. Жданов Иван//*Русские писатели XX века: Биографический словарь*/Гл. ред. и сост. П. Николаев. М.: 2000. С. 269.

게 앉아서, 우레 소리를 흩뿌리는, 요란한 딸랑이(텍스트의 오독(誤讀)이다. 이 경우에는 양귀비꽃 색깔의, 양귀비 씨로 가득한, 말라버린 대가리에 대한 것이며, 그래서 요란하게 울리는 것이다—저자)를 가지고 놀고 있다. (…) 주다노프는 그의 해설에서 자연히 나오게 되는 구체적인 신화적 이름들과 슈제트 도식들을 텍스트 표면으로 이끌어 오지 않는다. 갓난애 제우스, 그의 아버지 크로노스(그보다는 모르페우스라고 볼 수 있다. 왜냐하면 양귀비 씨의 '말라버린 관목'에 대해 언급되고 있기 때문이다—저자)는 시간을 모두 삼켜버리는 '회색의 심연'이다. 이런 모든 형상은 독자가 연상적 강요에 얽매이지 않고 시인과 동등하게 마주하게 되는 전(全) 문화적인 기억의 깊이에 남아 있다."[7]

장르 관계에서 주다노프의 서정적 텍스트들(고유하게 시적인 텍스트와 함께 자유시와 운율적 산문을 포함하는)은, 미니어처적인 '모노메타포'에서부터, 독립적인 메타포 그룹들의 연속 반복 또는 통일된 그룹의 순차적 전개로 구성되는 매우 용량이 큰 시적 구성까지 매우 다양하다. 이때 Ju. 오를리츠키의 관찰에 따르면, 미니어처 텍스트들은 "'대작' 시에서 개별적으로 취해진 시행"이나, "대(大)텍스트에 대한 '소재'"로서 인식될 수 있으며, 또는 반대로, "모든 대(大)텍스트는 (…) 원자 상태의 모노메타포 텍스트들의 집성물이 된다."[8]

예를 들어, 간결하게 짧은 것은 다음과 같다.

빛으로부터 무엇과도 섞이지 않은

7) Эпштейн М. Указ. соч. С. 110~111.
8) Олицкий Ю. Указ. соч. С. 270.

그림자를 빼내서

아직 시작되지 않은 날이

지붕 위 어딘가에서 살기를 기다리고 싶었네.

〔「빛에서 빼내고 싶었네……(Хотелось вынести из света…)」, 79〕

또는 '공간적인' 것은 다음과 같다.

길은 두루마리로 오그라들고,

축제의 놀이를 치르고

강들을 얼음으로 덮으며,

그것들을 바닥을 위로 해 공중에 매달고는

숲은 사방에서 퇴색한다,—

겨울은 잔치를 벌인다. 겨울과 함께

우리는 식탁에 앉았다.

어떤 힘이 우리를 인도했나?

어떻게 그 힘은 혼자서,

우리 얼굴들을 다시 주조해서,

겨울의 얼굴로 영원히 합쳤으며,

묵직한 안개로 둘러칠 수 있었으며.

자신은 감기에 걸리지 않으려고,

겨울의 얼굴을 눈으로 덮을 수 있었을까?

〔「겨울(Зима)」, 78〕

주다노프의 여러 시들은 주관적 서정적 세계를 '공개적으로 드러내'면서 '너 또는 당신'으로 지칭되는 대화 상대자에게 말을 거는 형식을 취한다. 이런 의미에서 "그의 텍스트들은 불특정 다수를 향한(서정시의 본래 모습) 또는 특정한 수신자를 향한 우정의 서신 같은 러시아 서정시의 전통적 장르를 독특하게 변형한 것으로 검토될 수 있다."[9]

밤의 물고기자리 위에 물처럼, 별자리들을 헤치면,
너는 나를 보게 될 거야, 어린아이의 두서없는 놀이에서 쓰는
강철의 날을 세운 칼 장난감을 가진 사냥꾼 같지,
마치 전 세계가 겨우 지평선일 뿐이고,
그 너머에 나와 무슨 일이 있었고 무슨 일이 있을 것인지가 알려져 있지. (…)

대지처럼 다리 옆이 확장될수록,
마치 고속도로의 교차하는 불빛들이 또다시 피어날 것이고,
우리는 하늘이 나타나서 길어지기 시작하는 것을 보게 될 거야.
생생한 샛별의 빛이 비칠 때 밤 사진처럼,
우리는 그를 보게 될 거고, 이것이 경계라는 것도 알게 될 거야.
〔「잴 수 없는 하늘(Неразмеренное небо)」, 102〕

주다노프의 시에서 서정적 주인공 자신이나 그의 대자아(對自我, alter ego)가 종종 수신자가 역할을 맡기도 한다. "대화가 성사되지 않는다는 것이 문제이고, 다른 것을 주시해보면, 시인은 (…) 자신을 보게 된다. 창문은

9) Орлицкий Ю. Указ. соч. С. 270.

거울로, 더 정확히는 수많은 거울로 변하는데, 특히나 고통스럽다. '이제 내 거울은 어디에 있는가? 응답의 눈길을 찾지 못하고 유랑하는 반영으로 도시를 배회한다. 모든 창문이 나의 접촉으로 나를 위협한다. 나는 어디에서도 내 자신을 에돌아갈 수 없다는 것을 아는 것이 끔찍하다. 나는 내가 없던 그곳에서도 내 자신과 마주치고, 도시 전체는 나로 인해 전염되었고 마법에 빠졌다.

(…) 여기서 가장 흥미로운 것은 영혼의 세계와 외적 카오스 간에 (…) 빛과 어둠 간에, 거울과 창문 간의 경계가 씻기듯이, 낭만적 대립이 허물어지는 것을 관찰하는 것이다. 그러나 중요한 것은 고양된 독백적 인식 내부에 대화에 대한 간절한 요구가 발생하고 있다는 사실이다. 비극적이게도 실행될 수 없는 요구이다."[10]

이런 식으로 주다노프의 서정시에서 묘사의 대상이 되는 것은 시인을 둘러싸고 있는 물질세계 자체가 아니라, 그가 지각하는 예술적 인식으로 중개되는 물질적 세계의 다양한 관계 망들이다. 바로 이 때문에 그의 창작에서는 전통적인 풍경적 서정시나, 장면 묘사적 또는 고백적 · 서정적, 주관적 · 주인공적 서정시를 거의 발견할 수가 없다. 그보다는 주위를 둘러싼 자연 · 물질세계의 '핵심 요소들'과 그것들이 상호 공존하는 경험적 변형들이 시, 상상, 환상, 비논리적인 인유나 비순차적인 연상과 엄격하지 않은 시적 사색이라는 '잠재적 세계들'로 이동하기 위한 '동기'나 출발점이 된다.

시선의 경계에서 강변이 없는

비의 곧추선 강,

10) Липовецкий М. Патогенез: лечение глухонемоты//*Новый мир*. 1992. No. 7. C. 217.

낙엽의 살랑거림 속으로 떨어지면서
바람의 굴곡을 타고 흘러간다.
그 강은 멀리서 흘렀고
어디선가 멈췄다.
그리고 클라리넷의 멜로디 속으로 들어가듯이
구름 속으로 들어갔다.

나는 그런 강을 본 적이 없다.
이 모든 흐름과 급류들이 내게
이유 없이 그 강 어딘가에서 사람이
빠져 죽고 있다고 말했다.

물이 가득한 웅덩이들도
자신을 서러워하며 울면서
아무도 굽힐 수 없는 것처럼 느껴졌을 때,
위로 뻗어 있었다.
〔「비의 곧추선 강(Дождя отвесная река)」, 83〕

이로부터 주다노프 시의 독특한 특징이 나타나는데, 그것은 전통적인 서정적 '슈제트'가 부재하다는 것이다. 시는 재즈 즉흥곡 멜로디에 따라 자유롭게 '구성된다.' "처음 테마가 갖는 일정한 논리적 공식, 그리고 이를 자체적으로 충분히 보장하는 메타포의 유희는 이후의 시행 속에 드러나는 부분적 테마들과 아무런 연관성을 갖지 않는다. 처음 테마와는 전혀 다른 새로운 테마의 공식은 코드화된다."[11] 가장 선명한 예는 「재즈 즉흥곡」이다.

스텝의 도시는 어떻게 되었나?
자기 자신과는 반대로 우리에게 잊힌,
건축물의 소금을 증발시켜버리면서,
여기서는 사흘째 눈보라가 기승을 부리고,
지붕을 창공과 비교하고 있다.
여기에 흰 언덕 또는 천막들이 있다—
마치 대지 전체가
갑자기 색소결핍증 환자가 된 것 같다.
우리는 사흘 밤 동안 대지를 목욕시켰고,
사흘의 황혼과 여명 동안 불을 땠고,
대지에 한 점이나 점선이라도
그려 넣으려고 노력했지만,
모든 것이 헛되었다. 색채는 날아가버렸고
사라져버렸으며 거기서 바로
털북숭이의 억제할 수 없는 흰빛 속에서 용해되어버렸다.
스텝 지역은 지하 타자기 원통들 위에
거의 엎드려져 펼쳐진
거대한 종잇장 같고,
밤낮으로 드르륵거리고 자수를 수놓는
화폭의 하얀 운명들은,

11) Орлицкий Ю. Указ. соч. С. 270.

간신히 눈에 띄는 자수용 화폭을 가지고:

밤낮으로, 밤낮으로, 밤낮으로.

〔「재즈 즉흥곡(Джаз–импровизация)」, 91〕

바실리예프는 주다노프의 시를 이렇게 평가했다. 주다노프 시의 구성은 "자유롭고 다양하다. 시종일관되게 전개되는 슈제트로 자신을 얽어매지 않고 그는 자유로운 구성을 창조하고 그 안에서는 의미적 즉흥성의 경향이나 직접적 통보와 이야기로부터 의식적으로 물러서는 경향 등이 감지된다. 그와 동시에 주다노프의 시어(詩語)는 포물선 형식으로 구현되고, 비유, 복잡한 비교와 메타포 등을 이용하여 내부적으로는 강제적이다. 시적 발언의 요소들은 상징적 전일체로 결합되고 그것의 통일성은 영혼과 심장의 작업으로 영감을 받은 다층적 사고의 긴장으로 보장된다. I. 주다노프의 작품에서는 (…) 건조함과 주관적인 것의 비발현성을 없앤, 사고하는 시적 이성의 전략이 생생하게 행동한다. 개인적 근원은 (…) 지배적이지 않고 텍스트를 자체 폭로로 변화시키지 않으며 그럼으로써 일면적인 지향을 가진 서정적 영감(호소, 기도, 고백, 희망 등)으로 변화시키지 않는다. 그것은 일부러 냉담한 형태로, 그러나 추상적이지는 않은 형태로 은폐되어 표현된다. 시인은 현실적인 것과 비현실적인 것의 유일무이한 통일과, 상상의 공간을 표명하는 일상적 메타포의 흐름 속에서 용해되는 것만 같다."[12]

12) Васильев И. Указ. соч. С. 33~34.

약전

주다노프, 이반 표도로비치〔1948. 1. 16(알타이 지방 차리시스키 지역 우스티 툴라틴카 마을)~〕. 시인. A. 보브로프의 말에 따르면 "진정한 시인"[13]이다. A. 예레멘코, A. 파르시코프와 함께 "메타리얼리스트"(M. 엡슈테인), 또는 "메타메타포리스트"(K. 케드로프)에 속하며, '모스크바 클럽 '시(Поэзия)''의 참가자이다.

재산이 몰수된 러시아 이주 농민 출신의 다자녀(11명) 가정에서 태어났다. 1960년까지 바르나울에서 살았다. 공장에서 조립공으로 일했고, 야쿠티야에서는 시추탑 기능공으로 일했다. 모스크바국립대학교 언론학부에서 공부하였으나 제적당하였다("건상 상태 때문"인데, 왜냐하면 "분명히 자제력을 상실한 정신 상태의 비정치성"으로 인해 "완전히 이데올로기화된 학장실"의 노력으로 정신병원에 보내졌기 때문이다[14]). 병원에서 퇴원한 후 알타이로 돌아가서 바르나울사범대학을 졸업하였다.

1970년대 말부터 모스크바에서 살고 있다. "반합법적으로, 거주증이나 일정한 거주 장소가 없이, 모스크바로 돌아갔으며", "여러 모스크바 극장들에서 무대 노동자로 돈벌이를 하였고, 서적애호가 협회에서 결국 적응하지 못한 사무직으로 임시로 일하다가, 또다시 모스필름[15]에서 노동자로, 다시 극장에서, 그 후엔 '모스리프트'[16]에서 기술공으로 일했다."[17]('고르바초프의 페레스트로이카' 시기에 작가 동맹에 가입한 후에야 모스크바 거주증을 획득하였다.)

시 낭독을 포함한 첫 번째 대중 연설〔중앙 예술인 회관, 1979년 12월(예레멘코와 파르시코프와 함께)〕은 폭발적이고 논쟁적인 비평의 대상이 되었다. 첫 번째 발표는 무크지 《시(*Поэзия*)》(1979)를 통해서였다.

아폴론 그리고리예프상(1998년 선집 『금지된 세계의 포토로봇』으로 수상. 첫 번째로 이 상을 수상함), 안드레이 벨리상(상트페테르부르크)을 수상했다.

러시아 펜클럽 회원이다.

여러 언어로 번역되었고 여러 나라에서 출판되고 있다. 시인의 이름은 『브리태니커 백과사전』에 올라 갔다.

13) С чем идем в мир? "Круглый стол" альманаха "Поэзия"//*Поэзия*. 1988. No. 50. C. 72.
14) http://basic/mati.edu.ru/~basile/poets/original/Zhdniz.htm.
15) 〔역주〕 모스크바 국립 영화사의 명칭이다.
16) 〔역주〕 모스크바 국립 승강기 제작소의 명칭이다.
17) Там же.

텍스트

Жданов И. *Портрет*. М.: 1982.

Жданов И. *Неразмеренное море*. М.: Современник. 1990.

Жданов И. *Место земли*. М.: Молодая гвардия. 1991.

Жданов И. *Фоторобот запретного мира*. СПб. 1997.(или: СПб.: Пушкинский фонд. 1998)

Поэты-метареалисты/*Александр Еременко. Иван Жданов. Алексей Парщиков*. М.: ЗАО МК-Периодика. 2002.

사회 평론

Жданов И. Ода Державина “Бог” в свете постмодернизма или постмодернизм в системе оды Державина “Бог”//*Дыхание*. 1997~1998. No. 2.

인터뷰

Жданов И. Шатуновский М. *Диалоги-комментарии пятнадцати стихотворений Ивана Жданова*. М.: УНИК. 1998.

Дойти до полного предела/Иван Жданов отвечает на вопросы Дмитрия Бавильского. ч. 2//*Топос*. 2003. 20 мая.

학술 비평

Арабов Ю. О том, что скрывает “красивая речь”//*Знамя*. 1998. No. 5.

Аристов В. “Предощущение света”: О стихах И. Жданова//*Литературная учеба*. 1986. No. 1.

Ковальджи К. Пристальность взгляда//*Литературное обозрение*. 1984. No. 4.

Кулаков В. По образу и подобие языка: Поэзия 80-х годов//*Новое литературное обозрение*. 1998. No. 32.

Курицын В. Слух И. Жданова ушел за звуком//Курицын В. *Русский литературный постмодернизм*. М.: ОГИ. 2001.

Липовецкий М. Патогенез и лечение глухонемоты//*Новый мир*. 1992. No. 7.

Новиков В. Живопись слова//*Юность*. 1984. No. 2.

Романов А. Седая бездна Ивана Жданова//*Литературная Россия*. 2000. No. 47. 24 нояб.

Ростовцева И. Для разговора с вечностью: О поэзии И. Жданова//*Литературная Россия*. 1995. 24 ноября.

Уланов А. Поэзия И. Жданова: от описания к воссозданию//*Цирк "Олимп"*(*Самара*). 1995. No. 2.

Эпштейн М. *Парадоксы новизны*. М.: 1988.

Эпштейн М. *Постмодерн в России: Литература и теория*. М.: Изд-во Р. Элинина. 2000. (главы "Труп в пустыне". "Каталог новых поэзий" и др.)

9. 알렉세이 파르시코프 서정시의 시적 '압축'

모스크바 메타리얼리즘 시파(詩派)의 "의심할 바 없이 가장 분명한 세 번째 대표자"[1]는 알렉세이 파르시코프이다.

파르시코프의 초기 시들은 문학대학 사미즈다트에서 1970년대 말부터 유명세를 탔다. 문학대학 입학 순간부터 파르시코프는 자신의 동기생이자 동지들인 A. 예레멘코, I. 주다노프, A. 아리스토프, I. 비노프, A. 체르노프, R. 렙친, I. 쿠티크, O. 세다코바, M. 사투놉스키 등과 어울렸다.[2] 그들은 이후에 '메타리얼리스트'(M. 엡슈테인의 용어)라고 불렸고, 잡지 《청년 시절》 산하 시 스튜디오 '초록 램프'로, 1986년부터는 모스크바 클럽 '시'로 집결하였다.

그 시기의 파르시코프는 "외적으로는 『예브게니 오네긴』 시대의 푸슈킨

---

1) Орлицкий Ю. Парщиков Алексей // *Руссикие писатели XX века: Биографический словарь* / Гл. ред. и сост. П. Николаев. М. 2000. С. 539.

2) 그들과의 첫 만남은 이런 식으로 이루어졌다. "스비블로바(Свиблова)가 우아한 손가락으로 그들 중에서 헝클어진 머리에, 해군용 줄무늬 속셔츠를 입은 침울한 한 명을 가리켰다. 그때가 (…) 문학대학에 원서를 넣으려는 료샤 파르시코프를 배웅했을 때였다. '상상이 가니? 그런 애들과 너는 배우게 되는 거야? 끔찍하잖아!' 헝클어진 머리의 학생은 알렉산드르 예레멘코였고, 최근 20세기 1/3분기의 가장 훌륭한 러시아 시인들 중 한 명이었다."(이에 대해서는 다음을 참조할 것. Васильева А. История О. // *Карьера*. 1999. No. 3)

의 복사본이었고, 보통 '혼란에 빠져 얼굴을 붉히며 손가락을 튕겨 딱 소리를 내며 황당한 무엇인가'를 읽고 있었다."[3]

다른 메타리얼리스트들과는 다르게 파르시코프의 예술 세계는, 어쩌면, 다른 시인들보다 덜 정제된 채 밀봉되어 있으며, 폐쇄되어 있다. 그리고 어쩌면 다른 이들보다 더 많이 다양하고 열려 있다.

러시아 고전문학과 세계문학이 표방하던 문화의 윤리와 미학의 형식에 대한 파르시코프의 관심은 그의 시 세계가 보여주는 독창적 세계관을 낳았다. 인류의 보편적 가치에 대한 지향과 시인 파르시코프의 과도한 개인주의는 결코 모순되지 않는다. 그의 서정시에 나타나는 독창적인 형식적 기법들은 규범적 비유를 충실하게 지키고자 하는 노력과 결합하며, 새로운 단어를 만들어내거나 방언을 시어로 채택하는 그의 시 텍스트는 러시아 시어의 순수성을 저해하지 않는다.

파르시코프 시 철학의 기본을 형성하는 것은 다양한 모습으로 세계를 그려내고, 삶의 충돌들이 빚어내는 충만함을 환희와 숭배로 맞이하는 것이다. 파르시코프는 유미주의와 동일한 수준으로 자신을 둘러싼 자연 세계를 노래하고 문명과 도시화의 기술적 축적의 조화를 인정하며, 외적 · 가시적인 것뿐만 아니라 비가시적 · 본질적인 것까지 포착한다.

> 상점들이 드리워져 있는 포장도로에,
> 삼발이가 놓여 있고, 달콤하게 서로 껴안고는,
> 깨진 진열장의 검은 유리들 위에 타지방 짐승과
> 한쪽 장갑이 누워 있다.

3) [Арабов Ю.] *Метареализм: Краткий курс* // www. poet.forum.ru /arbstt.htm.

회초리를 꼬아 엮으며, 삼발이가 넓어지며

꾀꼬리는, 유리칼보다 가파르고,

가스보다 더 부드러운데, 철로 된 일그러지는 새장에

기한도 없이 갇혀 있다.

〔「삼발이(Тренога)」, 145〕[4]

이때 파르시코프의 서정적 주인공은 노골적으로 자전적이다. 그와 동시에 그는 추상적이고 보편적이다. 구체적이고 개인적인 것은 "실존주의적으로 의미 있는 상황들의 미로"를 통과한 파르시코프 서정적 주인공의 행동으로 수정된다.[5]

너는 샌들을 채우면서 한 발로 서 있고,

나는 올리브 나무 풀숲을, 그 다음엔 자석의 풀숲을 보고 있다.

그리고 조심스럽게 연결된 대상들의 궤도들도 보고 있다,—

눈동자라도 까딱하는 사람은 기도문처럼 도마뱀을 던져버릴 것이다.

〔「크림(Крым)」, 15〕

주위를 둘러싼 현실 세계에 몸담고 있다 하더라도 파르시코프는 발생한 사건을 도식화와 이데올로기화를 빌려 지각하지 않는다. 그의 시는 사회적 · 정치적 테마에 무관심하며 사회 이성을 기반으로 하여 비판적 부정을

4) 이후 파르시코프의 시는 다음의 출판물에서 인용하며 텍스트에서는 쪽수만 표기한다. *Поэты-метареалисты*. М.: МК-Периодика. 2002.

5) Тумольский А. *Русские европейцы из Укараины*: (*Заметки политолога о "южнорусской" школе в поэзии России 80-90-х годов XX века*)//nlo.magazine.ru/dog/gent/main21.htm.

지향하는 소츠아트에 동의하지 않는다. 투몰스키의 말에 따르면, 파르시코프 시의 특징은 "선험적으로 내재된 미학적인 본성"이다.[6)]

다른 시인들과 구별되는 파르시코프 시 세계의 특징은 모순적-대립적 세계, 즉 대립적 본성들의 통일 속에 현실('초현실')을 묘사하는 것이다. 살아 있는 것과 죽은 것, 자연적인 것과 기술적인 것, 실재적인 것과 가상적인 것, 이해할 수 있는 것과 이해할 수 없는 것, 가능한 것과 예상되는 것 등이 그것이다.

> 조종사의 외형을 고려하여,
> 비행기가 제작되듯이,
> 오디새의 외형을 고려하여,
> 창공도 만들어진다…….
> 〔「오디새와 여배우들(Удоды и актрисы)」, 152〕

이종(異種)의 "콜라주·몽타주적인 의미 블록들"은 통일된 전일체로 결합된다. 하지만 그 결과로 "새로운 구조가 발생한다." "구성 성분들은 결합체 내부에서 자신의 '다른' 본성과, 다른 의미와 삶의 계열에 소속된다."[7)] "고유한 시적 반영을 통해 이종적(異種的) 현실"이 의인화되면서 새로운 독특한 전일성이 탄생하고, 고유한 시적 우주가 태어난다.

6) Там же.
7) Орлицкий Ю. Указ. соч. С. 539.

산에는 건포도 알 같은 멀리 있는 동물 무리들이 웅성거리고,
나는 강가를 거닐었는데, 기억이 뒤에서부터 떠밀려 왔지만,
운율 속에 반사와 모진 노력이 사라져버렸고,
시간 간격에 따라서 힘이 분배되었다.

모든 것은 예부터 그렇게 있어야 하는 대로 되었다.
원거리 장애물들처럼, 카키색 마키[8]들은 언덕으로 파헤치고 들어갔고,
파리 눈의 당나귀는 플라톤을 상상했고,
바다는 그 어떤 환영이 아니고, 악명 높게 여겨졌다!

정확한 바다! 수백만의 눈금 컵 고리들 속에 있다.
절벽은 그로부터 떼어낼 수 없다. 물은 그를 위해 필수적이다.
우연한 먼지 가루를 거치고, 그들을 꽉 묶자,
그들의 요구가 활활 타올랐지만⋯⋯ 배가 없었다!
〔「마이너스-배(Минус-корабль)」, 134〕

현실을 변형하고 변화시키는, 주위 세계를 보는 작가의 예술적(환상적) 시각의 독특함과 시적 상상의 힘, 그리고 창조자의 위상은 텍스트의 지적인 복잡성을 낳게 하는 원인이 된다. 파르시코프에 따르면, 압축 기법은 "복잡한"[9] 시의 기반을 형성하며, "그때 각 단어, 각 개념, 이끌어온 각 용

8) 〔역주〕 마키(단). 제2차 세계대전 시기 활동한 프랑스의 유격대원을 칭한다.

어나 표현 수단이 다양한 연상들, 고유한 해설 등으로 보충된다."[10]

바로 이런 방향에서 파르시코프의 시에서는 단어의 의미론적 전개 가능성이 실현되며, 의미론적 우인론(偶因論)이 발생한다. 예를 들어,

> 원인은 어두침침하지만, 투명하다
>
> 병은 비어 있고, 올가미는,
>
> 식탁보 위의 뱀 같고,
>
> 소식은 폐쇄되고 단의미적이다…….
>
> 〔「원인은 어두침침하지만, 투명하다……(Темна причина, но прозрачна…)」, 153〕

이 시행에서는 '어두침침한'과 '투명한'이란 단어의 두 가지 동의어적 · 다의적 의미에 따라 최소화(minimum)가 동시에 실현된다. 즉 '밝지 않고, 투명하지 않은'이란 뜻과 '이해할 수 없는, 이해되지 않는'이란 뜻의 '어두운', 그리고 '밝은, 어둡지 않은'이란 뜻과 '분명한, 이해되는', 즉 물리적 차원과 심리적 차원의 '투명한'이 그것이다. 그러나 E. 수호츠카야(E. Сухоцкая)가 정확하게 지적하듯이, "단어 '투명한'을 명사 '병'에 귀속시키는 것은 텅 '빈'의 의미를 드러내며('비었기' 때문에 '투명한'이라는 인과관계)", "이 형용사로써 단어 '올가미'의 동시적 성격 묘사가 '관통해서 볼 수 있는'이라는 의미

9) 이 경우에 복잡성은 푸슈킨식으로 이해해야 한다. "그, 푸슈킨에게 단순성은 복잡성의 반대가 아니라, 정돈된 복잡성이며, 따라서 그는 복잡한 문제들을 피하기 위해서나 어떻게든 그것들을 우회하기 위해서가 아니라, 선택받은 사람들뿐만 아니라 자신의 독자들까지 그 문제들과 접촉시키면서 그 문제들 속에 더 깊이 파고들기 위해서 움직인다."(В. Бурсов. цит. по: С чем мы идем в мир?: "Круглый стол" альманаха "Поэзия" // *Поэзия*. 1988. No. 50. С. 64~65)

10) Там же. С. 61.

소의 의미를 제1차원으로 이끌어낸다. 이렇게 하나의 지수에서 시의 대상적 · 물질적 차원과 감정적 · 지적 차원이 교차한다."[11] 즉 단어의 어휘적 의미의 연상적 · 의미론적 역동성을 시적으로 변형하는 메타모르포시스가 드러난다.

그러나 파르시코프의 말에 따르면, "복잡한 시의 이상은 완전한 원시성"이지만, "단순하게 쓰기 위해서는 거대하고 전일적이고 분명하며 순전한 문맥을 가져야만 하며, 그런 문맥과의 상관성은, 일본 시에서처럼, 어떤 단어나 시행에 의미를 단번에 부여할 수 있다." "복잡한 시의 사명은 아직 존재하지 않는 것을 찾는 것이고, 잘 알려진 것이 아니라 시의 비밀에 대해 말하는 것이다."[12]

고슴도치가 하늘로부터 뿌리를 뽑아낸다, 어두운 예언자,
세바스찬[13]의 몸을 자기 위로 끌어올렸다.

고슴도치가 채를 통과해서 지나갔다—그렇게
그의 수많은 등이 분리된다.

고슴도치에게 쉿 하고 소리쳐라—찔린 것처럼 돌돌 말릴 것이다.
다리 밑에서 굴러간다,—문 너머로 가길 기다려라.

---

11) Сухоцкая Е. Мотив "зрение" в текстах метаметафористов // *Вестник Омского ун-та*. 1998. Вып. 4. С. 84.

12) С чем идем в мир?… С. 61.

13) 〔역주〕 성 세바스찬. 디오클레티아누스 로마 황제의 총애를 받던 로마 근위 장교였지만, 그리스도교를 믿는 신도였기 때문에 로마 병사들에게 수많은 화살을 맞고 처형을 당한다. 그러나 죽지 않고 극적으로 살아났다가 다시 황제에게 그리스교를 전하다 죽임을 당한다.

고슴도치는 철로 된 물건, 트위스트를 추는 씩씩한 놈.
공포는 그에게 녹는 수영복을 입힌다.

여성에게 그의 바늘은 성냥갑 안에 있는 듯이 잠잠하고,
잠이 덜 깬 남성들의 턱은 짓밟아 뭉개버린다.

고슴도치의 소멸은 마른 배기구.
부활한 사람은 몸을 털어내라! 온통 바늘투성이다!
〔「고슴도치(Еж)」, 148〕

A. 투몰스키는 이렇게 말한다. 파르시코프의 시는 "연마되고, 복잡하고, 정교하게 이루어진 텍스트이고, 항상 그리고 원칙적으로 독창성과 혁신성을 지향한다."[14]

문화 패러다임과의 연결, 수많은 예술 텍스트들과의 대화, 상호 텍스트성은 파르시코프 텍스트의 복잡성과 '불분명성'의 또 하나의 '매듭'이 된다. 예를 들어, 파르시코프의 일련의 텍스트에 관해서 O. 세베르스카야는 이렇게 지적한다. "파르시코프의 독자는 오스트리아 작가 G. 마이링크의 소설을 알게 될 뿐만 아니라 주인공의 자리에 자신을 세워놓으면서 자신 안에 존재하는 골렘[15]을 인정하게 된다."[16]

14) Тумольский А. Указ. соч.
15) 〔역주〕 유럽 신화에 나오는 등장인물로, 진흙으로 만들어진 사람이다. 유대교에서 믿는 카발라라는 신앙은 특수한 사상을 가진 신적 마술 체계로, 극히 제한된 자만이 배울 수 있는 폐쇄적인 학문인데, 카발라의 술법 중 잘 알려진 게 골렘이다. 골렘은 인간과 아주 흡사한 존재로, 흔히 주술로 걸어 다니는 흙덩어리를 말한다. 즉 성서에서 신이 흙으로 인간인 아담을 만들었듯이 신이 한 것처럼 '거룩한 말'로써 신의 창조를 재현해내는 것이 골렘술의 의

파르시코프의 '문화적으로 중개된' 시각은 가장 익숙하고 영원하고 세계적인 개념과 형상들도 다르게 **'읽기'**를 강요한다.

> 바다란 무엇인가?—이것은 자전거 운전대들의 퇴적물이고,
> 다리 밑으로부터 대지는 굴러갔고,
> 바다는 모든 사전들의 퇴적물, 다만 하늘이
> 언어를 삼켜버렸다.
> 모래는 무엇인가?—단추 없는 옷이고,
> 사막의 일부처럼 비슷한 수십억 중에서
> 선택되는 확률의 끝이다.
>
> 〔「신년 시행(Новогодние строчки)」, 189〕

M. 엡슈테인에 따르면, 파르시코프의 "바다는 조건적 · 기호적 좌표 체계이다. 파도의 언어들은 다국어 사전과 수평선까지 전 우주를 채운, 물결치는 자전거 운전대들을 상기시킨다. 생명이 발생한 격동하는 제1의 자연은 문화와 관계해서는 제2의 자연으로서 재인식되면서 거대한 물질적 · 언어적 저장의 축적 장소가 된다. (…) 말이 없고 종종 무의식적인 전제(前提)처럼, 그들은 현대시가 사유하는 형상 체계 속에 들어가서 새로운 메타포의 계열 축을 형성한다.[17]

미이다. 카발리스트들이 창조한 골렘은 구스타프 마이링크의 소설 『골렘』을 효시로 여러 문학과 영화에 등장하여 지금은 잘 알려진 존재가 되었다.

16) 참조할 것. Северская О. Метареализм: Язык поэтической школы: социолект-идиолект / идиостиль // *Очерки истории языка русской поэзии XX в.: Опыты описания идиостилей*. М.: 1995. С. 207.

17) Эпштейн М. *Постмодерн в России: Литература и теория*. М.: Изд-во Р. Элинина. 2000.

그러나 파르시코프의 시 텍스트들의 '구조적 · 테크놀러지적' 구성 요소 너머로 작가의 낙천적 입장이 독특한 형식을 빌려 그려진다. 인간 존재의 정신적 본질에 대한 믿음, 지상의 삶의 윤리적 의미를 달성하려는 노력, 그것을 문화적 기억과 도덕적 인생 경험의 현실들로 충만하게 하는 것 등이 그것이다.

다른 메타리얼리스트들처럼 파르시코프는 자신의 창작에서 메타포(메타메타포)를 폭넓고도 집약적으로 사용한다. 파르시코프는 이렇게 말한다. "러시아어에서 나란히 제공된 생격 형태의 두 단어는 모두 이미 메타포이며" "대체로 생활 속 모든 '이미지'나 비유는 메타포라고 불린다."[18] "볼록한 겨울"과 "오목한 봄"(「시위자들과 군인들의 개들(Собаки демонстрантов и солдат)」, 154)이 이에 대한 구체적 사례이다. 여기서는 겨울의 '축소된 메타포'의 단어결합이 외적으로 '비정상적임'에도 불구하고 눈과 눈 더미로 덮인 겨울이 읽히며, 봄은 이른 봄, 눈이 녹아 맨땅이 드러난 곳이 있는, 녹고 있는, 물이 흐르는 봄으로 읽힌다. 또는 "힘줄 많은 경적"과 "탁상용 장미"(「그때(Когда)」, 171), 호박에 대해서는 "꿀벌의 돌"(「나는 호박에 길들었다……(Я приручен к янтарю…)」, 155), "돌고래는 바다의 한 부분이다"(「신년 시행」, 184), "되돌아오는 무릎을 가진 (…) 배짱이"(「숯의 애가(Угольная элегия)」, 150), 또는 좀 더 장황한 예들은 "빛을 빗어 내리는 것은 다리의 아치 밑에서 그어진다"(「레드 와인이 담긴 잔을……」, 130), "아침 햇볕은 마룻장으로부터 먼지 가루들의 십자가들로 짜내진다……"(「흑돼지(Черная свинка)」, 156), 또는 "두 개의 심장을 가진 처녀……", 즉 "만삭의" 임신한

C. 108.

18) С чем идем в мир?… С. 61.

처녀(「숲의 애가」, 150) 등이다.

그러나 파르시코프의 메타포적(메타볼적) 형상성은 예레멘코와 주다노프보다 훨씬 더 복잡하고, 수수께끼 같고, 까다롭다. Ju. 오를리츠키는 이렇게 말한다. "파르시코프를 여타 시인들과 구별케 하는 특징은 본질적인 몰이해성, 그의 메타포 대부분의 폐쇄성"이며, "파르시코프의 메타포는 완전한 비예측성을 특징으로 한다."[19)]

우리 각각은 처음부터 하늘의 저당물을 들이마시지만,
자신의 삶을
타인의 삶으로, 알코올로, 강 후미의 수련으로 교환하여,
—엘레나에게—
이 저장분은 사라지지만, 너는 피크닉의 주체자이고
호기심의 미끼낚시이니,
기분 전환을 위해서,
호수 위에 떠 있는 섬 밑으로 잠수해라,
그러나, 암흑 속에서는 엉켜버릴 수 있다; 물 속 무성한
나무줄기 위
잠수부 위에는 맥박의 속도로 자라고 있고
비구름이 흔들리고 있다—
거기에 시계탑이 건설되며, 거기에 사격수는
구리 돈을 부릅뜨고 있고,
너는 경적과 발자국 소리가 들리게 되고, 등으로

19) Орлицкий Ю. Указ. соч. С. 539.

새로운 하늘을 디디고 선다.

무엇을 할 것인가? 발로 찰 것인가? 누가 도와줄 것인가?

뒤이어 무엇이 닥쳐올까?

돈이 될 것인가? 지방의 지식인이 될 것인가?

백합이 될 것인가?

(「신년 시행」, 186)

V. 쿠리친은 "가상의 형상들"에 대한 노작에서 파르시코프의 '형상' 모델을 다음과 같이 구분한다.

• "환각적 촉매제를 통한 '가상의' 형상들의 외화(外化)": "'한 눈을 뜨니 자명종이 대마초로 덮였다.' 여기서 시간은 그의 지각으로 '덮였다.' 파르시코프의 또 다른 시에서는 '그들은 내게 우주의 금고를 휘감은 버섯 같았다'를 확인할 수 있다. 여기서 이미지 체계는 더 커지지만 앞선 인용과 구조적으로 유사한 이미지이다. 버섯은 대마초를 대체했고, 만약 정확한 조건 단위에서 측정할 수 있는, 세계적 사물을 보관하는 두 개의 용량으로서, 말장난 같은 '시간-돈'을 고려하지 않는다면, 우주의 금고와 자명종은 상관된다……."

• 하나의 현실을 다른 현실에서 나타냄으로써 그리고 부사와 명사를 적절히 사용함으로써 하나의 현실이 갖는 본성을 딱딱하게 만들어버리는 것('또한: 폭발까지는 열풍보다 다른, 조용하다는 것보다 다른 징조들은 없었다'), '가상의 것'을 보이게 하는 것('폭염이 레일 위에서 알맹이가 되었고 번쩍였다', 소리의 시각화: '추위 속 밤 왕들의 개 짖는 소리는 벽돌처럼 여겨졌다')."

• "대상으로의 침투", "그런 'x-레이'적 관찰:

여성들이 구름까지 있는 이 지방에는 투명하며,
나는 추골을 보고 있는가, 그것은 배꼽 맞은편
그들 사이에는 황금의 거리,
선을, 실을, 거기서 염색체 위의 삶이 부풀어 오르게 되는,
빨래집게 위에서처럼—X, У,……. 갑자기 벗겨지더니
텅 빈 홑이불처럼, 누군가의 심리가
가장자리로 땅에서 질질 끌린다……"

• "서로 다른 것들을 동시에 볼 수 있는 능력, 그리고 이와 유사하게 다른 차원에서 볼 수 있는 능력": "두 광학 시스템을 동시에 소유하는 주체가 여기에 있다."

오르샤 역 레일 위에 누웠는데
두 관점에서 여자 분장사들이 가까워져왔다…….

레일(철도)은 익숙한 '이중 관점'의 효과처럼 경계성의 사상과 대체로 밀접하게 연관된다.

• "자기 자신과 본성들이 같지 않음을 표명함": "메두사는 '마치 바로 옆에 있는 자신을 찾듯이' 춤을 춘다." "대상들은 자신의 얼굴 생김새들을 어루만지면서, 물결 위의 술이나 말미잘처럼 본래의 둥지들에서 요동친다." "'변형은 자신의 이전 외형을 비하한다': 이전의 것에 '변형'이 있는 것이 아니라, 변형에 '이전 것'이 있는 것이며, 변형들은 불변식 없이 존재하며, 그들에게는 원본이 없다."[20]

이미 언급했듯이, 파르시코프가 폭넓게 활용하는 메타포 체계는 대단히 독특하다. 그런데 이외에도 직유와 환유, 극도로 세부화된 서사의 직물, 구체적 세부의 정확성과 신빙성, 주체 · 객체의 깊은 본질의 천착, 표면적 수준에서 내적이고 원자 상태로 있는(은폐되고 비밀스러운) 수준으로의 이동, 기본 요소들의 본성에 대한 설명〔"빛의 찌꺼기. 크기의 유충들, 시계 손잡이"〔「약혼녀들의 납치범(Похититель невест)」, 132)〕 등은 파르시코프 시학의 결정적 비유 기법들로서 그의 예술적-시학적 초현실성을 규정하는 특징들이다. 파르시코프는 이렇게 말한다. "이전과 전혀 다른 이질적 풍경의 시대가 도래했다. 러시아의 종루나, 농촌 공동묘지나 강에서 본 풍경이 아니라, 박테리아 내부 공간으로부터 본 풍경이다."[21]

파르시코프 시의 기본적 어조를 형성하는 것은 서정적 공동 체험(сопереживание)의 음조, 애가적 성심, 엄격하지 않고 서둘지 않는 사색이다. 그러나 파르시코프의 시에는 열정성과 역동성도 나타나며, 시인은 서사의 아이러니성에도 관심을 기울인다.

> 오, 아침 녘에 화강암 채석장은 얼마나 순수한지,
> 내가 강을 따라 산책을 하는 그 시간에,
> 밤 놀음판 후에 두꺼비들의 힘겨운 소용돌이에서
> 그림 그려진 보석함이 위로 떠오를 때.
>
> 그들의 사철 푸르고, 흥분되고, 미끈미끈한 가죽들은

20) Курицын В. *Русский литературный постмодернизм*. М.: ОГИ. 2000. С. 136.
21) С чем идем в мир?… С. 63.

아름다운 브로치 송이들로 가득하다.
그들 언어의 지배 아래 어떤 명작들이 전율하였는가?
아마도 신관들이 그에게 조언을 얻으려고 다녀갔을 것이다.

딱딱 소리 나는 부서짐이 그들의 거울 같은 사과들을 놀라게 하고,
철썩거리는 유색 왕관은 둥근 포탄처럼 여겨지지만,
노 뒤로 물이 패고
자두나무 둑에서 고린내 나는 떨기나무가 말라가는 때를 사랑한다.

처녀 시절에는 이종교배를 하고, 결혼해서는 알을 품고 다니고
갑자기 죽도록 싸우다가, 또다시 바스락거림이 잦아든다.
단테의 작품에서처럼, 겨울에는 얼음 속에서 얼어붙거나,
체호프의 작품에서처럼, 대화 속에서 밤을 보낸다.
〔「애가(Элегия)」, 147〕

파르시코프의 텍스트들은 고양된 이미지 · 감정 구조, 스타일 형식의 세련성과 우아미, 어휘의 풍부함과 아름다움, 어휘 · 의미적 저장량의 다양성과 순수성 등을 특징으로 한다. 파르시코프는 어휘적 비하, 낮은 수준의 언어, 익숙한 표준발음법 규범으로부터의 탈피 등을 피하면서, 러시아문학어의 전통적 형식에 호소[22]한다.

22) 전기적 특징의 상황(어린 시절은 우크라이나에서 보냈다) 때문에 파르시코프의 시에서는 이따금 우크라이나 말투들이 나타난다. 참조할 것. 예를 들어, 「친구에게 보내는 편지」에는 "бачь"〔"쳐다봐봐(смотри)"〕, "хлопец(소년)"(생격에서 남러시아 연음인 'ц'가 있는 "хлопця"가 된다) 등이 나온다.

파르시코프의 텍스트들은 다양한 장르를 구사한다. 소품 서정시부터 내러티브적 서사를 특징으로 하는 여러 길이의 애가 또는 연작 서사시까지 다양하다. 그 결과 그의 시의 운율은 길이가 초과된 전통적 운율(음조음절시)과 자유시의 다양한 유형들을 표방한다.

> 동시에 거의 가스로 변한 몸을 따라,
> 동시에 버팀대를 감지한 가스를 따라,
> 이동하는 광란으로 자기 전도가 시작된,
> 찔림처럼 표피적 어둠을 비춘다.
>
> 이것은 우리 안에서와 밖에서 성숙하는 힘이다.
>
> 〔「힘(Сила)」, 164〕

마지막으로 다음을 부언하고자 한다. 역설적이고 복잡하며, 지적이고 이미지적인 철학적 사색-서한에 대한 파르시코프의 애착은 그의 시 텍스트나 번역 텍스트, 에세이나 비평 문학적 텍스트에, 심리학적 용어로 하자면, 본래적이다. 이들 텍스트 사이에서 이 시인은 통일되고 전체적인 작가적 메타텍스트를 형성하는 요소들로서 그것들을 '개념적이고 메타포적으로' 검토하면서, 경계들을 의도적으로 흐리게 하고 있다.

약전

파르시코프, 알렉세이 막시모비치〔1954. 5. 24(프리모르스크 지역 올가 마을)~〕. 시인, 에세이스트, 번역가. 모스크바 메타리얼리즘 학파(다른 명칭들은 메타포 학파, 메타메타포 학파) 창립 발기인들 중 하나이며 가장 두드러진 대표자들 중 한 명이다.[23]

어린 시절은 우크라이나에서 보냈다. 키예프농업아카데미에서 공부(수의학과)했다. 1981년 고리키문학대학을 졸업했다〔창작 선생들은 Al. 미하일로프(Михайлов)와 G. 세디흐(Седых)였다〕. A. 예레멘코와 I. 주다노프와 함께 공부했다(M. 쿠디모바의 표현에 따르면, 파르시코프와 함께 이들은 메타리얼리즘의 '머리 셋 달린 히드라'를 구성했다). 그의 시는 1970년대 말부터 문학대학 '사미즈다트'에서 유명세를 탔다.

첫 번째 부인은 모스크바국립대학교 심리학부를 졸업한 올가 스비블로바(Ольга Свиблова)(아들은 티모페이[24]이다)였는데, 그녀는 정열적이고 재능 있는 여자였다(현재 그녀는 '모스크바 사진의 집' 디렉터이다). "출판사들과 잡지들과의 협상, 필요한 관계 설정에 따른 분주한 일은 올가가 책임졌다. 그녀는 자신의 출세에는 전념하지 않았다. 남편의 출세는 그녀의 출세가 되었다."[25] 가족은 거리와 마당 청소로 연명했다. "그때 안드레이 보즈네센스키는 경비와 청소부로 전락하는 인텔리들에 대한 예리한 시를 그에게 헌정했다."[26]

두 번째 결혼과 관련된 에피소드는 다음과 같다. "시인 알렉세이 파르시코프는 자신의 시집 세 권을 외국 문학 펀드에 보냈다. 그러나 그에게는 아무것도 제공되지 않았다. 그러자 그의 아내인 인문학자 마르티나 휴글리(Мартина Хюгли)는 다른 문학 펀드에 자기 시 네 편을 보냈다. 그녀에게는 1만 6000달러가 제공되었다. 이후에 가정 내에서는 다음의 논쟁들이 잠잠해졌다. 누가 시인이며, 누가 그저 그런지, 어떤 문학 펀드가 진짜이며, 어떤 펀드에 협잡꾼이 앉아 있는지."[27]

스탠퍼드대학(미국 캘리포니아)에서 공부했고, 뱌체슬라프 이바노프와 L. 플레이슈만(Л. Флейшман)의 강의를 들었으며, 현대 미국 시사(詩史)에 대한 과목을 수강하였고, 1993년에 논문이 통과되어 슬라브학 석사 학위(Master of Arts)를 받았다. 주제는 "현대 개념주의의 문맥에서의 드미트리 알렉산드로비치 프리고프"였다("개념주의가 자신의 모호한 반대자(즉 메타리얼리즘—저자)에 대해 피로 얼룩진 승리를 거두었다는 가정을 확증하는 사실은 생각조차 할 수

23) 현재 파르시코프는 A. 다비도프(Давдов), A. 일리쳅스키(Иличевский)와 함께 '새로운 문학 연합'인 '새로운 메타피지스(Новый метафизис)'에 가입했다(이에 대해서는 다음을 참조할 것. metaphysis.narod.ru/programma.htm).

24) A. 파르시코프의 선집 *Cyrillic light*(M.: 1995)는 티모페이에게 헌정되었다.

25) Васильева О. Указ. соч. С. 15.

26) Там же. С. 17.

27) Тучков В. Такова литературная жизнь-2//*Русская рулетка*. 1998. No. 28. 14 сент.

없다”).[28]

첫 번째 책은 『드네프르의 8월(*Днепровский август*)』(1984)이고 두 번째 책은 *Intuitiontfigurer*(1988. 덴마크어로 덴마크에서 출간됨)이다. 『유산동(*Медный купорос*)』(1996)은 출판사 ‘Avec Press’에서 영어로 출판되었다. 번역서로는 Палмер M. SUN(Стихотворения, поэма и эссе. M.: 2000)이 있고 예술 에세이로는 『서한집(*Переписка*)』(V. 쿠리친과의 서신 교환, 1998년 출간)[29]이 있다.

시는 12개 유럽어와 3개 동양어로 번역되었다.

안드레이 벨리상(1985년 서사시 『폴타바 전투 들판에서 살았네(*Я жил на поле Полтавской битвы*)』로 수상)을 수상하였다.

러시아 펜클럽 회원이다.

1990년대 초부터 주로 해외(미국, 스위스, 독일)에서 거주하며 집필하고 있다.

텍스트

Парщиков А. *Днепровский август*. M.: 1984.

Парщиков А. *Фигуры интуиции*. M.: Московский рабочий. 1989.

Парщиков А. *Cytillic Light*. M.: Товарищество “Золотой векъ”. 1995.

Парщиков А. *Выбранное*. M.: 1996.

Поэты-метареалисты/Александр Еременко, Иван Жданов, Алесей Парщиков. M.: ЗАО

28) [Арабов Ю.] Указ. соч.

29) “쿠리친과 파르시코프의 서한집은 다소나마 양심적으로 현실화된 구상일 뿐이다. 이 구상은 매우 따분했다. 왜냐하면 1) 식상했고, 2) 계획적이지 못했다. 쿠리친과 파르시코프는 마치 평행적 세계, 즉 수도와 망명지로부터 서신 교환을 하는 것으로 예상되었다. 실제로 쿠리친은 여기 있는 파르시코프 못지않게 그곳에서 분석하고 있었다. 그러나 중요한 것은 쿠리친은 그곳에서 파르시코프의 반사에 전혀 관심을 기울이지 않았지만, 파르시코프는 거의 쿠리친처럼 여기서 반사하고 있다는 사실이다. 즉 물론 뉘앙스는 있지만, 그들은 어떠한 문화적 콘텍스트도 창조해내지 못하고 있다. 정확히 그렇게 그들은 파르시코프의 모스크바 아파트나 독일의 맥줏집 어디에서 떠들어댈 수 있었을 것이다. 심지어 떠들지 않고 단순히 최근 작품들을 교환할 수도 있을 것이다. 예를 들어 쿠리친은 ‘NLO’에서 출판된 자신의 회상기들의 단편들을 선물할 수도 있었을 것이고, 파르시코프는 러시아와 독일 풍경에 대한(언어와 건축에 대한) 에세이를 선물할 수도 있었을 것이다. 사실, 이런 교환이 편지에서 발생하기도 하지만, ‘안녕, 슬라바!’ 또는 ‘안녕, 알료샤!’ 유의 시작하는 말은 무례한 단어합성일 뿐이다. 따분하다…….”(Басинский П. Без крови//*Октябрь*. 1998. No. 10. C. 202)

МК–Периодика. 2002.

사회 평론

Курицын В. Парщиков А. *Переписка*. М.: Ad Marginem. 1998.
Парщиков А. Событийная канва // *Комментарии*. 1995. No. 7.
Парщиков А. Эйфиль нового Вавилона: Профессоркая биоутопия Аркадия Ровнера // *Независимая газета*. 1999. 14 окт.

인터뷰

Конца века–коммерческое мероприятие: Алексей Парщиков о кризисе современного искусства // *Московский комсомолец*. 1995. 12 ноября.
Парщиков А. Анкета "ИК": "Я" и массовая культура // *Искусство кино*. 1990. No. 6.

학술 비평

Бавильский Д. Твин Пикс расходящихся тропок // *Комментарии*. 1996. No. 10.
Басинский П. Без крови // *Октябрь*. 1998. No. 10.
Зверев А. Майкл Палмер и Школа язык: (Предисл. к переводу А. Парщикова "SUN" М. Палмера) // *Дружба народов*. 1994. No. 1.
Кулаков П. По образу и подобию язык: Поэзия 80–х годов // *Новое литературное обозрение*. 1998. No. 32.
Курицын В. Будильник А. Парщикова зарос коноплей // Курицын В. *Русский литературный постмодернизм*. М.: ОГИ. 2001.
"Новый Метафизис": (Цикл статей) / Иличевский А. Листовка: Тавров А. Зеркало Стендаля и Смешной Человек литературы: Давыдов А. Размышления на грани веков // metaphysis.narod.ru / programma.htm.
С чем идем в мир?: "Круглый стол" альманаха "Поэзия" // *Поэзия*. 1988. No. 50.
Северская О. Метареализм: Язык поэтической школы: социолект–диолект / идиостиль // *Очерки истории языка русской поэзии XX в.: Опыты описания идиостилей*. М.: 1995.
Сухоцкая Е. Мотив "зрение" в текстах метаметафористов // *Вестник Омского ун–та*. 1998. Вып. 4.

Трибуна переводчика/Маркитейн Э. Постмодернистская концепция перевода(с вопросительным знаком или без него): Бернитейн И. Концепция с вопросительным знаком//*Иностранная литература*. 1996. No. 9.

Тумольский А. Русские европейцы из Украины: (Заметки политолога о "южнорусской" школе в поэзии России 80~90-х годов XX века)//nlo.magazine.ru/dog/gent/main21.htm.

Тумольскпй А. Южнорусская школа в поэзии России 80~90-х годов XX века//home.germany.net/web_master/novosyi/russkr67.htm.

Тучков В. Такова литературная жизнь-2//*Русская рулетка*. 1998. No. 28. 14 сент.

Эпштейн М. *Постмодерн в России: Литература и теория*. М.: Изд-во Р. Элинина. 2000.(главы "Самосознание культуры: Тезисы о метареализме и концептуализме". "Что такое метареализм?…". "Что такое метабола?(О "третьем" тропе)". "Труп в пустыне". "Каталог новых поэзий" и др.)

제3장

러시아 희곡의 포스트모던(1960~2000년대)

현대 희곡에서 포스트모던적 경향은 소설이나 시에서보다 조금 늦게 나타났으며, 다른 문학 장르에서처럼 위력을 가지지는 못했다. 그 이유는 다양하게 설명될 수 있겠다.[1] 그러나 중요한 사실은 다른 예술 장르와 마찬가지로 최근 희곡은 포스트모던적 방법으로 현실을 인식하고, 포스트모던적 형식과 기법을 통해 드라마 텍스트를 구성하면서 발전하고 있다는 것이다.

1) I. 스코로파노바는 이렇게 말한다. "어쩌면, 이것은 희곡 작품이 읽기용이라기보다는, 공연용으로 예정된 것이라는 것과 관계될 것이다. 인정받지 못하고 출판되지 못한 작가들이 공연을 염두에 둔다는 것은 맞지 않았다."(Скоропанова И. *Русская постмодернистская литература*: Учебное пособие. 2-е изд. испр. М.: Флинта: Наука. 2000. С. 332)

1. '읽기용 희곡': 베네딕트 예로페예프

『발푸르기스의 밤 또는 기사단장의 발걸음』

주지하다시피, L. 페트로셉스카야가 10년 정도 일찍 희곡에서 '새롭게' 작업하기 시작했음에도 불구하고, 몇몇 비평가들은 "페레스트로이카 직전, 희곡 『발푸르기스의 밤 또는 기사단장의 발걸음』을 집필한 베네딕트 예로페예프"가 '새로운' 희곡 영역에서 '돌파구'를 마련했다고 주장한다.[1] 그래서 바로 『발푸르기스의 밤 또는 기사단장의 발걸음』(1985)에서부터 포스트모더니즘 희곡에 관한 대화를 시작해볼 수 있겠다. 왜냐하면 장르적 면에서 혼합적 · 과도기적 작품의 모델로서, 예로페예프의 희곡은 새로운 희곡의 다양한 특징들을 드러내며, 비록 비교적 늦은 창작 시기에도 불구하고 현대 희곡의 새로운 경향들을 '잉태'하고 있기 때문이다.[2]

예로페예프의 주장에 따르면, 그의 "희곡 쓰기의 첫 경험", 즉 5막의 비극 『발푸르기스의 밤』은 3부작 『드라이 네흐테(*Драй Нэхте*)』의 두 번째 작품이다. "첫 번째 밤은 '이반 쿠팔라의 밤(Ночь на Ивана Купала)'(또는 간단

1) Скоропанова И. *Русская постмодернистская литература*: Учебное пособие. 2-е изд. испр. М.: Флинта: Наука. 2000. С. 332.

2) 시기적으로 뒤늦게 모습을 보인 베네딕트 예로페예프의 작품에 '혼합'과 '(포스트모더니즘 특성의) 시초'가 나타나고 있음을 그의 희곡이 갖는 포스트모더니즘적 베일(신비성)로 설명하는 것은 부적절하다고 본다. 정교함이 부족하다는 점, 그리고 그가 이미 포스트모더니즘 작가 목록에 포함되어 있었다는 사실로 설명하는 것이 더 타당할 것이다.

하게 '이단자(Диссиденты)]'이다. (…) 세 번째 부분은 '크리스마스 전야(Ночь перед Рождеством)'이다. (…) 이 세 '밤'들에서 부알로[3)]의 법칙들[4)]이 (…) 무조건적으로 준수된다. 첫 번째 밤(Эрсте Нахт)은 빈 병 수집소이고, 두 번째 밤(Цвайте Нахт)은 정신병원의 제31병동이며, 세 번째 밤(Дритте Нахт)은 계단부터 식당까지를 포함하는 정교회 사원이다."(5)[5)] 3부작 중 두 번째 작품만이 집필되었다.

예로페예프의 희곡 『발푸르기스의 밤 또는 기사단장의 발걸음』의 기저에는 '인생은 정신병원'이라는 전통적(고전적이라고 말하지 않는다면) 메타포가 깔려 있다. 이러한 메타포는 포스트모더니즘 미학에서는 아주 익숙한 것이다. 그러나 작품을 쓸 당시 예로페예프는 이러한 메타포를 중심적인 철학적 · 카오스적 구성 요소를 포함한 핵심적인 포스트모더니즘적 메타

3) 〔역주〕 Nicolas Boileau-Despréaux, 1636~1711. 프랑스의 시인, 문학평론가이다. 프랑스와 영국 문학에서 고전주의의 기준을 세우는 데 이바지한 당대의 유력한 문인으로 알려져 있다. 고등법원 서기의 아들로 태어났다. 대중에게 널리 알려진 저명인사들을 공격하는 풍자시(1658년경)를 써서 친구들에게 읽어주는 것으로 작가 생활을 시작했다. 이 원고를 입수한 인쇄업자가 1666년에 그것을 출판하자, 부알로는 그해 3월 원래의 시를 상당히 부드럽게 다듬어 진본을 내놓았다. 이듬해 그는 영웅시풍 서사시들 가운데 가장 성공적인 작품 중 하나인 『보면대(譜面臺)(*Le Lutrin*)』를 썼는데, 이 작품은 보면대를 예배당의 어디에 놓을 것인가를 둘러싸고 두 고위 성직자가 벌이는 말다툼을 다루고 있다. 1674년에 그는 운문으로 된 교훈적 논문인 『시학(*L'Art poétique*)』을 발표하여, 고전주의 전통에 따라 시를 짓는 규칙을 제시했다. 당시 이 저서는 고전주의의 원리를 명확히 규정한 안내서로서 매우 중요하게 간주되었다. 이 저서는 영국 신고전주의의 전성기인 앤 여왕 시대에 새뮤얼 존슨, 존 드라이든, 알렉산더 포프와 같은 시인들에게 강한 영향을 주었다. 부알로는 고전주의 희곡과 시의 원칙을 창안하지 않았지만 그랬던 것으로 오랫동안 인식되었고 그 자신도 구태여 이런 오해를 풀려고 하지 않았다. 고전주의 희곡과 시의 원칙은 이전의 프랑스 작가들이 이미 고안해 낸 것이었고, 부알로는 그것을 인상적이고 힘찬 표현으로 제시했을 뿐이다.

4) 〔역주〕 고전극의 삼일치(시간, 장소, 행위)를 말한다.

5) 본 저작에서 인용되는 『발푸르기스의 밤』의 텍스트는 Ерофеев Вен. *Вальпургиева ночь*: Пьеса и проза. М.: Вагриус. 2001이다. 이후 쪽수만 표기한다.

포로 인식하지는 않았다. 오히려 세계의 현 상태에 대한 작가의 관계를 전달해주는 전통적이고 종합적인 메타포로 이해했다. 『모스크바발 페투슈키행 열차』에서와 마찬가지로, 『발푸르기스의 밤』에서도 에로페예프는 간단한 '급변'으로, 양극들의 이원 체계에서 '자리 변화'로, '플러스'를 '마이너스'로 '천진하게' 상표 바꾸는 것을 통해 세계를 해체한다. 만약 『모스크바발 페투슈키행 열차』에서 주위 현실에 대한 평가의 출발점이 된 것은 점차 알코올에 절어가는 술꾼의 의식이었다면, 『발푸르기스의 밤』에서는 광인들의 (명백한 또는 가상적인) '무분별'이 세계의 '이성적' 플러스로 인정된다.[6)]

앞서 언급했듯이, 『발푸르기스의 밤』에서 사건은 '정신병원의 제31병동'(5), 주로 제3병실에서 발생하여 4월 30일과 5월 1일 밤, 일명 발푸르기스의 밤(또는 5월 1일 노동절 전야)에 전개되는 사건으로 심화된다.

묘사되는 밤의 '이중 코드'는 행동 전개의 두 축선에 따라 전개된다. 신비적(비이성적) 구성 요소는 병원의 '정신병' 환자들〔구레비치(Гуревич), 프로호로프(Прохоров), 알료하 디시덴트(Алеха–Диссидент), 비탸(Витя), 보바(Вова) 등〕의 형상들로 유지되며, 사회적(합리적 · 이성적) 구성 요소는 의료진〔의사들, 남자 간호사 보렌카(Боренька), 간호사들인 나탈리(Натали), 류시(Люси), 타마로츠카(Тамарочка) 등〕의 체계로 형성된다. 프로호로프는 이렇게 말한다. "우리는 힘과 미와 우아함의 표상인 발푸르기스의 밤 축제를 기념합니다! 5월 1일 노동절은 정상인들, 즉 정상적인 사람들이 아니고, 우리를 담당하고 있는 의료진이 기념하게 내버려둡시다!"(107) 계속해서 구레비치는 "그들에

6) 정신착란, 광란의 모티프는, 이미 여러 번 언급되었듯이, 포스트모더니즘에서 주요한 모티프들 중 하나가 되었다. 그러나 1970년대 말에서 1980년대 초에 이 모티프는 실생활적 · 현실적 실천(당국에서는 정신병원 격리라는 방법으로 반체제운동과의 투쟁을 전개한다)이라는 의미도 가지게 되었다.

게는 천국의 생활이 있고, 우리에겐 사무라이의 생활이 있으며 (…) 그들이 무도회에 모인 사람들이라면, 우리는 장례식장에 참석한 사람들이다"(129)라고 말한다. 이런 두 축선의 대립은 뚜렷하게 희곡의 갈등을 형성한다(또는 형성해야만 한다). 건강한 사람들과 병자들, 의료진과 환자들, 이성적인 사람들과 광인들, 사회와 연계된 이들과 사회에 무관심한 사람들, 수동적인 사람들과 능동적인 사람들, 체제의 이단자들과 지지자들, 자아와 타자 간의 대립은 가장 극단적으로 대립된 개념들의 의미론 속에 놓여 있는 것 같다.

『발푸르기스의 밤』의 주인공들은 자신이 속한 그룹의 여러 '본성'에서 벗어나지 않는다. 구레비치: "사실 그들(의료진—저자)은 본질적으로는 존재하지 않잖아요……. 우리는 정신병자들이고 이런 흰옷을 입은 환영들은 우리에게 일시적으로 나타난 것일 뿐이에요……. 나타났다가…… 사라지고…… 자기들을 다채로운 생활을 즐기는 사람들이라고 생각하는 거예요……."(57) 프로호로프는 그의 말에 맞장구친다. "맞아 (…) 타마로츠카와 보라는 요란하게 웃어대면서 자신들의 실존을 우리에게 믿게 하고, 그들이 우리의 키메라나 허상이 아니라 진짜라는 것을 설득하고 있어."(57) 그리고 이 갈등은 행위 처음에 구레비치의 위협으로 강화된다(지지된다). "나는 (…) 그들(의료진—저자)에게 줄 선물을 준비하고 있어."(51) 이후 다음과 같이 명확해진다. "나는 그들을 오늘 밤에 **폭발시켜버리겠어!**"(59)

그러나 절정으로 치닫는 결정적이고 주도적인 갈등(작품에서 가장 두드러지며 가장 강력한 갈등은 구레비치와 보렌카 모르도보로트(Боренька-Мордоворот)의 충돌을 통해서 구체화되는 국가와 개인의 갈등으로 나타나고 있다)은, 예로페예프의 희곡에서는 현실화되지 못한다. 절정을 형성하거나 격화하지 못하고 절정에 도달하지 못한, 이런 '언더그라운드적인'(1970~1980년대) 갈등은 대립하는 양측 중 한 측의 제거에 의해 '사라진다.' 구레비치를 포함하여 제3병실의 '미친' 거주자들은 메틸알코올을 마셔 우연하게 사망에 이르는 것이다.

실재적 갈등의 부재로 인해 희곡 슈제트는 '씻기고' '분산된다'. 그것은 단일한 축으로 형성되지 못한다. 이처럼 현실화되지 못한 작은 하부 슈제트들로 분산되는 것이다.

다시 말해, 희곡 『발푸르기스의 밤』에서 시간과 장소의 통일이라는 '부알로'의 드라마 원칙들이 준수(정신병원의 제31병동, 4월 30일부터 5월 1일 밤)되고 있지만, 행동(갈등과 슈제트)의 통일을 지적할 수는 없다.

물론 예로페예프가 전일성과 통일성을 기반으로 갈등을 드러내는 것이 아니라, 복수(複數)의 갈등(사상적, 사회적, 민족적, 개인적, 사랑의 갈등 등)을 통해서 그리고 전체적으로 갈등을 용해해서 작품의 갈등을 현실화하려는 새로운 방법을 찾고 있다고 간주할 수 있다. 예로페예프는 포스트모더니즘의 논리에 의거해 형식을 무질서하게 하고 순차적인 슈제트 전개를 거부하며, 결국 단일한 예술적 전일체로 구성되는(또는 구성되지 않는), 상대적으로 독립적인 구성 요소들로 파불라를 세분했다. 그러나 텍스트를 분석하여 드러나는 결과는 희곡 분야에서 예로페예프가 어떤 종류의 실험을 했다는 것보다는 갈등이 모호하고 슈제트가 체현되지 못했다는 것이다.

희곡의 제1막에서는 예로페예프가 구레비치와 보랴 모르도보로트의 슈제트상의 '결투'[7]를 매개로 '국가–개인'이라는 작품의 '주요' 갈등을 철저하게 형성하고 있는 것처럼 여겨진다. 예로페예프는 희곡 전반에 걸쳐 그들

7) 결투 모티프는 단테스와 마르티노프의 이름들을 언급하는 것으로 「프롤로그」에서 이미 형성된다.

을 집요하게 끌고 가는 것처럼 보인다.

주인공들은 제1막에서 조우하며, 보렌카는 "훈련된 손"(22)의 도움으로 구레비치의 이동을 조종한다(의자에 앉히고, 목욕실로 보내고, 병실로 떠민다). 제2막에서 구레비치는 처음으로 공개적 충돌을 일으키고, "모두에게 뜻밖에 짧게 외치면서 보렌카의 턱에 주먹을 찌르듯 날리고", 그것에 대해 보렌카는 즉시 "냉정하게" "철제 침대 끝에 부딪치도록" "구레비치를 붙잡아서 공중으로 들어 올려서는 힘껏 마룻바닥에 내동댕이치고는"(50), 그에게 "술파졸 주사"(51)를 처방한다. (제2막에서) 입 밖으로 냈지만 실행되지는 못한, "나는 그들을 오늘 밤에 폭발시켜버리겠어!"(59)라는 구레비치의 위협은 이 충돌의 결과물이 된다. 희곡의 결말(제5막)에서 보렌카는 잔혹하게 "격노함이 치밀어서"(133) 죽어가는(알코올로 독살된) 구레비치를 죽도록 발로 짓밟는다["묵직한 구두로 옆구리와 머리에 가한 연속된 타격들"(132)].

개인적(사상적) 차원에서 주인공들의 충돌은 사랑의 경쟁으로 격화된다. 구레비치는 간호사 나탈리의 옛 애인이고, 보렌카는 현재의 애인이다. 이런 면에서 메타포적 전이는 예로페예프로 하여금 갈등을 '고양하고' '세련되게' 만든다. 예로페예프는 구레비치에게는 푸슈킨의 기사단장 역할을, 보렌카에게는 돈 후안 역할을 부여한다. 이런 변화와 함께 장엄한 문체가 (개별적 세부에서) 나타난다. 주인공들의 대화는 다음과 같이 전개된다.

"보랴: 만약 당신이 술파졸로 꼬꾸라지지 않는다면 저녁 식사 때 나를 찾아오시길 바랍니다. 아마, 5월 1일 노동절이죠. 내 사랑 나탈리아 알렉세예브나가 직접 식탁을 차릴 거예요. 어떠세요?

구레비치(마지못해서): 가죠…… 갈게요."(55)

제5막에서는 사령관의 발걸음 소리가 울린다. 이미 기력이 소진되고 거의 눈이 멀어버린 구레비치는 "흔들거리면서 첫 번째 걸음, 두 번째 걸음을 내딛었고"(130), "다섯 걸음을 더 딛었지만"(131), 결국 저녁 식사에〔정확히 말해서 이미 "아침 식사에"(130)〕 보렌카 모르도보로트 돈 후안에게 갈 수가 없었다. 우연한 독살이 구레비치를 놀이에서 제외한 것이다.

희곡('우연히'-비극)의 주도적으로 여겨지던 갈등은 이렇게 현실화되지 못하고, 게다가 해결되지 못한 채로 남을 뿐만 아니라 절정에 다다르지도 못한다. 슈제트 차원에서 이것은 다음의 형식으로 나타난다.

제1막은 슈제트적으로도 사상적으로도 이후의 네 막들과는 연관이 적고, 작가의 정의에 따르면 '프롤로그'로 고려될 수 있다. 소설 장르 용어에서 조건적으로 이 장은 노출로 간주될 수 있는데, 이 장을 통해 주인공이 "교양 있는 사람"(15)이며, "약간은 시인"(23)이고, 이미 정신병원에 입원한 적이 있다(16)는 사실을 알 수 있게 된다. 실제로 제1막은 입원 접수실의 의사와 간호사들 앞에서 벌이는 구레비치의 "익살"(19), "잘난 척하는 것"(20) 또는 단순한 "광대 짓"(18)일 뿐이고, 기본적 행동과는 (실제적으로) 연관이 없는, 그 자체로 충분한 단편(斷片)이다.

만약 이런 갈등을 주요한 것으로 간주한다면, 제2막은 행동의 발단〔구레비치와 보렌카 간 갈등의 시작이며 "내가 그들을 오늘 밤에 폭발시켜버리겠어!"라는 위협(59)〕이다. 기본 슈제트의 범위에서 볼 때, 바로 이 막에서 벌어지는, 제3병실 입원자들과 안면 익히기는 기본적 갈등의 전개에서 주위 환경적 배경으로 인식된다.

제3막의 중심적 슈제트 사건이 되는 것은 의료용 알코올을 획득할 목적으로 간호사 나탈리의 주머니에서 열쇠를 꺼낸 일이다.

만약 구레비치와 보렌카의 충돌(그것을 통한 개인과 국가의 충돌)을 희곡의 주도적 갈등으로 인정한다면, 제3막은 행동의 통일을 위반하고 기본 갈등으로부터 벗어나게 하는 슈제트상의 '이탈'로 인식된다. 왜냐하면 바로 이 순간부터 중심적 결투의 참가자들 중 한 명(보렌카)이 오랫동안(거의 결말 때까지) '무대 뒤로' 퇴장하며, 훔친 알코올을 마시는 장면들이 시각적 묘사 차원을 점유하기 때문이다.

제3막에서 앞으로 있을 보렌카와의 만남을 위해서 '술파졸' 주사를 맞은 후 구레비치가 '자립하는' 수단으로서 알코올을 획득한 것이라고 간주할 수도 있지만 이것은 너무 지나친 해석이 될 것이다. 그리고 만약 이를 인정한다면 기본적 행동에 집중하지 않고 너무 멀리 너무 오랫동안 다른 쪽으로 이탈하고 있다는 사실에 동의해야만 할 것이다.

제4막 전체는 제3병실 입원자들이 펼치는 연회를 폭넓게 조망하는 파노라마로서 식탁에서의 대화와 "구레비치, 본질적으로 발푸르기스의 밤을 시작한다"(87)라는 낭독을 동반하고 있다.

만약 '주된' 갈등으로 돌아간다면, 제3막과 제4막에서 그 갈등은 '잦아들며', 존재하지 않는다. 주된 슈제트상의 행동에 관련해서 이 막들은 '우연적인' 지연처럼 보인다.

만약, 제3막부터 행동이 다른 레지스터('술' 모티프가 중요해진다)로 전환된다고 가정한다면, 그때는 '첫 번째'가 아닌 '두 번째' 슈제트(또는 하부 슈제트인 점차적인 술 취함과 환자들의 중독)의 행동 전개에 대해서 언급할 수 있다.

제5막은 마지막 장이다. 거기서 환자들은 실수로 메틸알코올을 마신 것으로 드러나고, 희곡의 결말에서 제3병실의 모든 입원자들은 죽는다. 구레비치는 죽기 직전 마지막 "울부짖음"(133)을 토해낸다.

제5막에서는 희곡의 주도적 충돌이 다 고갈해버렸다고 말할 수 있지만, 이런 고갈성은 갈등 전개의 도정에서가 아니라 그것의 예술적('우연한') 완성의 결과로 달성된다. 결말은 기본적 갈등과 상관없이 다른('연회의') 충돌을 매개로 다가온다.

즉 기본 갈등은 이렇듯 절정에 다다르지 못하지만, 해결되지 않거나 현실화되지 않은 것은 결코 아니었다. 그러나 하부 슈제트도 주도적 슈제트와 경쟁하고 다성성을 낳도록 충분한 힘을 축적하지 못한다. 하부 슈제트는 단순하다('훔쳤고'-'마셨고'-'독살되었다'). 환자들의 죽음은 비극적이지만 그 죽음은 우연한 실수로 야기되었고, 예술적으로 자각되지 않았으며, 이 죽음은 그래서 희곡 행동의 주도적 실마리로 인식될 수가 없다.

'갈등'이라는 이름을 부여할 수 있는 또 다른 항목들, 즉 사랑의 갈등(나탈리-구레비치-보렌카) 또는 민족적 갈등(유대인 구레비치-유대인 배척자 프로호로프)은 희곡의 범위 내에서 나타나기만 할 뿐 거의 주목받지 못하며 갈등으로 응축되지 못한 채로 남는다. 프로호로프의 수사적 호소가 그런 갈등들의 '미성숙성'을 드러내주는 것 같다. "벌어지고 있는 드라마의 **수제트**를…… 하찮고 부차적인 간계들로 복잡하게 하지 맙시다. (…) 인류에겐 탐정소설이 더 이상 필요하지 않으며 인류는 격렬한 파불라들 때문에 기분이 나쁩니다."(57)

이런 식으로 예로페예프의 희곡(이 경우에는 비극이며, 그것이 갈등의 완성이라는 차원에서 더 의미 있고 책임성 있다)은 희곡적 충돌이 없는 것으로 밝혀지며 희곡적(슈제트적) 대립의 어떤 외견조차도 전체적으로 배제된다.)[8)]

희곡 『발푸르기스의 밤』의 갈등 요소를 드러내기 위해 또 다른 시도를 해볼 수 있으며, 그것은 대화에 대한 고찰로 이어진다.

실제 충돌하는 양측의 대화는 제1막에서만 위치를 점하고 있지만(구레비치-입원 접수처 의사), 거기서도 경쟁은 심각하게 유지되지 않는다. 예를 들

8) 우리 견해로는 의도적인 것이 아니라 창작 기법이 약해서가 원인이다.

어 "당신은 당신의 전반적 상태를 어떻게 평가하고 계십니까? 아니면 당신은 (…) 자신의 뇌가 손상되지 않았다고 여깁니까?"라는 의사의 질문에 구레비치는 이렇게 대답한다. "그럼 당신은 당신의 뇌를 어떻게 여깁니까?"(18) 그런 유의 대답은 대답이 아니라 도전이며, '구두 결투'이고, 그 결과로써 대화를 통한 드라마의 행동 전개를 촉진할 수 있었을 것이다. 게다가 이미 언급되었듯이, 제1막은 희곡의 일관된 슈제트로부터 제외되며 이것은 서두, 전시품, '프롤로그'일 뿐이다.

선행하는 막들에서 대화는 제3병실의 입원자들 간, 즉 '반대자들'이 아니라 투쟁의 '동료'들 간에만 예외적으로 전개된다. 따라서 세료자 클레인민헬(Сережа Клейнминхель)과 파슈카(그리샤) 예료민〔Пашка(Гриша) Еремин〕, 해군 소장 미할리치(Михалыч)와 의원(책임자로서), '레즈비언' 비탸와 다른 '정신병자들' 간의 불화는 형식적, 표면적, 유희적이며, 결국 '타협적인' 성격을 띤다. '부검된' 어머니를 두고 오랫동안 슬프게 울던 세료자가 "어머니가 살아 있다"(109)는 구레비치의 단정을 일순간에 기쁘게 '믿어버리는 것'은 우연이 아니다. 심문과 재판 중에 침대에 결박당한 '반인민 분자'인 미할리치가 술 마시는 사람들 가운데서 "완전히 우리 사람"(94)이 된 것도 우연이 아니다. '사상적 판단'에 따라서 "술 한 모금도 거절한"(102), '콤소몰 책임자' 파슈카 예료민이 희곡의 결말에 가서는 '존경하는 모임'의 전체적 동의를 얻어 '취하도록 실컷 마셨다'는 것도 우연이 아니다. 등장인물들 사이의 대화를 주도하는 인물들인 구레비치와 프로호로프는 자신들의 상이한(1970년대에 '갈등적인') 민족 정체성〔유대인-러시아인(39~40)〕에도 불구하고, 분신들로 간주될 수 있으며 서로를 보충하고 되풀이하며 말을 계속해서 상호 반복한다.(34와 66, 58과 63, 78, 71과 107 등) 예로페예프의 희곡에는 언술 안에 행동 전개를 촉진하는 갈등적 대화뿐만 아니라,[9)]

주인공들의 인물 성격묘사(개성화)도 부재하다(『모스크바발 페투슈키행 열차』에서도 부재한 것처럼).

마지막으로, “나는 오늘 밤에 그들을 **폭발시켜버리겠어!**”(59)라는 구레비치의 위협에서 ‘폭발시켜버리겠어(взорву)’라는 단어가 이탤릭체로 구분된 것에 주의해볼 수 있다. 나아가 예로페예프와 구레비치가 구레비치와 보렌카의 실제(물리적) 충돌에서 ‘폭발시켜버리겠음’을 염두에 둔 것이 아니라, 위협의 의미를 다른 쪽으로 전환하려 했다고 추측할 수도 있다. ‘폭발시켜버리겠어’는 ‘평안을 빼앗아가겠다’, ‘흔들어놓겠다(놀라게 하겠다)’, ‘전율하게 만들겠다’ 등의 의미로 이어진다는 것이다. 그러면 희곡에서 존재하는 것 외에는 갈등의 다른 해결은 있을 수가 없다. 다시 말해서 환자들의 죽음은 의료진들에게 ‘불안’을 가져다줄 수밖에 없으며, 그들은 실제로 ‘폭발’이 일어난 것처럼 메타포적 차원에서 ‘흥분할’ 수밖에 없다. 그러나 이런 자명한 사실도 질서와 정연성, 전일성과 예술적 신빙성을 희곡에 첨가해주지는 않는다. 그 이유는 첫째, ‘폭발-죽음’은 고안되거나 계획된 것이 아니라 우연한 것이어서 구레비치의 당초 위협과는 아무런 관련이 없기 때문이다. 둘째, 만약 독살에 의식적 요소가 있었다고 한다면, 갈등과 관련이 없는 ‘조용한 정신병자들’의 죽음을 희생으로 한 ‘폭발’이 예술적으로 신빙성이 있다고 인정될 리가 없다. 셋째, 의료진들 사이에서 그런 유의 ‘폭발’에 대해 기대하고 갈망하던 반응(일종의 “복수”(131))을 예상할 수 없기 때문이다. 정신병원에서의 비극은 우연으로 ‘기록되고’, ‘죄 있는 사람들’에게 책임을 묻지는 않을 것이다. 마지막으로 텍스트 자체가 물리적 갈등

9) 예를 들어 나탈리와 구레비치의 대화(69~70)에서 간호사는 진지한 것에 대해 이야기하는 분위기지만, 구레비치는 농담으로 ‘돌려버린다’는 점을 참조.

에 대한 지적을 포함하고 있기 때문이다. 구레비치는 이렇게 말한다. "나는 다다르게 될 것이다. 더듬더듬, 손으로 더듬어서, 조금씩. 결국 이 목구멍까지 가닿을 것이다. (…) 신이여, 눈이 완전히 멀게 하지는 말아주세요……. 복수를 이룰 때까지는."(130~131) 이런 측면에서도 갈등과 슈제트의 전일성은 드러나지 않는다. 그리고 이런 상황은 예로페예프 희곡의 다른 구성 요소들을 더 주의 깊게 살펴보도록 종용한다.

이미 『모스크바발 페투슈키행 열차』에서 예로페예프가 대화를 행동 전개의 촉진 수단으로 삼으려 했음은 친근한 사실이다.[10] 이 중편소설에서 사건들(행동들)은 대화(독백, 대화, 다자간 대화)에 자리를 양보한다. 파불라의 전개 역시 주인공의 (행동을 통한) 공간적 이동이 아니라, (독백을 통한) 정신적 이동으로 야기된다는 사실은 분명하다. 예로페예프 서사의 이런 특징은 『발푸르기스의 밤』에서 강화되며 형식 면에서도 두드러지게 나타나기 시작한다. 희곡의 등장인물들은 말만 할 뿐이며, 각자가 '자신의 목소리로'만 이야기하고 '타자의 말에 따른'(예를 들어, 『모스크바발 페투슈키행 열차』의 베니치카, 신, 천사들 또는 다른 등장인물들) 해설은 생략된다. 조건적으로 말해서 예로페예프는 희곡을 창작하는 것이 아니라, 산문적으로 서사적인 작품으로부터 '잉여의 것'을 제거한다. 전체적으로 『발푸르기스의 밤』에서 서사의 '희곡적' 성격은 『모스크바발 페투슈키행 열차』 서사의 '서사문학적' 성격과 놀라울 정도로 유사하다.[11]

10) 이에 대해서는 베네딕트 예로페예프의 『모스크바발 페투슈키행 열차』를 분석한 장에 더 자세히 서술되어 있다.

11) 『모스크바발 페투슈키행 열차』와 『발푸르기스의 밤』 텍스트 사이의 접점은 매우 많다. 모티프 "일어나 가라"(16), 모티프 "십자가에 못 박힘"과 "구토"(18~19), "머리를 밑으로 한"(32) 살해와 "목으로"(27)의 살해, 대립 쌍들(미트리치-보바와 콜랴), 인물 형상 "베네치아 모르인"과 데스데모나(14, 71)의 존재, 주류(酒類)의 명칭들(111), 말장난의 성격(93, 118), 주인

내러티브(서사 · 산문적) 서술 요소들은 『발푸르기스의 밤』 텍스트에서 분명하게 드러난다.

『발푸르기스의 밤』의 '등장인물 소개' 규칙은 등장인물들의 역할 구성에 관한 희곡 법칙들에 '어긋나 있다.' 전통적으로 희곡 텍스트에서는 극장 프로그램에서와 마찬가지로 등장인물들이 희곡 진행 과정에서의 그 역할 의미에 따라, 즉 주인공들부터 부차적 등장인물들, 그 다음이 단역들로 '배열된다면', 예로페예프의 '등장인물 소개' 구성 원칙은 거의 유일하게 '시간적' 요소, 즉 무대에서 등장인물들이 등장하는 순서이다. 그것은 서술이나 희곡의 서사적 '소(小)슈제트'로부터 희곡의 구조가 독립되어 있음을 드러내 준다.

등장인물들의 구성도 비(非)희곡적이다. 등장인물들의 '필수적이고 충분한' 구성에 대한 법칙을 비롯해서 부알로의 모든 법칙들을 "무조건적으로 준수"(5)한다는 스스로의 천명에도 불구하고, 예로페예프의 희곡에서는 호명된 19명의 등장인물들 중에서('이름 없는' 20명 이상과 함께), 최소한 다섯 명은 한 에피소드에서만 등장하며, 분명하게 표현된 성격적 지배소를 가지지 못하고, 일정한 역할(예술적) 기능이 상실되어 있다. 그 결과 작품 내에서 다른 '명명된 인물들'에 의해서 '흡수'되었다 하더라도 텍스트의 손실은 발생하지 않았을 것이다. 접수처의 의사와 치료과의 선임 의사 라닌손(Ранинсон), 발렌티나(Валентина), 지나이다 니콜라예브나(Зинаида Николаевна)(입원 접수처의 '조수－상담사')와 이 과의 간호사들인 류시와 타마로츠카 등이 대표적 인물들이다. 희곡 등장인물 체계에서 그들의 존재

공들의 물리적 특징들〔한 명은 "방구를 뀌지 않고", 다른 한 명은 "입에서 김이 나지 않았다"(64)〕 등이 대표적이다.

는 등장인물들의 집단 구성 최소화라는 '무대 · 희곡적' 원칙과 대립한다. 희곡에서 시공간적 연관들을 반영하는 수단과는 대립하는, 예로페예프의 '서사문학적 · 산문적', '서술적 · 슈제트적' 논리(입원 접수처는 치료과와는 다르다)로 설명될 수 있는 것이다.

막에서 행동에 선행하거나 막 사이에 끼워 넣는 작가의 해설 · 지문들은 과도한 서사성의 흔적을 담고 있으며 분명히 서사적(텍스트적) 성격을 띠고 있다.

제1막의 행동은 작가 해설로 시작된다. "제1막. 이 막이 바로 프롤로그이다."(8) 소설 장르의 범주를 기반으로 사유하는 예로페예프는, 작품 서두에서 대조의 기법으로 산문적 · 희곡적 서술을 진행한 다음 서사문학의 유형적 특징을 의식적으로(희극적 효과를 위해서인 것 같다) 도입한다. 제3막 "서정적 간주곡"(59)도 이와 유사한 논리로 해석된다.

외형적으로 희곡 · 무대 구성을 목표로 삼고서 무대 조직에 따라 지시의 기능을 수행하는, 제1막에 삽입된 해설에서는("입원 접수처. 관객으로부터 왼쪽에. (…) 양쪽에는. (…) 뒤쪽에. (…) 다른 쪽에는"(8)), 남자 간호사 보렌카에 대한 내러티브적 문구('그에 대한 말은 앞에서'(8))와 함께, 괄호 안에 "응급차로"(8)라는 설명을 넣어서 "정신병원 구급차"로 구레비치가 정신병원에 실려 왔다는 지적이 갑자기 등장한다. 이러한 지문들은 배우나 감독이 무대를 파악하는 데 전혀 기여하지 않는다. 분명히 읽기용으로 계획된 것이다.

"정신병원 구급차(чумовоз)"라는 단어에서 희곡의 두 번째 제목 '기사단장의 발걸음'와 관련된 문학적 인유를 지적할 수 있으며, 그뿐 아니라 A. 푸슈킨의 『작은 비극(*Маленькие трагедии*)』, 특히 「질병 때의 주연(Пир во время чумы)」과

연관된 문학적 인유 역시 지적할 수 있다.[12)]

그러나 표현력이 풍부한 단어가 등장인물들의 언술이 대화적으로 발성되는 공간 너머에 있는 상황은 예로페예프의 희곡적 창작 수법이 허약하고, 예술 텍스트 세부 사항(디테일)이 부주의하고 애매하다는 증거가 된다.

그런 계열에는 "그러나 이에 대해서는 조금 후에"(50), 또는 "장군은 마시다가 술의 도수와 세상 운명의 변화 때문에 눈이 휘둥그레졌다"(95), 또는 보바에 대해서 "단숨에 마셔버렸는데, 풀처럼 초록색이 되기도 하고, 해처럼 빛나기도 했다"(96), 또는 프로호로프의 뒤를 따르는 알료하 디시덴트에 대해서는 "엘리야를 따르는 엘리사처럼"(38) 등의 지문들도 해당한다. 마지막 비교에서는 희곡적 지문의 범위를 분명히 넘어서는 메타포적 잠재력이 특히 느껴진다.

희곡의 행동 제시에 관한 예로페예프의 지문에는 "세상에나"(101), "어떻게 그는 이것을 성공하였을까?"(131) 등의 '잉여의' 감정이나, 또는 "홀의 웃음"(17), "박수"(19, 119), "어떠한 갈채도 없음"(133) 등의 관객의 지각에 대한 반응도 포함된다.

'프롤로그'와 함께, 작가에 의해 아이러니하게 "아주 짧은(крохотное)"(134)이라고 적힌 '맺음말'까지 텍스트는 단일한 서사적 구성을 띤다.

다시 말해서 예로페예프의 희곡 장르는 서사적 · 서술적 요소들로 포화되려는 경향을 가진다. 결국 구체적인 서사문학 장르로 변하지 않는다고

12) 〔역주〕 'чумовоз'에서 'воз'는 '이동'의 의미를 갖는데, 바로 이런 이동의 측면에서 '기사단장의 발걸음' 중 '발걸음'과 문학적 인유 관계를 설정할 수 있다는 말이다. 그뿐 아니라 'чумовоз'에서 'чумо'는 「질병 때의 주연(Пир во время чумы)」에서 'чума'를 연상시킨다는 것이다.

하더라도, 최소한 '읽기용 희곡'이나, 이와 유사한 친족적 어법의 경계에 위치하는 혼종적 성격의 작품으로 변하는 것이다.

아마도 희곡 장르를 예로페예프가 선호한 이유는 그의 목표가 언어적 유희("언어"(15))에 맞추어져 있었기 때문일 터이며, 언술 수법의 경쾌함과 아름다움을 보여주려는 희망이 있었기 때문일 터이다.[13] 희곡(더구나 정신병자들에 대한 희곡)은 개별적으로 뛰어난 대사를 나열하거나 잇대어놓지 않고도 '생생한' 언어만을 선별적으로 제시할 수 있도록 해준다.

미할리치의 '기도': "어머니 모스크바를 위해서 죽는 것은 두렵지 않아. 모스크바는 모든 수도들의 수도이며 크렘린에 가보는 것은 지식을 수집하는 것이거든. 레닌의 지식을 빌려 이성과 손이 강해질 것이야. 소련은 세계의 본보기이며 모스크바는 조국의 장식품(украшение)이며 적들에게는 공포(устрашение)[14]거든. (…) 모스크바에 가보지 못한 사람은 아름다움을 보지 못한 사람일 거야. 공산주의자들의 뒤를 따라가다보면 인생의 길을 찾게 될 거야. 소비에트 애국자는 기꺼이 공적을 세우고 전사의 사상적 단련은 전투에서 용사를 탄생시키거든."(33~34)

구레비치의 '민속 문학적 관찰': "이야기하다가 갑작스레 정적이 찾아오면 예전 러시아 농군은 흔히 이렇게 말했어. '조용한 천사가 지나갔다……' 이제는 이 경우에 이렇게 말해. '어딘가에서 경찰이 뒈졌군!……' 예전에는 '우레가 치지 않으면 농군은 성호를 긋지 않는다'라고 했다면, 지금은 '구운 수탉이 엉덩이를 쪼지 않는다면……' 또는 (…) 또 있다. '연인을 위해서

13) 『발푸르기스의 밤』에서의 예로페예프의 언어유희 기법들은 I. 스코로파노바에 의해 자세히 논리적으로 연구되었다.(Скоропанова И. Указ. соч. С. 332~345)
14) 〔역주〕 비슷한 발음인 장식품〔우크라세니에(украшение)〕과 공포〔우스트라세니에(устрашение)〕를 통해 언어유희를 꾀하고 있다.

는 먼 길도 우회로가 아니다.' (…) 그런데 지금은 '미친개한테는 100킬로미터도 우회로가 아니다' (…) 여기 또 더 순수한 것도 있군. 옛 러시아 속담 '우물에 침 뱉지 마라, 마실 날이 있다'가 이런 식으로 바뀌었어. '과일 통조림 국물을 마시지 마라, 거기에 요리사가 발 닦았다.'"(67~68)

원예사 스타시카(Стасика–цветовод)의 꽃 이름들: "볼록 해바라기–스스로 부풀기–식객(Пузанчик–самовздутыш–дармоед)", "잊을 수 없는 추녀(Стервоза неизгладимая)", "아름다운 매춘부(Лахудра пригожая вздумчивая)", "엄마 저는 더 이상 못해요(Мама, я больше не могу)", "시호테알린(Сихотэ–Алинь)",[15] "에고 이런 너는 누런 미련둥이(Фу–ты ну–ты, Обормотик желтый)", "2년생 불평분자(Нытик двухлетний)", "붉은 깃발의 무뚝뚝한 여자(Мымра краснознаменная)", "털북숭이 차파이[16](Чапай лохматый)", "거드름 피우는 가정(假定)(Презумпция жеманная)", "통통하게 만져지는 지노츠카(Зиночка сдобная пальпированная)", "약삭빠른 수다쟁이들(Мудозвончики смекалистые)", "너무 사랑스러운 오베하에스(ОБЭХАЭС ненаглядный)",[17] "체첸 잉구세티아 걸프스트림(Гольфстрим чечено–ингушский)", "약간 바보스러운 총회(Пленум придурковаты)",

15) 〔역주〕 러시아연방 극동 지역에 있는 산계이다. 북동–남서 방향으로 1200킬로미터에 걸쳐 뻗어 있고, 타타르 해협 및 동해와 이웃한다. 큰 단층선들이 이 산계를 두르고 있고, 북서쪽을 따라 우수리 강 계곡의 구조곡이 뻗어 있다. 산세가 험한 주요 산맥 여덟 개를 포함하는데 최고봉은 해발 2077미터의 토르도키야니 산이다. 산계의 최정상부를 제외하고는 산지의 대부분이 울창한 숲으로 덮여 있다. 높은 사면에는 자작나무를 비롯한 침엽수림이, 그 아래쪽으로는 혼합 낙엽수림이 펼쳐진다. 러시아연방 극동 지역에서 손꼽히는 제재업 중심지이며, 납 · 아연 · 주석 등의 광물자원도 채굴된다.

16) 〔역주〕 터키 계보의 성으로, 러시아의 일화(анекдот)에 나오는 등장인물의 성이다.

17) 〔역주〕 ОБХСС(ОБЭХАЭС). 사회 재산 착복 투쟁 분과(отдел борьбы с хищениями социалистической собственности)의 약자이다.

"두 번이나 훈장을 받은 순박한 수녀원장(Дважды орденоносная игуменья незамысловатая)", "지휘자 슈투츠만[18](Капельмейстер Штуцман)", "귀-목-코(Ухо-горло-нос)", "시들지 않는 로즈메리(Неувядаемая Розмари)", "죽도록 내게 키스해줘(Зацелуй меня до смерти)", "춤추는 총서기(Генсек бульбоносный)", "사랑은 농담할 줄 모르네(Любовь не умеет шутить)", "승리의 우렛소리(Гром победы)", "총소리를 울려라, 순양함 바랴크(раздавайся, Крейсер Варяг)", "비뚤어진 젖꼭지(Сиськи набок)", "하우 두 유 두(Хау-ду-ю-ду)", "눈물 흘리지 말고 영원히 떠나라(Уйди без слез и навсегда)" 등.(81~83)

인용이 많아 보이지만, 실제로는 더 많다. 심지어 이런 미미한 사실조차도(그것을 '남용'이라고 부르자), 『발푸르기스의 밤』 텍스트 작업에서 예로페예프의 기본 목표가 언어유희를 보여주는 것에 있었음을 증명한다. 즉 『발푸르기스의 밤』을 집필하면서 예로페예프에게 언어는 희곡 창작의 단순한 수단이라는 기능을 하지 않았으며, 거꾸로 희곡 텍스트가 독백과 대화들을 담아내는 단순화된 형식인 것이다. 『발푸르기스의 밤』에서 언어는 목적이고 희곡 장르는 수단이다. 갈등 및 슈제트의 전일성, 그리고 가치에 대한 무관심도 예로페예프의 목적이 언어에 있었음을 통해 설명된다. 그것들은 희곡의 중심축이 아닌 배경을 형성할 뿐이고, 무대의 전면으로부터 주위 환경의 경계로 이동한다.

선행하는 관찰들을 통해 우리는 『발푸르기스의 밤』을 집필하던 시기에 예로페예프가 희곡을 창작하는 데 아직 성숙하지 않았다는 결론에 도달할 수 있다. 『두 번째 밤』은 예로페예프의 완숙하고 가치 있는 발견을 담아

18) 〔역주〕 Nathalie Stutzmann, 1965~. 프랑스의 유명한 오페라 가수(콘트랄로)이다.

내고 있는 텍스트로 보기보다는 그의 탐구 과정으로 보는 것이 더 좋겠다. 그러나 예로페예프 희곡의 장르적 특징에서 나타난 경향들은 이후 다른 작가들의 창작적 탐구에 녹아들었고, 결국은 포스트모던적인 새로운 희곡의 탄생에 복무했다.

다음은 포스트모던 희곡의 지배적 특징들(텍스트에 직접적으로 반영된 세계관으로서의 포스트모던 철학 외에)이다. 핵심 갈등의 부재(또는 모호성), 슈제트의 분화와 다층성(기본 슈제트를 하부 슈제트들로 분산하는), 희곡 등장인물들의 비위계적 체계나 단편(斷片)성(인물의 무대 외적 구현과 함께), 언어적 실재에 대한 우선적 호소(주인공의 공간적 · 무대적 활동성과는 반대로), 장르적 특징들의 혼합성과 혼종성(서사문학적 · 서사적 형식들에 대한 끌림) 등이다. 예로페예프의 『발푸르기스의 밤』에서 이런 특징들은 이미 형성되기 시작하였고 바로 이 때문에 '기사단장의 발걸음'으로부터 새롭게 태어나는(포스트모더니즘적) 현대 희곡의 경향들을 계산해볼 수 있다.

약전

제1장(145쪽)을 참고하시오.

텍스트(희곡)

Ерофеев Вен. Вальпургиева ночь. или Шаги командора//*Театр*. 1989. No. 4.

Ерофеев Вен. Вальпургиева ночь. или Шаги командора//*Восемь нехороших пьес*. М.: В/О "Союзтеатр". 1990.

Ерофеев Вен. Диссиденты, или Фанин Каплан//*Континент*. 1991. No. 67.

Ерофеев Вен. "Оставьте мою душу в покое…": *Почти все*. М.: Изд–во АО "Х. Г. С.". 1995.

Ерофеев Вен. *Вальпургиев ночь: Пьеса и проза*. М.: Вагриус. 2001.

학술 비평

Бавин С. *Самовозрастающий логос: Венедикт Ерофеев: Библиографический очерк*. М.: 1995.

Богданова О. "Пьеса для чтения": "Вальпургиева ночь, или Шаги Командора" //Богданова О. *Русский драматургический постмодернизм*: (Вен. Ерофеев. Л. Петрушевская. Н. Коляда). СПб.: 2003.

Выродов А. Венедикт Ерофеев: Исповедь сына эпохи: (О творчестве писателя)// *Театральная жизнь*. 1990. No. 23.

Грицанов А. Ерофеев//*Постмодернизм: Энциклопедия*. Минск: Интерпрессервис: Книжный дом. 2001.

Карамитти М. Образ Запажа в произведениях Венедикта Ерофеева//*Новое литературное обозрение*. 1999. No. 38.

Лейдерман Н. Липовецкий М. *Современная русская литература*: В 3 кн. М.: УРСС. 2001. Кн. 3.〔глава "Вередикт Ерофеев "Вальпургиева ночь, или Шаги Командора" (1985)"〕

Несколько монологов о Венедикте Ерофееве//*Театр*. 1991. No. 9.

Орлицкий Ю. Некрасовские аллозии в трагедии Венедикта Ерофеева "Вальпургиева ночь"//*5 Некрасовские чтения*. Ярославль: 1990.

Панн Л. Веселая трагедия в театре МГУ: (О постановке пьесы В. Ерофеева

"Вальпургиева ночь": Сокращенная переписка из американского журнала "Новое русское слово"//*Театральная жизнь*. 1991. No. 20.

Руденко М. Палата No. 3. или В чужом пиру//*Стрелец*. 1992. No. 1.

Скоропанова И. *Русская постмодернистская литература. Учебное пособие*. 2-е изд. испр. М.: Флинта: Наука. 2000.(глава "Карнавализация языка: пьеса Венедикта Ерофеева "Вальпургиева ночь, или Шаги Командора")

Хлоплякина Т. Рождение под знаком качества…: (Пьеса В. Ерофеева "Вальпургиева ночь, или Шаги Командора" в Московском драматическом театре на Малой Бронной) //*Театральная жизнь*. 1990. No. 3.

Художественный мир Венедикта Ерофеева. Саратов: Изд-во Саратовского гос. пед. ин-та. 1995.

2. 류드밀라 페트루셉스카야의 '극장용 대화'

A. 즐로비나에 따르면, 류드밀라 페트루셉스카야는 "최근 가장 뛰어난 희곡작가이다."[1] "가장 뛰어난"이라는 말에는 동의할 수 없다고 하더라도, 현대 희곡 발전에서 페트루셉스카야가 담당한 중요한 역할을 인정하지 않을 수 없다.

페트루셉스카야는 1970년대에 희곡 집필을 시작했다. 당시 그녀의 희곡들은 탈고되자마자 무대에 올려졌다. 물론 공연 무대는 전문 극장은 아니었다. 『음악 수업(*Уроки музыки*)』(1973년 집필. 첫 번째 출판은 1983년)은 모스크바국립대학교 학생 극장에서, 이후에는 문화궁전 '모스크보레치에'의 학생 극장에서 R. 빅튜크의 연출로 공연(1979)되었다. 그 후 1981~1982년에 Ju. 류비모프가 연출을 맡아 타간카 극장에서 『사랑(*Любовь*)』(1974년 집필. 첫 번째 출판은 1979년)이 무대에 올려졌다. '현대인(Современник)'(1985) 극장에서 공연된 『콜롬비나의 아파트(*Квартира Коломбины*)』(1981)는 널리 인정을 받았다. 그 뒤를 이어 『푸른 옷을 입은 세 아가씨(*Три девушки в голубом*)』(1980년 집필. 상연은 1983년), 『희망의 작은 관현악단(*Надежды*

1) Злобина А. Драма драматургии: В пяти явлениях, с прологом, интермедией и эпилогогм //*Новый мир*. 1998. No. 3. С. 240.

маленький оркестрик)』(1986. A. 볼로딘, S. 즐로트니코프와 공동으로), 『막간 휴식 없는 이탈리아 포도주, 또는 친자노[2)](*Итальянский вермут без антракта, или Чинзано)*』(1973년 집필. 상연은 1986년), 『20세기의 노래(*Песни XX века)*』(1987) 등의 연극이 상연되었다.

비평가들은 페트루셉스카야의 초기 희곡들이 세태 묘사(주제)와 심오한 심리주의(희곡의 성격)라는 A. 밤필로프[3)]의 전통적 기법들을 창조적으로 이해하여 계승하고 발전시킨 사회심리극을 노정하고 있다고 인정했다.

실제로 페트루셉스카야의 초기 희곡들은 우선적으로 공공 주택이나 기숙사 생활의 문제들과 그로 인해 발생하는 결과들을 주로 다루었다. 그러다 보니 페트루셉스카야 희곡을 사상적 · 주제적(내용적) 차원에서 접근함으로써 구조적(형식적) 혁신을 인식하지 못하는 폐해를 낳았다. 페트루셉스카야 희곡들은, 슈제트 구성이나 언술 스타일의 구성(표현 차원)에서 엿보이는 독창성과 특성이 아닌, 의미적 요소(내용 차원)의 "무게감"(진지함과 문제성) 때문에 "남성적"이고 "어렵다"[4)]고 여겨졌다.

그러나 이미 비평계는 페트루셉스카야의 초기 희곡에서 고전적 희곡의 규범으로부터 벗어난 비전통적 요소에 주목했다. R. 독토르와 A. 플라빈

2) 〔역주〕 Cinzano. '베르무트(Vermouth)'라는 술 상표 중 하나이다. 이탈리아에서 1757년부터 생산되어 세계적으로 판매되고 있는 유명한 술이다.

3) 〔역주〕 Александр Валентинович Вампилов, 1937~1972. 러시아의 극작가이자 소설가이다. 작품으로는 1막짜리 희곡 『천사와의 20분(*Двадцать минут с ангелом)*』(1962), 1막짜리 희곡 『들판으로 향한 창문이 있는 집(*Дом с окнами в поле)*』(1963), 여러 막의 희곡작품 『6월의 이별(*Прощание в июне)*』(1964), 『큰아들(*Старший сын)*』(1968), 『시골의 일화들(*Провинциальные анекдоты)*』(1970), 『오리 사냥(*Утиная охота)*』(1970), 『출림스크에서의 지난해 여름(*Прошлым летом в Чулимске)*』(1972) 등이 있다.

4) Туровская М. Трудные пьесы//*Новый мир*. 1985. No. 12 참조

스키는 페트루솁스카야 희곡이 파불라 측면에서 단순하다고 언급한다.[5] M. 투롭스카야는 이를 보충해서 다음과 같이 명확하게 말했다. "말 바꾸기는 자주 발생하며 그것이 바로 그 안에서 벌어지는 중요한 것이다."[6]

I. 샤긴은 페트루솁스카야 드라마에서 전일성이 부재한다는 사실에 놀라워한다. 희곡이 아니라 무대라는 것이다.[7]

R. 티멘치크는 "무대 위의 인물들이 공공연하게 보여주는 말하기가 아닌 쓰기적 성격(작문성)과 '짜깁기성'" 및 그들의 "조각조각 이은 계보", 그리고 "페트루솁스카야의 다인구 세계"("무대 밖 집단들의 다수성")를 지적하고 있다.[8] 작품에서 등장하는 인물들이 너무 많을 뿐만 아니라 무대 밖 형상들이 풍부하다고 밝히면서 R. 독토르와 A. 플라빈스키도 이에 동조한다.[9]

N. 아기세바는 수준 높게 일반화되어 있음에도 불구하고 일상생활의 디테일들이 과잉되어 있음에 주의를 기울였다.[10] 그리고 R. 티멘치크는 "미학적 극단론"[11]에, E. 스트렐초바는 "정확하게 설계된 언어 구획과, 풍부한 재능을 보여주는 환상적으로 고안된 구조"[12]에 주의를 기울였다.

5) Доктор Р. Плавинский А. Хроника одной драмы: "Три девушки в голубом": пьеса. спектакль. критика // *Литературное обозрение*. 1986. No. 12. С. 91.

6) Туровская М. Указ. соч. С. 248~249.

7) Шагин И.(Послесловие): Петрушевская Л. Сырая нога. или Встреча друзей // *Современная драматургия*. 1989. No. 2. С. 73.

8) Тименчик Р. Ты-что? или Введение в театр Петрушевской // Петрушевская Л. *Три девушки в голубом*. М.: 1989. С. 394.

9) Доктор Р. Плавинский А. Указ. соч. С. 91.

10) Агишева Н. Звуки "Му": О драматургии Петрушевской // *Театр*. 1988. No. 9. С. 58~59.

11) Тименчик Р. Указ. соч. С. 398.

12) Стрельцова Е. Мистический нигилизм в стиле конца века // *Современная драматургия*. 1998. No. 1. С. 192~193.

실제로 페트루셉스카야의 첫 희곡 작품 『음악 수업』에서, 한편으로는 일상적('무거운') 주제(술 마시는 남편, 다자녀 가정, 병든 어머니, 주거 공간의 불충분, 유치원과 기숙학교, 고령 부모 등의 문제와 전체적으로 옆집 이웃이나 친척들이나 마찬가지로 사람들의 끔찍한 소외의 문제)가 분명하게 드러나며, 다른 한편으로는 새로워진 예술적 형식의 특징들이 관찰된다.

페트루셉스카야 희곡의 형식은 내용이 풍부하다. 이런 특징은 희곡을 써갈수록 더 강해지지만 『음악 수업』에서 이미 나타난다.

우선 '음악 수업'이란 제목이다. 이 제목은 내용 차원의 어떤 멜로디성과 조화성을 조율하고 있는 것 같다. 그러나 이미 언급되었듯이, 이 희곡은 무미건조하고, 단조롭고, 평범하고, 유치한 삶의 '무거운' 문제들을 다루고 있으며, 그 삶의 범위 안에서는 음악도 격렬하고, 부자연스럽고, 발작적으로 울려 퍼진다. "아버지가 노래한다. '저녁에만 드리운다. 푸른……' 그는 성찬식에서처럼 그렇듯 신심으로 노래하는 것이 아니라, 평생의 소원이 노래 부르기인 사람들처럼 그렇게 팽팽하게 긴장해서 노래를 부른다. 그런 노래는 보통 유쾌하지도 않고 즐거운 인상을 불러오지도 않는다. 그래서 식탁에 둘러앉은 모든 사람이 눈을 돌려버린다."(12)[13] 페트루셉스카야가 지문을 통해 그려내고 있는 이런 생생한 무대는, 아들이 "서툰 손가락으로" "치지크 피지크"[14](15)를 마구 연주한 나머지 음악학교를 졸업하지 못하고 포기하고 말았다는 어느 등장인물의 대사와 또 다른 지문("라디오에서 뉴스 방송이 시작된다. 얼마 동안 나댜와 니콜라이는 뉴스에 맞춰서 춤을 춘다"(13))을 통해 텍스트에서 구체화된다. 멜로디의 조화가 아니라

13) 『음악 수업』의 인용은 Петрушевская Л. *Собр. соч.: В 5 т.* Харьков: Фолио: М.: ТКО "АСТ". 1996. Т. 3을 따른다. 이후 쪽수만 표기.

14) 〔역주〕 러시아에서 잘 알려진 동요로 '통통한 작은 새'라는 뜻이다.

불협화음이 희곡의 음악적 형식을 창조하는 것이 분명하다. 희곡의 제목은 그 내용과 모순되며, 그 결과 텍스트의 경계 너머에서 희곡의 중심 갈등이 형성되기 시작한다.

『음악 수업』의 '등장인물 소개'와 거기에 나오는 "등장인물들"(7)도 의미를 함축하고 있다. 페트루셉스카야는 단지 그라냐, 니나, 비탸 등의 이름들만을 열거하면서 "평범한" 가블리로프 가문의 성격묘사를 수행한다. 반면 "인텔리적"이고 "부유한" 코즐로프 가문을 소개하면서 그녀는 이름과 부칭을 모두 사용하여 다음과 같이 그들을 명명한다. 표도르 이바노비치, 타이시야 페트로브나, 니콜라이, 바실리예브나(니콜라이의 할머니). 다른 이웃과 친척들을 독자들에게 소개하면서 페트루셉스카야가 아이러니하지만 함축적으로 그들을 이렇게 서술하는 것은 흥미롭다. "클라바, 타이시야의 여동생. 미탸 아저씨, 클라바의 남편."(7) 여기서 모든 단어가 다 의미를 가지는 것은 아니다. 클라바라는 이름은 부칭 없이, 그러나 그녀의 남편은 정확한 정의와 함께 인용된다(아마도 클라바가 여동생일 것이다). 첫째, 그의 특징은 "그녀의 남편"으로 강조된다(아마도, "공처가"일 것이다). 둘째, 그녀는 "클라바 아줌마"로 불리지 않지만, 그는 "미탸 아저씨"로 불린다("아저씨"라는 호칭도, 드미트리가 아닌 "미탸"라는 애칭도 그의 온화하고 인간적인 마음씨를 지시한다). 이와 같은 '주요하면서도 종속적인' 공식에 따라서 이웃들도 제시된다. "안나 스테파노브나"와 "그녀의 남편, 세르게이 일리치"(7)가 그렇다. 안나 스테파노브나 자신이 텍스트에서 이런 종속성을 다음과 같이 "풀이한다." "그 남자는 아이 같다."(67)

제목과 '등장인물 소개'의 뒤를 이어 과도하게 장황하고 작가의 주관으로 채색된 지문도 주의를 끈다. 위에서 이미 인용한 노래와 춤을 묘사한 "지문 내부의" 무대들 외에 나댜, 니콜라이의 아가씨 등의 성격묘사도 이러한 논리 속에서 언급될 수 있다. "나댜 티모페예바는 현대사회에서 훌륭히 돈벌이를 하는 백화점 판매원, 미용원, 컨베이어 노동자 또는 우리 경우에는 도장공으로 제시될 수 있는 모델이다."(11) 삽입어나 수식 어구("정말", "게다가" 등)와 같은 지문의 스타일은, 감정적 · 평가적으로 묘사를 포장하고 전통적으로 중립적인 작가 해설의 범위 너머로 그것을 이끌어간다. 다음 지문들에서 페트루솁스카야는 주인공의 심리 상태를 정확하게 포착한 성격묘사를 제시할 것이다. "흉악해진 바실리예브나"(12) 또는 "비굴한" 안나 스테파노브나(11) 등이 대표적 사례이다.

페트루솁스카야의 지문들은 희곡적이라기보다는 서사적인 것으로서 분명한 이야기적 특성을 내포한다. "타이시야 페트로브나는 안나 스테파노브나의 접시에 만두를 더 얹어놓았다. 안나 스테파노브나는 정신을 차리고는 짧게 저항하더니, 꽉 찬 입으로, 의자에서 흔들거리면서 또다시 노래를 부른다."(12) 한 문장에서는 일련의 '마이크로 슈제트'가 나열되며, 등장인물 성격과 행동의 구체적 특징들을 자세하게 그려내는 무대는 물러나게 된다.

『음악 수업』의 행동은 순차적이고 정당하게, 충분히 현실적으로 1970년대 사회 · 심리 드라마의 법칙들과 원칙들로 구성되면서 매우 전통적으로 전개된다. '규범으로부터 이탈'하는 것은 단지 결말뿐인데, 거기서 행동 전개의 현실적 성격은 환상적으로 바뀌며 그로테스크하고 신비적인 요소들로 채워진다. 어린 여자 주인공들인 니나와 나댜는, 손에 아이들을 안고 그네에 앉아 무대 위로 "솟아오르며"(73), 남은 인물들 역시 매우 이상하게 행동한다. "타이시야 페트로브나는 일어나서, 무질서하게 흔들리는 그네 사이에서 반쯤 구부린 채 걸어간다. 그네가 내려온다. 표도르 이바노비치는 손과 발을 짚고 엎드려서 부엌으로 기어간다. 니콜라이는 몰두해서 안락의자에 더 깊숙이 파고들어, 날아드는 그네를 밀어내기 위해서 다리를 위로 추켜들고는 거의 수직 상태에서 정지하고 있다."(74)

'비전통적' 드라마의 여타 '비규범적' 요소들은 아직 페트루셉스카야에게서 발견되지 않는 것 같지만, 이런 몇몇 요소에는 주의를 기울일 필요가 있다. 그래서 페트루셉스카야의 초기 희곡들과 관련해서 이미 "황홀에 찬 자신의 창작 활동을 기뻐하는 환상적 통합 과정이 나타나며", "작가는 마치 실험을 하는 것 같다"[15]는 R. 티멘치크의 결론에 동의할 수 있다.

1980년대 말에서 1990년대 중반경에 페트루셉스카야 초기 희곡들에 나타나던 개별적 '변칙들'은 '비전통적'(비규범적) 드라마의 유일한 체계로서 수면 위로 부상한다. 포스트모더니즘적인 유희의 법칙들로 무장한 페트루셉스카야의 후기 희곡들은 과도기적 · 혼종적 형식들로 변형되거나 '장편소설화된 드라마'나 '무대 · 대화적 내러티브'의 중간적 장르들로 변형되면서 고전적 희곡의 특징들을 점점 더 상실한다.

R. 티멘치크에 따르면, "페트루셉스카야의 희곡에서 장편소설적 요소는 어떤 때는 전개를 지연하기도 하고, 어떤 때는 서사의 에필로그적 성격으로 경도되기도 하며, 또 어떤 때는 무대 뒤 사소한 것들을 서술하는 기능을 수행하기도 한다. 그러나 모든 소설적 메커니즘은 전체 텍스트, 즉 대화로 '쓰인' 소설의 근본적 특징을 두드러지게 드러낸다." "무대 위 대화의 천막집에서 소설"이 창조된다. 그래서 "대화들로 '쓰인' 소설", "속기록에 비견될 빽빽한 소설"[16]이 된다.

페트루셉스카야 후기 드라마의 전형적 예로 1막짜리 연작 희곡 『어두운

15) Тименчик Р. Указ. соч. С. 395.
16) Там же. С. 395~396.

방(*Темная комната*)』을 들 수 있다.

흥미로운 사실은 이 연작 시리즈들은 『음악 수업』에서 다룬 거의 모든 '아픈'(주제적) 점들을 포함하고 있다는 것이다. 감옥 수감, 어머니의 병, 힘든 임신과 불구 어린이의 출산, 기숙사 아가씨들을 모델로 삼는 것, 그리고 심지어 '마지막 물잔' 모티프까지도. 『어두운 방』의 1막짜리 희곡들 중 개별 작품들 각각은 『음악 수업』에서 미처 전개되지 못한 '점적인 슈제트'들 을 하나씩 드러내어 발전시키고 있는 것 같다.

처음에 연작 『어두운 방』은 세 개의 1막짜리 희곡인 「만남(Свидание)」, 「고립된 격리실(Изолированный бокс)」, 「사형(Казнь)」으로 구성되었다. 이후 이 연작에는 이전에 집필되어, 다른 연작 『블루스 할머니(*Бабуля–Блюз*)』[17] 에 포함된 1막 짜리 희곡 「물 한잔(Стакан воды)」(1978)이 보완된다.

1989년 페트루솁스카야의 희곡집 『푸른 옷을 입은 세 아가씨』에는 개별 작품들이 엄격하게 연대순으로 배열되어 있었다. 하지만 그것들 중에서 뽑아낸 연작 선집에서 페트루솁스카야가 중요하게 여긴 것은 가장 전통적이고 간단한 '1막짜리 희곡들'이었다. 그것은 『콜롬비나의 아파트: 4개의 1막짜리 희곡들』과 『블루스 할머니: 5개의 1막짜리 희곡들』(여기에 「물 한잔」도 포함된다)로 뚜렷해졌다.

1996년 작품집을 준비하면서, 페트루솁스카야는 2막짜리 희곡들("2막으로 된 희곡들")과 1막짜리 희곡들을 나누었고 그 희곡들을 "동일한 무대를 위한 서로 다른 희곡들"로 정의했다.

17) 참조할 것. Петрушевская Л. *Собр. соч.*: В 5 т. Т. 3.

마지막으로, 『그런 소녀(*Такая девочка*)』(2002)에서 희곡들(연작 『어두운 방』을 비롯해서)은 '극장용 대화들'로서 표현된다.

장르를 다른 각도에서 정의하려는 움직임이 분명하게 감지된다. 요는 포스트모던 미학에서 너무나도 특징적인, 명확한 장르적 정의들의 씻기, 자유로운 장르적 해석에 대한 지향인 것이다.

연작에서 희곡들의 배열 순서의 변화를 관찰하는 것도 흥미롭다. 처음 위치가 「만남」, 「고립된 격리실」, 「사형」순이었고, 그것은 어떤 '초-슈제트'를 낳는다. 어머니의 병 때문에 아들과 어머니가 감옥에서 만나는 것에서부터 아들의 사형까지가 슈제트를 형성하는 것이었다면, 이후 순서(선집 『그런 소녀』에서), 「사형」, 「만남」, 「고립된 격리실」, 「물 한잔」은 통일된 연작의 슈제트를 '깨뜨리고', 유희적 시학을 강화한다. 거짓된 음모(陰謀)의 법칙들이 효력을 발휘하고, 기만된 예상의 효과가 드러나며, 언어적 실험의 요소가 강화된다.

1막짜리 희곡 연작은 『어두운 방』이란 공동의 제목하에 결합하고, "어두운 방에서는 모든 고양이들이 회색이다"라는 전래 격언을 지향한다고 상정할 수 있다. 여기서 격언은 사상적 수준에서 '평균성'과 '전형성'('모두'), 묘사되는 것의 '비(非)위험성'('회색')뿐만 아니라 어떤 비밀성('어두운 방')의 색채를 제공한다. 연극의 감독-무대 설정을 지시하는 것 외에도 '어두운 방'이란 제목은 어둠에 놀라는 것이 아니라 어둠의 장막을 넘어서 침투할 것을 호소하는 유희적 요소로도 읽힌다. 이런 의미에서 네 번째 희곡의 텍스트로 들어가는 것은 '어두운 방'의 네 번째 구석(이전에는 비어 있던)을 채우게 된다. 표제의 이미지는 비밀스럽고 수수께끼 같으며, 아방가르드하고 상징적인 K. 말레비치의 '검은 사각형'에 대한 인유를 연상시킨다.

만약 작품 구성과 구성의 규범적 배치의 순차성에 대한 작가의 마지막

'편집'을 인정하고, 그것이 분석을 위해 필요하다는 점을 수용한다면, 분석되는 희곡들 중 첫 번째가 되는 것은 「사형」이다.

주제적(이 경우에는 가장 표면적) 차원에서 이 희곡은 '어렵다.' 여기서는 사람을 살해하고 살해한 사람의 몸을 토막 내서 총살형이 선고된 어느 살인자의 사형에 대한 이야기가 다루어진다. '형벌의 최고형'은 희곡의 모든 행동을 비극적으로 휩싸고 있으며, 그것을 지각하는 긴장성('집행의 실행' 장면)은 끔찍한 장면을 그대로 재현하는 일련의 구체적 세부들로 유지된다. 수감자의 '공황'과 공포〔"그를 데려가던 첫날 아침 그는 무릎을 꿇었다. (…) 그냥 주저앉았다. (…) 이렇게. 세 걸음을 걷고는 무릎을 꿇고 쿵 주저앉았다." (158)〕,[18] 두 번의 발사〔"두 번의 부상, 한 번은 쇄골 부근에 대수롭지 않은 상처였고, 두 번째는 사망에 이른 상처"(161)〕, 순간적이지 않은 죽음〔"적중하지 않은 사격"(160), "심장은 추가로 열여덟 번을 뛰었다"(160)〕, 시체의 머리 절단〔"나는 분리되었다"(161), "단지 두 자루일 뿐이었다"(163)〕 등.

그러나 테마가 아무리 예외적이고, 사건 장면이 아무리 세부화되었다고 할지라도 사형 자체와 사형의 주체는 행동의 범위 너머에, 슈제트 · 파불라적 서사의 범위 너머에 위치한다. 그 주위에서 모든 행동이 이루어지고 그것에 대해 언급되고 모든 등장인물들이 그것을 논의하지만, 그 자체는 직접적으로 발생하는 사건들에 대한 주위 환경, 즉 배경으로만 남아 있다.

사형의 실제 주인공들은 사형 집행자들〔첫 번째 사형 집행자(Первый)와 두 번째 사형 집행자(Второй)〕, 감독하는 의료진과 책임자(의사와 소령), '양도'하는 운전기사(운전기사), '인수하는 측'(대학생인 시체실 직원)이다. '죄-벌', '살

18) 『어두운 방』의 인용은 Петрушевская Л. *Такая девочка: Монологи. Диалоги для театра*. М.: Вагриус. 2002에 따른다. 이후에는 쪽수만 표기한다.

인자–법의 대리자' 층위에서가 아니라 양측 중 한 측, 법을 대표하는 주인공들 사이의 내부 충돌로 실재적인 갈등이 이루어진다. 그러나 갈등은 살인자, 범죄자의 죄의식(또는 결백 의식), 총살 등을 둘러싼 그들의 태도 차이에서 비롯하는 것이 아니다. 전문적 준비성 수준에 따른 주인공들의 대립, 더 정확히 말하면 '노련한'('경험 있는' 그리고 '훈련된') 사형 참여자들과 '신참들' 간의 충돌로 갈등은 유지된다. 여기서 '생산적 갈등'의 요소들이 나온다는 점을 첨언할 수 있겠다. "내가 당신에게 스승이라도 된단 말이오, 뭐요? 선생이란 말이오? 노동과 자기 준비를 위한"(158)이라고 한 것이나 총살을 "부업"(58)이라고 부른 것 등은 대표적 사례이다.

외적이고 고양된 존재적 갈등(삶–죽음)은 페트루솁스카야에 의해 낮고 하찮고 일상적인 대체자(프로페셔널–풋내기)로 솜씨 좋게 바뀌고, 이런 교체 자체에서 이미 유희와 '기만'이 드러나는데, 그런 유희와 기만은 대화 참가자들 중 한 사람의 '비준비성'으로 확보된다. 그리고 이는 페트루솁스카야의 뛰어난 언어유희를 매개로 현대 세계의 부조리와 불합리성을 드러내는 우스운 무대의 대화나 일화의 수준으로 서사를 옮겨놓으며, 예기치 못한 형식으로 '어려운' 서사를 가볍게 한다[희곡 장르에서 외래어 '부조리(абсурд)'에 해당하는 러시아어는 '당치 않은 일(чертовщина)'이다. 이 장면을 기술하고 있는 부분 중 단 세 페이지만 보더라도 '악마(черт)'라는 단어가 다섯 번 언급된다는 점을 부연할 수 있겠다(156~159)].

삶과 죽음(이 경우에는 사형)의 문제를 둘러싼 인간의 진지한 성찰은 총살 집행 방법에 대한 '기술적' 문제들에 자리를 양보한다. 첫 번째 사형 집행자: "원숭이한테나 (…) 움직이는 과녁에라도 (…) 훈련은 없었다"(155), 이후에는 "쥐한테"(158) 할 것이다. 두 번째 사형 집행자가 제기한 질문에 대한 답변 문장, "너를 사람 인형으로 만들었으면"(156)에서는 단지 표면적 수준에서만 주인공들 관점 사이에 나타나는 갈등의 차이(인도주의적/비인도주의적)가 지적된다. 두 번째 사형 집행자는 이때 예전의 짝과 수감자를 어떻게 '길들였는지' 이야기한다. "매일 아침 여기저기로 데리고 다녔고"(156), 그에게 사형 준비를 시키면서 또한 "훈련시켰다." 첫 번째와 두 번째 사형 집행자 간의 차이는 단지 한 사람은 이미 훈련되었고, 경험이 풍부하고, 다른 한 사람은 신참["나는 새로운 사람이다"(156), "신참이다"(161)]이라는 사실뿐이다.

이어지는 세 무대에 등장하는 인물들과 관련해서도 이를 적용해볼 수 있다. 의사["당신은 새로운 사람이군요"(161)], 운전기사["우리 사람이 아닌데"(162)], 대학생["새내기"(166)]도 신참들이다.

주인공들 간의 대화에서 행동(사형, 총살, 살인)의 본질과 중요성은 단어의 간단한 교체로 치환된다. 단어의 교체는 (마치) 마술처럼 일의 본질을 바꾸어놓는다.

첫 번째 사형 집행자(총살되는 사람의 자리에 서라는 두 번째 사형 집행자의 이해하기 힘든 제안에 대한 대답으로—저자): 나는 죽이지 않았어요. 나는 아무 잘못도 없어요.

두 번째 사형 집행자: 오늘 죽일 수도 있잖아. 모르는 일이지.

첫 번째: 나는 죽이지 않고 집행하는 사람이에요.

두 번째: 살인을 집행하게 되겠지. (…) 모르는 일이잖아. 그는 이런 식으로 죽였고, 너는 다른 식으로 죽이게 되겠지. 모르는 일이지. 죽이게 될걸.

첫 번째: 당신도 죽이잖아요.

두 번째: 나는 총살하지.

첫 번째: 나도 총살하는 거잖아요. 공익을 위해서. 필요한 일이잖아요. 짐승일 뿐이니까요. 사람을 죽였고 시체를 토막 냈잖아요.

두 번째: 그러니까 나는 네가 죽일 생각이었다는 것을 옳게 말한 거지. 무엇인가를 위해 너는 그를 죽이고 싶었던 거잖아. 그는 무엇인가를 위해 살인을 저질렀고, 너는 이를 위해 그를 죽이고.(157)

페트루솁스카야 주인공들의 언술에서 '죽이다', '총살하다', '(살인을) 집행하다' 등의 단어는 동의어가 아니라, 매우 차별화된(본질상, 대립적인) 의미를 가진 단어들로 진지하게 인식된다. 그러나 말의 사전적 본뜻을 파악하지 못하고 있는, 고의적인 것처럼 어리석은 '사형'의 주인공들은 희극적으로 '말실수를 하게 된다.' '죽이다'라는 단어를 방금 거부하고 그 단어를 '집행하다'로 바꾸던 첫 번째는 곧 다음과 같이 말한다. "난 이렇게 하지 않을 거예요."(158) 그럼으로써 이 경우에, 의미적 어군 '살인(убийство)'에 문맥적으로 연관되며 단어결합 "살인하다(пойти на убийство)"〔은어. "살인하다(пойти на мокрое дело)"〕에서 사용되는 언술 구조를 사용하여 페트루솁스카야의 언어유희 수법을 드러낸다. 바로 그런 형태로 세 번째 무대에서는 운전기사의 대사가 울려 퍼진다. "어째서 나는 이런 살인의 길에 접어들었을까(Зачем я только пошел на это мокрое дело)."(164) 비록 그 대사의 의미가 또다시 아이러니하게 이전되고 전이될 것이지만 말이다. 이 경우에 '살인(мокрое дело)'은 시체를 시체실로 운반하는 것을 일컫기 때문이다.

대략 이런 모델에 따라서 두 번째 사형 집행자의 아이러니하고 감동적인(희극적으로 세심한) 문장도 만들어진다. 원래의 형태는 "사람의 인생을 망치지 마라"

이던 "사람의 죽음을 망치지 마라"(160)와, 본질상 모순 형용인 소령의 대답 "인간적으로 깨끗하게 죽였더라면 좋았을 것을"(162)이 그렇다.

주제(인간의 죽음)의 의미적 비극성은 무대의 전면에서 주위 환경의 경계로 밀려나며, 주제의 장엄하고 비애에 찬 인상은 가벼운 언어유희의 즐거운 희극성으로 교체되며, 슬픔은 우울한 음색을 상실한다. 텍스트의 포스트모더니즘적 구성 법칙들이 완전한 효력을 발휘하게 되는 것이다.

페트루셉스카야는 상대적으로 독립적인 무대 넷을 결합하여 「사형」을 구성한다. 그 무대 각각은 허술한 슈제트 줄거리(총살과, 시체실로 시체 배달) 또는 앞서 지적된 '프로페셔널'과 '신참'들의 갈등적 대립뿐만 아니라, 슈제트 · 갈등의 측면에서 상호작용하는 언어적 결속을 통해 선행하는 무대들에 '묶인다.'

이렇듯, 두 번째 무대에서 무대의 문맥상 '죽다'를 의미하는 개념인 "загрузить(ся)(싣다)(실리다)"(160)가 도입된다.

> 소령: 무엇을 기다렸습니까?
>
> 의사: 실리기를요(Пока загрузится).
>
> 소령: 살아나기라도 기다렸단 말이요. 살아났을 수도.
>
> 의사: 아니오. 그는 확실히 이미 실렸어요.
>
> 소령: 무슨 소리예요. 실리다, 실리다는 말은요. 그런 용어를 찾아냈군요.
>
> 의사: 이 말은 우리 병원에서 하는 말이에요. 환자들을 불안하지 않게 하려고요.(160)

의미가 변형된 채로 바로 이 단어는, 총살된 사람의 시체를 자동차에 실제로 싣고 그 시체를 연구소 시체실로 배달하는 장면을 다루고 있는 세 번째 무대에서 지배적이게 된다. "실으러 가자", "옮기기 위해서는 실어야만 한다", "나는 적재 작업이 없다", "나는 그런 끔찍한 것들을 싣지 않을 것이다", "그렇다면 싣지 말고 가라."(163~165) 두 번째 무대에서 같은 의미('죽다')로 여러 번 반복되고, 세 번째 무대에서 여러 번 언급되었으며('싣다'), 네 번째 무대에서 살짝 나타난("고인을 싣도록 합시다"(166)), 페트루셉스카야의 '싣다'라는 단어는 그 의미의 '일시적 다의성'을 토대로 고유하고 아이러니한 슈제트를 유희하기 시작한다.

> 첫 번째 무대에서 살인에 대한 이야기 중에 나왔고("분리시키다, 해체하다", "부검한 시체"(157)), 두 번째 무대에서 의사가 말했고 소령이 받은(161) 단어 '분해하다'도 그런 유의 연결로 간주할 수 있다.
>
> 이후 희곡들에서 그런 '단어 · 인용어'들은 "사형하다"(「사형」과 「만남」에서), "어른이 되시오"(「만남」과 「물 한잔」에서), "선고하다", "(사람에 대해서) 필요치 않다", "적재", "훈련하다"(「사형」과 「물 한잔」에서) 등 개별적인(독립적인) 드라마 속 대사들 사이의 연관성을 보장하는 단어들이 될 것이다.

"내장 기관 중" "꼬리"(167)에 해당하는 것을 반환하기 위해 준비하는 의대생이 참여하여, 시체실의 입구에서 전개되는, 「사형」의 네 번째 무대에서는 또 하나의 기법을 확인할 수 있다. 페트루셉스카야는 때때로 동의어를 음은 비슷하지만 뜻이 다른 단어들로 바꿔놓으면서 긴 동의어 계열을 열거한다. 고인에 대해서는 "새로운 재료"(167), "값진 인간 자료"(170), "물건(добро)"(물건을 가지고 어디로 갈까요?(167)), "몸뚱이(туша)"(167). 머리에 대해서는 "주전자"(167. 그러나 이 대화에서는 "주전자가 끓는다"(168)라는 진짜 주전자에 대한 언급도 나온다〕. “농촌 소비에트”〔“농촌 소비에트는 체벌하지 않는다”(168), “머리는 소비에트의 집이다”라는 표현과 유사하다〕. “죽다(умереть)” = “끝장이다(каюкнуться)”(166), “죽다(은어)(зажмуриться)”(169), “죽음(смерть)” = 단순히 “중단(прерывание)”(168) 또는 “삶의 인공적 중단”(168. 임신의 인공적 중단과 유사하다), “묘지(кладбище)” = “묘지(жмурдром)”〔169. “죽다(зажмуриться)”, 즉 “죽다(умереть)”에서 생성된〕. 채무로서의 “꼬리”(167)와 “기관”(167)으로서의 “꼬리” 등.

서사의 제목(‘사형’)과 그 테마(총살)로 부여된 비극적 어조는 희곡의 결말에서 언어적 익살을 통해 우스운 어릿광대 극으로 변형된다. 슈제트 줄거리는 완성되지 못한 채 남지만(‘몸’의 이후 운명은 관심 밖이고 알려지지 않는다), 희곡의 다음 전개는 전망이 없다. 언어유희는 절정에 도달했고 그런 유희를 계속하는 것은, V. 소로킨의 개념주의 소설들의 황당무계한 아브라카다브라식 결말의 부조리함과 유사하기 때문이다.

『어두운 방』에 포함된 1막짜리 희곡들 중 두 번째 희곡 「만남」은 감옥 면회에서 이루어진 어머니와 아들의 대화이다.

『그런 소녀』에서 「만남」과 다른 희곡들의 위치를 바꾸었을 뿐(이전에는 「만남」이 연작의 맨 처음이었다), 페트루셉스카야는 텍스트를 조금도 변화시키지 않았다. 그러나 희곡의 ‘움직임’은 긍정적이었다. 유일한 메타텍스트가 새로운 색채를 띠게 된다.

대학생이 “주머니에서 한 조각을 꺼내서 깨물어 먹는다”(170)로 「사형」이 끝난다면, 「만남」에서 아들은 “다 씹어 먹고는 얼굴을 닦는다”(171)로 끝이 난다. 희곡들의 위치 변화로 인해 우연하고 중요하지 않은 디테일은 예기치 않게 추가적인 의미로 포화된다. 이전에는 「만남」으로 연작을 시작하여 아들의 형상이, 「만남」 뒤에 오는 희곡 「사형」에서 총살당하는 사람의 형상으로 자연스럽게 넘어갔다면, 희곡들이 재배치되면서 「만남」에 나오는 아들의 형상은 「사형」에 나오는 살인죄로 총살이 선고된 사람의 형상으로도 읽힐 수 있지만, 시간상으로 성숙된 대학생의 형상(또는 다른 모든 주인공의 형상도 가능하다. 왜냐하면 "어두운 방에서는 모든 고양이들이 회색"이기 때문이다)으로도 읽힐 수 있다.

네 개의 무대로 구성되며 중요하지는 않지만 일정 위치를 가지는 슈제트 이동들이 나타나는 「사형」과 비교해보면, 「만남」은 더 정적이다. 모든 대화는 짧은 면회 시간으로 제한되고 감옥 안에서만 이루어진다. 즉 드라마적(무대적) 슈제트는 더 약해지고, 희곡을 형성하는 기본적 충돌이 되는 것은 살인에 대한 아들의 생각이다["생각이 그를 괴롭혔다……"(179), "어떻게 할까, 죽여야 하나? 무엇을 위해서? (…) 신이 있지 않은가! (…) 세상에나. 매일 괴롭히고 죽인다……. 매일, 가만 내버려두질 않는다……"(178)].

페트루셉스카야는 주인공들의 살인 인식을 추상적 · 형이상학적 차원으로 이동시킨다. 「사형」에서 주인공들은 이미 '죽이다', '총살하다', '집행하다'라는 개념들을 차별화하고, 등장인물 중 한 명은 가능할 수도 있는 "심리의 오류"(157)에 대해 지나가듯 이야기한다. 「만남」에서 살인자 주인공[어머니, 아버지, 자기가 사랑하는 여자의 약혼자와 두 여자 친구를 죽였다. "나는 5명이나 죽였다!"(178)]은 유산된 아이들의 운명을 슬퍼하며 '운다'. "한 과에서 낙태를 30번이나! 병원들이 얼마나 많은가! 살아 있는 사람들이 아닌가! 모든 것이 들리고 느끼고 있다! 뒹굴기도 한다! (…) 아버지와 어머니, 할머니와 할아버지도 다 있다! (…) 살아 있는 아이들이다!"(178) 살인 모티프는 배가되고(살인자는 살인자 · 간호사들을 비판한다), 세 배로 증가한다[거의 도스토옙스키식으로, 어머니는 "노파를 죽이고, 노파의 임신한 여조카를 죽이던" "강도질"에 대해 이야기한다(173)]. 이런 철학적 충돌은 다음과 같은 어머니의 말에서 절정에 이른다. "그를 죽이려고 한다고 그가 죽였지만, 그는 죽이지 않았어. 아니야! 그는 그렇게 여겼을 뿐이야."(179) 포스트모던적인 현대인의 생각과 말의 회오리 속에서 누가 죽었고, 누구를 죽였고, 무엇 때문에 죽였고, 정말 죽인 것인지에 대한 관념이 상실된다.

부조리한 세계를 지탱하는 이해 가능한 유일한 현실은 어머니가 고집스럽게 아들에게 먹여주는 "유고슬라비아산(産) 말린 자두"(174)로 만든 과일 달인 물이다. "과일 달인 물 먹을래? 밤에 끓였단다"(172), "과일 물 좀 마셔봐라. 위가 잘 소화할 거야. 몸에 좋은 거란다"(174), "과일 물 다 마시렴, 내가 홀가분한 몸으로 떠나게"(174), "과일 물 다 마셔. (…) 과일도 좀 건져 먹고."(175) 「사형」에서와 마찬가지로, 「만남」에서는 심각한 존재론적 문제들(살인과 운명적 선고를 앞두고 있는)이 대수롭지 않은 일상적 세부들(과일 달인 물과 정상적인 소화)과 균일해진다. '균일화' 과정은 언어를 통해 이루어진다. 작열하는 상위의 비극성은 그가 구사하는 하위의 언술 · 언어적 형식들 덕분에 사라진다. 속어, 무인칭과 부정 인칭 구문, 불완전한 문장들〔"그를 만났어?(Встретила его), 그에게 전화했어(Звонила ему), 찾아가보라고 충고했어(Посоветовал обратиться)"(171)〕이 사용된다. 언어적 규범들이 파괴되고〔"말린 자두를 (…) 가져왔어(принесла (…) черносливу)"(174)〕, "활동성/비활동성"〔호송병에 대해서 "어머니는 추르반[19]에게 고개를 끄덕인다(Мать кивает на Чурбан)"(176)〕의 특징들이 감소된다. 동의어와 동음이의어가 혼합되고, 단어들의 다의성〔"과일 물을 끓이다(варить компот)"와 "위가 소화되다(варит желудок)"[20]〕이 사용되며, 은유적 의미가 구체적 의미와 결합한다〔"가벼운

19) 〔역주〕 사람 이름이고 사람은 활동체이므로 원래는 'Чурбана'라고 표현해야 한다.
20) 〔역주〕 동사 '바리치(варить)'는 '끓이다'와 '소화되다'라는 뜻이 있다.

마음으로" 떠나다와 "가벼운 몸으로", 즉 손에 든 것 없이 떠나다〕. 언어의 부조리함은 존재의 부조리함을 표현하게 된다. 이런 과정 속에서 어머니는 깨달음에 이른다. "세상에, 세상에 (…) 그가 미쳐버렸어."(178~179)

「만남」에서는 등장인물들의 대화적 관계가 감지된다면〔어머니는 주로 과일 달인 물에 대해 말하며, 아들은 집요하게 "누가 전화했는가?"를 물어보지만, 그들이 료르카에 대해 언급할 때는 "이야기가 중단된다"(173~175)〕, 『어두운 방』의 세 번째 방인 「고립된 격리실」에서는 병실에서 이루어지는 A와 B의 대화가, 상당히 카오스적이고 즉흥적으로 서로 뒤섞이는 두 개의 독백으로 변형된다. '고립된 격리실'이란 제목 자체에서 다른 병실로부터뿐만 아니라〔"사람들을 놀라게 하지 않기 위해"(189)〕, 서로에게서 격리된 환자들의 고립성이 읽힌다.

「고립된 격리실」에서 대화는 A의 "하지만 내게 사람들이 이야기했듯이……"와 B의 "하지만 나는 이미 영화관에 다니지 않는다……"(180)라는 문장으로부터 시작된다. 거기서 "하지만……"으로 시작되는 문장은 마치 계속해온 것 같은 대화의 표시가 되는 것 같다. 그러나 두 번째, 세 번째 대사들에서 똑같은 언술 공식과 구조를 사용하여 똑같은 현상〔"이 젊은 사람(этот молодой человек)"/"이 젊은 사람(этот молодой человек)", "2년(два годочка)"/"2년(два года)", "수치(позор)"/"부끄럽다(стыжусь)"(180)〕이 부각되면서, 실제로 그들은 서로의 말을 듣지 않고 각자가 자신에 대해서 다른 것을 이야기하고 있다는 사실이 분명해진다. 외적인 언술 형식의 유사함은 발언된 것이 의미의 본질적 공통성을 반영하지 않는 것이다.[21]

21) 티멘치크는 "주인공들의 본질적이지 않은 상호작용"에 대해 언급하고 있다(Тименчик Р. Указ. соч. С. 395 참조).

하지만 각각의 독백은 대화적이다. 왜냐하면 '내적으로' 두 목소리들로 구성되기 때문이다. B의 독백은 할머니와 죽은 여조카 이로츠카(Ирочка)의 목소리들〔B: "할머니 내 방에 자주 오지 말고 울지 마세요. 얘야, 자주라니, 내가 이미 한 달을 꼼짝 않고 있는데"(183)〕로 구성되며, A의 독백은 어머니와 아들의 목소리들〔"왜, 아들아, 돈을 낭비하니? 나는 아무것도 필요 없단다. 여기서 다 먹여주잖아. 필요해요, 필요해요, 엄마"(185)〕로 구성된다. 이런 식으로 독백들은 대화로 변화되고, 대화는 다음성으로 변화되며, 그들의 다성성은 "바빌론적 무질서", "부산함"(187), 주위 삶(과 의식)의 북새통과 무질서라는 느낌을 낳게 된다.

이전의 희곡들에서처럼, 「고립된 격리실」에서 의미적 차원의 카오스는 언어적 표현의 카오스로 확고해진다. A와 B의 언술 구조는 수많은 오류와 조잡한 것들로 가득 차 있으며, 작가가 주도하는 작가와 등장인물 사이의 언어유희로 강화된다. 이렇듯 사람의 성(性)을 규정할 때, 성적(性的) 차이가 사라진다〔"흐릿해진다(затуманиваются)"〕. "닥터 고고베리제(доктор Гогоберидзе)"에 대한 첫 번째 언급(184)에서, 남자 닥터〔'공통' 성(性)의 명사 '닥터'와, 남성인지 여성인지 성적(性的)으로 표시되지 않는 그루지야 성(姓)[22]이 인접함〕에 대해 언급되는 것 같지만, 몇 단어가 지나자 바로 예기치 않게("기만적으로") 닥터 고고베리제는 여자라는 것이 밝혀지는 것이다〔"말했다(сказала)"(184), 희곡의 내용에서 중요하지 않은 디테일이 무질서함을 야기하고, 기본적 의미로부터 벗어나게 한다〕. 축자적으로 일회체 동사("죽다")에 다수성의 특징이 결합한다. "나는 병원마다 노력하고 있어요. 내가 떠나는 것('죽

22) 〔역주〕 러시아에서 여성의 성은 'a'로 끝나고 남성의 성은 자음으로 끝나기 때문에 남녀 구별이 가능하지만 그루지야의 성에는 그런 구별이 없기 때문에 성만으로는 남녀를 구별할 수 없다.

는다'는 의미에서—저자)이 그가 이미 처음 해보는 것은 아닐 거예요. (…) 그가 훈련해보도록 내버려두세요."(185) 단어의 다의성도 사용된다. "마침 24세에 그는 끝마칠 거고, 나도 끝마치게 돼요"(184)는 아들은 대학을 "끝마치게 되고", 어머니는 죽게 된다는 의미다. 장소를 지시하는 명칭 두 개가 구체화에서 일반화로 배열되면서 아이러니의 효과를 낳기도 한다. "그녀는 탈린[23]으로, 발트해 연안으로 감돌아간다."(185)[24] 「만남」에 존재하는 광기의 모티프(사상적·내용적 그리고 형식적, 언어적 차원에서)는 여기서도 반복되어 나타난다. "미쳤어, 어떻게 된 거야? 미쳤지. 우리 할머니는 완전히 정신이 나갔어."(187)

마지막으로, 『어두운 방』의 네 번째 희곡 「물 한잔」은 훨씬 더 희곡적이지 않다. '대화'라는 부제가 붙은 이 희곡은 처음부터 끝까지 독백이고, 서사시적이고 서술적이다. 왜냐하면 순차적이고 차분한 M의 고백이기 때문이다. A의 개별적인 대사는 이런 배경에서 우연적이고 무의미하게 보이며 엉뚱하게 발화된다. 이렇듯, "당신은 교묘한 여성이잖아요?"라는 M의 질문에 A는 "괜찮아요. 시간이 있어요"(192)라고 엉뚱하게 대답한다.

광기의 모티프는 형식적인 서류를 통해 완성된다. M은 "증명서를 가진 정신병자"이고, 그녀는 "모든 것을 신통하게 빠져나간다."(194) A에 대해서는 "정말로 미친 여자이다"(207)라고 언급된다.

앞서 언급한 등장인물들의 '고립성' 모티프는 민속적·민중적 형식을 획득한다. 무대 외적인 측면에서 중심적인 위치를 점하는 대상은 '늑대'이다.

23) 〔역주〕 에스토니아의 수도이다.

24) 〔역주〕 발트해 연안에 탈린이 있다. 따라서 더 큰 공간 범주인 발트해 연안이 오고, 그 다음에 세부 공간인 탈린이 오는 것이 논리적 순서에 부합한다. 그런데 보그다노바는 탈린이 먼저 오고 그 다음에 발트해 연안이 와서 아이러니가 발생한다고 보고 있다.

늑대는 M이 자신의 남편을 일컬을 때 사용되는데, 이때 이렇게 부언된다. "늑대는 늑대야. 잡아서 먹어버리지. 위생사거든."(205) 남편을 늑대로 규정한 M의 정의는 한편으로는, "사람은 사람에게 늑대다"(또는 "늑대들은 숲의 위생사이다")라는 격언을 기억 속에 떠올리게 하며, 다른 한편으로는 '위생사'라는 단어를 토대로 「고립된 격리실」의 환자들, 「만남」의 "정신병 환자들", 「사형」에서 시체실의 위생사 · 대학생과의 연관 관계를 성립시키고, 일반적인 질병, 전염병, 현대 삶의 주요 질병 등을 연상시킨다.

'질병'은 언어도 손상한다. 희곡의 제목이 된 '물 한잔'에 대한 유명한 표현("누구나 나이 들면/죽기 전에 물 한잔 내밀게 된다")은 '뼈아픈' 금언 "늙어서도 시체실에 누워 있는 내게 물 한잔 던져줄 사람이 없다"(198)로 바뀌며, "우리는 서로에게 전일적 세계를 대신했다"(198)는 표현은 "우리는 서로에게 모든 것에 대해 욕했다"(198)로 읽힌다.

여자 주인공들의 '이름들'도 언어유희의 대상이 된다. 이름들은 한 글자로만 이루어져 있고, 단락이나 텍스트로부터 고립되어 있으며, 그 자체만 놓고 보면 수직으로 배열되어 있다. 그런데 이렇듯 무질서하게 배치된 이름들이 분명하게, 어떤 때는 "엄마(MAMA)"(여자 주인공의 비극과 그녀의 쌍둥이들의 죽음에 대한 회상처럼), 또는 "암(AM)"(늑대의 감탄사처럼)을 지시하면서 비극적인 것과 희극적인 것, 끔찍한 것과 우스운 것을 혼합한다.

이런 식으로 『어두운 방』은 1980년대 말에서 1990년대 중반에 형성된 페트루솁스카야의 '새로운' 드라마의 모델이 된다. 드라마의 고전적 구성 요소들(시간, 장소, 행위)은 지배소(행위)로서의 우월성을 상실한다. 그리고 페트루솁스카야의 정의에 따르면, 그녀의 작품들은 '희곡'에서 '극장용 대화'로 변화한다. 『어두운 방』은 그런 희곡들 중에서, M. 바실리예바에 따르면, "장르들을 (…) 슈제트 층위에서 탐색하는 과정에서 슈제트의 '소실점'

을 규정하는 정제된 대화이다. "이후 대부분의 작품들은 어두운 방의 변형이었고 이후 주인공들은 그 방의 다음 거주자들이었다."[25)]

25) Васильева М. Так сложилось // *Дружба народов*. 1998. No. 4. С. 205.

약전

제1장(561쪽)을 참고하시오.

텍스트(희곡)

Петрушевская Л. Любовь//*Театр*. 1979. No. 3.

Петрушевская Л. *Песни XX века: Пьесы*. М.: Союз театральных деятелей РСФСР. 1998.

Петрушевская Л. *Три девушки в голубом: Сб. Пьес*/Послесл. Р. Рименчика. М.: Искусство. 1989.

Петрушевская Л. *Тайна дома*. М.: 1995.

Петрушевская Л. *Собр. соч.: В 5 т*. Харьков: Фолио: М. : ТКО "АСТ". 1996.

Петрушевская Л. *Такая девочка: Монологи. Диалоги для театра*. М.: Вагриус. 2002.

학술 비평

Абросимова А. Шут-приятель роз: Мания Людмилы Петрушевской//*Назасимая газета*. 2001. 3 нояб.

Арбузов А. Эти двое//Славкин В., Петрушевская Л. *Пьесы*. М.: 1983.

Агишева Н. Звуки "М": О драматургии Петрушевской//*Театр*. 1998. No. 9.

Агишева Н. Уроки музыки Людмилы Петрушевской//*Московские новости*. 1992. No. 50.

Алексеева Е. Москалева Е. Семейные сцены. комнатные драмы//*Молодой Ленинград*. 1983.

Бавин С. *Обыкновенные истории*: Л. Петрушевкая: Библиографический очерк. М.: 1995: М.: 1998.

Владиморова Зю "И счастья в личной жизни!"//*Театр*. 1990. No. 5.

Воронин В. Абсурд и фантазия в драме постмодерна//*Русский постмодернизм*. Ставрополь: 1999.

Громова М. *Русская драма на современном этапе(80-90-е гг.)*. М.: МГУ. 1994.

Демин Г. Если сличить силуэты: (О драматургии Л. Росеба и Л. Петрушевской)//*Литературная Грузия*. 1985. No. 10.

Демин Г. *Вампиловские традиции в социально-бытовой драме и ее воплощение на*

столичной сцене 70-х годов: Автогреф. канд. дис. М.: 1986.
Доктор Р. Плавинский А. Хроника одной драмы: "Три девушки в голубом": пьеса. спектакль, критика//*Литературное обозрение*. 1986. No. 12.
Захаров М. Коридор поиска//*Театр*. 1986. No. 12.
Злобина А. Драма драматургии: В пяти явлениях. с прологом. интермедией и эпилогом //*Новый мир*. 1998. No. 3.
Иванова М. Иванов В. Тайна целого//*Театральная жизнь*. 1987. No. 8.
Кладо Н. Бегом или ползком?//*Современная драматургия*. 1986. No. 2.
Кузнецова Е. Мир героев Петрушевской//*Современная драматургия*. 1989. No. 5.
Меркотун Е. Диалог в одноактной драматургии Л. Петрушевской//*Русская литература XX века: Направления и течения*. Екатеринбург.: 1996. Вып. 3.
Переведенцев В. "Личная жизнь" на сцене и в жизни//*Современная драматургия*. 1987. No. 3.
Скоропанова И. Фаллогоцентризм как объект осмеяния в пьесе Людмилы Петрушевской "Мужская зона"//*Преображение*(М.). 1998. No. 6.
Скоропанова И. *Русская постмодернистская литература: Учебное пособие*. 2-е изд. испр. М.: Флинта: Наука, 2000(глава "Комедийно-абсурдистский бриколаж: "Мужская зона" Людмилы Петрушевской").
Смелянский А. Песочные часы//*Современная драматургия*. 1985. No. 4.
Стрельцова Е. Мистический нигилизм в стиле конца века//*Современная драматургия*. 1998. No. 1.
Строева М. Мера откровенности: Опыт драматургии Людмилы Петрушевской//*Современная драматургия*. 1986. No. 2.
Строева М. Реабилитация души(Новая пьеса Людмилы Петрушевской на сцене МХАТа в проезде Художественного театра)//*Литературное обозрение*. 1989. No. 10.
Строева М. В ожидании открытий: О судьбе театра Л. Петрушевской//*Известия*. 1989. 22 августа.
Тименчик Р. Уроки музыки Людмилы Петрушевской//*Театральная жизнь*. 1987. No. 23.
Тименчик Р. Ты – что? или Введение в театр Петрушевской//Петрушевская Л. *Три девушки в голубом*: Сб. пьес/Послесл. Р. Тименчика. М.: Искусство. 1989.
Туровская М. Трудные пьесы//*Новый мир*. 1985. No. 12.
Шагин Н.(Послесловие к пьесе "Сырая нога, или Встреча друзей")//*Современная драматургия*. 1989. No. 2.

3. 니콜라이 콜랴다의 '심리학적 포스트모더니즘'

니콜라이 콜랴다의 희곡들은 현대 포스트모던 드라마 작품들 중에서 독특한 위치를 차지한다. 콜랴다는 "현대적이고 성공한 유행 드라마 작가"[1]이며, "현대 러시아 극작가들 중에서 가장 인기 있으며",[2] "객관적으로도 인기 있는" 극작가이다.[3]

콜랴다는 L. 페트루셉스카야, A. 카잔체프, A. 갈린,[4] S. 즐로트니코프,[5] S. 코콥킨[6] 등과 나란히 현대 희곡의 '새로운'(포스트밤필로프) 물결에

1) Короткова С. *Тихая радость любви*//www.koljiada.uralinfo.ru/1.htm.

2) Давыдова М. *Без дураков*//www.guelman.ru/culture/articles/davydova.htm.

3) Сальникова Е. В отсутствие несвободы и всободы//*Современная драматургия*. 1995. No. 1~2. С. 68.

4) 〔역주〕 Александр Михайлович Галин, 1947~. 러시아의 희곡작가, 시나리오작가, 연극·영화감독이다. 본래의 성은 포레르(По́рер)이다. 희곡 작품으로는 『벽(*Стена*)』(집필 1971년, 공연 1987년), 『철새가 날아가네(*Летят перелётные птицы*)』(1974), 『도서관 사서(*Библиотекарь*)』(1984), 『여자 주인공의 꿈(*Сон героини*)』(2006), 『동료들(*Компаньоны*)』(2007) 등이 있다.

5) 〔역주〕 Семён Исаакович Злотников, 1945~. 러시아의 희곡작가, 감독, 시나리오작가, 소설가이다. 희곡 작품으로는 『안토니나의 남편들(*Мужья Антонины*)』(1976), 『모든 것이 잘될 거야(*Все будет хорошо*)』(1977), 『이반과 사라(*Иван и Сара*)』(2001), 『줄무늬 인생(*Жизнь полосатая*)』(2004) 등이 있다.

6) 〔역주〕 Сергей Борисович Коковкин, 1938~. 러시아의 배우, 연극 감독, 희곡작가이다. 러시아의 공훈배우이며 모스크바 '오스탄키노'텔레비전과 라디오방송사대학 연극학부 학장

속한다. 이들은 현대문학에서 기준점들의 부재, 수직과 수평의 경계 허물기, 사물들의 척도 폐지, 가치의 가격 폐지 등을 확고하게 선언한 포스트모더니즘의 원칙들을 따르며, 포스트모더니즘의 철학적·미학적 범위 내에서 발전하였다. 그래서 "러시아 희곡에서 가장 특징적인 모든 (…) 모티프들과 기법들"[7]을 포함하고 있는 콜랴다의 희곡에서는, 노출된 자연주의와 '체르누하[8]·포르노적' 이미지성의 특징과 형식들을 가장 원시적 차원에서 획득하는 상대성, 카오스성, 부조리함이 예술적·드라마적 세계를 통제하는 기본적 법칙들이 된다. "에파타주[9]가 희곡작가 콜랴다의 일반적 원칙"[10]이며, "니콜라이 콜랴다는 혼란과 몰락을 노래하는 가수"[11]로서, 현대 생활에서 방향성의 상실, 위와 아래의 혼합, 비극성과 희극성의 등가성과 등식성을 드러내는 "'밑바닥'의 화가"[12]이다. E. 포트첸코바에 따르면 "콜랴다는 (…) 포스트소비에트 체르누하의 아버지는 아니더라도, 최소한

이다. 『시카고의 체호프(*Чехов в Чикаго*)』, 『도주(*Побег*)』, 『적나라한 진실(*Голая истина*)』 등이 있고, 시나리오와 감독을 맡은 영화로는 〈브롯스키, 홍수가 담긴 풍경(Бродский. Пейзаж с наводнением)〉(2010), 〈남기 위해 떠났다(Ушел, чтобы остаться)〉(2011), 〈열정주의자의 조치(Демарш энтузиаста)〉(2011) 등이 있다.

7) Там же. С. 68.

8) 〔역주〕 Чернуха. 삶과 일상의 어두운 측면들을 뜻하거나, 또는 그런 어두운 측면을 보여주는 영화나 소설 등을 일컫는다. 1970~1980년대 유럽의 여러 국가들과 1980~1990년대 초 소련의 국가들과 유럽 국가에서 사회 평론적 용어로 인기를 끌었다. 이런 영화와 문학작품들은 주로 매춘〔영화 〈인터걸(Интердевочка)〉〕, 마약〔영화 〈바늘(Игла)〉, 〈지옥으로 향한 길(Дорога в ад)〉〕, 군대 내의 폭력, 범죄〔영화 〈법안의 도둑(Воры в законе)〉〕 등을 다루었다.

9) 〔역주〕 파렴치한 행동이나 도의, 관습에 맞지 않는 행동을 뜻한다.

10) Лейдерман Н. *Драматургия Николая Коляда: Критический очерк. Екатеринбург*: Каменск-Уральский: Калан. 1997. С. 51.

11) Одина М. *Некрасов нашего времени: В "Современнике" играют Коляду в постановке Коляды* // www.koljada.uralinfo.ru / 1.htm.

12) Вербитская Г. *Традиции поэтики А. П. Чехова в драматургии Н. Коляды* // www.koljala.uralinfo.ru / 1.htm.

체르누하의 가장 철저한 어머니이다. (…) 상상해보라. 더럽혀진 도랑……
이 도랑을 따라 똥이 흘러간다. 덩어리들로, 진탕으로…… 똥으로 가득한
도랑! 더럽고 털이 빠진 쥐가 그 똥을 똥물에 사레가 들려가면서 허위허위
가로지르고 있다…… 쥐 등에는 새끼 쥐가 타고 있다. 혐오스럽고, 부스
럼 딱지투성이에, 버짐이 일었고, 고름이 나오는 새끼 쥐…… 갑자기 도랑
위에 박쥐 날개가 어른거렸다. 마찬가지로 더럽고, 고약한 냄새가 풍기고,
지쳐버린 박쥐다. 새끼 쥐가 대가리를 들고 소리친다. "엄마, 저기 보세요!
천사예요. 천사." 희곡 「차단물(Рогатка)」의 주인공들 중 한 명이 다른 주인
공에게 이야기해주는 이 일화에는 니콜라이 콜랴다 창작의 모든 형이상학
이 들어 있다. 행위의 필연적 장소는 똥으로 가득 찬 도랑이다. 이 도랑에
는 사회적 하층민으로 이루어진 사람들, 또는 타락한 사람들, 또는 몰락
한 사람들이 있다. 러시아 방방곡곡의 인분뇨로 가득한 죽탕을 날뛰어 건
너는 파렴치하고 악한 쥐들이다. 그들은 느낌이 아니라 감정으로 살아가
며, 감정이 강할수록 더 좋다. 그렇지 않으면 가라앉아버린다. (…) 콜랴다
는 (…) 새로운 시대의 작가다. 그는 학대받고 모욕받은 이들을 노래하는
가수가 아니라 더럽고, 악취 나고, 악하고, 질투 많고, 불결하고, 고통받는
이들을 노래하는 가수이다."[13)]

콜랴다 희곡 무대를 장악하고 있는 흐로노토프는 작가 자신에 의해
서 "우리의 나날들"과 "러시아의 시골"로 정의된 시간과 장소로 이루어진
다.(「페르시아 라일락(Персидская сирень)」, 제2권, 356~357)[14)] "희곡의 행위는

13) Фотченкова Е. *Лирическая песнь о крысах, мышах и дебильных харях* // www.koljada.uralinfo.ru/1.htm.

14) 콜랴다의 희곡들은 Коляда Н. 1) *Пьесы для любимого театра*. Екатеринбург: Каменск-Уральский: Калан. 1994("кн. 1"); 2) 「*Персидская сирень*」 *и другие пьесы*.

시골에서 일어나며, 만약 대도시에서 일어난다면 참가하는 주인공들의 자의식은 지하나 변두리를 지향한다. 상스러운 말들이 가득 적힌 출입구들, 천장에서 물이 뚝뚝 떨어지는 아파트들, 어디로든 떠나고 싶어하는 어린이의 희망……."[15] 희곡의 소재는 현대(포스트소비에트) 사회구조의 '하층민의 세태 풍속'이며, 그것의 가장 확고한 정의는 '바보'와 '정신병원'이다. "바보들의 배"〔「사람을 싫어하는 우리의 바다, 또는 바보들의 배」(1986), 제1권, 5〕, "작은 정신병원"〔「무를린 무를로(Мурлин Мурло)」(1989), 제1권, 321〕, "마을 어귀의 정신병원"〔「오긴스키의 폴로네즈(Полонез Огинского)」(1993), 제1권, 91〕, "바보 같다"〔「페르시아 라일락」(1995), 제2권, 359〕 등. 그러나 포스트모더니즘적 인식의 전통에서는 콜랴다 희곡들에 나타나는 이런 '미친' 세계가 '정상적'이고 '표준적'이며, 예사이고 보통이며, 받아들여질 수 있고 익숙하게 보이며, 그렇게 인식된다. 창문 너머의 '귀청을 째는 듯한 외침'에 「무를린 무를로」의 주인공들은 '관심을 기울이지 않는다.' 왜냐하면 그들에게는 다음과 같은 사실이 분명하기 때문이다. "그냥 소리치는 거예요. 지루해서 기분전환하는 거예요."(제1권, 320) 「밀짚모자(Канотье)」(1992)에서는, 새로 이사온 사람에게는 "마치 지옥의 악마들이 죄인들을 끓는 물에 삶는 것" 같은 느낌을 주는, 집 아래에 설치된 지하철 노선 때문에 규칙적으로 반복되는 "지하의 우르릉거리는 소리와 굉음"에도 이 아파트에 오래 산 토박이들은 "아무런 관심을 두지 않는다"(제1권, 142) 등.

E. 살니코바: "콜랴다 희곡들에 나오는 스캔들과 욕설들은 낙천적인 무엇이 있다. 싸울 누구가 있고, 관계를 밝혀야만 할 누구가 있으며, 비형식

Екатернибург: Каменск-Уральский: Калан. 1997("кн. 2"). 이후에는 쪽수만 표기한다.

15) Кукулин И. Ему и больно. смешно… //*Независимая газета*. 2000. 17 авг. С. 4.

적이고, 허물없는 자신들만의 교제가 또한 존재한다. 또한 소리치고, 울고, 하찮은 것에 관심을 기울이고, 무엇을 요구할 힘이 있으며, 또한 서로 치고받고 싸울 사람들이 있다. 본질상 이 모든 것은 불완전한 (…) 세계에서 불완전한 사람들의 정상적인 대화와 정상적인 파트너 관계를 형성한다."[16]

'새로운 드라마'의 규범들에 맞게 콜랴다 희곡의 주인공은 '하류층'과 '변두리' 사람이며, '교외'와 '시궁창'의 주민이고, 공동주택과 기숙사의 거주자이자 무위도식자이며, "인도주의가 진공상태에 있는 막다른 골목"에 사는 "작은 사람"이다.[17] 이런 사람들은 인텔리(과거의 화가들, 가난한 음악가들)이고, 노동하는 사람들(택시 운전사와 판매원, 수의사와 군인들, 수리공들과 도장공들, 교사들과 화학 종합 공장의 노동자들)이며, 연금 생활자들과 불구자들이다. '거리'의 언어, 욕설과 음담패설은 콜랴다 등장인물들이 구사하는 어휘 사전의 가장 적합하고 '정상적인' 구성 요소이다.

그러나 콜랴다는 등장인물의 사회적 지위나 문제의 사회적 측면에 흥미를 가지지 않는다. 주인공들의 철학적 · 심리적 구성 요소는 '타락한' 주인공의 고독이다. 그 주인공은 '극도로 미친' 세계에서 길을 잃어버렸고, 사람들뿐만 아니라 자신과도 관계가 절연되었으며, '동떨어져' 살고 있고, '나와는 상관없다'와 '각자가 스스로 알아서'라는 원칙에 따라 살며, 모든 것으로부터 고립되어 교제를 싫어하는 거칠어진 사람들이다. 콜랴다의 관심 분야에는 가루가 되고 병든 영혼들, 비뚤어진 운명들, 상처받고 냉혹해진 마음들이 있다. 콜랴다 희곡들의 미시 세계와 거시 세계는 거짓과 폭력,

16) Сальникова Е. Указ. соч. С. 68.
17) Вербитская Г. Указ. соч.

상스러운 욕과 구타, 술 취함과 음담패설로 이루어진다. "우리들 앞에는 어떤 사회적 그룹이나 사회계층의 대표자들이 있는 것이 아니다. 물론 주인공들은 어디선가 일을 하고 어느 시설에 소속해 있지만(하지만 종종 일하지도 않고 소속되지 않은 경우도 있다), 그들은 가장 단순하고 부담이 되지 않는 일이라고 할지라도 그 일 문제로 살아가지는 않는다. 그들은 생활이 순탄하다고 할 수 없는데도 불구하고 생활의 문제들에 괴로워하지 않는다. 사회적, 공공적, 일상적 공간에서의 삶은 아주 힘겹게 제공된다. 거기서 등장인물들은 어떻게든 적응을 했더라도 성공하지는 못했다."[18]

N. 레이데르만은 이렇게 말한다. "니콜라이 콜랴다의 첫 번째 희곡들이 등장했을 때, 그것은 '포스트소비에트' 현실을 담은 자연주의적 흔적쯤으로 인식되었다. 치통마저도 궁핍한 삶의 싫증 난 특징들로 간주되어버리는 상황, 초라하고 불쾌한 것들, 아파트에서 벌어지는 옥신각신하는 말다툼, 소박한 오락거리, 술에 취해 부리는 난동들, 부랑자들의 은어, 간단히 말해서 '체르누하'다. (…) 콜랴다는 '점잖지 못하다'고 여겨지던 현실의 측면들을 보여주었고, 비정상적인 어휘를 사용하는 것을 회피하지 않았다. 그러나 도전적일 정도로 '생리학적인' 무대의 수법을 보여주지만, 단순한 자연주의적인 '강조'보다는 더 많은 무엇이 처음부터 느껴졌다. 희곡작가 콜랴다는 평상시의 가장 일상적인 생활로 파고 들어가 이 세계를 뒤흔드는 갈등들의 본질까지 다다르려고 노력한다. (…) 다르게 말해서, 콜랴다의 희곡들에서는 항상 '경계적'이라고 불릴 수 있는 상황이 만들어진다. 콜랴다는 '경계에서', 즉 문화적 규범들의 경계에서, 심지어는 이 경계를 넘어

18) Сальникова Е. Указ. соч. С. 68.

서면서 글쓰기 작업을 한다."[19]

실제로 콜랴다의 창작을 단지 '체르누하'로만 받아들이는 것은 불가능하다. 왜냐하면 그의 희곡들에 등장하는 인간쓰레기들은 진흙탕 너머에 살아 있는 사랑의 불꽃과 '은빛 실마리'를 느끼기 때문이다. "콜랴다는 자신만의 독특하고 독창적인 세계를 창조한다. 그곳에서는 높은 것과 낮은 것, 비극적인 것과 희극적인 것, 고급문화와 위조 문화, 엘리트 문화와 부적응 문화의 여러 층위들, 상징과 물질적인 생활양식 등이 역설적으로 결합한다. 콜랴다의 희곡들에서 '검고' 낮은 것은 항상 낭만적이고 고양되며 밝은 것들과 결합된다. (…) 콜랴다는 그 누구든 사람이 될 수 있는 권리를 인정하며 그 누구도 심판하지 않는다."[20]

A. 이냐힌은 다음과 같이 언급한다. "그의 희곡들에 나타난 놀랍도록 선명한 사회적 배경 그리고 악명 높은 비정상적 어휘는 너무나 열성적으로 상처를 헤집는 뻔뻔한 체르누하 작가라는 영예를 콜랴다에게 가져다주었다. 그러나 평론가들은 간과하고 있지만, 사실 콜랴다의 희곡들은 서정적 조화를 발산한다. 콜랴다의 세계관은 인간적이다. 왜냐하면 현실을 분석하면서 작가는 현실 안에 있고 적어도 이 현실을 제삼자의 입장에 서서 수수방관하지는 않기 때문이다."[21]

콜랴다는 '기법적' 측면에서 가장 탁월한 러시아 희곡작가들 중 한 사람이다. 콜랴다는 "아마추어가 아니다. 그는 어떤 페달을 눌러야 하며 어떤 줄을 잡아당겨야 하는지를 알고 있는 전문가이자 숙련공이다. (…) 희곡의

19) Лейдерман Н. Указ. соч. С. 6.

20) Вербитская Г. Указ. соч.

21) Иняхин А. Фестиваль "Коляда - plays" в Екатеринбурге//*Театральная жизнь*. 1995. No. 3. С. 115.

장인이다."[22] "그는 소위 스스로 연기하는 역할들을 뽑아서 쓴다."[23] "그는 무대 법칙들을 알고 있으며 인생의 기법을 발췌할 줄 안다."[24] "장르 감각, 전문가의 포착력이 (…) 콜랴다에게는 천성적이다."[25] "작가는 지적이고 생생하게 쓰고 있다."[26] "순수함과 드라마적 능력, 의심의 여지 없는 재능을 어떻게 지적하지 않겠는가……."[27]

외적인 차원에서 콜랴다 희곡의 슈제트는 최소화된다. 일상의 스케치, 삶의 에피소드, 개인적 경우(종종 일화나 농담의 형식을 취한다) 등을 그리더라도 그 바탕에는 '항상'과 '어디나'가 자리를 차지한다. "콜랴다의 희곡들은 (…) 형식상 파격적이지만, 내용상으로는 드라마적이다. (…) 콜랴다의 보드빌은 매 순간 드라마로 변할 '위험이 내포되어 있고' 드라마는 매번 일화로 '풀린다.'"[28]

그러나 N. 레이데르만의 관찰에 따르면, 콜랴다의 단순화된 일상의 '경우들'은 단지 첫눈에만 평범해 보이고, 실제로는 출발부터 '경계적'이다. 희곡작가 콜랴다가 가장 많이 고르는 것은 생일(「밀짚모자」, 「오긴스키의 폴로네즈」), 신년(「벌금 놀이(Игра в фанты)」, 「죽은 공주 이야기(Сказка о мертвой царевне)」, 「환희의 그룹(Группа ликования)」, 「앵무새와 빗자루(Попугай и веники)」), 집들이(「몸에 맞게 바보 행세를 하다(Дураков по росту строят)」), 죽음,

22) Заславский Г. Запахи социалистического прошлого // *Независимая газета*. 1996. 21 марта. С. 5.
23) Лайза А. *Театральные рецензии* // www.koljada.uralinfo.ru/1.htm
24) Давыдова М. Указ. соч.
25) Сальникова Е. Указ. соч. С. 214.
26) Каминская И. *Все там будем* // www.koljada.uralinfo.ru
27) Короткова С. Указ. соч.
28) Вербитская Г. Указ. соч.

장례식이나 추도식(「죽은 공주 이야기」, 「차단물」, 「밀짚모자」, 「주전자가 끓었다(Чайка спела)」), 새로운 만남(예를 들어, 「떠나가라(Уйди-уйди)」와 「페르시아 라일락」에서 결혼 광고를 보고 나서 한 만남) 등이다. 다시 말해서 이들 소재의 기저에는 자체 분석, 반성, 평가, 결론의 도출, 미래의 예언 등이 전제로 깔려 있는 것이다.

콜랴다 희곡들, '열린 형식'의 희곡들이나 '경계가 없는' 희곡들에서 갈등은 해결되지 않고, 슈제트 경계 너머로 옮겨 가버리는 것 같다. 해결은 행위의 파불라적 전개의 범위 너머로 벗어나며, 실존주의적 무한함의 차원에 남는다. "행위는 무대 위에서 유지되지 못하며 주위 공간을 가득 채운다."[29]

"마치 반발적 본능을 창조하듯이, 완전한 무정형성과 카오스적이고 가공되지 못한 소재"가 외적 행위를 장악하고 있는 것 같은 착각을 만들어 낸다. "주인공들이 독자적 삶을 영유하는 어떤 상황이 자연적, 자체적으로 발전하는 양상 위에 때로 콜랴다 희곡의 행위가 구축된다. (…) 그러나 실제로 희곡작가 콜랴다는 주인공들의 개성과 운명을 권위적으로 구성하며 그들의 행위를 지시하고 그들에게 필요한 상황을 (…) '주도적으로 발생시킨다.'"[30]

외적인 임의성 너머에는 장르에 대한 충실성, 엄격하게 고안된 구성, 생생한 형상 체계, 드라마에 부합하는 어구들, 정확하게 묘사된 디테일, '개개인에게' 적확하게 상응하는 단어들이 존재한다. N. 레이데르만에 따르면, "콜랴다의 작품들에서 하나하나의 단어 자체는 드라마에 꼭 맞는 대화

29) Кукулин И. Указ. соч. С. 4.
30) Сальникова Е. Указ. соч. С. 68.

체이고, 단어들 자체 역시 일관되게 대화체를 따른다. 그의 작품에서는 음운론적 차원까지 고려하여 단어들을 대화적으로 결합한 시도들을 마주하게 된다(“트로츠키처럼 일하는 거냐(Трундишь, как Трочкий)”, “로트바일러는 브-로트-바일러(в-рот-вейлер)”[31] 등). 그러나 콜랴다 희곡에서 대화성이 가장 중요한 의미를 띠게 되는 부분은 언술 스타일들의 차원이다. 문학 규범을 준수하는 스타일과 비규범적으로 인식되는 욕설이라는 (…) 두 언술 스타일이 결합함으로써 대화성은 가장 핵심적인 역할을 수행한다. 이런 언술 본능들의 대화는 콜랴다의 드라마 담론을 지배하는 스타일이다. 다양한 입장들의 충돌, 마음의 비밀스러운 작업, 주인공 의식의 변화, 슈제트의 역동성 등은 정상적이거나 비정상적인 언술 스타일들의 대화 속에서, 그들 사이의 진동의 차이 속에서, 스타일의 한 극에서 다른 극으로 변화하는 역동성 속에서 굴절된다.”[32]

포스트모더니즘적 상호 텍스트성도 콜랴다 희곡의 의미적 역동성을 형성하며, 한편으로는 등장인물의 형상적 · 언술적 성격(‘개성의 표현’)을 창조하며, 다른 한편으로는 ‘진부한 표현’의 기대치 못한 지각을 선동해서 ‘확고한 진리’들을 다르게 읽게 만드는, 의미론적으로 중요한 ‘타자’(인용된)와 작가 언어의 몽타주를 형성하게 된다. E. 디야코바의 말에 따르면, 콜랴다의 희곡들에서는 한 공간에서 “체호프의 누더기들, 소비에트 작곡가들의 노래들, 페트루셉스카야의 변태적 상하수도 시설 같은 실존주의, 스몰렌스크부터 나홋카까지 한 목소리로 불리는 모든 후렴구들이 공존하고 있다. 원한다면 책 『러시아의 운명』에서 베르댜예프의 견해를 찾게 될 것이

31) 〔역주〕 ‘입에 청소용 솔(바일러(Wailer)는 유명한 청소 솔 브랜드이다)을 넣다’라는 뜻이다.
32) Лейдерман Н. Указ. соч. С. 39.

다.[33] (…) 원한다면 펠레빈의 *Generation 'P'*를 떠올리게 될 것이다." A. 이냐힌의 말에 따르면, "이 희곡들 자체는 때로 병렬로 결합된 현실의 자주권이 있는 공간을 여행하는 것과 비슷한데, 콜랴다는 그 현실을 잘 알려진 슈제트나 유명한 흥행물로부터의 감상들로 자주 조립한다……."[34] 그리고 이 모든 것 뒤에는 "극장의 현상 자체에 대한 작가의 생각과 이 생각의 반영이 자리한다……."[35]

작가의 형상은 텍스트에서 거의 모든 등장인물에 스며들어 있다. "주인공과 슈제트 사이에서 희곡작가의 위치는 자기가 만들어낸 사람들 사이에서 자신의 위치이다."[36]

전통적인 포스트모더니즘적 작가의 등장인물들과는 달리 콜랴다의 작가는 텍스트나 주인공들 속에 녹아들지 않고, 대문자로 쓰인 **작가**(Автор)로서 지문 속에 자주 표시되는 독립적 형상으로서 나타난다(「우리 바다는 사람을 싫어하네……(Нелюдимо наше море…)」). 그의 해석은 펼쳐져 있고 지문은 가득하고 충분하며 언술은 주관적이고 독백적이다. "콜랴다의 희곡들에서 보통의 무대 지문들은 이후에, 행위가 일어나는 집이나 도시에 대한 묘사와, 기본 슈제트와 병행해서 발생하는 사건들에 대한 묘사로 확대되거나, 장난스럽거나 진지하면서도 격렬한 작가의 독백으로 이행한다."[37]

작가는 "독특한 '서술자'이며 화자이고 더 정확히 말하면, 벌어지는 일에 대해 자신의 태도를 표현하고 해설하고 제시할 사명이 있는 **극장** 사람

33) Дьякова Е. *Россия в фибровом чемодане* // www.koljada.uralinfo.ru.
34) Иняхин А. Указ. соч. С. 115.
35) Кукулин И. Указ. соч. С. 4.
36) Сальникова Е. Указ. соч. С. 213.
37) Кукулин И. Указ. соч. С. 4.

이다. 예를 들어 희곡 『미국이 러시아에 증기선을 선물했다(*Америка России подарила пароход*)』에서 행위가 벌어지는 상인의 낡은 저택을 저자는 『개의 심장』에 나오는 프레오브라젠스키 교수[38]의 독백체로 묘사한다. "화장실이 있던 곳에는 침실이 있고, 침실이 있던 곳에는 홀이 있고, 홀이 있던 곳에는 부엌이 있고, 부엌이 있던 곳은 지금 화장실이다. 자기 멋대로 칸막이를 치고 재건축을 했다. 우리는 우리 식으로, 새로운 세계를 건설할 것이다. 이미 건설했다……." 희곡에 대한 작가적 '개입'들을 통해서 니콜라이 콜랴다는 자기 자신과, 자신의 주인공들과 독자와 관객들에 대해 세련되게 야유할 수 있다. 헤어지는 부부에 대한 이야기인, 1막짜리 희곡 「거북이 마냐(Черепаха Маня)」에서 작가는, 주인공들이 "싸우지 않을 것이다. 나는 당신들에게 그 어떤 '체르누하'를 쓰고 있는 것이 아니기 때문이다. 그러니 걱정하지 마시길"이라고 말하면서 독자들에게 배려 깊게 미리 알려주고 있다. 만약 주인공이 욕을 하게 되는 경우에는 작가가 바로 "제때에 등장한다." "에휴, 볼썽사납군! 내 잘못이에요. 더 이상 이러지 않겠어요." 작가의 이런 유쾌한 돌발 행동은 우스운 행동이나 난봉 행위와 유사하다."[39]

「오긴스키의 폴로네즈」에서 작가의 긴 독백이 전체 희곡에 선행한다. "이것은 도시도 아니고 시골도 아니고, 바다도 아니고 땅도 아니고, 숲도 아니고, 들판도 아니고, **나의 세계**(Мой Мир)이다. **나의 세계**. 나의 세계가 당신에게 맘에 들든지 안 들든지 상관없다. 왜냐하면 나의 세계는 내 맘에 들기 때문이다. **그 세계**(Он)는 나의 것이고, 나는 **그 세계**(Его)를 좋아

38) 〔역주〕 미하일 불가코프(Михаил Афанасьевич Булгаков, 1891~1940)의 소설 『개의 심장(*Собачье сердце*)』(1925년 창작, 1987년 출간)에 나오는 주인공으로 유명한 의사이자 교수이다.

39) Вербитская Г. Указ. соч.

한다……. **나의 세계**에는 사람들이 있고, 아주 많다. 내가 사랑하는 사람들, 나의 지인들, 나의 소중한 사람들. 그들은 **나의 세계**에 산다. 왜냐하면 그들은 거기에 있게 되었기 때문이다. 그들 모두는 우연히 나와 만났지만, 나는 그들과 있어야만 했고 한번은 마주쳐야만 했고 그들을 내 세계로, **나의 세계**(Мой Мир)로, 바로 **나의 세계**(МОЙ МИР)로 데려와야만 했다는 것을 나는 알고 있다. 아니면 나의 세계에는 하얀 반점들이 존재했을 것이다. 사람이 살지 않는 빈 아파트들, 텅 빈 거리들, 속에 편지가 없는 봉투들, 아무 말 없는 목소리의 전화벨 소리들. **나의 세계**에는 고양이 같은 사람들이 있고 사람들 같은 고양이들이 있다. 고양이들의 이름은 바샤(Вася), 바기라(Багира), 슈누로크(Шнурок), 시쇼크(Шишок)와 마뉴라(Манюра), 마뉴로츠카(Манюрочка)다. 내가 거리에서 주운 집 없는 개들도 있다. 당신의 거리에서, 당신의, 바로 당신의 거리에서…… 주워서 내 세계로, 바로 나의 세계로 데려왔다. 수캐 샤리크(Шарик)와 고양이 차파(Чапа)(그들은 소냐 집에서 살았는데 죽었고, 그래서 나는 그들을 내 세계로, 바로 **나의 세계**로 데려왔다. 그냥 데려왔다. 왜냐하면 그들은 아무 데도 갈 곳이 없었기 때문이다. 이제 그들은 나의 세계에 살고 있다. 죽어버린 매우 많은 사람들을 나는 내 세계로, **나의 세계**로 데려왔고, 모든 사람들이 그들을 잊었지만, 그들은 **나의 세계**에 살고 있다. 살아가시길!)."(제1권, 187)

또는 「비엔나 의자(Венский стул)」 마지막에서 사랑하는 한 쌍인 주인공들이 "별로 날아 올라간" 후에 작가의 목소리는 다음과 같다. "당신은 이것이 황당무계하다고, 허구라고, 이것이 불가능하다고 말하나요? 틀림없이. 이런 거대한 미친 세계에서 서로가 만나는 것은 불가능하다. 별로 날아 올라가는 것도 불가능하다. 그러나 때로는 가능합니다. 누군가는 할 수 있어요. 너무너무 사랑하면요. 나는 해봤어요. 이제는 지구를 걸어 다니고

있습니다."(제2권, 113)

또는 「죽은 공주 이야기」에서는 다음과 같다. "세상에 한 동물 병원이 있습니다. 노란색인데, 부서져 떨어진 문자 'П'와 같은 다부진 건물입니다. 만약 그런 병원이 없고, 내가 지어낸 것이라고 말한다면 당신은 거짓말하는 겁니다. 그런 병원이 있습니다. 있어요. 우리 집 옆에요. 직접 내가 그 병원에 내 고양이들을 치료하러 데려갔습니다."(제1권, 277)

또는 「거북이 마냐」에서 작가는 지문에서 무엇을 묘사해야 하며, 희곡들을 어떻게 써야 하며, 어떤 언어로 주인공들이 이야기하게 만들어야 하며, 주인공들과 어떻게 해야만 하는지를 논의하면서 다음과 같이 말한다. "주인공들을 어디다 둘까요? 내 주인공들을 어디에 살게 할까요? 내 아파트에 살게 하죠 뭐. 18.5제곱미터. (…) 다만 나는 1층에 살고, 그들은 5층에 살게 해요. (…) 아파트는 산 위에 있게 하죠. 밑으로 도시 전체가 보이게 말이죠. 자, 아름답겠죠, 그렇지 않아요? 아니면 이런 '체르누하'는 진저리가 나도록 싫증이 났을 거예요. 당신들에게도, 내게도."(제2권, 115)[40]

E. 살니코바는 이에 대해 다음과 같이 지적한다. "실재 연극에서 이 대목(또는 이 대목들—저자)의 소리가 나지도 않을 뿐만 아니라 희곡작가는 대답을 준비하지도 않았다. 그러나 '1인칭'이나 작가 이름으로 된 대목들은 주인공들에 대한 작가의 태도나 내적 척도를 보여준다는 점에서, 주인공들과 작가를 비교할 수 있게 해준다는 점에서 텍스트 내에 존재해야만 한다."[41]

40) 흥미로운 것은 「거북이 마냐」에서 작가의 목소리로 '말하는' 등장인물이 바로 거북이 마냐라는 사실이다. "욕하지 마십시오……. 자, 그럴 필요가 없잖아요, 그렇죠? 제발요……. 욕하지 마세요……."(제2권, 135)

41) Сальникова Е. Указ. соч. С. 68.

비평가들이 말하듯이, "니콜라이 콜랴다의 필체에는 하부 텍스트, 물밑 흐름의 전통에 대한 숭배가 거의 없다. 그의 희곡의 기반은 직접적 텍스트, 공개성과 노골성이다."[42] 그러나 「오긴스키의 폴로네즈」에서는 작가 콜랴다의 독백 속에 포스트모더니스트 작가들(예를 들어, V. 펠레빈)과 유사한 주관적 · 관념론적 대목이 나온다. "**나의 세계, 너**는 얼마나 거대한지. 너는 살아 있다. 왜냐하면 내가 살아 있기에. 그리고 나와 함께 죽을 것이다. 왜냐하면 내가 죽을 것이기 때문에……."(제1권, 87) 이와 유사한 비합리적 · 세계관적 모티프들은 고양이(「여자끼리 춤추는 짝(Шарочка с машерочкой)」)나 죽은(!) 개(「자선 공연(Бенефис)」)를 데리고 사는 콜랴다의 극도로 외로운 주인공들의 비밀스러운 대화들에서나, 또는 이미 인용된 거북이의 독백(「거북이 마냐」)에서 드러난다.

콜랴다는 여러 막짜리(표준 길이의)나 1막짜리 희곡들을 집필하고 있는데, 그들 중에서 1막짜리 희곡들을 장르적 관계에서 '음울한 희극'에서 '우화'까지 변형되는 연작으로 통합한다(예를 들어, 연작 『흐루쇼프카』[43]). "형식의 문제는 여기서 독자적 의미를 가지지 못하고 일차적인 것이 되지 못한다."[44] 그러나 어쨌든 "자신만의 장르적 골자와 스타일적 색채"[45]를 가지는 '콜랴다 희곡'을 정의할 수 있다.

러시아 드라마 전통과의 문맥에서 콜랴다는 A. 체호프 드라마의 이상과 기법들을 계승하며 그의 연극 · 희곡적 윤리와 미학의 키워드 속에서 발

42) Там же.

43) 〔역주〕 Хрущёвка. 소련 흐루쇼프 시대에 대규모로 건축된 아파트 건물들을 칭한다. 1959년부터 1985년까지 지어졌으며, 2~5층 건물로 조립식 패널이나 벽돌로 지어졌다.

44) Там же.

45) Лейдерман Н. Указ. соч. С. 61.

전한다〔콜랴다: “내가 좋아하는 드라마 작가는 안톤 체호프와 테네시 윌리엄스(Tennessee Williams)이다. 그들은 서가에 꽂힌 단순한 클래식이 아니라 나와 나란히 있다. 그리고 내 앞에서는 누구도 그들에 대해 감히 나쁘게 말할 수 없다”[46)]〕. 콜랴다와 체호프의 관계는 연상 · 패러프레이즈 · 모티프 · 스타일 차원이 아니라 본질적으로 가치 측면적 접근법의 결합에서 드러난다.[47)] 정신적으로 그와 유사한 선구자나 동시대인들 중에는 A. 밤필로프와 L. 페트루셉스카야가 있다.

그러나 매우 ‘창작력이 왕성하고’ ‘생산적인’ 희곡작가 콜랴다의 창작에서는 이미 익숙한 기법이 눈에 띄고 약간의 단조로움과 반복성이 느껴진다. 그래서 예측 가능하다. 바로 이 때문에 비평계에서는 콜랴다의 작품세계를 설명하고, 그의 “체르누하적 · 민중적”(V. 쿠리친) 시학을 아우르기 위해서는, 수많은 희곡들〔M. 오디나(M. Одина)에 따르면 “일상적 스케치”〕 중에서 한두 작품만 살펴보는 것으로 충분하다는 의견이 형성되어 있다. 이러한 의견에 동의하지 않을 수도 있지만, 본질적으로 콜랴다의 모든 희곡은 실제로 비슷한 시학적 구조들로 모델화된 단일한 예술 세계(‘그의 세계’)를 창조한다.

그 예로서 콜랴다의 잘 알려진 희곡들 중 한 작품인 「페르시아 라일락」(1995)을 검토해볼 수 있다. 그 작품의 행위는 “우리 시대”(제2권, 356)에서 전개된다. 주인공들은 그녀와 그이고, 또 다른 등장인물은 우편국에서 우연히, 일부분은 결혼 광고를 보고 만난, “둘 다 오십이 넘은”(제2권, 357) 사람들이다.

46) Руднев П. В неравной борьбе с критикой…: Интервью с Николаем Колядой// *Независимая газета*. 2000. 16 февр. С. 4.
47) 참조할 것. Вербитская Г. Указ. соч.

작가의 도입 지문은 장황함이 특징이며 주인공들에 대한 정보("그녀의 스타킹은 낡았고 머리에는 베일이 있는 모자를 쓰고 있으며", "파란 절연테이프로 칭칭 감은 손잡이가 달린 핸드백을 들었다." "그는 낡은 청바지로 기운 점퍼를 입고 있었다"(제2권, 357)), 행위가 전개되는 우편국의 인테리어 묘사("문과 배달 창구 사이에는 다리가 두 개인 낡은 식탁이 있었고 그 위엔 제라늄과 알로에가 핀 꽃 화분이 두 개 있었다. 화분들에 담뱃불을 끈 모양인지, 꽁초가 삐죽 솟아 나와 있었는데, 아주 많았다"(제2권, 357))뿐만 아니라, 잉여의 주관적 · 가치 평가적 작가의 해설까지도 포함하고 있다. "그래, 라세야(Расея)[48]다. 한마디로, 우리에게만 이런 일들이 벌어진다. 어디 다른 데가 아니라."(제2권, 357)

이미 마지막 지문에서 행위에 참가된 등장인물들의 체계에 작가를 포함하는 대명사 "우리에게"가 주의를 끈다. 그리고 이런 인상은 행위 장소의 국지화로 더욱 강화된다. "우편국. 나의 우편국. 26번 우편국."(제2권, 357) 개별적이고 독립적인 문장으로 대명사를 나누는 것은, 통과적 규정어를 의미적으로 표식이 있는 사실로 변화시키면서, 작가와 주인공들의 강조된 일치성(유사성, 친족성, 인접성)에 주의를 끌어 문장론적으로 그것을 분리하는 것이다.

작가를 등장인물 체계에 포함하는 것, 희곡의 주인공들을 무인칭 대명사들로 칭하는 것('그'와 '그녀'), 작가 지문의 성격(문 위에 긁힌 욕설과 혀를 내민 얼굴에 대해서, "새로 칠하기 전까지는 이제는 그대로 있을 것이다"(제2권, 357))은 행위가 전개되기 전에 상황을 전형화하고 일반화하며 개인적인 것('나의')을 집단적인 것('우리의')으로 변화시키고, 개인적인 것('나')과 대중적인 것('그들')을 동등화하고, 구체적인 것('우편국')을 포괄적인 것('러시아

48) 〔역주〕 '러시아'라는 단어의 철자는 'Россия'인데 일부러 '라세야(Расея)'라고 표현했다.

(Расея)']의 수준으로 이끌어낸다. 주관적 · 개인적인 것은 일반적 · 전형적인 것의 표현 수단이 되고, 개별적이고 개인적인 것은 평범하고 보편적인 것을 대표하게 된다.

작가의 첫 번째 지문에서 드러나는 등장인물들의 첫 배치와 희곡의 주위 환경은 희곡의 갈등이, 표면적이고 슈제트상(**그-그녀**)에 있는 하부 갈등과 상위 슈제트적이고 본질적(사람-세계)인 하부 갈등이라는 두 개의 하부 갈등으로 분리되는 것을 분명히 보여준다.

희곡의 내적 갈등은 드라마의 대화 시작 전에, 작가의 도입 지문에서 추측되고 형성되기 시작한다. 처음에는 "РД-78", "Ж-52", "ИК-94", "ЫМ-24"(제2권, 357)라는 번호가 붙은 전보용 우편엽서들, 그림엽서들과, 그 다음엔 인간 커뮤니케이션 통신의 긴 회로의 구성 요소들 중 하나인 것 같은 가입자용 상자들[49]이 '이상하고' 낯설어 보이지만, "총구"처럼(제2권, 357) 보여 인간에게 적대적으로 묘사되며, 마지막으로 건물 밖에는 추운 가을날, 바람, "더러운 누런 잎들"(제2권, 357)이 자리한다. 희곡의 슈제트 이전 모든 분위기는 긴장과 위협의 느낌을 낳는다. 심리적 배경은 여자 주인공의 첫 번째 대사로 정확해지고 보충된다. "오늘은 자기장이 있는 날이에요."(제2권, 357)

주인공들의 나이(연금을 받는 나이), 그들의 외모(거지 같은 외모), 우편국에 그들이 출현한 것(직접적인 교제 대신 서신 교환을 선호하는 것)은 그들 존재의 특징들, 즉 외롭고, 방치되고, 고립된 존재의 특징들을 예측할 수 있는 기회를 제공한다.

주인공들 간의 대화의 시작은 이런 예상을 확인해주며 고립과 몰이해의

49) 〔역주〕 텔레비전 수상기를 말한다.

인상을 강화한다. 등장인물들 사이에는 대화가 시작되지만, 본질적으로 그 대화는 그들 각자에게 독백이며, 주인공들의 대답은 커뮤니케이션의 기능을 수행하지 못한 채 평행적으로 들린다. 자물쇠에 대해 "무엇이 끼었어요(Заело)"라는 주인공의 언급에 대해 여자 주인공은 "망쳤어요(Заела). 망쳤어요(Заела)! 그런 인생은 망쳤어요(Такая жизнь заела)"(제2권, 358)라고 대답한다.

주인공들의 말은 그들 대사 사이에 외적이고 형식적인 관계를 만들어내면서 메아리처럼 반복되지만, 이런 기계적인 반복은 반복되는 말의 의미를 포착하지 못한다. "**그녀**: 폭풍! 자기장이 있는 날이에요! 이런 부담이라니! **그(중얼거린다)**: 이런 부담이 있나. 모든 것이 안주도 없이"(제2권, 357) "**그녀**: 꼭 쉬는 시간에 온다. 1시에서 2시까지. 그: 1시에서 2시까지."(제2권, 358) "**그녀**: 나는 단코[50]처럼 모두를 위한 사람이죠! 그: 담코[51]예요."(361) "**그녀**: 가져가세요! 준비되었어요! 그: 준비되었어요, 준비되었어요. 신부님 딸처럼 말이에요."(제2권, 362)

희곡의 맨 처음부터 콜랴다는 변칙과 이탈의 법칙이 유효한 세계(포스트모더니즘적 세계)의 이미지를 창조한다. 주인공들의 대화는 부조리하고 카오스적이며, 주인공들 각자는 자기 자신에 몰두해서 자신에 대해서만 생각하고 대화 상대자의 말을 듣지도 않을 뿐만 아니라 이해하지도 못한다. 언어는 진실한 의미를 상실하고 그 울림은 본질을 반영하지 못한다. 여자 주인공의 대사에서 '상자'를 언급하지만 첫 번째 경우에 이것은 우편함이

50) 〔역주〕 Данко. 막심 고리키(Максим Горький, 1868~1936)의 단편 『이제르길 노파(*Старуха Изергиль*)』의 제3부의 주인공이다. 그는 자신의 '불타는 심장'을 꺼내서 희생함으로써 민중을 구했다.

51) 〔역주〕 DAMCO. 덴마크 물류 회사로 세계적인 국제 물류 업체이다.

고, 두 번째 경우에는 텔레비전이다.(제2권, 358) 유사한 언어유희는 남자 주인공의 말에서도 존재한다. 그는 우편함 자물쇠에 여자 주인공이 일부러 끼워 넣은 못에 대해 알고는 다음과 같이 말한다. "알겠어요? 어리석게도 볼트를 망가뜨릴 수도 있었잖아요." 이 말은 머리를 염두에 둔 것이다〔"자연의 볼트가 (…) 그렇게 말한다"(제2권, 359)〕.

이전에 언급된 "상자"들은 언어적 차원에서 혼란의 느낌을 가져올 뿐만 아니라, 내용의 차원에서도 주인공들 삶의 비논리성을 강조한다. 우편함은 통신, 서신 등으로 대체된 개인적 · 직접적 교제가 충분하지 못함을 보여주며, 텔레비전은 "세계를 향한 유일한 창"이 되고, 그것을 매개로 해 여자 주인공은 사람들과 연관된다. 텔레비전의 가짜 현실은 살아 있는 현실을 대신하며 그 안에서만 여자 주인공은 '경험하고' '느낀다.' "나는 단번에 가담하여, 매번의 충격을 받고 모든 것들과 함께 죽어간다."(제2권, 358) 주인공들의 실재 삶은 황폐하고, 존재하지 않으며, 그래서 그들은 가상(편지와 텔레비전)과 비현실적〔꿈: "나는 밤새도록 꿈을 꾼다. (…) 이것은 무엇일까, 나는 거기, 텔레비전 안에 있다"(제2권, 358)〕 세계에서 산다.

현실적 삶의 부재는 '텍스트로서의 세계'라는 공식에 따라 보상된다. 이 경우 '텍스트'는 문자적 의미 그대로다. 편지 텍스트, 신문 광고 텍스트, 텔레비전 방송 텍스트, 여자 주인공이 편지 수신자와 만날 경우를 위해 준비한 '시나리오' 텍스트 등이다. 콜랴다 주인공들 세계에서는 즉흥성이 부재한다. 다만 이전에 검토된 '시나리오'의 현실화 방안들〔"하나는 긍정적이고, 다른 하나는 부정적인"(제2권, 368)〕이 존재할 뿐이고, 그것들에서 이탈하는 것은 파멸, 교제의 불가능을 초래한다〔"아니에요. 나는 무엇인가 다른 것을 말했어야 했어요. 내가 무엇 때문에요? (…) 나를 헷갈리게 하지 마세요!"(제2권, 358) "아니에요. 시나리오 상으로는 그렇지 않았어요. (…) 시나리오를 집에 두고 잊어버리고 왔어요"(제2권, 361)〕.

「페르시아 라일락」의 주인공들은 고유한 개인적 언어를 상실하고, 틀에 박힌 말이나 공식들〔"조용히 해! 늦었어! '비밀경찰'은 졸지 않는다! 조용히! (…) 꼼짝 마! 차렷! 담배 꺼! 재판이 진행된다!"(제2권, 358)〕이나 인용구들로 이야기한다. 콜랴다의 등장인물들이 살아가는 세계의 기원(基源)은 매우 제한된 수준의 문학이며〔여자 주인공에게는 이 문학이 우선적으로 M. 고리키의 『이제르길 노파』이다. "나는 단코처럼 되고 싶었어요. 학교에서 배웠어요. 노파 이제르길이 그에 대해 말해주었죠. 그는 가슴을 찢고 심장을 꺼냈어요. 그렇게 사람들을 위해 희생했어요. 당신은 아시겠어요? 어렸을 때부터 내가 좋아하는 주인공이에요"(제2권, 368)〕, 주로 소비에트 시대의 가요 목록〔"그는 견장을 차고 있고, 가슴에는 금빛의 선명한 훈장이 있네!"(제2권, 360), "당신은 집으로 가고 싶었을 텐데. 페넬로페여"(제2권, 359), "편지를 봉투에 넣어라, 찢지 마라"(제2권, 365), 「모스크바의 먼 지역, 골목에서 열일곱 번째 집」(제2권, 372), "쿠바, 나의 사랑! 붉은 빛 여명의 섬"(제2권, 372) 등〕과 그 시대의 예술영화("닥터 조르게(Зорге), 당신은 누구세요?")나 만화영화〔"아켈라는 망했다!(Акела промахнулся)"(제2권, 358, 359, 362, 376)〕의 유행어들이다. 동화〔"노인장, 무엇이 필요해요?"(제2권, 360)〕 또는 소설〔"나는 당신에게 편지를 씁니다. 내가 또 무엇을 말할 수 있을까요?"(제2권, 366)〕에서 따온 인용구들은 인기를 끌어서 누구나 쉽게 알아볼 수 있는 것들이다. 결국 콜랴다의 주인공들의 언어는 A. 푸슈킨의 동화나 소설이 아닌, 영화에서 그 기원을 끌어왔음을 짐작할 수 있다. 어쨌든 콜랴다의 등장인물들은 살아 있는 언어를 구사하지 않고, 센톤의 성향을 보인다.

희곡 주인공들이 문학적 · 문자적('타자의') 언어를 지향했다는 사실은 여자 주인공의 언어가 갖는 리듬감, 거듭 사용되는 수사적 표현법, 같은 말을 세 번이나 반복하는 반복 표현법, 첫 단어를 겹치게 사용하는 중복법 등을 통해서도 뚜렷이 나타난다("원칙적으로, 파멸적으로", "불행하게도, 공교롭게도", "폭풍 속으로, 폭풍 속으로, 폭풍 속으로!"(제2권, 358) "사랑, 사랑, 사랑!", "소리치시오, 소리치시오, 소리치시오!", "신년을 축하합니다. 신년을 축하합니다, 신년을 축하합니다"(제2권, 367)).

책-시나리오-영화를 모델로 삼아 콜랴다는 주인공들을 복제 · 유사 · 모방으로 만들며, 고유하고 개인적이고 개성적인 본성을 박탈한다(비록 여자 주인공은 자신의 특징, 즉 자기의 재능을 상실하지 않았다는 사실을 지적("나는 여배우처럼 (…) 말을 해요. 아시겠어요? 마치 내 말이 아닌 것처럼요, 아시겠어요? 그 말들은 가슴에서 나오는 것이 아니라 모든 이들처럼 그냥 튀어나오는 거예요")하지만 이어서 다음과 같은 말이 뒤따른다. "나는 기계처럼 말을 해요."(제2권, 368) 내 자신으로부터가 아니라).

행위가 전개됨에 따라 주인공은 '자신이 아니고', 즉 '그 사람이 아니고', 여자 주인공이 그를 사칭했다는 것, 그가 읽은 편지들은 그에게 보내진 것이 아니라는 것이 밝혀진다. "내게 보낸 것이 정확히 아니에요."(제2권, 368)

참조: 흥미로운 사실은, 편지들이 "그에게 보내진 것이 아니다"라는 사실을 듣고는 여자 주인공이 다음과 같이 소리친다는 것이다. "그럼 누구에게요? 푸슈킨한테요?"(제2권, 368) 소위 '푸슈킨 문제'가 콜랴다의 희곡에서 확신 있고 근거 있게 울려 퍼진다. 주인공들은 '푸슈킨식으로' 살아가고, 말하고, 인용해서 생각한다. 즉 책(또는 신문)에서처럼, 영화(또는 텔레비전 화면)에서처럼, 무대(또는 라디오 방송)에서처럼, 그들이 갖고 있는 고유함은 '푸슈킨의 것들로'(가장 폭넓은 의미로는 '타자의 것들로') 대체되고 치환된다.

주인공 또한 역할을 수행하고, 누구("위층 이웃", "군인", "소위보", "퇴역 군인"(제2권, 369)]와 비슷하게 되며 자신의 삶이 아닌 삶을 살아간다는 것이 드러난다. "나는 열쇠(옆집 우편함의—저자)와 모든 것을 주었어요"(제2권, 368), "타인의 삶을 훔쳤어요."(제2권, 371) 편지들이 그에게 보내진 것이 아니라는 것이 분명해지는 순간까지, 그 사실을 인정하기 전까지 바로 앞에 있는 대사에서 그는 다음과 같이 말한다. "그녀는 그와 삶에 대해 대화를 나누고 편지를 **내게** 써요."(강조는 저자)(제2권, 367) 주인공은 자신의 시나리오에 몰입하고, 그는 자신의 역할을 몸에 익히고, 자신의 환상에 빠져 있다.

우편국에서 일어나는 주인공들의 충돌은 부자연스럽고, 앞서서 신중하게 (여자 주인공에 의해) 계획된 것이다. 그리고 그 안에 예기치 못한 우연성이 삽입되었지만(그는 "그 사람이 아니고 우편함도 그의 것이 아니다"), 이것은 삶이 아니라 삶의 반영이며, "미국 영화"이고 "러시아 땅과 러시아 우편국에서의 전투 영화"(제2권, 369)[52]이다.

이렇듯, 콜랴다 희곡에서 세계는 '텍스트'이고 '시나리오'이다. 그리고 주인공들은 '배우'이고, '기계'이며, '그들이 아니다.' '시뮬라크르'이다. 그들의 인생은 '영화의 현실'이고, '서간체 문학'이며, '꿈'이고, 따라서 드라마 「페르시아 라일락」은 '마치' 포스트모더니즘적인 것 같다.

그러나 이미 언급되었듯이, 콜랴다의 희곡들에는 그의 예술 세계의 도덕적 지표에 대한 방향성을 제공하는 빛이 존재하며 「페르시아 라일락」에서는 이것이 어린 시절이자 과거이다. "**그**: 하나의 꿈이에요. 헛된 바람이죠. 신에게 바라는 것이고요. 오래된 사진에서처럼 모든 것이 주위에 있는

52) '러시아 우편국'이란 표현은 N. 콜랴다의 제자인 O. 보가예프의 희곡 『러시아 인민 우체국(*Русский народный почта*)』에서 인용한 것이다.

거예요. 모든 것이 사진에서처럼 뒤로 돌아가는 거죠. 그러나 다만 누런 종이가 아니라 이전처럼, 모든 것이 그와 같이, 미래처럼 모든 것이 좋았고, 모든 것이 생생하던 그때처럼 칼라로 돌아갔으면 (…) 엄마도 젊고, 아빠도 젊고, 종대가 행진해 나아가고, 깃발들도, 기쁨도, 모두가 생생하고 모든 것이 살아 있고 (…) 우리 소년단은 손을 잡고 나아가요. "더 일찍 일어나세, 더 일찍 일어나세, 더 일찍 일어나세! 방금 전 아침이 대문에서 어른대기 시작했네!"(제2권, 373)

과거의 삶과 무사태평한 어린 시절은 콜랴다 인생에서 가장 좋고 가치 있는 것이다. 바로 그 때문에 희곡을 가득 채우는 인용의 배경은 과거와 어린 시절로부터의 시행과 회상들이다. 그래서 '타자의 것' 같은 등장인물들의 언어는 그들의 '고유한' 언어이고, 어린 시절에 들은 노래 가사와 좋아하던 어린이 만화영화 대사이고, 이탈의 수단이 아니라, 자신을 보존하는 수단이고, 획일화가 아니라 기억력의 수단이다. 인용 어구들로 말하면서 주인공들은, 이상하게도, 서로를 더 잘 알아보고, 이런저런 '조건적' 언어로 말을 걸고, "솔직하게 대화하며"(제2권, 373) 이해한다. 어떤 순간에 그들이 따로따로가 아니라 함께 자신을 인식하게 되고 따라서 자신을 '나'나 '그/그녀'가 아닌 복수형 동사를 사용하여 '우리'로 부르는 것은 우연이 아니다. "**그녀**: 어떻게 그것들을 버릴 수가 있어요(Как же из выкинуть)(무인칭형—저자), 그들은 그렇게 애를 들여 편지를 썼잖아요. 그런데 우리는 버리다니요(а мы выкинем)(복수 인칭형—저자). **그**: 버립시다. 그들 모두에게 편지를 씁시다……."(제2권, 370) 주인공은 여자 주인공이 제안한 복수형을 받아서 그것으로써 그녀 쪽을 지지한다는 희망과 그녀에 대한 지원을 보여준다. 바로 이 순간부터 '슈제트'상의 갈등(그-그녀)은 '슈제트 외적' 갈등(인간-세계)으로 교체된다. 이전에 삶에 의해 분리된 외로운 주인공들은 '한편'이 되고 함께 '타자의' 세계에 맞서게 된다. 이제 주인공의 목소리는 메아리가 아니며, 여자 주인공이 말한 것의 반향이 아니라 언급된 것의 강조이자 발전이다. "**그녀**: 하나의 꿈, 환상만이 남았어요. (…) **그**: 하나의 꿈. 헛된 바람" 등(제2권, 373)이 그것이다.

주인공들의 절대적 친족성의 표시는 여자 주인공에게서 주인공에게로 '이상'이 이동하는 것이다. 희곡의 처음에 여자 주인공이 단코처럼 되고 싶었다면(제2권, 360), 모든 편지들을 "내던져버리고 태워버리자"는 주인공의 제안에 대해서는 "항의의 조치"를 선언한 후 다음과 같이 반대한다. "역시 내게는 단코군요. 어리석게도."(제2권, 375) 주인공들은 동등화되고 유사해진다.

희곡의 결말에 가서는 주인공이 "타인의 염려를 짊어질" 줄 알며, 여자 주인공과 유사하게 꿈속에서 그런 걱정들로 괴로워한다는 것이 밝혀진다. 그들 둘은 모두 타인(그리고 자신)의 운명 때문에 울부짖는다. "왜냐하면 우리 모두는 불행하기 때문이다."(제2권, 371) 그리고 다음과 같은 질문을 던진다. "무엇을 위해 우리는 (…) 살았고, 왜, 무엇 때문에 그렇게 무의미한가. 어디가 출구이며, 이 모든 것은 무엇 때문인가?"(제2권, 374)

자신의 체계에서 존재 의미에 대한 관념을 제외하는 포스트모던 철학은 콜랴다에 의해 극복된다. 그래서 겨우 한 시간 지속된("1시에서 2시까지"(제2권, 357)), 가을에 시작된 그의 희곡의 결말에서는 봄이 도래하고 꽃이 피고 라일락이 향기를 뿜는다. "향기롭고 풍성한 **페르시아 라일락**이 핀다. 온통 하얀 세상에 라일락이 핀다."(제2권, 376)

이런 식으로 콜랴다 드라마의 외적 · 형식적 특징들이 그의 창작을 '새로운'(포스트모더니즘적) 희곡에 포함하도록 함에도 불구하고, 그의 희곡에서 정렬되는 가치적 · 위계적 세계는 그것의 구체적 · 경험적 표현의 카오스와 부조리를 조직하고 시스템화하고 있다. 그리고 그것으로써 포스트모던의 철학적 '무한성'을 극복하고, 사상적 · 의미적(고전적으로 위계화된) 세계의 구조화와 그것의 존재적 합법칙성을 실현하는 포스트모던 작품들의 러시아적 이설(異說)의 경향을 표현하고 있다. 러시아 고전문학의 도덕적 · 사상적 지배소들(그들 중에서 콜랴다의 작품에서는 '믿음'과 '희망'이 첫 번째 위치에 있다. "나는 믿는다. 밝은 날들이 시작될 것이라고(「거북이 마냐」, 제2권, 136)}은 현대 드라마 작가 콜랴다의 창작을 매개로 하여, 그 창작을 포스트모던 미학의 경계 너머로 이끌어가며, 현대 러시아 드라마 발전에서 다른 전망들을 보여주고 있다.

약전

콜랴다, 니콜라이 블라디미로비치〔1957. 12. 4(카자흐스탄 쿠스타나이스카야 주(州) 레닌스키 지역 프레스노고리콥카 마을)~〕. 소설가, 희곡작가, 배우, 감독.

국영 농장 노동자 집안에서 태어났다. 1973년부터 1977년까지 스베르들롭스크연극학교에서 공부(V. M. 니콜라예프 교수에게 수강)했다. 졸업 후 스베르들롭스크 아카데미 드라마 극장 연극단에서 배우로 일했다〔M. 불가코프의 『투르빈 가문의 나날들(*Дни Турбиных*)』에서 라리오시크를, V. 아그라놉스키의 『말라호프를 막아주세요!(*Остановите Малахова!*)』에서 말라호프(이 역할로 레닌 공산주의청년동맹의 스베르들롭스크 주 위원회상을 수상하였다)를, A. 오스트롭스키의 『발자미노프의 결혼(*Женитьба Бальзаминова*)』에서 발자미노프를, N. 고골의 『광인 일기(*Записки сумасшедшего*)』에서 포프리신을 맡았다〕. 1978~1980년에는 방어 구역 군관구의 통신 부대에서 복무했다. 1980년부터 1983년까지는 극장 연극단에서 일했다.

1983~1989년에는 A. M. 고리키모스크바문학대학에서 공부〔비출석과정, V. M. 슈가예프(Шугаев) 교수의 소설 세미나에서 수학〕하였다. 이 시기에 고리키 주택건설 콤비나트의 문화궁전에서 선동대의 지도자로 일했고, 그 후 2년 동안 칼리닌 공장의 신문 《칼리닌 시민(*Калининец*)》의 문학 분과 직원으로 일했다. 문학대학을 졸업한 후 젊은 작가 전 연맹 평의회로부터 소련 작가 동맹 회원이자 러시아연방 문학 재단 회원으로 인정받았다. 1990년부터 러시아연방 연극 활동가 동맹 회원이다.

첫 번째 단편은 「미끈미끈하다!(Склизко!)」〔1982년 신문 《우랄의 노동자(*Уральский рабочий*)》에 발표〕이다. 그 후 단편들이 신문 《저녁의 스베들롭스크(*Вечерний Свердловск*)》와 《우랄의 노동자》, 잡지 《우랄》(1984, No. 10), 젊은 우랄 작가들의 작품집들인 『여름의 시작(*Начало лета*)』과 『기다림(*Ожидание*)』〔'스레드네 우랄스코에(Средне-Уральское)' 출판사〕에 발표되었다.

첫 번째 희곡 『벌금놀이 합시다(*Играем в фанты*)』(1986)는 작가에게 명성을 가져다주었고 러시아의 수많은 극장들에서 상연되었다. 지금까지 70여 편의 희곡이 집필되었다.

인터뷰 중에서

–그렇게도 생산적으로 일하는 것을 보면 당신은, 아마도 드라마의 수학적 비밀이라도 알고 계신 것인지요?

–처음에 나는 텔레비전도 없이, 책도 없이 고요함 속에서 소파에 누워 사흘 밤낮 동안 이 순간 나를 가장 동요하게 만드는 것은 무엇인지를 생각해야만 한다. 이것이 나에게까지 다다르게 되면 앉아서 등장인물 목록에서부터 시작한다. 쓰기가 끝날 때쯤에야 어떤 슈제트가 만들어진다. 나는 사건이 어디에서, 어떤 장소에서 일어나는지, 누가 어디로 가는지, 옆 건물인지, 거리인지, 아파트 계단인지 정확하게 보여준다. 아마도 내게 가장 중요한 것은 행위의 장소, 무엇이 그것을 둘러싸고 있는지, '무대 너머에는' 무엇이 있는지에 대한 상세한 플랜을 그려내는 것일 것이다. 그때에야 감독은 무대 등가물을 찾기가 더 쉬울 것이다. 기술의 또 다른 비

밀도 있다. 첫 페이지에서 등장인물들은 서로를 이름으로 불러야만 하며, 관객은 그의 이름이 무엇인지 알아야만 한다. 첫 페이지는 왜 모두가 한 장소에 모였는지, 커튼이 열리기 전까지 무슨 일이 일어났는지에 대한 답을 해야만 한다. '사건의 출발점'. 나는 이 용어로 내 학생들을 너무나 괴롭혔다. (…) 제10열에 앉아 있는 그 어떤 마샤는 무대에서 무엇에 대해 말하고 있는지, 무엇이 어째서인지 단번에 이해해야만 한다. 첫 번째 행위는 두 번째보다 더 길어야만 한다. 관객은 그렇게 익숙해져 있다. 첫 번째 행위의 결말에서는 관객이 쉬는 시간에 나가버리지 않게 하기 위해서 반드시 소리치고, 악을 쓰고, 소동이 벌어져야만 한다.[53]

기본 출판물은 다음과 같다. 잡지 《우랄》, 《현대 희곡(*Современная драматургия*)》, 《극장》, 《극장의 인생(*Театральная жизнь*)》, 《소비에트 극장(*Советский театр*)》, 《희곡 작가(*Драматург*)》에 게재되었다. 또한 잡지 *Deutsche buhne*(독일)와, 프랑스(「미국 여자」), 이탈리아(「차단물」), 영국(「오긴스키의 폴로네즈」), 독일(「비엔나 의자」) 등의 출판사들에서 출판되었으며, 소설책『모욕받은 유대인 소년(*Оскорбленный еврейский мальчик*)』이 출간되었고, 유고슬라비아에서 콜랴다의 희곡 다섯 편이 포함된 현대 러시아 희곡집이 출판되었다.

러시아의 극장들에서 40편 이상의 희곡들이 상연되었다. 모스크바에서는 로만 빅튜크의 극장들, 극장 '현대인', V. V. 마야콥스키 극장, 말라야 브론나야 거리의 극장, 모스소베트 극장, K. S. 스타니슬랍스키 극장, A. S. 푸슈킨 극장, 포크롭카 거리의 극장, 아나톨리 보로파예프 극단에서 공연되었고, 페테르부르크에서는 '발티스키 돔' 극장과, A. S. 푸슈킨 극장에서 상연되었으며, 예카테린부르크, 노보시비르스크, 페름, 크라스노야르스크, 옴스크, 톰스크, 이젭스크, 칼리닌그라드, 칼루가 등의 지역과, CIS 국가들, 영국, 스웨덴, 독일, 미국, 이탈리아, 프랑스, 핀란드, 캐나다, 호주, 헝가리, 유고슬라비아, 마케도니아, 슬로베니아, 라트비아, 리투아니아 등에서도 공연되었다.

감독으로서는 아카데미 드라마 극장(예카테린부르크)에서 자신의 희곡들「오긴스키의 폴로네즈」(1994), 「밀짚모자」(1995), 「바보들의 배(Корабль дураков)」(1997), 「저주(Сглаз)」(1997), 「야맹증(Куриная слепота)」(1997), 「떠나가라」(1999)와, 자신의 제자이자 1997년 '안티 부커상' 수상자인 O. 보가예프의 희곡『러시아 인민 우체국(*Русская народная почта*)』(1997)을 공연에 올렸으며, 극장 '카사노바'(독일 에센)에서는「오긴스키의 폴로네즈」를, 극장 '현대인'에서는「떠나가라」(2000)를 감독하였다. 좋아하는 감독은 G. 볼체크와 R. 빅튜크이며, 젊은 감독들 중에서는 S. 아룬바세프(Арунбашев)와 B. 밀그람(Мильграм)을 좋아한다.

희곡「죽은 공주 이야기」를 바탕으로 예술 영화 〈암탉(Курица)〉(모스필림 산하의 ORF 스튜디오, 1991년, 감독은 V. 호벤코, 주연 N. 군다레바, S. 크류츠코바, A. 파슈틴, M. 다닐로프 등)의 시나리오들을 집필했다(1993년. 영화는 상연되지 못했다).

53) Руднев П. Указ. соч. С. 4.

N. 고골의 『구식 지주들』,[54] A. 푸슈킨의 『스페이드의 여왕』, V. 셰익스피어의 『로미오와 줄리엣』(2001년, 예카테린부르크의 아카데미 드라마 극장에서 공연되었고, 이 공연은 그 시즌의 가장 훌륭한 연극으로 인정받았다[55])의 연극 각색자이다. 극장 '현대인'에서 15세기 스페인 희곡작가 페르난도 드 로하스의 희곡 『셀레스티나(*Селестина*)』(2002)를 감독하였다.

인터뷰 중에서

"고골 작품과는 어떻게 된 것인가? 아헤자코바의 기념일이 가까워졌고, 그녀의 프로듀서가 아헤자코바[56]가 매우 좋아하는 고골의 소설로 희곡을 써달라고 부탁했다. 소설을 가져다가 읽기 시작했다. 14페이지를. 무엇을 쓸까? 그 다음에 '문학은 자기 자신에게 하는 고백이다'라는 옙투센코의 경구가 떠올랐고 내 어머니와 아버지에 대한 희곡을 쓰기로 결심했다. 당시 이것은 내게 흥미로웠다. 나의 부모님은 바로 그렇게 평생을 절이고 잼 만들고 하는 일을 했다. 그리고 이것으로 그들의 인생도 귀결되었다. 아이들을 배부르게 먹일 수 있도록, 모든 것이 예비용으로 충분히 준비되어 있도록. 고향에서 조용하고 행복하게 살고 있다. 앞으로도 오래도록 건강하시길."[57]

대조국 전쟁 참전 용사 예술가들에 대한 회상집을 위해 문학 수기들을 집필하였다.[58]

1992~1993년까지 Akademie Schloss Solitude(슈투트가르트) 장학생으로 초청되어 독일에서 살았다. 극장 '도이체 샤우슈필 하우스'(함부르크)에서 배우로 일했다.

1994년 예카테린부르크에서 콜랴다의 희곡 페스티발 '콜랴다-plays'가 개최되었고, 거기에 러시아와 해외의 18개 극장들이 참여하였다(이 페스티발에 맞춰 출판사 '문화 정보 은행'은 『사랑받는 극장용 희곡집』을 발간하였다).

1994년부터 예카테린부르크국립연극대학에서 '희곡' 강의를 하고 있다.[59] 스베르들롭스크

54) 〔역주〕 아래의 인터뷰 내용을 참고하시오.

55) 연극 〈로미오와 줄리엣〉은 2001년 '국경 없는 극장' 페스티벌(마그니토고르스크)에 참가하여 4개의 감독상을 수상하였으며, 2002년에는 '황금 마스크' 페스티벌에 참가하여 가장 훌륭한 배경화법상을 수상하였다〔예술가 V. 크랍체프(Кравцев)〕.

56) 〔역주〕 Лия Меджидовна Ахеджакова, 1938~. 소련과 러시아의 연극 · 영화배우이다. 러시아연방 공훈배우(1970)였고, 러시아의 인민배우(1994)이다.

57) Руднев П. Указ. соч. С. 4.

58) *Главная в жизни роль*. Екатеринбург: Изд-во "Банк культурной информации". 1995. 『인생에서의 주연』, 예카테린부르크: '문화 정보 은행' 출판사, 1995.

59) 그의 학생들〔O. 보가예프, T. 가르바르(Гарбар), N. 말라셴코(Малашенко), A. 나이데노프(Найденов), V. 시가레프, Ju. 콜랴소프(Колясов) 등〕의 희곡은 수많은 극장들의 관심을 불러일으키고 있다. 이렇게, O. 보가예프의 희곡 「러시아 인민 우체국」은 O. 타바코프의 극

인문대학교에서 텔레비전 방송기자 강좌를 맡고 있다.

1999년부터 월간 문학예술 사회 비평 잡지 《우랄》(예카테린부르크)의 편집장으로 일하고 있다.[60] 스베르들롭스크 텔레비전 방송국의 텔레비전 프로그램 〈블랙 캐시어〉를 직접 진행하고 있다. 러시아 작가 협회 작가회의 회원이다. '황금 마스크' 페스티벌의 '연극 극장과 인형 극장' 부분 심사 위원(1999, 2000)이다. 2003년 새로운 드라마 콩쿠르 '유라시아'의 개최 발기인이었다(창립자이자 조직자는 예카테린부르크 아카데미 연극 극장과 '비상업 파트너십 콜랴다-극장'이다)

수상 경력은 다음과 같다. 잡지 《극장의 인생(*Театральная жизнь*)》에서 가장 훌륭한 등단상(1988년. 희곡 「바라크(Барак)」와 「벌금 놀이합시다」) 수상, 러시아연방 연극 활동가 동맹 예카테린부르크 분과에서 희곡 분야의 능동적이고 생산적인 활동에 대해 수상(1993), 러시아연방 연극 활동가 동맹 예카테린부르크 분과에서 가장 훌륭한 감독상 수상(1997), 스베르들롭스크 주(州) 주지사상 수상(1997), 희곡 「우리는 머나먼 변방으로 간다, 간다, 떠나간다……(Мы едем, едем, едем в далекие края…)」로 타티세프와 드 게닌상 수상(2000).

그의 희곡들은 독일어, 영어, 프랑스어, 이탈리아어, 스페인어, 스웨덴어, 핀란드어, 헝가리어, 리투아니아어, 라트비아어, 그리스어, 불가리아어, 슬로베니아어, 세르비아어, 터키어, 우크라이나어, 백러시아어 등으로 번역되었다.

고양이들을 좋아한다(2000년에 그는 바바이카, 라리스카, 체치르카, 마튜르카, 봄지를 키웠고, 여섯 번째 고양이 우이지-우이지('가라 가라'라는 뜻이다—역자)는 별장에 데려다놓았다. 이 해에 두 마리의 새끼 고양이가 더 등장하였다).

현재 예카테린부르크에서 살면서 일하고 있다.[61]

∴

장-스튜디오(감독 카마 긴카스 Кама Гинкас, 주연 О. 타바코프 Табаков)와, 상트페테르부르크 A. S. 푸슈킨 극장과, 예카테린부르크 아카데미 연극 극장에서 상연되었고, 보가예프의 「러시아 인민 우체국」이 1999년 모스크바의 '황금 마스크' 페스티벌에 초대되었다. 보가예프의 희곡들 「중국의 만리장성(Великая китайская стена)」, 「죽은 귀(Мертвые уши)」 등이 독일어, 세르비아어, 스웨덴어로 번역되었다.

V. 시가레프는 희곡 「점토(Пластинин)」(2000)로 '안티 부커'상과 '데뷔'상을 수상하였다. 콜랴다에 의해 젊은 희곡작가들과 그의 제자들의 다음과 같은 희곡집들, 『아라베스크(*Арабеский*)』(1998), 『눈보라(*Метель*)』(1999), 『리허설(*Репетиция*)』(2002)이 준비되어 출판되었다.

60) 인터뷰 중에서 다음 내용을 참조할 것. "이 잡지는 이 지역의 '국립 주(州) 기관'이 된 유일한 잡지이다. (…) 특히 (스베들롭스크 주 정부의—저자) 지원 덕분에 1999년 초부터 이 잡지는 정기적으로 발간되기 시작했다. 1998년에는 전혀 발간되지 않았고, 1990년대에는 격월이나, 3개월에 한 번씩 출간되었다."(Вербитская Г. Указ. соч. С. 4)

61) 인터뷰 중에서 다음 내용을 참조할 것. "왜 나는 예카테린부르크를 떠나지 않는가. 나는 이

텍스트

Коляда Н. *Пьесы для любимого театра*. Екатеринбург: Каменск-Уральский: Клан. 1994.
Коляда Н. *"Персидская сирень" и другие пьесы*. Екатеринбург: Каменск-Уральский: Калан. 1997.
Коляда Н. *"Уйди-уйди" и другие пьесы*. Екатеринбург: Каменск-Уральский: Калан. 2000.
Коляда Н. *Кармен жива*. Екатеринбург: Каменск-Уральский: Калан. 2002.

인터뷰

Коляда Н. И жалею, и жить без них не могу//*Советский патриот*. 1990. 3~9 дек.
Коляда Н. Я ни от кого не завишу//*Современная драматургия*. 1991. No. 2.
Коляда Н. Надо все прожить-иначе ничего не получится//*Петербурский театральный журнал*. 1996. No. 13.
Коляда Н. "Или растрогайте меня, или рассмешите…"//*Современная драматургия*. 2000. No. 2.
Коляда Н. Как делается толстый журнал: Из дневника играющего редактора//*Независимая газета*. 2001. 2 февр.
Руднев П. В неравной борьбе с критикой…/Интервью с Николаем Колядой//*Независимая газета*. 2000. 16 февр.

학술 비평 서적

Ахеджакова Л. С кощунством на устах : Интервью//*Московские новости*. 1996. 15~22 сент.
Агишева Н. От Чайки-к интердевочке//*Экран и сцена*. 1996. No. 44.
Бегунов В. Зеркало дла бомжей, или О том, как маргиналы себя утешают//*Современная драматургия*. 1997. No. 1.
Бухов Л. Лауреаты премии Антибукера покоряют поляков//*Независимая газета*. 2001.

∴

도시가 마음에 들고, 여기서는 삶이 들끓고 있다. 예카테린부르크의 극장들에서 벌어지는 일로 판단해보면, 우리가 유럽의 수도이다."(Там же. С. 4)

27 февр.

Вербитская Г. *Традиции поэтики А. П. Чехова в драматургии Н. Коляды*//www.koljiada.uralinfo/ru/files/verbitskaja.htm.

Вектюк Р. Николаев Ю. Предисловие: “Рогатка” Н. Коляды//*Советский театр*. 1990. No. 34.(или: Современная драматургия. 1990. No. 6)

Вешневская И. Все критики–недоучки, но Коляду поняли//*Век*. 2000.

Горгома О. Веет легкий матерок//*Сегодня*. 1996. 16 июля.

Давыдова М. *Без дураков*//www.guelman.ru/culture/articles/davydova.htm.

Должанский Р. Кассирша и ферист//*Коммерсант*. 2000. 21 окт.

Заславский Г. “Другая жизнь” Николая Коляды: Драматург повторяет путь своих героев //*Независимая газета*. 1993. 9 сент.

Заславский Г. Дорожные жалобы//*Независимая газета*. 1996. 24 июля.

Заславский Г. Запахи социалистического прошлого//*Независимая газета*. 1996. 21 марта.

Заславский Г. “Бумажная” драматургия: авангард, арьергард или андеграунд современного театра?//*Знамя*. 199. No. 9.(или: www.koljiada.uralinfo/ru/files/zaslavskiy.htm)

Зорин Л. Гнилые розы в синем пламени//*Современная драматургия*. 1994. No. 2.

Зорин Л. Предисловие : “Барак” Н. Коляды//*Современная драматургия*. 1988. No. 5.

Игнатюк О. Полонез для грешников//*Культура*. 1995. 4 февр.

Игнатюк О. Пространство русского сквернословия//*Культура*. 1996. 27 июля.

Иняхин А. Фестиваль “Коляда–plays” в Екатеринбурге//*Театральная жизнь*. 1995. No. 3.

Каминская И. *Все там будем*//www.kulturagz.ru/archive.issue/vipusk_2000_5/rubriks/theater/a1.htm.

Кукулин И. Ему и больно, и смешно…//*Независимая газета*. 2000. 17 авг.(или: exlibris.ng.ru/lit/2000–08–17/2_kolyda.htm)

Курицын В. Персональный фестиваль: Н. Коляда–сегодня наш самый популярный драматург//*Литературная газета*. 1995. 25 янв.

Лварова А. *Любовь–мичурински–фокинский овощ на юру небытия*//www.koljiada.uralinfo/ru/files/lavrova.htm.

Лайза А. Театральные рецензии//www.guelman.ru/culture/articles/davydova.htm.

Лузина Л. Осталось только застрелиться?//*Театр*. 1994. No. 7~8.

Лейдерман Н. *Драматургия Николая Коляды : Критический очерк*. Екатеринбург: Каменск–Уральский: Калан. 1997.

Лейдерман Н. Маргиналы вечности, или Между “чернухой” и светом:(О драматургии Николая Коляды)//*Современная драматургия*. 1999. No. 1.(или:www.koljiada.uralinfo/

ru/1.htm)
Мурзина М. Про нас еще раз//*АиФ Москва.* (интернет-версия) #41(379)11/10/2000.
Одина М. *Некрасов нашего времени: В "Совеременнике"играют Коляду в постановке Коляды*//www.7days.ru/w3s.nsf/archive/2000_229_life_text_odinal.html.
Пабауская. Н. Обращение Чайки в Курицу//*Вечерний* клуб. 1999. No. 7. 20~26 февр.
Райкина М. Мы едем, едем, вот только куда…//*Московский комсомолец*. 1996. 2 июля.
Сальникова Е. В отсутсвие несвободы и свободы//*Современная драматургия*. 1995. No. 1~2.
Седых М. Приехали…//*Литературная газета*. 1996. Июль.
Стиковский Г. Раневская из Нью-Йорка//*Независимая газета*. 1998. 31 окт.
Смольяков А. Жизнь в антракте: Н. Коляда : Время, драматургия. театр//*Театр*. 1994. No. 1.
Соколянский А. Шаблоны склоки и любви//*Новый мир*. 1995. No. 8.
Старосельская Н. Паруса без ветра, или Ветер без парусов?//*Современная драматургия*. 1993. No. 2.
Турбин В. Дни на дне//*Литературная газета*. 1996. No. 31.
Фукс Н. Недовкость вместо катарсиса//*Вечерняя Москва*. 2000. 20 окт.
Швыдкой М. Почему нас покунл Бог, или Если бы знать…//*Экран и сцена*. 1990. No. 19. 9 мая.
Якушева Л. "Не будет другой жизни…": Пьеса Н. Коляды "Канотье"//*Современная литература*: Сб. Вологда: Вологодский ин-т развитя образования. 2002. Выпю 1.

결론

러시아 고전문학과 포스트모더니즘

러시아 포스트모던의 특징과 위치를 이해하는 데서 본질적인 문제는, 러시아 문화에서 러시아문학과 러시아 세계관 전체의 1980~1990년대 주된(보편화된) 노선의 새로운 경향들의 관계와 유기성에 대한 것이다.

러시아 문화(그리고 부분적으로는 문학)에서 포스트모더니즘에 대한 태도는 대립적이고 모순적이며, 양극화되어 있고, 다양하다는 사실이 관심을 끈다. 이렇듯, 앞서 이미 인용한 포스트모던의 '정의'들에서는 '다양한 차별성'이 감지된다. M. 리포베츠키가 한 것처럼 '예술적' 소설로 정의되기도 하고, D. 우르노프에게서처럼 '나쁜' 소설로 정의되기도 한다.

그러나 현대문학에서 포스트모더니즘적 경향에 대한 평가들이 차이를 보인다는 점을 비평가들이나 작가들의 주관성(취향적 평가)으로만 설명하기는 불가능하다. 우리 시각으로는, '개인적 애착' 외에도 러시아문학 발전의 객관적 법칙들이 작용하고 있다.

러시아문학에서 포스트모던 경향들이 '토착화'되는 것이 객관적으로 어렵다는 것을 설명하기 위해서는 문화의 러시아적 유형의 특징들을 상기해야만(인식해야만) 하며, 그런 특징들 중에는 '메시아주의'와 '민족 중심주의'('교훈성'과 '동포애'의 변형으로서)를 지적하는 것이 중요하고, 또한 러시아 문화에서 인간의 문명화된 성격묘사에 '욥 같은 인간'이라는 정의도 포함된다는 것을 지적해야만 한다. 즉 선과 악을 명확히 구별하고, '신의 진리'를 구하며, 운명의 시련을 겸허하게 견디어내며, 가치를 판단하는 사고와 '보편'과 '전통'을 지향하며 조화를 획득하려고 노력하는 것이 그런 인간에게 특징적이다.

러시아 문화는 '전통적 · 러시아적' 가치의 눈금자와는 차별되는, 다른 눈금을 가진 포스트모더니즘을 객관적으로 받아들이기가 어려웠다. 러시아문학의 '주요하고' '영원한' 문제들이 '진리가 무엇인가?', '신이란 무엇인가?', '삶과 죽음은 무엇인가?', '지상에서 인간의 사명은 무엇인가?', '우리는 누구인가?', '누구의 죄인가?', '무엇이 도래할 것인가?' 등이었다면, 포스트모더니즘에서는 그런 유의 문제들이 존재하지 않는다. 왜냐하면 포스트모던의 철학적 체계는 신, 진리, 믿음, 인생의 의미 등의 개념을 포함하지 않기 때문이다. V. 쿠리친은 이 문제에 대해 다음과 같이 언급한다. "포스트모더니즘적 세계의 모델에서 **진리**라는 카테고리는 **이상**이라는 카테고리와 마찬가지로 존재하지 않는다. 국지적인 모든 구상은 국지적이고, 정황적이고, 문맥적인 이상과 문맥적인 진리, 즉 항상 유동적이고, 변덕스럽고, 고정되지 않은 진리를 가진다."[1)]

그러나 위에서 언급된 내용이, 전통적 러시아문학의 가치가 '좋고' 포스트모던의 개념들이 '나쁘다'거나, 그 반대라는 것을 의미하지는 않는다. 포스트모더니스트들에 의해 새로운 가치적 목표들이 미완성되었다고 하더라도 그 속에는 어떤 객관적 구성 요소가 존재하는데, 특히 '포스트소비에트' 포스트모더니스트들이 그러하다. 왜냐하면, 주지하다시피, '진리(도덕과 마

1) Курицын В. *Русский литературный постмодернизм*. М.: ОГИ. 2001. С. 35.

찬가지로)는 항상 역사성을 띠기' 때문이다.

러시아의 포스트모더니즘은 '가치의 재평가' 시기, 즉 개인숭배의 상실 시대, 과거 이상들을 거부하는 시기, 러시아 역사의 재집필 시기에 탄생했다. A. 비토프는 이렇게 말한다. "지금은 수용소와 기타 끔찍한 것들에 대해 누가 얼마나 아는가에 대한 담론이 진행되고 있다. 우리는 그때 젊었고, 우리의 정보성은 사회의 정보성과 일치할 뿐이었다."[2] 미래의 포스트모더니스트 작가들은 바로 얼마 전까지 이렇게 말하고 행동했는데, 실제로는 전혀 다른 것으로 밝혀져버린, 전반적 상대성, 불안정성, 변화성이란 배경에서 형성되었다. 불신, 의심, 상대성은 새로운 철학관의 '유(類)적' 특징이 되었고, 최고 진리에 대한 요구 또는 이상에 대한 지향은, '유일하게 믿을 만한 것에 대한' 명예가 훼손된 소비에트 개념들로 인해서 당면성을 상실하였다.

형식보다는 내용에 대한 강요 정책, 예술 텍스트에서 의미와 사상을 그것의 구현 방법보다 선호하는 것을 전통적이고 특징적인 러시아문학의 특징으로 간주할 수 있다는 사실이, 이상을 향한 러시아문학의 지향성(다시 말해 포스트모던의 용어에서는 '위계성')의 결과가 되었다. 반면 1920년대 형식주의 학파의 계승자들인 포스트모더니스트들은 "문학에서는 테마가 아니라 방법을 연구해야만 한다"는 V. 슈클롭스키와 "'무엇을'보다는 '어떻게'가 더 중요하다"는 B. 에이헨바움[3]의 가르침을 따르고 있다.

2) Битов А. *Мы проснулись в незнакомой* стране. Л.: 1991. С. 7.

3) 참조할 것. Эйхенбаум Б. *О прозе. О поэзии*. Л.: Художественная литература. 1986.

포스트모더니스트들의 이런 입장에서는 어떤 객관적 '합법칙성'을 발견할 수 있다.

문제는 1950년대 말~1980년대 중반의 역사적 현실이, 즉 '흐루쇼프의 해빙기' 이후 시기와 '브레즈네프의 침체기'가 '무갈등성의 궁지'에서 탈출구를 찾을 것을 예술가들에게 요구하였고, 사회적 문제들을 예술적으로 숙고할 것을 요구하고 도덕적 · 정신적 범주들을 문학으로(그리고 삶으로) 되돌릴 것을 요구하였다. 그리고 '무엇'을 말하는가가 중요하던 농촌 소설이 우선적으로 이런 과제를 떠맡았다. 새로운 테마를 시작하고, 새로운 문제들을 드러내고, 민족적 전통으로 되돌아가는 것이었다.[4)]

1980년대 중반에 '고르바초프의 글라스노스트(공개)'가 등장하면서 이전에 '금지된' 테마는 공개되었고, 금지 영역들도 더 이상 존재하지 않게 되었으며, 어떤 순간에 '내용'의 미학적 '포화'가 도래했으며, 무엇인가 '다른 것'에 대한 요구가 등장하였다. 따라서 '새로운'('다른') 문학은 '무엇'이 아니라, '어떻게' 이야기할 것인가가 더 중요해졌다. 이 시기 현대문학에서 형식은 내용보다 더 핵심적인 역할을 하기 시작했다.[5)]

4) 비교할 것. 1970년대 '농촌 소설' 작가들이 제기한 문제들은 "우리에게 무슨 일이 벌어지고 있는가?"(V. 슉신), "왜 우리는 이런가?"(V. 라스푸틴), "러시아는 어디로 가는가? 이런 알 수 없는 운동 속에서 지금, 그리고 영원히 누구를 의지할 수 있는가?"(V. 레베데프)이다.

5) 주지하다시피, 문학에서 이와 같은 미학적 우선순위의 교체 과정은 항상 발생하며 문학의 생생한 존재와 발전의 기반을 형성한다. 그러나 러시아문학에서 '내용'과 '형식적' 경향들의 교체에 관한 객관적 합법칙성은 '내적' 가치성을 제거하지는 않는다. 이렇듯 19세기의 '내용적' 경향은 '금 세기'라는 정의를 가지고, 20세기 '형식적' 경향(더 정확히는 그 시작)은 '은 세기'라는 정의를 가진다.

러시아는 민족적 '특징'상 항상 가부장제적이고 도덕적 · 보수적일 뿐만 아니라, 문학 중심적인 나라였고, 러시아 문화에서 작가는 철학자이자 사상가의 역할을 담당하였다. 고전적 러시아문학에서는 독특한 작가적 위치, 즉 시인, 예언가, **선구자**, 창조자라는 위치가 특징적이었다. A. 푸슈킨은 시인을 '러시아 민족의 메아리'라고 불렀고, N. 네크라소프는 '시인-시민'에 대해 언급하였다. 1960년대에 이미 E. 옙투센코는 "러시아에서 시인은 시인 이상이다"[6]라고 말했고, I. 브롯스키는 다음과 같이 결론지었다. "만약 시가 교회의 역할을 하지 못한다고 하더라도, 시인은, 거대한 시인은, 어느 정도는 사회에서 성인을 겸하든지, 그를 대신하고 있다. 즉 그는 어떤 정신적 · 문화적 모델, 어쩌면 사회적 의미에서 임의의 모델인 것이다."[7] 그래서 포스트모더니즘적 '저자의 죽음', 작가와 주인공(종종 하찮고, 불쌍하고, 보잘것없는) 간의 거리의 부재, '0도의 글쓰기'는 러시아문학의 지배적인 전통에 '쉽게' 조화될 수 없었고, 낯설고 이질적인 것 같았다. M. 리포베츠키는 다음과 같이 말했다. "(…)포스트모더니즘은 아득한 고대성으로부터 나오는 '시인은 조화의 아들'(A. 블로크)이라는 신화를 근본적으로 깨뜨린다. 즉 삶(일상, 역사, 세태 풍속, 질료 등)의 카오스를 새로운 조화로 변화시키는, 다시 말해서 신과 흡사한 또는 신에 맞서는 조화로 변화시킨다. 이런 신화의 본질은 모더니즘과 아방가르드의 폭동을 뒤흔들지는 않았다. (…) 그러나 바로 포스트모더니즘의 배리(背理)는 이런 운동에 구조적이고 의미론적인 완성을 부여한다. (…) 문제는 이런 식으로 예술가의 '신과의 동등성'에 대한 믿음이 깨져서, 예술 작품이 완전히 보편적인 능동

6) Евтушенко Е. *Собр. соч.: В 3 т.* М.: Художественная литература. 1983. Т. 1. С. 443.

7) Бродский И. "Никакой мелодрамы": Интервью // Бродский И. *Размером подлинника*. Таллинн: 1990. С. 123.

적 영역('우리의 모든 것')을 획득하는 최고의 진리를 표현한다는 것에 대한 믿음이 깨진다는 것에 있는 것이 아니다. 훨씬 더 본질적인 것은, 포스트모더니즘이 본질상, 이원론적 모델들의 우세함(Ju. 로트만과 B. 우스펜스키에 따르면)과 같은, 다른 말로 하면, 화해의 사상 자체를 거부하고 지옥 또는 천국은 인정하지만(그리고 주기적으로 문화적 진화 과정 속에서 이전의 지옥이 천국으로 그리고 그 반대로 바뀌는), 원칙적으로 연옥을 제외하는, 문화의식의 극단주의와 같은 러시아 문화 전통의 기본적인 특징을 목적의식적으로 파괴하는 첫 번째 예술 체계라는 것이다. 그러나 패러독스는 바로 러시아 포스트모더니즘이 그와 똑같은 극단주의와 급진주의를 가지고, 러시아 문화 전통에 본질적인 문화 의식의 이원론을 파괴하려고 한다는 데 있다."[8]

전통적 러시아문학의 품에 포스트모더니즘을 '수용하지 않는 것'에 대한 '객관적' 근거들은 많이 발견할 수 있다. 이미 언급된 것에 덧붙일 수 있는 것은, 러시아문학은 보통 모든 것이 '진실로'이고 '모든 것이 심각하다'는 것이다. 이렇듯 I. 투르게네프의 유명한 단편 「가수들(Певцы)」에서 승리자는, 유쾌하고 장난기 있는 무도곡의 가수인 고용주가 아니라("그는 연주하면서 팽이를 돌리듯 이 목소리를 흔들었고, 끊임없이 노래를 불렀고, 위에서 아래로 넘나들면서 계속해서 고음으로 돌아가서는, 그 음을 유지했다가 각별히 노력을 기울여 쭉 늘였다가는 잠잠해졌다. 그러고는 갑자기 패기 있고 용기 있는 호기를 가지고 이전의 가락을 이끌어냈다"[9]), 음울하고도 구슬프고, 눈물이 나는 영혼의 멜로디를 끌어내던 야슈카이다("그의 목소리의 첫 번째 소리는 약하고 고

8) Липовецкий М. Параллогия русского постмодернизма//*Новое литературное обозрение*. 1998. No. 30. С. 300.

9) Тургенев И. *Записки охотника: Повести и рассказы*. М. 1984. С. 150.

르지 못했고 그의 가슴에서 나온 것이 아니라 어디선가 멀리에서 온 것 같았고, 마치 우연히 방으로 날아든 것 같았다. 이 떨리고 울리는 소리가 우리 모두에게 이상하게 작용하기 시작했다. (…) 이런 첫 번째 소리를 뒤이어 다른, 좀 더 확신 있고 느리지만, 마치 강한 손가락에 튕겨져서 갑자기 울리고는 재빨리 잦아드는 진동으로 흔들리는 악기의 현처럼 더 떨리는 소리가 이어졌고, 두 번째 소리 뒤에 세 번째 소리가 이어졌고, 조금씩 달아오르고 확대되면서 구슬픈 노래가 흐르기 시작했다. (…) 나는 사실 이와 같은 목소리를 거의 들어본 적이 없다. 그 목소리는 약간 상처 입은 듯하고 금이 간 듯이 울렸다. 그 목소리는 처음에는 어딘가 아픈 듯한 느낌을 주기도 했지만, 그 속에는 진심 어린 깊은 열정이, 젊음이, 힘이, 달콤함이, 뭔가 끌어당기는 듯하면서도 태연하고, 애달픈 비애가 있었다. 러시아적이고 진실하고 뜨거운 영혼이 그 안에서 울리며 숨 쉬고 있었고 그렇게 우리의 심장을 움켜쥐었고, 그의 러시아 악기 줄을 곧장 움켜쥐었다"[10]」. 의심할 여지 없이, 러시아 고전문학에서는 아이러니하고, 희극적이고, 풍자적이고, 그로테스크한 흐름이 한 위치를 차지했지만, 그런 흐름은 비록 예술적으로는 강력하다고 할지라도, 제한적이고, 국지적으로 나타났다. 포스트모더니즘에 관해서라면, 주지하다시피, 모든 '의미'와 모든 '진지함'에 대해서 회의적이며, 따라서 '철저히 아이러니하다.' 그 속에서는 모든 것이 '놀이'이고, 모든 것이 '농담'이며, 모든 것이 '그런 것 같다.' 인생은 이미 단순히 셰익스피어적 극장이 아니라 광대놀이이고 서커스이다.[11]

10) Тургенев И. Указ. соч. С. 152.

11) 흥미로운 사실은 '인생은 서커스'라는 이미지는 포스트모더니즘과는 멀리 떨어진 V. 라스푸틴의 중편 『마지막 기한(*Последний срок*)』(1971)에서 처음으로 발생했다는 것이다(일리야의 형상을 참조할 것).

이와 관련해서 U. 에코의 메타포는 흥미롭다. "포스트모더니즘은 모더니즘에 대한 대답이다. 이미 한번 지나간 것은 파괴하는 것이 불가능하다. 왜냐하면 그것의 파괴는 침묵을 이끌기 때문이다. 그것은 아이러니하게도 천진함 없이 재해석하는 것이 필요하다. 포스트모더니즘적 입장은 매우 교양 있는 여인을 사랑하는 사람의 입장을 떠올리게 한다. 그는 그녀에게 '미치도록 당신을 사랑한다'는 말을 할 수가 없다. 왜냐하면, 이와 같은 문구는 리알라(1930~1940년대에 인기 있던 이탈리아 여류 작가—저자)의 특권이라는 사실을 그녀가 알고 있다는 것을 알기 때문이다(그녀도 그가 알고 있다는 사실을 알고 있다). 그는 '리알라의 표현대로 당신을 미치도록 사랑합니다'라고 말해야만 한다. 이때 그는 이런 솔직함을 피하고 간단하게 말할 가능성이 없다는 것을 직접 그녀에게 보여준다. (…) 만약 여인이 그런 놀이를 할 준비가 되어 있다면 그녀는 이런 사랑 고백이 사랑 고백일 따름이라는 사실을 알게 것이다. 대화 상대자들 중 어느 누구에게도 솔직함은 제공되지 않으며 둘 다 과거의 압력을, 어디로도 피할 수 없는, 그들 전에 언급된 모든 것의 압력을 지탱하고 있으며 둘 다 의식적으로 기꺼이 아이러니의 놀이에 참여한다. (…) 그래도 역시 그들은 또 한 번 사랑에 대해 말할 수 있다."[12] A. 퍄티고르스키는 이런 상황을 '발전시켜서' 이렇게 언급한다. "그렇다. 물론, 여인이 영리하다면, 당신이 말하고 싶었던 것과 왜 당신이 바로 이런 식으로 이것을 말하는지를 알게 될 것이다. 그러나 그녀가 실제로 그렇게 영리하다고 하더라도 그런 사랑 고백에 '네'라고 대답하고 싶겠는가 하는 것은 전혀 다른 문제다."[13] 러시아문학의 전통적(주요) 노선과 관련해서도 그렇다. 러시아문학은 포스트모더니즘에 대해 모든 것을 알고 있지만 '네'라고 대답하는 것을

12) Эко У. Заметки на полях『Имени розы』//Эко У. *Имя розы*. СПб.: Симпозиум. 1997. С. 636~637.

13) Пятигорский А. О постмодернизме//Пятигорский А. *Избр. труды*. М.: 1996. С. 363.

그렇게 서둘지는 않는다.

마지막으로, 러시아문학에서 포스트모더니즘 수용의 복잡성에 대해 말한다면, '친서구적' 지향성에 대해 주의할 수 있다. I. 스코로파노바는 이렇게 말한다. "현대 러시아문학 전체에 대해서 포스트모더니즘은 독특한 서구주의이고 문화와 문명의 새로운 모델을 신봉하는 것의 증거이다."[14] 주지하다시피, 러시아에서는 동(東)과 서(西)의 이단 논법에서 자신의 위치를 찾는 것이 항상 특징적이었고, 동서(東西)의 영향은 역사적으로 러시아 문화의 경계 내에서 충돌하였다. 서양 문명의 기본적 특징들이 세계의 변형이나 자연과 사회의 지배에 대한 지향성, 권력과 힘의 강요, 실용주의와 이성주의라면, 동양은 그 반대로, 개인적 자기완성의 길을 선택하고 세계 인식의 주관적 성격을 기초로 한다. 러시아적 세계관, 민족적 자의식은 이런 두 경향의 충돌 속에서 탄생하였고 서양뿐만 아니라 동양 모델의 요소들을 가진 문명 발전의 '중간적' 유형이다. 바로 이 때문에 소위 '러시아의 사상'은 다양한 발전 단계를 가진다. '모스크바-제3로마'라는 테제로부터, 19세기 서구주의와 슬라브주의(대지주의)의 투쟁을 거쳐, 20세기 초 유라시아주의까지 이른다. 그리고 1960년대에는 '슬라브주의적' 경향(그 대표자는 주로 '농촌 소설'이었다)이 우세했다면, 1980년대에는 포스트모더니즘이 우세했다. 즉 러시아적 토양에서 항상 쉽게 뿌리내리지는 못한 서구주의의 마스크를 쓰게 되었다.

14) Скоропанова И. *Русская постмодернисткая литература*: Учебное пособие. 2-е изд. испр. М.: Флинта: Наука. 2000. С. 72.

러시아 문화와 문학의 발전에서 나타난 다양한 경향들에 대해서 여러 가지 정의를 적용할 수 있다. 예를 들어 F. 니체(『비극의 탄생』(1872))의 용어에서 시작된 '아폴론주의'와 '디오니소스주의' 를 들 수 있는데, 아폴론적 특징은 빛, 합리성, 질서를 특징으로 하고, 디오니소스적 특징은 어둠, 불합리성, 카오스를 특징으로 한다. I. 스코로파노바의 관념에 따르면, 포스트모더니즘은 아폴론적 특징[15]을 구현하고 우리 시각으로는 '변형들이 가능하다…….'

그러나 포스트모더니즘이 러시아 문화의 전통에 '뿌리내리기'가 아무리 어려웠다고 할지라도 현대 러시아문학에서 자신의 위치를 획득하였으며, 현재는 러시아문학 발전의 예술적 · 미학적 지배소들을 결정하고 있다.

현대문학의 과정, 특히 1970~1990년대와 21세기 초 러시아 소설, 시, 희곡에서의 포스트모더니즘적 흐름에 대한 대화를 마치면서, "포스트모더니즘은 정의상로는 이미 무한한 것이다"[16]라는 S. 코스티르코의 말을 인용할 수 있으며, 포스트모더니즘 작가들의 '공통적이지 않은 표정의 얼굴'에 대해 다시 한 번 상기할 수 있다.

실제로 도블라토프를 소로킨과 혼동할 수는 없고, 톨스타야는 페트루셉스카야와 닮지 않았으며, 루빈슈테인은 프리고프와 '근본적으로' 다르다.

그러나 고유하고 유일무이한 창작의 '얼굴'을 가지면서, 그들은 각각 그리고 모두 함께 최근 몇 십 년 동안의 러시아문학에서 통일되고 전일적인 문학 경향을 대표하고 있으며, 그 경향은 내용과 형식에서, 그것을 구현하는 사상과 성격에서, '무엇을' 또는 '어떻게'의 선택에서, 현실의 반영 또는

15) Скоропанова И. Указ. соч. С. 61.

16) Костырко С. Вместо предисловия // Курицын В. *Журналистика. 1993~1997*. СПб.: 1998. С. 5.

환상의 발생에서, 저자와 주인공의 일치 또는 거리 두기에서, 슈제트 또는 스타일의 선호에서, 위와 아래의 결합에서, 묘사하는 것에 대한 '농담으로' 식의 태도 또는 '진지하게' 식의 태도에서, 즉 '모든 것에서의 자유'를 선포하고 있다. 이런 '자유'만이 그들의 유사성과 친족성의 특징이며, 그들의 통일성과 친밀성의 표시이다.

예술 텍스트들에 대한 분석이 보여주듯이, 현대 러시아문학(그리고 러시아 고전문학의 보편화된 노선 전체)에서 포스트모더니즘의 '단계적' 적응 과정은 일관되게 변경시킬 수 없이 발생하고 있지만, 포스트모던의 서구 이론적 공식들로 문화 공간을 제한하고 좁히는 식이 아니라, 현대 러시아문학의 경험들의 확장과 극복을 통해서 이루어지고 있다. 포스트모던의 '러시아적 변형'은 서구적 변형과는 달리, 의미를 그리워하는 전통적인 '러시아적 향수'로, "텍스트의 (…) 의미적 정확성에 대한 잃어버린 확신"[17]을 그리워하는 영원한 애수로 형성된다. 포스트모던의 '러시아적 이설(異說)' 속에서 세계 창조의 문제는 그것의 해체 문제만큼 가치가 있으며, 주인공 성격 창조 방법은 유형 자체의 전일성을 저해하지 않으며, '어떻게(만들어졌는가)'라는 문제는 '무엇이(만들어졌는가)'라는 문제만큼 중요하다. 고전문학과의 비교에서 상당히 강화된 텍스트의 상호 텍스트적 연관과 유희적 특징은 현대문학의 독창성의 여러 특징들을 형성하고는 있지만 전통적 '문학성'의 경계 너머로 우리를 이끌지는 않는다. (서구) 포스트모더니즘 이론은 러시아적 토양에 적응하였고 그 이론의 문학적 실천은 다양하게, 여러 방면에서 러시아문학 전통에 현대 포스트모더니즘적 경향들이 인입되고 있음을 입증해주고 있다. 러시아 문화 공간에서 포스트모더니즘의 '토착화'

17) Ильин И. *Постмодернизм: Словарь терминов*. М.: ИНИНОН РАН: Intrada. 2001. С. 64.

과정이 아무리 지난하다 할지라도 포스트모더니즘은 현대 러시아문학에서 합법적 위치와 자신만의 '콘텍스트'를 획득하였고, 19세기 말~20세기 초 러시아문학에서, 러시아문학 발전의 예술적 · 미학적 지배소들을 결정하고 있는, 객관적으로도 가장 앞선 경향이 되었다.

학술 비평

Баевский В. *История русской поэзии*. Смоленск: 1994.

Берг М. *Литературократия: Проблема присвоения и перераспределения власти в литературе*. М.: Новое литератруное обозрение. 2000.

Богданова О. *Современный литературный процесс: К вопросу о постмодернизме в русской литературе* 70~90-х годов XX века. СПб.: 2001.

Большев А., Васильева [Богданова] О. *Современная русская литература.(1970~90-е годы)* СПб.: 2000.

Вайль П., Генис А. *Современная русская проза*. Анн Арбор. 1982.

Васильев И. "Метареализм" в поэзии 1980-х годов: стилевые параметры//XX век: *Литература. Стиль*. Екатеринбург: УрГУ. 1999. Вып. 4.

Васильев И. *Русский поэтический авангард XX века*. Екатеринбург: 2000.

Вельш В. "Постмодерн": Генеалогия и значение одного спорного понятия//*Путь*. 1992. No. 1.

Генис А. *Раз: Культурология*. М.: Подкова: ЭКСМО. 2002.

Генис А. Два: *Расследования*. М.: Подкова: ЭКСМО. 2002.

Генис А. *Три: Личное*. М.: Подкова. ЭКСМО. 2002.

Гройс Б. Московский романтический концептуализм//*"А-Я"*. Париж. 1979.(или: Театр. 1990. No. 4)

Гройс Б. Соц-арт//*Искуссство*. 1990. No. 11.

Гройс Б. Полуторный стиль: Социалистический реализм между модернизмом и постмодернизмом//*Новое литературное обозрение*. 1995. No. 5.

Гулыга А. Что такое постсовременность?//*Вопросы философии*. 1988. No. 12.

Жолковский А. *Блуждающие сны и другие работы*. М.: Наука. 1994.

Зайцев В. О новых тенденциях в русской поэзии 1980~1990-х гг.//*Вестник Московского ун-та*. Сер. 9: Филология. 1996. No. 4.

Золотоносов М. Отдыхающий фонтан: Маленькая монография о постсоциалистическом реализме//*Октябрь*. 1991. No. 4.

Зыбайлов Л. Шапинский В. *Постмодернизм: Учебное пособие*. М.: Прометей. 1993.

Ивбулис В. Модернизм и постмодернизм: Идейно-эстетические поиски на Западе. М.: *Знание*. 1988. No. 12.

Ивбулис В. Постструктурализм-что это?//*Родник*.(Рига) 1989. No. 1.

Ильин И. *Постструктурализм. деконструктивизм. постмодернизм*. М.: Интрада. 1996.

Ильин И. *Постмодернизм: от истоков до конца столения: Эволюция научного мифа*. М.: Интрада. 1998.

Ильин И. Постмодернизм//*Литературная энциклопедия терминов и понятий*/Гл. ред. и сост. А. Н. Николюкин. М.: НПК “Интелвак”. 2001.
Ильин И. *Постмодернизм: Словарь терминов*. М.: ИНИОН РАН: Intrada. 2001.
Кабаков И. Концептуализм в России//*Театр*. 1990. No. 4.
Кулаков В. По образу и подобию языка: Поэзия 80-х годов//*Новое литературное обозрение*. 1998. No. 32.
Курицын В. *Книга о постмодернизме*. Екатеринбург: 1992.
Курицны В. *Русский литературный постмодернизм*. М.: ОГИ. 2001.
Лейдерман Н., Липовецкий М. *Современная русская литература.(195-90-е годы)* М.: УРСС. 2000.
Липовецкий М. *Русский постмодернизм: Очерки исторической поэтики*. Екатенинбург: 1997.
Литературные манифесты от символизма до наших дней/Сост. и предисл. С. Джимбинова. М.: 2000.
Малахов В. Постмодернизм//*Современная западная философия: Словарь*. М.: Политиздат. 1991.
Малявин В. Мифология и традиция постмодернизма//*Логос*. 1991. Кн. 1.
Маньковская Н. *Эстетика постмодернизма*. СПб.: 2000.
Метареализм: *Краткий курс*//www.poet.forum.ru/arbstt.htm.
Нефагина Г. *Русская проза второй половины 80-х-начала 90-х годов XX века*. Минск. 1998.
Парамонов Б. Постмодернизм…//*Звезда*. 1994. No. 8.
Подорога В. Философское произведение как событие//*Вопросы философии*. 1993. No. 3.
Постмодернизм и культура: Материалы “круглого стола”//*Вопросы философии*. 1993. No. 3.
Постмодернизм и культура: Сб. статей/Отв. ред. Е. Н. Шапинская. М.: Ин-т философии АН СССР. 1991.
Постмодернизм: Энциклопедия. Минск: Интерпрессервис: Книжный дом. 2001.
Постмодернисты о посткультуре: Интервью с современными писателями и критиками/Сост. и предисл. С. Ролл. М.: ЛИА Р. Элинина. 1996.
Пятигорский А. О постмодернизме//Пятигорский А. *Избр. труды*. М. 1996.
Рейнгольд С. Русская литература и постмодернизм//*Знамя*. 1998. No. 4.
Руднев В. Заметки о новом искусстве. II: “Третья модернизация”//*Даугава*. 1989. No. 5.
Руднев В. *Словарь культуры XX века: Ключевые понятия и тексты*. М.: 1999.
Скоропанова И. *Русская постмодернистская литература: Учебное пособие*. 2-е изд. испр. М.: Флинта. Наука. 2000.

Скоропанова И. *Русская постмодернистская литература: Новая философия, новый язык*. 2-е изд. доп. СПб.: Невский простор. 2002.

Словарь терминов московской концептуальной школы/Сост. и авт. предисл. А. Монастырский М.: Ad Marginem. 1999.

Смирнов И. *На пути к теории литературы*. Амстердам. 1987.

Смирнов И. *Порождение интертекста: Элементы интертекстуального анализа с примерами из творчества Б. Л. Пастернака*. СПб.: 1995.

Современное зарубежное литературоведение: (Страны Западное Европы и США): Концепции. Школы. Термины: Энциклопедический справодчник. М.: Интрада. 1996.

Терминология современного зарубежного литературоведения: (Страны Западное Европы и США). М.: ИНИОН. 1992. Вып. 1.

Тупицын В. *Коммунальный (пост)модернизм: Русское искусство вторй половины XX века*. М.: Ad Margainem. 1998.

Фатеева Н. *Котрапункт интертекстуальности, или Интертекст в мире текстов*. М.: Агар. 2000.

Федорова Л. *Типы интертекстуальности в современной русской поэзии: Постмодернистские и классические реминисценции*: Автореф. канд. дис. М.: 1999.

Филдер Л. Пересекайте рвы, засыпайте границы//*Современная западная культурология: Самоубийство дискурса*. М.: 1993.

Французкая семиотика: От структурализма к постструктурализму/Пер. с фр. и вступ. статья Г. К. Косикова. М.: Издательская группа "Прогресс". 2000.

Халипов В. Постмодернизм в системе мировой культуры//*Иностранная литература*. 1994. No. 1.

Хансен-Леве А. Эстетика ничтожного и пошлого в московском концептуализме//*Новое литературное обозрение*. 1997. No. 25.

Чупринин С. После затишья: Поэзия конца 80-х: *опыт и перспективы*//Перспектива -89: Сб. М.: 1989.

Эпштейн М. *Парадоксы новизны: О литературном развитии XIX-XX веков*. М.: Советский писатель. 1988.

Эпштейн М. *Постмодерн в России: Литература и теория*. М.: Изд-во Р. Элинина. М. 2000.

Якимович А. Магические игры на горизонтальной плостксти: Картина мира в конце XX в.//*Arbor Mundi = Мировое дерево*. 1993. Вып. 2.

인터넷 사이트

http://www.pereplet.ru

http:// magazines.russ.ru

http://www.russ.ru/krug

http://www.vavilon.ru

http://www.topos.ru

http://www.guelman.ru/slava

http://www.ng.ru/exlibris/index.html

http://www.rvb.ru

http://aptechka.agava.ru

http://www.lgz.ru

http://www.rurhenia.ru

http://geocities.com/SoHo/Exhibit/6196/mesto.htm

http://www.astranet.ru/win/culture/ch1_pr.htm

http://www.art.spb.ru

http://www.litera.ru/index.html

부록

전기

미하일 아이젠베르크(Михаил Айзенберг)

1948년 6월 23일 모스크바 출생. 시인, 비평가.

아버지는 건축 기사였고, 어머니는 전공이 인문학이었으며, 모스크바국립대학교 로마-독일과를 졸업하였다(미하일 아이젠베르크는 이렇게 말했다. "시를 사랑했고, 젊은 시절에는 전선의 유명 시인들과 친분을 맺었다. 어머니의 선명하지 못한 빛바랜 타자 원고로 아흐마토바와 구밀료프를 처음 읽었다. 그러나 그녀 자신은 시를 쓰지 않았고, 아버지에게는 시 창작에 대한 뚜렷한 재능이 있었으며 그는 쉽고도 능란하게 썼다"[1]). 예술가가 되려고 했다가 나중에는 건축가가 되려고 했다. 1966년 모스크바건축대학에 입학하였다. 졸업 후에 1989년까지 건축가-복원가로 일하였다. 건축가 동맹 회원이다.

시는 어린 시절부터 쓰기 시작했다. 대학에서는 L. 이오페(Иоффе), E. 사부로프(Сабуров), Z. 지니크(Зиник)와 가깝게 지냈으며, '사미즈다트'

1) *Писатели России: Автобиографии современников*. М.: 1998. С. 60.

용으로 시를 쓰기 시작하였고 공개적인 시 낭독회에 참여하였다. 1970년대 중반부터 발표되기 시작하였다〔《시간과 우리(*Время и мы*)》, 《대륙》, 《신탁시스》〕. 모스크바 시인 협회 '다정한 대화'〔또 다른 명칭들은 '월요일(Понедельник)', '알마나흐'〕의 참가자이자 이론가이며, 이 협회에는 D. 프리고프, L. 루빈슈테인, T. 키비로프, S. 간들렙스키 등이 참여하고 있다.

텍스트

Айзенберг М. *Указатель имен*. М.: 1993.
Айзенберг М. *Пунктуация местности*. М.: Арго-Риск. 1995.
Айзенберг М. *Взгляд на свободного художника*. М.: Гендальф. 1997.

학술 비평 서적

Айзенберг М. Вместо предисловия//*Личное дело No.: Литературно-художественный альманах*/Сост. Л. Рубинштейн. М.: В/О "Союзтеатр". 1991.
Айзенберг М. Некоторые другие: Вариант хроники: Первая версия //*Театр*. 1991. No. 4.
Айзенберг М. Вокруг концептуализма//*Арион*. 1995. No. 4.

유스 알료슈콥스키(Юз Алешковский)

알료슈콥스키, 유스(이오시프 예피모비치)(1929년 9월 21일 크라스노야르스크 출생). 시인(음유시인), 소설가.

사무원 가정에서 태어났다. 어린 시절은 모스크바에서 보냈다. 1학년부터 학교를 혐오해서 결국 졸업하지 못했다. 5학년은 제대로 마쳤으며, 6학년과 7학년 기간에는 2~3년씩 '앉아만 있었다.' 이후 학교를 그만두고 공장에서 일했으며 노동자 청년 학교에 다녔고 독학했다. 자신을 무식쟁이라고 생각한다.

태평양 전선 복무(1947~1950) 중이던 1950년 '군 규율 위반'이란 죄명으로 4년형을 선고받았다(U. 알료슈콥스키: '정말 사소한 형사 범죄' 때문에[2]). 수용소에서 그는 첫 번째 노래「새들은 우리가 걷던 그곳에서 날지 않는다네(Птицы не летали там, где мы шагали)」를 창작하였다. 특사(1953) 이후에 모스크바로 돌아와서(1955) '모스보드프로보드' 트러스트에서 고장 수리차 기사와 건축가로 일했다. 그때 동화책과 어린이 영화를 위한 시나리오를 집필하기 시작했다〔「전기 열차 티켓 두 장(Два билета на электричку)」(1964), 「흑갈색 여우(Черно-бурая лиса)」(1967), 「키시, 드바포르트펠랴, 일주일(Кыш, Двапортфеля и целая неделя)」(1970), 「키시와 나는 크림으로(Кыш и я в Крыму)」(1975) 등〕. 동시에 공식적으로 금지된 노래들의 작곡자이자 가수였다〔「소비에트 부활제(Советская пасхальная)」, 「개인적 만남(Личное свидание)」, 「담배꽁초(Окурочек)」, 「당신들은 여기서 불꽃에서 불길을 피워 올렸네……(Вы здесь из искры раздували пламя…)」. 가장 유명한 노래는「스탈린 동무, 당신은 위대한 학자예요……(Товарищ Сталин, вы большой ученый…)」이다〕.[3]

2) Алешковский Ю. Автобиографическая справка // *Антология сатиры и юмора России XX в*. М.: Эксмо-Пресс. 2000. Т. 8: Юз Алешковский. С. 16.

3) 존 글레드(Джон Глэд)와 한 인터뷰 중에 다음과 같은 내용이 있다.
존 글레드: 1959년에 스탈린에 대한 노래를 썼고 아주 인기를 끌었어요.
알료슈콥스키: 그래요. 제게는 전혀 예상 밖의 일이었어요. 왜냐하면 노래를 짓고는 혼자 속으로 읽어보았고 성공하리라고는 생각지도 못했거든요. 청중들의 반응을 보았을

1968년 이후 소비에트 출판사들과의 협력을 중단하였고, 사미즈다트로 떠나갔다. "중요한 것은 인쇄되는 작가가 아니라 자유로운 작가가 되는 것이라는 사실을 제때에 깨달았어요. 그래서 집필한 원고들을 상자에 넣어 놓는 것도 행복했어요."[4)]

1979년에 비정기간행물 《메트로폴》의 참가자가 되었다. 그해 2월에 빈으로 망명했으며 그 후에 미국으로 망명했다〔현재는 미국 코네티컷 주(州) 크롬웰에서 거주하고 있다〕.

존 글레드와 한 인터뷰 중에서

"**존 글레드**: 만약 당신이 문학 백과사전에 자신에 대한 소고를 쓴다면 뭐라고 쓰겠습니까? 저는 전기적 자료가 아닌 창작 기법을 말하는 것입니다.

알료슈콥스키: 나는 물론, 알료슈콥스키가 표도르 도스토옙스키의 제자들 중 한 사람이라고 말하고 싶습니다. 도스토옙스키는 자신의 기법을 환상적 리얼리즘이라고 칭했고 이것이 얼마나 믿을 수 없을 정도로 매분 발생하고 있는지 말하곤 했습니다. (…) 나의 모든 책은 현대 소비에트의 삶에 대해 쓴 것입니다. 어쩌면 그 책들 중 하나는 다른 것보다 더 신화적일 수도 있습니다. 문학에서는 신화소로 되돌아가지 않을 수가 없으며, 그 신화소에게로 달려가지 않을 수 없

때(내가 노래를 부른 후에), 너무 놀랐죠. 내 머릿속에 음유시인이 되리라는 생각은 전혀 없었어요. 따지고 보면 그런 음유시인이 되지도 않았죠. 제때에 그만두었잖아요. 그 다음에 그 노래가 불리고 있다는 소문이 러시아 여러 지방에서 들려왔어요. 그 노래는 테이프로도 확대되어 퍼졌죠. 내 스스로도 그 노래를 녹음했어요. 어느 날 나는 볼로디 비소츠키(고인의 명복을 빌어요)가 부른 노래를 듣게 되었어요. 그 노래가 정말 유행가가 되었다는 사실이 좋았어요. 왜냐하면 소비에트 시민들의 어떤 공통적인 기분을 내가 포착했다는 것이고 그들이 느낀 것을 어떻게든 표현했다는 뜻이니까요.(Глэд Дж. *Беседы в изгнании: Русское литературное зарубежье*. М.: 1991. С. 115)

4) Алешковский Ю. Указ. соч. С. 16.

습니다. 그 신화소들은 소비에트 현실의 환상성과 그 현실의 부조리함을 납득할 수 있도록 도와줍니다. (…) 이렇게 소비에트의 현실은 내게 너무나 환상적으로 부조리하게 여겨지며, 즉 어떠한 이성적인 기준에도 맞지 않고 어떤 신적인 또는 인간적인 생각에도 부합하지 않는 것처럼 간주되었기에 이런 현실의 재현 방법은 환상적일 수밖에 없습니다. 내가 알료슈콥스키의 평론가라면, 그가 애용하는 장르는 환상이며 그 안에서의 현실적 추측이 세태 풍속 묘사법이나 비판적 세태 묘사법보다도 더 정확하다고 말하고 싶습니다. (…) 나는 내 거의 모든 소설의 형식이 독백 형식이라는 사실 또한 언급하고 싶어요. 독백 속에서만 나는 어떤 이야기를 이야기할 가능성을 찾게 되거든요. 심지어 주인공의 어조가 아니라 내 주인공에게 이야기를 해주는 사람의 어조로도 말이에요. 그리고 솔직히 말해서 내가 독백 소설이라는 장르를 개발한 것도 아니죠. 세계문학에서는 수많은 작품들이 1인칭으로 쓰였잖아요. (…) 나는 독백이 흥미로워요. 왜냐하면 거기서 이런 언술 흐름의 실존성을 예민하게 느끼기 때문이에요. (…) 알료슈콥스키가 애용하는 장르는 독백 소설이에요. 내게는 나를 비난하지는 않지만 이 기법은 이미 다 써버린 것이라고 암시해주는 동료들도 있어요. 그러나 나는 완전한 근거를 가지고, 3인칭으로 쓰인 그들의 모든 책 역시 다 써버린 기법이라고 반박하죠. (…) 이것이 아마도 문학 백과사전을 위해 하고픈 말의 전부예요."[5]

중편: 『니콜라이 니콜라예비치(*Николай Николаевич*)』〔1970. 초판은 '아디스'(미국, 1979)〕, 『가장(假裝)(*Маскировка*)』〔1977. 초판은 Ann Arbor, 1980. 러시아에서는 잡지 《별(*Звезда*)》(1991, No. 9)에 발표됨〕, 『손(*Рука*)』〔1977~1980. 초판

5) Глэд Дж. Указ. соч. С. 121~122.

은 뉴욕, 1982. 러시아에서는 《인민의 우호(*Дружба народов*)》(1991, No. 7)에 발표됨), 『마지막 말의 책(*Книга последних слов*)』(뉴욕, 1984), 『모스크바에서의 죽음(*Смерть в Москве*)』(Vermont, 1984~1985)

장편: 『캥거루(*Кенгуру*)』(1974~1975. 초판은 Middletown, 1981. 러시아에서는 《예술영화(*Искусство кино*)》(1991, No. 1~4)), 『회전목마(*Карусель*)』(1983. 초판은 Middletown, 1989), 『벼룩의 탱고(*Блошиное танго*)』(초판은 '작가 발행인' 출판사, 1985. Middletown, 1986)

텍스트

Алешковский Ю. *Собр. соч.: В 3 т*. М.: Изд-во "ННН". 1996.

Алешковский Ю. *Карусель, кенгуру и Руку: Повести*. М.: Вагриус. 1999. Алешковский Ю. *Собр. соч*. : В 3 т. М.: 1999.

Алешковский Ю. *Кыш, Двапортфеля и целая неделя: Повести*. М.: Эксмо-Пресс: Эксмо-Маркет. 2000.(серия "Детская библиотека")

Алешковский Ю. *Собр. соч*.: В 3 т. М.: Рипол классик. 2001.

Антология сатиры и юмора России XX века. М.: Эксмо-Пресс. 2000. Т. 8. Юз Алешковский.

인터뷰

Юз Алешковский//Глэд Дж. *Беседы в изгании: Русское литературное зарубежье*. М.: 1991.

학술 비평

Азаров В. "Товарищ Сталин" и Юз Алешковский//*Музыкальная*

жизнь. 1983. No. 15.

Битов А. Белеет Ленин одинокий//*Звезда*. 1991. No. 9.

Битов А. Повторение пройденного//Алешковский Ю. *Собр. соч.*: В 3 т. М.: Изд-во "ННН". 1996. Т. 1.(или в сокр.: Антология сатиры и юмора России XX в. М.: Эксмо-Пресс. 2000. Т. 8: Юз Алешковский)

Бродский И. Он вышел из тюремного ватника//Алешковский Ю. *Собр. соч.*: В 3 т. М.: Изд-во "ННН". 1996. Т. 1.(или в сокр.: Антология сатиры и юмора России XX в. Т. 8: Юз Алешковский. М.: Эксмо-Пресс. 2000)

Варкан Е. Образ далек от метрики//*Независимая газета*. 2001. 31 мая.

Жуковский Л. Бомж во фраке//*Литературная газета*. 1996. No. 31.

Липовецкий М. Анекдоты от Алешковского//*Литературная газета*. 1992. 19 февр.

Лосев Л. Тот самый Юз: Апология//*Литературная газета*. 1999. No. 38.

Мокроусов А. Юзом-в историю//*Огонек*. 1992. No. 6.

Рощин М. Юз и Советский Союз//*Огонек*. 1990. No. 41.

Супа В. "Грязный реализм" Юза Алешковского//*Книжное обозрение*. 1996. No. 10.

미하일 베르크(Михаил Берг)

텍스트

Берг М. *Между строк. или Читая мемории. а может. просто Василий Васильевич. Вечный жид. Рос и я: Три романа*. Л.: Ассоциация "Новая литература". 1991.

학술/평론

Берг М. Последние цветы Льва Рубинштейна//*Новое литературное обозрение*. 1998. No. 30.

Берг М. *Литературократия: Проблема присвоения и перераспределения власти в литературе*. М.: Новое литературное обозрение. 2000.(главы "Московский концептуализм". "Дмитрий Пригов". "Владимир Сорокин". "Лев Рубинштейн". "Саша Соколов И Борис Кудряков". "Виктор Ерофеев и Андрей Битов". "Евгений Харитонов и Эдуард Лимонов". "Бестенденциозная литература" и др.)

학술 비평

Скоропанова И. *Русская постмодернистская литература: Учебное пособие*. 2-е изд. испр. М.: Флинга: Наука. 2000.(глава "Культурфилософская тайность Михаила Берга: роман Рос и я")

Тамарченко Н. Спор о Боге и личности в эпоху утраченной простоты: О романе Михаила Берга "Вечный жид"//*Новое литературное обозрение*. 1995. No. 11.

올레크 보가예프(Олег Богаев)

보가예프, 올레크 아나톨리예비치(1970년 6월 15일, 스베르들롭스크 출생). 극작가.

스베르들롭스크에서 교통건설기술학교를 졸업하였다. 도시 극장들에서 무대 노동자, 조명 기술자, 간판장이로 일했다. 1998년 예카테린부르크국립극장대학 희곡과를 졸업하였다(1993년부터 N. 콜랴다의 창작 세미나에서 공부했다).

희곡 『러시아 민족 우체국(*Русская народная почта*)』, 『죽은 귀(*Мертвые уши*)』, 『중국의 만리장성(*Великая китайская стена*)』, 『끔찍한 수프(*Страшный суп*)』, 『산사라(*Сансара*)』, 『텔레푼켄(*Телефункен*)』, 『누가 단테스를 죽였는가(*Кто убил месье Дантеса*)』, 『딜도(*Фаллоимитатор*)』, 『33개의 행복(*33 счастья*)』, 『검은 수도승(*Черный монах*)』, 『바슈마츠킨(*Башмачкин*)』, 『100개의 유익한 조언들, 어떻게 자살할 것인가(*Сто полезных советов, как покончить с собой*)』 등이 잡지 《희곡》, 《현대문학》, 신문 《엑보이(*Экбой*)》, 세르비아 잡지 《오스토비(*Остови*)》 등에 발표되었다. S. 쿠즈네초프와 공동 저자로 희극 『세상에서 더 슬픈 소설은 없다(*Нет повести печальнее на свете*)』를 집필하였다.

희곡들은 독일어, 세르비아어, 스웨덴어, 프랑스어로 번역되었다.

희곡 『러시아 민족 우체국』(초판, 1997)은 '웃음의 방(Комната смеха)'이라는 제목으로 O. 타바코프의 극장-스튜디오(감독은 카마 긴카스, 주연은 O. 타바코프)와, 상트페테르부르크 A. S. 푸슈킨 아카데미 극장에서 공연되었다. 이 희곡으로 만든 예카테린부르크 아카데미 희곡 극장의 연극이 모스크바의 '황금 가면(Золотая маска)' 페스티벌에 초청(1999)되었다. G. 하자노프의 에스트라다 극장에서 공연된 희곡 『고무 왕자』는 떠들썩한 성공을 거두었다(희곡 「딜도」의 무대화는 감독 N. 추소바, 주연 롤리타 밀랴프스카야로, 초연이 2003년 9월에 있었다).

예카테린부르크 아카데미 연극 극장에서 A. 쿠프린의 소설 『구멍(*Яма*)』(감독은 V. 구르핀켈)과 『므첸스키 군(郡)의 레이디 멕베스(*Леди Макбет Мценского уезда*)』(감독은 V. 아베리야노프)의 연극적 개작을 실행하였다.

'유라시아' 콩쿠르의 심사 위원(2003)이다.

'안티 부커'상(1997년 희곡 『러시아 민족 우체국』으로 수상), 러시아연방 대통령 산하 문화예술위원회상(2003)을 수상했다. 1999년부터 'Akademie Schloss Solitude'(독일 슈투트가르트) 장학금을 받고 있다.

예카테린부르크에서 거주하고 있다.

텍스트

Богаев О. Русская народная почта//*Драматург*. 1997. No. 8.

학술 비평

Агишева Н. Фаллос с человеческий лицом//*Московские новости*. 2003. 30 сент.

Гончарова-Грабовская С. *Комедия в русской драматургии 1980~90-х годов(жанровая динамика и типология)*: Автореф. докт. дис. Минск: 2000.

Гончарова-Грабовская С. Русская драматургия конца XX века//*Русское слово в мировой культуре*: *Материалы X Конгресса МАПРЯЛ*. Санкт-Перербург: 30 июня-5 июля 2003 г.:

Художественная литература как отражение национального и культурно-языкового развития: В 2 т. СПб.: Политехника. 2003. Т. 1: Развитие русского самосознания и история литературы XIX –XX веков/Под ред. П. Е. Бухаркина, Н. О. Рогожиной. Е. Е. Юркова.

Должанский Р. Письмо от Смерти Табаков не получил//*Коммерсант*. 1998. 21 нояб.

Должанский Р. Дутый принц//*Коммерсант*. 2003. 26 сент.

Карась А. Искусство имитации//*Российская газета*. 2003. 1 окт.

Малыхин М. Сон Веры Павловны//*Новые известия*. 2003. 26 сент.

Руднев Р. Страшное и сентиментальное//*Новыймир*. 2003. No. 3.

Сергеев Д. К вопросу о премиях//*Знамя*. 1999. No. 4.

Ситковский Г. Смерть Ивана Сидоровича//*Независимая газета*. 1998. 4 нояб.

Ситковский Г. Киноконцерт для Лолиты в Театре эстрады// *Столчная вечерная газета*. 2003. 26 сент.

Угаров М. "Писать пьесы–безнравственно"/Беседу ведет С. Новикова//*Дружба народов*. 1999. No. 2.

Чусова Н. "Бабок пока не срубил"//*Столичная вечерная газета*. 2003. 26 сент.

표트르 바일, 알렉산드르 게니스

게니스, 알렉산드르 알렉산드로비치(1953년 랴잔 출생). 비평가, 작가, 에세이스트.

리가국립대학교 인문학부를 졸업했다.

신문 《문학 신문》, 《독립 신문》, 잡지 *OG*, 《오늘》, 《러시아 텔레그라프(*Русский телеграф*)》, 《샘(*Родник*)》, 《신세계》, 《다우가바》, 《외국 문학》, 《문학비평》, 《우랄》, 《깃발》, 《10월》, 《신탁시스》 등에 게재하고 있다.

표트르 바일과 공저로 자주 집필한다.

잡지 《별(*Звезда*)》(1997)상을 수상했다.

러시아 현대문학 아카데미 회원이다.

1977년부터 미국에서 거주하고 있다.

텍스트

Генис А. *Трикотаж*. СПб.: Изд-во Ивана Лимбаха. 2002.

학술, 평론

Вайль П. Русский человек на рандеву//*Литературная газета*. 1991. 9 окт.

Вайль П. В сторону "Арзамаса": Сергей Гандлевский и Тимур Кибиров в Америке//*Литературная газета*. 1995. 24 мая.

Вайль П. Консерватор Сорокин в конце века//*Литературная газета*. 1995. No. 5. 1. февр.

Вайль П. Генис А. Литературные мечтания//*Часть речи: Альманах литературы и искусства*. Нью-Йорк: 1980.

Вайль П., Генис А. *Современная русская проза*. Нью-Йорк. 1982.

Вайль П., Генис А. *Потерянный рай: Эмиграция: попытка автопортрета*. М.: Иерусалим. 1983.

Вайль П. Генис А. *Русская кухня в изгнании*. Нью-Йорк. 1988. (или: М. 1995; 1998)

Вайль П., Генис А. 60-е: *Мир советского человека*. Анн Арбор. 1988.(или: М. 1995)

Вайль П. Генис А. Кванты прозы: Валерий Попов//*Звезда*. 1989. No. 9.

Вайль П. Генис А. Городок в табакерке//*Звезда*. 1990. No. 9.

Вайль П. Генис А. Лабардан: О литературном творчестве А. Д. Синявского(Абрама Терца)//*Урал*. 1990. No. 11.

Вайль П. Генис А. *Родная речь*. М.: 1990.(или: М. 1995: 1999)

Вайль П. Генис А. Уроки школы для дураков: Саша Соколов//*Синтаксис*. 1990. No. 3.

Вайль П. Генис А. Искусство авторпортрета//*Литературная газета*. 1991. 4 сентября.

Вайль П. Генис А. "В Москву! В Москву!": Эдуард Лимонов//*Искусство кино*. 1992. No. 7.

Вайль П. Генис А. Во чреве мачехи: Возвращаясь к Ерофееву//*Московский наблюдатель*. 1992. No. 2.

Вайль П. Генис А. Пророк в отечестве: Веничка Ерофеев… между легендой и мифом//*Независимая газета*. 1992. No. 90. 14 мая.

Вайль П. Генис А. Страсти по Ерофееву//*Книжное обозрение*. 1992. No. 7. 14 февр.

Вайль П. Генис А. Поэзия банальности и поэтика непонятного: (О прозе В. Сорокина)//*Звезда*. 1994. No. 4.

Генис А. *Американская азбука*. Нью-Йорк. 1994.

Генис А. Андрей Синявский: Эстетика архаического постмодернизма //*Новое литературное обозрение*. 1994. No. 12.

Генис А. Границы и метаморфозы: (В. Пелевин в контексте постсоветской литературы)//*Знамя*. 1995. No. 12.

Генис А. Лестница, приставленная не к той стене//*Литературная газета*. 1995. 15 февр.

Генис А. В сторону дзэна//*Общая газета*. 1996. No. 19. 16~22 мая.

Генис А. *Вавилонская башня*. М.: 1997.

Генис А. *Темнота и тишина*. СПб.: 1998.

Генис А. *Довлатов и окрестности: Филологический роман*. М.: 1999.

Генис А. Машина вычитания//*Общая газета*. 1999. No. 16.(298) 22~28 апр.

Генис А. Мерзкая плоть: В. Сорокин//*Синтаксис.* (Париж) 1992. No. 32.

Генис А. Поле чудес: В. Пелевин//*Звезда*. 1997. No. 12.

Генис А. *Иван Петрович умер: Статьи и расследования*. М.: Новое литературное обозрение. 1999.

인터뷰

Викторианство советской эпохи/Беседа А. Щуплова с П. Вайлем и А. Генисом//*Книжное обозрение*. 1997. 18 марта.

Глядя из "Боинга"/Беседа К. Донина с А. Генисом//*Зоил*. 1997. No. 1.

Молоко, конечно, скисло. но…/Беседа Т. Вольтской с А. Генисом//*Литературная газета*. 1998. 10 июня.

Мы уже не живем в эпоху героев и гениев/А. Генис в беседе с Л. Панн//*Литературная газета*. 1996. 30 окт.

학술 비평

Бычков А. Путешествие из Нью-Йорка в Лхасу//*ОГ*. 1997. 5~11 июня.

Вайнштейн А. На приисках разведанной биографии//*Литературная газета*. 1999. 16~23 июня.

Довлатов С. Кто такие Вайль и Генис?//*Литературная газета*. 1991. 4 сент.

Е. У. О себе, любимом, басенку сложу//*Книжное обозрение*. 1999. 25 мая.

Кабанова О. Обратенное поколение//*Коммерсантъ-Daily*. 1996. 21 авг.

Курицын В. Ниоткуда с любовью?//*Литературная газета*. 1996. 25 сент.

Курицын В. П. Вайль, А. Генис: Хэмингуэй на журнальном

столике: В вобле нет дискуссионного момента//Курицын В. *Русский литературный постмодернизм*. М.: ОГИ. 2001.
Ломинадзе С. Позвольте вам не позволить//*Литературная газета*. 1992. 8 апр.
Лосев Л. Лукоморья больше нет//*Ex Libris НГ*. 1997. 3 апр.
Мелихов А.[Рец.: Генис А. Вид из окна: Вайль П., Генис А. Потерянный рай]//*Нева*. 1993. No. 7.
Новиков М. Цукаты в тесте//*Коммерсантъ-Daily*. 1999. 29 апр.
О. Г. Довлатов и окрестности//*Итоги*. 1999. 22 июня.
Панн Л. Александр Генис на пересторйке Вавилонской бошни//*Звезда*. 1998. No. 4.
Панн Л. Избушки на курьих ножках//*Литературная газета*. 1995. 5 апр.
Путинковский М. 30 лет спустя//*Книжное обозрение*. 1996. 9 июля.
Путинковский М. Будущее уже было//*Книжное обозрение*. 1997. 13 мая.
Рассадин С. Но мы истории не пишем…//*ОГ*. 1996. 15~21 авг.
Ростоцкий С. Смех и трепет//*Время МН*. 1999. 19 мая.
Рубинштейн Л. Художественная диагностика духа времени//*Итоги*. 1997. 6 мая.
Рубинштейн Л. Усадив две культуры за общим столом//*Итоги*. 1998. 31 марта.
Седакова О. Шум и молчание 60-х//*Искусство кино*. 1997. No. 6.
Соколов Б. Взгляд на искусство с башни современности//*Витрина*.

1997. No. 6.

Споров Б. Чужая речь//*Дневник писателя*. 1996. Вып. 1.

Тарантул Ю. Изысканная научно-популярность как средство абсорбции беллетристических шлаков//*Знамя*. 1996. No. 11.

Толстая Т. Кот и окрестности//*ОГ*. 1999. 16~23 июня: 29 июля-4 авг.

Урицкий А. Свинцовый мотылек//*Независимая газета*. 1995. 22 апр.

Шевелев И. Игра в американку//*ОГ*. 1995. 16~22 марта.

Шульпяков Г. Книга о вкусной и здоровой жизни//*ОГ*. 1995. 30 нояб.-6 дек.

Шульпяков Г. Культура 3. 14…//*Знамя*. 1997. No. 9.

Шульпяков Г. Круглый стол овальной формы//*Ex Libris НГ*. 1999. 20 мая.

블라디미르 보이노비치(Владимир Войнович)

보이노비치, 블라디미르 니콜라예비치〔1932년 9월 26일, 타지키스탄 스탈리나바드(현재의 두샨베) 출생〕. 소설가, 시나리오작가, 희곡작가, 비평가.

아버지는 기자, 어머니는 교사였다. 전시와 전후에 어린 시절을 보냈다. 11세부터 일하기 시작했다. 수공업기술학교 목공과에서 공부했고 건설 현장에서 일했다. 1951~1955년 군 복무를 하였고 이때 처음으로 시를 쓰기 시작했다. 1956년과 1957년에 모스크바문학대학 입학시험을 치렀지만 합격하지 못했다. 모스크바사범대학에서 공부하였고 2학년부터 콤소몰 파견장을 가지고 처녀지 개척을 위해 카자흐스탄으로 떠났다. 그 후 전 소비에트 라디오에서 일했고, 그 라디오를 위해 작곡한 노래 「우주 비행사들의 노래(Песня космонавтов)」(1960)가 그에게 명성을 가져다주었다.

첫 중편은 『우리는 여기 삽니다(*Мы здесь живем*)』(1961)이다(1962년 그 작품의 발표 후 작가 동맹에 가입되었다). 이후 중편이자 시나리오 작품인 『두 동무(*Два товарища*)』(1967)가 발표되었다. 1974년 2월 A. 시냐프스키, Ju. 다니엘, Ju. 갈란스코프[6]를 지지했다는 이유로 작가 동맹에서 제외되었고, 그와 동시에 프랑스 펜클럽 회원에 영입되었다.

'사미즈다트'와 '타미즈다트'에 발표된 작품들은 장편소설 『병사 이반 촌킨의 삶과 특별한 모험(*Жизнь и необычайные приключения солдата Ивана Чонкина*)』.(1963~1969년 초판. 일부는 프랑크푸르트 암 마인에서 1969년에, 전체는 1975년 파리에서, 소련에서는 1988~1989년에 발행됨), 후속편 『왕위를 탐내는 자(*Претендент на престол*)』(1979), 중편 『서신 교환의 방법으로(*Путем взаимной переписки*)』(1973년. 초판은 1979년), 『이반키아다(*Иванькиада*)』(1976) 등이다.

예술 사회 평론서 『반(反)소비에트적 소연방(*Антисоветский Советский Союз*)』(1985년. 강연, 에세이, 라디오 '자유(Свобода)'와의 대담을 묶음), 반(反)유

6) 〔역주〕 Юрий Тимофеевич Галансков, 1939~1972. 러시아의 시인이다. 1960년 모스크바국립대학교 역사학부 비출석 과정에 입학했지만 2학기 이후에 제적당하였다. 마야콥스키 광장에서 열린 비공식 시 낭독회에 열렬히 참여(1959~1961)했다. 1961년 사미즈다트 선집 『불사조(*Феникс*)』를 발간하는 단체에 들어갔고 제1권에 그의 시 「인간 선언문(Человеческий манифест)」과 「만국의 노동자여, 단결하라(Пролетарии всех стран, соединяйтесь)」가 게재되었다. 『불사조』 제2권은 갈란스코프가 스스로 출판했다. 1967년 체포되었고, 1968년 긴즈부르크와 함께 수용소 7년 형이 선고되었다. 수용소 병원에서 수술 후 혈액 감염으로 사망했다.

토피아 소설 『모스크바 2042(*Москва 2042*)』(1987년 창작, 1990년 발행), 중편 『모피 모자(*Шапка*)』(1988), 자전적 장편소설 『구상(*Замысел*)』(1995), 다큐멘터리 소설 『사건 No. 34840(*Дело No. 34840*)』(1994), 희곡 『연단(*Трибунал*)』(1985) 등이 있으며, G. 고리니(Гориный)와의 공저로 『중간 정도로 털이 복슬복슬한 집고양이(*Кот домашний средний пушистости*)』(1990)가 있다.

러시아 펜클럽 회원이다.

원시예술 아카데미상을 수상(1993)했다.

1980년 독일로 망명하였고, 현재 뮌헨에서 거주하고 있다.

텍스트

Войнович В. *Иванькиада, или Рассказ о вселении писателя Войновича в новую квартиру*. Анн Арбор. 1976.

Войнович В. *Путем взаимной переписки*. Париж. 1979.

Войнович В. *Антисоветский Советский Союз*. Анн Арбор. 1985.

Войнович В. *Трибунал: Судебная комедия в трех действиях*. Лондон. 1985.

Войнович В. *Шапка*. Лондон. 1988.

Войнович В. Жизнь и необычайные приключения солдата Ивана Чонкина//*Юность*. 1988. No. 12: 1989.(или: М.: Вагриус. 2000)

Войнович В. *Хочу быть честным*. М.: 1989.(или: М.: 1990)

Войнович В. *Москва* 2042. М.: 1990.(или: М.: Вагриус. 2000)

Войнович В. *Нулевый решение*. М.: Правда. 1990.

Войнович В. Фиктивный брак: Водевиль//*Октябрь*. 1990. No. 10.

Войнович В. *Малое собр. соч*.: В 5 т. М.: ПОО “Фабула”. 1993.

Войнович В. *Дело No. 34840*. М.: 1994.

Войнович В. *Сказки для взрослых*. М.: 1996.

Войнович В. *Запах шоколада*: Повести и рассказы. М.: 1997.

Войнович В. *Замысел*. М.: 1995(или: М.: 1999).

인터뷰

Войнович В., Ланин Б. “Я решил подружиться с убийцей”:Беседа с писатем//*Мир образования*. 1995. No. 10.

Одна тень Ивана Денисовича: В. Войнович о Солженицыне/Беседа с писатем: Записал И. Мильштейн//*Новое время*. 2002. No. 32.

Путешествие, обреченное на успех/Беседа с писателем, автором романа “Москва 2042” В. Войновичем: записала Н. Софронова//*Если*. 1994. No. 4.

학술 비평

Агеев А. Превратности диалога//*Знамя*. 1990. No. 4.

Васюченко И. Чтя вождя и армейский устав//*Знамя*. 1989. No. 10.

Глэд Дж. *Беседы в изгнании: Русское литературное зарубежье*. М.: 1991.

Гончарова-Грабовская С. Жанровая специфика пьес В. Войновича //*Русская литературна XX века: 6-е Крымские международные Шмелевские чтения: Материалы научной конференции*/ Алуштский дом-музей И. С. Шмелева: РАН: Ин-т мировой литературы. Алушта. 1997.

Дюринг М. Перевернутый мир Михаила Козырева: Заметки об одной забытой дитстопии(и о Москве "2042" Вл. Войновича)//*Русское слово в мировой культуре*: Материалы X Конгресса МАПРЯЛ. С.-Перербург, 30 июля 2003 г.: *Художественная литература как отражение национального и культурно-языкого развития*: *В 2 т*. СПб.: Политехника, 2003. Т. 1: *Развитие русского самосознания и история литературы XIX-XX веков*/Под ред. П. Е. Бухаркина. Н. О. Рогожиной. Е. Е. Юркова.

Казачкова Т. Традиции Е. Замятина в романе В. Войновича "Москва 2042"//*Творческое наследие Евгения Замятина*: *взгляд из сегодня*: *Научные доклады. статьи. очерки. заметки, тезисы*: *В 10 кн*./Под ред. Л. В. Поляковой. Тамбов: ТГУ. 1997. Кн. 6.

Ланин Б. "Мы" Е. Замятина в перекличке утопий//*Русская литература XX века*: *направления и течения*. Екатеринбург: УГПИ. 1996. Вып. 3.

Ланин Б. *Проза русской эмиграции*: (*Третья волна*). М.: 1997.

Мирошкин А. Воплощение антиутопий//*Книжное обозрение*. 1997. No. 33.

Мокрова М. "Мы" Е. Замятина и "Москва 2042" В. Войновича: К проблеме трансформации жанра антиутопии в XX веке//*Творческое наследие Евгения Замятина*: *взгляд из сегодня*: *Научные доклады, статьи, очерки, тезисы*: *В 10 кн*./Под ред. Л. В. *Поляковой*. Тамбов: ТГУ. 2000. Кн. 9.

Муриков Г. …Без слез. без жизни, без любви//*Север*. 1991. No. 8.

Немзер А. В поисках утраченной человечности//*Октябрь*. 1989. No. 8.

Немзер А. Несбывшееся: Альтернативы истории в зеркале словесности//*Новый мир*. 1993. No. 4.

Николсон М. Солженицын на мифотворческом фоне/Пер. с англ. М. Щеголевой//*Вопросы литературы*. 2003. No. 2.

Обухов В. Современная российская антиутопия//*Литературное обозрение*. 1998. No. 3.

Павлова О. Антиутопия В. Войновича "Москва 2042" как постмодернистское произведение//*Всемирная литература в контексте культуры: XII Пуришевские чтения. Москва. 5~7 апр. 2000 г.: Сб. статей и материалов*/Московский гос пед. ун-т: Международная академия наук пед. образования. М.: 2000.

Ревин В. *Перекресток утопий: Судьбы фантастики на фоне судеб страны*. М.: Ин-т востоковедения. 1998.

Сарнов Б. Жизнь и необычайные приключения писателя Владимира Войновича//*Книжное обозрение*. 1989. No. 4. 27 янв.

Тараненко и. Десемантизация текста как характерная черта тоталитарного языка: На примере романа В. Войновича "Москва 2042"//*Сб. трудов молодых ученый С.-Перебургского горного ин-та(технического ун-та)*/С.-Петербургский горный ин-т им. Г. В. Плеханова. СПб.: СПбГУ. 1999. Вып. 4.

Тараненко И. Лексическая экспликация особенностей жанра антиутопии: На материале романа В. Войновича "Москва 2042"

//*Актуальные проблемы лингвистики в вузе и в школе: 3-е Всероссийская школа молодых лингвистов*(*Пенза, 23~27 марта 1999*): *Материалы*/РАН: Ин-т языкознания: Пензенский гос. пед. ун-т им. В. Г. Белинского и др.: Отв. ред. А. В. Пузырев. М.: Пенза. 1999.

Тараненко И. Лексическое представление аббравиации как характерной черты тоталитарного языка в жанре антиутопии: На материале романа В. Войновича "Москва 2042"//*Язык. Культура. Образование: Материалы докладов и сообщений Международной научно-методической конференции.* СПб.: 2001.

Шестаков В. Эволюция русской литературной пародии//*Утопия и антиутопия XX в*. М.: 1990.

Шохина В. Восемнадцатое брюмера генерала Букашева//*Октябрь*. 1992. No. 3.

Fanger D. Back to the future//*Partisan rev*. 1989. Vol. 56. No. 3.

Koenen K. Dustere Perspektiven//*Kommune*. 1988. Jg. 6. No. 10.

Komischer Bruder//*Spiegel*. 1988. Jg. 42. No. 11.

Prokhorova E. Carnivalizing cultural idols: Solzhenitshyn in Moscow 2042//*Graduate essays on Slavic lang. a. lit*. 1996. Vol. 9.

드미트리 갈콥스키(Дмитрий Галковский)

갈콥스키, 드미트리 예브게니예비치(1960년생). 소설가, 에세이스트.

모스크바국립대학교 철학부를 졸업했다.

철학자 바실리 로자노프(1856~1919)와 러시아 문화의 운명에 관한 사상을 다룬 작가 자신의 다층적 해설인 『영원한 막다른 길(*Бесконечный тупик*)』(1997)과 희곡 『도끼 죽(*Каша из топора*)』(1991~1997)을 썼다. 1인 작가 잡지 《망가진 콤파스(*Разбитый компас*)》(1996년 이후)의 발행인이다.

2002년에 「크리스마스 이야기 No. 2」로 Ju. 카자코프상 쇼트 리스트('가장 훌륭한 단편' 부분)에 올랐다.

텍스트

Галковский Д. *Бесконечный тупик*. М.: Самиздат. 1997.

인터뷰

Галковский Д. Русские мифы: Интервью//*Континент*. 1993. No. 77.

Галковский Д. "Останьте от меня, сволочи гуманные!": Интервью//*Комсомольская правда*. 1993. No. 106. 10 июня.

학술 비평

Василевский А. (Предисловие к книге Д. Галковского "Бесконечный тупик")//*Новый мир*. 1992. No. 9.

Курицын В. Гордыня как смирение: Не-нормальный Галковский//*Литературная газета*. 1992. No. 32. 5 авг.

Руднев В. Философия русского литературного языка в "Бесконечном тупике" Д. Е. Галковского//*Логос*. 1993. No. 4.

Скоропанова И. Либидо исторического процесса в книге Д. Е.

Галковского “Бесконечный тупик”//*Славянские литературы в контексте мировой: Материалы и тезисы докладов международной научной конферецции*.(*Минск. 1997. 18~20 нояб.*) Минск: БГУ. 1999.

Скоропанова И. *Русская постмодернистская литература: Учебное пособие*. 2-е изд. испр. М.: Флинта: Наука. 2000.(глава “Культурфилософская и психоаналитическая проблематика в книге Дмитрия Галковского “Бесконечный тупик””)

Суриков В. Защита Галковского//*Литературное обозрение*. 1995. No. 6.

빅토르 예로페예프(Виктор Ерофеев)

예로페예프, 빅토르 블라디미로비치(1947년 9월 19일 모스크바 출생). 소설가, 에세이스트, 문학비평가, 문학 연구가.

소련의 고위급 외교관 가정에서 태어났고 어린 시절을 파리에서 보냈다. 1970년 모스크바국립대학교 인문학부를 졸업했으며 소련 과학아카데미 산하 세계문학연구소 석사과정을 마쳤다. 인문학 박사로 전공은 프랑스 문학이며, 논문 주제는 ‘도스토옙스키와 프랑스 실존주의’이다(1991년 미국에서 출판되었다).

논문들은 1967년부터 정기간행물에 게재되기 시작했다. 1979년 비정기 간행물 《메트로폴》의 조직자이자 참가자들 중 한 명이며 이 때문에 소련 작가 동맹에서 제외되었다가 1988년 복권되었다.

장편소설 『러시아 미녀(*Русская красавица*)』(1982년. 1990년 러시아에서 초

판 발행됨), 『최후의 재판(*Страшный суд*)』(1996), 단편집 『안나의 육체, 또는 러시아 아방가르드의 종말(*Тело Анны, или Конец русского авангарда*)』, 『백치와의 삶: 단편, 중편(*Жизнь с идиотом: Рассказы, Повесть*)』, 『선집, 또는 호주머니 묵시록(*Избранное, или Карманный Апокалипсис*)』의 저자이며, 현대문학에 대한 논문 「소비에트 문학의 추도식」(1990), 「러시아의 악의 꽃(Русские цветы зла)」(1990), 문학과 철학 에세이집 『저주스러운 질문들의 미로 속에서(*В лабиринте проклятых вопросов*)』(1990) 등을 집필했다. 선집 『러시아의 악의 꽃(*Русские цветы зла*)』(1997), 『러시아 신소설 선집(*The Penguin Book of New Russian Writting*)』(1995)의 편찬자이다.

단편 「백치와의 삶(Жизнь с идиотом)」은 A. 슈니트케(Шнитке)의 동명 오페라의 기초가 되었고(1992년 암스테르담에서 초연되었다), 1993년에는 이 단편을 바탕으로 영화가 제작〔감독 A. 로고슈킨(Рогожкин)〕되었다.

모스크바문학대학에서 문학 강의와 강좌를 하였으며, 미국의 사우스캘리포니아대학교, 버클리, 스탠퍼드, 로스앤젤레스대학교 등에서 문학 강의를 하였다.

TV 프로그램 '외경(Апокриф)'과 '문학을 찾아서(В поисках литературы)'의 작가 겸 진행자이다. 잡지 《불꽃》의 「장벽을 넘어(Поверх барьеров)」(러시아 해외 현대소설)와, 잡지 *Playboy*의 「남자들(Мужчины)」이란 칼럼을 쓰고 있다.

러시아 펜클럽 회원이다.

해외에서 폭넓게 출판되고 있으며 작품들이 세계의 수많은 언어로 번역되었다.

모스크바에서 거주하고 있다.

텍스트

Ерофеев В. *Тело Анны, или Конец русского авангарда*. М.: Московский рабочий, 1989.

Ерофеев В. *Жизнь с идиотом: Рассказы. Повесть*. М.: СП "Интербук", 1991.

Ерофеев В. *Избранное, или Карманный Апокалипсис*. М.: Третья волна (М.: Париж: Нью-Йорк), 1995.(1994?)

Ерофеев В. *Собр. соч.*: В 3 т. М.: 1995.

Ерофеев В. *Жизнь с идиотом: Рассказы молодого человека*. М.: Зебра Е, 2002.

Ерофеев В. *Лабиринт Два: Остается одно: произвол*. М.: Зебра Е: Эксмо, 2002.

Ерофеев В. *Лабиринт Один: Ворованный воздух*. М.: Зебра Е: Эксмо, 2002.

Ерофеев В. *Русская красавица: Роман*. М.: Зебра Е, 2002.

ЁПС: Сб. рассказвов и стихов / В. Ерофеев, Д. Пригов, В. Сорокин. М.: Зебра Е, 2002.

학술, 사회 평론

Ерофеев В. В *лабиринте проклятых вопросов*. М.: Советский писатель, 1990.

Ерофеев В. Поминки по советской литературе // *Литературная газета*. 1990. No. 12.

Ерофеев В. Русские цветы зла // *Русские цветы зла: Сб.* / Сост. В.

Ерофеев. М.: Подкова, 1997.(или: М.: Зебра Е: Эксмо-Пресс, 2001)

인터뷰

Ерофеев В. "Эротисческой литературы не существует"/Беседа с писателем: Записала Т. Иенсен//*Искусство кино*. 1990. No. 6.

Ерофеев В. "Когда культура растерялась. или Стиральный порошок иронии"/Беседа с писателем: Записала Т. Савицкая//*Столица*. 1991. No. 26.

Ерофеев В. "Спасают человека. А что это такое?"//Беседа с писателем: Записал С. Шаповал//*Век XX и мир*. 1992. No. 5.

Ерофеев В. "Тогда мы встанем перед мраком…"/Беседа с писателем: Записала Т. Абдюханова//*Деловый мир*. 1995. 23~29 янв.

Ерофеев В. Накануне "страшного суда"/Беседа с писателем: Записал Г. Елин//*Литературная газета*. 1995. No. 5. 1 февр.

학술 비평

Жолковский А. В минус первом и минус втором зеркале: Т. Толстая и В. Ерофеев-ахматовиана и архетипы//*Литературное обозрение*. 1995. No. 6.

Иванова Н. Намеренные несчатливцы?: (О прозе "новой волны")//*Дружба народов*. 1989. No. 7.

Касаткина Т. Искусственный венок//*Новый мир*. 1998. No. 1.

Липовецкий М. Мир как текст: Вик. Ерофеев. Тело Анны. или Конец русского авангарда. Рассказы. М.: Московский рабочий.

1989//*Литературное обозрение*. 1990. No. 6.
Новиков В. Все-таки писатель!: Сбылась мечта Виктора Ерофеева //*Общая газета*. 1995. 16~22 февр.
Павлов О. Метафизика русской прозы//*Октябрь*. 1998. No. 1.
Осоропанова И. *Рссская постмодернистская литература: Учебное пособие*. 2-е изд. испр. М.: Флинта, Наука, 2000.(глава "Постгуманизм Виктора Ерофеева")
Сотникова Т. Цветок несчастья: Весь Ерофеев в трех томах//*Знамя*. 1997. No. 5.
Тихомирова Е. Эрос из подполья: Секс-бестселлеры 90-х и русская литература традиция//*Знамя*. 1992. No. 6.

알렉산드르 졸콥스키(Александр Жолковский)

졸콥스키, 알렉산드르 콘스탄티노비치(1937년생). 문학 연구가, 언어학자, 에세이스트, 소설가.

1960~1970년대에는 모스크바-타르투 기호학파의 대표자였다. 구조주의와 후기구조주의적 성격의 논문들의 저자이다.

미국으로 망명해, 현재 사우스캘리포니아대학교 슬라브학 교수이다.

텍스트

Жолковский А. *НРЗБ: Рассказы*. М.: Литературно-художественное агенство "Тоза". 1991.

학술, 사회 평론

Жолковский А. Влюбленно–бледные нарициссы о времени и о себе //*Беседа: Религиозно–философский журнал.* (Л.: Париж) 1987. No. 6.

Жолковский А. Бунт "маленького человека"//*Огонек*. 1991. No. 41.

Жолковский А. Ж/Z: Заметка бывшего пред–пост–структуралиста //*Литературное обозрение*. 1991. No. 10.

Жолковский А. S/З, или Трактат о щегольстве//*Литературное обозрение*. 1991. No. 10.

Жолковский А. *Блуждающие сны, и другие работы*. М.: 1992: 2–е изд., доп. М.: 1994.

Жолковский А. В минус первом и минус вторм зеркале: Т. Толстая и В. Ерофеев–ахматовиана и архетипы//*Литературное обозрение*. 1995. No. 6.

학술 비평

Курицын В. А. Жолковский ловит неуловимое чуть–чуть//Курицын В. *Русский литературный постмодернизм*. М.: ОГИ, 2001.

Скоропанова И. Борхесовские мотивы в рассказе А. Жолковского "Посвящается С"//*Славянские литературы в контексте мировой: Материалы и тезисы докладов международной научной конференции.* (*Минск: 1995. 17~20 окт.*) Минск: Ротапринт Белорусского ун–та. 1995.

Скоропанова И. *Русская постмодернистская литература: Учебное пособие*. 2-е изд. испр. М.: Флинта: Наука. 2000.(глава "「Двойное письмо」: рассказы Александра Жолковского")

알렉산드르 카바코프(Александр Кабаков)

카바코프, 알렉산드르 아브라모비치(1943년 10월 22일 노보시비르스크 출생). 소설가, 평론가.

부친은 군인(로켓 발사 전문 장교)이었고, 피난 중에 태어났다. 아버지의 직업 때문에 자주 거주지를 옮겨 다녔다. 성격상으로는 '완전히 인문학적 인간'이었음에도 불구하고 드네프로페트롭스크국립대학교 기술수학부를 졸업(1965)했다. 로켓-우주 기업체에서 엔지니어로 일했으며, 텔레비전 퀴즈 프로그램에 나갔으며, 재즈에 대해 집필했다.

1970년에 모스크바로 이주했고 기자가 되었으며, 17세에 신문 《경적》에서 일하다가 신문 《모스크바 뉴스》의 평론가이자 부편집장으로 일했다. 1975년부터 1981년까지 주로 신문들에 100여 편의 유머 단편들을 발표하였다.

신문 《모스크바 공산주의청년동맹원》상, '황금 송아지'상(《문학 신문》에서 수여하는 상)을 수상했다.

1980년대 초부터 "아무 곳에서라도 출판하겠다는 어떤 목표도 없이, 확실히 통과 불가능한 작품들을 집필"(전기 중에서 발췌)하기 시작했다.

반(反)유토피아 소설 『무저항주의자(*Непротивленец*)』(1988년 창작, 1989년 출판)가 시끌벅적한 성공을 가져왔다. 첫 번째 소설책 『엄연한 날조(*Заведомао ложные измышления*)』(1989)에는 소설 「무저항주의자」, 「크리스타포비치의 접근(Подход Кристаповича)」(1989)〔제1부 '전쟁 전, 영어로', 제2부 '목화를 든 린다(Линда с хлопками)'가 포함되었으나 제3부 '당신은 최종적으로 거부되었습니다'는 검열 때문에 이 책에 포함되지 못했다〕, '두 개의 재즈 전설'인 중편소설 「오일, 반점, 캔버스(Масло, запятая, холст)」와 「카페 '청년 시절'(Кафе "Юность")」, 그리고 '테마용 판타지(фантазия на темы)' 「살롱(Салон)」이 포함되었다. 장편소설에는 『저술가(*Сочинитель*)』(1990~1991)와 『참칭자(*Самозванец*)』(1992)가 있다. 1993년 세 편의 소설(『무저항주의자』, 『저술자』, 『참칭자』)이 모두 『모스크바와 믿을 수 없는 다른 장소들로 떠난 진짜 사나이의 여행(*Похождения настоящего мужчины в Москве и других невероятных местах*)』이라는 제목으로 출간되었다. 그 책에 장편 『마지막 영웅(*Последний герой*)』(1995년 단행본 출간)도 포함되었다.

텍스트

Кабаков А. Непротивленец//*Искусство кино*. 1989. No. 6.

Кабаков А. *Похождения настоящего мужчины в Москве и других невероятных местах*. М.: Вагриус. 1993.

Кабаков А. *Последний герой*. М.: Вагриус: СПб.: Лань. 1995.

학술 비평

Быков Д. Вера Кабакова//*Столица*. 1993. No. 47.

Василевский А. Опыты занимательной футуро-эсхатологии//*Новый мир*. 1990. No. 5.

Давыдов О. Антология литпопсы//*Литературная газета*. 1996. 29 нояб.

Иванова Н. Пройти через отчаянье // *Юность*. 1990. No. 2.
Икшин Ф. Господин сочинитель // *Литературная газета*. 1992. 2 сент.
Плахов А. Коллективные мечтания. или Поход Кабакова // *Знамя*. 1990. No. 3.
Чупринин С. Фрагмент истины // *Литературная газета*. 1990. 10 окт.

알렉세이 카잔체프(Алексей Казанцев)

카잔체프, 알렉세이 니콜라예비치(1945년 12월 11일 모스크바 출생). 희곡 작가.

고등학교를 졸업하고 모스크바대학교 인문학부에서 수학하였고, 중앙 어린이 극장 산하 희곡 스튜디오를 졸업하였다. 중앙 어린이 극장 무대에서 연기하였다. 그때 감독 일도 시작했다. A. 수호보코빌린[7]의 『타렐킨의 죽음(*Смерть Тарелкина*)』과 F. 도스토옙스키의 『죄와 벌』을 각색한 실습 연극을 공연했다. 레닌그라드(레닌그라드 연극, 음악, 영화 국립대학, G. A. 톱스

7) 〔역주〕 Александр Васильевич Сухово-Кобылин, 1817~1903. 러시아의 철학자, 희곡작가, 번역가, 페테르부르크 과학 아카데미 명예 회원(1902)이다. 1834년 수호보코빌린은 모스크바국립대학 철학부 물리수학과에 입학(1838년 졸업)해서 철학에 심취하게 되었다. 1940년대에 파리에 거주하는 동안 많은 여행을 했고 루이자 시몬데만슈와 알게 되었고 그녀는 그의 정부가 되었다. 그러나 그는 데만슈의 살인 사건에 연루되어 7년간의 심리와 재판을 거치게 되었고, 인맥과 돈으로 시베리아 유형을 면할 수 있었다. 그러나 범죄 연루설은 평생 그를 따라다니게 되었다. 작품으로는 가장 큰 성공을 거둔 『크레친스키의 결혼(*Свадьба Кречинского*)』(1850~1854), 『사건(*Дело*)』(1861), 『타렐킨의 죽음(*Смерть Тарелкина*)』(1969) 등이 있으며 1869년 이 세 작품은 『과거의 풍경들(*Картины прошедшего*)』이란 제목으로 출간되었다.

토노고프의 강의)에서 감독 공부를 하였다. 이후에 러시아 희곡 리가 극장〔I. 베르그만의 『딸기나무 초원(*Земляничная поляна*)』과 V. 로조프[8]의 『멧닭의 둥지(*Гнездо глухаря*)』를 각색한 연극들을 감독했다〕과, 모스소베트 모스크바 극장(레프 톨스토이에 관한 S. 코콥킨의 희곡 『만약 살아난다면(*Если буду жив*)』을 감독했다)에서 감독으로 일했다.

첫 번째 희곡은 『안톤과 그 밖의 사람들(*Антон и другие*)』(1975년. 1981년 중앙 어린이 극장에서 A. 보로딘에 의해 공연되었다)이다. 희곡 『오래된 집(*Старый дом*)』〔1976년. V. 란스키에 의해 1978년 모스크바의 신(新)연극 극장(Новый драматический театр)에서 공연되었다〕의 공연 이후에 희곡작가로서 명성을 얻었다. 이때부터 A. 아르부조프(Арбузов) 연극 스튜디오의 참가자가 된다. 희곡 『봄과 함께 너에게로 돌아가리……(*С весной я вернусь к тебе*…)』(1977년. 초연은 1979년)가 감독 V. 포킨(Фокин)의 연출로 O. P. 타바코프 극장에서의 삶을 시작했고 그때 루나차르스키국립연극대학의 강의도 시작했다. 희곡 『은색 끈이 끊어지네……(*И порвется серебряный шнур*…)』(1979)는 V. 마야콥스키 극장에서 상연(1982년, E. 라자레프 감독)되었고, 러시아의 다른 극장들에서 공연이 금지되었다.

희곡 『위대한 부처님, 그들을 도와주시길!(*Великий Будда, помоги им!*)』(1984년. 1988년 모스크바의 M. 알리 후세인에 의해 '창작실'에서 공연됨), 『예브

8) 〔역주〕 빅토르 세르게예비치 로조프(Виктор Сергеевич Розов, 1913~2004). 러시아의 희곡작가이다. 소련 국가상 수상자(1967)이며, 20여 편의 희곡과 6편의 시나리오를 창작했고, 희곡 『영원히 사는 사람들(*Вечно живые*)』(1943)은 영화 〈학들이 날아가네(Летят журавли)〉로 제작되었다. 러시아 극장 예술 아카데미 회장이었고 작가 동맹 회원이었다. 작품으로는 『인생의 페이지들(*Страницы жизни*)』(1953), 『그녀의 친구들(*Её друзья*)』(1949), 『저녁부터 정오까지(*С вечера до полудня*)』(1970), 『네 개의 물방울(*Четыре капли*)』(1970) 등이 있다.

게니야의 꿈(*Сны Евгении*)』(1988년. 1989년 K. S. 스타니슬랍스키 극장에서 공연됨), 『바로 이 세상(*Тот этот свет*)』(1992년. 1995년 상트페테르부르크의 풍자 극장에서 공연됨. 감독은 V. 투마노프. 모스크바에서는 1997년 K. S. 스타니슬랍스키 극장에서 공연됨. 감독은 V. 미르조예프), 『달리는 순례자들(*Бегущие странники*)』(1996년. 모스크바에서 1996년 모스소베트 극장에서 공연됨. 감독은 L. 헤이페츠), 『형제들과 리자(*Братья и Лиза*)』(1997), 『크렘린아, 내게 와라!(*Кремль, иди ко мне!*)』(2000)를 집필하였다. 1970년대 말부터 그의 희곡들은 오랜 세월 동안 검열 압박과 공연 금지를 당했다.

1993년 M. 로신[9]과 공동으로 잡지 《희곡》을 창간했다. 짧은 기간에 이 잡지는 러시아와 해외의 현대 러시아 희곡 문제들에서 가장 권위 있는 잡지가 되었다.

미하일 쿠라예프(Михаил Кураев)

쿠라예프, 미하일 니콜라예비치(1939년 6월 18일 레닌그라드 출생). 소설가, 시나리오작가(영화와 희곡).

9) 〔역주〕 Михаил Михайлович Рощин, 1933~2001. 러시아의 소설가, 희곡작가, 시나리오작가이다. 본래의 성은 기벨만(Гибельма́н)이다. 사범대학 야간학부에서 공부했고, 1958년 문학대학 비출석 과정을 졸업했다. 1952년부터 여러 문학 잡지에 작품들을 게재하기 시작했다. 희곡 작품으로는 『헤라클레스의 일곱 번째 업적(*Седьмой подвиг Геракла*)』(1963년 창작, 2000년 발표), 『친위병(*Дружина*)』(1965년 창작, 2000년 발표) 등이 있으며, 소설로는 『저녁에 너는 뭐하니(*Что ты делаешь вечером*)』(1961), 『아침부터 저녁까지(*С утра до ночи*)』(1968), 『강(*Река*)』(1978), 『검은 행보, 회상(*Чёрный ход. Воспоминание*)』(2000) 등이 있다.

부친은 수력발전소 기사이자 설계 연구소 소장, 스탈린상의 수상자(세계 최초의 지하 발전소 건설에 대한 공로로 수상함)였다. 레닌그라드 봉쇄 기간에 체레포베츠로 피난했다. 아버지 직업의 성격상 전쟁 전후에 자폴랴리에와 프리오네지에의 건설 현장에서 살았으며, 1954년부터는 계속 레닌그라드(페테르부르크)에서 거주했다. 1956~1961년에 레닌그라드연극대학(연극학부)에서 수학하였고 졸업 후에는 '렌필름' 영화 스튜디오의 시나리오과에서 일했다(1961~1988). 시나리오 『5학기(*Пятая четверть*)』(1969), 『엄격한 남자의 생활(*Строгая мужская жизнь*)』(1974), 『물새 울음(*Крик гагары*)』(1979), 『남자에게 합당한 산책(*Прогулка, достойная мужчин*)』(1984), 『화상(*Ожог*)』(1988)을 집필했다.

소설가로서는 페레스트로이카 시절에 작품이 발표되기 시작했다. 중편 『딕슈테인 선장(*Капитан Дикштейн*)』(1987), 『야간 순찰, 또는 무장 보위대 경비 폴루볼로토프 동무가 참여한 두 목소리의 야상곡(*Ночной дозор, или Ноктюрн на два голоса с участием охранника ВОХР тов. Полуболотова*)』(1989), 『가족의 작은 비밀(*Маленькая семейная тайна*)』(1990), 『몬타치카의 거울(*Зеркало Монтачки*)』(1993), 『지옥 블록(*Блок-ада*)』(1994), 『추첨 No. 241(*Жребий No. 241*)』(1996), 『레닌그라드에서 상트페테르부르크로의 여행(*Путешествие из Ленинграда в Санкт-Петербург*)』(1996), 『별 볼일 없는 사람들의 인생(*Жизнь незамечательных людей*)』(1999), 『페테르부르크의 아틀란티스(*Питерская атлантида*)』(1999) 등을 집필했고, 에세이 『렘브란트와 자신에 대해서: 마지막 필치의 자화상(*О Рембрандте и о себе: Автопортрет у последней черты*)』, 『러시아 한가운데의 체호프(*Чехов посредине России*)』, 『고골 동상(*Памятник Гоголю*)』 등이 있다.

'영혼의 위대함(Величие духа)'상을 수상(1995년 중편 『지옥 블록』으로 수상)

했다.

러시아 펜클럽 회원이다.

상트페테르부르크에 거주하고 있다.

텍스트

Кураев М. Капитан Дикштейн//*Новый мир*. 1987. No. 9.(или: М.: Профиздат. 1990)

Кураев М. *Ночной дозор. или Ноктюрн на два голоса с участием охранника ВОХР тов. Полуболотова*. М.: Современник. 1990.

Кураев М. *Маленькая семейная тайна*. М.: 1992.

Кураев М. *Зеркало Монтачки*. М.: Слово. 1994.

Кураев М. *Жребий No. 241*. М.: 1996.

Кураев М. *Путешествие из Ленинграда в Санкт-Петербург*. СПб.: 1996.

Кураев М. *Жизнь незамечательных людей*. Курган: 1999.

Кураев М. *Питерская атлантида*. СПб.: 1999.

학술 비평

Агеев А. Государственный сумасшедший//*Литературное обозрение*. 1989. No. 8.

Виноградов И. Ноктюрн на два голоса//*Московские новости*. 1989. No. 2.

Дедков И. Хождение за правдой//*Знамя*. 1988. No. 2.

Иванова Н. Намеренные несчастливцы?: (О прозе "новой волны")//

Дружба народов. 1989. No. 7.
Иванова Н. Миргород: История продолжается?//*Столица*. 1992. No. 7.

뱌체슬라프 쿠리친(Вячеслав Курицын)

쿠리친, 뱌체슬라프 니콜라예비치(1965년 4월 10일 노보시비르스크 출생). 문학비평가, 기자, 문화학자, 에세이스트, 시인, 소설가.

포스트모더니즘 이론과 실재의 선전자. 현대 '문학 회합'의 '별'이자 '세태 풍속 소설가'이며 그의 논문들은 폭넓고도 흥미 있는 신문과 잡지의 논쟁을 여러 번 불러일으켰다.

어린 시절은 노보시비르스크에서 보냈다. 쿠리친은 이렇게 말한다. "어린 시절은, 비록 상당 부분을 아버지 없이 자랐지만, 온화하고, 즐겁고, 흥미롭고, 순조로웠다."[10] M. 고르디엔코는 다음과 같이 말한다. "축구 선수나 아니면 적어도 스포츠 라디오 해설자라도 되기를 꿈꿨다."[11]

1982년부터 1993년까지 거주한 우랄의 스베르들롭스크에서 학업을 시작했고, 우랄국립대학교(스베르들롭스크)에서 수학했으며, 여러 편집국에서 일했다〔잡지 《텍스트》, 신문 《저녁의 스베르들롭스크(*Вечерний Свердловск*)》, 출판사 '음악 편집(Клип)' 등. 어떤 때는 서커스에서 마부로 일하기도 했다. 첫 번째 부인 M. 고르디엔코[12]는 다음과 같이 회상한다. "우리의 마구 제작소 옆에는 말이

10) Курицын В. Перевод стихотворения Мартины Хюгли // www.guelman.ru.
11) 여기와 이후에서 M. 고르디엔코의 회상은 다음의 인용을 따른다. Шабуров А. За что мы любим Куринына//www.guelman.ru.
12) 두 번째 부인은 I. 발라바노바(И. Балабанова)이다.

있었고, 우리는 말에게 청어와 스파게티를 먹이곤 했다"〕. '알렉산드르 지로프(Александр Жыров)'라는 필명으로 시를 썼다.

1학년 때 '인생행로의 선택'에 대해 고민했다. "그들은 쿠리친이 어떤 사람이 되었으면 좋을지를 한참 동안 생각했고, 러시아 땅에 너무 오랫동안 벨린스키 같은 비평가가 한 명도 없었다고 결론 내렸다. 그리고 그가 정신 이상의 비사리온 벨린스키와 같은 유형의 사람이 되는 것도 나쁘지 않다고 생각했다. 이것으로부터 비평가로서의 그의 일이 시작되었다."(M. 고르디엔코의 회상 중에서)

대학을 졸업한 후 바르나울로 배정받았다(M. 고리드엔코의 말로는, "첫날에 마음대로 글을 써서 편집장과 싸우고는 바로 스베르들롭스크로 돌아왔다").

1986년 두불티(Дубулты)[13]의 창작 세미나 참가를 위해 초청받았고 거기서 지도자들 중 한 사람인 잡지 《우랄》의 편집장 V. P. 루키야닌과 만나게 되었다. M. 고르디엔코는 이렇게 말한다. "이후에, 2~3년 전에는 쿠리친의 논문들을 게재하기를 거부하던 바로 그 잡지들이 게재하기 시작했다. 그리고 우리는 아주 멋지게 살게 되었지만, 쿠리친은 그에게 논문들을 돌려주기 전까지는 아무것도 쓰지 않았고 다시 돌려보내지도 않았다."

1993년부터 모스크바에서 거주하고 있다.[14]

모스크바에서는 우랄 문화의 대표자('우랄 디아스포라 대표자')이다. 자신의 활동 중에서 많은 시간을 '우랄적' 재능의 창작성을 보편화하는 데 쏟고 있다.

13) 〔역주〕 라트비아의 수도 리가로부터 22킬로미터 떨어진 유르말라 시(市)의 한 지역이다.
14) 이 시기까지는 해외로 떠나려고 했고 서류까지 준비했는데, 한 연회에서 "이스라엘로 출국하기 위한 모든 서류가 든 가방을 잊어버렸고, 이후에 이스라엘을 단념해버렸다."(F. 예레메예프의 회상 중에서)

예카테린부르크에서는 그를 높게 평가하고 있으며, 그는 그 지역의 '문화영웅'[15)]이 되었다. 1997년부터 우랄국립대학교는 2년에 한 번 '쿠리친 읽기'〔'예카테린부르크의 뱌체슬라프 쿠리친 주간'〕를 개최하여 현대 문화의 당면 문제들을 다루고 있다. 제1회 '쿠리친 읽기'(1997년 1월 26~28일)에서 보고서가 낭독되고, 다양한 '행사'들(전시회, 콘서트, 강좌, V. 쿠리친과의 만남, 팬클럽 개시 등)이 개최되었다. 제2회 '쿠리친 읽기'(1999년 2월 9~10일)는 지역 문화의 문제들을 다루었다.

N. 콜피(Колпий)는 이렇게 말한다. "그의 관심의 중심에는 논쟁의 여지 없이 문학이 자리한다. 그리고 또 영화, 요리, 축구, 신비론, 지역학…… 전반적으로 삶 그 자체이다."[16)]

Im. 야레크(Ярек)는 다음과 같이 말한다. "쿠리친은 (…) 창문에 비친 빛이다. 그에게는 스타일이 있고, 그에게는 개별적 권위 세트(모음)가 있으며, 그에게는 명확한 입장이 있는데, 그 입장으로 사실상 모든 종류의 텍스트들을 검토할 수 있다. 브롯스키의 '《신세계》 잡지적인' 짤막 기사부터 슈티를리체(Штирлице)[17)]와 장 보드리야르에 관한 우스개 일화까지 말이다. 그에게는 (…) 적절한 신문의 적절한 페이지의 치밀하게 고안된 콘텍스트가 있다. (…) 게다가

15) A. 샤부로프(Шабуров)는 이렇게 말한다. "모스크바로 이주하면서 쿠리친은 예전의 친구들 내부에 더 확고하게 안착했고 (…) 상관에 복종하는 그의 인성은 여기 독자들 사이에서는 전혀 알 수 없고 직접적으로 말해서 천하다는 정도로까지 받아들여졌다."(Шабуров А. Указ. соч)

16) Колпий Н. Хроника читательского послевкусия // www.guelman.ru.

17) 〔역주〕 Макс Отто фон Штирлиц. 러시아 작가 율리안 세묘노프(Юлиан Семёнов, 1931~1993)의 수많은 작품들에 등장하는 주인공이다. 그는 독일과 다른 나라들에서 소련의 이익을 위해 활동하는 소비에트 첩보원이다. 이 가공의 인물은 소비에트와 포스트소비에트 문화에서 '제임스 본드'에 버금가는 가장 인기 있고 유명한 소련 첩보원이었다.

더욱이 그에게는 일종의 등록된 트레이드 마크, 즉 발을 쳐들고 애원하며 동정심을 불러일으키는 새끼 짐승이 있다. 그것 하나만으로도 뱌체슬라프 쿠리친의 이름이 현대 예술의 연대기에 포함되기에 충분하다."[18](작품의 여백에 쿠리친은 여우를 그리기를 좋아한다. 또한 학창 시절 수업 시간에 그는 소시스카라는 별명이 있는 여우에 대한 만화들을 그리기도 했다.)

N. 콜피는 이렇게 말한다. "모든 의미 있는 신문 잡지 콘텍스트 속에서 V. 쿠리친의 기사는 맛있는 요리이다. 그의 텍스트들은 쓴맛이나 과도하게 매운맛이 없다. 그 텍스트들에는 싱거운 훈계나 기름진 열정도 없다. 그 텍스트들에는 다른 감각기관적 본질이 있다. 그것은 바로 디저트이다."[19]

장편소설 『투우사를 위한 수채화(*Акварель для матадора*)』(2000)의 저자이다.

인터넷 guelman.ru에 자신의 사이트를 가지고 있다. '뱌체슬라프 쿠리친과 함께하는 현대 러시아문학'은 2000년에 말리 부커상 후보에 올랐다(수상하지는 못하였다). 포털 사이트 'Gift.ru'의 공동소유자이다(마라트 겔만, 막스 프라이와 함께). 인터넷 상점 '오존(Озон)'[20]의 편집장이다. 2000년 10월까지는 'Vesti.ru'의 칼럼니스트('짝수(딱 들어맞는) 쿠리친(Курицын по чётным)'이란 난)였다.

여러 시기에 신문 《오늘》, 《독립 신문》, 《문학 신문》 등에서 일했으며,

18) Им. Ярек. Критика способности критического суждения… //www.guelman.ru.
19) Колпий Н. Указ. соч.
20) 1998년 4월 9일 페테르부르크 회사 '렉소프트(Рексофт)'와 페테르부르크 출판사 '테라 Fantastica'의 공동 계획안으로 개점하였다. 자기 분야의 리더, 즉 '보통명사'화된 고유명사가 되었다. 다시 말해서 "과일은 사과, 시인은 푸슈킨, 인터넷 상점은 '오존'이다."(V. 쿠리친)

잡지 《러시아 저널(*russ.ru*)》(표제 '쿠리친-weekly'), 《투우사(*Матадор*)》, 《예술 잡지(*Художественный журнал*)》, *OM* 등의 문화 평론가였다.

러시아 현대문학 아카데미의 현행 회원이다.

문학상 '등단(Дебют)'의 심사 위원(2000)이다.

키가 187센티미터이다.

V. 펠레빈의 장편소설 *Generation 'P'*에서 "젊지 않고, 뚱뚱하고, 대머리에, 세 아이의 서글픈 아버지" '사샤 블로(Саша Бло)'라는 사람으로 묘사되었다.

텍스트

Курицын В. *Акварель для матадора*. М.: Олма-Пресс: СПб: Издательский дом "Нева". 2000.

학술, 사회 평론

Курицын В. *Книга о постмодернизме*. Екатеринбург: 1992.

Курицын В. *Любовь и зрение*. М.: Соло. 1996.

Курицын В. *Стихи. прочитанные 24 ноября 1996 года в салоне классики 21 века*. М.: Арго-Риск. 1997.

Курицын В. *Журналистика. 1993~1997*. СПб.: Изд-во Ивана Лимбаха. 1998.

Курицын В. *Курицынский сборник*. Екатеринбург: УрГУ. 1998.

Курицын В. *Русский литературный постмодернизм*. М.: ОГИ. 2001.

Курицын В. Верников А. Дубичев В. *Срамная проза*. Свердловск: КЛИП. 1991.

Курицын В., Парицыков А. *Переписка*. М.: Ad Marginem. 1998.

학술 비평

Берг М. Вячеслав Курицын и апология постмодернизма//Берг М. *Литературократия: Проблема присвоения и перераспределения власти в литературе*. М.: Новое литературное обозрение. 2000.

Бондаренко В. Мой “бест”иарий//*День литературы*. 2001. No. 6.(57) Май.

에두아르드 리모노프(Эдуард Лимонов)

리모노프, 에두아르드(사벤코 에두아르드 베니아미노비치)〔1943년 2월 22일 고리코프 주(州) 제르진스크 시(市) 출생〕. 소설가, 시인, 사회 평론가.

아버지는 내무 인민 위원부(비밀경찰) 중위였고, 전쟁 기간에는 마리 소비에트 사회주의 자치공화국의 탈영병 적발 전권위원이었으며, 그 후 구락부 책임자, 시베리아로 호송되는 죄수 호송 부대장, 정치지도원 등을 했다. 시와 음악에 심취했고, 예술 연예 소조의 참가자였다. 아버지는 자신이 좋아하던 시인 에두아르드 바그리츠키[21]를 기념해 아들의 이름을 지었다.

21) 〔역주〕 Эдуард Георгиевич Багрицкий, 1895~1934. 소련의 시인이며 본명은 에두아르트 게오르기예비치 주빈(Дзю́бин)이다. 많은 혁명시를 남겼으며 소비에트 시대에 낭만주의 전통을 지킨 것으로 알려져 있다. 가난한 유대인 상인의 아들로 기술학교에서 토지측량술을 공부했다. 1917년의 혁명을 열렬히 환영했고 내전 때는 적군(赤軍) 게릴라로 싸웠으며 선전시를 쓰기도 했다. 그러나 전쟁을 겪으면서 건강이 나빠져 창작에만 전념했다. 초기에는 시각적 생동감과 정서적 강렬함과 글귀의 참신함을 강조하면서 구체적이고 개인주의적인 사

어린 시절과 청년 시절은 하리코프[22] 근교 살타노프카 마을에서 보냈다. 15세에 시를 쓰기 시작했다. 고등학교를 졸업한 후 수없이 직업을 바꾸었다. 제강공, 재단사, 건축 조립공, 책 판매원 등으로 일했다. 1950년대 말~1960년대 초에 술을 많이 마셨고, 경찰에 등록되어 있었으며, 행정적 체포를 여러 번 당했다.

1965년부터 문학에 전념해서 하리코프 문학예술 보헤미안에 빠졌다. 1966년 모스크바로 이주했다(모스크바를 '쟁취하려고'). 거주증 없이 살았으며, 1년 동안 11킬로그램이 빠졌고, 돈벌이를 위해서 불라트 오쿠자바와 에른스트 네이즈베스트니[23]를 포함해서(리모노프 자신의 말에 따르면) 잡지 《교대(*Смена*)》, 《문학 신문》 직원들의 바지를 지어주었다. 1967년 모스크바에 재차 도착했다. 모스크바의 지하문학〔아르세니 타르콥스키, 베네딕트 예

실주의를 주창했던 1900년대 초의 문학 단체 아크메이스트를 모방한 시를 썼다. 그러나 곧 자신의 독특한 시풍을 개발했다. 『오파나스 원정기(*Дума про Опанаса*)』(1926)는 혁명을 배경으로 우크라이나의 농부 오파나스가 겪은 일을 서술한 뛰어난 서사시이다. 후기 작품들은 소비에트 정권이 목표로 삼은 문학에 따르는 듯 보였으나 당의 공식 입장이 사회주의 리얼리즘을 장려했음에도 그는 낭만주의 전통을 끝까지 유지했다. 그의 시는 다양한 운율을 특징으로 하며 고전주의에서 모더니즘에 이르기까지 여러 경향을 반영하고 있다. 그러나 모든 작품에 공통으로 담겨 있는 것은 긍정적이고 낙관적인 세계관이다. 이후 수많은 시인들에 영향을 주었고, 노벨문학상 수상자 이오시프 브로드스키도 그의 영향을 인정하였다.

22) 〔역주〕 우크라이나의 고대 도시이다.

23) 〔역주〕 Эрнст Иосифович Неизвестный, 1925~. 러시아와 미국 국적을 가진 유명한 건축가이다. 소련의 '1960년대 세대' 예술가들을 대표하는 인물들 중 한 명으로, 1976년 스위스로 망명했다가 1977년 미국 뉴욕으로 이주했고 전 세계적으로 왕성한 활동을 펼치고 있다. 현재는 뉴욕에서 활동하며 컬럼비아대학에서 일하고 있다. 모스크바를 자주 방문하며 작품활동을 하고 있으며 팔순 잔치를 모스크바에서 했다. 1995년 러시아연방 국가상을 수상하였다.

로페예프, 레오니드 구바노프, 이고리 보로실로프,[24] 블라디미르 바트세프,[25] 니콜라이 미신(Николай Мишин), 예브게니 바추린,[26] 예브게니 사부로프(Евгений Сабуров) 등〕과 접하게 되었다. 시인이자 화가이며 '리아노조보 그룹'의 리더인 예브게니 크로피브니츠키(Евгений Кропивницкий)가 당시 선생으로 간주되었다. 1968년~1969년 아방가르드한 짧은 단편들을 집필하기 시작했다. 1971년 아방가르드 문학예술 그룹 '콘크레트(Конкрет)'에 가입하였고 '사미즈다트'〔필사본 시집 『크로포트킨과 기타 시들(*Кропоткин и другие стихотворения*)』, 『러시아적인 것(*Русское*)』 등〕와 '타미즈다트'를 통해서 모스크바 언더그라운드의 유명한 대표자가 되었다. 시 창작자인 동시에 에세이스트와 사회 평론가이기도 했다(M. 세먀킨의 제안으로 수많은 에세이들이 프랑스에서 출판되었다).

∴

24) 〔역주〕 Игорь Васильевич Ворошилов, 1939~1989. 러시아의 화가, 비공식 예술의 대표자이다. 1957년 전소련영화대학 영화학부에 입학했다. 1958년 반 고흐의 「오베르의 풍경」을 보고는 화가가 되기로 결심했다. 그림 외에도 시, 소설을 쓰고 '그림' 해설가로도 일하였다. 부주의하게 수면제를 과다 복용하여 사망한 것으로 알려져 있다.

25) 〔역주〕 Владимир Семенович Батшев, 1947~. 러시아의 작가이다. 1965~1966년 비공식 문학 단체 'SMOG'의 지도자였고, 잡지 《스핑크스(*Сфинксы*)》(№ 1~4), 비정기간행물 《이봐(*Чу*)》, 《튕김(*Рикошет*)》, 《아방가르드(*Авангард*)》의 편집장이었다. 1966년 체포되어 '기식'을 이유로 5년 형을 선고받았고 크라스토야르스크 지역으로 유형을 떠났다. 1968년 사면되었고, 1968~1975년 반체제운동에 참여하였다. 1989~1991년 출판사 '파종(Посев)'의 대표였다. 1989~1995년 라디오 〈자유〉의 비정규 칼럼니스트였다. 1995년 아내와 함께 독일로 망명했고, 독일 작가 동맹과 국제 펜클럽 회원이다. 2004년 1월부터 잡지 《다리(*Мосты*)》의 편집장이다. 작품으로는 『몽타주(*Монтаж*)』(1990), 『선몽(*Вещие сны*)』(1992), 『기식자의 수기(*Записки тунеядца*)』 1994), 『너의 선물은 삶이다(*Подарок твой-жизнь*)』(2005) 등이 있다.

26) 〔역주〕 Евгений Владимирович Бачурин, 1934~. 러시아의 시인, 음유시인, 화가, 러시아연방 공훈 예술 활동가(2004)이다. 작품으로는 시와 노래 책들인 『나는 당신의 그림자(*Я ваша тень*)』(2000), 『나무(*Дерева*)』(2000), 『나무, 당신은 나의 나무(*Дерева, вы мои дерева*)』(2004) 등이 있다.

1974년에 소련에서의 출국이 허용되어 미국으로 망명하였고 거기서 수없이 직업을 바꾸었다(벽돌공, 식당 종업원, 가정교사, 집사 등). 1975~1976년 뉴욕 신문 《새로운 러시아 단어(*Новое русское слово*)》에서 교정원으로 일했다. 그때 트로츠키적 경향이 있는 'Socialist Workers Party'의 미국인들과 가까워졌으며 그들의 모임에 방문하였고, 그 후에 연방수사국(FBI)의 면담에 소환되었다. 1976년 5월 《새로운 러시아 단어》의 직원 V. 프루사코프(Пруссаков)와 함께, 《뉴욕 타임스》에서 자신들의 기사를 게재해줄 것을 요구하면서 《뉴욕 타임스》 건물에서 피켓 시위를 하였다.

1976년 미국에 대한 신랄한 비판을 포함하고 있는 첫 번째 장편소설 『내가 바로 에디츠카다(*Это я–Эдичка*)』를 집필하였다. 이 책은 1979년 A. 수메르킨[27]〔파리의 망명 출판사 '루시카(Руссика)'〕에 의해 가짜 출판사 이름인 '인덱스-프레스'로 출판되었다. 1980년 파리의 출판인 장자크 포베르(출판사 'Ramsay')는 소설 『내가 바로 에디츠카다』를 '러시아 시인은 커다란 니그로들을 선호한다(Русский поэт предпочитает больших негров)'라는 제목으로 프랑스어로 출판하였다. 이 책은 성공을 거두었고 15개 언어로 번역되었다. 이때부터 글쓰기를 주업으로 하기 시작했다. 작품으로는 『내가 바로 에디츠카다』, 『실패자의 일기(*Дневник неудачника*)』, 『형리(*Палач*)』, 자전적 '하리코프 3부작'인 『소년 사벤코(*Подросток Савенко*)』, 『젊은 불

27) 〔역주〕 Александр Евгеньевич Сумеркин, 1943~2006. 노-영 번역가이자 잡지 편집자 겸 발행인이다. 모스크바국립대학교 인문학부를 졸업했고 동시통역가로 일했다. 1977년 망명해서 1978년부터 미국에서 거주하였다. 출판사 '루살카'를 주도했고 1979~1993년에 마리나 츠베타예바(7권짜리)와 이오시프 브로드스키의 『로마의 애가』, 니나 베르베로바, 블라디미르 비소츠키 등의 책들을 발간하였다. 1990년대 초부터 이오시프 브로드스키의 문학 비서이자 그의 에세이 번역가로 활동하였으며, 영어로 된 시를 러시아어로 번역하는 일에 종사하였다.

한당(*Молодой негодяй*)』, 『우리에게는 위대한 시대가 있었다(*У нас была великая эпоха*)』 등이 있다.

1983년 프랑스로 이주했고 1987년 프랑스 시민권을 획득하였다. 1991년 러시아 시민권이 부활되었다.

안드레이 벨리상〔2002년, 『물의 책(Книга воды)』으로 수상〕을 수상했다.

최근에는 주로 모스크바에 거주하고 있다. 정치 활동을 하고 있으며 민족주의적 볼셰비키 성향의 신문 《리몬카(*Лимонка*)》를 발행하고 있다.

텍스트

Лимонов Э. *Это я－Эдичка*. Нью－Йорк: 1979.

Лимонов Э. *Дневник неудачника*. Нью－Йорк: 1982.

Лимонов Э. *Подросток Савенко*. Париж: 1983.

Лимонов Э. *Молодой негодяй*. Париж: 1986.

Лимонов Э. *Палач. Иерусалим*: 1986.

Лимонов Э. *У нас была великая эпоха*. М.: Шаталов. 1992.(или: М. 1995)

Лимонов Э. *Собр. соч.*: В 4 т. М.: МОКА. 1994.

Лимонов Э. *Книга воды*. М.: Ad Marginem. 2002.

학술 비평

Бондаренко В. *Эдуард Лимонов*. М.: 1992.

Вайль П. Генис А. “В Москву! В Москву!”: Эдуард Лимонов// *Искусство кино*. 1992. No. 7.

Гольюштейн А. Эдуард Великолепный//Гольдштейн А. *Расставание*

с Нарциссом: Опыты поминальной риторики. М. 1997.
Жолковский А. Бунт "маленького человека"//*Огонек*. 1991. No. 41.
Жолковский А. Графоманство как прием//Жолковский А. *Блуждающие сны и другие работы*. М.: Наука. 1994.
Казинцев А. Придворные диссиденты и "погибщее поколение"//*Наш современник*. 1991. No. 3.
Карабчевский Ю. Стальной хребет Эдуарда Лимонова//*Деловой мир*. 1992. 21 марта.
Парамонов Б. Ной и хамы//Парамонов Б. *Конец стиля*. СПб.: М.: 1997.
Пономарев Е. Психология подонка: Герои Э. Лимонова и низовая культура//*Звезда*. 1996. No. 3.
Смирнов И. О нарцистическом тексте(диахрония и психоанализ)//Wien Slawistischer *Almanach*. 1983. Bd. 12.
Суконник А. Апология г-на Лимонова, или Почему я полюбил огонь конца мира(атомной бомбы? Всемирной революции?)// Суконник А. *За оградой рая*. М: 1991.
Шаталов А. Если быть честным//*Аврора*. 1990. No. 8.

마르크 리포베츠키(Марк Липовецкий)

리포베츠키(본래 성은 레이데르만), 마르크 나우모비치(1964년 스베르들롭스크, 현 예카테린부르크 출생). 비평가, 문학 연구가.

1986년 우랄국립대학교(스베르들롭스크) 인문학부를 졸업했다. 인문학 박사(1996)이다.

비평가로서 신문 《문학 신문》, 잡지 《문학의 문제들》, 《문학비평》, 《신세계》, 《깃발》, 《10월》, 《인민의 우정》, *NLO*, 《대륙》, 《사수》 등에 논문을 게재하고 있다. 포스트모더니즘에 대한 문학 연구서들과 논문을 집필하였다. 때로는 N. 레이데르만(아버지)과 공저로 글을 쓰고 있다.

'깃발' 재단의 상을 수상(1993)하였다.

러시아 현대문학 아카데미 회원이다.

1996년부터 미국에서 거주하고 있으며, 현재 콜로라도대학교에서 가르치고 있다.

학술, 사회 평론

Липовецкий М. "Свободы черная работа": (Об "артистической прозе" "нового поколения")//*Вопросы литературы*. 1989. No. 9.

Липовецкий М. *Свободы черная работа*. Екатеринбург. 1991.

Липовецкий М. Закон крутизны//*Вопросы литературы*. 1991. No. 11/12.

Липовецкий М. А за праздник–спасибо!//*Литературная газета*. 1992. 11 нояб.

Липовецкий М. Патогенез и лечение глухонемоты: Поэты и постмодернизм//*Новый мир*. 1992. No. 7.

Липовецкий М. *Поэтика литературной сказки*. Екатеринбург: 1992.

Липовецкий М. Диалогическое воображение//*Русский курьер*. 1993. No. 2.

Липовецкий М. Трагедия и мало ли что ещё//*Новый мир*. 1994. No. 10.

Липовецкий М. Изживание смерти: Специфика русского постмодернизма//*Знамя*. 1995. No. 8.

Липовецкий М. Разгром музея: Поэтика романа А. Битова "Пушкинский дом"//*Новое литературное обозрение*. 1995. No. 11.

Липовецкий М. "С потусторонней точки зрения": (Специфика диалогизма в поэме Венедикта Ерофеева "Москва–Петушки"//*Русская литература XX века: направления и течения*. Екатеринбург: УГПИ. 1996. Вып. 3.

Липовецкий М. *Русский постмодернизм: Очерки исторической поэтики*. Екатеринбург. 1997.[28]

Липовецкий М. Паралогия русского постмодернизма//*Новое литературное обозрение*. 1998. No. 30.

Липовецкий М. Голубое сало поколения, или Два мифа об одном кризисе//*Знамя*. 1999. No. 11.

Липовецкий М. ПМС(постмодернизм сегодня)//*Знамя*. 2002. No. 5.

Лейдерман Н. Липовецкий М. Между хаосом и космосом: Рассказ в контексте времени//*Новый мир*. 1991. No. 7.

Лейдерман Н. *Липовецкий М. Современная русская литература.* (*1950–90–е годы*) М.: УРСС. 2000.

28) 이 책의 개정 증보판은 '러시아 포스트모더니즘 소설: 카오스와의 대화(Русская постмодернистская проза: Диалог с хаосом)'라는 제목으로 영어로 출판(New York; London, 1999)되었다.

Лейдерман Н. Липовецкий М. *Современная русская литература: В 3 кн*. М.: УРСС. 2001.

학술 비평

Степанян К. Постмодернизм–боль и забота наша//*Вопросы литературы*. 1998. No. 5.
Турабнов И. Русский вопрос//*Урал*. 1999. No. 4.

유리 마믈레예프(Юрий Мамлеев)

마믈레예프, 유리 비탈리예비치(1931년 12월 11일 모스크바 출생). 소설가, 희곡작가, 시인, 에세이스트, 철학자.

정신병학 교수 집안에서 태어났다. 1955년 모스크바산림기술대학을 졸업했다. 1960년대에 철학과 형이상학을 공부했다. 1958년부터 1974년까지 모스크바 비밀단체의 장이었다. '대외적 삶'은 청년 노동자들의 학교에서 수학과 물리 선생으로서 보냈으며 진정한 삶은 '비공식 문학의 세계에서 흘러갔다.'(자서전에서 발췌)

첫 번째 단편들은 1953년에 쓰기 시작했고 '사미즈다트'와 그 후 '타미즈다트'에서 보급되었다. 맨 처음부터 형이상학적 문제와 초현실주의에 끌렸다. 그의 텍스트들은 충격적이고, 아연실색하게 만들며, 신비주의적 요소가 있다. 서구의 슬라브 문학 연구자들은 그의 작품과 고골, 도스토옙스키 작품들과의 연관성을 지적했다.

소련에서 작품들을 발표할 기회를 가지지 못하자 1974년 미국으로 망명했다. 1976년 코넬대학교(뉴욕 주, 이타카)에서 러시아문학 강의를 위해 그를 초청하였다.

1983년 프랑스로 이주했다. 메돈 러시아어와 문학 연구 센터의 '파리 동방 문명과 언어 연구소(Парижский ин-т Восточных цивилизаций и языков в Медонском центре изучения русского языка и литературы)'에서 문학과 러시아어를 가르치고 있다.

1991년 러시아 시민권이 회복되었다. 1994년부터 파리와 모스크바에서 번갈아가며 거주하고 있다. 모스크바국립대학교에서 인도철학을 가르치고 있다.

결혼했으며 부인은 마믈레예바 파리다 샤라포브나(Мамлеева Фарида Шарафовна)이다.

첫 번째 단편들은 1974년에 발표〔독일어로 발표된 「약혼자(Жених)」〕되었다. 중심 작품은 장편소설 『건달들(*Шатуны*)』(1966~1968년 창작, 1988년 발표)이다. 장편소설로는 『모스크바의 감비트(*Московский гамбит*)』(1985), 『마지막 코미디(*Последняя комедия*)』, 단편집으로는 『지옥 위의 하늘(*Небо над адом*)』(*The Sky above Hell*, 1980, 영어), 『고갱의 이면(裏面)(*Изнанка Гогена*)』(1982), 『생생한 죽음(*Живая смерть*)』(1986), 『신도시 키테주(*Новый град Китеж*)』(1989), 『영원한 집(*Вечный дом*)』(1991), 『검은 거울: 연작(*Черное зеркало: Циклы*)』(1999), 『방황하는 시간(*Блуждающее время*)』(2000)이 있다.

푸슈킨 국제상(2000, 함부르크), 안드레이 벨리상(상트페테르부르크)을 수상했다. 2001년 소설 『방황하는 시간』으로 부커상 '롱 리스트(long-list)'에 포함되었다.

1982년 처음에는 미국, 그 후엔 프랑스 펜클럽 회원으로 받아들여졌으며, 그 후 러시아 펜클럽 회원이 되었다.

텍스트

Мамлеев Ю. *Изнанка Гогена*. Париж: Нью-Йорк: 1982.

Мамлеев Ю. *Живая смерть*/Илл. М.: Шемякина. Париж: 1986.

Мамлеев Ю. *Новый град Китеж*. Париж: 1989.

Мамлеев Ю. *Вечный дом*. М.: Художественная литература. 1991.

Мамлеев Ю. *Избранное*. М.: Терра. 1993.

Мамлеев Ю. *Черное зеркало*: Циклы. М.: Вагриус. 1999.

인터뷰

"Профессия-наблюдатель"/Интервью с Ю. Мамлеевым//*Столица*. 1992. No. 33.

"Русские ближе всех к первоисточнику бытия…"/Интервью Ю. Мамлеева//*Независимая газета*. 1999. No. 3.

Судьба бытия-путь к философии/Интервью с Ю. Мамлеевым//*Вопросы философии*. 1992. No. 9.

학술 비평

Беляева-Конеген С. Упырь//*Стрелец*. 1992. No. 3.

Бондаренко В. Герои или антигерои?//*Библиотека*. 1993. No. 10.

Бондаренко В. Русский национальный упырь: По мотивам "России вечной" Юрий Мамлеева//*Завтра*. 2002. No. 35.(458) Авг.-сент.

Горичева Т. Круги ада//*Континент*. 1983. No. 36.

Дарк О. Подполье Юрия Мамлеева//*Родник*. 1990. No. 2.

Дарк О. Миф о прозе//*Дружба народов*. 1992. No. 6.

Дугин А. Темна вода//*Независимая газета*. 1996. 4 апр.
Лаврова Л. Свидетельство воскресшего Лазаря//*Литературная газета*. 1999. No. 16.
Новикова М. Тринадцатый стакан.//*Новый мир*. 1992. No. 1.
Нагибин Ю. О Мамлееве//*Книжное обозрение*. 1990. No. 49.
Одесская М. Дом на краю безды: Возвращение Юрия Мамлеева//*Литературная газета*. 1992. 23 дек.
Сидлин М. При свечах и вслух//*Независимая газета*. 1999. No. 7.
Смирнов И. Эволюция чудовищности: (Мамлеев и др.)//*Новое литератуное обозрение*. 1993. No. 3.

발레리야 나르비코바(Валерия Нарбикова)

나르비코바, 발레리야(1958년 모스크바 출생). 소설가.

고리키모스크바문학대학을 졸업했다.

장편소설과 중편에는『첫 번째 인물과 두 번째 인물의 계획(*План первого лица и второго*)』(1989),『낮 해와 밤 별의 균형(*Равновесие света дневных и ночных звезд*)』(1990),『긍정으로서의 지옥, 지옥으로서의 긍정(*Ад как да－да как ад*)』(1991),『에콜로 근처(*Около Эколо*)』(1992)가 있으며, 책으로는『선집, 또는 소음의 속삭임(*Избранное, или Шепот шума*)』(1994),『……그리고 여행(*…и путешествие*)』(1996) 등이 있다.

문학 외에도 회화에 종사(문학대학에서 1984년에, 문학 박물관에서 1993년에, 갤러리 '7개의 못'에서 1995년에, 제시 시티 박물관에서 1996년에 전시회 개최)하고 있다.

러시아 펜클럽 회원이다.

모스크바에 거주하고 있다.

텍스트

Нарбикова В. *Избранное. или Шепот шума*. Париж: М.: Нью-Йорк: Третья волна. 1994.

학술 비평

Абашева М. Опыт русского авангарда начала XX века в контексте современной культуры: (Супрематизм К. Малевича и проза В. Нарбиковой)//*Типология литературного процесса и творческая индивидуальность писателя.* Пермь. 1993.

Ажгихина Н. Разрушители в поисках веры//*Знамя*. 1990. No. 9.

Глезер А. Эмоционально до неприличия//*Социум*. М.: 1995. No. 3.

Куческая М. Интервью с В. Нарбиковой//*Детская литература*. 1992. No. 10.

Линецкий В. Парадокс Нарбиковой: Логико-литературный тркатат //*Даугава* (Рига). 1993. No. 6.(или: *Волга*.(Саратов) 1994. No. 3/4)

Машевский А. Если проза, то какая?//*Звезда*. 1991. No. 3.

Нарбикова В. "Я обнажаюсь в творчестве…"//Беседу вела Т. Сошникова//*Литературные новости.* (М.) 1994. No. 6/7.

Ранчин А. Между словом и жизнью: Валерия Нарбикова "Шепот шума"//*Стрелец.* (М.) 1996. No. 2.

Сапгир Г. Первыйи вторй план Валерии Нарбиковой//*Знамя*. 1995. No. 4.

발레리 포포프(Валерий Попов)

포포프, 발레리 게오르기예비치(1939년 12월 8일 카잔 출생). 소설가.

부친은 생물학자-육종가였다. 1946년부터 가족은 레닌그라드에 정착했다. 1963년 레닌그라드전기기술대학을 졸업했으며 1969년까지 엔지니어로 일했다. 1969년부터 시나리오를 집필하고 있다. 1970년 소비에트국립영화대학 시나리오학부를 졸업(비출석 과정)했다.

첫 번째 문학 경험은 1963년과 관계된다. 단편 「나와 자동판매기(Я и автомат)」가 단체 선집 『실험(*Испытание*)』에 발표되었다. 1969년 중편과 단편 선집 『이전보다 더 남쪽으로(*Южнее, чем прежде*)』가 출판되었고, 그 후 『우리 모두 아름답지 않다(*Все мы не красавцы*)』가 발표되었다.

1970년부터 소련 작가 동맹 회원이었고, 작가 동맹의 레닌그라드 소설분과의 수장이었다가, 작가 동맹 레닌그라드 부의장이 되었다.

1999년까지 상트페테르부르크 주재 러시아 펜클럽 센터 소장이었다.

상트페테르부르크에 거주하고 있다. 결혼했으며 딸이 있다.

텍스트

Попов В. *Южнее, чем прежде*. Л. 1969.

Попов В. *Нормальный ход*. Л. 1976.

Попов В. *Жизнь удалась*. Л. 1981.

Попов В. *Две поездки в Москву*: Повести и рассказы. Л.: Советский писатель. 1985.

Попов В. *Новая Шехерезада*. Л. 1988ю.

Попов В. *Праздник ахинеи*. М.: Юридическая литература. 1991.

Попов В. *Любовь тигра*. СПб.: 1993.

Попов В. В *городе Ю*. М. 1997.

Попов В. *Грибники ходят с ножами*. СПб.:Русско-Балтийский информационныйцентр "Блиц". 1998.

Попов В. Чернильный ангел//*Новый мир*. 1999. No. 7.

학술 비평

Аннинский Л. В гости к Фанычу//*Литературная газета*. 1982. 3 нояб.

Быков Д. Сны Попова//*Новый мир*. 1994. No. 5.

Вайль П., Генис А. Кванты прозы. Валерий Попов.//*Звезда*. 1989. No. 9.

Грыцук Н. Ода жизни//*Нева*. 1987. No. 4.

Немзер А. Праздник однолюба//*Сегодня*. 1994. 12 мая.

Новиков Вл. Испытание счастьем//*Литературная газета*. 1982. 3 нояб.

Новикова О., Новиков Вл. Поиски оптимизма//*Литературное обозрение*. 1980. No. 7.

예브게니 포포프(Евгений Попов)

포포프, 예브게니 아나톨리예비치(1946년 1월 5일 크라스노야르스크 출생). 소설가, 희곡작가, 시나리오작가.

첫 번째 노동 경험은 지질탐사팀의 노동자(1962)였다. 1968년 오르제니키제 모스크바지질탐사대학을 졸업했다. 1972년 문학대학과 전소련영화대학에 입학하려고 노력했으나 실패하였다. 몇 년 동안 시베리아에서 전공을 살려 일했다. 1975년 모스크바 주(州) 드미트로프 시로 이사하였고 1978년부터 모스크바에서 거주하고 있다.

1962년 크라스노야르스크에서 '사미즈다트' 잡지에 참여했다는 이유로 '콤소몰에서 제명'되었지만 그 전에도 그 후에도 콤소몰에 들어가지 않았었다.

1962년에 출판되기 시작〔단편 「고맙습니다(Спасибо)」가 신문 《크라스노야르스크 콤소몰 단원》에 발표됨〕했고, 그 후 가끔 신문 《문학 신문》, 《문학 러시아(*Литературная Россия*)》, 《시베리아의 불꽃(*Сибирские огни*)》, 비정기간행물 《예니세이(*Енисей*)》, 유머 선집 『뿌리째 뽑기(*Извлечение с корнем*)』(노보시비르스크, 1973)의 풍자와 유머 난에 발표되었다. 첫 번째로 이목을 끈 발표는 《신세계》지 1976년 No. 4에 V. 슉신의 환송사와 함께 실린 것이다.

1978년 소련 작가 동맹에 받아들여졌으나 7개월 후 비정기간행물 《메트로폴》에 참여(저자와 편집자 자격)했다는 이유로 제명되었다. 1988년 복권되었다.

1980년 비공식 모스크바 '소설가 클럽'에 가입하였고, 그 클럽의 출판물(《카탈로그》)이 '타미즈다트'에 등장하였다.

200편 이상의 단편, 중편, 장편소설을 집필하였으며, 1막짜리 희곡 10편과 2막짜리 희곡을 썼다. 1992년 독일(바덴바덴)에서 방송극 『영원한 행복(*Счастье на века*)』을 집필하였고, 1994년 네덜란드의 극장에서 희곡 『엉망으로 맞춘 피아노곡(*Хреново темперированный клавир*)』 방송용 버전이 만들어져 공연되었다. 유럽 대부분 국가의 언어들과 중국어로 번역되었다.

1979년부터 스웨덴 펜클럽의 동맹 회원이다. 러시아 펜클럽이 조직(1990)되면서 그 회원이 되었고 1992~1994년 러시아 펜클럽 부회장이었고 1994년에 집행위원회 위원이 되었다.

텍스트

Повов Е. *Веселие Руси*. Анн Арбор. 1981.

Повов Е. *Жду любви не вероломной: Рассказы*. М.: Советский писатель. 1989.

Повов Е. *Прекрасность жизни: Главы из "Романа с газетой". который никогда не будет начат и закончен*. М.: Московский рабочий. 1990.

Повов Е. *Самолет на Кельн*. М.: 1991.

Повов Е. *Накануне накануне*. М.: 1993.

Повов Е. *Душа патриота. или Различные послания к Ферфичкину*. М.: Текст. 1994.

Повов Е. *Подлинная история "Зеленых музыкантов"*. М.: 1998.(или: Вагриус, 2001)

학술 비평

Агеев А. Превратности диалога//*Знамя*. 1990. No. 4.

Вишневский А. О поэтическом мире Евгения Попова//*Russian Language Journal*. 1991. Vol. XLV.

Иванова Н. Намеренные несчастливцы?: (О прозе "новой волны")//*Дружба народов*. 1989. No. 7.

Каневская М. Дневник писателя из теплого стана: Попов и Достоевский//*Новое литературное обозрение*. 1998. No. 30.

Курицын В. Е. Попов: Молоко в загнетке//Курицын В. *Русский литературный постмодернизм*. М.: ОГИ. 2001.

Немзер А. Несбывшееся: Альтернативы истории в зеркале словесности//*Новый мир*. 1993. No. 4.

Орлицкий Ю. Роман… с газетой//*Октябрь*. 1992. No. 3.

Потапов В. На выходе их "андеграунда"//*Новый мир*. 1989. No. 10.

Скоропанова И. *Русская постмодернистская литература: Учебное пособие*. 2-е изд. испр. М.: Флинта: Наука. 2000.(глава "Авторская маска как забрало инакомылящего: "Душа патриота. или Различные послания к Ферфичкину" Евгения Попова)

Фрейдин Г. *Или они(мы) напрасно жили: Михаил Горбачев глазами Евгения Попова*.(с эпилогом о Ельцине) Станфорд. 1992.

올가 세다코바(Ольга Седакова)

세다코바, 올가 알렉산드로브나(1949년 12월 26일 모스크바 출생). 시인, 번역가, 비평가.

메타리얼리즘 시의 원칙에 가깝다. M. 엡슈테인의 정의에 따르면 "가장 철저한 메타리얼리스트"이다.[29]

1973년 모스크바국립대학교 인문학부를 졸업하였고, 1982년 소련 과학 아카데미 슬라브학과 발칸학 연구소 박사과정을 졸업했으며, 1983년 인문학 박사 학위를 받았다(논문 주제는 슬라브 신화에 관한 것이었다). 1991년부터 세계 문화 연구소의 선임 연구원이다. 현재 모스크바국립대학교 철학부 세계 문화의 역사와 이론학과에서 가르치고 있다.

세다코바는 이렇게 말한다. "나는 내가 기억하는 한 그 전부터 시를 썼다. (…) 내게 친밀한 작가들은 엘레나 슈바르츠, 빅토르 크리불린, 세르게이 사르타놉스키(Сергей Сартановский)(『헤라클레스 강에 두 번 들어가지는 않는다(*В Гераклитову реку вторй раз не войдешь*)』)이다.

V. 알레니코프, L. 구바노프, A. 바실로바, A. 벨리차놉스키 등과 함께 'SMOG'에 가입했다.

번역 일이나 사회과학 정보 연구소 출판물들에 해외 인문학 개괄 논문을 쓰는 일에 종사했다.

타자로 친 선집 『들장미(*Дикий шиповник*)』, 『오래된 노래(*Старые песни*)』, 『중국 여행(*Китайское путешествие*)』 등이 '사미즈다트'에서 보급되었다. 첫 번째 선집 『대문, 창문, 아치(*Ворота, окна, арки*)』(1986)는 파리('YMKA-press')에서 출간되었고, 러시아에서는 잡지 《인민의 우정》(1989, No. 6)에 처음으로 게재되었다.

선집들로는 『시(*Стихи*)』(1994), 『들장미(*Дикий шиповник*)』(러시아어와 영어로 출판, 1997년), 『오래된 노래(*Старые песни*)』(러시아어와 히브리어로 출간,

29) С чем идем в мир:? "Круглый стол" альманаха "Поэзия" // *Поэзия*. 1988. No. 50. С. 66.

1997년) 등이 있다.

안드레이 벨리상(1982), 러시아 시인에게 수상하는 파리상(1991), 유럽의 시상(로마, 1995)을 수상했다.

모스크바에서 거주하고 있다.[30)]

텍스트

Седакова О. *Стихи* / Послесл. С. Аверинцева. М.: 1994.

Седакова О. *Дикий шиповник*. Лондон: 1997.

Седакова О. *Старые песни*. Иерусалим: 1997.

비평, 사회 평론

Седакова О. Музыка глухого времени // *Вестник новой литературы*. 1990. No. 2.

Седакова О. Очерки другой поэзии. Очерк первый: Виктор Кривулин // *Дружба народов*. 1991. No. 10.

Седакова О. Другая поэзия // *Новое литературное обозрение*. 1996. No. 22.

---

30) 그러나 다음과 같이 말했다. "현재의 나의 상황은 어쩌면 예전보다 더 고립된 것 같다. 비록 이 상황이 검열이나 출판 금지의 문제는 전혀 아니라 하더라도. 나는 현재 문학에서 자신의 존재를 느끼지 못한다. 사미즈다트 시기보다 본질적으로 다른 독자들이 내게 등장했는지는 알 수 없다. 어쨌든 비평가들은 등장하지 않았다. (…) '거기로'의 여행이 내게 있어서는 '순회공연'이 아니라는 데 내 상황의 독특함이 어느 정도 있다. '거기에'(영국, 독일, 스웨덴, 프랑스, 미국) 내게는 실제로 집단적 교류가 있다. 거기에, 아마도 내게는 여기보다 더 많은 친구들과 대화 상대자들(작가, 학자, 번역가)이 있는 것 같다.(『헤라클레스 강에 두 번 들어가지는 않는다』)

학술 비평

Земский В. "Океан не впадает в реку"//*Смена*. 1992. 9 апр.

Перепелкин М. *Творчество Ольги Седаковой в контексте русской поэтической культуры*: (*Смерть и бессмертие в парадигме традиции*): Автореф. канд. дис. Самара: 2000.

Полухина В. Интервью с О. Седаковой//*Бродский глазами современников*. СПб.: 1997.

Уланова А. Ольга Седакова: Сложность лиры//*Независимая газета*. 1998. 16 июня.

Эпштейн М. *Постмодернизм в России*: *Литература и теория*. М.: Изд-во Р. Элинина. 2000.(главы "Самосознание культуры". "Тезисы о метареализме и концептуализме". "Что такое метареализм?…". "Что такое метабола?": (О "третьем" тропе)". "Каталог новых поэзий")

바실리 시가레프(Василий Сигарев)

시가레프, 바실리 블라디미로비치(1977년 1월 11일 니즈니 타길 출생). 희곡작가.

예카테린부르크국립연극대학 '희곡'과를 졸업했다. N. 콜랴다의 창작 세미나 참가자이다. 첫 번째 출판물들은 잡지 《우랄》과 N. 콜랴다 제자들의 희곡 선집들(『눈보라(*Метель*)』(1999), 『리허설(*Репетиция*)』(2002))에 발표되었다.

희곡 「고무찰흙(Пластилин)」, 「흡혈귀 가족(Семья вурдалака)」, 「거짓말탐지기(Детектор лжи)」, 「자물쇠 구멍(Замочная скважина)」, 「눈보라

(Метель)」(A. 푸슈킨의 동명 소설을 모티프로 함), 「딱정벌레들이 지상으로 돌아온다(Божьи коровки возвращаются на землю)」, 「향수(Парфюмер)」〔쥐스킨트(Patrick Süskind) 소설을 모티프로 함〕, 「검은 우유(Черное молоко)」, 「뚱뚱보 여자(Пышка)」〔기 드 모파상의 단편소설[31]을 모티프로 함〕, 「환통(Фантомные боли)」은 상연 준비 중이며 러시아의 여러 무대에서 공연되고 있다. 이렇듯 모스크바의 극장들에서는 희곡 「거짓말탐지기」〔극장 '스페라(Сфера)', 감독 N. 폽코프(Попков)〕, 「검은 우유」〔2002년. 극장 '니키타 성문 옆(У Никитских ворот)', 감독 M. 로좁스키(Розовский). '고골' 극장, 감독 S. 야신(Яшин)〕, 「향수」〔모스크바 예술극장, 감독 K. 세레브렌니코프(Серебренников)〕 등이 상연되었다.

희곡 「고무찰흙」은 희곡 영화 센터에서 A. 카잔체프와 M. 로신의 지도하(감독 K. 세레브렌니코프)에 공연되었고, 그 시즌(2000)의 최고 연극으로 인정받았다. 이 연극은 모스크바 전 세계 연극 올림픽(2001)의 빛나는 사건이 되었다. 이 연극은 '돌파구(Прорыв)' 부분에서 '갈매기(Чайка)'상(2001), 신문 《모스크바 콤소몰 단원》상(2002)을 수상하였고, 모스크바 '새로운 드라마' 페스티벌(2002)의 최고 연극으로 선정되었다. 이 연극은 토루니(폴란드), 본(독일), BITEF(유고슬라비아), 니트라(슬로바키아), 파리(프랑스), 탐페라(핀란드), 베를린(독일)의 국제 페스티벌에 참가했다. 「고무찰흙」은 '로얄 코트' 극장(런던)에서 공연되었다.

'가장 의미 있는 올해의 극작가' 부분에서 영국 연극상 'Evening

31) 〔역주〕 프랑스 자연주의 작가 기 드 모파상의 단편소설 「비곗덩어리」(1880)를 말한다. 졸라·위스망스를 비롯한 6명의 작가들이 1870년의 프랑스-프로이센 전쟁을 배경으로 한 작품들을 모아 발표한 단편집 『메당의 밤(*Les Soirées de Médan*)』에 수록되었다. '비곗덩어리'라는 별명을 가진 창녀는 프로이센군에게 잡힌 일행을 위해 자신을 희생하지만 풀려난 뒤 오히려 그들에게 따돌림을 받는다. 인물의 심리 변화와 상황 전개를 객관적으로 묘사해 프랑스 단편소설의 걸작으로 평가된다.

Standard Award'(모스크바 '새로운 연극' 페스티벌, 2001년), '안티 부커'상과 '등단'상(2000년, 희곡「고무찰흙」), '에브리카'상(2002), 러시아연방 대통령 산하 문화 예술 위원회상(2003)을 수상했다.

'유라시아' 콩쿠르의 심사 위원(20003)이다.

니즈니 타길[32]에 거주하고 있다.

학술 비평

Ковальская Е. "Пластилин": *Пьеса В. Сигарева* // moscow.gay.ru / ?event=44.

Кузьмина М. Пластилиновая чайка: Закрытие фестиваля "Новая драма" // *Алфавит*. 2002. 13 июня.

Логинова Н. *"Семья вурдалака": Одно горе на всех* // nobf.ru / publicacii / p_obl_gaz.html.

Малахова Ж. *По рельсам судьбы*… // www.omsk.ru / city / culture.nst.

Минеева Н. *Тот, кто сделал "Пластилин"* // www.vashdosug.ru / article617.php.

Михеева Е. *Ее величество "Пышка" или эротический фарс с элементами творчества Мопассана* // www.ntagil.ru / smi / cons / content / 163.shtml.

Руднев В. Страшное и сентиментальное // *Новый мир*. 2003. No. 3.

32) 〔역주〕 Нижний Тагил. 러시아 스베르들롭스크 주(州)의 도시로, 우랄산맥에 위치해 있다. 2002년의 인구조사에서 주민은 39만 498명이었다. 유럽과 아시아의 경계 지역에 있다. 1722년에 데미도프에 의해 발견된 후, 급속하게 발전했다.

사샤 소콜로프(Саша Соколов)

소콜로프, 사샤(알렉산드르 프세볼로도비치)(1943년 캐나다 오타와 출생). 소설가, 시인.

캐나다 주재 소련 대사관 무역 참사 가정에서 태어났다. 1946년 부친은 첩보 활동을 이유로 추방되었고, 가족은 1947년부터 모스크바에서 거주하였다. 선생과 부모님과의 갈등 때문에 다니게 된 '특별' 고등학교 졸업 후에 1962년 외국어군사대학에 입학했다. 1965년 L. 구바노프, V. 바트세프, Ju. 쿠블라놉스키 등과 함께 비공식 문학 단체 'SMOG'의 회원이 되었다. 이후에 전공을 바꾸기로 결심하고 1967년 모스크바국립대학교 언론학부(비출석 과정)에서 학업을 시작했으며, 일을 병행했다. 1968년 스레드냐냐 볼가에서 거주했으며, 거기서 보고문학 연작을 집필하였고 그중에서 세 편이 《마리 프라브다(*Марийская правда*)》지에 발표되었다. 1969년부터 신문 《문학 신문》의 직원으로 일했고, 1972~1973년에는 트베리 주(州)의 베즈보로드 사냥 농장 사냥꾼으로 일했으며 모스크바로 귀환한 후에는 보일러공으로 일했다. 당국과의 관계가 껄끄러워 그는 출국 허가서를 받기가 어려웠고 부모님도 반대했지만(그 결과 정신병원에서 검사를 받았다), 1975년 오스트리아 시민권을 가진 여자와 결혼해서 결국 출국 허가를 받았다(빈으로 출국). 이후(1976년) 미국으로 이주하다가 캐나다로 갔다. 1977년 캐나다 시민권을 획득하였다.

소설에서는 1960년대를 주로 다루었다. 첫 번째 단편「우유를 마시며(За молоком)」가 신문 《신(新)러시아 노동자(*Новоросийский рабочий*)》(1967)에 발표되었다. 5년 후 장편소설 『바보들의 학교(*Школа для дураков*)』(미국에서 1976년 러시아어로 발표되었고, 영어로는 1977년에 출간됨)를 완성하였다.

이후 『개와 늑대 사이(*Между собакой и волком*)』(1980년 발표), 『팔리산드리야(*Палисандрия*)』(1985년 발표. 영어로는 1989년 '천체 공포증'이란 이름으로 출판됨)가 발표되었다.

A. S. 푸슈킨 국제상(독일, 함부르크), 안드레이 벨리상(상트페테르부르크)을 수상하였다.

러시아 펜클럽 회원이다.

텍스트

Соколов. Саша. *Школа для дураков. Анн* Арбор: 1976.

Соколов. Саша. *Между собакой и волком*. Анн Арбор: 1980.

Соколов. Саша. *Палисандрия*. Анн Арбор: 1985.

Соколов. Саша. В *ожидании Нобеля, или Общая тетрадь*. СПб.: 1993.

Соколов. Саша. *Школа для дураков. Между собакой и волком*. СПб.: Симпозиум. 1999.

인터뷰

"Время для частных бесед…": С. Соколов–Вик. Ерофеев//*Октябрь*. 1989. No. 8.

О встречах и невстречах/С Сашей Соколовым беседует В. Кравченко//*Ясная Поляна*.(М.: Тула) 1997. No. 2.

Соколов. Саша. Palissaandr–c'est moi?//*Глагол*. 1992. No. 6.

Соколов. Саша. Легко ли быть гражданином мира: Беседа с писателем//*Учительская газета*. 1989. 29 июля.

Соколов. Саша. Общая тетрадь, или Групповой портрет СМОГа// *Юность*. 1989. No. 12.

Соколов. Саша.(Из беседы с автором)//*Соло*. 1990. No. 1.

Спасение в языке/Беседа А. Михайлова с писателем Сашей Соколовым//*Литературная учеба*. 1990. No. 2.

"Я вернулся. чтобы найти потерянное"/Интервью с Сашей Соколовым//Медведев Ф. *После России*. М.: 1992.

학술 비평

Битов А. К публикации романа С. Соколова "Школа для дураков"// *Октябрь*. 1989. No. 3.

Вайль П. Генис А. Уроки школы для дураков: Саша Соколов// *Синтаксис*. 1990. No. 3.

Генис А. Горизонт свободы: Саша Соколов//Генис А. *Иван Петрович умер: Статьи и расследования*. М.: Новое литературное обозрение. 1999.

Глэд Дж. Саша Соколов//Глэд Дж. *Беседы в изгнании: Русское литературное зарубежиье*. М.: 1991.

Дарк О. Мир может быть любой: Размышлениея о новой прозе// *Дружба народов*. 1990. No. 6.

Джонсон Бартон Д. Саша Соколов: Литературная биография/ Авториз. пер. В. Полищук//Соколов. Саша. *Палисандрия*. М.: 1992.(Глагол. No. 6)

Ерофеев В. Время для частных бесед//*Октябрь*. 1989. No. 8.

Жолковский А. Влюбленно-бледные нарциссы о времени и о себе //*Беседа: Религиозно-философский журнал*.(Л.: Париж) 1987. No. 6.

Зорин А. Насылающий ветер//*Новый мир*. 1989. No. 2.

Кулаков В. СМОГ: Взгляд из 1996//*Новое литературное обозрение*. 1996. No. 20.

Курицын В. "Школа для дураков"//Курицын В. *Русский литературный постмодернизм*. М.: ОГИ. 2001.

Немзер А. Несбывшееся: Альтернативы истории в зеркале словесности//*Новый мир*. 1993. No. 4.

Потапов В. Очарованный точильщик: Опыт прочтения//*Волга*. 1989. No. 9.

Скоропанова И. *Русская простмодернистская литература: Учебное пособие*. 2-е изд. испр. М.: Флинта, Наука. 2000.(глава "Русское 'deja vu': "Полисандрия" Саши Соколова")

Толстая Т. Саша Соколов//*Огонек*. 1988. No. 5.

Турбин В. Евгений Онегин эпохи развитого социализма: По поводу романа Саши Соколова "Палисандрия"//*Урал*. 1992. No. 5.

Фридман Дж. Ветру нет указа: Размышления над текстами романа "Пушкинский дом" А. Битова и "Школа для дураков" С. Соколова //*Литературное обозрение*. 1989. No. 12.

Черемина Е. *Поэтика Саши Соколова*: Автореф. канд. дис. Волгоград. 2000.

아브람 테르츠(안드레이 시냐프스키)〔Абрам Терц(Андрей Синявский)〕

테르츠, 아브람(본명은 시냐프스키 안드레이 도나토비치)(1925년 10월 8일 모스크바 출생. 1997년 2월 25일 파리 근교 폰테네 오 로즈에서 사망). 소설가, 문학 연구가, 문학비평가.

아버지 도나트 예브게니예비치는 귀족 출신으로 1917~1918년 혁명운동과 여러 사건들의 참가자였으며 당 근무원이었다. 1951년 체포되어 5년 추방〔시즈란(Сызрань)으로 추방〕을 선고받았다. 스탈린 사후 사면되었고 그 후 복권되었다. 그의 개인적 특징들은 장편 『안녕히 주무세요(*Спокойной ночи*)』에 반영되었다. 어머니 예브도키야 이바노브나는 농민 출신으로 베스투제프학교[33]에 다녔고 레닌 국립도서관에서 일했다.

모스크바에서 성장했으며, 부모님의 고향인 시즈란을 자주 방문했다. 전쟁 기간(1943년부터)에는 전선에 있었다(군사 비행장의 무선 기술자였다).

1949년 모스크바국립대학교 인문학부를 졸업했고 1952년 M. 고리키의 장편 『클림 삼긴의 생애(*Жизнь Клима Самгина*)』를 주제로 박사 논문을 썼다. 10년 이상을 고리키 세계문학 연구소의 학술 연구원으로 일했으며 모스크바국립대학교와 모스크바 예술 극장의 스튜디오 학교에서 교편(제자들 중에는 V. 비소츠키도 있었다)을 잡았다. 문학비평가(I. 바벨, E. 바그리츠키, A. 아흐마토바, B. 파스테르나크 등의 창작에 대한 논문을 썼다)로서 잡지 《신세계》(편집장 A. 트바르돕스키)와 협력하였다.

1955년 M. V. 로자노바(Розанова)와 결혼했다.

33) 〔역주〕 Бестужевские курсы. 상트페테르부르크에 있던 여자고등학교(1878~1918)이다. 러시아 최초의 고등학교들 중 하나이다.

1960년 I. 골롬슈토크(Голомшток)와 공저로 『피카소』라는 소책자를 출간〔출판사 '지식(Знание)'〕하였고, 1964년에는 A. 멘슈틴(Меньшутин)과 공저로 연구서 『혁명 초기의 시, 1917~1920』('과학' 출판사)을 출간하였다. 1965년 유명한 논문 『파스테르나크의 시』[34]가 출판되었다.

1961년 소련 작가 동맹 회원에 영입되었다(1965년까지 유지되었다).

1950년대 중반부터 예술 창작을 하기 시작했다. 첫 번째 단편은 「서커스에서(В цирке)」(1955)이다. 1956년부터 (프랑스의 지인 E. 펠티에 자모이스카야의 중개로) '타미즈다트'에 작품들을 보내기 시작했다. 1957년 논문 「사회주의리얼리즘이란 무엇인가」(1956년, 1959년 프랑스에서 출간됨)를 집필하였다. 1959년부터 아브람 테르츠라는 필명으로 중편들과 단편들〔「재판이 진행 중이다(Суд идет)」(1956), 「프헨츠(Пхенц)」(1957), 「너와 나(Ты и я)」(1959), 「세입자들(Квартиранты)」(1959), 「글쟁이들(Графоманы)」(1960), 「살얼음판(Гололедица)」(1961), 「류비모프(Любимов)」(1961~1963)〕이 프랑스와 다른 나라들에서 출간되었다.

1965년 가을 KGB는 아브람 테르츠라는 이름 뒤에 누가 숨어 있는지를 알게 되었고, 반(反)소비에트 선전 선동과 반(反)소비에트 문학 전파라는 죄목으로 체포하였다(Ju. 다니엘과 거의 동시에). 두 사람에 대한 재판은 1966년 2월에 열렸고 지대한 사회적 반향을 낳았다.[35] 엄격한 체제의 수용소 7년 형이 선고되었다.[36] 모르도바 수용소〔포티마(Потьма) 부근〕

34) 이 책에 대한 서문은 다음을 참조할 것. Пастернак Б. *Стихотворения и поэмы*. М.: Л. 1965.

35) 특히 소련공산당 제23차 회의에서 M. 숄로호프(Шолохов)는 A. 시냐프스키(아브람 테르츠)의 시 창작을 비난하는 연설을 했다.

36) 재판 과정에 대해서는 다음을 참조할 것. *Белая книга по делу Синявского и Даниэля* / Сост. А. Гинзбург. Франкфурт-на-Майне: 1970.

에서 중노동을 하였다. 창작을 계속했다. 부인에게 보내는 편지 형식으로 5년 반 동안 1500쪽을 발송하였고 그것은 『푸슈킨과의 산책(*Прогулка с Пушкиным*)』(1968년 창작, 1975년 초판 발행), 『고골의 그림자 속에서(*В тени Гоголя*)』(1968년 창작, 1975년 초판 발행), 『합창 속의 목소리(*Голос из хора*)』(1973년 초판 발행)의 근간이 되었다. 1971년 6월 풀려났으며, 1973년 프랑스 슬라브학자들의 초청과 소련 당국의 허가로 부인, 아들과 함께 프랑스로 출국했다. 1973년에서 1994년까지 파리대학 '그란 팔레(Гран Пале)'의 교수를 지냈고, 러시아문학을 강의했으며〔그 강의를 기초로 연작 『러시아 문화 개론(*Очерки русской культуры*)』이 시작되었으며, 그중에는 V. V. 로자노프의 『낙엽(*Опавшие листья*)』(1982), 『바보 이반: 러시아 민중 신앙 개론(*Иван-дурак: Очерки русской народнойверы*)』(1991)도 포함되어 있다〕 잡지 《대륙》〔논문 「러시아의 문학 과정(Литературный процесс в России)」 등을 발표〕과 협력하였다. 1978년 M. 로자노프와 함께 잡지 《신탁시스》(파리)를 창간하였는데, 그 잡지의 편집장이었을 뿐만 아니라 E. 에트킨, L. 코펠레프, I. 포메란체프, A. 지노비예프, J. 니바 등과 함께 여러 논문들의 저자이기도 했다〔「예술과 현실(Искусство и действительность)」, 「조국. 도적들의 노래(은어)(Отечество. Блатная песня)」,「강과 노래(Река и песня)」, 「타일(Изразцы)」, 「알렉세이 레미조프의 문학적 가면(Литературная маска Алексея Ремизова)」, 「미하일 조셴코의 신화들(Мифы Михаила Зощенко)」, 「소설의 공간(Пространство прозы)」 등〕. 중편과 장편으로는 『꼬맹이 초레스(*Крошка Цорес*)』, 『안녕히 주무세요(*Спокойной ночи*)』, 『고양이 집(*Кошкин дом*)』 등이 있다.

1990년부터 러시아를 자주 방문하였다.

1991년 하버드대학교에서 명예 박사 학위를 받았고, 1992년 러시아 국립인문대학교에서 명예 박사 학위를 받았다.

텍스트

Терц А. *Крошка Цорес*. Париж: 1980.

Терц А. *Спокойной ночи*. Париж: 1984.

Терц А. *Кошкин дом*. М.: 1998.

학술, 사회 평론

Терц А. *Голос из хора*. Лондон: 1973.

Терц А. *В тени Гоголя*. Лондон: 1975.(или: М.: Аграф. 2001)

Терц А. *Прогулки с Пушкиным*. Лондон. 1975.(или: СПб.: Всемирное слово. 1993)

Терц А. Солженицын как устроитель нового единомыслия//*Снитаксис.* (Париж) 1982. No. 14.

Терц А. Диссидентство как личный опыт//*Юность*. 1989. No. 5.

Терц А. Мифы Михаила Зощенко//*Вопросы литературы*. 1989. No. 2.

Терц А. Стилистические разногласия//*Искусство кино*. 1989. No. 7.

Терц А. Что такое социалистический реализм//*Литературное обозрение*. 1989. No. 8.(или: Театр. 1989. No. 5)

Терц А. Литературный процесс в России//*Даугава*. 1990. No. 10.

Терц А. Река и песня//*Дружба народов*. 1990. No. 10.

Терц А. Отечество: Блатная песня…//*Нева*. 1991. No. 4.

Терц А. "Я" и "Они" : О крайних формах общения в условиях одиночества//*Странник*. 1991. Вып. 2.

Терц А. *Собр. соч.*: В 2 т. М.: СП "Старт". 1992.

Терц А. Чтение в сердцах//*Новый мир*. 1992. No. 4.

학술 비평

Ажгихина Н. Возвращение Синявского и Даниэля//*Октябрь*. 1990. No. 8.

Анрей Синявский: (Подборка материалов, в т.ч. его сочинений)// *Независимая газета*. 1998. 6 февр.

Антонов М. Клыков В., Шафаревич И. Письмо в секретариат правления Союза писателей РСФСР//*Литературная Россия*. 1989. No. 31. 4 авг.

Баткий Л. Синявский. Пушкин и мы//*Октябрь*. 1991. No. 1.

Белая книга по делу Синявского и Даниэля/Сост. А. Гинзбург. Франкфурт-на-Майне. 1970.

Вайль П. Генис А. Лабардан: О литературном творчестве А. Д. Синявского(Абрама Терца)//*Урал*. 1990. No. 11.

Воздвиженский В. *Прогулки с Шафаревичем и без*. М.: 1991.

Воздвиженский В. Сочинитель и его двойник//*Октябрь*. 1995. No. 12.

Генис А. Андрей Синявский: эстетика архаического постмодернизма //*Новое литературное обозрение*. 1994. No. 7.

Голлербах Е. Прогулки с Терцем//*Звезда*. 1993. No. 7.

Гуль Р. Прогулки хама с Пушкиным//*Кубань*. 1989. No. 6.

Ересь и харизма Андрея Синявского: (Подборка материалов)// *Независимая газета*. 1997. 6 марта.

Коваленко Ю. Андрей Синявкий//Коваленко Ю. *Москва-Париж*. М.: 1991.

Левкин А. Вне метрополии: Ж."Синтаксис"//*Даугава*. 1990. No. 8.

Линецкий В. Абрам Терц: Лицо на мишени//*Нева*. 1991. No. 4.

Марченко а. Опыт разномыслия внутри инакомыслия//*Литературное обозрение*. 1989. No. 8.

Медведев Ф. Беседы с Андреем Синявским и Марией Розановой о Пушкние, и не только о нем//*Книжное обозрение*. 1990. 26 янв.

Обсуждение книги Абрама Терца "Прогулки с Пушкиным"//*Вопросы литературы*. 1990. No. 10.

Орлицкий Ю. Присутствие стиха в "пушкниской" прозе А. Терца//*Пушкин и поэтический язык XX века*. М.: 1999.

Орлицкий Ю. "Прогулки с Пушкиным" А. Терца как прозиметрическое целое//Орлицкий Ю. *Стих и проза в русской литературе*. М.: РГГУ. 2002.

Поляновский Э. Провинциальное кладбище, или Последняя встреча //*Известия*. 1995. 25 янв.

Померанц Г. Диаспора и Абрашка Терц//*Искусство кино*. 1990. No. 2.

Розанова М. Абрам да Марья//*Независимая газета*. 1993. 12~13 янв.

Скоропанова И. *Русская постмодернистская литература: Учебное пособие*. 2-е изд. испр. М.: Флинта: Наука, 2000.(глава "Чистое искусство как форма диссидентства: "Прогулки с Пушкиным" Абрама Терца")

Солженицын А. "Колеблет твой треножник"//*Новый мир*. 1991. No. 5.

Цена метафоры, или Преступление и наказание Синявского и

Даниэля: Сб. текстов и материалов/Вступ. статья В. Каверина и Г. Белой: Сост. Е. Великанова. М.: Юнона. (1989) 1990.
Чаликова В. Встать! Суд идет!//*Книжное обозрение*. 1990. No. 7. 6 июня.

예브게니 하리토노프(Евгений Харитонов)

하리토노프, 예브게니 블라디미로비치(1941년 6월 11일 노보시비르스크 출생. 1981년 6월 29일 모스크바에서 사망). 시인, 소설가, 희곡작가, 감독, 예술학자.

어머니는 유명한 의학자이고, 아버지는 기술 엔지니어였다. 1964년 전소련국립영화대학을 졸업했고 이후 그곳에서 '연기와 팬터마임' 강의(1967~1969년)를 했다. 1972년 '영화배우 교육에서의 팬터마임'으로 박사 학위를 받았다.

1972~1980년 모스크바 표정과 제스처 극장의 무대에서 그의 희곡 「매혹의 섬(*Очарованный остров*)」(작가가 직접 감독함)이 커다란 성공을 거두었다.

팬터마임 분야의 일과 모스크바국립대학교 심리학과에서의 강의를 병행하였으며, 그곳에서 언어장애 교정 문제들을 전공하였다. 동시에 모스크바 문화궁전 '모스크보레치에'에서 '비전통적인 무대행동 학교'를 담당하였다. 모스크바 음악원에서 불가리아 작가 보제다르의 오페라 〈파우스트 박사〉를 공연하였지만 큰 성공을 거두진 못했다.

문학적 아방가르드에 속한다. 생전의 출판은 '사미즈다트'를 통해서만 가능했다. 시는 잡지 《37》(레닌그라드, 1979, No. 9)에 게재되었고, 「훈제 그릇(Духовка)」은 잡지 《시계》(레닌그라드, 1979, No. 20)에 게재되었으며, 「아니다, 이 모든 것은 재능이 아니다……(Нет, это все не талант…)」, 「루스탐의 캔버스에(По канве Рустама)」, 「운송 회사에서(В транспортном агенстве)」는 잡지 《그라알(*Грааль*)》(레닌그라드, 1981, No. 6~7. 5부 인쇄)에 실렸다. 잡지 《대륙》과 《신탁시스》(파리)와, 미국 출판사 '아디스'에 작품들을 발표하려는 노력은 성공하지 못하였다.

생전의 문학적 운명에서 가장 이목을 끄는 사건은 1980년 여름 소설가 클럽 조직에 참여하고, 이 클럽이 발행한 비정기간행물 《카탈로그》에 참가한 것이다(E. 포포프에 따르면 비정기간행물 《메트로폴》의 '자매 회사'이다). 이것은 당국의 공식적 지원을 미리 확보한 몇몇 모스크바 소설가가 실험적 소설 작품들을 소규모로 발행하려는 시도였다. 클럽의 구성원에는 F. 베르만,[37] N. 클리만토비치,[38] V. 코르메르,[39] E. 포포프, D. 프리고프도 포

37) 〔역주〕 Феликс Соломонович Берман, 1932~2001. 러시아의 연극 감독, 교육자, 희곡작가이다. 150편 이상의 연극을 연출하였다.

38) 〔역주〕 Николай Юрьевич Климонтович, 1951~. 러시아의 작가, 칼럼니스트, 희곡작가이다. 극장 활동가 동맹 회원(1984), 소련 작가 동맹 회원(1988), 러시아 펜클럽 회원(1992)이다. 작품들이 영어, 폴란드어, 핀란드어, 스웨덴어로 번역되었다. 작품으로는 『이중 앨범(*Двойной альбом*)』(1990), 『로마로 향한 길(*Дорога в Рим*)』(1994), 『마지막 신문(*Последняя газета*)』(2000), 『스피치(*Спич*)』(2011) 등이 있다.

39) 〔역주〕 Владимир Фёдорович Кормер, 1939~1986. 러시아의 작가이다. 아버지는 시민권 상실자로 모스크바와 중심지에서는 거주권이 없었다. 아버지가 사망한 후 1943년에 모스크바로 돌아왔고 1963년 모스크바기술물리대학 정보학부를 졸업했다. 첫 번째 장편 『우연한 한 가족의 전설(*Предания случайного семейства*)』이 N. 예브도키모프의 지원으로 잡지 《신세계》에 전달되었지만 출간되지 못했다. 장편 『역사의 두더지, 또는 S=F공화국의 혁명(*Крот истории, или Революция в республике S=F*)』이 파리로 보내졌고 1979년 2월 'V. I. 달'상을 수상하여 출간되었으며 프랑스어와 이탈리아어로 번역되었다. 친구 E. 포포프와 함께 비공식 '소설가 클럽'의 핵심적 회원이 되었다. 말년에는 시나리오 작업과 N. 체르니셉

함되었다. 1980년 11월 18일 작가들은 소련공산당 중앙위원회와 모스크바 소비에트에 관계 성명서를 썼다. 바로 그날 저녁에 몇몇 작가들은 경찰에 체포되었고, 그들이 준비한 《카탈로그》의 원고는 압수되었다. 다음 날 이 비정기간행물 참가자들의 아파트에 대한 수색이 진행되었다. 1982년 《카탈로그》의 원고는 미국에서 발행(출판사 '아디스')되었다.

1970년대 말에 타자기로 친 원고는 『가택연금하에서(*Под домашним арестом*)』('짧은' 소설, 희곡, 시)라는 이름으로, 작가가 수집한 작품의 대부분은 1인칭으로 쓰였고 '솔직하게 일기적인' 성격을 띤다.

1988년까지 작품들은 공식 출판에서는 출간되지 않았다.

가장 용량이 많은 텍스트는 『소설(*Роман*)』이다. 단편-'선언서'는 「삐라(Листовка)」이다.

안드레이 벨리상(상트페테르부르크)을 수상했다.

타자기로 친 희곡 「땡땡(Дзынь)」의 원본을 타자수한테 받아서 돌아오는 길에, 뇌경색으로 갑작스럽게 사망한 것으로 추측되고 있다.

텍스트

Харитонов Е. *Каталог*: Сб. Анн Арбор: 1982.

Харитонов Е. Дзынь//*Искусство кино*. 1988. No. 6.

Харитонов Е. В холодном высшем смысле//*Искусство кино*. 1991. No. 11.

Харитонов Е. Один такой, другой другой//*Искусство кино*. 1991.

∴

스키에 관한 책에 몰두하였고 암으로 사망했다. 작품의 대부분이 사후에 출간되었고 작가 탄생 70주년을 맞아 2009년에 두 권짜리 전집이 출판사 '시간'에서 발간되었다.

No. 11.

Харитонов Е. Предательство-80//*Литературная газета*. 1992. No. 11.

Харитонов Е. В транспортном агенстве. Нопьющий русский: Стихи //*Новое литературное обозрение*. 1993. No. 3.

Харитонов Е. Слезы на цветах//*Глагол*. 1993. No. 10. Кн. 1~2.

Харитонов Е. *Under house arrest = Под домашним арестом*. London, 1998.

학술 비평

Беляева-Конеген С. По-прежнему под домашним арестом//*Глагол*. 1993. No. 10. Кн. 2.

Гольдштейн А. Слезы на цветах: О творчестве Е. Харитонова// *Новое литературное обозрение*. 1993. No. 3.

Дарк О. В одном из миров: (О творчестве Е. Харитонова)//*Новое литературное обозрение*. 1993. No. 3.

Дарк О. Новая русская проза и западное средневековье//*Новое литературное обозрение*. 1994. No. 8.

Ерофеев В. Странствие страдающей души//*Глагол*. 1993. No. 10. Кн. 2.

Попов Е. Кус не по зубам//*Глагол*. 1993. No. 10. Кн. 2.

Пригов Д. Как мне представляются Харитонов//*Глагол*. 1993. No. 10. Кн. 2.

Ремизова М. Слезы об убитом и задушенном//*Независимая газета*. 1993. 30 окт.

Рогов К. "Невозможное слово" и идея стиля//*Новое литературное обозрение*. 1993. No. 3.

마르크 하리토노프(Марк Харитонов)

하리토노프, 마르크 세르게예비치(1937년 8월 31일 지토미르 출생). 소설가.

사무원 가정에서 태어났다. 1960년 레닌모스크바사범대학을 졸업(역사학부)했다. 고등학교 선생, 기관의 책임 서기, 출판사 편집장으로 일했으며, 그 출판사에서 외국어 교과서들도 출판하였다. 자서전에는 다음과 같은 내용이 나온다. "오랜 병치레 후 몇 달을 일 없이 지냈는데, 결원이 생긴 출판사에서 내게 독일어를 할 줄 아냐고 물었고 나는 뻔뻔스럽게 할 줄 안다고 확신 있게 말했다. 독일어 교과서들과 몇 년을 씨름했기에 실제로 나는 어느 정도 독일어를 할 수 있게 되었고 나는 번역하는 데 힘을 써보기 시작했다."[40]

문학비평과 독일어 번역에 전념했다(H. 포스터, C. 츠베이크, F. 카프카, E. 카네티, H. 헤세 등).

1967년부터 출판되기 시작했다. 처음 출간된 소설은 중편 『2월의 어느 날(*День в феврале*)』(1976)이다. 첫 작품집은 『2월의 어느 날』(1988)이다. 장편 『운명의 노선, 또는 밀라세비치의 트렁크(*Линия судьбы, или Сундучок Милашевича*)』(1980~1985년 창작, 1992년 초판)를 집필했고, 이

40) *Писатели России: Автобиографии современников*. С. 473.

소설은 중편 『프로호르 멘슈틴(*Прохор Меньшутин*)』(1971)과 『시골 철학(*Провинциальная философия*)』(1977)과 함께 독특한 '시골 시대' 3부작을 형성한다.

인터뷰 중에는 다음과 같은 발언이 있다.

"기자: 밀라세비치의 트렁크 안에는 (…) 완전한 시골 철학이 숨어 있습니다. 당신은 태생이 모스크바 시민이면서 어디서 이런 것들이 난 것입니까?

하리토노프: 저는 모스크바 시민이라고 생각하지만, 1960년대까지만 해도 모스크바가 아니었던 로시노오스트롭스키[41]에서 오랫동안 살았고 그곳은 반은 시골 같기도 하고, 또 반은 여름 별장 같은 생활이 있었죠. 목조 집에서 살았고, 물 받으러 급수전에 다니곤 했으며, 학교는 난로를 때고 종을 땡땡 쳐서 학생들을 부르는 시골 학교였죠……. 하지만 이런 것만은 아니에요. 밀라세비치가 말한 대로 시골은 지리적 개념이 아니라 정신적 카테고리이고, 균형, 조화, 일상적이고 평범한 배려를 기반으로 하는 삶에 대한 태도와 존재 수단이죠. 마치 여성스러운 존재 기반 같은 거죠. 따뜻한 안정성의 담보물이며, 탐구와 격동 후에, 자신이나 다른 이들에게 엄격한 영웅주의 후에 돌아갈 수 있는 곳이죠. 시골은 수백만이 사는 도시일 수도 있고 각자의 마음속일 수도 있어요. 밀라세비치가 말하듯이 말이죠. 저는 밀라세비치가 처음으로 등장한 소설 『시골 철학』을 인용하는 거예요."[42]

다른 작품으로는 『마스크에 대한 습작(*Этюд о масках*)』(1972년 창작, 1988

41) 〔역주〕 로시노오스트롭스키 지역(Лосиноостро́вский райо́н). 모스크바의 북동쪽 행정구역에 있는 지역이다.

42) *Литературная газета*. 1992. 23 дек.

년 초판, 1994년 단행본), 『두 이반(*Два Ивана*)』(1980년 창작, 1988년 출간), 『경비(*Сторож*)』(1988년 창작, 1994년 출간), 『목소리(*Голоса*)』(1990년 창작, 1994년 출간), 『아무 데도 아닌 곳으로부터의 귀환(*Возвращение ниоткуда*)』(1995년 창작, 1998년 출간), 『존재 수단(*Способ существования*)』(에세이, 1998년)이 있다.

부커상(1992년, 장편 『운명의 노선, 또는 밀라세비치의 트렁크』로 수상)을 수상했다.

텍스트

Харитонов М. День в феврале//*Новый мир*. 1976. No. 4.

Харитонов М. *День в феврале*. М.: 1988.

Харитонов М. Линия судьбы, или Сундучок Милашевича//*Дружба народов*. 1992. No. 1~2.

Харитонов М. *Избр. проза*: В 2т. М.: Московский рабочий. 1994.

Харитонов М. *Этюд о масках*. Харьков. 1994.

Харитонов М. *Возвращение ниоткуда*: Сб. прозы. М.: Вагриус. 1998.

Харитонов М. *Способ существования*: Эссе. М.: 1998.

학술 비평

Кузнецов И. Истина непостижима. но…//*Литературная газета*. 1994. 16 нояб.

Липовецкий М. Диалогическое вооброжение//*Русский курьер*. 1993. No. 2.

Насрутдинова Л. “*Новый реализм*” *в русской прозе 1980−90−х годов: (Концепция человека и мира)*: Автореф. канд. дис. Казань. 1999.

Померанц Г. Боженственная кривизна//*Стрелец*. 1993. No. 1.

Ранчин А. “Зыбкий воздух повествования”//*Новый мир*. 1992. No. 1.

Турбин В. Карнавал, а дальше что?//*Аврора*. 1997. No. 6.

미하일 엡슈테인(Михаил Эпштейн)

엡슈테인, 미하일 나우모비치(1950년 모스크바 출생). 철학자, 문화학자, 문학 연구자.

1972년 모스크바국립대학교 철학부를 졸업했다. 1976년부터 출판되었다. 1978년부터 작가 동맹 회원이다. 문학 이론에 대한 논문들이《신세계》,《지식》,《별》,《10월》,《문학의 문제》,《철학의 문제》,《언어학 문제》,《신문학비평》등 여러 문학과 이론 잡지들에 게재되었다.

12개 언어로 번역된 14권의 책과 300편 이상의 논문, 에세이의 저자이다.

모스크바 인문 인텔리겐치아 협회 ‘에세이스트 클럽(1982~1987)’, ‘형상과 사상’(1986~1988), ‘현대문학 실험실’(1988~1989)을 주도했다.

1990년부터 미국에서 거주하며 일하고 있다. 1991년부터 에모리대학교(미국 애틀란타) 문화 이론과 러시아문학 교수이다.

펜클럽과 러시아 현대문학 아카데미 회원이다.

1996년부터 잡지《심포시온, 러시아 사상 잡지(*Symposion: A Journal of Russian Thought*)》(영어, 미국)의 공동 편집장이다.

1990~1991년 워싱턴 케넌 연구소 장학 연구원(주제 '소비에트 이데올로기 언어' 연구)이었다. 1992~1994년 소비에트와 동유럽 연구 내셔널 소비에트(미국, 워싱턴: '러시아 철학과 인문 사상, 1950~1991')와 계약했다.

다음과 같은 인터넷 계획안들과 사이트의 저자이다. '인텔네트(ИнтеЛнет)'(영어로는 InteLnet), '미하일 엡슈테인의 가상도서관'(영어로는 Mikhail Epstein's Virtual Library), '책들의 책: 대안적 사고의 사전(Книга книг: Словарь альтернативного мышления)', '단어의 선물(Дар слова)' 등.

안드레이 벨리상(상트페테르부르크, 1991년), 잡지 《별》상(최고 출판상, 1999), 'Liberty'상(뉴욕, 2000년, '미국에 거주하는 러시아 문화의 뛰어난 활동가' 부분)을 수상했다.

국제 에세이스트 콩쿠르의 수상자(베를린-바이마르, 1999년)이자 바이마르 고전 재단 기금 수혜자(2000)이다.

학술, 사회 평론

Эпштейн М. *Парадоксы новизны: О литературном развитии XIX–XX веков*. М.: Советский писатель. 1988.

Эпштейн М. Искусство авангарда и религиозное сознание//*Новый мир*. 1989. No. 12.

Эпштейн М. Опыты в жанре "опытов"//*Зеркало*. Вып. 1. М.: Московский рабочий. 1989.

Эпштейн М. После будущего: О новом сознании в литературе//*Знамя*. 1991. No. 1.

Эпштейн М. Эссе об эссе//*Опыты*. 1994. No. 1.

Эпштейн М. От модернизма к постмодернизму: Диалектика

"гипер" в культуре XX века//*Новое литературное обозрение*. 1995. No. 16.
Эпштейн М. Истоки и смысл русского постмодренизма//*Звезда*. 1996. No. 8.
Эпштейн М. Прото-, или Конец постмодернизма//*Знамя*. 1996. No. 3.
Эпштейн М. Русская культура на распутье. Секуляризация и переход от двоичной модели к троичной//*Звезда*. 1999. No. 1.
Эпштейн М. *Постмодерн в России: Литература и теория*. М.: Изд-во Р. Элинина, 2000.

인터뷰

Право быть другим/Беседа С. Марининой с М. Эпштейном//*Литературное обозрение*. 1989. No. 8.
Русские боятся друг друга/Беседа О. Тимофеевой с М. Эпштейном//*ОГ*. 1997. 8~14 мая.
Эти идеи-не воздух/Беседа Е. Шкловского с М. Эпштейном//*Ex Libris НГ*. 1999. 4 февр.

학술 비평

Аннинский Л. Под знаком транса//*Дружба народов*. 1997. No. 5.
Берг М. Михаил Эпштейн: Постмодернизм как коммунизм//Берг М. *Литературократия: Проблема присвоения и перераспределения власти в литературе*. М.: Новое литературное обозрение. 2000.
Кириллов П. Жизнь после смерти: новые пути//*Новое литературное*

обозрение. 2000.

Курицын В. Восклицателный знак как черта национального характера//*Коммерсантъ-Daily*. 1996. 7 июня.

Курицын В. Лирический музей М. Эпштейна//Курицын В. *Русский литературный постмодернизм*. М.: ОГИ. 2001.

Курицын В. Эпштейн о стихиях//Курицын В. *Русский литературный постмодернизм*. М.: ОГИ. 2001.

Николаева О. Антикатарсис//*Новый мир*. 1991. No. 8.

Трунев С. Бог деталей//*Волга*. 1999. No. 4.

Уланов А. Школа единичного//*Ex Libris НГ*. 1999. 20 мая.

Шкловский Е. Пляж, медведь и береза//*Знамя*. 1999. No. 7.

문학상, 콩쿠르

안드레이 벨리상

1978년 레닌그라드 사미즈다트 잡지 《시계(*Часы*)》에 의해 제정되었고, 러시아 역사상 처음으로 정기적인 비국가적 상이 되었다. 1997년 이 상의 제정자들의 구성이 다음과 같이 확대되었다. 구성원에는 《신문학비평》 출판사(모스크바), 폰탄 저택의 안나 아흐마토바 박물관(상트페테르부르크), 현대 예술 협회 '아-야(А-Я)'(상트페테르부르크)가 포함되었다. 이 상은 4개 부분에 수상된다. '시', '소설', '비평과 문학 연구', '문학 공로상'이다. 심사자들은 저자의 주거지와 국적에 상관없이 러시아어로 쓰인, 최근 3년 동안 집필되거나 발표된 작품들을 수상 심사에 올린다. 수상자들에 대한 상은 '화이트'[1] 와인(+사과 와인)과 루블(오래된 지폐)이다. 시상식은 매년 12월 후반기에 진행된다.

1) 〔역주〕 화이트는 러시아어로 '벨리(белый)'이다.

'안티 부커'상

1995년 《독립 신문》에 의해 제정되었는데 당시 편집장이던 비탈리 트레티야코프(Виталий Третьяков)가 발의하였고, 주로 이 출판사의 재정에서 충당되는 재원으로 존재하고 있다. 상금은 부커상보다 1달러 많은 액수, 즉 1만 2501달러이다.

'부커'상

1968년 'Booker pic' 사에 의해 제정되었고 현재 영국과 브리튼 연합 국가들의 가장 유명하고 영향력 있는 문학상이다. 러시아 '부커'상('말라야(Малая)' 부커상)은 마이클 케인의 발의에 의해 1991년 영국의 부커상을 모델로 해 제정되었으며 1992년부터 매년 시상되고 있다. 첫 번째 수상 후보자 명단(long-list) 중에서 심사 위원들은 6명의 최종 수상 후보들(short-list)을 선별하고 최종 단계에서 수상자를 발표한다. 최종 수상 후보들의 상금은 1000달러씩이고, 최종 수상자는 1만 2500달러이다.

아폴론 그리고리예프상

러시아 현대문학 아카데미(Академия русской современной словесности, АРСС)에 의해 제정되었으며 1997년 11월에 등록하였다. 전문인들에 의해서, 즉 문학비평가들에 의해서 가장 독창적인(번역되지 않은) 모든 장르의 예술 작품(시, 서사시, 희곡, 단편, 중편, 장편, 비망록, 보고문학 등. 그러나 비판적이지 않고 문학비평적이지 않고 문화학적이지 않은 작품들)에 대해 수상한다. 전체 수상 액수는 3만 달러인데, 대상은 2만 5000달러이고 나머지 두 상이 5000달러이다. 첫 번째 수상자는 이반 주다노프(1998년, 작품집 『금지된 세계의 포토로봇』으로 수상)였다.

'데뷔'상

25세 이하의 작가가 집필한 최고의 문학작품에 수여된다. 소설가, 희곡 작가, 기업가인 제임스 립스케로프(Липскеров)와 '세대(Поколение)' 재단에 의해 제정되었다. 2000년부터 수상되었다. 5개 부문('장편소설', '단편소설', '대서사시', '시', '희곡')을 수상한다. 상금 액수는 2000달러이다.

유리 카자코프상

'올해의 최고 단편'에 수여된다. 러시아에서 거주하고 집필하는 작가가 러시아에서 해당 연도에 최초로 출간한 단편에 수여된다. 잡지 《신세계》 75주년 기념으로 자선 예비 자금과 잡지 《신세계》의 편집부에 의해 제정되었다. 2000년부터 수여되었다. 상금 액수는 3000달러이다.

'내셔널 베스트셀러'상

해마다 수여되는 러시아 민족 문학상이다. 상의 제정자는, 자연인들로 구성되어 있고 법인과 자연인들의 기부금들(국가적 원천들이 아닌)을 유입한 '내셔널 베스트셀러' 재단이다.

지난해 달력 연도의 기간에 러시아어로 처음 출간된 소설 작품들이 수상 대상이며, 창작 연도에 상관없이 초고는 이 상에 제출될 수 있다.

상의 좌우명은 '눈을 뜨니 유명해졌다'이다.

상의 목표는 높은 예술성과 다른 장점이 많은 작품들이 다른 수단들 때문에 수신자 불명이 되는 것을 찾아내는 것이다.

상금 액수는 1만 유로이며, 4:4:2의 비율로 수상자, 첫 번째 출판자, 수상 후보자에게 나뉜다. 그 외에 상의 조직 위원회는 5만 부 이상의 작품 출판을 보장한다. 마지막 후보들은 1000유로씩 받는다.

수상 장소는 상트페테르부르크이다.

상의 결과 공표는 여러 단계의 절차를 거친 후 가을-봄 시즌으로 바뀌는 5월 마지막 금요일에 이루어진다. 첫 번째 수상자의 이름은 2001년 5월 25일에 발표되었다.

A. S. 푸슈킨상

A. S. 푸슈킨 국제상(국제 푸슈킨상)은 알프레드 텝페르(독일) 재단에 의해 제정되었다.

'승리'상

비국가적 사회상으로 1992년 '승리' 재단에 의해(사실상 B. 베레조프스키[2]에 의해) 여류 작가 조야 보구슬랍스카야[3]의 발의로 제정되었다. 모든 장르

2) 〔역주〕 Борис Абрамович Березовский, 1946~2013. 러시아의 학자, 기업가, 정치 활동가였고 영국에 망명 중에 사망했다. 러시아에서는 수많은 범죄를 저지른 혐의로 기소되어 비출석 재판으로 감옥형이 선고되었다. 기술과학 박사(1983)이며 러시아 과학 아카데미 객원회원(1991)이다. 2003년 9월부터 정치적 망명으로 영국에 거주하였으며 영국 여권의 이름은 플라톤 옐레닌(Плато́н Еле́нин)이다. 2008년 잡지 《포브스(Forbes)》는 그의 재산을 13억 달러로 평가했다. 베레조프스키는 2013년 3월 23일 런던 교외 부촌 애스콧의 자택 욕실에서 숨진 채 발견됐다. 이후 그의 죽음을 둘러싸고 자살설과 타살설 등 다양한 추측이 제기됐다. 런던 경찰과, 베레조프스키의 시신을 해부한 법의학 감정팀은 그러나 그의 몸에서 타살 흔적을 발견하지 못했다며 자살로 결론 내렸다.

3) 〔역주〕 Зоя Борисовна Богуславская, 1929~. 러시아의 여류 작가, 소설가, 희곡작가, 비평가이다. 극장예술러시아대학을 졸업(1948)했다. 예술학 박사이며 소련 작가 동맹 회원(1960)이다. '승리'상의 심사 위원이다. 첫 번째 남편은 보리스 모이세예비치 카간(기술과학 박사, 1949년 스탈린상 수상자)였고, 두 번째 남편은 시인 안드레이 보즈네센스키이다. 작품으로는 『레오니드 레오노프(*Леонид Леонов*)』(1960), 『파노프의 믿음(*Вера Панова: Очерк творчества*)』(1963), 『방어(*Защита: Рассказы, повесть, роман*)』(1979), 『중개인들(*Посредники: Повести. Роман*)』(1981) 등이 있다.

의 최고 문학과 예술 달성에 대해 수상한다. 20명의 심사 위원 각자가 한 사람의 후보를 내놓을 권리를 가진다. 비밀투표로 5명의 수상자를 결정한다. 상금은 5만 달러이다.

'에브리카'상

A. 포촘킨(Потемкин) 문학상이다.

'유라시아' 콩쿠르(상)

희곡 콩쿠르이며, 니콜라이 콜랴다의 발의로 2003년 최초로 진행되었다. 이 상의 제정자이며 조직자는 예카테린부르크 연극 아카데미 극장과 '콜랴다 극장'의 비상업 파트너십이다. 이 상의 목적과 과제는 다음과 같다. 1) 젊은 희곡작가들의 창작이 우랄과 러시아 전체의 문화적, 연극적 삶을 풍부화할 수 있도록 젊은 희곡작가들의 배출, 양성, 발전을 위한 조건을 창출한다. 2) 극장의 상연 목록을 새로운 러시아 희곡들로 보충할 수 있도록 한다. 3) 새로운 극장 언어의 영역에서 예술적 탐구를 활발히 수행하고 있는 희곡작가들, 문화와 예술 활동가들의 협회를 구성한다.

수상 부문은 '자유 주제의 희곡'(등장인물 3명 이하), '현대 코미디'(등장인물 3명 이하), 아동 청중을 대상으로 하고 세계와 러시아 아동 희곡들 중에서 창작된(상연되지 않은) 최고의 '동화-희곡(пьеса-сказка)'이다.

콩쿠르는 두 단계로 진행된다. 1) 'short list'를 위한 최고의 희곡 선별(각 부문당 5편), 2) 예카테린부르크 드라마 아카데미 극장 무대에서 국제 극장의 날(3월 27일)에 수상자 발표와 수상식.

콩쿠르의 결과는 www.uraldrama.ru.www.kolyada-theatre.ural-info.ru에 발표된다. 희곡의 수상자들은 '콜랴다 극장'이 주최하는 '극장 마라톤'

에 참여한다. 예카테린부르크 드라마 아카데미 극장의 예술 위원회가 무대 상연을 위한 목적으로 검토하게 되며, 잡지 《우랄》 편집부가 발표할지를 검토하게 된다. 콩쿠르의 결과에 따라서 예카테린부르크 드라마 아카데미 극장과 '콜랴다 극장'의 토대 위에서 실험적 세미나가 진행된다. 수상자는 '유라시아' 기념 패와 다음의 상금을 받는다. 1등은 2만 루블, 2등은 1만 루블, 3등은 5000루블이다.

2003년의 수상자들은 다음과 같다. '자유 주제의 희곡'은 Z. 데미나(Демина)(예카테린부르크)의 「엘비스가 죽었다고?(Эливис умер?)」, '코미디' 부분은 T. 필라토바(Филатова)(예카테린부르크)의 「전달할 수 없는 느낌(Непередаваемые ощущение)」, '동화-희곡' 부문은 니키타 피올레토프(Никита Фиолетов)〔A. 보가체바(Богачева)〕(니즈니 타길)의 「니키타 필레토프의 동화」이다.

문학 단체

러시아 현대문학 아카데미(АПСС)

1997년 11월 주도적인 문학비평가 10명에 의해서 사회 기관으로 등록되었다. 현재 러시아 현대문학 아카데미의 회원에는 38명의 비평가들이 포함되며, 그들 중에는 M. 리포베츠키, A. 게니스와 P. 바일, M. 엡슈테인, A. 아르한겔스키, N. 이바노바 등이 있다. 아폴론 그리고리예프상의 제정자이다.

시민들(Горожане)

레닌그라드 작가 그룹이다. B. 바흐친, V. 구빈, I. 예피모프, V. 마람진이 1964년 말에 준비한 단체 소설집 『시민들』 이후에 이 이름을 얻게 되었다. 이 선집의 모든 참가자들은 '공식적'으로 출간을 하였지만, 이 출판물에서는 자신의 구상대로 구성한 선집의 출간을 목적으로 하였다. 1965년 초에 선집은 '소비에트 작가' 출판사의 레닌그라드 지사에서 받아들여졌지만, 몇 개월 후 거부되었다. 다른 출판사들에 선집을 제안하면서 그 선집의 작가들(그들 중에는 세르게이 도블라토프도 있었다)은 이 그룹의 실제적 선언문이 된 논문 「시민들이 자신에 대하여(Горожане о себе)」의 서장을 썼다. 이후에 그 안에 출판사들의 부정적인 서평(그중에는 V. 케틀린스키도 있었다)이 실린 선집이 '사미즈다트'에서 전파되었다. '시민들'은 음식 산업 노동자들의 문화궁전, 고분자화합물 연구소 산하 카페 '분자(Молекула)', 지역 도서관 등에서 문학 낭독을 진행하였다. '시민들'은 I. 브롯스키, Ju. 다니엘, A. 시냐프스키 등을 옹호하는 등 독립적인 사회적 입장을 유지하였다.

초록 램프(Зеленая лампа)

잡지 《청년 시절》 산하 시 스튜디오이다. 1980년대 초 모스크바에서 작가 동맹과 전 소련 레닌 공산주의청년동맹 시 위원회의 발의(창작 청년과의 작업 강화에 대한 소련공산당 중앙위원회의 결정)로, 모스크바에서 활동하는 산재하는 걸출한 '청소부들과 경비들, 보일러공과 승강기 운전공' 작가들을 연합한 스튜디오들이 창설되었다. 그중에 '초록 램프', 또는 "완전히 비민주적인 방법으로" 창설된 단체, 즉 잡지 《청년 시절》의 비평 분과를 주도하는 시인과 번역가들의 '코발지 스튜디오(студия Ковальджи)'가 두각을 나타냈다. "키릴 코발지[1]는 당시 아무에게도 알려지지 않았던 우리 모두의

1) 〔역주〕 Кирилл Владимирович Ковальджи, 1930~. 러시아의 시인, 소설가, 비평가, 번역가이다. 1954년 고리키문학대학을 졸업했고 키시뇨프에서 기자(1954~1959)로 일했다. 그 후 소련 작가 동맹 행정 업무(1959~1970)를 했으며, 잡지 《소비에트 문학(*Советская литература*)》의 부편집장(1970~1972)을 지냈고, 《문학비평》, 《청년 시절》, 《모스크바 노동자》 등 여러 잡지의 편집장(1977~2000)을 맡았다. 2001년부터 인터넷 잡지 《프롤로그(*Пролог*)》를 주도하고 있다. 1956년부터 소련 작가 동맹 회원이며 1992년부터 모스크바 작가 동맹 서기이다. 러시아 펜클럽 회원이다. 키릴 코발지 문학 스튜디오에는 이반 주다노프, 알렉산드르 예료멘코 등 1980년대 세대 신인 작가들과 시인들이 참여하였고, 이후 2007~2009년에 Stella Art Foundation 산하 모스크바 시 클럽으로 재탄생되었다. 시집으로는 『실험(*Испытание*)』(1955), 『목소리(*Голоса*)』(1972), 『정오 이후(*После полудня*)』(1981),

이름들을 그냥 거명했고 이렇게 말했다. 자, 이 사람들이 내 스튜디오가 될 것이다."[2] 그룹의 참가자 회원들 중에는 이반 주다노프, 알렉산드르 예레멘코, 알렉세이 파르시코프, 유리 아라보프,[3] 니나 이스크렌코, 블라디미르 투츠코프[4] 등 "평상복을 입은 소츠리얼리즘의 조건성으로부터 절대적으로 자유로운 상스러운 세대"[5]이던 많은 이들이 포함되었다.

『서정시 책(*Книга лирики*)』(1993), 『알곡(*Зёрна*)』(2005) 등이 있으며 소설로는 『리마 이야기(*Лиманские истории*)』(1970), 『틈새의 촛불(*Свеча на сквозняке*)』(1996) 등이 있다.

2) Бунимович Евг. "Ничто, включая падежи, склонить не может Ковальджи!" // *Новая газета*.

3) 〔역주〕 Юрий Николаевич Арабов, 1954~. 러시아의 소설가, 시인, 시나리오작가, 러시아 예술 공훈 활동가이다. 1980년 전소련영화대학을 졸업했다. 영화 〈사람의 고독한 목소리(Одинокий голос человека)〉(1978년 제작, 1987년 상영)로 영화계에 데뷔했다. 비공식 클럽 '시'의 창립 멤버들 중 한 명이다(1986). 시집으로는 『오토스톱(*Автостоп*)』, 『가짜 사가(*Ненастоящая сага*)』, 『평범한 삶(*Простая жизнь*)』, 『공기(*Воздух*)』 등이 있으며 메타메타포리스트로 평가받고 있다. 시 「독백(Монолог)」이 잡지 《청년 시절》에 1987년에 발표되었다. 2008년 유리 아라보프의 시나리오로 감독 키릴 세레브렌니코프가 영화 〈유리의 날(Юрьев день)〉을 제작하였고 국제 영화제에서 상을 수상하였다. 장편으로는 『빅 비트(*Биг-бит*)』, 『고행자(*Флагелланты*)』, 『기적(*Чудо*)』 등이 있다. 영화 〈악마(Молох)〉(1999)로 칸 영화제 시나리오상을 수상하였다. 파스테르나크상(2005), '승리'상(2008), 영화 〈수송아지(Телец)〉의 시나리오로 러시아연방 국가상(2002), 영화 〈한 칸 반짜리 방, 또는 조국으로의 감상적 여행(Полторы комнаты, или Сентиментальное путешествие на Родину)〉(2011)으로 러시아연방 국가상을 수상했다.

4) 〔역주〕 Владимир Тучков, 1949~. 러시아의 시인, 소설가이다. 레프 톨스토이 일화 시리즈를 썼고, 우주 비행사들의 삶을 다룬 낙엽 시리즈 『로자노프의 정원(*Розановый сад*)』, 신러시아인들의 저택에서 벌어지는 끔찍한 살인을 다룬 연작 『죽음은 인터넷을 통해 온다(*Смерть приходит по Интернету*)』 등이 있다.

5) Там же.

리아노조보 그룹(Лианозовская группа)

대조국 전쟁 이후 발생한, 시기상 제일 앞선 비공식 문학예술 단체이다. O. 라빈[6]과 그의 아내 V. 크로피브니츠카야[7]의 리아노조보(모스크바로부터 스베르들롭스크 도로를 따라 18킬로미터 떨어진 곳에 위치) 아파트에 모인 예술가들인 화가와 시인 그룹이다. L. 크로피브니츠키[8](여자 주인의 오빠), V. A. 네무힌,[9] L. 마스테르코바,[10] N. 베츠토모프[11] 등이 포함되며, 시인

6) 〔역주〕 Оскар Яковлевич Рабин, 1928~. 러시아의 화가이며 비공식 예술 단체 '리아노조보' 그룹의 창립 멤버들 중 한 명이다. 1946~1948년 리가예술아카데미에서 수학했고, 1948~1949년 수리코프모스크바국립예술대학에서 공부했지만 '형식주의' 때문에 제적당하였다. 1965년 런던에서 개인전을 개최하였고 이후 런던(1977), 파리(1989), 모스크바(1990~1991), 도쿄(1991) 등에서 단체전에 참가하였다. 파리에서 거주하고 있으며, 철의 장막이 걷힌 후 모스크바(1991)와 페테르부르크(1993) 등에서 전시회를 열고 있다.

7) 〔역주〕 Валентина Евгеньевна Кропивницкая, 1924~2008. 러시아의 여류 화가이다. 아버지 예브게니 크로피브니츠키(Евге́ний Леони́дович Кропивни́цкий, 1893~1979. 러시아의 시인, 화가, 작곡가)로부터 그림을 배웠다. 1978년 남편 오스카르 라빈과 함께 망명해서 파리에 거주하고 있다.

8) 〔역주〕 Лев Евгеньевич Кропивницкий, 1922~1994. 러시아의 화가, 시인, 예술학자이다. 아버지 예브게니의 영향을 많이 받았으며 1939년 모스크바실용장식예술대학에 입학하였고 전쟁에 참가했다. 1946년 비밀경찰에 체포되어 수용소 10년 형을 선고받았다. 1954년 12월 풀려나서 카자흐스탄에 살았고 1956년 복권되어 모스크바로 돌아왔다. 시집으로는 『잠재의식의 광상곡(*Капризы подсознания*)』(1990)이 있다.

9) 〔역주〕 Владимир Николаевич Немухин, 1925~. 러시아의 화가, 비공식 예술의 대표자이며 러시아 아방가르드 제2의 물결 대표자로 간주된다. 1957년 수리코프모스크바국립예술대학에 입학했으나 소츠리얼리즘 원칙과의 불일치를 이유로 곧 제적당했다. 1965년부터 미국, 폴란드, 이탈리아, 프랑스 등에서 전시회를 개최하였으며 1974년 '불도저 전시회'(1974년 모스크바 근교 벨랴예보에서 모스크바 아방가르드 화가들이 야외 전시회를 열었고 당국이 살수차와 불도저로 잔혹하게 탄압했기에 붙은 이름이다)의 참가자였다. 1990년부터는 주로 독일에서 거주하며 러시아를 자주 방문하고 있다.

10) 〔역주〕 Лидия Алексеевна Мастеркова, 1927~2008. 러시아의 유명한 화가이며 아방가르드 예술의 대표자이다. 그 유명한 '불도저 전시회' 이후 1975년 아들과 함께 프랑스로 출국했다.

11) 〔역주〕 Николай Евгеньевич Вечтомов, 1923~2007. 러시아의 화가이며 러시아 아방가르

들 중에는 G. 삽기르,[12] J. 사투놉스키, I. 홀린,[13] 뱌체슬라프 네크라소프 등이 두각을 나타냈다. 유명한 인물로는 V. 크로피브니츠카야와 L. 크로피브니츠키 남매의 아버지 E. L. 크로피브니츠키가 있었는데, 전기적으로도 창작적으로도 1910~1920년대 러시아 아방가르드와 연관되었다. 이 명칭은 1963년 E. L. 크로피브니츠키가 '형식주의' 때문에 작가 동맹에서 제외된 후에 생겨났다.[14]

펜클럽

영어 'pen(볼펜, 펜촉)'이기도 하고, 문학 창작의 주요 장르인 'Poetry-Essay-Novel(시-에세이-소설)'의 약자이기도 하다.

세계에서 유일한 (인권 옹호를 표방하는) 범대륙적 작가 협회이다. 1921년 존 골드워디에 의해 창립되었고, 지금까지 본부가 런던에 있다. 러시아

드 제2의 물결 대표자들 중 한 명이고 '불도저 전시회'의 참가자이다.

12) 〔역주〕 Генрих Вениаминович Сапгир, 1928~1999. 러시아의 시인, 소설가, 번역가이다. 1944년부터 시인이자 화가인 예브게니 크로피브니츠키의 문학 스튜디오에 참가했다. 1950년대 말부터, 후에 '리아노조보' 그룹이라고 불린 시인과 예술가 그룹을 형성했다. 1979년 비정기간행물 《메트로폴》에 참가했고 그의 첫 시집은 1968년 해외에서 출간되었으며, 소련에서는 1989년에 출판되었다. 선집 『세기의 사미즈다트(*Самиздат века*)』(1998)의 시 부분 편찬자였다. 러시아연방 푸슈킨상 수상자이며, 잡지 《지식》상(1993)과 잡지 《사수》상(1995, 1996) 수상자이다. 페레스트로이카 시기에 모스크바 작가 동맹에 가입(1988년 이후)하였으나 작가 동맹의 이상에는 부정적이었다. 1995년부터 러시아 펜클럽 회원이었다. 시 선집 『침묵의 시(*Поэзия безмолвия*)』(1999) 발표회에 참석하러 가다가 트롤리버스 안에서 심장 발작으로 숨졌다.

13) 〔역주〕 Игорь Сергеевич Холин, 1920~1999. 러시아의 시인, 소설가이다. 러시아 아방가르드 제2의 물결을 대표한다. '리아노조보' 그룹에 참여했고, 삽기르, 리모노프, 바흐차냔 등과 함께 그룹 '콘크레트'에 참가했다. 작품으로는 『시 선집(*Избранное*)』(1999)과 『소설 선집(*Избранная проза*)』(2000)이 있다.

14) 더 자세히는 다음을 참조할 것. artechka.agava.ru/statyi/teoriya/manifest/lianozovo1.html.

에서는 펜클럽 지부(공식 명칭은 러시아 펜 센터)가 1989년에 개설되었다. 첫 번째 회장은 아나톨리 리바코프[15]였고 현재는 안드레이 비토프이다. 러시아 펜 센터는 세 지부, 즉 상트페테르부르크, 시베리아, 극동 지부를 포함한다.

스모크(СМОГ)

명칭의 의미는 '가장 젊은 천재들의 협회(Самое молодое общество гениев)', '용기, 사상, 형상, 깊이(Смелость, мысль, образ, глубина)', '나는 해냈다(Я смог)' 등이다. 이 단체는 1965년 1월 모스크바에서 창립되었다. 창립자에는 L. 구바노프, V. 알레이니코프, V. 바트세프, Ju. 쿠블라놉스키 등이 포함된다. 후에 사샤 소콜로프, 아르카디 파호모프,[16] S. 모로조프, V. 델로네, V. 세르기엔코 등이 합류했다. 이 그룹의 명예 회원은 철학자 아르세니 체르니셰프(Арсений Чернышев)이다. 마야콥스키 광장에서 스모크의 '선언문'이 낭독되었다는 정보가 있지만, 그 텍스트는 보존되지 않았다〔L. 리호데예프(Лиходеев)의 풍자 기사에 약간의 인용이 있다.(《콤소몰스카

15) 〔역주〕 Анатолий Наумович Рыбаков, 1911~1998. 러시아의 작가이다. 대표 작품으로는 『아르바트의 아이들(*Дети Арбата*)』(1988), 『공포(*Страх*)』(1990), 『먼지와 재(*Прах и пепел*)』(1994), 『소설-회상(*Роман-воспоминания*)』(1997) 등이 있다. 소비에트 펜클럽 회장(1989~1991)을 지냈다. 그의 책은 52개 국에서 출간되었고, 2005년에는 『아르바트의 아이들』이 텔레비전 시리즈로 방송되었다.

16) 〔역주〕 Аркадий Дмитриевич Пахомов, 1944~2011. 러시아의 시인이다. 모스크바국립대학교 인문학부에서 수학했다. 1960년대 'SMOG' 단체에 들어갔다. 소련 시대에는 거의 출판되지 못했고 시는 주로 사미즈다트에서 보급되었다. 지질 탐험 노동자, 보일러공 등으로 일했고 후에 공식적으로 문학에 전념했다. 시집에는 『그런 시대에는(*В такие времена*)』(1989)이 있으며 1990년대와 2000년대에 잡지 《깃발》, 《대륙》, 《신문학비평》 등에 게재되었다. 시 선집 『세기의 사미즈다트(*Самиздат века*)』와 『1950~2000년대 러시아 시(*Русские стихи 1950~2000 годов*)』에 그의 시가 포함되었다.

야 프라브다》지, 1965년 6월 20일)]. 시인 Ju. 갈란스코프는 스모크에 공식적으로 들어가지는 않았지만, 그의 서사시 「인간 선언문」은 '마야콥스키' 광장에서 스모크 회원들과 함께 자주 낭독되었다.[17]

17) 더 자세히는 다음을 참조할 것. artechka.agava.ru/statyi/teoriya/manifest/smog1.hrml.

해제

1

O. V. 보그다노바의 저작 『현대 러시아문학과 포스트모더니즘』은 2004년 상트페테르부르크국립대학교에서 출간되었다. 다른 저작과 비교했을 때, 보그다노바의 포스트모더니즘론이 갖는 가장 큰 특징은 러시아 포스트모더니즘을 대표하는 작가들의 작품 분석과 이를 통한 작가의 글쓰기 양식 규명에 대부분의 지면을 할당하고 있다는 것이다. 총 716쪽(원문을 기준으로 삼을 때) 가운데 전 세계적 현상으로서 포스트모더니즘의 일반적 논의는 어떻게 이루어졌는가(이루어지고 있는가), 러시아에서 포스트모더니즘이라 일컬을 수 있는 문학사의 시기는 어디서부터 어디까지인가, 러시아 포스트모더니즘을 형성하는 데 기여한 문학 외적 요소로서의 사회 · 정치적 배경은 무엇이며 그와 더불어 문학 내적 요소는 무엇인가, 그리고 러시아 포스트모더니즘의 제 경향을 아우를 수 있는 일반적 특징이 있다면 그것은 무엇인가 등을 다루는 서론은 34쪽에 불과하다.

결국 『현대 러시아문학과 포스트모더니즘』의 지면 대부분을 차지하는 핵심적인 논의는 개별 작가론이다. 그리고 결론 뒤에 부록 편이 40쪽 넘게 첨가되어 있지만 그 내용 역시 러시아 포스트모더니즘을 대변하는 작가들의 간략한 전기(傳記)와 문학 단체들의 연혁을 소개하는 데 국한되어 있다. 개별 작가론의 범주에서 크게 벗어나지 않는다는 뜻이다.

이론적 배경으로 자리한 서론이 짧고 개별 작가들의 작품에 대한 논의가 길다는 것은 무엇을 의미하는가? 그것은 이 책을 러시아 포스트모더니즘 대표 작가론쯤으로 치부해도 된다는 근거가 되지는 않을까?

하지만 보그다노바가 의도했든 의도하지 않았든 『현대 러시아문학과 포스트모더니즘』의 지면 구성 자체가 이론적 배경보다는 작품론과 작가론에 무게중심을 두고 있다는 사실은 현시점에 포스트모더니즘, 협소하게는 러시아 포스트모더니즘을 이해하고 정리하고 수용하는 데 있어 중요한 의미를 갖는다. 이 이야기부터 출발하여 책의 내용을 정리하는 과정으로 이동하면서 『현대 러시아문학과 포스트모더니즘』에 관한 해설적 논의를 해보기로 한다.

논의에 앞서 이 책을 읽는 독자들에게 제안하고 싶은 것은 19세기 러시아 황금시대 문학을 이끈 작가들의 명단을 왼쪽에 한번 정리해보라는 것이다. 푸슈킨, 고골, 도스토옙스키, 투르게네프, 곤차로프, 톨스토이, 체호프 등 최소한 5~6명의 명단을 쉽게 작성할 수 있을 것이다. 그렇다면 그 오른쪽에 비평가의 명단을 한번 써보라. 쉽게 손이 나가질 않을 것이다. 펜을 움직이고 싶어도 대뇌피질에 저장된 비평가의 명단이 그리 많지 않다. 물론 비평이라는 문학 장르가 아직 형성 단계에 머물고 있었기 때문일 터이고, 그래서 찬란한 빛을 발하기 시작한 소설에 비해 그 위세가 뒤떨어질 수밖에 없기 때문일 터이지만, 그렇다 하더라도 비사리온 벨린스키(В. Белинский, 1811~1848)와 니콜라이 체르느이솁스키(Н. Чернышевский, 1828~1889)라는 명단은 소설가의 리스트에 비해 지나치리만큼 초라하다. 양과 질, 그리고 지명도의 측면에서 비평가의 높이는 작가에 비해 현저히 낮다. 뒤집어 이야기해보면 '작품이 이론을 압도하던 시대'가 낭만주의로부터 모더니즘에 이르는 러시아 19세기 문학사의 본질을 정의하는 중요한 속성 가운데 하나이다.

그렇다면 이제 20세기 중반 무렵 러시아문학사에서 작가와 비평가의 명단을 각각 작성해보라. 고리키부터 시작하여 솔제니친에 이르기까지 적지 않은 소설가의 명단을 작성할 수 있을 것이며, 마야콥스키로부터 쓰기 시작하여 브롯스키를 아우르는 시인의 명단을 쓸 수 있을 것이다. 그렇다면 비평가의 명단은 어떤가? 슈클롭스키, 티냐노프, 토마셉스키 등 20세기 초반에 등장하여 이후 20세기 세계문학사의 흐름 가운데 현대 비평의 초석을 닦은 형식주의 이론가들을 비롯하여 체코의 신비평을 형성하는 데 결정적 기여를 한 로만 야콥슨 등을 첫 명단에 올릴 수 있을 것이다. 그리고 잠시의 시간을 두고 1950년대에 이르면 유리 로트만을 중심으로 하는 모스크바-타르투 학파가 등장하여 2차 모델링 시스템으로서의 문학작품을 설명한다. 그뿐 아니라 1970년대에 재발견되어 프랑스 텔켈 학파에 지대한 영향력을 행사한 M. 바흐틴의 이름을 거론할 수 있을 것이다. 비평가 명단의 길이가 그리 짧지 않은 것이다. 게다가 질과 지명도, 그리고 문학계에 미치는 영향력의 측면에서도 결코 무시할 수 없다.

결국 20세기 초 · 중반, 작품과 이론의 관계는 어느 정도 균형점을 이룬다. 어느 일방이 주도적인 역할을 수행하는 것이 아니다. 세계에 대한 창조적 상상력에 기반 하여 독자들의 사고영역을 확장해주는 문학작품이 끊임없이 한 면을 장악하고 있었다면, 정교한 독해와 날카롭고 섬세한 논리로 무장한 이론적 비평이 문학사의 또 다른 한 쪽을 담당하고 있었다. 이렇듯 작품과 이론의 관계가 평행선을 긋고 있는 것이 20세기 중반까지 문학사의 모습이다.

그러나 20세기 중반을 넘어서면, 다시 말해서 1960~1970년대를 거쳐 1980년대에 이르면 분석과 작품, 이론과 실재 사이의 관계는 또 다른 모습으로 이동한다. 소위 세계사적 조류로서 포스트모더니즘이 본격적으로 역사의 수면 위로 부상하면서 분석이 작품을, 이론이 실재를 압도하는 상황이 발생한다. 자, 콕 찍어서 포스트모더니즘을 대변하는 작가들의 명단을 작성해보라. 그리고 포스트모더니즘을 이론적으로 설파하는(설파한) 비평가들과 이론가들의 명단을 작성해보라. 일반 독자들을 기준으로 볼 때, 작가들에 비해 이론가들의 지명도와 유명세가 더 높고 크다. 물론 포스트모더니즘 작가 리스트 역시 적지 않은 분량일 터이지만, 세계적 지명도의 측면에서는(특히 학문의 향방을 가늠하는 상아탑 내에서는) 비평가의 위세에 전반적으로 미치지 못한다는 것에 동의할 수 있을 것이다. 포스트모더니즘과 연관성을 맺고 있는 학자들의 리스트를 보그다노바의 저작에서 직접 인용해보자.

> 포스트모더니즘 이론의 기반을 쌓은 후기구조주의 학자들 중에서는 롤랑 바르트, 미셸 푸코, 자크 데리다, 질 들뢰즈와 펠릭스 가타리, 장 보드리야르, 장 프랑수아 리오타르 등으로 대변되는 프랑스의 철학자들, 사회학자들, 문화 연구자들, 문학 이론가들의 이름을 찾아볼 수 있다. 또한 D. 바트, V. 제임스, F. 제임슨, C. 젠크스, B. 존슨, R. 로티, E. 사이드, A. 후이센, I. 하산 등과 같은 미국 출신의 학자들이나 W. 벨시, D. 캠퍼, H. 키웅, J. 하버마스와 같은 독일 출신의 학자들 역시 포스트모더니즘의 이론적 정초에 상당한 기여를 했다. 그리고 이탈리아 출신의 U. 에코와 D. 바티모, 영국 태생인 J. 버틀러, T. 이글턴, D. 로지, M. 페인, 그리고 V. 포도로가, I. 일린, A. 파티고르스키, M. 엡슈테인, N. 만콥스키 등의 러시아 학자들 역시 포스트모더니즘과 관련하여 빼놓을 수 없는 이름들이다.

위의 인용에서 볼 수 있듯이, 다양한 국적을 가진, 다양한 분야의 이론가 및 학자들이 포스트모더니즘의 이론화 작업을 수행했다. 철학과 문화, 그리고 사회학 등으로 무장한 학자들과 이론가들이 국적을 불문하고 포스트모더니즘의 전 세계화에 결정적 기여를 했다. 그리고 우리는 그 직·간접적 영향을 받았다.

그렇다면 러시아문학사를 이야기하면서 갑자기 세계적 차원의 논의를 전개하는 이유는 무엇인가? 그것은 러시아문학사의 노정과 관련된 것이자 포스트모더니즘의 특징과도 연계되어 있기 때문이다. 러시아의 근대화 작업은 흔히 알려져 있듯이 표트르 대제(1697~1725)로부터 시작된다. 다시 말해서 러시아의 근대화는 서구의 그것에 비해 적게는 100여 년, 많게는 200여 년의 시차를 보인다. 늦게 출발한 나라가 기초가 없는 상태에서, 발달된 문화 양태를 보이는 나라의 수준을 따라잡는 방법은 빠르게 수용하는 것뿐이다. 그래서 문화 집적 현상이 나타난다. 다른 나라에서 수백 년 동안 진행된 과정을 몇 십 년 안에 따라잡아야 하기 때문에 한꺼번에 이식하는 과정, 다시 말해서 집적 현상이 수반되는 것이다. 러시아 역시 이러한 상황으로부터 자유로울 수 없다. 문학 분야에서 러시아가 서구와 보조를 맞출 수 있는 지경(地境)에 이르게 되는 것은 19세기 사실주의 문학 때이다. 100여 년의 시간을 보내고 러시아는 뒤처져 있던 문학의 근대화를 압축적으로 수행하여 서구와 비등한 문학을 양산해냈다.

그러나 세계문학을 주도하는 한 축으로서 기능을 하던 러시아문학은 20세기에 들어서면서 세계문학의 주류에서 벗어나 독자 행보를 보인다. 주지하다시피, 20세기 러시아는 서구와 다른 길을 걸었다. 사회주의혁명이 그것이다. '철의 장막'은 정치적 · 이데올로기적 장막으로서만 기능을 한 것이 아니다. 문학과 문화의 흐름 역시 서구의 상황과는 단절되었다고 보는 것이 옳다. 그런데 1980년대 후반에 들어서자 20세기 러시아를 주도하던 사회주의 가치관이 갑자기 역사의 전면에서 소실되었다. 그러자 이제 러시아 작가들은 20세기의 70여 년을 뛰어넘어 다시금 서구의 문화를 집적하여 수용하고 이를 기반으로 독자적 문화와 문학을 생산해내야 하는 상황에 직면하게 되었다. 러시아의 근대화와 현대화의 과정은 이렇듯 두 번에 걸친 문화 집적 현상을 목도한다.

그런데 러시아가 서구와 보조를 맞추는 데 걸린 시간이 근대화 과정에서는 100년 남짓이었다면, 20세기 후반 러시아가 서구의 양상에 발걸음을 같이하는 것은 엄청나게 짧은 시간 내에서 이루어지고 있다(이루어졌다). 수용과 이식이 이전과는 비교할 수 없을 만큼 빠른 속도로 이루어질 수밖에 없는 이유는 현대사회의 주요한 특징으로 자리 잡은 대중매체의 영향력 때문이었다. 1960년대 이후 텔레비전의 보급과 이용의 전 세계적 확대, 그리고 1980년대 이후 인터넷의 보급과 이용도의 급증은 문화의 접촉면을 넓혀주었을 뿐만 아니라 접촉의 시간을 급격하게 단축했다. 국가와 국가, 문화와 문화를 나누어주던 기존의 국경선 개념이나 문화의 단층선은 대중매체라는 기술력에 의해 희미해지거나 아니면 그 의미를 상실했다. 기술 중심주의 나아가 기술 만능주의가 현대 세계를 특징짓는 주요한 명명이 되었다(에너지보다는 정보가 생산에서 더욱 큰 비중을 차지하고 산업 생산보다 지적 서비스 생산이 더욱 중요해질 것이라 전망하면서 현대사회를 '후기 산업사회'라 지칭한 대니얼 벨의 선구적 연구를 필두로, 대중매체의 영향력으로 타인에의 동조가 심화되면서 자아 정체성의 위기를 경험하는 현대인의 표상으로 '고독한 군중'을 이야기한 데이비드 리스먼의 진단을 거쳐, 앨빈 토플러의 '미래 쇼크'에 이르기까지 개인으로부터 출발하여 사회 전체를 아우르는 기술의 위력을 우리는 실감한다).

이렇듯 기술의 폭발과 활용에 힘입은 대중매체의 활성도가 극대화되어 가는 과정에서 포스트모더니즘 논의가 이루어졌다. 1950~1960년대 서서히 논의의 틀이 잡혀가다가 1970~1980년대 활화산처럼 타오른 포스트모더니즘의 논의는 과학기술에 기반을 둔 세계화의 움직임과 직결되어 있었다. 그 결과 기독교가 로마제국의 성공과 더불어 전 세계화에 성공했듯이, 포스트모더니즘은 기술력과 그 도구에 힘입어 전 세계로 퍼져나갔다(뿐만 아니라 기술과 도구의 중요성은 포스트모더니즘의 기원과 불가분의 관계를 맺고 있다). 결국 1980년대 사회주의의 몰락과 함께 러시아 작가는 맨몸으로 전 세계적 거대 담론으로서 포스트모더니즘 앞에 서야만 했다.

물론 계보학의 측면에서 포스트모더니즘과 연계된 러시아의 자생적 요소를 거부하는 것은 아니다. 러시아의 포스트모더니즘을 러시아 자체에서 일정 부분 찾고자 하는 것은 당연한 논리이며, 연구자로서의 의무이기도 하며, 맹목적 적용을 거부하고자 하는 올바른 연구 방법의 일환이라는 것은 부정될 수 없다. 하지만 분명한 사실은 사회주의의 몰락이 러시아 작가로 하여금 원하든 원하지 않든 포스트모더니즘과의 즉각적인 접촉을 요구했다는 것이다. 따라서 러시아 현대 작가들은(모두 그런 것은 아니지만) 서구의 새로운 논의를 재빠르게 따라잡고 이를 체화해내는 문화 집적 현상 안으로 밀려 들어갈 수밖에 없었다.

물리적 공간의 제약과 그로 인한 정보가 원활하게 소통되지 않은 관계로 근대 이후 러시아가 서구와 보조를 맞추는 데 100여 년의 시간이 필요했다면, 사회주의 몰락 이후 현대 러시아 작가가 서구를 비롯한 전 세계적 흐름과 조우하고 이를 수용하고 이식하는 데 드는 시간은 극히 짧아서 문화의 집적이 거의 실시간으로 이루어졌다. 이러한 사실은 롤랑 바르트, 미셸 푸코, 자크 데리다, 들뢰즈와 가타리, 장 보드리야르, 프레드릭 제임슨, 이합 하산, 테리 이글턴, 움베르토 에코 등의 이름이 먼 나라 이야기가 아니라 러시아의 현재적 사실이었으며, 미하일 엡슈테인을 비롯한 러시아 포스트모더니즘 이론가들의 비평적 논의 역시 현재로서 부여되었다는 것을 뜻한다. 결국 현대문학, 포스트모더니즘 시대에는 작품과 비평의 관계에서 비평에 무게중심이 놓였다는 점은 부정될 수 없는 측면이 있다.

2

비평이 작품에 우선하고, 이론이 실재보다 더욱 강력한 힘을 발휘한(발휘하고 있는) 양상, 이것이 포스트모더니즘의 역사적 노정이 우리에게 보여주는 핵심적인 모습 가운데 하나이다. 따라서 이론으로서의 비평과 실재로서의 작품 사이의 이러한 관계를 이해함으로써 포스트모더니즘의 본질을 엿볼 수 있는 개연성을 얻게 된다. 어렸을 적 많이 해본 놀이 가운데 하나가 모래 쌓기 게임이다. 모래를 손등에 수북하게 올려놓는 재미가 쏠쏠하다. 그런데 모래를 손등에 쌓다보면 어느 순간 모래 더미가 갑자기 와르르 무너져 내린다. 쌓이고 쌓이다가 한 알의 모래가 더 놓이는 찰나 기존의 불쑥 솟은 모래 더미는 푹 꺼져버리고 그 자리에 다시금 새로운 모래 더미가 생기기 시작한다. 이렇듯 하나의 현상이 소실되고 새로운 현상이 생기는 시점을 임계점이라고 한다. 임계점을 바탕으로, 토머스 쿤의 개념을 빌리자면, 패러다임의 전환이 나타난다.

포스트모더니즘의 패러다임을 형성하는 임계점으로 작용한 대표적 인식과 논의 중 하나가 하이젠베르크의 불확정성의 원리이다. 미하일 엡슈테인이 술회하고 있듯이, 심리학 분야의 정신분석학, 문예이론의 하나인 형식주의와 신비평, 철학의 제 사조로서 실존주의, 정치와 경제 분야에서의 사회주의 성립 등과 더불어 과학적 탐구방법으로서의 양자역학과 불확정성의 원리는 이전과 다른 혁명적 패러다임으로서 포스트모더니즘을 이끌어내는데 결정적 역할을 했다. 복잡한 물리학적 측면을 걷어내고 여전히 논란거리인 양자역학과 불확정성의 논리를 간단히 정리하면 다음과 같다.

양자역학의 아버지로 일컬어지는 닐스 보어는 물질의 최소 단위인 원자가 원자핵과 전자로 이루어졌다고 보았다. 그리고 보어는 원자핵 주변에 전자가 궤도를 따라 돌고 있는 원자 모형을 제시했다. 하지만 보어는 전자가 궤도를 이탈하여 다른 궤도로 진입하는 것을 설명하지 못했다. 당시 보어가 이끄는 코펜하겐 학파에 몸담고 있던 하이젠베르크는 보어의 원자 모형의 약점을 해소하는 과정에서 획기적인 사고를 하게 되는데, 그것은 전자의 궤도를 없애버리는 것이었다. 전자의 궤도 이동을 설명할 수 없다면, 궤도 자체를 삭제하는 것이 논리적 정합성을 띤다고 보았다. 다시 말해서 전자는 원자핵 주변을 마음대로 이동하고 있다고 설명했다. 그렇다면 무궤도로 움직이는 전자를 어떻게 포착하여 설명할 수 있을까. 전자의 위치를 확인하기 위해서는 전자에 빛을 충돌시켜야만 한다. 에너지를 함유한 빛을 전자에 충돌시키면 빛이 반사되어 나오는데, 바로 그것을 보고 전자의 위치를 살필 수 있는 것이다. 하지만 빛이 전자에 충돌하는 순간 전자의 궤도는 변하고 만다. 이를 양자역학에서는 양자 도약이라고 한다. 빛의 충돌로 전자가 궤도에서 이탈하여 타 궤도로 움직임의 양상을 수정하는 것이다. 전자의 위치를 정확하게 알려면 어떻게 해야 할까. 빛을 더 많이 쏘아야 한다. 그런데 빛을 더 많이 쏠수록 어떤 일이 일어나는가. 바로 전자의 속도(운동량)에 더 많은 변화가 일어난다. 만약 전자의 속도(운동량)를 정확하게 측정하려면 어떻게 해야 할까. 빛의 간섭을 최소화해야 한다. 하지만 빛의 간섭을 최소화하면 전자의 위치를 정확하게 측정할 수 없다. 위치와 운동량을 동시에 정확히 측정할 수 없는 것이다. 원자의 세계에서 일어나는 이러한 현상을 수학적으로 증명한 다음 하이젠베르크는 1927년 불확정성의 원리를 발표했다.

이러한 불확정성의 원리로부터 포스트모더니즘으로 나아가는 길을 만들기 위해 몇 가지 사항을 짚어보자.

먼저, 전체를 부분으로 나누려는 태도이다. 다시 말해서 전체를 전체로 이해하는 것이 아니라 전체의 정체성을 만들어내는 가장 핵심적인 인자를 규명함으로써 다른 외적 요인을 제거한 존재 그 자체로서의 전체를 이해하려고 했다. 물질을 이해할 때, 외부적 관계에서 분리한 다음 물질을 형성하는 가장 기본적인 요소인 원자의 세계를 규명함으로써 물질의 순수한 이해에 도달하려고 한 것이 양자역학의 모습이다.

둘째, 도구의 역할이 중요해졌다는 것이다. 원자를 구성하는 핵심 요소인 전자를 이해하기 위해서는 위치와 운동량을 정확히 파악해야 한다. 이렇듯 원자 수준의 담론을 전개하는 데 있어 도구의 도움이 필수적이라는 것이다. 비가시적 대상인 원자를 가시화하기 위해서는 시각을 대체할 수 있는 도구가 필연적으로 요구된다. 다른 예를 들어보자. 중·고등학교 시절 생물 시간에 우리는 식물의 성장에 관한 수업을 들은 기억이 있다. 교과서에는 식물의 절단면이 소개되고, 그 절단면을 설명하는 자료들이 제시되어 있다. 수관이 어떻고, 생장점이 어떻고 주저리주저리 부연 설명되어 있다. 그런데 여기서 중요한 것은 수관이나 생장점은 우리가 시각으로 확인할 수 없는 대상이라는 것이다. 결국 아주 미세한 것을 우리 눈앞에 버젓이 보여줄 수 있는 현미경이라는 놀라운 발명품이 없었다면 식물의 구조를 우리는 알 수 없을 것이다.

셋째, 대상 연구에서 개별 연구자의 태도와 연구계획 실행이 중요하다는 점이다. 앞서 언급했듯이, 전자의 위치와 운동량, 이 양자를 동시에 충족하면서 전자를 이해할 수는 없다. 하나를 이해하기 위해서는 반드시 다른 하나를 원래 상태로부터 손상시켜야 한다. 결국 우리의 관측 행위 자체가 이들 중 최소한 하나 이상의 양을 불가피하게 변화시켜야 하는 것이다. 이것은 대상에 대한 연구자의 조작 가능성, 다시 말해서 대상보다는 연구자 중심으로 연구의 방향이 설정되고 있음을 의미한다. 대상과 주체의 관계 위에 구축되는 인식 행위에 있어서 대상보다는 주체의 개입이 중시되는 양상을 보인다.

넷째, 이성에 근거한 과학적 정확성과 정밀성을 공격하고 있다는 것이다. 중세의 신 중심 세계가 15세기를 넘어서면서 치명적 윤리성의 한계를 드러내면서 심각한 반론에 직면한다. 그 결과 1000년의 세월 동안 서구를 지탱해오던, 신과 신의 존재에 기대는 중세적 사유는 몰락한다. 르네 데카르트는 바로 이러한 시기, 다시 말해 체제를 지속시키는 결정적 토대로서의 가치가 붕괴되고 그렇다고 이를 대체할 새로운 가치도 부상하지 않던 시점에 철학적 사유를 전개한다. 따라서 데카르트에게 모든 것은 회의적으로 보일 수밖에 없었다. 그는 철저하게 의심하고 또 의심했다. 감각도 믿을 수 없으며, 수학적 추리도 믿을 수 없고, 깨어 있을 때 우리의 정신 안으로 들어온 것도 믿을 수 없다고 보았다. 이러한 치열한 회의의 과정 속에서 데카르트는 회의한다는 사실만큼은 회의할 수 없음을 깨닫는다. 그는 결코 회의의 대상이 될 수 없는 확고한 것과 마주했다. 그것이 바로 너무나 익숙한 "나는 생각한다, 고로 나는 존재한다"는 말로 집약되는 근대적 이성의 출발이다. 정신을 통한 사고, 이성에 뿌리를 둔 사유야말로 인간이 믿을 수 있는 유일한 것이라는 의미이다. 이러한 근대적 사유와 맥을 같이하는 것이 뉴턴의 과학관이다. 뉴턴은 이성에 기반을 둔 정밀한 과학적 논리로 이 세상의 모든 대상과 그 움직임을 설명할 수 있다고 보았다. 자연 대상물은 이성이 없고 인간은 이성을 가지고 있으므로, 당연히 확고한 진리의 판별기준을 가진 인간이 대상에 비해 우월하며, 나아가 이성을 통해 과학적으로 대상을 파헤칠 수 있다고 설명하고 있는 것이다. 근대를 움직인 기계론적 세계관이다. 그러나 하이젠베르크의 불확정성의 원리는 과학적 사유의 핵심인 객관적 분석으로 세계를 설명하는 것은 불가능하다고 지적하고 있다. 물질의 가장 기본적인 요소를 파악하기 위해서도 연구자의 조작이나 간섭, 도구의 활용이 필수적으로 수반되는데 어떻게 객관적 실체를 있는 그대로 설명할 수 있는가 하는 반문을 제기하고 있는 것이다. 근대적 이성에 대한 의심과 반문, 그리고 나아가 심문을 하고 있는 것이 불확정성 논리의 중요한 모습 가운데 하나이다.

다섯째, 이성에 대한 공격 자체가 고도의 이성 작용인 추상화를 통해서 이루어지고 있다는 것이다. 주지하다시피, 원자의 양태는 가시적이지 않다. 그러므로 원자에 대한 설명은 경험적 차원에서 이루어지는 것이 아니라 논리적 차원, 다시 말해서 정밀한 추상화와 이론화를 통해서 이루어지고 있다. 그것은 결국 이성적 정합성을 추구하는 근대적 태도를 공격하려는 시도가 훨씬 더 이론에 기대고 추상화에 의존하고 있는 것이다. 데카르트와 뉴턴의 이성을 기반으로 한 근대적 기획을 허물어뜨린 시도가 더욱더 이성의 논리를 중시하는 아이러니를 발생시키고 있다.

3

포스트모더니즘에 대한 이합 하산의 유명한 도식적 정리(보그다노바 역시 서장에서 이를 인용하고 있다)가 보여주듯이, 포스트모더니즘은 한마디로 단정할 수 없는 다면적 특징을 지니고 있다. 그럼에도 불구하고 앞서 지적한 하이젠베르크의 불확성 원리에 관한 몇 가지 언급으로부터 포스트모더니즘의 모습을 조금이라도 엿보고자 한다.

포스트모더니즘에 관한 가장 핵심적인 쟁점 가운데 하나가 포스트모더니즘을 모더니즘의 연장선으로 볼 것인가 아니면 모더니즘과는 다른 새로운 사회와 그 현상에 대한 성찰적 논의로 볼 것인가 하는 점이다. 전자를 대표하는 논객은 위르겐 하버마스이며, 후자를 대표하는 논의는 레슬리 피들러에 의해서 진행되었다.

하버마스는 전통과 대립해서 끊임없는 자기 혁신을 추구하는 시대 개념으로 모더니즘을 파악하면서 이러한 모더니즘의 기획이 아직 종결되지 않은 상태라고 파악한다. 결국 포스트모더니즘 역시 모더니즘 기획의 연장선으로 보아야 한다는 것이다. 반면, 피들러는 「경계를 넘어서고 간극을 메우며」라는 잘 알려진 논문에서 포스트모더니즘을 모더니즘과 다른, 모더니즘을 탈피한 것으로 이해하고 있다. 문학에 대한 인식은 사회구조와의 관계 속에서 형성되는데, 작금의 시대는 이전과는 다른 사회구조를 띤다는 것이다. 왜냐하면 교양인과 비교양인, 배운 사람과 배우지 못한 사람의 이항 대립 위에 사회가 위계적으로 형성되는 것이 이전 사회의 특징이라면 이제는 대중이 주도하는 비위계적 사회로 변모했기 때문이라는 설명이다. 위계적 사회인가 비위계적 사회인가라는 논란은 차치하더라도 우리가 이전과는 다른 삶의 환경 속에서 살아가고 있다는 것은 부인될 수 없다. 그 중심에 기술과 도구가 자리한다. 정치 · 경제 · 사회 · 문화 전반에 걸쳐 기술과 도구의 활용도가 급증하고 있으며, 나아가 기술과 도구의 역할이 인간의 행동 및 인식과 밀접한 상관관계를 맺고 있다. 이것은 이전 시대에는 찾아볼 수 없는 것이다. 인터넷과 대중매체는 더 이상 인간에게 주어진 선택적 사항이 아니다. 그러므로 현재는 현재만의 독특한 인식 체계와 인간관계를 요구하고 있고, 문학이 삶을 진단하는 독특한 형상화를 기반으로 한 것이라면 현재의 문학은 이전과는 다른 문학적 결과물을 낳고 있다고 보는 것도 그리 억지가 아니다.

전체를 부분으로 나누고, 부분에 치중하려는 태도 역시 포스트모더니즘 문학에서 핵심적인 사항 가운데 하나이다. 20세기 새로운 비평의 시대를 열었던 형식주의와 신비평은 문학작품을 사회나 독자, 그리고 문학계의 전반적인 관계에서 이탈시킨 다음 작품을 형성하는 가장 기본적인 요소인 언어와 언어의 관계로 축소시켰다. 소위 문학성이라는 개념을 빌려 문학을 문학이게 해주는 본질적 요소는 작품 내재적 요인에 의해서 규명되어야 한다고 본 것이다. 이러한 논리가 심화되고 변형되면서 포스트모더니즘에 이르러서 언어는 이제 자신을 잉태한 사회적 관계로부터 탈피하여 언어 그 자체에 침잠한다. 심지어는 기의(사회적 약속) 없는 기표로 표상되기도 한다. 의미는 소멸하고 언어의 유희가 의미의 자리를 차지한다.

이성 중심주의에 대한 도전과 파괴 역시 포스트모더니즘 논의에서 빼놓을 수 없다. 토니 베네트가 러시아 형식주의를 설명하면서 문학사의 과정을 시계추 운동에 비유하고 있는데, 만약 그의 논의를 타당하다고 수용한다면, 포스트모더니즘의 반(反)이성주의는 르네 데카르트가 지향한 근대적 사유의 근간으로서 합리적이며 보편적인 이성을 거부하는 몸짓으로 읽힐 수 있다. 그러나 넓은 의미에서 이성에 대한 부정을 살피자면, 그것은 마르크스의 지배 이데올로기나 들뢰즈의 중심 줄기처럼 사회의 뿌리로서 기능을 하는 모든 독재적 사고나 고정관념을 거부하겠다는 것으로도 독해된다.

그렇다면 사회를 움직이는 고정관념 같은 유일무이한 체계가 붕괴된다면 어떻게 될 것인가? 그 어디에서 삶의 제 모습을 이해할 수 있는 근거를 찾을 수 있는가? 이에 대한 암시를 헌팅턴의 논리와 엡슈테인의 포스트모더니즘 논의에서 찾을 수 있다.

새뮤얼 헌팅턴은 『문명의 충돌』에서 20세기 국제사회를 이끌어오던 뿌리로서 냉전 체제가 종식된 다음, 국제 관계는 미국 중심의 유일 체계의 성립(후쿠야마의 이데올로기의 종언과 동일하다), 몇 개의 지역으로 블록화, 자국의 이익을 극대화하려는 개별 국가들로 파편화라는 세 양상 중 하나로 수렴될 것으로 보았다. 엡슈테인은 70여 년 동안 러시아를 지탱해왔던 소비에트 체제가 붕괴된 다음, 러시아가 사회주의의 무신론을 극복하는 과정을 사회주의 무신론 이전 상태로 회귀, 먼 고대로의 회귀, 미니멀 종교 성립의 세 가지로 압축하고 있다.

이러한 헌팅턴과 엡슈테인의 논리 가운데 중첩되는 것이 있는데, 그것은 중심 줄기의 붕괴와 그 붕괴 이후 개별화와 파편화가 발생할 것이라는 점이다. 이를 인정한다면 우리는 결국 포스트모더니즘 문학에서는 고정된 유일무이성이 소멸되고 개별 작가들의 시선을 통해 드러나는 세계에 대한 하나하나의 다면적 해석이 중심을 차지한다는 상황에 이르게 된다. 들뢰즈와 가타리의 개념에 따르면, 삶에 대한 인식이 철저하게 개별 작가들을 통해 리좀의 양상을 띠게 된다.

포스트모더니즘 논의와 관련하여 마지막으로 지적할 사항은 바로 아이러니이다. 불확정성의 원리에서 지적했듯이, 이성에 대한 공격이 이성의 맞은편에 위치한 경험으로 향하지 못하고 더 복잡하고 추상적이며 고도로 발전된 추상화와 이론화로 나아가고 있다. 원자라는 보이지 않는 물질에 대한 논의가 우리의 눈에 보이는 대상에 대한 논의를 대신하고 있다. 결국 비가시적인 것들이 담론의 수준을 장악하면서 한층 가시화되는 아이러니한 상황이 야기된(야기되고 있는) 것이다. 경험적 물질에 대한 과도한(엡슈테인의 개념에 따르면 하이퍼 상태의) 분석이 원자에 대한 천착을 낳았다. 그리고 사회 외적 요건을 배제하려는 과도한 집착으로 무장한 추상화된 이론화 작업이 실제 대상을 둘러싼 경험적 고찰을 대신하고 있는 셈이다. 추상이 경험을 앞서고, 이론이 실제에 선행한다. 그리하여 추상이 경험보다 더 경험 같고, 이론이 실제보다 더 실제 같은 상황이 빚어지고 있다.

4

기의 없는 기표, 시뮬라크르, 이항 대립의 붕괴, 다원주의, 과도한 이론화작업과 아이러니 등을 포스트모더니즘과 연관된 항목으로 나열해보았다. 여기에 대한 몇 가지 고민과 문제점을 지적해보자.

사회적 맥락 안에 문학을 묶어 넣으려는 시도를 과감히 거부하고 문학다움을 작품 내에서 찾으려는 용감한 시도, 다시 말해서 독재적 의미 부여 체계의 결과물이자 사회의 전횡적 합의의 표상으로 기의를 상정하고는 이를 철저히 무너뜨린 다음 개별 작가들의 다원적 언어유희로서의 기표를 열심히 천착하고자 하는 노력이 무슨 문제가 있는가? 예외와 다원주의 및 사회적 원심력을 인정하지 않는 이성 중심주의/남성주의의 쇼비니즘을 타파하겠다는 것에 어떤 문제라도 있는가? 대상을 정밀하게 파고 들어가서 존재 그 자체를 이론화하겠다는 것이 정말 잘못된 것인가?

이런 반문은 나름의 의미값을 가진다. 특히 사회주의 전개 과정에서 개인으로부터 사회 전체에 이르기까지 철저하게 계획된 왜곡과 선전을 경험한 러시아로서는 중심 줄기인 사회주의 이데올로기의 비판으로서 그리고 사회주의 몰락에 대한 대응으로서 이러한 반문은 역사적 의의를 지닌다. 20세기 70년 동안 개인은 호모 소비에트쿠스로 인위적으로 탈바꿈하도록 끊임없이 종용되었고, 사회가 유토피아의 거짓 구현으로 끊임없이 포장되던 상황은 사회와 인식에 유일무이한 중심 줄기가 들어섰을 때의 위협을 경고하고 있는 것이다.

그러나 역사적 소명하에서만 포스트모더니즘을 규명해서는 안 된다. 그래서 포스트모더니즘에 대한 발전적 이해를 도모한다는 측면에서 두 가지 정도의 문제점을 제기해볼 수 있다. 하나는 경험의 가치에 대한 소홀이다. 가상공간에서의 아바타가 실제에서의 자기보다 더 실제 같다는 익숙한 시뮬라크르의 사례를 또 다른 경우에서 찾아볼 수 있다. 요즘 텔레비전을 통해 전달되는 화장품 광고를 보면 하나의 특징적 상황이 있다. 그것은 모델의 피부를 모공 단위로 보여준다는 것이다. 땀구멍을 확대해서 텔레비전 화면 가득 시청자에게 전달한다. 모공이 얼굴 전체를 대신하고 있는 셈이다. 그러나 우리는 모공을 시각적으로 포착하기 어렵다. 포착하더라도 사람의 땀구멍을 세심하게 살피지 않는다. 그것은 현실에서 일어나기 어려운 일이다. 즉 경험되지 않는다(또는 현실적으로 경험되기 어렵다). 과도한 파고들기를 통해서 비가시적 상황이 가시화되고 있는 것이다. 이와 같이 포스트모더니즘이 밀고 간 과도한 이론화 작업은 비가시화의 가시화, 시뮬라크르, 경험의 홀대를 낳고 있다.

하지만 경험은 모든 인식 행위의 출발선이자 옳고 그름의 중요한 판별 기준 가운데 하나이다. "내일도 태양이 뜰 것인지 단언할 수 없다"는 데이비드 흄의 극단적인 경험론은 둘째 치더라도 익숙한 칸트의 제빵 이론에서 보듯이, 경험은 이성과 더불어 인식 행위의 근간이 된다. 사물을 이해하기 위해서는 경험으로부터 출발한다는 자세가 인정되어야 하는 것이다. 그뿐 아니라 경험은 정합성 및 유용성과 더불어 명제의 진리 여부를 판단하는 핵심적 근거이자 진리 판별의 시작점이다.

다른 하나는 독자들로부터 문학이 점차 멀어지고 있다는 것이다. 문학의 위기는 이제 진부한 이야기가 되었다. 그렇다면 그 이유는 무엇인가?

독자들이 이해하기에는 문학이 지나치게 어려운 이야기가 되었기 때문이다. 그렇다면 왜 그렇게 되었는가? 문학은 언어로 이루어져 있다. 이것이 문학이 여타 예술 장르와 구분되는 가장 큰 특징이다. 그리고 언어는 주지하다시피 사회적 합의이다. 시간의 흐름에 따라 의미가 변할 수 있지만, 그 변화는 언어를 사용하는 주체들이 합의한 것이다. 결국 언어의 의미와 사용은 사회적 합의에 기반을 둔다. 그런데 현대 포스트모더니즘 문학은 개별 작가들의 개별적 언어유희, 다시 말해서 기표 없는 기의의 화려한 놀이터로 변모된 느낌이다. 기표는 그래픽이고, 기의는 그래픽이 지시하는 의미이다. 그리고 의미는 사용 주체들이 합의한 사항이다. 그런데 그 기의가 부재하다면 소통의 문제를 낳는 것은 자명하다. 작가와 독자 사이의 소통 부재는 작가의 생산물을 독자로부터 유리시키는 결과를 낳게 된 것이다. 문학의 위기는 자의적 언어 사용이 자초한 위기이다.

읽히지 않는 작품은 의미가 없듯이, 독자들의 관심을 상실한 문학은 그 존재 이유를 잃어버린 것과 같다. 그렇다면 독자들을 새로이 문학의 장으로 끌어당기기 위해서는 어떻게 해야 하는가? 포스트모더니즘에 대한 정확히 이해하고 이로부터 새로운 문학의 항방을 설정하는 것으로부터 발전적 대안을 모색해야 한다.

미하일 엡슈테인이 술회하고 있듯이, 포스트모더니즘은 1990년대 중반에 이미 사망 선고를 받았는지도 모르겠다. 하지만 엡슈테인이 또한 지적하고 있듯이, 포스트모더니즘은 포스트모던의 첫 시점이다. 따라서 포스트모더니즘에 대한 역사적 가치 부여를 넘어 긍정적 대안으로서 그것을 읽어가야 한다. 그래야 포스트-포스트모더니즘, '미래 이후의 미래'를 그려볼 수 있기 때문이다.

포스트-포스트모더니즘, '미래 이후의 미래'를 그려보기 위해서 가장 먼저 해야 할 작업은 경험이 갖는 가치로의 회귀라고 생각한다. 이성이 경험으로 돌아가지 못한 나머지 우리는 고도의 추상화와 이론화를 목도했다. 그리고 비가시적인 것이 가시적인 것보다 더 가시적일 수 있음을 지켜보았다. 따라서 이론을 넘어, 최소한 이론과 함께하는 경험의 복귀를 설정해야 한다. 이러한 논리를 문학에 접목하면 그것은 비평을 넘어 작품으로 회귀하는 것으로 상정된다. 실제 작품을 경험하는 행위를 복권하자는 것이다. 문법이 언어 행위에 선행할 수 없듯이, 이론은 작품에 선행할 수 없다. 작품에 대한 정교하고 치밀한 경험적 독해로부터 포스트모더니즘의 모습, 최소한 문학에서의 포스트모더니즘의 모습을 그려볼 수 있다. 인터넷이라는 가상공간을 통해 인간관계를 맺어가는 상황이 인간들 사이의 진정한 소통을 저해하고, 나아가 인간이나 사회적 관계 망을 만들어내는 도구에서 벗어나 인터넷이 그 자체로 유희의 핵심적 공간으로 설정되면서 인간과 사회의 소통을 더욱 방해하는 상황을 현재 우리는 지켜보고 있다.

그렇다면 이러한 비정상적 상황을 탈피하고 진정한 소통의 양태를 만들어내기 위해 우리는 어떤 고민과 노력을 하고 있으며, 그 방법은 무엇인가? 이에 대한 대답은 여러 가지일 터이지만, 분명한 것은 의사소통은 인간들 사이의 면 대 면 접촉을 기반으로 한다는 것이다. 얼굴과 얼굴의 직접적 대면이 소통의 가장 기본적인 상황이며, 최소한 이러한 상황을 고려해야 한다는 것은 분명한 사실이다. 포스트모더니즘에 대한 반성적 성찰은 '저자와 작품-이론과 비평-독자' 사이의 관계를 근본적으로 비판하는 것으로 출발해야 하는 것이다. 이론과 비평은 독자가 저자와 작품을 더욱 용이하게 만나게 하는 통로여야 한다. 여기서 독자는 어느 한 시대를 지칭할 수도 있고, 어느 한 사회를 포괄하는 개념일 수도 있으며, 읽기 행위를 수행하는 특징 인물을 찍어서 가리키는 것일 수도 있다. 하여튼 사회와 시대, 그리고 개별자들이 작품과 작품의 의의를 더욱 쉽게 접촉할 수 있게 해주는 것이 이론과 비평의 위치이자 기능이다. 그런데 포스트모더니즘 시대에서는 이론과 비평이 지나치게 비대해지면서 본연의 역할에서 벗어나 독자적 행보를 걸어갔으며, 해석과 의미 부여라는 독점적 권리를 지나치게 누렸다. 이것은 인간들 사이를 연결해주는 도구로서의 인터넷이 이제 그 자체로 지나치게 활개를 치는 상황과 동일하다. 그 결과는 무엇인가? 관계의 연결이 아니라 피상적 연결, 나아가 연결의 단절을 만들어내는 것이다. 마찬가지로 이론의 비대화는 독자와 저자-작품 사이의 연결을 표층 수준에만 머물게 하거나 심지어 단절시키고 있다. 그러므로 면 대 면의 관계를 회복해야 하듯이, 독자들이 작품을 직접 대면하게 만들어야 하는 것이다.

그런 면에서 O. V. 보그다노바의 『현대 러시아문학과 포스트모더니즘』은 의미를 가진다. 이 저작은 포스트모더니즘에 대한 정교한 이론적 설명이 아니다. 그것은 러시아 포스트모더니즘을 대표하는 작가들의 작품을 하나씩 따져보고 있다. 우리들에게 실제의 가치, 작품 읽기라는 경험의 의미를 되새기고 있다. 플라톤이 공화국으로부터 시인을 추방한 뒤로 문학이 위기 상황에 직면하지 않은 경우는 없었다고 보아야 한다. 그럼에도 불구하고 문학이 그 질긴 생명력을 유지할 수 있었던 것은 사회에 대한 진지한 고민을 창조적 상상력으로 풀어낸 수많은 작품이 존재했기 때문이다. 결국 현재 우리가 직면하는 문학의 위기, 좁게는 소설의 위기는 상아탑 내에 안주하던 이론의 문학을 사회로 돌려줌으로써 풀어갈 수 있다. 문학이 진정으로 문학답게 되는 것은 독자들과 직접 대면하여 그 가치를 인정받는 것이기 때문이다. 에드워드 사이드의 개념을 빌려 말하자면, 학문이 이

제 세속화되어야 하는 이유가 여기에 있다. 일반적 정의와 개념화는 작품에 대한 독자들의 이해 다음에 와야 한다. 작품이 좀 어려우면 어떤가. 작품이 지나치게 어려운 나머지 독자들의 관심에서 벗어난다면 시대의 압력을 견디지 못하고 사라질 것이며, 작품이 독자들과의 공감대를 형성하면서 어렵고 이해될 수 없다는 작품의 속성을 시대의 한 표상으로 독자들이 수용한다면, 그것은 어려운 것이 아니라 이해된 어려움이므로 문제가 될 것이 없다. 이론을 기준으로 작품의 독점적 권리를 구가해서는 안 된다. 왜냐하면 학문에서 환원론은 가장 경계해야 할 항목 중 하나이기 때문이다. 또한 이합 하산이 지적하듯이, 의미를 재생하기 위해서는 의미를 만들어내는 사회적 주체들의 합의가 전제되어야 하기 때문이다.

보그다노바가 읽어낸 현대 러시아 포스트모더니즘의 대표자들과 대표작들, 그리고 작품읽기를 통해 부여했던 개념들을 간단히 표로 정리하면서 『현대 러시아문학과 포스트모더니즘』에 대한 해설을 마무리하고자 한다.

제1장 러시아 소설의 포스트모던

작가	작품	개념어
V. 예로페예프	『모스크바발 페투슈키행 열차』	하이퍼텍스트, 리좀, 모순 형용성, 과도기성, 반(反)주인공들, 반(反)문화적 사상, 비이성적 세계로의 도주, 타자의 압축, 작가의 대자아, 대역하기 원칙, 참칭의 희극성, 뒤집힌 아이러니, 사도주의, 일화 소설, 고백 소설, 영웅서사시, 순례 서사, 모험소설, 악한소설, 유토피아적 혼종성의 환상소설, 풍자적 여행 기록, 복제-분신들, 소설의 대화성, 왜곡된 모방, 가장행위, 육체의 하부 모티프

A. 비토프	『푸슈킨의 집』 『아르메니아의 교훈』 『커다란 풍선』 「할머니의 그릇」 「피그」 「작별의 나날들」 「실업자」	거시 텍스트, 존재의 가상성, 시뮬라시옹, 이설과 변형, 주인공 시뮬라크르, 상실의 비가역성, 타락의 불가피성, 존재의 비(非)가시성, 현대 생활의 비(非)구현성, 보고문학적 다큐멘터리, 안티클라이막스 기법, 기법의 압축, 목차의 운문화, 옆으로 새기 모티프, 스카스 기법, 거울 모티프, 이중적 주인공, 인성의 분열, 텍스트로서의 세계, 메타서사성, 작가와 주인공 형상들의 경계 씻기, 선(先)포스트모더니즘 작품
S. 도블라토프	『감독관의 수기』 『수용소』 『타협』 『보호구역』 『여행 가방』 「외국 여자」 「잉여 인간」 「제출」 「수공업」	연극적 사실주의, 일상적 기교주의, 예술의 목적은 기교, 스토리텔러, 마이크로 슈제트, 카오스적으로 모든 것을 포괄하기, 경계들이 씻겨나간 주인공의 형상, 러시아의 우울증, 잉여 인간, 질서(코스모스)와 카오스, 이분법적 정반합, 규범과 부조리의 상호 침투, 마이크로노벨라, 일화와 농담의 법칙, 일관된 아이러니, 유사 소설, 문체적 세련미와 기교성, 서사의 아이러니와 경쾌함, 경제적 문장, 예술적 언술의 해방
V. 피예추흐	『해방』 『나와 기타 등등』 『대홍수』 「비열한의 인생」 「페레스트로이카」 「독서의 해로움에 관하여」 「미래의 예견」 「빈의 정전」 「소송」 「신(神)과 군인」	아이러니한 아방가르드, 문학 중심주의 소설, 고골 문체, 문화의 아이들, 총체적 아이러니, 그로테스크, 문학 중심성, 새로운 역사주의, 문학에 대한 역사의 의존성, 보편적 존재의 초시간적 특징, 러시아의 민족적 부조리, 러시아 삶의 문학적 유래, 상호 텍스트적 아이러니, 오블로모프 세계의 분신들, 비열한의 카테고리, 경비와 거리 청소부의 세대, 문학의 일화화, 교향악적인 아이러니, 카피스트의 역할

T. 톨스타야	『키시』 「사랑스러운 슈라」 「황금빛 계단에 앉아서……」 「소냐」 「불꽃과 먼지」 「마술사」 「오케르빌 강」 「매머드 사냥」 「페테르스」 「악마」 「안개 속 몽유병자」	상호 텍스트성, 의미론적 모순 형용, 인간 본성의 원죄, 정신적 타락의 불가피성, 완전한 행복의 불가능성, 텍스트의 화려함, 형상성, 은유성, 칼로식의 판타지, 일차적 원관념의 의도적 생략, 하이퍼슈제트, 언어의 바빌론적 혼합, 자유시, 명명문, 동화성, 다성성, 예술 텍스트 간의 대화, 문화적 인유, 문학적 문학, 기억의 모티프, 언어 중심주의, 스카스, 반(反)이성 중심주의, 종말론적 모티프, 소리 연상 원칙, 언어유희, 무색의 언어, 러시아의 대소설, 운명의 책, 미래파적 서사시, 반유토피아 소설, 반유토피아와 비슷한 무엇, 러시아 삶의 본격적 백과사전, 고골적인 어떤 풍자, 복고적 반유토피아, 소설-펠레톤, 인형극, 러시아적 사이비 전원시, 불분명한 장르의 책
V. 펠레빈	『차파예프와 푸스토타』 『마법사 이그나트와 사람들』 『푸른 등불』 『오몬 라』 『벌레들의 삶』 『노란 화살』 *Generation 'P'* 『아무것도 아닌 곳에서 아무 곳으로의 전환기의 변증법』 「숫자」 「마르돈기」 「중간 지대의 베르볼로크 문제」 「어린 시절의 존재론」 「천상의 작은 북」 「니카」 「카페의 지그문드」	주관적 세계, 판타지, 지적인 팝스, 다른 소설, 개념주의자, 포스트소비에트 초현실주의, 반성적인 포스트모더니즘, 잡식성, 세라피온 형제들, 초록 램프, 성의 상호 관계, 이중적 코드화, 다중적 코드화, 유아론자, 사회주의 신화의 박탈, 소비에트 국가성의 사회적 폭로, 객관적 세계의 칸트적 비실재성, 불교 입문서, 신성한 패러디, 선(禪) 사상, 러시아 영혼의 순례, 존재의 무기력한 업적, 풍자적 판타지, 팸플릿, 패러디와 자아 패러디, 악한소설, 현대 신화, 격동 소설, 디스토피아, 반(反)전체주의 디스토피아, 상업적 베스트셀러, 공장 소설, 서사적 카오스, 신(新)러시아적 구비문학의 언어적 성취

L. 페트루셉스카야	「유행성 감기」 「들판을 지나」 「불멸의 사랑」 「크세니아의 딸」 「밤시간」 「알리 바바」 「나라」 「클라리사 이야기」 「너를 사랑해」 「유대인 여자 베로치카」	암흑의 테크놀러지, 형상의 개요, 상황 소설, 상황의 드라마, 기만된 예상, 무질서한 파불라
V. 소로킨	『줄』 『네 사람의 심장』 『노르마』 『자화상』 『로만』 『마리나의 서른 번째 사랑』 『푸른 비계』 『향연』 『얼음』 『러시아 악의 꽃』	해체적 파괴, 개념주의자, 성적 병리학, 전통적 개념주의자, 서사의 돌발적 붕괴, 다양한 예술 스타일들의 모방과 조합, 겹치기, 문학 외적인 다음성적 몬스터, 탈위계화, 속이기 놀이, 삽입 노벨라, 상호 텍스트라는 테마의 콜라주, 시간의 평행, 이름의 평행, 지친 반복성, 움직임의 고갈성, 공허한 부산함, 여성적 이중적 본성, 보편 이성의 사이비 양면성, 아이러니한 언술, 장르적 자기 반복

제2장 러시아 시의 포스트모던

작가	작품	개념어
D. 프리고프	『흡수기 속 50개의 핏방울』 『1975년부터 1989년까지 집필한 작품』 『1990년부터 1994년까지 집필한 작품』	양적 질, 예술 이후의 예술, 문학 이후의 문학, 시 이후의 시, 저자 이후의 저자, 포스트아방가르드적 경향, 소비에트연방식 시인, 소비에트바이탈리즘, 이데올로기의 비속화와 비하, 탈신화화, 탈이데올로기화, 시의 이미테이션, 사이비 시, 하이쿠 스타일, 가치론적 비결정성, 무관심성, 초시간성, 가짜 수사학, 시적 텍스트의 산문화, '언어에 말려들지 않기' 원칙, 현실로부터 복제품 제거하기, 의견의 세계

I. 주다노프	『초상』 『잴 수 없는 하늘』 『대지의 자리』 『금지된 세계의 포토로봇』	모노메타포성, 수수께끼성, 메타포리카, 메타볼, 가상의 형상, 비동등함의 모티프, 메타메타포성, 일상적 메타포의 흐름
A. 파르시코프	『메타리얼리스트 시인들』	서정시의 시적 압축, 콜라주 · 몽타주적인 의미 블록들, 이종적 현실, 의미론적 우인론, 축소된 메타포, 구체적 세부의 정확성과 신빙성, 서정적 공동 체험
L. 루빈슈테인	『정기적 편지』 『점점 더 멀리』 『주인공의 출현』 『이것은 흥미롭다. 또는 추려낼 것이 있다』	소설 · 희곡적 시, 그노시스론적 변형, 천신을 지향하는 것, 카탈로그 시, 상호 장르, 사이비 과학적인 아포리즘, 카드로 된 텍스트, 수학적 엄격성, 구성의 순수성, 오네긴 행
T. 키비로프	『서정적 주인공의 기념일』 『시선집』 『누가 어디를 가든 나는 러시아로……』 『렌카에게 보내는 서한』	러시아 시인의 전통성, 벌거벗은 개념들의 시학, 도식과 스테레오타입들의 시학, 메타텍스트성, 기법의 기계성, 저자와 주인공 위치의 경계 씻기, 폴리글로시아적 언어, 국지적 바빌론식 혼란, 센톤, 인유적 참조 체계, 짓밟힌 언술의 쓰레기, 서정적 노스탤지어, 노스탤지어 서정주의, 영웅성의 스테레오타입
S. 간들렙스키	『감상: 여덟 권의 책』 중편소설 『두개골 절개』 장편소설 『NRZB』	비판적 감상주의, 반(半)다큐멘터리 장르, 서정적 기법, 노스탤지어적 애수
A. 예레멘코	『메타리얼리스트 시인들』	카오스의 인문학적 철학, 아이러니스트, 아이러니 시, 사이비 과학적인 어휘층, 가짜 수학적인 어휘층, 센톤 시, 폭력성, 원시성

제3장 러시아 희곡의 포스트모던

작가	작품	개념어
V. 예로페예프	『발푸르기스의 밤 또는 기사 단장의 발걸음』	읽기용 희곡, 인생은 정신병원, 세계의 이성적 플러스, 비희곡적, 서사문학적 · 산문적 논리, 서술적 · 슈제트적 논리
L. 페트루셉스카야	『음악 수업』 『사랑』 『콜롬비나의 아파트』 『푸른 옷을 입은 세 아가씨』 『막간 휴식 없는 이탈리아 포도주, 또는 친자노』 『20세기의 노래』 『어두운 방』	극장용 대화, 사회심리극, 짜깁기성, 조각조각 이은 계보, 미학적 극단론, 장편소설화된 드라마, 무대 · 대화적 내러티브, 대화들로 쓰인 소설, 속기록에 비견될 빽빽한 소설, 일시적 다의성
N. 콜랴다	『사랑받는 극장을 위한 희곡들』 『페르시아 라일락과 그 외 희곡들』	심리학적 포스트모더니즘, 포스트밤필로프, 체르누하, 포르노적 이미지성, 카오스성, 부조리함, 에파타주, 밑바닥의 화가, 체르누하적 · 민중적 시학

위의 표에서 보듯이 보그다노바는 다양한 개념어들을 가지고 제1장 소설 부분에서 소설가 8명과 대표 작품 75편, 제2장 시 부분에서 7명의 시인과 대표 시선집 18편과 소설 2편, 제3장 희곡에서는 3명의 작가와 희곡 10편을 정치(精緻)하게 분석하고 있다. 이러한 보그다노바의 노력이 이 책을 펼친 독자들에게 러시아 포스트모더니즘의 모습을 조금이라도 엿볼 수 있는 계기로 작용하기를 기대해본다.

끝으로 이 책을 번역하는 과정에서 용어 정리와 교정 및 윤문을 꼼꼼하게 도와준 안동진 박사에게 깊은 감사를 드리며, 이 「해제」는 안동진 박사와 공동으로 준비하고 있는 논문 「러시아 포스트모더니즘 연구」(가제)의 일부라는 것을 밝혀둔다.

찾아보기

주요 개념

ㅈ

ㅊ

ㅋ

ㅍ

ㅎ

주요 작품

인명

지은이

O. V. 보그다노바 Olga Bogdanova

올가 블라디미로브나 보그다노바는 인문학 박사이며 상트 페테르부르크 국립대학교 인문학부 러시아문학과의 조교수이다. 러시아 현대문학에 관한 다수의 논문과 연구서의 저자이다.
현재진행형인 올가 보그다노바의 학문적 방향과 그 성과는 크게 두 부분으로 나누어진다. 하나는 V. 예로페예프, A. 비토프, S. 도블라토프, V. 피예추흐, T. 톨스타야, L. 페트루셉스카야, V. 펠레빈, V. 소로킨 등을 중심으로 한 개별 작가 연구이며, 다른 하나는 1960년대부터 현재까지 러시아 문학사의 전개과정과 핵심개념들을 고찰하는 것이다. 따라서 올가 보그다노바의 연구 향방은 개별과 보편, 구체와 통합이라는 축 위에서 현대 러시아문학의 모습을 그려내는 것으로 수렴된다. 올가 보그다노바에게 있어 현대 러시아문학은 포스트모더니즘이라는 범세계적 조류로 설명된다. 포스트소비에트 시기, 문학의 본류는 포스트모더니즘이라는 것이다. 이에 대해 보그다노바는 환원론적 연구방법을 단호히 거부하자고 말한다. 다시 말해서 포스트모더니즘의 중요 개념들과 그것들이 내포한 사상적 배경을 곧이곧대로 수용하고, 그것을 일방적으로 개별 작가의 작품 분석틀로 활용하는 도식을 걷어내고 있는 것이다. 개별 작가들의 작품에 대한 정치(精緻)한 독해를 바탕으로 낱낱의 특징을 가려낸 다음 이것들을 종합하면서 포스트모더니즘의 특징과 흐름을 연구하고 있다.
주요 저서로는 『현대 문학의 과정: 1970-90년대 러시아문학과 포스트모더니즘의 문제에 대하여』(상트 페테르부르크, 2001), 『러시아 포스트모더니즘의 원형텍스트로서 베네딕트 예로페예프의 '모스크바발 페투시키행 열차'』(상트 페테르부르크, 2002), 『A. 비토프의 '푸슈킨의 집': 러시아 포스트모던의 '변형과 이설'』(상트 페테르부르크, 2002) 등이 있다.

옮긴이

김은희

한국외국어대학교 노어과와 같은 대학원을 졸업하고 모스크바국립대학교에서 알렉산드르 솔제니친에 대한 연구로 박사학위를 받았다. 문학과 명화에 나타난 스토리텔링에 관심을 두고 있다. 청주대학교 연구원으로서 시베리아 소수민족들의 원형이야기를 발굴, 번역하는 프로젝트를 수행하면서 한국외국어대학교에서 강의하고 있다.
역서로는 『금발의 장모』, 『나기빈 단편집』, 『겨울 떡갈나무』 등이 있으며, 저서로는 『러시아명화 속 문학을 말하다』, 『그림으로 읽는 러시아』, 『나는 러시아 현대작가다』(공저) 등이 있다.

한국연구재단총서 학술명저번역 564

현대 러시아문학과 포스트모더니즘 2

1판 1쇄 찍음 | 2014년 3월 11일
1판 1쇄 펴냄 | 2014년 3월 20일

지은이 | O. V. 보그다노바
옮긴이 | 김은희
펴낸이 | 김정호
펴낸곳 | 아카넷

출판등록 2000년 1월 24일(제2-3009호)
100-802 서울 중구 남대문로 5가 526 대우재단빌딩 16층
전화 | 6366-0511(편집) · 6366-0514(주문) / 팩시밀리 | 6366-0515
책임편집 | 김일수
www.acanet.co.kr

Printed in Seoul, Korea.

ISBN 978-89-5733-357-0 94890
ISBN 978-89-5733-214-6(세트)

이 도서의 국립중앙도서관 출판시도서목록(CIP)은 서지정보유통지원시스템 홈페이지(http://seoji.nl.go.kr)와
국가자료공동목록시스템(http://www.nl.go.kr/kolisnet)에서 이용하실 수 있습니다. (CIP제어번호 : CIP2014006409)